外国文学名著丛书

〔意大利〕薄伽丘 / 著

十 日 谈

王永年 / 译

"外国文学名著丛书" 编委会

人民文学出版社
PEOPLE'S LITERATURE PUBLISHING HOUSE

Giovanni Boccaccio
DECAMERON
据 Rizzoli Editore，Milano，1984 年版译出。

图书在版编目（CIP）数据

十日谈／（意）薄伽丘著；王永年译. —北京：人民文学出版社，2020
（外国文学名著丛书）
ISBN 978-7-02-015830-0

Ⅰ.①十… Ⅱ.①薄…②王… Ⅲ.①短篇小说—小说集—意大利
—中世纪 Ⅳ.①I546.43

中国版本图书馆 CIP 数据核字（2019）第 242625 号

责任编辑　张欣宜
装帧设计　刘　静
责任印制　王重艺

出版发行　人民文学出版社
社　　址　北京市朝内大街 166 号
邮政编码　100705
网　　址　http：//www.rw-cn.com

印　　刷　天津画中画印刷有限公司
经　　销　全国新华书店等

字　　数　482 千字
开　　本　850 毫米×1168 毫米　1/32
印　　张　22.625　插页 3
印　　数　1—6000
版　　次　1994 年 12 月北京第 1 版
印　　次　2020 年 4 月第 1 次印刷

书　　号　978-7-02-015830-0
定　　价　115.00 元

如有印装质量问题，请与本社图书销售中心调换。电话：010-65233595

薄伽丘

出版说明

　　人民文学出版社自一九五一年成立起，就承担起向中国读者介绍优秀外国文学作品的重任。一九五八年，中宣部指示中国科学院文学研究所筹组编委会，组织朱光潜、冯至、戈宝权、叶水夫等三十余位外国文学权威专家，编选三套丛书——"马克思主义文艺理论丛书""外国古典文艺理论丛书""外国古典文学名著丛书"。

　　人民文学出版社与中国科学院文学研究所，根据"一流的原著、一流的译本、一流的译者"的原则进行翻译和出版工作。一九六四年，中国社会科学院外国文学研究所成立，是中国外国文学的最高研究机构。一九七八年，"外国古典文学名著丛书"更名为"外国文学名著丛书"，至二〇〇〇年完成。这是新中国第一套系统介绍外国文学作品的大型丛书，是外国文学名著翻译的奠基性工程，其作品之多、质量之精、跨度之大，至今仍是中国外国文学出版史上之最，体现了中国外国文学研究界、翻译界和出版界的最高水平。

　　历经半个多世纪，"外国文学名著丛书"在中国读者中依然以系统性、权威性与普及性著称，但由于时代久远，许多图书在市场上已难见踪影，甚至成为收藏对象，稀缺品种更是一书难求。在中国读者阅读力持续增强的二十一世纪，在世界文明交流互鉴空前频繁的新时代，为满足人民日益增长的美好生活的需要，人民文学出版社决定再度与中国社会科学院外国文学研究所合作，以"网罗经典，格高意远，本色传承"为出发点，优中选优，推陈出新，出版新版"外国文学名著丛书"。

　　值此新版"外国文学名著丛书"面世之际，人民文学出版社与中国社会科学院外国文学研究所谨向为本丛书做出卓越贡献的翻译家们和热爱外国文学名著的广大读者致以崇高敬意！

"外国文学名著丛书"编委会

二〇一九年三月

目　次

编委会名单

第四天

译 本 序

意大利杰出的人文主义作家、文艺复兴运动先驱之一乔凡尼·薄伽丘生于一三一三年，是佛罗伦萨一个商人的私生子，母亲是法国人。关于薄伽丘的出生地点，后世说法不一，有的说是法国巴黎，有的说是意大利的契尔塔多或佛罗伦萨。可以确定的是，作家的童年时代是在佛罗伦萨度过的。

作家生活的年代正值西方资产阶级兴起时期。当时意大利分裂为许多独立的城邦，还没有形成统一的国家，但因处于地中海和其他海上交通要冲，地理位置得天独厚，航海、贸易、工商、金融、银行各业发展迅速，北部威尼斯、热那亚、佛罗伦萨、那不勒斯等城市经济尤为发达，居欧洲之冠。作家的父亲薄伽丘·德·凯林诺作为实力雄厚的巴尔迪经济集团的代表被派驻那不勒斯，带了少年薄伽丘同往，指望把他培养成商人。但薄伽丘自幼喜欢读书，对商业活动不感兴趣，父亲便送他进那不勒斯大学学习法律和教会法典，历时六年之久。

当时的那不勒斯国王罗贝托·德·安齐奥比较开明，除了封建贵族之外还结交了不少文人、学者、商人、航海家等，薄伽丘跟随父亲经常出入国王宫廷，接触到一些杰出的诗人、神学家、天文学家、法学家、神话学家，激发了研读古代希腊、罗马文化典籍的兴趣，并开始写作诗文。

薄伽丘的第一部长篇传奇《菲洛柯洛》写于一三三六年前后，它以西班牙宫廷为背景，叙说了一对地位悬殊、信仰不同的青年男女历尽磨难、终成眷属的爱情故事，带有自传性质，写作手法已相当成熟。

《菲洛斯特拉托》(1335—1338)和《苔塞伊达》(1340—1341)是两部八行体的长诗，分别从维吉尔的《埃涅阿斯纪》和《特洛伊传奇》中汲取素材，歌颂了现实生活的美好和爱情的欢乐，开意大利骑士史诗和民间说唱文学的先河。

一三四〇年冬，薄伽丘的父亲在经济上遭到挫折，从那不勒斯返回佛罗伦萨，坚持要薄伽丘也回去从事他所不感兴趣的商业活动。佛罗伦萨当时经济情况不很稳定，政治斗争激烈，薄伽丘回佛罗伦萨后站在共和政体一边，反对封建贵族制度，多次受共和政体的委任去意大利各城邦和法国等地处理外交事务。一三五一年，他曾去帕多瓦邀请被放逐的彼特拉克回佛罗伦萨大学任教，两位卓越的意大利人文主义诗人从此过往甚密，结下了深厚的友谊。

薄伽丘回佛罗伦萨后，在写作《十日谈》前，曾有四部作品问世：《佛罗伦萨女神们的喜剧》(1341—1342，后改名《亚梅托的女神们》)，是一部牧歌式传奇，用散文体和三韵句交错写成，书中七个仙女向青年牧人亚梅托叙说各自的爱情故事，结构上和《十日谈》有相似之处；《爱情的幻影》(1342—1343)是一部长达五十歌的三韵句隐喻诗，赞颂纯洁的爱情，各行首词首字母能连成句子；《菲亚梅塔的哀歌》(1343—1344)，是一部散文体的传奇小说，女主人公用第一人称叙说了热恋时的幸福，失恋时的痛苦，以及企图自杀的内心斗争，该书由于细腻的心理描写被誉为欧洲第一部心理小说；《菲埃索勒的女神》（1344—1346）是一部长篇叙事诗，描写青年牧人阿弗里科和仙女曼索拉相爱，遭到女神狄安娜惩罚的悲剧，一对恋人被罚变成两条小河，但最终在阿尔诺河相会结合。这些作品虽然取材于古典神话，但充满对人世生活的热爱和对幸福的追求，抨击了禁欲主义，人物有血有肉，呼之欲出，充满现实生活的激情。

薄伽丘最重要的作品《十日谈》是欧洲文学史上第一部现实主义巨著，约写于一三四九至一三五三年间，历时五年之久。作品开头有个楔子，叙说一三四八年佛罗伦萨鼠疫流行，罹病丧生者不计其数，全城惨雾密布，十室九空，一片凄苦恐慌。有七女三男原本相识，商定离城避难。他们带了几个仆人、使女和必需物品来到佛罗伦萨城外穆尼昂河畔的一座别墅，游玩宴乐，消磨时光，每人每天讲一个故事，由轮流执政的女王或国王规定故事主题。十人讲完故事后，由一人唱歌作为结束。十天里他们一共讲了一百个故事，唱了十首诗歌。除了第一天和第九天没有统一命题外，八天的故事分别在一个主题下展开，形成浑然一体的框架结构。但每篇故事长短不一，内容包罗万象，因此全书生动活泼，并无呆板之嫌。

《十日谈》故事来源广泛，取材于历史事件、中世纪传说、东方民间故事（特别是阿拉伯、印度和中国的故事，如《一千零一夜》《七哲人书》《马可·波罗游记》等），传奇轶闻和街谈巷议兼收并蓄，熔古典文学和民间文学的特点于一炉。《十日谈》的一百个故事塑造了大量人物，有王公贵族，骑士僧侣，也有贩夫走卒，市井平民，三教九流，五行八作，不同阶层、不同职业的角色都具有鲜明的性格特征，在欧洲文学史中用现实主义手法描绘如此广阔的生活画卷，薄伽丘可以说是第一人。意大利文艺理论家弗朗切斯科·德·桑克蒂斯（1817—1883）评论薄伽丘的《十日谈》时，把它和但丁的《神曲》相提并论，称之为"人曲"。

《十日谈》里的人物林林总总，情节多姿多彩，但贯穿全书的是作为文艺复兴时期文学核心的人文主义思想。文艺复兴是十三至十六世纪欧洲希腊、罗马古典文艺和学术的复兴运动，是欧洲从中世纪封建社会向近代资本主义社会转变的反封建、反教会神权的思想解放运动。在文艺复兴以前的一千多年中，基督教文化在欧洲占统治地位，对它称之为"异教"文化的古典文化进行残酷的摧残。古典文化的核心是人道主义和现世主义，主张人是一切事物的权衡，现世的幸福生活是"至善"；基督教文化的基本内容则是神权中心和来世天国，主张人在尘世应禁欲苦行。

资本主义生产在意大利发展较早，新兴的资产阶级为了摆脱阻碍它发展的封建生产关系、宗教信条和中世纪意识形态的束缚，提倡个性解放，重视现世生活，宣传以"人"为本，文艺复兴运动便应运而生。但丁、彼特拉克和薄伽丘三位意大利文学奠基人是文艺复兴运动的先驱。但丁在《神曲》里把许多天主教的教皇和大主教打入地狱，让他喜爱的罗马"异教"诗人维吉尔引导他游历地狱和净界，让他青年时代钟情的贝雅特丽齐引导他游历天堂，这充分表明他对天主教会的憎恨，对禁欲主义的反对，以及对现世幸福生活的肯定。彼特拉克在他最优秀的作品《歌集》里冲破中世纪禁欲主义和神学思想的束缚，表达了以人与现实生活为中心的新世界观和以个人幸福为中心的爱情观。薄伽丘的思想比彼特拉克更进一步，他在《十日谈》的许多故事里批判了天主教会，讽刺教会的罪恶和黑暗,抨击僧侣的奸诈和伪善,表达了当时平民阶级挣脱教会和宗教枷锁的要求;对封建贵族的腐化堕落也予以无情的暴露和鞭挞。《十日谈》用不少篇幅描绘和歌颂了现世生活,谴责禁欲主义,赞美爱情是聪明才智和高尚情操的源泉,赞赏平民、商人、新兴资产阶级的机智,宣扬社会平等和男女平等。但薄伽丘生活在新旧交替的时期,不可能完全摆脱中世纪思想意识的影响,作品中也有一些糟粕,有些故事渲染情欲,格调不高,反映出以个人主义为核心的资产阶级人生观;另一些故事则宣扬宽容顺从,进行封建说教,表现了人文主义思想对中世纪道德观念的让步和作家世界观的矛盾和动摇。

《十日谈》故事结构紧凑,文笔简练,语言诙谐,在心理刻画和性格塑造方面都有独到之处,为意大利艺术散文奠定了基础,并开辟了欧洲短篇小说的艺术形式。该书出版后立即被译成西欧各国文字,对十六、十七世纪西欧现实主义文学产生了很大影响。英国乔叟的《坎特伯雷故事》、法国马格里特·德·纳瓦尔的《七日谈》都是模仿《十日谈》之作。拉封丹、洛佩·德·维加、莎士比亚、莱辛、歌德、普希金都曾在作品中引用过《十日谈》中的故事。

薄伽丘最后的一部文学作品是传奇《大鸦》(1355),作者在书中诅咒爱情的罪恶,声明他今后要埋头研究学问,表现了他后期思想的动摇。薄伽丘晚年潜心钻研古典文学,在佛罗伦萨讲解和诠释《神曲》,用意大利文写了《但丁传》,用拉丁语写了《异教诸神谱系》。

薄伽丘于一三七五年十二月二十一日在契尔塔多去世。

这个中译本根据意大利米兰里佐利出版社一九八四年版

《十日谈》译出，原书附有罕见词词汇，对于了解佛罗伦萨地区方言和薄伽丘时代的意大利语言习惯很有帮助。

王　永　年

一九九三年三月，北京

名为《十日谈》(亦称《加莱奥托王子》[*])的
书由此开始,包括一百个故事,是七位女郎和三
个青年在十天之中讲述的。

~~~~~~~

　　[*] 加莱奥托是著名的中世纪传奇《湖上的朗斯洛》中撮合圆桌骑士朗斯洛
　　和王后圭尼维尔相爱的人物,后来成为"爱情撮合者"的代称。

原　序

　　给苦恼的人以同情是合乎人性的事,所有的人都应该这样做,需要安慰并且从别人那里得到过安慰的人更是责无旁贷。在需要安慰,而确实有幸得到的人当中就有我一个。我从青春年少到目前为止,一直为一种崇高的爱情所煎熬,我若加以吐露,人们会觉得我这种非分之想同我卑微的身份很不相称。尽管一些知道我的爱情的通情达理的人对我颇加赞许,我始终忍受着巨大的折磨,虽然不是因为我所爱的女郎心如铁石,而是由于难以克服的欲望在我心中燃起烈焰,那些欲望不是理性的界限所能控制,往往把我折磨得死去活来。

　　在我烦恼的时候,朋友的循循善诱和谆谆开导大大减轻了我的痛苦,以致我坚信,是由于他们我才得以保全性命。万能的天主根据千古不易的法则规定尘世万物均有终期。尽管我的爱情炽热无比,尽管任何彷徨、规劝、明显的羞辱和不言而喻的危险都不能使它破灭或减弱,我祈求天主让它随着时间的推移自行泯灭。它终于结束,只留下爱的激情给予那个无缘在爱的茫茫大海中远航的人的快意。我先前觉得满目凄凉,现在摆脱了辛劳,心情特别舒畅。

　　我的愁苦虽然已经平息,那些曾为我一掬同情之泪的人给予我的恩惠我并没有忘记,我相信我至死不会忘记他们的云情高谊。我一向认为感恩图报是最值得赞扬的美德,反之则应受到谴责。既然我目前已无牵无挂,为了表明自己不是忘恩负义之徒,我决意竭尽全力、结草衔环向那些照顾过我的人提供一些消遣安慰。我的安慰对那些聪明睿智、春风得意的人不一定必要,但至少对另一些人是合适的。即使我的帮助,或者安慰对于需要它的人可能微不足道,我仍应该涌泉相报,因为它在那些最合适的场合会起更大的作用,会更受欢迎。

无论何人,有谁能否认娴静的女子比男子更需要我的帮助?是啊,她们娇柔的胸怀羞怯地隐藏着爱情的火焰,曾经体会或者正在体会爱情的人都知道,郁结的情焰比公开明朗的更为猛烈。此外,女子必须服从父母、兄长和丈夫的管束,不能尽情欢乐。极大多数女子在闺房的小天地里深居简出,百无聊赖,心烦意乱,不可能经常保持愉快的心境。如果炽热的欲望引起哀愁,而没有新的思绪加以排遣,她们只能把它埋在心底。再说女子比男子更不容易得到宽慰。堕入情网的男人情况不同,这是有目共睹的。他们如有愁苦悲痛,不缺缓解消除的办法。只要他们高兴,可以到外面去走走,有许多可闻可见的事。他们可以狩猎,垂钓,驯鹰,骑马,赌博,经商。通过各自的办法,每个人或多或少可以振作起精神,忘怀一个时期,从而得到安慰或者减轻痛苦。

娇柔的女子对命运并不强求,命运给予她们安慰时却特别吝啬。为了弥补命运的过错,也为了帮助多情种子(别的女子有针线、纺锤、捻纱杆解闷),我在这里叙述了一百个故事,或者说一百篇寓言,一百件轶闻,一百段野史,随便怎么称呼都行。那是由七女三男共十个正派的青年在最近这个瘟疫流行、哀鸿遍野的时期分十天讲完的。中间还插进一些女郎们唱的消遣的歌曲。这些故事里既有悲欢离合的爱情纠葛，也有古往今来的离奇曲折的事件。淑女们看了可以消愁解闷，聊以自娱，同时得到有益的忠告，知道什么应该避免，什么可以模仿。如果天从人愿，达到预期的效果，她们不妨感谢爱神，因为是爱神让我摆脱了羁绊，我才有可能为她们提供欢娱。

《十日谈》的第一天开始，先由作者交代所列人物会聚的缘由，然后在潘皮内娅的主持下，每人讲了一个自己最喜欢的故事。

秀外慧中的女士们，我一向认为你们生性都悲天悯人。我知道，在你们看来这本书的开头未免沉重凄惨，叫人想起前不久那场可怕的瘟疫，死亡狼藉、十室九空的情形伤心惨目，耳闻目睹的人至今心有余悸，记忆犹新。但是我不希望你们在翻开本书之前就给吓退，以为阅读时会唏嘘不已、潸然泪下。其实我这个悲惨的开头无非是旅行者面前的一座巉岭荒凉的大山，山那边就是鸟语花香的平原。翻山越岭固然劳累，一马平川却赏心悦目。欢乐过头会带来苦恼，而这本书开头的悲痛也会变成欣喜。经过短暂的愁苦（我说短暂是因为它只有几页），接踵而来的是甜美和欢快，这一点我事前做出许诺，以免你们因我不预先交代而不耐心等待。说真的，如果我能够问心无愧地领你们沿着一条不太崎岖的道路抵达我想带你们去的地点，我很乐意那么做，但那条险路是你们将要读到的事件的铺垫，不追溯背景无法行文，我万不得已才写下我要写的东西。

　　话说基督降世之后过了硕果累累的一千三百四十八年，①意

---

① 　当时意大利的纪年法每年不以一月一日（耶稣割礼日）开始，某些地区以十二月二十五日（耶稣诞辰），另一些地区，如佛罗伦萨，以三月二十五日（耶稣降世日）为一年伊始。

大利最美丽的城市,出类拔萃的佛罗伦萨,竟发生了一场要命的瘟疫。不知是由于天体星辰的影响,还是因为我们多行不义,天主大发雷霆,降罚于世人,那场瘟疫几年前先在东方地区开始,夺去了无数生灵性命,然后毫不停留,以燎原之势向西方继续蔓延。人们采取了许多预防措施,诸如指派一批人清除城市的污秽垃圾,禁止病人进入市内,发布保持健康的忠告,善男信女不止一次地组织宗教游行或其他活动,虔诚地祈求天主,但一切努力都徒劳无功。总之,那年刚一交春,瘟疫严重的后果可怕而奇特地开始显露出来。佛罗伦萨的瘟疫和东方不同。在东方,病人鼻孔流血是必死无疑的症状。在这里,疫病初起时,无论男女腹股沟或腋下先有肿痛,肿块大小像苹果或者鸡蛋,也有再小或再大一些的。一般人把这些肿块叫作脓肿。不久之后,致命的脓肿在全身各个部位都可能出现,接着症状转为手臂、大腿或身体其他部位出现一片片黑色或紫色斑点,有的大而分散,有的小而密集。这些斑点和原发性的脓肿一样,是必死无疑的征兆。医生的嘱咐和药物的作用似乎都拿它没有办法,或许因为这种病是不治之症,或许由于病因不明,没有找到对症的药物(除了懂医道的人之外,原本毫无医药知识的男男女女也有许多偏方)。在这种情况下,侥幸痊愈的人为数极少,大多数病人没有发热或其他情况,在出现上述症状的第三天,或早或迟都会丧命。① 那场瘟疫来势特别凶猛,健康人只要一接触病人就会传染上,仿佛干燥或涂过油的东西太靠近火焰就会起燃。更严重的是,且不说健康人同病人交谈或者接触会染上疫病、多半死亡,

① 作者在这里描写的是鼠疫杆菌引起的肺鼠疫和腺鼠疫的症状。

甚至只要碰到病人穿过的衣服或者用过的物品也会罹病。假如不是许多人和我本人亲眼看见的话，我这番描述也许是难以置信的。假如许多殷实可靠的人没有耳闻目睹的话，连我也不敢相信，更不用说形诸文字了。我还要补充的是，那场疫病的传染力特别强，不但在人与人之间传播，即使人类之外的动物接触到病人或者病死的人的物品也会传染上，并且在很短的时间内死去。正如前文所说，有一天，我亲眼见到这么一件事：一个病死的穷人的破烂衣服给扔到马路上，有两头猪过来用鼻子拱拱，习惯地用牙齿叼起，过不多久，就像吃了毒药一样抽搐起来，双双倒在那堆破衣服上死了。

这些事情，以及许多相似的，甚至更糟的事情，在仍然健康的人中间引起许多疑虑恐惧，到头来他们不得不采取一个相当残忍的措施：尽量远离病人和他们的物品，认为这一来就可以保住健康。不少人认为生活有节制，避免一切过分的行为就能没灾没病。于是他们三五结伴，躲在自己家里和没有病人的地方，远离尘嚣。他们希望通过这种方式活得舒服些，有节制地享用美酒佳肴，凡事适可而止，不同任何人交谈，对外面的死亡或疫病的情况不闻不问，借音乐和其他力所能及的娱乐打发时光。另一些人想法不同，他们说只有开怀吃喝，自找快活，尽量满足自己的欲望，纵情玩笑，才是对付疫病的灵丹妙方。他们说到做到，尽力付诸实现，日以继夜地从一家酒店转到另一家，肆无忌惮地纵酒狂饮，兴之所至，甚至闯进别人家里为所欲为。这一点很容易就能做到，因为大家活一天算一天，仿佛明天不过日子了，自己的产业都置之不顾，许多私人宅第似乎成了公共场所，外人只要高兴，可以随便进入把它当成自己的家。他们横下一条心，飞扬跋扈，连病人见了他们也退避三舍。

我们的城市陷入如此深重的苦难和困扰，以至令人敬畏的法律和天条的权威开始土崩瓦解。事实上，民政和神职执法人员和一般人一样，死的死，病的病，剩下的和家人一起闭户不出，根本不能行使职权，因此人们无法可依，爱怎么干就怎么干。除上述两种极端之外，还有不少人采取折中的生活方式，既不像第一种人那样与世隔绝，也不像第二种人那样大吃大喝，胡作非为，而是根据自己的胃口吃饱喝足。他们不是自我幽禁，而是手拿香花芳草或一些香料外出。他们不时闻闻这些芳香的东西，认为香气能提神醒脑，又能解掉充斥空中的尸体、病人和药物的恶臭。有些人冷酷无情（仿佛那样比较保险），说是避开疾病是治病的最佳良药。在这种意见的驱使下，他们只顾自己不考虑别人，许多男女抛下城市、家宅、亲戚和财产，住到乡间别人或自己的别墅，似乎认为天主为了惩罚作恶多端的人类而降下的瘟疫只能落到城墙之内的人们头上，不会蔓延到别的地方，还认为谁都不应该蹲在城里，否则在劫难逃。

人们各持己见，莫衷一是，但不是所有的人统统死光，也不是个个都能保住性命。事实是许多得病的人分散在各处，他们健康时是善于养生的榜样，得病之后遭到舍弃，孤零零地奄奄待毙。且不说大家相互回避，街坊邻居互不照应，即使亲戚之间也不相往来，或者难得探望。瘟疫把大家吓坏了，以致兄弟、姐妹、叔侄甚至夫妻互相都不照顾。最严重而难以置信的是父母尽量不照顾看望儿女，仿佛他们不是自己的亲生骨肉。得病的男男女女数不胜数，他们别无他法,只得求助于为数极少的好心朋友,或者雇用贪心的仆人。由于伺候病人的工作条件恶劣,尽管工资极高,仍不容易找到用人,即使找到,往往也是一些笨手笨脚、从未干过这一行的男女。这些用人干不了什么事,只会根据病人的要求递些东西或者给病人送终。料理后事的差使常常得不偿失,挣了大钱而误了性命。病人既然得不到街坊亲友的照顾,用人又那么难找,于是出现了一种前所未闻的做法,就是一个女人不论以前多么文雅、俊俏、高贵,病倒后会毫无顾忌地招聘一个男用人,不管他年纪老少,并且只要病情需要,会毫不害羞地像在另一个女人面前那样露出自己身体的任何部位。痊愈的妇女日后往往不如以前那么贞洁,也许和这种情况有关。此外,许多病人如果得到照顾,也许能保住性命,但由于用人奇缺,结果死了。加上疫病传染力特强,城里白天黑夜都有大批人死亡,这种情形听起来也骇人,更不用说亲眼看到了。因此,侥幸活下来的市民中间不可避免地形成一些和以前完全相反的习俗。

按照以前的风俗(今天也是这样),哪家有了丧事,亲戚和邻居家的妇女同死者的女眷聚在一起,为死者恸哭,而男性邻居以及别的市民则在丧家门前同死者的男性亲属待在一起。随后来的是教士,他们的级别要看死者的身份而定。死者的灵柩由亲友们扛着,后面跟着手拿蜡烛吟唱着挽歌的送葬队伍,逶迤前往死者生前指定的教堂。当疫情日趋严重时,这些规矩即使不是全部、至少也是大部分给废除了,由新的规矩取而代之。病人临终时非但没有妇女围守床前,甚至没有任何人在场,能够赢得家属的真心悲痛和辛酸眼泪的人少之又少。相反的是,大多数活着的人尽情打闹嬉笑。本来女人生性富于同情，如今为了自身健康，竟出奇地学会了那种风气。护送尸体去教堂的邻人至多十来个。抬灵柩的不是有地位、有名望的市民，而是一些花钱雇来专司埋葬的、称为掘墓人的市井之徒。他们脚步匆匆，不把灵柩抬到死者生前指定的教堂，一般只送到路程最近的教堂就了事。他们背后跟着五六个教士，手拿蜡烛的很少，往往一支蜡烛都没有，也不费那份工夫一本正经地举行安葬仪式，只在最凑手的空墓穴里放下灵柩就完事大吉。下层社会以及许多中层阶级的人受的罪更大。他们由于贫困，或者图个侥幸，大多守在家里，得病的每天成百上千，加上无人照看伺候，只有死路一条。白天黑夜都有大批人倒毙在路上，另一些人虽然死在家里，也只在尸体腐烂发出臭气时才被街坊发现。

市民中间形成了一种大家共同遵守的风气：一发现哪家有死人，就和一些能找到的搬运夫从死者家里把尸体搬出来，放在门口。那并不是出于对死者的怜悯，而是考虑到尸体腐烂对他们自己有损害。第二天早晨，街上行人会看到许许多多尸体。然后运来棺材，棺材不够，往往就把尸体搁在木板上。有时一口棺材塞进两三具尸体。一对夫妇、父子或者两三个弟兄的尸体盛在一口棺材里的情况屡见不鲜。更常见的是，两个教士举着一个十字架送葬时，半路上会有掘墓人抬着两三口棺材加入行列。教士们原以为是给一个死者送葬，事实上却是六七个、七八个。没有人为死者流泪、点蜡烛或者守灵，当时死人的事太平常了，正如今天死了一头山羊谁都不当一回事一样。事物兴衰消长是自然规律，但是以前很少遇到灾难，有识之士也不能做到乐天知命。如今大难当头，即使头脑最简单的人也知道必须逆来顺受，对这场空前浩劫满不在乎,若无其事。每天,甚至每小时,都有大批尸体运来,教堂墓地的面积和按照老规矩进行安葬的人手都不够了,于是在拥挤不堪的墓地里挖出宽大的深坑,把后来的成百具尸体像海运货物那样叠床架屋地堆放起来,几乎堆齐地面,上面只薄薄盖一层浮土。

我们的城市当时的状况伤心惨目,一言难尽,我不忍继续细谈,但要补充的是,城里愁风惨雾,近郊和乡村并不因此而能逃过浩劫(且不说小城堡,那里的惨状和城里相差无几)。乡间分散的小村子里,穷苦的农民和他们的家属缺医少药,更没有用人照顾,日日夜夜都有人像牲口那样死在家里、路上和田野。他们也像城市居民一样寻欢作乐,自暴自弃,荒废了农活和田地,每天都在等死似的不再理会牲畜、土地和自己辛勤劳动的成果,过一天算一天,只顾把现有的东西吃光用光。牛、驴、绵羊、山羊、猪、鸡,甚至对人一向极其忠诚的狗都被赶出家园,在庄稼没有收割的田地里到处乱跑。许多牲畜似乎有灵性,白天在田里觅食吃饱之后,一到晚上,虽然没有牧人带领,也会自动回到住处。我们暂且抛开乡村再说城里,苍天无情,置人于不顾,人的狠心也无以复加。一则由于疫情凶猛,二则由于病人太多,健康人害怕传染,不愿照顾,听其自生自灭,从三月到七月,佛罗伦萨城里据说死了十万人以上。在发生那场要命的瘟疫之前,谁都没有想到这座城市竟有这么多居民。唉,有多少巍峨的宫殿、豪华的邸宅、漂亮的房屋以前人丁兴旺,士绅和贵妇济济一堂,如今连用人都死光死绝,一个不剩!有多少显赫的门第、著名的产业、庞大的财富留下来没有法定的继承人!多少勇敢的男子、如花似玉的美人、头角峥嵘的青年,就连加兰诺①、希波克拉底②和埃斯库拉庇乌斯③也会认为是健壮的，早晨还同亲友伙伴一起用点心，晚上却和他们的祖先一起在另一个世界共进晚餐了！

喋喋不休地讲述灾难的惨状，我自己也觉得厌烦。因此，可以毫无顾虑地略去的部分我就按下不表，只谈一件事：正当我们城市的居民大批死亡，几乎十室九空的时候，我从一位可靠的人那里听说，某个星期二上午，庄严的圣马利亚新教堂里做完弥撒，几乎没有什么人了，但有七个年轻女郎聚在一起。她们都服丧，穿着黑色的衣裙，相互之间都很熟悉，不是沾亲带故，便是街坊邻居，年纪最大的不过二十八，最小的不到十八。她们都端庄文雅，出身名门，知书达理，容貌姣好，活泼开朗而不流于轻浮。出于充分的理由，我姑且隐去她们的真名实姓。理由是下文即将记载她们讲的和她们听到的事情，我不愿意以后哪一位女郎因之感到羞愧，因为今天的风俗习惯比当时严格一些，对寻欢作乐行为的约束要多一些。正由于已经谈到的原因，当时不仅像那种年纪的女郎，甚至年纪更大一些的女子寻欢作乐的余地也多一些。此外，我不愿意给那些妒忌成性、对生活中一切美好现象都要评头论足的人以口实，免得他们红口白舌，褒贬如此贤惠的女郎们的品行。由于这个原因，并且为了不致把讲故事的女郎们弄混了，我准备根据她们每人的特点起一个或多或少比较合适的名字。第一个年纪最大，我们不妨管她叫作潘皮内娅。第二个叫菲亚梅塔，

〰〰〰〰〰〰〰

① 加兰诺（约131—201），古希腊医学家，在人体解剖学方面有重要发现。
② 希波克拉底（约前460—约前377），古希腊著名医学家，认为疾病是由人体体液失衡引起。
③ 埃斯库拉庇乌斯是希腊神话中医药之神，能起死人生白骨。

第三个叫菲洛梅娜,第四个叫艾米莉娅,第五个叫劳蕾塔,第六个叫内菲莱,最后一个不无道理地叫艾莉莎。① 她们事先并没有约好,那天在教堂邂逅,见面之后大家围成一圈,唏嘘不已,不再做祷告,而是开始谈论当前的情况和一些别的事。过了片刻,大家不说话了,这时潘皮内娅开口说道:

"亲爱的姐妹,你们和我一样,一定常听说这么一句话,那就是胸怀坦荡地运用主见的人是无可非议的。保存和维护自己的生命是每个人生而有之的本能。甚至有时候为了维护自己的生命而导致别人的死亡也不犯法。如果说人们的福利有赖于法律的实施,而维护自己的福利的做法又得到法律认可,那么我们以及任何别的女人为了维护自己的生存采取力所能及的不妨害别人的措施,又有什么不光彩的呢?考虑到今天早上和最近这些日子我们的行为以及我们的种种想法,我和你们一样,认为我们大家迟早要为自己的下场提心吊胆。我觉得这并不奇怪,奇怪的是(我们都具有女人的感情),既然我们都面临着千真万确的威胁,为什么不设法逃避?依我看,我们留在这里就像是喜欢或者理应观看有多少尸体运来

---

① 这些名字有的影射作者相知的真人,有的是神话、传奇或文学作品里的人物。潘皮内娅意谓"葡萄叶茂盛",有"丰满、蓬勃"之意,作者曾用来暗指他年轻时爱慕的姑娘。菲亚梅塔可能是玛利亚·德·阿基诺,作者曾与之相爱,遭到背弃后一直不能忘情,作品中经常出现她的影子,如《菲埃索勒的女神》《菲洛斯特拉托》中的克里塞达。菲洛梅娜意谓"夜莺""歌手"。艾米莉娅意谓"讨人喜欢",是薄伽丘的长诗《苔塞伊达》里的女主人公。劳蕾塔有"桂冠"之意,并且是意大利诗人彼特拉克年轻时为之倾心的少女的名字。内菲莱意谓"多情的姑娘"。艾莉莎意谓"被遗弃的",是古罗马诗人维吉尔的史诗《埃涅阿斯纪》中迦太基女王狄多的别名,埃涅阿斯经历海上风浪到达迦太基,受到狄多接待,拒绝了狄多的爱情,狄多因而自杀。

埋葬，或者聆听教堂里所剩无几的修士在规定的时间唱圣歌，或者穿着这身黑色的丧服向每一个来这里的人表明我们落到了多么悲惨的地步。我们一走出这道门，看到的不是病人便是搬运途中的死尸，再不就是犯有前科、遭到当局放逐的犯人，他们知道执行法律的官员如今不是死了便是病了，便肆无忌惮地在全国各地乱跑，这简直是对我们的莫大嘲弄。我们看到的还有喝饱我们血的本城的渣滓，他们自称掘墓人，飞扬跋扈，到处横行，根本不把我们放在眼里，嘴里还哼着不三不四的小调，取笑我们的不幸。我们耳朵里听到的只是'这个人死了，那个人快断气了'。如果说还有人为死者感到悲痛的话，我们听到的将只是一片哭声。我回到家里的时候（不知道你们的情况是否和我一样），发现原先人丁兴旺的家里只剩下一个使女。我吓得毛骨悚然，在家里走动时，似乎看到了死者的幽灵，不是平时见到的熟面孔，而是不知从哪里冒出来的、叫我心惊肉跳的别的可怖形象。因此，无论在这里、在外面，还是在家里，我总是不自在，目前更是如此。除了我们以外，凡是心脏仍然跳动、还能挪窝儿的人好像都不待在城里了。我经常注意到别的人不辨是非，不顾羞耻，无论独自一人也好，成群结队也好，日日夜夜吃喝玩乐，为所欲为。不仅是世俗的自由人，甚至隐居在修道院里的出家人也认为别人在干的事他们都可以干（清规戒律已经破除，他们沉溺于肉体的快感，认为这样便可以得救），变得淫乱堕落。如果情况如此（情况显然如此）我们还待在这里干什么？我们还等什么？我们还抱什么幻想？既然问题牵涉到我们的健康，我们为什么要比别的市民落后，迟迟不采取行动？难道我们以为自己低人一等？难道我们认为维系我们生命与肉体的链索比维系别人的更坚强,而不必提防损害我们生命的威胁?我们错了,我们是自欺欺人。如果我们有这种想法,那简直是糊涂透顶!只要一想起这场残酷的瘟疫夺去了多少年轻年长的女人的生命,眼前的情况就一清二楚了。出于疏懒或犹豫,我们虽想躲避却没有想出躲避的办法。我认为(不知道你们是不是和我有同感)万全之计就是像许多在我们之前的人所做的那样离开这个地方,同时要像避开死神那样避开别人放荡的榜样。我们大家在乡间都有几处别墅,不如搬到乡间去住,过清心寡欲的日子,在不超越理性的范围之内,随自己的兴致宴饮欢娱。在乡间,听到的是禽鸟啁鸣,看到的是青山绿野,田里的庄稼像海浪似的起伏,各种各样的树木千姿百态,寥廓的天空如今虽然带着哀愁,并没有失去它永恒的壮丽。乡间的一切赏心悦目,远不是我们这座萧索的空城可比。再说,乡间的空气也清新得多,在当前这种日子里,所需的东西比城里丰富,揪心的事情却比城里少。尽管乡民们也像城里人那样一个接一个地死去,但毕竟地广人稀,不像城里那样伤心惨目。从另一方面来看,如果我没说错,我们并没有抛弃谁。相反,是我们被人抛弃。我们的亲人死的死,走的走,扔下我们受苦受难。如果照我的话去做,我们不会受到指责。不这么做,我们倒难免忧伤、苦恼,甚至死亡。因此,假如你们同意,我们不妨吩咐各自的使女带上必需的物品陪伴我们,今天住一处别墅,明天换一处,在这种日子许可的情况下尽情欢娱。我认为我们应该这么做,以便保存自己。只要死亡不找到我们头上,我们终归可以看到老天对这类事情做出安排。要记住,我们堂堂正正地离开城里,并不比许多留在城里却干伤风败俗事的人更不光彩。"

大家听了潘皮内娅的一番话,非但称赞她的见解,表示愿意照办,甚至开始讨论实施的细节,仿佛一站起身就出发似的。但是菲洛梅娜十分谨慎,她说:

"姐妹们,潘皮内娅的话很有道理,不过我们不能随心所欲,说走就走。要记住,我们都是女人,年纪都不小了,不会不知道,如果没有男人参加,一群女人凑在一起是干不了大事的。我们生性变化无常,不安分,爱多心,又胆小,因此我很担心,如果光是我们几个而没有男人带头,我们很快就会散伙,并且闹得不痛快。因此我们在决定之前还得从长计议。"

艾莉莎这时说:

"一点不假,男人们确实是女人们的带头人,没有他们支配,我们做事很难圆满成功。但是我们怎么才能找到男人陪同?我们都清楚,我们的男性亲戚大多已经死去,活着的也像我们希望做的那样,各自结伴,分散在各地,下落不明。请陌生人同行又不妥当。如果我们以健康为重,就得想出妥善的办法。我们既是出于需要去寻求安宁,就不能让麻烦和流言蜚语接踵而来。"

女郎们正在议论之际,有三个年轻人走进教堂,说是年轻,也不太年轻,因为其中最小的一个也快二十五岁了。三个都是多情种子,流年不利,亲友亡故,为自身的安危担忧,都未能使他们的爱情熄灭,甚至是丝毫冷却。第一个名叫潘菲洛,第二个叫菲洛斯特拉托,最后一个叫狄奥内奥,①三个人都风

① 这三个名字各有意义,潘菲洛意谓"充满爱情",是菲亚梅塔的情人。菲洛斯特拉托意谓"情场失意",薄伽丘的长诗《菲洛斯特拉托》中的主人公也叫这个名字。狄奥内奥意谓"登徒子",从希腊神话中爱神维纳斯的母亲狄奥娜这个名字衍化而来。

流蕴藉,文质彬彬。他们在寻找各自的心上人。在这人心惶惶的日子里,能见到心上人就是莫大的安慰。事有凑巧,七位女郎中间,三位恰好是他们的心上人,而另外几位同他们当中的这一个或那一个也有亲戚关系。他们刚走进教堂,几位女郎已经看到了,潘皮内娅莞尔一笑说:

"瞧,我们一开头就大吉大利,命运把几个谨慎、勇敢的年轻人带到了我们眼前,只要我们接纳,他们一定乐意充当我们的向导和侍从。"

内菲莱正是三个青年之一的情人,她羞红了脸说:

"天哪,潘皮内娅,瞧你说的!我很了解刚来到的那三个人,他们都是没得说的好青年,我相信比这更重要的事他们都能对付。我还认为他们品行端正,别说陪伴我们,即使陪伴比我们更美貌、更高贵的女士也不会辱没她们。但是大家都知道,他们和我们中间的几个人相爱,我担心的是,如果由他们陪伴我们,尽管他们和我们都没有过错,诽谤和指摘仍然会落到我们头上。"

菲洛梅娜插嘴说:

"那没有关系,站得正不怕影斜,只要我自己问心无愧,随别人怎么说,天主和真理会保护我的名誉。啊,要是他们愿意参加进来就好啦!那时候,就应了潘皮内娅的金口,我们就可以说命运助我们成行了。"

女郎们觉得这话说得在理,非但没有反对意见,还一致同意过去招呼那几个青年,把她们的打算讲给他们听,并且向他们表示希望他们同行。潘皮内娅不再多说,起身朝青年们走去,原来她还是其中一个的亲戚。青年们站住,只见她笑容满面向他们行了礼,说明她们的决定,并以姐妹们的名义请他们以兄弟般纯洁的感情陪伴。青年们起先以为这是同他们开玩笑，但见那女郎说得十分恳切，随即愉快地答应同行。为了不迁延时日，双方分手前就谈妥了出发的准备工作。该做的事都有条不紊地布置好了，打算前往的去处也派人预先通知了。第二天，星期三，天刚破晓，女郎们带着几个使女，青年们带着三个侍从，出城上路。他们走了两英里不到就抵达事先选定的地点。

那地点在一个小山冈上，离东西南北通衢大道都有一段路程，山上草木郁郁葱葱，叫人看了眼目清凉。山顶筑有一座邸宅，中央是一个宽敞优美的庭院，回廊、厅房和卧室环绕四周，室内布置雅致，墙上装饰着色彩明快的图画。邸宅外面是草坪和长满异草奇葩的花园，园内不缺清洌的水井。宅内有地窖，贮藏着美酒，不过这东西对于端庄娴静的女士们并不合适，只好留给懂行的酒徒们去品尝。刚到的人高兴地看到，房屋已经打扫干净，卧室里被褥配备齐全，摆满了应时的鲜花和灯芯草环。

大家坐定后，性情开朗、人品极好的狄奥内奥开口说：

"女士们，是你们的慧心，而不是我们的远虑，把我们引来这里。我不知道你们还有没有忧愁，反正我同你们一起出城时，已把心事抛在城门口了。因此我请求你们同我一起忘却烦恼，行乐歌唱，当然，要在不损害你们的端庄的限度以内，否则不如放我离开，让我带着我的烦恼回到愁云惨雾的城里去。"

潘皮内娅的重重心事仿佛也都抛到了九霄云外，她高兴地说：

"你说得太好啦，狄奥内奥，我们希望活得快活，促使我们逃出城里的正是愁苦，但是没有规矩不成方圆，由于我出的主意，形成了这个愉快的集体，然而要使我们的愉快维持长久，我认为应该从我们中间推举一个头领，大家要对他尊敬服从，由他想出消遣的办法，好让我们的日子过得快活。为了使大家都能体会当首领的责任和乐趣，为了使没有尝试到的人不至于因为这个或那个原因而生妒忌之心，我建议每天轮流让一个人承担责任和荣誉，第一个当政的人由大家推选。到了第一天傍晚，担任首领职务的他或者她就任命继承人，继承人在位期间可以随意决定我们应当生活的地点和方式。"

大家听了这番话十分高兴，异口同声地推选潘皮内娅为当天的首领。菲洛梅娜随即朝一株月桂树跑去，摘下几条叶枝，编了一个漂亮的桂冠，因为她常听说桂叶是荣誉的象征，当之无愧的人要戴桂冠。在那个集体相聚期间，谁出任至高无上的首领，发号施令，谁就戴着它。

潘皮内娅被任命为女王以后，吩咐大家安静，并且把三个男仆和四个使女叫来。等大家静下来后，她宣布说：

"大家既然推我做第一天的女王，我就立下一些规矩，希望我们相处期间日子过得尽可能有条有理，大家心情舒畅，越活越高兴。我首先指派狄奥内奥的仆人帕尔梅诺当我的总管，负责全体的伙食和照顾整个邸宅的事务。潘菲洛的仆人西里斯科负责掌管财物，听从帕尔梅诺的指挥。廷达罗除了照应菲洛斯特拉托之外，还得在狄奥内奥和潘菲洛的房里伺候，因为他们两个的仆人已另有任务。我的使女米西亚和菲洛梅娜的使女莉奇斯卡专管厨房，精心烹调帕尔梅诺安排的食谱。劳蕾塔的使女基梅拉和菲亚梅塔的使女斯特拉蒂莉娅在小姐们的房里伺候，并且打扫我们大家起居的场所。我还要嘱咐大家一件事，不论谁去哪儿，从哪儿回来，看到什么，听到什么，若想得到大家的好感，就不准从外面带进不愉快的消息。"

潘皮内娅干脆利落地做了布置，得到了大家的称赞，她笑眯眯地站起身说：

"这里有花园，有草坪，景色优美宜人，大家可以随意转悠。听到午前祈祷①的钟声响起时，请大家回到这里，趁天气凉快时用餐。"

这几个快乐的青年得到当政女王的许可，陪着俊俏的女郎们信步走进花园，一路有说有笑，用鲜花和树叶编成各种美丽的花环，情深意长地唱着歌曲。到了女王规定的时刻，他们回到邸宅，发现帕尔梅诺已经开始执行他的新任务，干得十分出色。他们走进底层的一个餐厅，只见桌上铺好雪白的台布，酒杯闪烁着银光，到处摆着金雀花。大家照女王的吩咐洗了手，按帕尔梅诺排好的位置依次就座。精致的菜肴和美酒佳酿端了上来，三个男仆在旁殷勤伺候。大家看到一切安排得如此妥帖，非常高兴，便开怀吃喝，谈笑风生。这些女郎和青年都会跳舞，有的还善于唱歌和演奏乐器。杯盘撤下以后，女王吩咐取来乐器，狄奥内奥弹诗琴，菲亚梅塔拉中提琴，两人开始合奏一支轻柔的舞曲。女王打发男仆们去吃饭，自己和别的女郎以及不奏乐器的两个青年翩翩起舞，舞罢，又唱起欢快的歌曲。他们兴致勃勃，一直玩到女王认为该是午睡的时

---

① 天主教教堂规定每天祈祷八次，称为早课、晨祷、午前祷、午祷、午后祷、晚祷、晚课和午夜祷，具体时刻相当于每天的三、六、九、十二、十五、十八、二十一、二十四点，按时鸣钟，民间就以教堂钟声定时刻。

候。于是大家退下，三个青年回他们的卧室，女郎们也各自回到与青年们隔开的卧室。青年们的卧室床上铺盖整整齐齐，并且像餐厅一样摆满了鲜花，女郎们的卧室也一样，于是各自解衣上床休息。

午后祈祷的钟声敲响不久，女王首先起床，把别的女郎唤醒，又派人叫起三个青年，说是白天睡得太久有碍健康。他们来到一处草坪，那里芳草如茵，周围树木荫翳，清风徐来，没有阳光直射。大家听从女王吩咐，围成一圈，席地而坐。女王说：

"你们看到了，太阳还很高，暑气熏蒸，除了橄榄树上的蝉鸣以外，听不到别的声音，这时刻到什么地方去玩显然都是愚蠢的。这里凉快舒服。你们看到了，还有棋盘棋子，谁高兴可以下棋消遣。不过，依我看，在一天之中最闷热的时刻还是不下棋为好，因为下棋有输有赢，输家会感到懊丧，赢家和观棋的人也不见得特别快活。我认为不如讲故事，只要一个人讲，其余的人都能得到消遣。太阳下山、热气消退之前每个人都来得及讲一个小故事，然后我们爱到哪里去玩都行。假如我的话合你们心意（在这一点上我听从你们的意见），大家就照办。假如你们不赞成，大家爱干什么就干什么，到晚祷的时候再集合。"

女郎和青年们都赞成讲故事的主意。

"你们既然赞成，"女王说，"今天是第一天，我不限定题材，各人爱讲什么就讲什么。"

她转向坐在右边的潘菲洛，客气地请他带头先讲。大家望着潘菲洛，他听到女王吩咐，开始讲下面的故事：

一

切帕雷洛先生临终忏悔时,胡吹一通,把神父骗得晕头转向。他生前作恶多端,死后却得了圣徒的称号,名为圣齐亚帕雷托。

亲爱的女士们,人们做事总是以造物主的值得赞扬的神圣名义开始。既然由我牵头为大家讲故事,我打算讲一件神迹,大家听了,可以坚定我们对天主的深不可测的旨意的信念,永远赞美他的名字。

一切世俗的事物显然都是短暂无常的,里里外外充满了烦恼、焦虑和辛苦,并且面对无穷无尽的危险。如果天主不赐予我们殊恩,不给我们力量和真知灼见,我们混迹于世俗的事物之中,作为一个组成部分,是很难维持长久的。可是,别以为我们是由于本身有什么功德才得到那种殊恩,那是来自天主的慈悲和圣徒们的祈求。圣徒以前和我们一样,也是凡夫俗子。他们生前也食人间烟火,享受人间欢乐,如今在天主身边,得到了祝福和永生。我们有所求时,不敢直接祈求最高审判者,而是央告圣徒代向天主说项,因为他们都是过来人,了解我们的弱点。我们凡夫无缘见到天主,我们的俗眼也无从窥探他圣心的奥秘,有时受到人云亦云的蒙蔽,祈求一个圣徒替我们向天主说项,殊不知那个圣徒早已被逐出天国,再也见不到圣颜。但天主对我们一向慈悲宽容,并不计较。天主明察秋毫,重视祈祷者的一片诚心,原谅了他的无知或代为说项的被逐圣徒的罪愆,应允了祈祷者的要求,就当他是向一个真正的圣徒祈求那样。这一点在我马上要讲的故事里是显而易见的。我说显而易见，并不是指天主的审度，而是指人类的判断。

却说以前法国有个大富商，名叫穆齐亚托·弗兰采西①，受朝廷册封为骑士，奉命随同法国国王之弟夏尔去托斯卡纳。夏尔没有封邑，这次应教皇波尼法齐奥之召前去申请。和一般商人一样，穆齐亚托的事务千头万绪，短时间内很难清理完毕，因此他决定委托别人代办。别的事情都容易安排，唯有一件很伤脑筋，那就是他放给几个勃艮第人的债，找不到一个干练的代理人去催收。他知道勃艮第人蛮横无理，不讲信义，心想只有找一个多少可以信赖而又泼辣无赖的人，以毒攻毒，才能制服那些勃艮第人。他正苦苦思索之时，忽然想到一个名叫切帕雷洛·德·普拉托的人，以前常去他在巴黎的家里串门。此人五短身材，衣着讲究，法国人不明白切帕雷洛有"木桩"之意，只当它同齐亚帕洛"花冠"有关，既然他身材矮小，便用小称"齐亚帕雷托"来称呼他，结果这个名字叫开了，知道原名切帕雷洛的人反而很少。

齐亚帕雷托是这样一个家伙：他身为公证人，却以开具假证明为能事，经他手的文件若有一份没有弄虚作假，他反而认为是奇耻大辱。请他开假证明，他特别高兴，来者不拒，甚至可以分文不取。请他开真证明，酬劳再多，他也不乐意。不论有没有需要，他喜欢发伪誓。当时法国十分重视誓言，可他毫无顾忌，凡是找他上法庭以天主的名义作证时，他就抹煞良心

---

① 穆齐亚托·弗兰采西是佛罗伦萨人，农民出身，经商致富。下文提到的切帕雷洛也确有其人。

发伪誓。他热衷于在朋友、亲戚和任何人之间挑拨是非,兴风作浪,散播仇恨,从中得到乐趣。乱子闹得越大,他越是高兴。如果要他去杀人或者干什么别的伤天害理的事,他欣然从命,从不拒绝。他甚至多次表示愿意亲手去害人杀人。他百般亵渎天主和圣徒,为了一点鸡毛蒜皮的小事就暴跳如雷,破口大骂。他从不去教堂,看到教堂里办圣事就嗤之以鼻,避之犹恐不及。与此相反的是,他经常光顾小酒店和下流场所,乐而忘返。他像狗躲开棍棒那样躲开女人,但对于敲后门的勾当却乐此不疲,没有比他更卑鄙下流的了。他坑蒙拐骗时面不红心不跳,像圣徒那么心安理得。他暴饮暴食,吃起来可以玩命,赌博时又是作弊诈骗的好手。可是我何必在他身上多费口舌?只消说他是天下头号坏蛋就够了。长期以来,他的邪恶得到穆齐亚托先生的权势和影响的庇护,正由于这个原因,尽管他屡屡坑害个人,一贯欺骗朝廷,却经常得到个人的尊敬和朝廷的器重。

穆齐亚托想起了齐亚帕雷托,对他的为人再清楚不过,认为由他去对付无赖的勃艮第人最合适。穆齐亚托派人把他找来,对他说:

"你知道,齐亚帕雷托先生,我快要离开这里,不定什么时候回来。我有些债款要向勃艮第人收回,那些人一向刁顽,我不知道除你之外还有哪个更妥当的人可以委托。你目前在家闲着,如果愿意干,我可以向朝廷保举,并且从你催讨回来的账款里提一部分作为对你的酬劳。"

齐亚帕雷托当时失意潦倒,走投无路,眼看长期以来一直支持他,庇护他的人要走了,因此只对这个建议稍稍考虑了一下,当即说他乐意接受。两人谈妥之后,齐亚帕雷托从国外得到公证人任命和授权文书,等穆齐亚托离开后,便前往勃艮第。勃艮第几乎没有人认识他,他一反常态,开始和和气气地收账,执行委托给他的任务,仿佛要等更合适的时机才暴露自己的真面目。他寄住在佛罗伦萨一对放高利贷的兄弟家,兄弟二人出于对穆齐亚托的尊重,对他关怀备至,想不到他在此期间竟然病倒。两兄弟不敢怠慢,为他延医诊治,指派仆人加意伺候,希望他早日康复。但是一切努力都不收效,这位先生上了年纪,据医生说,由于以前生活太不检点,底子给掏空了,像是得了绝症,情况一天比一天差,两兄弟见了忧心忡忡。一天,他俩在齐亚帕雷托病榻所在的房间隔壁开始议论,一个说:

"我们拿那个人怎么办?我们碰上他算是倒足了霉。他病成这副模样,我们如果把他撵出去,显然于理有亏,会招来众人责骂。当初人家看见我们接待了他,又尽心尽意地请医生给他治病,他也没有什么对不起我们的地方,如今人病得快死了,我们却突然把他撵出家门。再说,他生平作恶多端,一定不肯忏悔,也不能接受教堂给他办临终圣事。没有忏悔而死去,任何教会不能收容他,他就会像死狗似的给扔到城外荒冢堆上。即使他作了忏悔,他的罪孽深重,擢发难数,任何修士和神父都不愿或不能赦免。他既然得不到赦免,到头来还是要给扔到荒冢堆。当地人本来就讨厌我们干这一行生意,把我们恨得牙痒痒,如果出了那种事,就会对我们横加指责。他们觊觎我们的钱财,会起来大嚷大闹说:'那些伦巴第狗①,连教堂都不愿意收留,我们岂能容他们继续待在这里?'他们

---

① 泛指意大利人。当时意大利商业经济发展,不少意大利人以放高利贷为业,而天主教会规定异教徒、自杀身亡和放高利贷者死后不准在教堂墓地安葬。

会闯进我们家,抢我们的钱财,也许还会要我们的性命。总而言之,只要那个人一死,我们非倒霉不可。"

前面说过,齐亚帕雷托的病榻离两兄弟谈话的地方不远,病人的听觉往往分外敏锐,两兄弟说的话,他都听在耳里。他便召唤他们过去,对他们说:

"我不愿意你们为我担忧,更不愿意你们害怕由于我的牵连而受到损害。你们的谈话我全听到了,如果情况真像你们所说的那样发展,你们设想的结果确实难免。可是我要得到另一种结果。我一生中冒犯天主的次数太多了,再加一次也无所谓。你们去请一位最最德高望重的神父来,如果确实有这种神父的话,其余的事情交给我,我自有办法既照顾到你们,也照顾到我自己,保证皆大欢喜。"

两兄弟虽然不抱很大希望,还是去找了一个教团,请求派一位有学问有德行的神父去听一个在他们家病得快要死了的意大利人忏悔。教团派了一位上了年纪的神父和他们同去,那位神父圣洁明慧,对《圣经》极有研究,深得市民敬爱。

神父到了齐亚帕雷托卧病不起的地方,坐在他身边,首先和颜悦色地安慰病人,然后问他有多长时间没有忏悔了。一辈子没有忏悔过的齐亚帕雷托先生回答说:

"神父,我每星期忏悔一次已经成了习惯,有时候还不止一次。我病了八天,说实话,还没有忏悔过:这场病闹得我没有忏悔的气力。"

神父说:

"我的孩子,你做得对,应该这样。既然你经常忏悔,我用不着多听多问了。"

齐亚帕雷托说:

"神父,可别这么说。尽管我忏悔得很多很频繁,我仍旧一直希望把我记忆所及从出生起到最近一次忏悔时为止的一切罪孽统统交代出来。因此,我请求你,我的好神父,请你原原本本地问我,就把我当成生平从未忏悔过似的。你不必顾虑我有病,我宁肯肉体受苦,不愿让肉体舒服而留下罪孽,使我的灵魂万劫不复,辜负了基督以他宝贵的血拯救我的一番好意。"

　　那个圣洁的人听了这番话非常高兴,认为这是心地真诚的表示。他大大夸奖齐亚帕雷托的习惯,接着问他有没有跟女人犯过奸淫之罪。齐亚帕雷托叹了一口气说:

　　"在这方面,神父,我不好意思讲真话,因为我怕犯自我吹嘘的罪孽。"

　　神父接口说:

　　"你放心大胆说好了,无论是忏悔还是在别的场合,说真话永远不会是罪孽。"

　　齐亚帕雷托便说道:

　　"你既然向我做了保证,我不妨告诉你,我至今还是童身,跟出娘胎的时候一模一样。"

　　"天主保佑你!"神父说,"你做得多好啊。好就好在你自觉自愿守身如玉,不像我们和别的受教规约束的人那样不敢破色戒。"

　　神父接着问他有没有犯过使天主不悦的贪口腹的罪孽。齐亚帕雷托长叹一声说,犯过,多次犯过。虽然他除了跟虔诚的信徒一样每年在四旬斋①斋戒之外,每周至少还有三次只吃面包喝白水,但是他喝水时津津有味,特别是祈祷或朝圣感

---

　　① 天主教徒每年从圣灰星期三到复活节之间举行的四十天斋戒。

到疲乏的时候,简直像酒徒饮酒似的。有时候,他像妇女进城那样想吃素什锦,还有些时候,他觉得吃东西有滋有味,像他这样虔诚斋戒的人真不该有这种想法。神父说:

"这种罪孽,我的孩子,是人之常情,完全可以原谅,我不希望你良心上有不必要的负担。再圣洁的人长期斋戒也想吃东西,疲乏的时候也想喝水。"

"我的神父,"齐亚帕雷托说,"你不必用这样的话来安慰我,凡是与侍奉天主有关的事都必须问心无愧,容不得半点杂念,这一点我并非不明白,你当然清楚。"

神父听了这话十分满意,对他说:

"你如此砥砺意志,实行时又如此诚心自觉,使我非常欣慰。不过我还要问你一件事:你有没有犯过贪婪罪,心里起过非分之想,或者得过不义之财?"

齐亚帕雷托答道:

"我的神父啊,虽然你看见我借住在这两个放高利贷的人家里,但我不希望你对我有什么成见。我同他们毫无瓜葛,何况我来这里是劝说他们,教训他们,要他们洗手不干这种可恶的盘剥勾当。假如天主没有召唤我,我想我的目的也许已经达到了。你知道,我父亲留给我不少财产。他去世后,我把大部分奉献给了天主。后来我做一些小买卖,想挣几个钱维持我自己的生计,同时周济基督的穷苦人。我赚来的钱总是一半分给穷人,一半支付自己的用途。天主帮了我的大忙,我的买卖总是越来越兴隆。"

"你做得对,"神父说,"你是不是常有发怒的时候?"

"噢!"齐亚帕雷托答道,"实话实说,那是常有的事。眼看人们做事不公道,不遵守天主的戒律,不畏惧天主的审判,有谁能克制自己不发怒？眼看年轻人追求虚荣，怨天尤人，诅咒发誓，不去教堂，却泡在酒店里，不走天主指引的正道，却走世俗的旁门邪道，我每天都有好几次火冒三丈，气得不想活了。"

神父评论说：

"我的孩子，那种火发得正当，我不要你为此悔罪。不过那种怒火有没有促使你杀人、骂人，或者干过任何害人的事呢？"

"唉，神父！你身为教门子弟，哪能讲出这种话呢？如果我有一闪念想干你说的那种事，你认为天主还能这样保佑我吗？那种事是恶人坏蛋干的，我只要见到他们总是说：'走吧，愿天主点化你们。'"

于是神父说：

"愿天主保佑你，我的孩子，你现在说说有没有做过伪证害人？有没有说过别人坏话？有没有未经别人同意拿过别人的东西？"

"有，我说过别人坏话，"齐亚帕雷托答道，"以前我有一个邻居，老是平白无故地揍老婆。有一次，我对那个可怜女人的亲戚说了她丈夫的坏话，因为那家伙老是喝得醉醺醺的，不把他老婆当人对待，我十分同情那个女的。"

神父又问：

"你告诉过我，你是商人。一般商人往往坑害欺骗顾客，你有没有干过那种事呢？"

"确实干过，"齐亚帕雷托说，"但是当时我并不知情。有一次，一个向我赊了布的顾客来还账，我接过钱没有数，顺手放进一个盒子里，过了一个月，才发现多出四枚辅币[1]。我保

---

[1] 古时佛罗伦萨的货币单位是弗罗林，每个弗罗林分为四个小辅币。

留了一年,准备还给那人,可是以后再也没有见到他,我只好把钱施舍给了穷人。"

神父说:

"那是小事一桩,你处理得也很妥当。"

神父接着又问了许多话,悔罪者以同样的方式一一回答。神父正准备宽恕他的罪孽时,齐亚帕雷托忽然说:

"神父,我还有一件罪过没有交代出来。"

神父问他是什么,他说:

"我记得有一个星期六,过了午后祈祷的时间,我还吩咐一个仆人打扫房间,对神圣的安息日①不够尊重。"

"那也是小事,我的孩子。"神父说。

"可别说小,"齐亚帕雷托说,"星期日应当得到重视,因为我们的救主是那一天复活的。"

神父又问:

"你还干过什么?"

"有一天,"齐亚帕雷托说,"我不小心,在天主的教堂里啐了唾沫。"

神父不禁微微一笑,说道:

"我的孩子,不必为那种事担心,我们出家人每天也在那里吐唾沫。"

"那你们犯了大不敬,神圣的教堂是做弥撒、向天主祭祀的场所,要保持得再清洁不过才对。"

总而言之,诸如此类的事他说了许许多多,开头长吁短叹,后来干脆号啕大哭。他本来就精于此道,想哭就能哭。神

---

① 安息日是星期日,但一些热心的信徒从星期六下午就开始过安息日。

父慌忙问道：

"你怎么啦，孩子？"

齐亚帕雷托说：

"唉，神父，我犯有一桩罪孽，实在无地自容，所以从没有忏悔过！我每一想起，就像你刚才看到的那样号啕大哭，我认为天主再慈悲也不会原谅我这桩罪孽。"

神父反驳说：

"你说什么呀，孩子？假如世界上已经犯过和将要犯的罪孽全部集中在一个人身上，而这个人就像我见到的你那样无限后悔，悲痛不已，那么天主慈悲无边，与人为善，只要你一五一十说出来，肯定会宽恕你。你就放心说吧。"

齐亚帕雷托仍旧泪如泉涌，他唏嘘地说：

"唉，神父，我的罪孽深重，除非你帮助我，为我祈祷，不然我怎么也不相信天主会宽恕我！"

神父说：

"你放心说吧，我答应为你祈祷。"

齐亚帕雷托只顾哭，不肯开口，神父则继续劝他打消顾虑。齐亚帕雷托涕泗滂沱，让神父等在一旁干着急。最后他终于长叹一声，开口说：

"神父啊，既然你答应为我祷告天主，我就对你说吧。你要知道，我小时候有一次咒骂了我的亲娘。"

他说完又泣不成声。神父说：

"我的孩子，你真认为罪孽有这么深重？每天都有人诅咒天主，天主既然心甘情愿地宽恕了诅咒他的人，难道你认为他不会宽恕你诅咒母亲的事？别哭啦，心放宽一些，即使你是把基督钉上十字架的人之一，天主见你这般痛心也会宽恕你的。"

齐亚帕雷托回答说:

"你哪能这么说,神父?我亲爱的母亲怀了我,九个月里面日夜劬劳,我咒骂她太不应该,实在罪大恶极,假如你不替我向天主祈祷,我永远不会得到宽恕。"

神父认为无须再问齐亚帕雷托先生什么话了,开始赦免他的罪孽,为他祝福,把他当作再圣洁不过的人,因为悔罪者编的一套话神父都深信不疑。这也难怪,一个弥留的病人讲得声泪俱下,有谁会不相信?了事之后,神父对他说:

"齐亚帕雷托先生:天主保佑,你很快就会恢复健康,但是万一天主把你有福的纯洁灵魂召唤到他身边,你是不是愿意让你的遗体安葬在我们的修道院里呢?"

"当然愿意啦,神父,我不希望葬在别的地方,因为你已经答应替我向上帝祈祷。再说我对你们的教团一向抱有特殊的好感。我还请求你回寺院之后,派人把圣体给我送来,也就是你们每天早晨供在圣坛上的圣饼。我虽然不配,但仍然想领到圣餐,即便活着时是个罪人,临终领了圣餐,举行了涂油仪式,死时就是基督徒了。"

神父说齐亚帕雷托先生讲得头头是道,他十分高兴,回去后就派人把圣饼送来。神父说罢就回去了。

再说那两兄弟,他们很担心齐亚帕雷托拆他们的台,趴在齐亚帕雷托房间的板壁外面偷听,听清了齐亚帕雷托对神父说的话。他们听到齐亚帕雷托忏悔的内容,有时几乎要笑出声来。他们议论道:"这个人真够瞧的!衰老、疾病、死到临头的畏惧、即将面对的天主的审判,都不能使他洗心革面,至死也不想改掉生前的邪恶。"但是听到他将安葬在教堂里,他们心里的一块石头就落了地。

过了不久，齐亚帕雷托领了圣体，病情急转直下，又接受了涂油礼，就在他忏悔那天晚祷后不久一命呜呼。两兄弟根据他本人的遗愿安排了隆重殡葬的一切有关事宜，通知修士们按照规矩当夜守灵，第二天早上搬运遗体。

听他忏悔的神父得悉他已死，便向寺院住持汇报，然后打钟召集全体修士，向他们介绍说，根据齐亚帕雷托先生所做的忏悔判断，他是个圣洁的人。神父希望天主应他之请显许多神迹，劝说大家以极大的尊敬和虔诚接纳死者。寺院住持和其余轻信的修士们一致表示同意。晚上大家来到齐亚帕雷托遗体停放的地点，隆重地为他守灵。第二天一早，大家身穿白色法衣，手拿《圣经》和十字架，行礼如仪把遗体迎往教堂，城里万人空巷，几乎所有的善男信女都尾随在后。一到教堂，听取忏悔的神父登上法坛，详细介绍了齐亚帕雷托先生的生平，大谈他的斋戒、童贞、浑厚、朴实，以及种种值得赞扬的事迹。他还谈到齐亚帕雷托先生如何声泪俱下地忏悔了他自己认为最大的罪孽，以及神父本人费了多少口舌才让他相信天主确实会宽恕他。接着，神父责备听众说：

"你们这些天理难容的人同他真有天壤之别，你们脚下绊着一捆稻草就满嘴脏话，把天主、圣母和所有的圣徒都骂遍。"

神父还就死者的忠诚和纯洁说了许多许多，他的话在本地人中间一向很有威信，这次更深深地打动了听众的心。布道刚一结束，在场的人纷纷上前，虔诚地吻死者的脚和手，把他身上的衣服撕得精光，认为能抢到一片碎布就可以沾上福气。遗体搁了一整天，供大家瞻仰。晚上才放进小厅里的一具大理石棺，备极哀荣。第二天，人们络绎前来供奉蜡烛，顶礼膜拜，也有许了愿送蜡像来还愿谢恩的。他圣洁的名气越来越响,香火也越来越盛,人们碰到倒霉的事除他之外不求别的圣徒。大家称他为圣齐亚帕雷托,一口咬定说天主借他之手显了许多神迹,直到今天还很灵验,只要诚心诚意,没有有求之不应的。

诸位听到的就是齐亚帕雷托·德·普拉托先生一生的经历,死后又是怎么成为圣徒的。我不想否认他有蒙主召归、享受殊恩的可能,因为他虽然生前作恶多端,丧尽天良,但在生命的最后一刻也可能真心悔罪,获得天主的恩惠,得以进入天国。不过究竟是否如此,我们就不得而知了。揆诸情理,我认为那个死者多半沉沦在地狱,不至于升登天国。果真如此的话,更说明天主对我们的恩惠是何等浩荡!他只问我们的信仰是否纯真,不计较我们的愚昧无知,尽管我们把天主的敌人错认为圣徒,通过他向天主祈求恩惠,天主照样把他当成朋友,听取我们的祈祷,垂顾我们的请求。当前流年不利,我们蒙天主的恩惠才保平安,愉快地相聚在这里讲故事,赞美他神圣的名字,那就让我们崇拜他,祈求他吧,我们的祷告一定能被他听到。

潘菲洛讲完故事,就此打住。

二

> 犹太人亚伯拉罕经不住詹诺托·德·奇维尼一再劝导,前去罗马教廷,看到僧侣们伤风败俗,回到巴黎,皈依天主。

潘菲洛讲故事时,女郎们自始至终听得津津有味,不时还被逗得格格发笑。女王也全神贯注,等他讲完后,转向坐在讲故事人身旁的内菲莱,说是按照次序,应该轮到她讲了。端庄秀丽的内菲莱高高兴兴地回答说她乐意遵命,开始讲下面的故事:

潘菲洛的故事告诉我们,天主宽宏大量,并不怪罪我们由于无法察觉而犯下的过错。我讲的故事是向你们表明,一些原应以自己的言行做出表率来证明天主慈悲的人却胡作非为,天主不同他们一般见识,以同样的宽厚容忍了他们,并且用颠扑不破的真理证实我们更应坚定对他的信仰。

俊俏的姐妹们,我听说巴黎有个善良的大商人,名叫詹诺托·德·奇维尼,为人忠诚正直,经营呢绒绸缎,买卖很大。他有个莫逆之交,是个名叫亚伯拉罕的犹太富商,为人也忠诚正直。詹诺托眼看他朋友如此聪明能干,但由于没有正确的信仰,善良正直的灵魂难免沉沦,不禁产生了怜悯同情。詹诺托推心置腹地请求他抛弃犹太教的谬误,皈依基督的真理,因为他自己也能注意到基督教的正宗神妙,日益发扬光大,而他信奉的宗教正趋于没落,最终必将消亡。犹太人回说,在他看来,任何宗教都比不上犹太教正统神圣,他呱呱坠地就入了犹太教,并且打算信奉下去,直到老死,别人再怎么说也改变不了他的主意。过了几天,詹诺托又用同样的话来规劝他,并且用商人的逻辑说明为什么我们的宗教胜过犹太教。虽说亚伯拉罕对希伯来法典很有研究,也开始觉得詹诺托的话有点意思,或许是詹诺托对他的拳拳情谊感动了他,或许詹诺托的辩才起了作用,因为即使笨口拙舌的人在圣灵的感召下也能讲得头头是道。不过他坚持自己的信仰,自然不会轻易放弃。可是他越是坚定不移,詹诺托越是不灰心,劝导不已。最后,犹太人拗不过他,便这么说:

"唉,詹诺托,你既然这么希望我信奉基督,我准备照你说的做。不过我首先想去一次罗马,看看你所说的天主派驻人间的代理人,瞻仰教皇、红衣主教和教士们的风貌和气派。如果他们真像你说的那样,能使我相信你的宗教确实比我的好,我就照你的话去做。如果不是这样,我就一如既往,继续信我的犹太教。"

詹诺托一听这话,不禁暗暗叫苦,心想:"我以为自己干得不坏,居然使他回心转意,其实不然,看来这番心血全要白费。他不去罗马教廷毫无问题,一去可要坏事。只要让他看到教会中的人过的不堪入目的腐化堕落的生活,别说他身为犹太人而皈依基督,连本来信奉基督的也会改信犹太教。"于是他硬着头皮对亚伯拉罕说:

"我的朋友,你从这里去罗马要费很多事,花不少钱,何必多此一举呢?除了舟车劳顿之外,像你这样有钱的人出门会遇到种种危险。难道你认为这里找不到能给你行洗礼的人吗?如果你对我向你宣讲的教义有什么疑问,这里有许多神学大师和饱学之士①,你想知道什么,要请教什么问题,都能为你释疑解惑。因此我觉得你为这件事出门远行是多余的。你也许会说,这里虽然也有主教、大主教,而那里的主教、大主教在教皇身边,总比这里的好。我劝你这次就免了,等下次教皇大赦的年份再去,那时候我也许和你结伴同行。"

犹太人回说:

"詹诺托,我相信你的话有道理,不过任怎么说,如果你要我

① 法国康布雷教士索邦于一二五二年在巴黎创建神学、科学、文学书院,为巴黎大学前身,当时很有名气。

满足你对我的请求,我非去一次不可,否则我不会改变主意。"

詹诺托看他朋友主意已定,只好说:

"好吧,我祝你一路平安。"

他想亚伯拉罕见了罗马教廷的情形再也不会信奉基督,但对他也没有什么损失,只得由他去了。

犹太人不多耽搁,备了马就向罗马教廷出发。一到那里,受到当地犹太人的热情款待。他在罗马期间,绝口不谈此行的目的,只细心观察教皇、红衣主教、大主教、主教和所有神职人员的所作所为。他是个精明能干的人,从自己亲眼看见和别人告诉他的情况中发现那帮人从上到下个个淫乱好色,非但喜欢女人,还好男色,不知人间有羞耻二字。在那里想办什么事都得走妓女和娈童的门路。他还发现他观察到的人都花天酒地,大吃大喝,既好色又贪图口腹,像是没有理性的动物。他经过深入观察还发现那帮人爱财如命,什么都用金钱交易,包括人的血汗和信徒们的供奉、教会的收益,买卖比巴黎的呢绒绸缎或别的生意做得更大,赚的钱也更多。他们售卖教会神职,美其名曰委派;把佳肴珍馐叫作斋饭,弄虚作假;把天主当成傻瓜,以为他看不透他们龌龊的灵魂,会被事物的名称糊弄过去。

凡此种种,还有许多不便明说的现象,让那个冷静正派的犹太人看了大为摇头。他认为所见所闻足以说明问题,便决定不多逗留,赶紧回巴黎。詹诺托听说他回来,就去看他,心里也明白他决不会改信基督教,见了他非常高兴,对方也很亲切。亚伯拉罕休息了几天后,詹诺托才问他罗马之行对教皇、红衣主教以及其他神职人员印象如何。犹太人马上说:

"那里简直叫人莫名其妙!我不妨告诉你,如果我没有搞错，我在那里根本没有看到什么圣洁、虔诚、慈善、模范的生活，或者称得上教士的人。我在各处看到的仿佛只有淫乱、贪婪、饕餮、欺诈、妒忌、傲慢，甚至还有更丑恶的现象（如果世上还有更丑恶的现象的话），以致我觉得那里不是一个神圣的温床，而是罪恶的策源地。照说你们的大大小小的带路人原应是基督教的基础和支柱，可是依我看，他们殚精竭虑，把聪明才智都用于搞垮基督教，想把它从世界上抹掉。不过据我所知，他们想做的事并未实现，你们的宗教不断发扬光大，更增光辉，使我不得不做出一个结论，那就是你们的宗教有圣灵做基础和支柱，因而比别的宗教神圣正宗。以前我顽固不化，听不进你的劝导，不愿意信奉基督。现在我公开宣布，世上任什么都阻挡不住我成为基督徒。我们现在就去教堂吧，我要按照你们宗教的规矩接受洗礼。"

詹诺托怎么也没有想到他竟会得出这样的结论，听了之后比谁都高兴。他当即陪同亚伯拉罕去巴黎圣母院，请那里的神父举行洗礼。神父们听说犹太人要入教，很快就为亚伯拉罕施行洗礼。詹诺托把他从洗礼池里扶出来时，给他起了教名乔万尼，不久又请了许多有学问的人给他讲解基督教义。他学得很快，后来成了一个德高望重的好人。

三

犹太人梅基塞德讲了三枚指环的故事，没有落进萨拉丁设下的危险圈套。

内菲莱的故事得到大家称赞，结束后，菲洛梅娜奉女王之命开始叙说：

内菲莱的故事叫我想起以前另一个犹太人遇到的难题。有关天主和我们宗教的真谛已经谈了不少，现在不妨换个话题，讲讲人的遭遇和作为。你们听了我这个故事之后，下次有人问什么问题，你们回答时也许会倍加小心。

亲爱的伙伴们，你们都知道，愚蠢不会带来幸福，只会使人陷入极大的困境；而真知灼见能使聪明人摆脱种种危险，给他带来平安和宁静。愚蠢使许多愉快幸福的人落到悲惨的地步，这方面的例子千千万万，举不胜举，没有必要多谈。我现在要讲的小故事是向你们表明，明智能保太平。

萨拉丁出身寒微，但英勇善战，成了巴比伦的苏丹，[①]无论同伊斯兰教或基督教军队作战，屡屡获胜。他常年征战，加上生活奢侈铺张，耗尽了国库。有一次，他急需一大笔钱，短时间内无从筹措，于是想起亚历山大城一个放高利贷的名叫梅基塞德的犹太人。梅基塞德生性悭吝，绝不会痛痛快快借钱给萨拉丁，萨拉丁也不愿意强迫他，可是钱又非借到不可。萨拉丁动足脑筋想办法要犹太人答应，终于决定对他施加压力，当然，表面上还要做得通情达理。萨拉丁派人把犹太人找来，客客气气地接待了他，请他坐下，然后对他说：

"先生，我听到不少人夸你博学多才，尤其在神学方面有独到的见解，因此我想请教一个问题，那就是伊斯兰教、犹太教和基督教三者之中，你认为哪一种宗教最好？"

～～～～～～～

① 萨拉丁（1137—1193）是一个伊斯兰大臣的儿子，并非薄伽丘所说那样出身寒微。他后来成为埃及和叙利亚的苏丹，于一一八七年从十字军手中夺回耶路撒冷。巴比伦是迦勒底古国的首都，以富饶奢华著称于世，十字军东征时称埃及首都为巴比伦。

那个犹太人的才能确实名不虚传,他马上明白萨拉丁在找他麻烦,布下了圈套要抓他的把柄。他也知道,只要他推崇三种宗教中的任何一种,萨拉丁就达到了目的。他必须做出滴水不漏的回答,不让人挑出毛病。沉思片刻之后,他想出了该说的话:

"苏丹陛下,这个问题问得好。在回答之前,请容我讲一个小故事:从前有个大富翁,家里有许多金玉珠翠,其中一枚指环精美绝伦,价值连城。为了不辱没这件精品,让它成为世世代代的传家宝,富翁宣布说,他死后,得到这枚指环的儿子就是他的继承人,别的子女要尊其为一家之长。得到指环的人对自己的子女也照样行事,再传给指定的继承人。于是这枚指环代代相传,最后的传人有三个儿子,他们品行都端正,对父亲都孝顺,父亲对他们也同样钟爱,没有厚薄之分。三个年轻人了解指环的历史,都想成为一家之长,受到尊重,便都请求上了年纪的父亲在百年之后把指环传给他。老父亲对三个儿子同等喜欢,不知道该给谁才好。他想让大家满意,分别答应了三个儿子。他暗地找来一个手艺高明的工匠照指环原样仿制了两个,精美的程度可以乱真,连他自己都难以辨出哪个是原件,哪个是仿制品。他临终前把三个指环秘密地分别给了三个儿子。父亲死后,三个儿子都要求得到传人的荣誉,互不相让,取出各自的指环证明自己应得的权利。那三枚指环十分相似,简直无法辨认哪枚是真的,因此谁是真正的继承人也就悬而未决,至今仍是悬案。

"苏丹陛下,你问我天父给三个民族的三种宗教哪个是正宗。我的回答是,每个民族都认为自己得到真传,都认为应当遵循他们的教规法典,不过这个问题和指环一样至今仍是悬案。"

　　萨拉丁听了这番话,知道那个犹太人巧妙地避开了他设下的圈套,只好把真情和盘托出,看犹太人能不能帮他一个忙。苏丹还说,如果刚才犹太人稍有不慎,说漏了嘴,自己打算怎么整他。犹太人一口答应帮忙,拿出苏丹要借的款子。萨拉丁后来如数归还,又给了他许多贵重礼物,同他交了朋友,把他当作宫廷的上宾。

四

　　一个修士犯下应遭严惩的罪孽,直言不讳地指责住持行为同样不检,因而逃脱了惩罚。

　　菲洛梅娜讲完了故事,坐在她旁边的狄奥内奥知道按次序该轮到他了,不等女王发话就说:

　　可亲的女士们,如果我没有误解在座各位的意图,我们聚在这里讲故事是为了消遣自娱。因此我认为,只要不违背这个原则(方才我们的女王也说过),凡是自己觉得最有趣的故事都可以说。我听了亚伯拉罕靠詹诺托·德·奇维尼的规劝拯救了自己的灵魂,还听了梅基塞德靠自己的机智没有落进萨拉丁的圈套,保全了财产,我打算讲的故事是一个修士怎么靠审慎逃脱了严厉的惩罚,免受皮肉之苦。

　　离这里不远的一个名叫卢尼夏纳的小镇有座修道院,那里的修士人数和清规戒律以前要比现在多得多。有个年轻的修士进院时间不长,清苦的生活、斋戒和夜课还没有耗磨掉他的青春活力。一天中午，别的修士都在午睡，他独自到修道院外面去溜达。附近很荒僻，他却看到一个长得相当俏丽的姑娘，也许是本地农户的闺女，在田野里采摘花草。修士刚看到她，一股欲念就勃然兴起。他走上前去同姑娘搭讪，两人谈得投机。修士就把姑娘带回他的单人房间，谁都没有瞧见。修士忘乎所以，同姑娘玩得正快活的时候，午睡起来的住持从修士的门前走过，发觉有年轻人的调笑声，便凑在门上，听听到底是怎么一回事。他一听就明白，屋里有个女人。他本想叫里面开门，再一考虑，没有当场发作，便回到自己的房间里等修士完事出来。再说那修士虽然同姑娘玩得兴头上，欲仙欲死，心里还是有点害怕，仿佛听到走廊上有脚步声。他从壁缝里向外张望了一下，清清楚楚地看到住持在偷听，知道这下坏了事，住持准听到房间里有女人。他知道等待着他的是严厉的惩罚，但在姑娘面前不露声色，只是心里七上八下，暗自盘算有什么补救办法。最后，他想出一个狡猾的主意，觉得能帮他渡过难关，便假装已经尽兴，对那姑娘说：

"我去想想办法，让你出去时不被人瞧见。你待在这里别作声，等我回来。"

他走出房间，反锁上门，一口气跑到住持那里，把钥匙交给住持（修士们外出都得交出房门钥匙），若无其事地说：

"师父，今天早上我打的柴火没来得及运完，如果你允许的话，我现在再到树林子里去搬。"

住持以为修士还不知道他干的事已经被发现，心想正好可以进一步调查他的过错，就很乐意地接过钥匙，放他走了。修士走后，住持开始琢磨怎么处理这件事：先当着全体修士的面，打开犯戒修士的房间，把他的罪证公之于众，免得他受罚时喊冤叫屈，还是先盘问那个姑娘，怎么会干出这等事来。他又想，那妞儿会不会是他认识的哪个熟人的女儿，如果是的话，当着这许多修士的面出她的丑，叫她无地自容就不妥当了。他左思右想，决定先看看那个姑娘是谁，然后再作计较。于是他蹑手蹑脚来到修士的房间，打开门进去，随手又把门锁上。那姑娘看到进来的是修道院住持，大吃一惊，又害怕又害臊，竟哭了起来。住持端详着那姑娘，见她年轻俏丽，他虽然上了年纪，也像那年轻的修士刚才的情况一样，一阵阵欲火中烧，心下想道："我整天乏味烦恼的事要多少有多少，既然能找快活为什么不找？这个姑娘讨人喜欢，就在我眼前，没有人知道，如果我能说得她动心，让我快活快活，为什么不干？有谁知道？谁都不会知道，不为人知的罪孽也就得到了一半的宽恕。这类好事以后恐怕不会碰上了。白白错过天父赐给我的良机是不明智的。"他这般自言自语，把来时的打算抛到九霄云外，挨到姑娘身边，开始体贴地安慰她，叫她别哭，说着说着，终于表露了自己求欢的意图。那姑娘也非草木，依从了住持。住持紧紧搂住她，吻了又吻。他最后上了修士的床铺，也许想到自己的身体过于痴重，那姑娘年稚娇嫩，经不住他折腾，没有趴在她身上，而是让她待在上面，同他玩了好长时间。再说那修士，他佯称去树林，其实躲在走廊里，看到住持进了房间，心里一块石头落了地，知道他的计谋已经生效，听到房门从里面锁上，更知道已经十拿九稳。他从藏身之处出来，悄悄地贴在一条壁缝上。住持在里面做的事，讲的话，他都看得真切，听得分明。住持终于同那个姑娘玩了个畅快，仍旧把她反锁在屋里，自己回到住处。过了一会儿，他想起修士，估计该从树林里回来了，决定把修士痛骂一顿，然后关他禁闭，好独自享用到手的猎物。于是住持派人把修士找来，沉下脸大加训斥，再吩咐把他关进地牢。修士当即说：

"住持师父，我入本尼迪克特教团①时间不长，还没有学全教规，你也没有教过我，修士应当像重视斋戒和夜课那样，给妇女以高高在上的地位。现在你既然向我示范，我保证，如果你饶了我这一回，我不敢再犯戒律，今后必定照你的样子去做。"

住持是个聪明人，马上明白修士不但知道他干了什么事，而且亲眼看到了。他自己也犯下同样的罪过，当然无颜惩罚修士。住持便放过修士，叮嘱他看到什么不准乱说乱道，两人老老实实地放走了姑娘，不过据说以后经常叫她再来。

五

蒙费拉托侯爵夫人用一席母鸡宴和几句得体的话拒绝了法兰西国王荒唐的爱情。

女郎们听狄奥内奥讲故事时，开始有点难为情，脸上泛起了红晕，随后面面相觑，忍不住笑出声来。故事讲完后，女王委婉地数落了讲故事人几句，说是在女士们面前说这类故事有失大雅，接着转向挨着狄奥内奥坐在草地上的菲亚梅塔，吩咐她顺次讲下去。菲亚梅塔笑容可掬，亲切地开口说：

① 本尼迪克特教团是意大利僧侣圣本尼迪克特于五三〇年左右创立的教派，主张教徒应清心寡欲，节衣缩食，不苟言笑，艰苦劳动，顺天应人，亦称"黑衣教团"，成员一般很有学问。

我很高兴,刚才讲的几个故事都表明了随机应变的回答起了多么大的作用。据我所知,男人们认为博得门第比自己高的女人的爱情是十分明智的做法,而女人们则认为爱上地位比自己高的男人是十分愚蠢的事。伙伴们,现在轮到我讲,我想起一个故事,说明一个有身份的女人怎么应付得体,避开了那种危险,使人知难而退。

蒙费拉托侯爵以英武闻名,又是护教的旗手。他参加了信奉基督教的欧洲国家组织的十字军,目前远在海外。法兰西国王独眼腓力①也将出发,加入东征。某天,朝廷里谈起蒙费拉托侯爵的勇敢,一个骑士说,普天之下没有比侯爵和侯爵夫人这一对更般配的了,因为侯爵具有男子汉的一切品质,在骑士们中间鹤立鸡群;侯爵夫人美貌贤惠,在妇女们中间数一数二。言者无心,听者有意,法兰西国王虽然没有见过侯爵夫人,一听这话,不知怎么突然热烈地爱慕上她,决定东征时先走陆路到热那亚再乘船,这样就可以冠冕堂皇地去见见侯爵夫人,趁她丈夫不在家,看看能不能满足他的愿望。他就按他想的去做,命令部下先行,自己带了少数侍从出发,在接近侯爵封地的时候派人提前一天通知侯爵夫人,说是第二天在她家里用餐。侯爵夫人聪明机灵,当即表示欢迎,并说皇上驾临对她是莫大的荣幸。后来她细细琢磨,尊贵的国王趁她丈夫不在家来看她用意何在,心想准是自己的美貌名声在外,招引了国王。尽管如此,她通权达变,决定以礼相待,便召集留在封地上的男丁,叫他们做好迎驾的一切准备,筵席上的食品则

---

① 指法王腓力二世(1165—1223),与狮心王理查等参加了第三次十字军东征(1189—1192),但未能夺回耶路撒冷。

由她亲自安排。她把附近所有的母鸡统统弄来，吩咐厨师做出各种菜肴招待国王，但原料一味只是母鸡。到预定的那一天，国王来了，受到侯爵夫人的隆重接待。国王见她风致韵绝，仪态万方，比他想象的模样不知要好出多少，把她恭维了一番，自己益发神魂颠倒，心痒难熬。国王先给请进一间不辱没他身份的、布置极精致的房间里休息片刻，接着筵席开始。国王和侯爵夫人单坐一桌，其余的人按级别身份在另外几桌就座。一道道菜陆续端上来，美酒频频斟满，眼前又有这位如花如玉的侯爵夫人，国王开怀畅饮，扬扬得意。端来的菜每道虽然不同，却都是母鸡，国王开始有点纳闷。他知道这一带多的是野味，何况事先已经通知，侯爵夫人应该有时间吩咐打些飞禽走兽。他虽然纳闷，但不想让侯爵夫人谈母鸡以外的事，便笑吟吟地说：

"夫人，这一带是不是只有母鸡，没有公鸡？"

侯爵夫人听出弦外之音，认为天主给了她向国王表明心意的机会，便自信地回答说：

"不，陛下。不过这一带的女人尽管身份和装束有些差别，和别的地方的女人还是一模一样的。"

国王一听，明白了母鸡宴的用意和话中表示的清白。他知道用言语挑逗这种女人是枉费心机。当然，强暴手段更使不得。他迷恋上她本来就荒唐，现在为了自己的体面，应当压下这种荒唐的欲望。他怕再招没趣，便不再多说，死了一条心，只顾吃喝。饭后，为了掩饰这次不光彩的来访，他谢了侯爵夫人的款待，求天主赐福给她，匆匆离去，前往热那亚。

六

一个机智的人巧妙地羞辱了僧侣的伪善。

大家赞扬了侯爵夫人的胆识，为她教训了法兰西国王拍手称快。坐在菲亚梅塔身边的艾米莉娅遵照女王的吩咐，兴致勃勃地说：

我要讲的是一个正直的普通老百姓怎么用一句巧妙的话羞辱了贪婪的修士。事情经过非但叫人好笑，而且也值得赞扬。

亲爱的伙伴们，不久以前我们城里有一个米尼莫教会的修士，是审判异端邪说的宗教法庭法官。他和所有的僧侣一样，一面千方百计装得道貌岸然，一面殚精竭虑地探听谁的荷包丰盈，谁有什么亵渎神圣的言行。他一片苦心没有白费，居然找到一个好户头，钱很多但有失谨慎。那人并不是不敬天主，但多喝了几杯就信口开河，说话没有分寸，有一天竟然对朋友说，他家有一种好酒配得上给基督喝。这句玩笑话传到了宗教裁判官耳朵里，裁判官仗着自己的权力，盯上那人的钱包，便派人如临大敌地①拿下了他，准备加以审讯裁判。这一下即使不能煞煞被告不敬神的歪风邪气，至少可以让审判人捞到大把的弗罗林。宗教裁判官把那人传来，问他指控的罪名是否属实。那人回说确有其事，是在什么情况下说的。那

---

① 原文是拉丁文，意为"用了刀剑和棍棒"，典出《圣经·新约·路加福音》第二十二章第五十二节："耶稣……说，你们带着刀棒，出来拿我，如同拿强盗么？"

个金口圣约翰①的忠实信徒、十分圣洁的宗教裁判官训斥他说：

"你凭什么把耶稣基督说成是爱尝美酒的酒徒，把他当成你们自己一样的、整天在酒店里鬼混的醉鬼？时至今日，你还装作没事人，说得那么轻巧？情况并不像你想的那么简单。只要我高兴，公事公办的话，你的罪名够得上给绑在火刑柱上活活烧死的。"

宗教裁判官声色俱厉，还说了许多恐吓的话，似乎站在他面前的是否认灵魂不灭的伊壁鸠鲁②。说错话的人吓得够呛，赶紧托人说项，花了一些金口圣约翰的油膏打通关节（这种油膏对于僧侣们，尤其是对于不能接触钱的米尼莫教会的修士们分外有效）。这种油膏在加兰诺的医书里都没有记载，但功效不凡，火刑的威胁减免成一幅黑底黄纹的醒目的十字标志，让受罚的人挂在胸前，像出海远征的十字军的打扮。裁判官得了钱之后，让悔罪人在他身边跟几天，早晨在佛罗伦萨圣十字教堂做弥撒，用餐时在一边侍候，其余的时间可以自由支配。悔罪人不敢怠慢，每天应卯。一天早晨做弥撒时他听到主讲神父引用了《福音书》中这样几句话："你们必要得着百倍，并且承受永生。"③他牢牢地记住了这些话，用餐时他

---

① 指圣约翰·克里索斯托莫（约347—407），君士坦丁堡总主教，以雄辩闻名，有"金口"之称。作者在这里讽刺修士崇拜的是"金"而不是口才。

② 伊壁鸠鲁（前341—前270），古希腊哲学家和无神论者，认为灵魂是会消灭的物质，主张"欢乐和享受是生命的至善"，被他的弟子们曲解为"人们应追求享乐"，因此他的名字成了享乐主义和美食主义的代称。

③ 《圣经·新约·马太福音》第十九章第二十九节：(耶稣说)"凡为我的名撇下房屋，或是弟兄、姐妹、父亲、母亲、儿女、田地的，必要得着百倍，并且承受永生。"

照例又去裁判官那里侍候。修士一面吃饭一面问他早晨有没有做弥撒，他马上回答说：

"去了，神父。"

裁判官又问：

"你有什么疑问，有什么听不懂的地方要问我吗？"

那好人回答道："我对于听到的话统统相信，没有丝毫怀疑。但是有一句话听后叫我想到你和所有的修士们在天国的难处，我真替你们担忧。"

裁判官吃惊地问：

"什么话使你替我们担忧呢？"

那人回答说：

"神父，就是《福音书》上那句'必要得着百倍'的话。"

裁判官说：

"那话一点不假，可是你为什么要担忧呢？"

"容我告诉你，神父，"那人说，"我来这里之后，看到修道院把剩下的菜汤施舍给外面的许多穷苦人，有时每人一大勺，有时两勺，如果你们每施舍一勺，到了天国之后会得到百倍的回报，那得到的菜汤岂不是多得要把你们淹没了？"

同裁判官坐在一起吃饭的人哈哈大笑，裁判官悟出这明明是在嘲笑他以权谋私、假冒伪善，弄得不知所措。若不是那人已在受罚，还要指控他对裁判官和其他饱食终日的修士们犯有不敬之罪，加以惩罚。裁判官最后吩咐那人爱干什么去干什么，不想再见到他了。

七

贝加米诺借普里马索和克利尼修道院院长的故事影射卡内·德拉·斯卡拉先生一反常态的吝啬。

艾米莉娅的风趣故事惹得女王和在座的人都笑了,大家把那个"十字军"的机敏夸赞了一番。笑声平息,大家不再说话时,该讲故事的菲洛斯特拉托开口说:

灵秀的女士们,射中固定的靶子固然不简单,但是当一个前所未见的目标突然出现,能做到眼明手快一发中的的,就更了不起了。僧侣们腐化堕落的生活是明摆着的靶子,谁高兴都可以抨击,并不是难事。修士们假仁假义,把原该倒掉或喂猪的残羹剩菜施舍给穷苦人,那个悔罪者当面讽刺宗教裁判官,自然大快人心。不过我认为我下面要讲的事更值得赞扬。卡内·德拉·斯卡拉①是个乐善好施的贵族,忽然一反常态,变得吝啬起来,后来听了一个影射他的风趣的故事又幡然悔改。事情经过是这样的:

继腓特烈二世②之后,卡内·德拉·斯卡拉在意大利权贵中间是数一数二的人物,他家赀巨万,乐善好施,四海闻名。有一次,他准备在维罗纳举行盛会,邀请了许多人,特别是四

---

① 卡内·德拉·斯卡拉(1291—1329),维罗纳总督,但丁在《天国篇》第十七章第七十节谈到他的乐善好施。
② 腓特烈二世(1194—1250),西西里国王、神圣罗马帝国皇帝。

面八方的俳优弄臣,但不知出于什么原因,突然又打消原意,给已经赶来的人发了一些盘缠,统统打发走了,只留下一个名叫贝加米诺的人。贝加米诺能说会道,没听他说过话的人简直不相信世上竟会有口才这么好的人。他留在维罗纳,既没有人来招待,也没有人打发他回去。他心想,如果不是以后有用得到他的地方,不会这样对待他。卡内先生自有他的想法,认为给贝加米诺赏赐等于白白扔进水里,所以既不找他面谈,也不捎话给他。过了几天,贝加米诺眼看卡内先生不来找他,又不给他钱物,而他带着仆人和马匹在客栈里钱快花光了,心里就有点恼火,但又觉得不告而别也不合适,只好硬着头皮干等。他随身带了三套华丽的衣服,那是别的贵族送给他的,让他参加盛会时穿得体面一点。客栈老板催付房钱时,他先给了一套衣服;过了几天,又给了一套,抵作房租饭钱。他打算尽可能拖延下去,等第三套衣服抵光之后再回家。

他靠第三套衣服抵账糊口时,有一天满面愁容地去见卡内先生。卡内正在吃饭,不想听他说什么有趣的故事,而是拿他取乐,对他说:

"怎么啦,贝加米诺?你看上去心事重重。给我说一段吧。"

贝加米诺也许想过许多,现在不假思索就讲了下面的故事:

大人,你知道,普里马索精通拉丁文,并且是个出口成章的大诗人。他的才华使他出了名,受人尊重。即使没有见过他面的人也知道普里马索这个名字。但是他怀才不遇,一生潦倒。有一次他落泊巴黎,听人提起克利尼修道院院长,说是除教皇之外,天主教会里最有钱的神职人员要数他了。还听说他的邸宅豪华阔绰，开饭时凡是登门求见的一概管吃管喝，从不拒绝。普里马索喜欢同王公贵族们打交道，决定去见识见识这位院长的气派，便打听院长住处离巴黎有多远。别人告诉他，院长当时所在的邸宅离巴黎有六英里左右的路程。普里马索估计一早动身的话，吃饭的时候就能赶到。他问清楚路怎么走，可是一时找不到去那里的同路人，担心找错地方，吃不上饭，希望落空。他决定带三个面包，如果真遇上这种情况就不至于挨饿了，清水反正到处都能找到，尽管他并不爱以清水就面包。他带好面包上路，一切顺利，吃饭的时候赶到了院长住处。他进了门，朝四周打量一下，只见许多桌子上都摆好了杯盘碗盏，心想："这个人确实名不虚传，慷慨大方。"

院长的总管忙着里外照应。过了一会儿，开饭时间已到，他吩咐端水给大家洗手，请大家入座。普里马索的座位正好安排在院长进餐厅时必经的门口。

邸宅有个规矩，在院长入座之前，桌上不摆出面包、酒或其他食品。总管布置好餐桌后，派人去请院长，等他一到便上饭菜。院长发话打开通向餐厅的门，一眼就看到了衣着寒酸、以前从未见过的普里马索。院长顿时感到一种说不出的不痛快，暗想："我竟然让这种人白吃白喝！"他一扭身，吩咐关上门，问左右坐在门口那张桌旁的无赖是谁。大家都说不认识。话分两头，普里马索平时没有斋戒的习惯，赶了半天路，肚子早就饿了。他等了好一阵子，不见院长露面，便从随身带的三个面包里取出一个吃了起来。

过了片刻，院长派人去看普里马索有没有走，那人回来说：

"还没有，他正在吃面包，自己带来的面包。"

"那就让他吃吧，"院长说，"他自己有面包，今天就不会吃我们的了。"

院长觉得把普里马索轰走总不太合适，希望他自动离去。可是普里马索吃完一个面包，看看院长还不来，就开始吃第二个。家人报告了院长，院长再派人去看普里马索走了没有。院长迟迟不露面，普里马索吃完第二个面包，接着吃第三个，这情况也报告了院长。他不禁想道："我今天是怎么了，会有这种怪念头？吝啬？恶意？这是为什么？多年来我一直招待食客，来者不拒，从不问他们是上等人还是穷汉，是贫还是富，是大商贾还是小贩，即使看到许多无赖诓吃诓喝也从未有过今天这种念头。无足轻重的人不会使我产生吝啬的念头。这人衣着寒酸，我把他当成了无赖，其实他准是有来历的。"他这么寻思，想知道陌生人究竟是谁。一问之下，得知是鼎鼎大名的普里马索，并且是因为久闻院长热情好客的名声，亲自来看看院长的慷慨大度。院长顿时羞愧万分，为了弥补先前的怠慢，赶快殷勤款待，饭后给普里马索换了一套符合他身份的华丽衣服，又送给他钱和马匹，由他自己决定多住几天或是回家。

普里马索十分满意，向院长千恩万谢之后，动身返回巴黎。他来时步行，回去时有了坐骑。

卡内先生是聪明人，不消贝加米诺多说，已经明白他的用意，笑着对他说：

"贝加米诺，你巧妙地借一个故事表白了你的委屈、你的才华、我的吝啬，以及你对我的希望。说真的，在这以前我从没有起过吝啬之心。这次我对不起你，我这就借你的棍棒赶走我的吝啬。"

于是,他吩咐家人去付清贝加米诺欠客栈的房钱,拿一套自己的华丽衣服送给贝加米诺,还送他一些钱和一匹马,由他自己决定逗留几天或者回家。

八

圭列莫·博西耶雷用几句含蓄的话讽刺了埃尔米诺·德·格里马迪的吝啬。

坐在菲洛斯特拉托旁边的劳蕾塔听了大家称赞贝加米诺的巧妙辞令,认为现在该由她讲了,不等女王发话,落落大方地开口说:

亲爱的伙伴们,刚才的故事给了我启发。我要讲的是一个聪明的朝臣如何讽刺了一个大富翁的贪婪,情节有点相似,收效也很大。尽管和前面的故事大同小异,你们会发现我说的故事相当有趣,结局圆满。

很久以前,热那亚有个名叫埃尔米诺·德·格里马迪的绅士,他拥有许多产业和大笔钱财,人们认为他远比意大利任何一个富翁更富。他的财富超过所有的意大利人,他的吝啬和贪婪也胜过世上任何一个贪得无厌的守财奴。他爱钱如命,非但对别人一毛不拔,对自己也无比苛刻。热那亚人一般比较讲究穿着,他舍不得花钱,穿得破破烂烂。吃喝方面他更是抠抠搜搜的,仿佛和自己过不去。结果大家理所当然地称他为吝啬鬼埃尔米诺先生,而他的真实姓氏格里马迪反而不为人所知。

他只攒不花，财富越来越多。这时候热那亚来了一个名叫圭列莫·博西耶雷的朝臣①，温文尔雅，辩才无碍。现今的朝臣格调低下，俗不可耐，却要人家把他们当成大人先生。其实他们不比驴子高明多少，只能同宫廷里最粗鄙的人相比。博西耶雷却不是那种人。因为以前的朝臣致力于在侍臣之间斡旋，消弭纠纷，撮合婚姻，促进亲友关系，或者用机智风趣的语言慰解烦恼，欢娱宫廷，或者像父辈那样老成持重地责备奸邪的恶行，他们得到的只是微薄的报酬。今天的朝臣却热衷于飞短流长，挑拨是非，传播一些伤风败俗的新闻。更恶劣的是，他们捕风捉影，不积口德，说别人坏话，背后议论别人不光彩或倒霉的事情；还颠倒黑白，为达官贵人们的劣迹涂脂抹粉。他们把时间全用在这种勾当上面，乐此不疲。越是那种坏话说尽坏事做绝的人，越是受到尊重。卑鄙小人给当成了大人先生，得到丰厚的报酬。当今的世界由于有他们这批人而蒙受耻辱和谴责，无怪乎道德荡然无存，只剩下不幸的人在泥淖中打滚。

我出于义愤，情不自禁地说得太离题了，现在回过头来再说那个圭列莫，热那亚的绅士们都尊敬他，热诚地接待他。他在城里待了几天，听人谈起埃尔米诺先生的吝啬卑鄙，倒想见见这个人。埃尔米诺先生也听说圭列莫·博西耶雷是个人物，他虽然吝啬，礼数还没有完全忘记，客客气气地接待了圭列莫，谈得相当融洽。接着，他带圭列莫和在场的另一些热那亚人去看他新盖的一座漂亮的住宅。参观结束时，他说：

---

① 指中世纪欧洲投靠王公贵族宫廷的说唱诗人或弄臣，和我国古时"滑稽多辩，谈言微中，亦可以解纷"的优孟、优旃、东方朔、淳于髡等人相仿佛。

"圭列莫先生,你见多识广,能不能说出一件我从未见过的东西,好让我请人画在我的客厅里?"

圭列莫觉得他这话问得出奇,回答说:

"先生,我恐怕说不出什么你从未见过的东西,除非是喷嚏。你既然有兴趣,我想有件东西你大概从未见过,倒不妨告诉你。"

埃尔米诺先生迫不及待地说:

"那就请你告诉我吧。"

他没料到这一问会自找没趣,只听得圭列莫说:

"你请人画个慷慨吧。"

这句话使埃尔米诺先生猛地一震,羞愧得无地自容。他突然反躬自省,发现自己的所作所为确实不像话,必须改弦更张。他说:

"圭列莫先生,我一定请人画,不管是你还是别人,再也不会说我从未见过慷慨是什么了。"

圭列莫的话起了极大作用,从那以后,埃尔米诺成了绅士中间最大方、最慷慨的人,当时的热那亚没有谁比他更仗义疏财、热情接待外地人的了。

九

> 塞浦路斯国王沉湎不治,经一个加斯科尼女人刺激后变得奋发有为。

现在只剩下艾莉莎还没有讲故事,她不等女王下令,春风满面地开口说:

年轻的姑娘们,世上往往有这种情况:不断责备、反复敲打并不收效,无意之中一句普普通通的话却像醍醐灌顶,使人幡然醒悟。劳蕾塔讲的故事清楚地说明了这一点,我也想讲一个小小的故事加以补充。不管谁讲,好故事听听总是有益无害。

艾莉莎接着说:

塞浦路斯第一任国王在位期间,戈弗雷多·德·博伊龙①已经收复了圣地,有个加斯科尼女人去朝拜圣墓。她回国到塞浦路斯,路上被一群歹徒截住,遭到强暴。她又气又恨,想去找国王告状。可是人们对她说,找国王也是白搭,因为国王昏庸无能,沉湎不治,且不说别人受了欺侮他不会主持公道,即使他自己遭到凌辱也不当一回事,有些无处申冤的人竟然指着国王的鼻子破口大骂。那个受害的女人听了这话,知道报仇无望,但又咽不下这口气,决定数落数落国王的窝囊。她哭哭啼啼地找到国王,对他说:

“我并不是为了求陛下替我报仇才来的,只是听说陛下也受过许多侮辱,却能安之若素,我想学学陛下的涵养功夫。天主有眼,如果把我受到的凌辱加在陛下身上就好了,因为陛下能忍。”

一向懈怠懒散的国王听了这话猛然醒悟,首先严办了那批侮辱这女人的歹徒,此后对一切不法行为都不手软,对目无王法的人一律严惩不贷。

---

① 戈弗雷多·德·博伊龙是第一次十字军东征的统帅,于一〇九九年攻克耶路撒冷,成为耶路撒冷国王。

十

波洛尼亚的阿尔贝托大夫用几句很有分寸的话,使一位想取笑他痴情的女子感到惭愧。

艾莉莎结束了她的故事,最后该由女王讲了。她开始娓娓而谈:

高贵的青年人,璀璨的星辰是夜间苍穹的点缀,春天的花朵是葱翠草地的装饰,风趣的话语则使优雅的举止和愉快的谈吐相得益彰。简练隽永的风趣话出自女人之口比从男人嘴里说出来更有力量,因为唠里唠叨对男人本来就不合适,对女人更不可取。如今听得懂风趣话的女人不多,甚至可以说没有,即使听懂了也答不上来,这是我们和大多数女人的通病。以前的女人注重内在修养,现在的女人讲究外表装饰,以为打扮得花枝招展、珠光宝气,就比别的女人高出一头,更受尊重,仿佛披红挂绿的驴子比别的驴子高明一些。我说这话时自己也觉得丢人,因为我说别的女人等于在说自己。那些女人虽然浓妆艳抹,花团锦簇,却像大理石雕塑似的不会开口,或者没有知觉,即使开口应答,说出来的话也不登大雅,还不如不说。她们要人相信,她们在同别的女人和有身份的男人交往时不善于言辞是由于心地纯洁,她们把自己的蠢笨称之为老实,仿佛只有同使女、洗衣妇、面包师娘交谈的才叫老实。这倒不假,如果她们天性真像自己标榜的那样,她们的废话就不那么多了。说话和别的事情一样,要考虑时间、地点和对象。

有时候，一个男人或女人不掂掂对方的分量，自以为说了一句能叫别人脸红的风趣的话，结果自讨没趣，脸红的是自己。由于我希望你们做到自尊自重，免得印证"女人总是占不了上风"那句老话，在轮到我讲的今天最后的一个故事里，我想让你们明白，你们的心灵既然比一般女人的高尚，你们的谈吐举止也应该分外文雅才是。

前几年，波洛尼亚有位高明的医师，名气很大，几乎全世界都知道，名叫阿尔贝托，可能还健在。他年纪已经七十，但精神矍铄，肉体的血气虽已衰退，心头的爱情火苗并未熄灭。在一次聚会上，他见到一个名叫玛格里塔·德·吉索莱丽的寡妇，长得艳丽非凡，他苍老的心里产生了爱慕之情，像大小伙子似的不能自已，当天夜里辗转反侧，难以入眠，只想再看到她妩媚的模样。于是，他开始在那女人门前徘徊，有时徒步，有时骑马，风雨无阻。寡妇和女伴们了解到他来转悠的目的，便议论开了，说是像他这样一大把年纪、很有学问的人如何竟会堕入情网。在她们看来，仿佛只有年轻人的莽撞的心才会滋生爱的激情。阿尔贝托大夫持之以恒，经常来门口转转。一天过节，寡妇和几个女伴正坐在那里，老远就望见阿尔贝托过来了。她们合计着捉弄他一下，请他进屋，好生招待，然后取笑他的单相思。她们商量好就起身邀请他进去，把他带到一个凉爽的庭院，端上美酒和糖果招待。最后，她们莺莺燕燕地问阿尔贝托，他明知道有不少风流倜傥、出身高贵的年轻人爱慕美貌的寡妇，他怎么也会爱上她。阿尔贝托听出弦外之音，知道她们是在委婉地挖苦他，便笑吟吟地回答说：

"夫人，我有爱慕之心不该使任何人大惊小怪，尤其我爱的是你，因为你值得人爱慕。一个人上了年纪，由于自然规律,体力不济,但这并不能说明他因此就没有爱的愿望了,也不能说明他因此不了解自己值得被人爱的地方。相反的是,他比青年人有经验,更清楚自己的优点。尽管,我知道,有许多青年人追求你,而我这个老头爱慕你也是有原因的。我多次到过妇女们吃饭的地方,看见她们吃羽扁豆和韭葱。韭葱的味道并不好,但底下的葱头还不算难吃,可是你们有怪癖,往往抓住葱头,光吃上面既没有营养又没有味道的韭叶。夫人,谁能说你们在挑选情人的时候不采取同样的做法呢?如果你们也那么做,中选的就是我,给拒之门外的就是别人了。"

寡妇和她的女伴听了这番话都感到羞愧,寡妇说:

"大夫,我们不知天高地厚,多有冒犯,而你只是彬彬有礼地点到为止。你德高望重,承你谬爱,我很感激。今后只要不牵连我的名誉,凡是有用得着我的地方,我完全听你吩咐。"

阿尔贝托站起身,谢了寡妇,带着愉快的笑容向她告别,离开了她家。

寡妇不看看对象,想取笑别人,却遭到揶揄。你们如果是明白人,千万要注意避免这种情况。

十个青年男女讲完故事后,夕阳已经西下,暑气大为减退。女王愉快地说:

"亲爱的伙伴们,在我今天的任期内没有什么事要做了,我只消荐举一位新的女王,由她定夺如何安排她自己和我们的生活,好让我们过得愉快舒服。照说今天要到晚上才结束,我仓促上任,来不及提前做出布置,为了让新女王事先订出明天的计划,我认为第二天的日程应该从现在开始。我推荐年轻审慎的菲洛梅娜为明天的女王,由她治理我们的王国。我相信这一定顺乎万物赖以生存的天主的旨意,合乎我们大家的愿望。"

她站起身,取下自己头上的花冠,毕恭毕敬地给菲洛梅娜戴上。她和其余的青年男女先后向新女王致敬,心悦诚服地听从她的吩咐。

菲洛梅娜加了冕,脸上泛起红晕,但记起潘皮内娅开头说过的话,便收起娇羞,壮着胆子行使女王的权力。她首先确认了潘皮内娅做出的分工安排,让大家仍旧各司其职,然后布置了明天的工作和晚餐事宜。接着说:

"亲爱的伙伴们:我少不更事,蒙潘皮内娅的厚爱,立为大家的女王。尽管如此,在安排我们的生活方面,我不打算独断独行,而是根据大家的意见行事。我想做些简单的解释,好让你们了解我的设想,然后根据你们的意见加以修改补充。我注意到潘皮内娅的安排,认为尽如人意。如果你们不由于因袭旧套或别的原因而感到不妥的话,我打算继续这样做下去。现在既然由我开始安排,大家先站起来舒展舒展。太阳快下山了,我们趁凉爽的时候吃晚饭,然后唱唱歌消遣,就该睡觉了。明天早些起床,各人随自己高兴找个地方去玩玩,到了开饭的时候像今天一样回来吃饭,饭后跳跳舞,午睡后再像今天一样讲故事。我觉得讲故事很有趣,又很有益。潘皮内娅仓促之中被推选为女王,有一件事来不及做,我认为可以从我开始,那就是事先为我们要讲的故事定出一个范围,各人可以在那个范围内找个题目,想好一个精彩的故事。如果你们同意,明天的题目是这样的:有史以来,人们都受命运播弄,凶吉难卜,以后也将永远如此,我们每人不妨讲一个人受尽磨难,几乎绝望的时候,时来运转取得圆满的结局。"

男女青年们都赞成这个想法,同意照办。大家静下来时,狄奥内奥说:

"女王陛下,我和大家一样,认为你的办法值得称颂,但我请求你格外开恩,在我们相聚期间准许我不受命题的约束,让我讲我想讲的故事。大家别以为我没有故事可讲才请求这个恩典,从现在开始我愿意排到最后讲。"

女王知道狄奥内奥是个风趣机智的人,也明白他的用意,他是想在大家听够了主题相仿的故事时,讲一件好笑的事活跃一下气氛。女王征得大伙同意后,和蔼地准许了他的请求。接着,大家站起身,缓步朝一条小溪走去。清澈的溪水从一座小山上淌下来,蜿蜒流过光洁的圆石和碧绿的草地,进入树木葱茏的山谷。

他们光着脚和胳臂在溪水边嬉游。晚餐时间一到,大家回到邸宅,津津有味地吃饭。饭后,女王吩咐取来乐器,由劳蕾塔跳舞,艾米莉娅唱歌,狄奥内奥用诗琴伴奏。劳蕾塔奉命带领大家翩翩起舞,艾米莉娅甜美地唱起下面的歌:

> 我爱上了我自己的美丽,
> 忠贞不渝,一心一意,
> 再没有别的感情能把我困扰。
>
> 我对着镜子看我自己的美貌,
> 赏心悦目,欣喜不已,
> 我知道无论新的感受和旧的回忆
> 都夺不去这份惬意。

还有什么愉快的事物
能使我动情，
能勾起我新的渴望？

这种幸福从不逃逸，
我顾影自怜时永不回避，
我刚一寻觅它便翩然来临，
默默无语，柔情缱绻，
不是言语所能形容。
千娇百媚，万种风流，
芸芸众生有谁能够抵御？

我越是凝视镜中的倩影，
胸中的火焰越是旺盛，
我把整个身心献给了它，
沉醉于它给我的承诺：
更大的欢乐还会到来，
因为我清楚地知道，
谁都不会看到如此的美丽。

  艾米莉娅唱歌时，大家快活地随声附和，合唱第一节的三行歌词，有几个还玩味歌词的意思，接着又一边唱歌一边跳起圆圈舞。夏季夜短日长，女王宣布第一天的活动到此结束。她吩咐点燃火炬，回寝室休息，第二天早晨再见。大家遵命，各自回到自己的寝室。

《十日谈》的第一天已经结束,第二天由此开始,在女王菲洛梅娜的主持下,大家讲了历尽艰辛,逢凶化吉,达到圆满结局的故事。

旭日东升,宣告了新的一天来到。绿树枝头,小鸟欢乐地歌唱报晓。女郎们和三个青年人闻声而起,走进花园,在露珠晶莹的草地上漫步。他们编织花环,像昨天那样玩了不少时候,逍遥自在。他们在草地上吃了午餐,跳了一会儿舞,接着午睡休息,将近午后祈祷时辰,纷纷起身,按照女王的命令来到凉爽的草地,围坐在女王身边。女王头戴花冠,风致韵艳。大家望着她出神时,她吩咐内菲莱率先讲个故事。内菲莱并不推辞,愉快地开始叙说:

一

马特利诺假装风瘫,一经触摸圣阿里戈霍然而愈。他的骗局被识破,挨了一顿痛打,给关押起来,差点绞死,最后总算捡了一条命。

最亲爱的姐妹们,世上常有这样的情况:有人想嘲弄别人,特别是嘲弄应受尊敬的事物,结果搬起石头砸自己的脚,好不容易才摆脱困境,弄得焦头烂额。女王出了题目,我的故事就讲我们的一个同乡,开头险遭不测,后来平安无事,连他自己都没有料到结局会如此圆满。

不久前，特雷维索有个名叫阿里戈的德国人，家境穷苦，当脚夫挣些小钱过活。但他贫贱不移，生活十分圣洁，有口皆碑。不知是真是假，反正据当地人说，他死的时候特雷维索大教堂钟声齐鸣，可当时并没有人敲撞。人们认为这是奇迹，都说阿里戈准成了圣徒。大家拥向遗体所在的屋子，把死者当作圣徒抬到大教堂。城里的瘸子、瘫子、瞎子和有种种病痛或残疾的人都聚在那里，希望触摸一下遗体，治好自己的毛病。

正当万人空巷、沸沸扬扬的时候，三个佛罗伦萨人到了特雷维索。他们分别叫作斯特基、马特利诺和马凯塞，平时出入王公贵族的宫廷，演一些滑稽短剧，以善于模仿诸色人等为能，博得一粲。他们以前没有来过特雷维索，看见街上人们熙熙攘攘，大为诧异，探明缘由之后也想去看看热闹。三个人在一家客店存好行李后，马凯塞说：

"我们也想去看看那位圣徒，可我不知道怎么才去得成。据我了解，城里的长官为了防止骚乱派出许多雇佣兵和其他武装人员把守广场，教堂里已经挤满了人，根本进不去。"

马特利诺看热闹心切，接口说道：

"这倒不成问题，我有办法接近圣徒遗体。"

马凯塞赶紧问：

"你有什么办法？"

马特利诺回答说：

"听着：我假装风瘫，行走不便，你和斯特基两人一左一右架着我，到圣徒遗体前去治病。看到我们这副模样的人准会让开一条路放我们过去。"

马凯塞和斯特基拍手称妙，他们三个不多耽搁，离开客店,来到一个僻静的地点。马特利诺伪装一番,指头、胳臂和腿脚扭曲抽缩,口眼歪斜,整个脸变了样,看上去十分可怕,谁见了他都会觉得这个人浑身上下没有一处不残废。马凯塞和斯特基两人架着他,向教堂走去,一副虔诚的神情,低声下气地请求前面的人看在天主分上挪挪地方,让他们过去。不出所料,大家纷纷闪开,还帮腔嚷道:"让开,让开!"三人一直挤到圣阿里戈遗体前面,旁边几个贵族老爷便把马特利诺抬到遗体上,让他恢复健康。

马特利诺注意到围观的人目不转睛地看着会发生什么奇迹,便使出他特有的本事,假装先伸直指头,再舒展手、胳臂和全身。看热闹的人欢声雷动,纷纷赞扬圣阿里戈的灵验。

有几个佛罗伦萨人也在现场,离遗体不远。马特利诺刚进来时体形佝偻,面目歪曲,他们一眼没有看清是谁,现在见他逐渐舒展开手脚,认出了他的本来面目,哈哈大笑说:

"天哪,他真会耍人! 瞧他进来时的模样,谁不相信他真是个瘫子?"

有几个特雷维索人听到了这句话,当即问道:

"难道那个人不是瘫子?"

佛罗伦萨人回答说:

"当然不是! 他一向好手好脚,不比我们中间任何一个人差,不过他比谁都会装成残废人的模样。"

那几个人一听这话,不等他再往下说,使劲挤到前面,大声喊道:

"别放走那个嘲弄天主和圣徒的坏蛋,他不是瘫子,却装模作样来戏弄我们的圣徒!"

一听这话,大家七手八脚把马特利诺拖下来,揪住他的头发,把他拉到外面,撕破他的衣服,你一拳我一脚,仿佛不插手揍他的不是男子汉。

马特利诺杀猪似的叫起来:"看在天主分上发发慈悲吧!"他东躲西闪,但打他的人越来越多,他护住头就护不住脚。斯特基和马凯塞看到事情弄糟了,害怕自己受牵连,不敢上前去帮助他们的朋友,反而像别人那样大叫大嚷说要宰了他,不过他们心里一直在盘算用什么办法把他从愤怒的市民手里救出来。如果马凯塞不心生一计,马特利诺那天准会给活活打死。马凯塞瞥见执政官官邸前有一群家眷在观望,便跑过去向一个像是执政官的人说:

"天主在上,求老爷做主!那个人偷了我的钱包,里面有一百枚金币呢。我求老爷把那人抓起来,追回我的钱。"

十来个士兵听到告状,急忙朝大家痛打马特利诺的地点跑去,费了好大的劲才驱散人群,把那个被打得鼻青眼肿、遍体鳞伤的马特利诺押到官邸。许多自以为受到愚弄的人跟在后面,听说他以小偷的罪名被捕,觉得这样一来更有理由整治他了,纷纷诉说自己的钱包失窃。执政官手下的法官办案一向以严酷闻名,把犯人带到面前,开始讯问。马特利诺不知厉害,回话时还是嬉皮笑脸。法官一怒之下吩咐重重抽他几鞭,要他招供大家指控他的罪名,以便定案,把他送上绞刑架。马特利诺痛得在地上打滚,法官仍连连叫他从实招来。他知道继续否认只会使皮肉受更多的苦,便说:

"大人,我愿招供,只是请大人让告我的人说出我在什么时候、什么地方偷了他们的钱包,我可以供出哪件是我干的,哪件不是。"

"这倒可以。"法官说。

他传唤了几个原告，一个说他的钱包是八天之前被偷的，一个说六天，还有一个说四天，有几个甚至说是刚刚给偷的。马特利诺听后叫屈说：

"大人，他们说的都不是真话。我讲的没有半句假话：我从没来过这里，刚到不久，一到就赶来看那具遗体。也是该我晦气，给揍成这般模样，大人也看到了。我讲的句句是真话，大人如若不信，可以询问在城门口盘问进出行人的巡官，查看他的登记簿册，还可以询问客店老板。如果核实下来，证明我讲的是真话，请大人不要听信那些恶棍的话难为我，千万不要罚我杀我。"

这头继续审问，马凯塞和斯特基在那头看到法官已经动了刑，知道不会轻易放过他们的朋友，焦急万分，商议该怎么办：

"这一着棋走得大错特错：我们把他拉出油锅，又推进了火坑。"

两人急匆匆跑回客店，把遇到的麻烦告诉了老板。客店老板觉得好笑，便带他们去见特雷维索城的一位绅士，此人名叫桑德罗·阿戈兰蒂，和执政官交情很深。客店老板一五一十讲了事情经过，同两个朋友一起求桑德罗设法营救马特利诺。桑德罗听后笑得前仰后合，当即去见执政官，请他放了马特利诺，执政官一口答应。

他们去领人时，发现马特利诺还在法官面前，只穿一件衬衣，吓得浑身哆嗦，因为无论他怎么辩解法官就是听不进去。也许法官对佛罗伦萨人怀恨在心，打定主意要绞死马特利诺，先是不肯交人，最后实在没有办法，才不情不愿地放了他。

马特利诺到执政官那里去谢恩，详细叙述了前后经过，说放他出城便是天大的恩典,因为他一天不回佛罗伦萨,一天心里就不踏实,总觉得脖子上套着绞索。执政官听了这种滑稽的怪事也笑了好久,吩咐给他们三个每人一套衣服,三人在几乎绝望之时逃出极大的危难,平安回到家乡。

二

里纳尔多·德·阿斯蒂遭洗劫后,来到圭列莫城堡,一位寡妇太太留他过夜,他收回失去的财物,平平安安回到家乡。

女郎们听了内菲莱讲的马特利诺的遭遇都忍俊不禁,三个青年也笑得前仰后合,最开怀的是坐在内菲莱旁边的菲洛斯特拉托,女王吩咐他接着讲,他不慌不忙地开口说:

美丽的女郎们,我要讲的是一个牵涉到祈祷的故事,其中夹杂着不幸遭遇和风流艳事,听了或许有些好处,特别是对一些涉足暧昧爱情关系的人,在那种境况下不祝告圣朱利安①求他保佑的人,即使有舒适的床铺,往往也睡不安稳。

阿佐·费拉拉侯爵②在世的时候,一个名叫里纳尔多·德·阿斯蒂的商人去波洛尼亚办事,事情办妥后起程回家,骑了马离开费拉拉朝维罗纳走去,半路上遇到几个人,他们貌似商人,其实是杀人越货的强盗。里纳尔多同他们攀谈起来,丧

① 圣朱利安是西班牙和意大利西西里一带旅人信奉的守护圣徒,中世纪时认为他是圣徒中的享乐主义者。
② 可能指费拉拉侯爵阿佐八世,他死于一三〇八年。

失了警惕,竟然答应和他们结伴同行。那伙强盗看他是商人模样,估计他身边带着钱,便算计着一有机会就打劫。为了不让里纳尔多起疑,他们竭力装得谈吐文雅,心地善良。里纳尔多出门只有一个仆人骑马随从,正闷得发慌,遇上他们有了伴,觉得运气不坏。他们一路行去,海阔天空地聊起来,不知怎么谈到了祝告天主的祈祷词。那伙强盗一行三人,其中一个问里纳尔多:

"老兄,你出门在外时常念什么祈祷词?"

里纳尔多答道:"不瞒你说,我是个粗人,讲究实惠,脑子里记的祈祷词不多,我不喜欢新鲜玩意儿,只知道两个苏尔多等于二十四个迪那里①。我出门旅行的习惯是早上离开客栈时念一段天主经和一段万福马利亚,为圣朱利安的父母祝福,然后我祈求天主保佑我晚上有安身之所。我旅途多次遇到极大的危险,每次都逢凶化吉,晚上能找到一个好地方过夜,因此我深信圣朱利安替我向天主求得了这份恩典。如果我早上不祈祷,我就觉得出门不利,晚上也不会平安到达目的地。"

问他话的那人又问道:

"今天早上你祷告过没有?"

里纳尔多回答说:

"当然祷告过。"

对方算计好不久会出什么事,暗忖道:"你想得美,如果我们的计划不受干扰,据我所知,你今晚可没有安身之地。"嘴里却说:

---

① 苏尔多和迪那里分别是古意大利的金、银币,一个金苏尔多等于十二个银迪那里。

74

"我也经常出门,听人说你那种祷告词很灵,可我从来没有念过,我们不妨看看今晚谁过得舒服,是做过祷告的你,还是没有做过祷告的我。老实说,我做的祷告是'休要毁坏''至福童贞'和'临近阴间'①,据我祖母说,这些祈祷词灵验非凡。"

他们继续一面赶路一面闲聊,强盗们只等合适的机会和地点下手。他们在圭列莫城堡郊外渡过一条河后,天色已晚,四周僻静无人。三个强盗突然袭击了里纳尔多,剥下他的衣服,抢走他的钱财和坐骑,只给他留下贴身的衬衫,最后对他说:

"滚吧,看你的圣朱利安今晚能不能给你一个好住处,我们的圣徒是不会亏待我们的。"

三个强盗过了河,逃之夭夭。里纳尔多的仆人是胆小鬼,看到主人遭劫,根本不想办法帮助主人,拨转马头就逃,一口气跑到圭列莫城堡。那时天已经黑下来,他只顾自己找个客店住下。里纳尔多光着脚,只穿一件衬衣,夜幕降临,雪又下得紧,他冷得浑身哆嗦,牙齿捉对儿打架,不知如何是好,东张西望,想找一个藏身之处,以免冻死。但是他遍找无着,因为前不久这一带打过仗,如今一片焦土,满目凄凉。他为寒冷所迫,只得朝圭列莫城堡走去。他并不知道他的仆人已经逃进城堡,心想只要进了城,天主也许会给他援助。离城堡还有一英里地时,天色已漆黑,走到城堡跟前,城门已经关闭,吊桥也已收起,无法进城。他绝望之下失声痛哭,只好在附近找一个

---

① 这里的三组字,第一、三是两首赞美诗的开头,第二组是《圣母颂》的开头,强盗借用作黑话,分别指"殴打""口头威胁"和"结果性命"。

躲避风雪的地方。天无绝人之路,他总算看到一幢依内墙而筑、突出城墙之外一块的房屋。他打算进去等第二天天明,走到时发现屋门也关得严严的,门口倒有一堆茅草。他百般无奈,只得蜷缩在那里,不停地哼哼,埋怨圣朱利安辜负了他一贯的忠诚。但是圣朱利安并没有抛弃他,没过多久,就为他安排了舒服的住处。

城堡里有个寡妇,长得婀娜多姿,不是一般女人可比。阿佐侯爵对她宠爱有加,把她安置在近处那幢房子里,里纳尔多藏身之处正是她家檐下。那天白天,侯爵来寡妇家,打算在她那里过夜,吩咐她准备好洗澡水和一顿丰盛的晚餐。一切就绪时,突然有个仆人找上门来向侯爵禀报急事,侯爵听后不得不立即赶回去,临行前对寡妇说不必等他了,说罢就骑上马匆匆离去。寡妇有点扫兴,准备好的洗澡水既然侯爵不用,她决定自己用,洗了澡,吃了饭,就上床睡觉。浴室挨近里纳尔多蜷缩着的门口,那女人洗澡时听到里纳尔多哀哭和打战的声音,便对使女说:

"你去看看墙脚下是谁,在干什么。"

使女探出窗外,借着积雪的反光,看到一个光着脚、衣衫单薄的男人蹲在那里发抖,便问他是干什么的。里纳尔多抖得筛糠似的,话都说不连贯,尽可能简短地自报家门,解释自己怎么会落到这个地步,然后可怜巴巴地求使女救救他,以免他夜里在外面冻死。使女很同情他,回去禀报女主人,寡妇也起了怜悯之心,想起手头有侯爵潜来幽会时进出的那扇门的钥匙,便对使女说:

"你去开门放他进来,反正一桌饭菜我一个人也吃不了。至于睡觉的地方,那更多的是。"

使女把女主人的慈善心肠称颂了一番，去开了门，放进里纳尔多。寡妇见他几乎冻成僵蚕，便对他说：

"先生，洗澡盆里的水还热呢，你进去暖暖身体吧。"

里纳尔多也不推辞，进了澡盆，经热水一泡，仿佛死而复生。寡妇把她去世不久的丈夫的衣服挑了几件给里纳尔多送去，里纳尔多穿上很合身，似乎是给他定做的。里纳尔多在等候那妇人的吩咐时，开始默默感谢天主和圣朱利安助他逃过那凶多吉少的一夜，指引他来到舒服的宿处。寡妇等他休息片刻以后，叫使女把火炉生得旺旺的，问使女里纳尔多怎么样了。使女回说：

"太太，他穿好了衣服，人很体面，据我看他是个有教养的好人。"

"那你请他过来吧，"寡妇说，"让他来烤烤火，吃点东西，我想他准饿坏了。"

里纳尔多来到火炉旁，一见寡妇便看出她是有身份的女人，于是恭恭敬敬地和她叙了礼，热情地谢了她的种种恩惠。寡妇见了他的人品，听了他的谈吐，觉得使女的评价符合实际，很高兴地接待了他，亲热地请他坐在自己身边一起烤火，然后问起他落难的经过。里纳尔多从头到尾讲了一遍。里纳尔多的仆人逃进城堡后，寡妇对强盗行劫的事已略有所闻，对那商人的话深信不疑，还告诉他说他的仆人已有下落，明天可以去找。使女按照寡妇的吩咐摆上晚饭，里纳尔多洗了手，开始用餐。他身体结实，相貌堂堂，谈吐举止不俗，而且正当壮年。寡妇时不时用赞许的眼光瞟他，先前侯爵约好来和她睡觉，撩得她春情荡漾，心里早已接纳了里纳尔多。晚饭后，撤了杯盏，寡妇便和使女合计，既然侯爵败了她的兴，能不能抓住命运给她的这个大好机遇。使女摸透了女主人的心思,竭力怂恿她,并且教她如何行事。寡妇便回到里纳尔多独自在烤火的炉子前,脉脉含情地瞅着他说:

"里纳尔多,你为什么心事重重?难道你丢了一匹马、几件衣服竟这么想不开?这里和你自己家一样,你宽宽心,高兴一点吧。再说我见你穿着亡夫的衣服,今晚我上百次想搂住你,亲你。如果不是怕你不高兴的话,我早就那么做了。"

里纳尔多不是不懂人事的傻瓜,听了这番话,再看那妇人火辣辣的眼神,便张开双臂迎上前去说:

"夫人,我这条命可以说是你给的,是你把我救出苦难,如果我不竭尽全力来伺候你,我就太卑鄙了。你爱怎么搂我、亲我就怎么搂我、亲我,我有恩必报,一定非常乐意搂你、亲你,作为回报。"

再说什么已是多余。那妇人欲火中烧,迫不及待地扑进他怀抱,搂紧他吻了千百次,也被他狂吻,两人不再拖延,进了寝室,宽衣解带,尽情寻欢,直到天明。东方发白时,两人恋恋不舍地起了床。为了掩人耳目,避免被人猜到他们之间的私情,寡妇给里纳尔多一些破旧的衣服,把他的钱包装满,叮咛他千万别泄露,指点他到什么地方可以找到他的仆人。里纳尔多从昨晚进来的小门出去,装作远道来的旅人,等城堡打开大门时进了城,找到了仆人。他换上仆人携带的他行囊里的衣服,正准备骑仆人的马匹上路,鬼使神差似的遇到昨天抢劫他的三个强盗在别的案子上失风被捕,正给押解进城堡。根据歹徒本人招供,官府发还了里纳尔多的马匹、衣服和钱财,只短了几根带子,强盗们记不清丢在哪里了。里纳尔多向天主和圣朱利安谢了恩,骑上马平安回家,那三个强盗第二天就上了绞刑架,吊在半空中蹬脚呢。

三

　　三兄弟挥霍无度,家道中落。侄子落魄
回乡,路遇一修道院院长,竟是英格兰国王之
女。公主招他为驸马,帮他叔父重振家声。

　　女郎和青年们津津有味地听了里纳尔多·德·阿斯蒂的
遭遇,赞扬他的虔诚,认为天主和圣朱利安在他危难之际给予
援助真是他的福气。至于寡妇抓住天主送上门来给她的机
会,虽然干得偷偷摸摸,也没有受到他们的非难和指摘。大家
议论那夜的风流韵事时,坐在菲洛斯特拉托旁边的潘皮内娅
知道下一个该轮到她讲故事了,思索了片刻,一俟女王下令,
她便落落大方地开始叙说:

　　高贵的朋友们,说到造化弄人,休咎相应,这方面的事例
举不胜举。假如我们细想一下,我们平时愚蠢地称之为我们
自己的一切东西其实都掌握在命运手里,而命运出于它隐秘
的考虑,不停地把那些东西从一个人手里转移到另一个人手
里,转来转去,毫无已知的规律可循。这么一想,我们谁也不
觉得有什么奇怪了。这种情况每天每刻在所有的事物上都清
楚地得到证实。我们讲的故事有几则也有所表明。尽管如
此,如果女王允许,我打算再讲一则,我想你们听了一定喜欢,
或许还有些好处。

　　我们城里从前有一位名叫泰巴尔多的绅士,有些人说他
是兰贝托家族的后代,另一些人则说他是阿戈兰特家族的后

代。后一种说法或许更有道理，尤其考虑到这位绅士的子息的挥霍无度的生活方式和阿戈兰特家族的作风很相似。且不探究他属于哪个家族，我要说的是他很富，有三个儿子，老大叫兰贝托，老二叫泰巴尔多，老三叫阿戈兰特，都是英俊的小伙子，虽然老大还不满十八岁。那个富翁泰巴尔多先生去世后，三个儿子作为合法继承人，接受了他的全部动产和不动产。兄弟三人突然拥有大量金钱和产业，只凭自己的喜爱行事，毫无节制地大肆挥霍。他们雇用了大批仆役，豢养了许多良马、猎犬、猎鹰，广收食客，不但热衷于封建贵族的消遣娱乐，还搞了不少公子哥儿的新鲜玩意儿。这种穷奢极侈的生活过不了多久，父亲遗留下来的财产花得差不多了，收益不敷支出，他们开始抵押举债，变卖产业。今天卖一宗，明天卖一宗，等他们真正明白过来时，几乎已经一无所有。他们以前被财富蒙住的眼睛，现在被贫穷打开了。一天，兰贝托把另外两个兄弟找来，指出他们父亲和他们自己的荣誉，想当年富甲一方，由于恣意挥霍如今败了家，最后敦促他们卖掉所剩无几的产业，在他们的贫困暴露之前一走了之。

　　他们商议已定，没有向任何人告别，悄悄地离开了佛罗伦萨，一直跑到英国，在伦敦租了一幢小房子，压缩开支，同时开始放高利贷。命运待他们不薄，不出几年，他们居然攒起了大量钱财。兄弟三人陆续回到佛罗伦萨，把他们原先的产业赎回了大部分，又添置了不少新的田地房屋，各自娶了妻子。为了继续在英国放债，他们派了一个名叫阿莱桑德罗的年轻的侄子去伦敦照看他们的事务，他们自己则留在佛罗伦萨。他们忘了当初挥霍无度几乎陷入绝境，现在虽然成了家，但故态复萌，又大手大脚，乱花一气，比以前更无节制，钱不够用便向当地的商人或别的人借,债台高筑。幸亏阿莱桑德罗在英国向贵族们放债,拿他们的城堡和别的产业作为抵押,收了利息便寄回佛罗伦萨供三个叔父花费,这样维持了几年。三兄弟把希望寄托在英国,照旧挥金如土,谁知英国国王①和一个王子打起仗来,岛国分成两派,一派忠于国王,一派拥护王子。战火一起,阿莱桑德罗鞭长莫及,贵族们抵押给他的城堡和地产没有收益。他指望国王父子很快能和解,他就可以收回本金和利息,因此迟迟不愿离开英国。在佛罗伦萨的三个叔父却没有节流的措施,花费越来越大。

过了几年,和平的希望并未实现。三兄弟借钱不还,信誉扫地。要债的人告到官府,他们给抓了起来,下了大牢,在清偿债务之前不得自由。他们的妻子儿女流落四方,日子难过,眼看这辈子只能过贫苦艰难的生活。阿莱桑德罗淹留英国,盼了几年和平都盼了个空,再待下去于事无补,兵荒马乱,甚至有丢掉性命的危险。他决定回意大利,独自一人打点出发。事有凑巧,他刚出布鲁日城,遇上一位身穿白袍的修道院院长也出城。院长有不少修士和侍从陪同,前面的马帮还驮了许多行李。同行的还有两位上了年纪的绅士,他们和国王有点亲戚关系,阿莱桑德罗早就认识,便策马上前招呼,他们很高兴有阿莱桑德罗结伴。阿莱桑德罗行进时谨慎地问他们,那些修士是谁,去哪里,怎么带这许多侍从。两位绅士中间的一个说:

"最前面那个青年人是我们的亲戚,新近被选为英国最大一座修道院的院长。由于他年纪太轻,按教会规矩还不够

___

① 似指英王亨利二世,一一五四至一一八九年在位。

当院长的资格,我们陪他去罗马,请求教皇特准,确认他的资格。这件事你知道就行了,不必同外人多说。"

年轻的院长像我们通常见到绅士们外出时那样,一会儿策马跑在队伍前面,一会儿又和侍从们并辔而行,因而注意到了阿莱桑德罗。阿莱桑德罗青春年少,风度翩翩,举止又文雅,院长一见就喜欢他,觉得他鹤立鸡群,谁都不能同他相比。院长当即叫他过去,和颜悦色地和他聊起来,问他姓甚名谁,从哪里来,到哪里去。阿莱桑德罗一一坦诚相告,并说他愿竭尽绵力效劳。院长听他说得有条有理,更注意观察他的一举一动,心想他目前虽然郁郁不得意,但决不会久居人下,对他越来越有好感。院长对他的不幸深表同情,亲切地安慰他,要他抱有希望,因为只要是好人,即使命乖运蹇,天主终究会恢复他的地位,甚至胜过以前。院长又说自己也去托斯卡纳,邀他结伴同行。阿莱桑德罗谢了院长善言相劝,说他听从院长吩咐。院长一路上老是想着阿莱桑德罗,心情很不平静。几天以后他们到了一个小镇,镇上客栈不多,但院长想在镇上歇脚。阿莱桑德罗和一家客栈老板很熟,便带院长去那里,请他下马,吩咐老板准备一间像样的屋子。这个青年人几乎成了院长的总管,他在出门旅行方面非常老练,尽可能妥帖地替院长的侍从在镇上安排住处。院长用了晚餐,时间已经很晚,大家都去休息了,阿莱桑德罗问客栈老板他睡在哪里。老板回答说:

"我实在说不上来。你已看到,所有的房间都住满了,我全家和我只好睡在长凳上。不过院长房间旁边有个堆放粮食的地方,我可以替你搭一张铺。你同意的话,凑合睡一夜。"

阿莱桑德罗说:

"你知道院长的房间本来很小，连一个修士都没有安排进去，我怎么能挤进去呢？早知这样，当初号房时，我让修士睡在堆粮食的地方，我睡在修士那里。"

客栈老板说：

"事情已经到了这个地步，你同意的话，睡在那里也不坏。院长已经睡了，帐幔已经拉好。我悄悄地替你搬一张床垫进去，你就睡在那里吧。"

阿莱桑德罗心想，既然不打扰院长，那就这样办。他尽量不发出声息，过去睡下。其实院长并未入睡，他浮想联翩，把阿莱桑德罗和客栈老板的谈话全都听在耳里。他还听到阿莱桑德罗悄悄进来睡觉的声息，满心喜欢地暗忖道："天主给了我如愿以偿的机会，我不抓紧的话，以后可能再也不会有了。"院长决定不放过这个机会，侧耳一听，四下阒静，便低声呼唤阿莱桑德罗，叫他过去同床共眠。青年人客气地再三推辞不掉，只好遵命。院长把手搁在他胸口，像年轻人挑惹情人似的摩挲起来。阿莱桑德罗大吃一惊，以为院长有男色之癖才这样摸他。院长也许猜到他的心思，也许感觉到他有什么反应，立即明白了他的疑虑，吃吃笑了起来，解开自己的内衣，捉住阿莱桑德罗的手，按在自己胸口，说道：

"阿莱桑德罗，别胡思乱想啦，你摸摸这里就知道我瞒着你的事情了。"

阿莱桑德罗的手一碰院长的胸口，就摸到两个圆圆的小乳房，象牙般的滑润细腻，当即明白院长是个女人。他不等进一步表示，马上抱住她，要同她亲嘴，但是那个女的推开他说：

"你先别挨近，我有话对你说。你现在知道我不是男人，是个女的。我这次离家出门还是童贞，去请教皇为我主婚。

不知是你的福气,我的晦气,还是什么别的原因,那天我一见到你就像任何一个女的爱上一个男的那样动了心,于是我一心想要你做我的丈夫,不想要别人了。如果你不打算娶我为妻,那你赶快下去,去睡你自己的铺。"

阿莱桑德罗虽然不清楚她是谁,但看她带了这么多侍从,知道她准是有钱的贵族小姐,何况人又长得俊俏,于是不多加考虑,立即答应说,只要她愿意,他当然求之不得。她坐起来,在床上朝圣像下跪,把一枚指环套在阿莱桑德罗手上,作为定情之物,随即两人搂在一起,男欢女爱,着实快活了一宿。两人商量好今后的打算和步骤后,阿莱桑德罗起床,悄悄出了房间,谁都不知道他那一夜是在哪里过的。他春风得意,跟着院长一行上路,好几天后抵达罗马。院长略事休息,然后带着两位绅士和阿莱桑德罗一起去觐见教皇,见礼完毕,院长开口说:

"教皇陛下,凡是堂堂正正想过幸福生活的人应该避开可能导致他背道而驰的情况,因此我带了家父英格兰国王的部分珍宝偷偷出走,因为父王要我嫁给年迈的苏格兰国王。我到这里来是求教皇陛下为我主婚。我之出走并不是由于苏格兰国王年迈体衰,而是因为我年纪太轻,意志不坚,生怕我和他结了婚以后会做出什么违背天条戒律、有损于父王荣誉的事来。我抱着这种想法来这里时,安排万物各得其所的天主让我遇上我认为是天主慈悲为我选择的丈夫。他就是您现在看到的我身边的这位青年人(她说着指指阿莱桑德罗)。虽然他没有王孙公子的显赫门第,但他的品质和优点完全配得上最高贵的小姐。不管我父王和别人有什么看法,我爱他,决意和他结婚,不接受别人。因此,促使我来到这里的主要原因已经不存在了，可是我这一次并没有白来，因为我很高兴能看看这个城市许多神圣的地点，觐见您教皇陛下。此外，我凭天主作证和阿莱桑德罗订立的婚姻可以由您当着众人的面加以确认。因此，我恳求您成全符合天主和我本人意愿的好事，为我祝福。有了您的祝福和您所代表的天主的正式准许，我们可以同生共死，不辜负天主和您的恩惠。"

阿莱桑德罗听到他妻子竟是英格兰国王之女，大为惊讶，心里暗暗高兴。但此时更感惊讶的是那两位绅士，若不是在教皇面前，他们很可能干出不利于公主和阿莱桑德罗的事来。公主的乔装打扮和择婿决定使教皇也感到意外，但他明白事已至此，无法挽回，便同意了她的请求。他还看出两位绅士的恼怒，劝他们平心静气，同公主和阿莱桑德罗取得和解，并且下令筹备婚事。到了指定的日子，教皇安排好隆重的仪式，邀请红衣主教们和许多王公贵族参加。新娘打扮得珠光宝气，美丽非凡，博得大家赞叹。阿莱桑德罗也穿戴得整整齐齐，不像是干放高利贷这一行的人，倒像是一个名门贵胄。两位老绅士也盛服来到。在教皇亲自主持下，婚礼进行得庄严肃穆。仪式结束后，教皇向新婚夫妇祝福，确认了他们的关系。阿莱桑德罗和他妻子离开罗马，前往佛罗伦萨。消息在他们到达之前已经传开，居民们早有准备，给了他们隆重欢迎。公主吩咐释放了三兄弟，偿清了他们的全部债务，赎回他们和他们妻子的产业。之后，阿莱桑德罗夫妇带了阿戈兰特从佛罗伦萨去巴黎，受到法国国王的盛情接待。两位绅士去了英国，在国王面前说情。国王原谅了女儿，为她和驸马举行了盛大欢庆仪式，不久之后又封驸马为科尔诺伐莱伯爵。阿莱桑德罗成功地斡旋，使英王父子取得和解，为岛国带来和平安定，他本人也博得人民敬爱。阿戈兰特收回了全部账款,受阿莱桑德罗伯爵封为爵士,腰缠万贯回到佛罗伦萨。伯爵夫妇生活美满,有人说伯爵凭他的聪明才干和岳父的帮助,后来征服了苏格兰,成为苏格兰国王。

四

兰多福·鲁福洛破产后沦为海盗,为热那亚人掳去,又遭海难,抱住一只箱子漂到古尔福,被一妇人救起,箱内竟是贵重珠宝,他回乡发了财。

劳蕾塔坐在潘皮内娅旁边,听她的故事已有圆满结局,不多等待,开始讲下面的故事:

可亲可爱的姐妹们:潘皮内娅的故事叙述了穷困潦倒的阿莱桑德罗一夜之间成了皇亲国戚,平步青云。照我看来,命运弄人再也没有比这更大起大落的了。今天讲的故事都要围绕同一个主题,我不怕献丑,也讲一个。我的故事里虽然有更大的苦难,结局却不那么辉煌。我知道,和前一个故事相比之下它不会引起很大兴趣,但也只能这么讲了,希望大家包涵。

人们公认雷焦和加埃塔之间的海岸是意大利风光最旖旎的地区。那里萨莱诺附近一段被当地居民称之为阿马尔菲海岸,城镇、花园、喷泉星罗棋布,居民以善于经商著称,都很富有。一个名叫拉韦洛的小城里有许多富人,最富的一个叫兰多福·鲁福洛。他对自己现有的财富还不满足,希望翻它一番。哪知几乎因此丢掉全部财富,还差点搭上一条性命。

他再三盘算,像商人常做的那样,买下一艘大船,用全部钱财购进许多货物,装上船,驶向塞浦路斯。到那个岛时,发现许多别的船已先他抵达,装运的货物和他的一模一样。这一来,他的货物削价都没人要,按几乎白送的价钱才能脱手。他走投无路,懊恼万分,一下子从富翁变成穷汉。他想,要么自杀,要么去抢,捞回损失,否则没有颜面回家。他找到一个买主,卖掉了他那艘大船,用这笔钱加上贱卖的货款,买进一条适于海盗用的快船,配备好必需的武器和航海用品,开始在海上抢劫商船,特别是土耳其人的商船。

他干这一行没本钱的买卖比经商更得命运之神的青睐。一年之后,他劫掠了大量土耳其商船,非但捞回了经商的损失,还赚了一倍。他汲取了第一次失败的教训,不想再冒风险,既然所得颇丰,准备见好就收,洗手回家。他不敢再办货物,就乘着快船,带着靠快船抢来的钱,吩咐水手们起航返回家乡。

他们到了爱琴海,一天下午刮起了强烈的西罗科风,波涛汹涌,快船偏离了航线。快船结构不坚固,经不起大风大浪的冲击,他们便躲进一个小岛的湾汊,等待风浪平息。过不多久,两艘大船也驶进兰多福避风的湾汊。大船来自君士坦丁堡,水手是贪婪爱财的热那亚人,看到快船,打听到船主是他们早就闻名的富翁兰多福,立即起意抢他的钱财。大船横在湾口,切断快船的退路,又派出一部分水手登岸,带了弩弓和其他武器,占据有利地形,叫他们一看到快船上有人企图从陆路逃跑就射箭。大船上其余的水手跳上舢板,靠海浪的推送靠近兰多福的快船,没花多大力气和时间就抓住了兰多福和快船上的全部水手。他们把快船上的财物掠劫一空,只给兰多福留下身上穿的马甲,把他押上两艘大船中的一艘,关进底舱,然后把快船凿沉。

第二天风向变了,两艘大船扬帆向西驶去,起初顺顺当当,傍晚时分海上起了风暴,浊浪滔天,冲散了两艘船舶。倒霉的兰多福所在的那条船被风刮到切法洛尼亚岛附近,猛地撞上沙洲,像摔在墙上的玻璃瓶似的碎成片片。像任何船只失事的现场一样,海面上杂乱地漂浮着包裹、箱子和木板。这时天色已黑,风浪又大,落水人中间水性好的见到什么就游过去抓住什么。兰多福连连遭难,好几次想到不如一死了之,免得不名一文地回到家乡更丢人现眼,可是死到临头又害怕了,和别人一样,看到一块木板就紧紧抱住,似乎天主相助,不让他没顶。他使尽全力抱住木板,顶着风吹浪打,在海里浮沉,一直熬到第二天早晨。天亮后,兰多福四下张望,只见海天相连,水面上漂着一只箱子,有时离他很近。他怕箱子漂过来砸着他,每当箱子挨得太近时他就使出残剩的气力把箱子推开。

但是突然起了一阵羊角风,激得海水直打旋涡,箱子果真撞上木板,兰多福连人带板没入海浪中。他已筋疲力尽,惊慌之下不知哪里来的力气,居然又挣扎着浮出水面,只见木板离他很远。他自知没有再游过去抓木板的气力,便朝比较近的箱子游去,扑在箱子上,用双臂划水,不让箱子翻转。他在海浪中颠簸着,没有任何食物进口,却灌了一肚子水,只见水连天,天连水,不知自己身在何处,这样又过了一天一夜。

后来,不知由于天主的旨意还是风的力量,落难的兰多福像一块浸透水的海绵,和行将没顶的人抓住什么东西一样两手死死抓住箱子的边缘,随波逐流漂到古尔福岛海滩,那里正好有个穷苦的女人在用沙子和海水擦洗器皿。女人看到伏在箱子上的兰多福漂来，不知是什么怪物，吓得叫起来，往后退缩。兰多福这时说话的气力也没有了，视物也不清了，当然没法呼救。幸好海浪把他推上沙滩，女人定下神，看清是个箱子，箱子上面有两条胳臂，再看到一张脸，心里当即明白是怎么一回事。她不再害怕，为恻隐之心所驱，跑到海边，一把抓住那个遭难的人的头发，连人带箱子拖上岸来。她费了好大的劲才把他的手指从箱子上掰开，叫她的女儿把箱子顶在头上，她自己则像抱小孩似的把兰多福抱回家，放在一桶热水里，又洗又擦，慢慢使他有了一点热气和力量。等他缓过来时，女人给他喝了一点酒，吃一些糖果，养了他几天，尽可能照顾好他，终于使他恢复了体力，神志也完全清醒过来。那个善良的女人认为可以把他赖以逃生的箱子还给他了，对他说，靠天主保佑，他可以走了。兰多福记不起箱子的事，既然那个女人给他，他也就收下，即使里面没有值钱的东西，多少也可以贴补回家的盘缠。他一拿箱子，觉得很轻，未免有点失望。那女人不在时，他打开箱子，看看里面究竟是什么。不看则已，一看竟发现许多宝石，有的已经镶嵌成首饰，有的还没有镶嵌。他对珠宝这一行略知一二，看出这些东西很值钱，喜出望外，感谢天主并没有抛弃他。

他两次受到命运的捉弄，吃足苦头，唯恐事不过三，这次带珠宝回家要多加小心。他严严实实地用布包好，对那个善良的女人说他不要箱子了，可以奉送，如果有口袋的话，请给他一个。女人很乐意留下箱子，给了他一个口袋，他再三谢了女人救命之恩，把口袋往肩上一搭就走了。他先乘小船到布林迪西，再沿海岸航行到特拉尼。在那里遇到几个布商，攀谈起来竟是同乡。他谈了自己的不幸遭遇，只是未提箱子一节。布商看他可怜，给了他一身衣服，借给他一匹马，还找到可以陪他到拉韦洛的同伴。到了那里他就自己回家了。他到家以后，先感谢天主保佑他平安归来，然后打开包裹，仔细察看珠宝，发现都是精品，按时价出售的话，所得钱财要比他离家时多出一倍。他卖了宝石，寄了一大笔钱给古尔福岛上那个善良的女人，报答她把他从海里拉上来的救命之恩，又寄一笔钱给特拉尼那个送他衣服的布商，其余的钱自己留着安度晚年，不想再做买卖了。

五

佩鲁贾的安德烈乌乔去那不勒斯买马，一夜之间碰到三次极大的危难，全都化险为夷，最后弄到一枚红宝石指环，平安回家。

现在轮到菲亚梅塔讲了，她开口说：

兰多福得宝的奇遇使我想起一个故事，危险和紧张的程度不亚于劳蕾塔的故事，不同的是，她讲的事情前后有几年之久，我讲的是一夜之间发生的事：

我听说佩鲁贾有个贩马为业的青年人，名叫安德烈乌乔·德·彼得罗，他听人说那不勒斯有很大的马市，购销两旺，便在钱袋里装了五百个金弗罗林，跟着别的商人一同前往，因为在此以前，他还没有离开过家乡。他到那不勒斯时已是晚祷时分，当即向客栈老板打听了有关情况，第二天一早就去市场。市场上熙熙攘攘，好马也不少，他开始谈买卖，但是一笔交易都没有谈妥。他阅世不深,不懂财不露白的道理,好几次出示装满金币的钱袋,证明买马的诚意。他讨价还价,屡屡掏出钱袋的时候,一个西西里姑娘打旁边走过,把一切全看在眼里,而他却没有注意。那个姑娘长得风骚,干的是有少许代价就让任何男人销魂的勾当,她想:"这些钱全归我该有多好!"和她一起的还有个老太婆,也是西西里人,姑娘朝前走时,她瞅见安德烈乌乔,跑了过去,亲热地同青年人招呼拥抱。姑娘回头见到这情景,也不作声,在一边守候。安德烈乌乔早就认识老太婆,见了她十分高兴。老太婆说要去客栈看他细叙,聊了几句就分手了。安德烈乌乔继续谈买卖,可是那天上午什么都没有买成。

姑娘先盯上了安德烈乌乔的钱袋,后来又注意到老太婆同他的亲热,打定主意要把那些钱弄到手,即使不是全部,至少要弄到一部分,便旁敲侧击地问老太婆那个青年人是谁,干什么的,他们怎么会相识。老太婆打开了话匣子,就是叫安德烈乌乔本人回答也不及她详尽,说是早在西西里,后来又在佩鲁贾就和青年人的父亲有交情。她还告诉姑娘那青年人从哪里来,来干什么。

姑娘详细打听了安德烈乌乔的亲戚的情况和姓名,根据了解到的材料,想出一条巧妙而又毒辣的计策来实现她的阴谋。她回家后,找些事整天缠住老太婆,不让她分身去看望安德烈乌乔,傍晚时派一个训练有素、专干这类事的使女去青年人下榻的客栈。事情也凑巧,使女到客栈时,安德烈乌乔正好一个人闲待在门口,一问就着。使女把他拉过一边,对他说:

"先生,如果你方便,本城有位夫人想同你谈谈。"

安德烈乌乔一向自以为长得俊秀,心想那不勒斯大概没有像他这样漂亮的男人，那位夫人准是对他有意，赶忙说他感到荣幸，还问什么时候、在哪里见她。使女说：

"先生，随你方便，反正夫人一直在家等你。"

安德烈乌乔也不跟客栈里的人打个招呼，说道：

"现在就走。你在前面带路。"

使女带他到了下斜区的女主人家。那个地区的名称本身就说明不是上流正派的地方，但是安德烈乌乔对这类场所一无所知，毫不起疑，还以为到了一个高尚的地方要会见一位高贵的夫人。他跟在使女后面进了房屋，使女一面上楼，一面通报女主人："安德烈乌乔来了。"他一抬头，只见楼梯平台上早已有一位夫人在等候。她相当年轻，体态丰腴，脸蛋很美，服饰打扮十分华丽。安德烈乌乔上楼时，她走下三级楼梯相迎，张开双臂搂住他脖子，半晌不出声，仿佛百感交集，激动得说不出话。接着，她噙着眼泪，吻了他前额，哽噎地说：

"欢迎你，安德烈乌乔。"

他受宠若惊，手足无措地说：

"你好，夫人。"

她抓住他的手进了客厅，也不说话，又进了她的弥漫着玫瑰、橘花和其他香气的寝室。安德烈乌乔看到一张挂着罗帷锦幔的精致的床，屋里还按当地的习俗挂着许多漂亮的衣服和华美的装饰。这许多前所未见的东西叫安德烈乌乔看得眼花缭乱，更相信自己见到的是大户人家的夫人。他们两人坐在床边的一个箱子上，女的开口说：

"安德烈乌乔，我对你这么亲热，激动得流泪，一定使你觉得奇怪，因为你不认识我，或许从没有听人说起我。我告诉你，我是你的姊姊，你听了一定更觉得奇怪。天主可怜我，让我找到了一个兄弟（我希望能见到所有的兄弟），我即使死去也瞑目了。你大概从没有听说这件事的前因后果，我不妨讲给你听。你也许知道我们的父亲彼得罗在巴勒莫住了很长时间，他为人厚道，凡是认识他的人都喜欢他，敬爱他。爱他最深的是我的母亲，她是个有身份的人，当时寡居在家。她的爱情如此炽烈，以至全然不顾父兄的管束和自己的名誉，结果怀了身孕，生了我，也就是你现在看到的人。后来彼得罗有事去佩鲁贾，抛下当时还是个小女孩的我和我母亲，据我所知，再也没有想到我们母女。我母亲不清楚他的底细，把一切，甚至自己的身子都给了他。假如他不是我的生父，我真要狠狠责骂他对我母亲的无情无义（且不说他对我毫无父爱可言，我母亲又不是低下的女人，他却根本不顾念我）。但是事情到了这种地步又有什么办法？对于过去了很久的干糟了的事情，后悔、谴责固然容易，挽回、补救却难之又难，只能听其自然。总之，我父亲把我孤苦伶仃的抛弃在巴勒莫，我母亲有钱，抚养我长大后，把我嫁给阿里格琴托的一个正派的贵族。他爱我，又孝顺我母亲，便迁移到巴勒莫住家。他是个铁杆教皇派，刚开始和查理国王接触，还没有采取行动就被腓特烈国王探悉，①我本来可以成为西西里最富有的贵夫人，这一来不得不从岛上逃出。我们带了少数细软（我说少数，是和我们的巨大财富比较而言），抛下了我们的地产和宅院，到这里避难。查理国王感激我们的支持，补偿了我们为他而蒙受的部分损失，以前和现在经常赏赐我丈夫（也就是你姊夫）一些本

---

① 腓特烈国王即腓特烈二世，他与教皇关系恶劣；查理国王即查理一世，是教皇支持的对象。

地的产业。你自己也可以看出来，我们的日子过得不坏。由于这一段前因后果，我亲爱的弟弟，我才在这里遇上你，这完全是天主的恩典，不是你我所能强求的。"

她说罢又拥抱安德烈乌乔，泪流满面地吻他的前额。

安德烈乌乔听那女人的故事编得合情合理，滴水不漏，说得又顺溜，他记起父亲确实在巴勒莫待过，自己将心比心，知道年轻时干些放荡荒唐的事并不稀罕，加上她深情的眼泪、真诚的拥抱和亲吻，便对她说的话深信不疑。等那女人把话说完，他接口说：

"夫人，我感到惊奇是不足为怪的，我父亲不知什么原因确实从不提起你们母女俩，即使提过，我也没有听到，因此我一点不了解你的情况，根本不知道有你这个姊姊。我孤身来到这个城市，出乎意料地认了一个姊姊，别说有多高兴。说真的，凭你的人品，身价再高的男人对你都会尊敬，何况我这么一个微不足道的行贩？不过我还有一点不明白，要请你解释：你怎么知道我在这里呢？"

她回答说：

"有个穷婆子先后在巴勒莫和佩鲁贾你父亲家长期帮佣，现在常来我这里干活，今天上午把见到你的事告诉了我。我一听就想去看你，可是我觉得我去找你不太合适，还是请你来这里好。"

接着她问起所有的亲戚，都叫得上名字，安德烈乌乔一一做了回答，越来越相信他不应相信的事。

他们聊了很久，天气很热，那女人吩咐端来希腊葡萄酒和糖果，招待安德烈乌乔。晚饭时间已到，他想回去，但她说什么也不答应，装出不高兴的样子，又抱住他说：

"哎呀,我看得出来,你一点都不喜欢我!你到了以前不认识的姊姊家,她本来应该留你住宿,而你却要回客栈去吃饭,世上哪有这种事!不行,你得跟我一起吃晚饭。我丈夫不在家,不能招待你,我虽是妇道人家,但也懂得怎么好好款待你。"

安德烈乌乔不知说什么才好,他答道:

"亲爱的姊姊,不是我见外,如果我不回去吃饭,要害别人久等,不放心。"

她说:

"天主哪!难道我家里派不出人,不能去打个招呼,让他们别等你吃饭吗?照说礼数周全一点的话,应该请你的朋友们也来吃晚饭,饭后要是你愿意,你们可以一起走。"

安德烈乌乔说今晚不想跟朋友一起,只想和她两人多聊聊。她佯装派人去客栈通知别等安德烈乌乔吃晚饭,两人又谈了好久,然后一起进餐,摆出许多美味佳肴。那女的故意把一餐饭的时间拉得很长。饭后安德烈乌乔站起来想走,她说绝对不同意他这么做,因为那不勒斯这个地方不太平,晚上行路不安全,外地人更容易出问题。正像刚才派人通知客栈别等他吃饭那样,不如再去通知说他不回去睡觉了。安德烈乌乔信以为真,心安理得地留了下来。

晚饭后,那女的没话找话谈了很长时间,相当晚了,她让安德烈乌乔在她的寝室休息,留下一个小厮侍候,自己带着女仆到另一个房间去睡。

天气很热,安德烈乌乔独自在屋里便脱去衣服,把裤子挂在床头。他觉得内急,问小厮在什么地方解手,小厮指指屋角的一扇门说:

"出那扇门。"

安德烈乌乔毫不戒备地推门出去，踩上门外的木板，哪知一头的钉子已经撬松，木板翘起，他连人带板掉了下去。天主慈悲，那青年人虽从高处跌落，并没有伤筋动骨，只是浑身沾满了粪便。为了让各位对那个地方有些概念，我得解释一下。

两幢房子之间往往是一条狭窄的夹道，高处有两根横木相连，横木上钉几块木板，方便时就蹲在上面。安德烈乌乔踩着一块松动的木板摔了下去，狼狈不堪，大声呼喊小厮。小厮听到他掉落时的扑通声，早已去报告女主人了。那妇人匆匆跑进自己的寝室，找到安德烈乌乔的衣服和衣服里的钱，因为他怕丢失，总是愚蠢地把钱带在身边。狡猾的巴勒莫女人弄到了佩鲁贾青年人的钱，不去管他是死是活，只顾把他出去的那扇门锁严。

安德烈乌乔叫了一会儿，不见小厮答应，便提高嗓门大喊，仍无动静。他终于起了疑心，虽然为时已晚，但断定自己上当受骗了。他爬上夹道的一堵矮墙，翻墙到了街上，绕到他记得清清楚楚的那幢房子的前门。他叫了几次，没人应门，知道情况不妙，痛哭失声地说：

"哎呀，我多么不幸，就这么短短一会儿丢了五百个弗罗林和一个姊姊。"

他自怨自艾，还说了许多话，然后用脑袋撞门，大喊大叫，闹得不可开交，左邻右舍有许多人被他吵醒，再也忍耐不住，纷纷起来。那妇人的一个女仆睡眼惺忪地从窗口探出头来，没好气地说：

"谁呀？"

"你不认识我了吗？"安德烈乌乔回答，"我是安德烈乌乔,菲奥尔达利索夫人的胞弟。"

女仆嗤笑说:

"你这位先生喝多了,回去睡觉,明天再来吧。我可不知道谁是安德烈乌乔,也听不懂你说的蠢话。你快走吧,让我安安稳稳睡觉。"

"什么?"安德烈乌乔嚷道,"你听不懂我的话?你肯定懂。假如西西里的亲戚都是这副模样,这么快就翻脸不认人,你至少应该把我留在你们那里的衣服还给我,我就走人。"

女仆几乎笑出声来,说道:

"先生,我看你是在说梦话吧。"

她随即缩回头,把窗户砰地关上。安德烈乌乔彻底明白自己受了骗,知道再说好话也没用了,但实在咽不下这口气,决定用蛮力收回失去的东西。他拣起一块大石头,使劲拿它砸门。

许多邻居已被吵醒,起身下床,以为他是个坏蛋,编出一套话来骚扰那女人,又被他的敲门声惹火了,都从窗口探出头来,像一群狗朝一条外来的野狗吠叫那样,气势汹汹地申斥他:

"半夜三更在一个正经女人门前胡说八道简直太无赖了。先生,你安静一点,让我们睡觉吧!你同她有什么纠葛,不妨明天再来,今晚不要打扰我们。"

外面闹闹嚷嚷,吵醒了那妇人家里一个帮闲的,在这之前他既没有看到什么,也没有听到什么,现在却劲头十足地在窗口嚷道:

"谁在下面?"

安德烈乌乔闻声抬头,虽没看清那人的全貌,但从他满面虬结的黑胡子判断，准是个彪形大汉。那人使劲揉着眼皮，仿佛是给吵醒了刚从床上起来似的。安德烈乌乔不禁有点着慌，回答说：

"我是住在这幢房子里的太太的兄弟……"

黑汉子不等安德烈乌乔把话说完，比先前更粗鲁地说：

"你这头醉醺醺的蠢驴，吵得我们今晚不得安宁，我不明白我干吗不下来狠狠揍你一顿。"

他说罢就转过身，关上窗子。

邻居们了解那人的火暴性子，有几个低声对安德烈乌乔说：

"看在天主分上，你快走吧，别自找麻烦，今晚被他打死在这里。为你自己好，还是走吧。"

安德烈乌乔被那人的嗓门和模样镇住了，劝他走开的邻居们又像是出于好心，他知道收回失款已经无望，灰心丧气，决定回客栈。他不知道自己身在何地，只得顺着使女带他来的原路摸回去。

他闻到自己浑身恶臭，想去海边洗一洗，朝左拐了个弯，来到一条叫作卡塔拉纳的街上。他朝城外走去时，看到两个人提着一盏风灯迎面而来。他害怕那两个是捕役或者别的对他不利的人，便躲进附近一座破败的小屋。两人鬼使神差似的也进了屋，其中一个卸下随身携带的工具，逐一检查，同时和另一个东拉西扯地闲聊。一个突然说：

"怎么回事？我闻到一股从来没有这么难闻的臭气。"

一个人举高风灯，发现了倒霉的安德烈乌乔，吃惊地问道：

"那儿是谁？"

安德烈乌乔不吭声，两人举着风灯走近，问他在那里干什么。身上怎么会这样脏。安德烈乌乔把发生的事情一五一十地说了出来。两人一听就明白这种事会出在什么地方，一个对另一个说：

"准是'火性子'那骗子手家里干出来的事。"

其中一个对安德烈乌乔说：

"你虽然丢了钱，摔了下去，不得进屋，还得感谢天主，因为如果你不摔下去，只要一睡着，他们准把你杀了，那你不但丢了钱，还要搭上一条命。这么一想，你还有什么可抱怨的？你要收回你的钱，比摘天上的星星还难。假如那个人知道你把遭遇的事在外面到处张扬，她非要你的命不可。"

那两人商谈一下，又说：

"喂，我们很同情你的处境，我们正要去干一件事，如果你愿意跟我们一起去，我们相信你分到的好处弥补损失之外肯定还有富余。"

安德烈乌乔正走投无路，说是愿意去。

那天白天，那不勒斯为一位名叫菲利普·米努托洛的大主教举行了安葬，陪葬品中间有不少贵重的东西，死者手上还有一枚价值超过五百金弗罗林的红宝石指环。那两个人要去盗墓，向安德烈乌乔解释了他们的计划。他求财心切，也不顾这件事是否伤天害理，一口答应跟他们去干。在去大教堂的路上，他身上散发出阵阵恶臭叫人难以忍受，两个盗墓贼中的一个说：

"这个人太臭了，能不能想办法让他洗一洗？"

另一个说：

"有办法，附近有一口井，井边有现成的辘轳和一个大水桶。我们去那里替他洗洗干净。"

三人到了井边,只找到辘轳和井绳,不见大桶,商议下来,决定用井绳拴在安德烈乌乔身上,把他缒下井,他洗完后摇摇绳子,他们再把他拉上来。商定后就这么做了。

　　青年人下井后,官府有几个捕役在追一个人,跑得又热又累,见到井就过来喝水。两个盗墓贼发现他们过来,撒腿就跑。捕役们解渴要紧,不加理会。这时安德烈乌乔已洗完身体,抓住了井绳。捕役们放下护盾和武器,腾出手来拉井绳,满以为那一头是水桶。安德烈乌乔给提到井口时,用手攀住井栏,准备爬出来。捕役看见井里冒出一个人,惊骇之下松开井绳就跑。安德烈乌乔也吓了一跳,若不是双手抓牢井栏,很可能扑通一声又掉进井底。那一来非受伤不可,也许会送命。他终于爬了出来,看到地上有几件兵器,不禁疑惑起来,因为他先前注意到两个伙伴并没有携带兵器。他不知如何是好,只怪自己运气不佳,什么也不敢碰,漫无目的地走开了。

　　他一路走去,又碰到那两个伙伴,他们折回来是想把他从井里拉出来。两人见了他很诧异,问他是谁把他提上来的。安德烈乌乔自己也不明白,把前后经过讲了一遍,还说从井里爬出来时发现了什么。那两人明白了八九分,笑着告诉他,他们为什么逃跑,把他提上来的又是谁。那时已是午夜,他们不再多谈,直奔大教堂,进去后找到一具硕大的大理石棺。他们用带去的工具撬开沉重的石板盖,用棍子支起,留出容一人进出的空隙。一个盗墓贼说:

　　“谁钻进去?”

　　另一个说:

　　“我不进去。”

　　“我也不进去,”另一个说,“那只有让安德烈乌乔进去。”

"我可不干。"安德烈乌乔说。

两人气势汹汹地冲着他嚷道：

"你不干可不行！天主在上，你不进去，我们就用棍子打你脑袋，要你的命。"

安德烈乌乔给吓怕了，只得同意，他一面钻进石棺，一面暗忖道："这两个家伙逼我进去没安好心，我在石棺里把东西都递给他们，他们拿到手就跑了，什么都不留给我。"他打定主意先把自己的一份弄到手，想起两个盗墓贼提到的贵重的指环，一进石棺就从大主教手上将下，戴在自己手上，然后把大主教的法杖、法冠、手套、衣服一一递出来，交给外面的人，对他们说没有别的了，事实上也只剩尸体上的内衣。外面两个人说应该有一枚指环，要他仔细找找，他假装寻找，让外面的人等着。那两人确实没安好心，一面催他再找，一面抽掉支撑棺盖的棍子，把他关在里面，自己逃跑了。

安德烈乌乔听到棺盖落下的声响，惊骇的心情可想而知。他几次想用肩膀和脑袋顶开石板，但使尽气力，棺盖纹丝不动。最后他急火攻心，一下子昏了过去，倒在大主教的尸体上面。这时如果有人看到，根本分不清是他还是大主教死得更绝。他苏醒过来时，开始绝望地痛哭，知道自己面前只有两条路：如果没有人打开棺盖，他就会在恶浊的空气中憋死，在爬满蛆虫的尸体上饿死；如果有人抬起石板发现了他，他就会给当作盗墓贼绞死。他正思考这两种悲惨的结局时，听到教堂里有许多人走动和说话的声音。照他推测，那些人也是想干他和他两个伙伴所干的事。这一下他益发惊恐了。当石棺被撬开，棺盖被支起时，外面的人也为了该由谁钻进石棺而激烈争论起来，因为谁都不愿意这么做。经过长时间的争执后，一个教士说：

"难道你们害怕？你们怕给吃掉？死人是不会吃活人的。我下去。"

他头朝上，胸口贴着棺盖，两脚先伸进石棺。安德烈乌乔见此情景，坐了起来，捉住教士的一只脚，装作要把他拖下来的样子。教士觉得脚被捉住，吓得狂叫一声，没命地使劲从石棺里抽回腿就跑。别的教士也吓得魂飞魄散，四下奔逃，仿佛有十万魔鬼在后面追逐，也顾不上盖好石棺。安德烈乌乔喜出望外，赶紧爬出来，循原路溜出教堂。

这时天色已亮，他戴着指环，慌不择路，跑到海边，然后再回客栈。他的朋友们和客栈老板看他一宿未回正为他担心。他把遭遇的事情告诉了他们，经客栈老板劝告，他决定赶快离开那不勒斯。他回到佩鲁贾，当初带钱出来买马，马没有买成，换了一枚指环。

六

贝丽托拉夫人同两个儿子失散后在小岛上和两头小山羊生活了一个时期，然后到了卢尼贾纳。她的一个儿子在那里帮佣，和主人的女儿相好，遭到监禁。西西里起义反对查理国王，母子相认，主人把女儿嫁给了贝丽托拉的儿子，另一个儿子也找到了，家声重振。

女郎和青年们听了安德烈乌乔的波折磨难都笑得前仰后

合。艾米莉娅听菲亚梅塔讲完了故事,奉女王之命开口说:

造化弄人总是惊心动魄,使人烦恼。命运给我们青睐时,我们往往忘乎所以。听了那类事情,头脑似乎可以清醒一点。我认为无论走运或者不走运的人听了都会喜欢,因为它们能使走运的人居安思危,使不走运的人得到安慰。因此,尽管这类故事已经讲了不少,我打算再讲一件令人酸鼻的真人真事。虽然结局圆满,但我觉得后来的欢乐怎么也不能抵消经历过的无数艰辛。

亲爱的姐妹们,你们都知道,腓特烈二世皇帝驾崩后,曼弗雷迪继任西西里国王。① 辅佐国王、享有很大威望的是一个那不勒斯贵族,名叫阿里格托·卡佩切,他的妻子也是那不勒斯人,美貌温柔,名叫贝丽托拉·卡拉乔拉。阿里格托担任西西里岛总督,听说查理一世国王在贝内文托打败并杀死了曼弗雷迪,整个王国宣布拥护查理一世。阿里格托知道西西里人背信弃义、很不可靠,他自己又不愿意反目为仇,背弃国王,便准备逃亡。但是西西里人获悉他的计划,逮捕了他和曼弗雷迪国王的许多朋友和臣僚,交给查理国王作为他们归顺时的见面礼。贝丽托拉遭到这么大的变故,丈夫阿里格托生死不明,她担心时局动乱会给她带来更大的凌辱,便抛下全部财产,带着一个年仅八岁名叫朱弗雷迪的儿子和行将分娩的身孕,乘了一条小船逃到利帕里群岛,在那里生下一个男孩,给他起名为斯卡恰托②。她雇了一个乳娘,大小四口人搭船

---

① 神圣罗马帝国皇帝腓特烈二世一二五○年去世,其庶子曼弗雷迪摄政,一二五八年加冕为西西里国王,一二六六年被教皇派支持的查理一世杀死,查理一世任西西里国王。

② "斯卡恰托"在意大利语中意为"遭放逐的人"。

去那不勒斯投靠亲戚。但是事与愿违，一阵大风使他们的船只偏离了去那不勒斯的航线，漂到了蓬察岛，他们只得在海湾停泊，等待风向转变后再启程。别人都下了船，贝丽托拉夫人也跟着下去。她在岛上找了一个僻静的山洞，想起她的阿里格托凶吉未卜，越想越伤心，独自痛哭了一场，以后每天如此。有一天，她正悲恸时，一艘海盗船驶近小岛，趁水手和其他的人没有提防，把他们都掳掠上海盗船，扬帆而去。

　　贝丽托拉夫人像往常那样哭完后回到岸边去看看她的儿子，可是海滩上杳无一人。她先是觉得奇怪，后来想到可能发生的事，朝海面眺望，果真看到海盗船驶去不远，后面还拖着一条小船。她一下子明白过来，丢了丈夫还不算，现在连两个儿子也没有了，只剩下她孤苦伶仃一人，不知这辈子还能不能见到亲人。她呼天抢地，叫唤着丈夫和儿子，悲痛得昏死在海滩上。渺无人烟的荒岛上有谁会用冷水或别的办法使她苏醒呢？她的灵魂出了窍，飘飘忽忽，在外面游荡了好长时间。当她那软弱的躯壳又能动弹时，她又痛哭流涕，不停地呼唤儿子的名字，在各个山洞里寻找。天色逐渐暗下来，她知道再找下去也没用，再盼下去也不知盼的是什么，还得替自己做些打算，便离开海滩，到她常去痛哭的山洞里藏身。

　　她又害怕又伤心，好不容易熬过一夜。到了白天，估计已过了午前祈祷的时辰，她昨晚什么东西也没有吃，现在饿得发慌，只得找些野果野草充饥。她一面吃，一面胡思乱想，不知今后的日子怎么过。这时她看见一头母山羊进了一个山洞，不一会儿又出来朝林子走去。贝丽托拉站起来，走进山羊刚才进去的山洞，发现洞里有两头大概是一胎生的小羊羔，毛茸茸的，可爱极了。她自己分娩后还没有回奶，情不自禁地抱起羊羔,给它们喂奶。小羊羔也不拒绝,仿佛吃母羊奶似的吮吸起来,此后也不分羊奶人奶,一样吃得很欢。在那荒无人烟的地方,贝丽托拉似乎找到了伴侣。她自己吃野果野草,喝清泉,想起丈夫、儿子和往后的日子就痛哭一场,和母羊小羊混得很熟,打算就在岛上活下去,了此残生。

一晃过了好几个月,贝丽托拉几乎成了野人。一艘从比萨来的船到了她当初上岸的地点,停泊了几天。船上有个名叫库拉多的马拉斯皮纳侯爵和他虔诚贤惠的夫人,他们遍访了阿普利亚王国的圣地名胜之后,回家途经此地。一天,侯爵和他的夫人带了几个仆人和几条狗到岛上散散心。他们来到贝丽托拉夫人所住的山洞附近,库拉多的狗发现了正在吃草的两头小山羊,开始吠叫追逐。小山羊已经长得相当大了,被狗一吓,逃进贝丽托拉夫人的山洞,她起来抓起一根棍子去赶狗。库拉多夫妇跟在狗后面,闻声赶来,看到又黑又瘦、蓬头散发的贝丽托拉,大为惊异。贝丽托拉的惊异程度也不亚于他们。

库拉多在她的要求下喝住了狗,问她是谁,怎么会在这个地方。她口齿清晰地说出了她的身份、悲惨遭遇和目前的艰苦处境。库拉多和阿里格托·卡佩切早就相识,听了这情况不禁凄然泪下,竭力劝她离开这种非人的生活,说是愿意带她回他家,像对待亲姐妹那样好好待她,等天主赐福,时来运转。贝丽托拉坚持不肯,库拉多便让妻子陪着她,好好劝说,并且弄些食物和衣服来,因为贝丽托拉身上的衣服已经破烂不堪。侯爵夫人为贝丽托拉的不幸唏嘘不已,派人取来衣服和食物,费了不少口舌才劝说贝丽托拉换上衣服,吃些东西。最后贝丽托拉提出她只去无人认识她的地方,于是同意去卢尼贾纳,并且要带上那头母羊和两头小羊。这时,大羊小羊也已回洞,它们和贝丽托拉一副亲昵的样子,叫侯爵夫人看了惊叹不已。

气候好转,贝丽托拉夫人带上母羊和小羊随着库拉多夫妇上了船。船上的人多半不知道她的姓名,便给她起了个卡夫柳奥拉①的绰号。他们一帆风顺,很快就到了马格拉河口,下了船,到了侯爵的城堡。贝丽托拉夫人穿着寡妇的衣服,以管家的身份和库拉多夫妇住在一起,谦逊温顺,十分钟爱那两只小羊,把它们喂养得很好。

且说在蓬察掳掠了贝丽托拉夫人所乘的那条船的海盗当时没有发现她,未加理会,带了其余的人起航驶往热那亚。船东们瓜分了抢来的财物和俘虏,乳娘和贝丽托拉的两个儿子分给了一个名叫瓜斯帕里诺·德·奥里亚的人,被带到他家充当仆役。乳娘同主母失散,自己和两个小孩沦为奴仆,十分悲痛,不时偷偷弹泪。但她明白眼泪并不能帮她逃出苦海。她虽然出身贫穷,人却谨慎能干,尽可能安慰两个孩子。她考虑到当前的处境,认为小孩的来历如果被人知道也许更为不利。此外,命运可能改变,他们可能恢复失去的地位,于是决定不透露他们的真实身份,有人问起时,她总说是她自己的儿子。她不称呼大孩子为朱弗雷迪,而管他叫作詹诺托·德·普罗奇达,小的一个则不改名字。她再三向朱弗雷迪解释为什么要给他改名字,如果被人认出会遭到什么危险。大孩子很聪明,乳娘的嘱咐都记住了。

乳娘和两个男孩在瓜斯帕里诺家干些最卑贱的杂务,衣敝屦穿,熬了好几年。詹诺托性情高傲,不甘心过低三下四的

_____

① “卡夫柳奥拉”在意大利语中意为“母山羊”。

僮仆生活。到了十六岁那年,他离开了瓜斯帕里诺家,上了一艘去亚历山大城的大帆船当水手,到过许多地方,可是混得并不得意。三四年后,他已长成一个英挺的小伙子。他本来以为父亲已不在人世,后来听说并没有死,只是被查理国王关在狱中。詹诺托觉得前途渺茫,仍四处漂泊,最后到了卢尼贾纳,投靠了库拉多·马拉斯皮纳,安下心来为他服役。有时候,他见到同库拉多夫人一起的他的生母,但并不认识,母亲也没有认出他。毕竟分离了多年,母子二人的变化都很大。

库拉多有个女儿,名叫斯皮娜,嫁给一个名叫尼科洛·德·格里尼亚诺的人。可是丈夫不久后去世,她回到娘家居住。她刚过十六岁,长得美丽动人。她和詹诺托两人一见钟情,竟然热烈地互相爱慕。过不多久,这种爱情便化为行动,两人私通了几个月,没有被人发觉。他们之间的关系本应避人耳目,但过于自信,行为开始不够检点了。一天,库拉多全家去一处风景优美的森林游玩,年轻的寡妇和詹诺托走在前面,来到一个花草茂盛、绿树成荫的地方。他们以为和众人离得很远,肆无忌惮地寻欢作乐。两人只顾快活,玩了好长时间,还以为工夫不大。这当儿,先是少妇的母亲,后是库拉多本人闯了进来。侯爵见此情景十分恼怒,也不说什么,吩咐三个仆人把那双男女捆绑起来,押回城堡。他羞愧难堪,打算处死两人解恨。

少妇的母亲虽然也十分气恼,认为女儿受到再严厉的惩罚也不为过,但从库拉多的只言片语里听出他打算怎么处置那对青年人,又不忍心看他们落到如此悲惨的下场,便跑到怒气冲冲的丈夫面前,求他别在垂暮之年伤了亲生女儿的性命,也不必让一个奴仆的血脏了自己的手,真要解气泄恨还有别的办法,比如说,把他们监禁起来,让他们为自己犯的罪孽痛哭忏悔。贤惠的妻子再三劝说,总算打消了丈夫要他们性命的想法。库拉多下令把那对青年人分别监禁,严加看守,不给他们吃饱,不让他们舒服,等他做出最后决定。手下人遵命照办。两个青年人过的是什么样的日子不难想象,他们失去了自由,整天以泪洗面,肚子一直吃不饱的感觉比斋戒难受多了。

詹诺托和斯皮娜在这种悲惨的境况中过了整整一年,库拉多已经把他们忘了,这时候,阿拉戈纳的彼得国王依靠吉安·德·普罗奇达的帮助,发动西西里人民起义,从查理国王手里夺得该岛。库拉多是国王派,为此欢欣鼓舞。詹诺托从看守那里听到这个消息,长叹一声说:

“唉,我浪迹天涯,漂泊了十四年,盼的就是这件事,今天果然发生了,我却关在监狱里,今生恐怕不能活着出去了。”

“你这话从何说起?”看守听到后问道,“国王和国王那些大人物之间的事同你有什么关系,西西里又同你有什么相干?”

詹诺托说:

“我想起我父亲当年在那里的风光就伤心。我逃亡时年纪还小,但是我记得曼弗雷迪国王在世的时候,我父亲是那里的总督。”

看守追问道:

“你父亲是谁呢?”

“现在我可以说出我父亲是谁了,”詹诺托说,“以前可不敢,否则会有危险。他叫阿里格托·卡佩切,如果现在还活着,还是这个名字。我真正的名字不是詹诺托,而是朱弗雷迪。我如果不在这里，而在西西里的话，就能像王公贵族那样生活。"

看守不再多问，一有机会就把这件事报告了库拉多。库拉多听后不动声色，去看贝丽托拉夫人，很客气地问她是不是有个叫朱弗雷迪的儿子。她哭了起来，回答说她的大儿子如果还在人世就叫这个名字，算起来现在该有二十二岁了。库拉多一听心下明白那青年人多半就是朱弗雷迪，他暗自寻思，果真如此不如把女儿嫁给他，保全颜面，也是一举两得的事。

于是，他吩咐把詹诺托带来，细细盘问身世经历。种种迹象表明，这青年人确实是阿里格托·卡佩切的儿子朱弗雷迪，库拉多便对他说：

"詹诺托，我待下人一向宽厚，待你也不薄，这点你很清楚。照说你应该尽心尽力维护我和我家的荣誉，但你却勾引我女儿，使我蒙受耻辱。换了别人，如果干出你干的那种事情，早就被我处死雪耻，我怜惜你，没有取你性命。你既然自称是名门之后，我想给你一条生路，结束你现在的苦恼和监禁，同时恢复我的荣誉。你和斯皮娜相好，但是以前的做法对你对她都不合适。你知道她是新寡，有一笔可观的嫁妆。你了解她的为人和门第。至于你的真实情况，我没有什么可说的。如果你愿意，我可以让她从不光彩的情人成为你名正言顺的妻子，你可以像我儿子一样，同她和我住在一起。"

监禁生活损害了詹诺托的肉体，但并没有削弱他固有的、符合他高贵出身的品格和他对斯皮娜的忠贞不渝的爱情。库拉多的建议虽然是他热切的愿望，但并不能使他改变恢宏的气度，他措辞得体地说：

"库拉多，我介入你的生活，根本不是贪图地位钱财或者别的什么原因,我从没有算计你或者害你之心。我过去、现在和将来都爱你的女儿,因为我认为她值得我爱慕。按照世俗小人的看法,如果说我和她的行为不够正派,我犯的无非是与青春俱来的过错,要免除这种过错,就得把青春一并免除。再说,如果老年人想起他们也有过年轻的时候,看到别人的缺点时也想想自己的缺点,那我所犯的过错就不像你和许多别的人想象的那么严重,更何况我犯那种过错时只怀着友好的感情,并没有敌意。你的建议正是我一向希望的。如果我知道你会答应,我早就向你请求了。正当我现在希望越来越渺茫的时候,你提出来,使我感激不尽。不过假如你心里想的和嘴里说的不一致,那么请你不必对我存什么幻想,不如把我送回监狱去受折磨,高兴关我多久就关多久。只要我爱斯皮娜,我会永远因为她的关系而爱你,敬重你,随你怎么发落我,我决无怨言。”

库拉多听了这番话,十分钦佩那青年人的勇气和他始终如一的爱情,对他起了爱惜之心。他站起来,拥抱亲吻了青年,随即吩咐把斯皮娜带来。

斯皮娜经过一年监禁,变得苍白消瘦,憔悴虚弱,正如詹诺托一样,同以前判若两人。他们按照当时的习俗,在库拉多面前订下婚约。

经过几天准备,婚礼的一切需要物品都筹措就绪,两个青年人十分满意。库拉多认为让两位母亲惊喜的时机已经成熟,便把他妻子和卡夫柳奥拉找来,对她们说:

“贝丽托拉夫人,如果你重新见到你的大儿子,并且见到他和我的一个女儿结婚,你会有什么感想?”

“我把儿子看得比自己的生命还宝贵,如果你能让我重新得到他,我所能说的话只是我会比现在更感戴你的恩德。如果你说的话成为现实,我失去的希望就恢复了一大半。"她说到这里已泣不成声。

库拉多对他妻子说:

"夫人,假如我给你找了一个女婿,你有什么感想?"

她回答说:

"不论是贵族还是庄稼汉,只要你看得上,我也一定喜欢。"

"我想我马上就能让你们都高兴。"库拉多说。

两个青年人给叫来,他们经过几天调理,已经恢复了原先的模样,衣着也整整齐齐。库拉多问朱弗雷迪:

"今天你满面春风,是不是愿意喜上加喜,见到你健在的母亲?"

朱弗雷迪回答说:

"我不敢相信她经过这许多忧患苦难之后还在人世。如果她真的还健在,我就太高兴了。她的指点能帮助我恢复我在西西里的地位。"

库拉多把两位夫人请来。她们见到新娘十分激动,并且为库拉多在同意詹诺托和她结婚的这件事上表现的宽宏大量感到惊异。贝丽托拉夫人想起库拉多刚才说的话,细细打量那个青年人,出于神秘的母子天性,认出了她儿子幼小时的一些特征,当即张开双臂搂住詹诺托的脖子。强烈的母爱和欣喜使她哽咽得说不出话,耳朵里嗡的一声竟然昏厥过去,倒在儿子怀里。詹诺托觉得奇怪,但想起在城堡里见过她好多次却没有认出她,现在方始辨出母亲的气息,责怪自己以前鲁钝,不由得泪如雨下,把母亲抱在怀里,亲热地吻她。库拉多夫妇又喷凉水又想别的办法,贝丽托拉夫人总算慢慢苏醒过来,再一次拥抱儿子,抽噎着说她多么想念儿子,千百次慈爱地吻他,他也十分恭顺地抱她、亲她。

这些真情毕露的场面重复了三四次之多,在场的人无不为之高兴,母子互相叙说了各自的遭遇。库拉多向朋友们透露了两家联姻的消息,下令举行盛大的婚礼,朱弗雷迪这时却说:

"库拉多,我承蒙你多方照顾,我母亲又长年得到你的关怀,你对我们仁至义尽,我们感激之情不是言语所能表达。不过我还想求你一件事,如果能把我弟弟找来,那对我,对我母亲和这场婚礼就是锦上添花、十全十美了。我曾说过,我弟弟和我被海盗掳去,我弟弟还在热那亚瓜斯帕里诺·德·奥里亚家里充当奴仆。我还希望你派人去西西里看看那里的情形,打听一下我父亲阿里格托是生是死,如果还活着,情况又如何,打听到全部消息就回来让我们知道。"

库拉多答应了朱弗雷迪的请求,立即派几个干练的人分头去西西里和热那亚。

去热那亚的人找到了瓜斯帕里诺先生,以库拉多的名义请他放回斯卡恰托和乳娘,并且详细叙说了库拉多如何对待朱弗雷迪和他母亲。瓜斯帕里诺听了十分惊奇,他说:

"库拉多有什么吩咐,我当然乐意效劳。那个小伙子和他母亲确实在我家,有十四年左右了,我可以放他们走。不过我有句话转告库拉多,请他提防那个原先叫詹诺托,现在自称是朱弗雷迪的人,因为他不像库拉多想象的那么好。"

说罢,他吩咐好好款待使者,同时悄悄把乳娘找来详细盘问。乳娘已听说西西里起义的事,还听说阿里格托仍在人世,以前的担心已一扫而光,便把前后经过和盘托出,并且解释她以前为什么要隐瞒真相。瓜斯帕里诺发现乳娘讲的和库拉多派来的人所说的话完全一致,开始相信了,不过他为人十分精细,再从各方面探询,种种结果证明这事千真万确。他觉得把阿里格托的儿子当了这些年的奴仆实在有愧,要想办法补救。他有个女儿,年方十一,长得十分娇美,便把女儿许配给小伙子,还给了一大笔嫁妆。他先操办了一次盛大的婚礼,然后带了小伙子、他女儿、乳娘和库拉多的使者,乘上一艘漂亮的双桨船,到了莱里奇,受到库拉多的热情接待。一行人到附近的侯爵的一座城堡,那里已准备好盛大的喜庆聚会。

母子团圆,兄弟重逢,又见到忠诚的乳娘,都喜出望外。瓜斯帕里诺先生、他的女儿和随行的人受到欢迎,库拉多夫妇、他们的女儿、朋友和所有的人都十分高兴。热烈的气氛不是言语所能形容,只有留给诸位自己去揣摩。

天主赐福时总是慷慨得出人意表,这时候又传来阿里格托·卡佩切安然无恙、处境很好的消息。庆典开始、男女宾客均已就座时,派往西西里的使者正好赶回。他报告说阿里格托先被查理国王监禁,反对国王的起义波及全国,愤怒的人民冲进监狱,杀了看守,救出阿里格托。他原是查理国王的大敌,理所当然地被奉为首领,率领义民追杀法国人。彼得国王对他深加器重,发还了他的全部财产,恢复了他的头衔和地位,目前境况很好。使者还说,卡佩切隆重地接待了他,由于被监禁后一直不知妻儿下落,现在有了消息十分振奋,已派了一艘船和几个侍臣来接他们回去,马上就到。大家听了使者的话欢欣鼓舞。库拉多和在场的朋友们出去等候前来接贝丽托拉夫人和朱弗雷迪的侍臣,殷勤请他们一起入席。贝丽托拉夫人、朱弗雷迪和其余的人见了侍臣们特别高兴。侍臣们入席前先传达了阿里格托对库拉多的问候，为朱弗雷迪和他母亲得到的照顾表示真挚的感谢，并且说只要用得着阿里格托的地方无不乐意效劳。随后，他们转向瓜斯帕里诺先生，说是阿里格托还不知道他有恩于斯卡恰托，知道后肯定会同样表示谢忱，甚至更为感激。这之后，大家兴高采烈地为两对新婚夫妻举杯庆贺。

库拉多隆重款待了女婿和亲戚朋友以及所有的宾客。喜庆结束后，贝丽托拉夫人和朱弗雷迪认为该走了，他们偕同斯皮娜上了西西里来的船。库拉多夫妇和瓜斯帕里诺向他们挥泪话别。他们一路顺风，很快就抵达西西里。阿里格托在巴勒莫接到了两个儿子和夫人，欢乐的心情一言难尽。此后，他们的生活非常幸福美满，对天主的恩典感激不尽，铭记在心。

七

巴比伦苏丹遣送女儿与加博国王成婚，途中船只失事，一波三折，四年之间落到九个男人手里，辗转各地，最后回到本国。父亲以为她还是处女，按原议将她嫁给加博国王为妻。

艾米莉娅讲的有关贝丽托拉夫人的磨难的故事如果再长一些，在座的女郎们听得都要流泪了。幸好故事讲完，女王吩咐潘菲洛接着讲。他欣然从命，开口说道：

亲爱的小姐们,命运为我们做出的安排往往不是我们所能理解的。常有这种情况:不少人认为有了钱就有了一切,可以高枕无忧,于是死乞白赖地求天主赐给他们财富,甘冒辛苦危险去谋取财富,得到之后却遭到贪婪的人觊觎,发财之前活得好好的,发财之后却丢了性命。另一些人出身低微,经过千百次危险的战役,靠着兄弟朋友们的流血牺牲,跻身王公贵族之列,自以为达到了荣华富贵的顶点,再也没有忧患,殊不知他们从盛席琼筵上黄金酒杯里喝的竟是鸩毒,等明白过来时已误了性命。还有不少人热切地希望健壮、美丽和一些别的品质,后来才明白并不明智,这些品质只给他们带来了死亡或者悲惨的遭遇。我不打算一一细说人类的欲念,只想说我们谁都不能清晰而有把握地选择适合我们的东西。因此,我们如果想正正派派地做人,就应该满足于接受和拥有天主的赐予,因为只有他才知道什么对我们合适。男人们受欲念的困扰,犯了不少罪孽,而你们,美丽的小姐们,也有一大罪孽,那就是你们爱美,不满足于天生丽质,还想方设法增添你们的姿色,所以我想讲一个撒拉逊女人的故事,她的花容玉貌给她带来了不幸,以致四年之中九次被人占了身子。

　　很久以前,巴比伦①有个苏丹,名叫贝米内达,他一生福星高照,万事如意。他众多的子女中间有一个女儿名叫阿拉蒂耶尔,见过她的人都惊为绝色,举世无双。先前,苏丹靠加博国王帮助,大败来犯的许多阿拉伯军队,加博国王请求苏丹把阿拉蒂耶尔嫁给他为妻,作为特殊的恩惠。苏丹派了一艘装备齐全的船嫁女,由一批男女侍从陪同,带上许多华贵的嫁

----

　① 　指古埃及。

衾,送女儿上了船,求真主保佑她一路顺风。

水手们看到天气很好,升起满帆,离开亚历山大港,顺顺当当地航行了几天,过了撒丁岛,离目的地已经不远了,突然刮起了逆风,来势迅猛,把公主和水手们乘坐的船刮得转了向。[1] 大家以为凶多吉少,但是水手们很勇敢,面对汹涌的海浪使尽办法和气力,苦苦顶了两天。第三天,风暴非但没有减弱,反而愈演愈烈。天空乌云密布,漆黑一片,凭仪器和经验都估计不出船的方位。等到他们望见马略尔卡岛时,只觉得船身震得厉害,仿佛随时都会散架。

水手们知道大事不好,各人不考虑别人,只想到自己。船主把一条小艇放落海里,跳进小艇,认为它比破裂的大船更可靠。大船上的人见此情景,也纷纷跳进小艇,已经在艇里的人拔出刀子不让他们上,但又阻拦不住。大家都想逃命,结果反而更快地送了命,因为小艇经受不住这许多人的重量,在风浪中很快就沉了下去,艇上的人无一幸存。

大船虽然破裂,进了半船水,但是船上除了公主和侍女之外没有别人,而侍女们又被风暴和惊恐折腾得半死不活的,于是在狂风的推送下,冲向马略尔卡岛的沙滩,速度之快,好比一块射向岸边的石头。只听得轰的一声,船身几乎整个陷进沙里,任凭风浪再大也卷不走它了。这样过了一夜。

次日黎明,风暴停息,只剩一口气的阿拉蒂耶尔抬起头,尽管觉得十分衰弱,开始呼唤她的侍从,可是无人答应,被呼唤的人不知在哪里。她看不见任何人,惊恐万分,挣扎着爬起

---

[1] 加博在摩洛哥奥兰附近。公主远嫁,从埃及亚历山大城出发,航经意大利撒丁岛,在西班牙马略尔卡岛遭到海难。

来,这才发现伴媪和别的侍女都倒在船里。她又是呼唤又是推搡,还有知觉的很少,多数经不住颠簸惊吓已经气绝。这一来,公主更加恐慌。她孤零零的不知身在何处,迫切需要找人商量,便使劲推摇还有气息的侍女,终于让她们苏醒过来。谁都不知道男人们到哪里去了,船又搁浅进水,公主和侍女们一筹莫展,抱头痛哭。

到了午后祈祷时分,岸边各处都不见可以求救的人。再过一会儿,一个名叫佩里科内·德·维萨尔戈的贵族子弟带着几个仆人骑马回家,路过这里。他一眼望见搁浅的船就明白出了事,吩咐一个仆人去看看那船的情况。仆人上了船,很快就发现公主和少数几个侍女畏畏葸葸地躲在船头。妇女们见到仆人便哭着求助,但是仆人听不懂她们的话,无法交谈,她们便以手势解释遇难经过。仆人四下打量了一番,回去向佩里科内报告。佩里科内当即吩咐把妇女们接下破船,并且把船上值钱的东西能搬的统统搬下来,然后带着她和财物回他的城堡。到了城堡,他安排妇女们吃东西,好好休息。他根据阿拉蒂耶尔的穿戴打扮判断,他找到的是个有身份的女人。阿拉蒂耶尔也看出他对自己格外尊敬。她经过风暴和海难的折腾,面色惨白,狼狈不堪,但佩里科内从她眉目之间仍看出她的绝色美貌,心中盘算如果她没有结过婚就娶她为妻,如果娶她不成至少和她相好。

佩里科内用丰盛的饭菜招待公主,几天后公主恢复了元气,他发现公主艳丽无比,但苦于言语不通,无法了解她究竟是谁。佩里科内长得魁伟健壮,被阿拉蒂耶尔的俊俏撩得心痒难熬,竭力向她献殷勤讨好,希望她能顺从他的渴望。但是她拒人于千里之外,使佩里科内的欲火燃得更旺。公主在城堡里待了几天，从看到的周围生活习惯判断，知道自己是在信奉基督教的人中间，心里明白，即使让人懂得她的话，她说出自己的身份，也于事无补。她想，无论出于自愿或无奈，迟早会屈从于佩里科内的意愿。但她自视甚高，决心要在不利条件下想出万全之计。

于是她对侍女（如今只剩下三个）说，除非有十分把握能得到帮助摆脱困境，否则对谁都不要暴露真实身份。她还要求侍女们保持贞操，声明她自己已拿定主意，只委身于名正言顺的丈夫。侍女们称赞公主的想法，答应尽可能遵照她的吩咐行事。

佩里科内垂涎的女人近在咫尺，但迟迟不能到手，他恨得牙痒痒。既然讨好奉承不起作用，他决定施用计谋，万不得已的时候不惜使用暴力。他注意到那女人喜欢喝点酒（由于教规禁止，她以前没有喝过），便想利用爱神的这个帮手来引她上钩。他装出对阿拉蒂耶尔的躲闪毫不介意的样子，一天，安排了盛大晚宴。阿拉蒂耶尔来后，他吩咐在旁伺候的仆役把几种美酒混合起来给她喝。这一招果然奏效，她没有提防，只觉得酒味醇厚，竟喝过了量，哪知酒能乱性，一高兴，忘了过去的一切烦恼，看见几个女人在跳马略尔卡舞，她也离席跳起亚历山大城的舞蹈。佩里科内一看有门儿，吩咐继续斟酒上菜，这顿筵席一直吃到深夜。

最后，宾客们纷纷散去，他陪伴阿拉蒂耶尔进了她的房间。她酒性发作，忘了自持，像不避侍女那样当着佩里科内的面宽衣解带，上床睡觉。佩里科内不再耽搁，也脱了衣服，熄灯上床，搂住公主，见她毫无抵拒之意，便开始轻狂起来。阿拉蒂耶尔在这次之前并不知道男人用什么利器叩关攻坚，尝到甜头之后，后悔不该早就顺从佩里科内。此后，她不等佩里科内邀她共度良宵，屡屡采取主动，虽说言语不通，意思不难明白。她和佩里科内打得火热的时候，命运女神并不满足于把她从国王之妻降为西班牙人的情妇，为她安排了更残酷的遭遇。

佩里科内有个弟弟，名叫马拉托，二十五岁，唇红齿白，长得仪表堂堂。马拉托见了阿拉蒂耶尔，觉得她十分可爱，从她的态度上观察，以为自己也讨她欢喜，只是碍着佩里科内的密切注意才没有和自己勾搭。他起了一个残酷的念头，接着又付诸丧尽天良的行动。马略尔卡港口当时停泊着一条船，已装好货物，准备驶往罗马尼阿的恰伦察，船主是两个热那亚青年。航行的准备工作都已就绪，只等顺风就启碇。马拉托找到船主，商量好第二天晚上带一个女人上船。

他先把自己的打算告诉了几个好朋友，第二天傍晚，他按照预定计划带上那几个朋友去没有对他起疑的佩里科内家里，找好地方隐藏起来。后半夜，他们悄悄撬开佩里科内和那女人睡觉的房间门，杀了熟睡的佩里科内，劫走那个女的，威胁她不准哭喊出声，否则把她也杀掉。他们搜出佩里科内家里值钱的东西，悄悄离开，直奔海边，马拉托和那女人上了船，别的人各自回家。水手们等到风起，趁夜间凉爽，便升帆起航。阿拉蒂耶尔连遭两次不幸十分悲痛，但是马拉托开始用老天给他的法宝安慰她，把她服侍得舒舒服服，她不久就忘了佩里科内。她刚觉得心满意足的时候，命运女神似乎认为她的磨难还不够，又给她添上一桩。

我们前面说过，阿拉蒂耶尔长得花容玉貌、风致娟好。两个船主一见就迷上了她，想尽办法讨她欢喜，只求不让马拉托知道。两人说出了共同的心事,暗地里商量解决办法,最后同意把那女人弄到手分享,仿佛她是货物或钱财似的,只是马拉托盯得很紧,他们难以下手。一天,船遇顺风行驶很快,马拉托在船尾眺望海景,兄弟二人看到机会难得,偷偷地从背后扑上去抓住了他,把他扔进海里。等人发现马拉托落海时,船已驶出一里多远。

阿拉蒂耶尔得知这个消息,不知怎么救他,在船上急得直哭。两个对她垂涎的人上前用甜言蜜语安慰她,对她许下种种好处,但她仍哭得很伤心,一部分固然是哭失去的男人,更多的是哭自己新的厄运。两兄弟说了许多好话,认为已经劝住了她,开始商量由谁先同她睡觉。两兄弟争着要拔头筹,哪一个都不肯让步。先是出言不逊,火气越来越大,结果拔出刀子互相刺杀。船上别的人拆不开他们,两兄弟中间一人当场饮刃毙命,另一人也挨了几刀,受了重伤。这件事使公主大为惊慌,如今剩下她孤身一人,没有人替她出主意,又怕船主的亲友把她当作罪魁祸首,迁怒于她。幸好受伤的船主替她求情,同时船也到了恰伦察,她才免于一死。

她和受伤的船主上了岸,住进一家客栈,城里不久便沸沸扬扬地传开消息,说是来了一个绝色女子。消息传到当时正好在恰伦察的莫雷亚亲王耳里,亲王想一睹她的颜色。见到以后,亲王认为她比传说的更美,突然着魔似的爱上了她,整天神魂颠倒,茶饭不思。亲王听说了她的来历,觉得有希望把她弄到手。亲王正在动脑筋想办法时,受伤的船主的亲戚们有所风闻,不敢怠慢,赶紧把阿拉蒂耶尔送上门来。亲王当然高兴,阿拉蒂耶尔认为逃脱了严重的危险,更觉得庆幸。

亲王发现她除了美貌之外,服饰也十分华丽,猜测她肯定出身贵族，因而更加爱怜她，对她十分尊敬，不把她当作情妇，而当作原配夫人。阿拉蒂耶尔逐渐忘了经受的磨难，觉得生活得不错，心满意足，容貌也更加光彩照人，成了整个罗马尼阿谈论的热门话题，艳名还传出了境外。雅典公爵年轻漂亮，讲究衣着，听说之后也想见见她的风采。公爵和亲王有朋友之谊和亲戚关系，平时互相拜访，便带了大批扈从去恰伦察看亲王，受到隆重接待。没多久，两人谈到那个女人，公爵问亲王她是不是像传说的那么美，亲王说：

"比传说的美得多，百闻不如一见，你自己看见就知道了。"

公爵便要求亲眼见见，亲王带他前去阿拉蒂耶尔的住处，她满面春风，很客气地招待他们。两人让她坐在中间，由于她说的话很难听懂，大家无法交谈。两人像观赏奇迹似的看着她，公爵竟看呆了，不相信她是有血有肉的凡人。他大饱眼福，目不转睛地盯着她，仿佛喝着爱情的鸩酒，终于不可救药地堕入情网。他和亲王从阿拉蒂耶尔住处出来，独自一人时，心想他的亲戚身边有这么一个天生尤物真是艳福不浅，欣羡之余，情欲逐渐占了上风，终于压倒了道德感。他决定夺过亲王的幸福，供自己享受。

他把理智和公道全抛在脑后，苦思冥想如何达到目的。他事先买通亲王的一个名叫丘里亚奇的侍从。一天，他按照自己的邪恶计划，准备好离开恰伦察需用的马匹和一切物品，晚上伙同一个帮手带上凶器，由丘里亚奇引路偷偷地溜进亲王的寝室。天气很热，那女人已经入睡，亲王全身精赤，站在有小风吹来的面海的窗前乘凉。公爵预先把行动计划告诉了帮手，这时蹑手蹑脚走到窗前，一刀捅进亲王腰里，接着利索地托起他，扔出窗外。亲王的宫殿滨海而筑，地势很高，窗下是几座已被海浪冲坍的房屋，荒废多年，难得有人进去。按照公爵的估计，亲王的尸体掉下去不会有人发现。帮手看到公爵得手，便装作要和丘里亚奇说话的模样，把预备好的一条绳索套住他脖子抽紧，不让他发出声息，然后和公爵两人一起把他勒死，尸体也从窗口扔了下去。

公爵干得干净利落，知道没有惊动那女人，也没有引起别人注意，便擎着烛台走到床前，揭开那女人身上盖着的罗衾。如果说她穿着衣服的时候已是千媚百娇，现在一丝不挂，雪肤玉肌，更是美不胜收，公爵不禁暗暗喝彩。他欲火升腾，血脉奋张，顾不得刚刚犯下灭绝人性的罪行，手上还沾着鲜血，迫不及待地扑到她身上。那女的睡得迷迷瞪瞪，以为和她在一起的是亲王，就纵身入怀。公爵同她玩得淋漓尽致之后，起身叫来几个侍从，把她挟裹出去，不让她声张。他们循着原路，从一扇暗门出去，骑上马，尽可能不惊动任何人，踏上回雅典的归途。公爵早有妻室，把那薄命的女人带回雅典诸多不便，就把她安置在离城不远的一座滨海的精致别墅里，需用的物品一概供应不缺。

第二天，亲王的侍臣们等到午后祈祷时分还不见亲王起身，听听他寝室里又没有声息，便推开虚掩着的房门。他们没有看到亲王，以为他大概带着那个女人到什么地方去玩几天，也不在意。

第三天，一个疯子逛到亲王和丘里亚奇的尸体所在的废墟，抓住绳索把丘里亚奇的尸体拖到外面。不少人认识丘里亚奇，见此情景大为惊骇，哄着疯子让他带路到拖出尸体的地点，又找到了亲王的遗骸。全城十分悲痛，为亲王举行了隆重的葬礼。接着开始调查谁干下这种伤天害理的事,发现雅典公爵不辞而别,怀疑是他杀害了亲王,拐走了美女。亲王的一个弟弟继承了爵位,大家要求他报仇雪恨。他得到了新的证据,确定怀疑是有根据的,便召集各方的亲友和下属,组成一支强大的军队,要向雅典公爵开战。公爵闻讯也调动全部军队迎战,许多王公贵族前来帮助。君士坦丁堡的皇帝派了他的儿子康斯坦佐和侄子马诺韦洛带着大批精兵前来,受到公爵热烈欢迎。公爵夫人尤其高兴,因为她和康斯坦佐是兄妹。

战争日益逼近,公爵夫人请两个兄弟到她房间里,声泪俱下地把战祸的起因说给他们听。她说公爵弄来那个女人,瞒着她藏到别处,对她是莫大的侮辱,请他们为了公爵的声誉,也为了替她出这口恶气,千万要过问这件事,他们认为怎么合适就怎么处置。其实两个年轻人早就听说这事,也不多问,只是好言劝慰公爵夫人,答应帮她忙,又从她那里打听到那女人的住址,便告辞离去。

他们多次听人赞扬阿拉蒂耶尔的美丽,请求公爵让他们开开眼。公爵忘了亲王当初替他引见而招来杀身之祸,居然一口答应。他在那女人住处的花园里摆下盛宴,第二天让她在席上露面。宾客人数不多,康斯坦佐坐在阿拉蒂耶尔旁边,见到她竟目瞪口呆,心想自己活到这么大还没有见过这么漂亮的女人,公爵或任何别人为了把这样一个美女弄到手而干出背信弃义或者任何卑鄙无耻的事来,也是情有可原。从她那里出来时,康斯坦佐已迷恋上她,把打仗的事完全抛在脑后,一心只想着怎么才能把那女人从公爵手里夺过来占为己有。当然,他在别人面前不露一点声色。他在欲火中煎熬时,亲王的军队已逼近公爵的领地。按照事先商定,公爵、康斯坦佐等人都应率部开出雅典迎战,拒敌于边界之外。

　　他们在边界上驻守了一段时间,康斯坦佐心思一直在那女人身上,想到公爵既然不在城里,对他实现计谋大为有利,便装病要回雅典。经过公爵同意,他把军权交给马诺韦洛,自己回雅典去找他妹妹。他待了几天,闲谈时故意把话题引到公爵蓄有外室、伤了她的自尊心上面,接着又说,如果她愿意,他可以帮忙,把那女人弄走,不让她留在雅典。公爵夫人只当康斯坦佐出于对自己的爱护,不怀疑他别有用心,说是这么做她求之不得,只要不让公爵知道她插手就行。康斯坦佐做了承诺,公爵夫人授权他放手去干。他暗中准备了一条快船,一天下午,把船停在那女人的住处附近。船上留了一部分人,每人都分配有任务,知道该怎么行动。他自己带了另一部分人到阿拉蒂耶尔的别墅求见,别墅里的仆役和她本人很高兴地接待了他。不一会儿,她由别墅里的仆役和康斯坦佐带来的人陪同,来到花园里。康斯坦佐推说公爵有话托他转告,把她单独领到花园通往海边的一扇门口。康斯坦佐手下的人已开了门,发出事先约好的信号,快船驶来,大伙捉住那女人,把她推到船上,康斯坦佐转过身对别墅里的仆役说:

　　"都不准动,不准出声,否则要你们性命。我不是抢公爵的女人,而是替我的妹妹雪耻解恨。"

　　公爵的仆役不敢轻举妄动,康斯坦佐上了船,安顿好那个哭哭啼啼的女人,吩咐解缆启碇,大伙奋力划桨,飞快地离开海岸。第二天清晨,到了埃吉纳岛,大伙上岸,稍事休息。阿拉蒂耶尔由于自己的美丽而屡遭不幸,仍在啼哭,但康斯坦佐抽空和她快活了一番。大家又上船,几天后抵达希俄斯岛。康斯坦佐怕父亲怪罪下来,到手的女人又会落空,岛上比较安全,便决定住下。阿拉蒂耶尔哭了几天,康斯坦佐刻意安慰,她终于又从命运为她做出的安排中找到了乐趣。

话分两头,且说土耳其国王奥斯贝克和君士坦丁堡皇帝之间战争经年不断。一次,奥斯贝克路过士麦拿,听说康斯坦佐掳了一个女人在希俄斯岛上享艳福,毫无防备,便率领几艘战船向希俄斯进发,在一个晚上悄悄登陆。岛上居民多在梦中,没有发觉敌人来犯,被杀得措手不及。另一些居民仓促拿起武器抵抗,也不是对手,统统丧命。岛上的房屋被焚,战利品和俘虏给押上船,土耳其人回到士麦拿。

年轻的奥斯贝克清点战利品时,看到从康斯坦佐床上抓获的阿拉蒂耶尔,十分喜欢,当即决定娶她为妻。婚礼过后,土耳其国王欢欢喜喜地过了几个月。

先前,君士坦丁堡皇帝曾和卡帕多奇亚国王巴萨诺商议双方出兵夹攻奥斯贝克,由于巴萨诺要价过高,君士坦丁堡皇帝不同意,计划没有实现。如今听说他儿子遭到暗算,非常悲愤,答应了卡帕多奇亚国王的全部条件,只请他出兵从一侧进攻奥斯贝克,他自己从另一侧进攻。奥斯贝克得到消息,知道自己背腹受敌肯定会吃亏,便集中兵力,前去迎战卡帕多奇亚国王,把那美丽的女人留在士麦拿,托付一个心腹家人照看。他和卡帕多奇亚国王打了几仗,他的军队大败溃散,他自己战死沙场。巴萨诺乘胜前进,直捣士麦拿,势如破竹,当地百姓闻风投降。

受奥斯贝克之托照看阿拉蒂耶尔的家人名叫安蒂奥科,虽然上了年纪,见到这么一个如花如玉的美人也动了心。他明知乘人之危对不起主人的信任,但美色当前也顾不了这许多。安蒂奥科懂阿拉蒂耶尔的语言,使她特别高兴,因为这几年来谁都听不懂她说的话,她也不懂别人的话,和聋哑人没有什么区别。安蒂奥科为情欲所驱,几天之后就同那女人混得很熟,把在外作战的主人的信任和嘱托抛在脑后,竟和那女人勾搭上,在床笫之间找到极大的欢乐。他们听说奥斯贝克战死,巴萨诺长驱直入,大肆掳掠,觉得不能束手就擒,便带了奥斯贝克的大部分金银细软潜逃到罗得岛。过了不久,安蒂奥科身患重病,知道自己死期已到,派人把一个和他交情极深的塞浦路斯商人找来,要把那女人和他的财产都赠送给商人。他弥留之际,把两人叫到床前,对他们说:

"我知道自己不行了,我伤心的是现在最想活下去的时候却要死了。但是使我心满意足的是能在世上我最亲爱的两个人怀中死去,一个是你,我最好的朋友,另一个就是这女人。自从我结识她以来,我爱她胜过爱我自己。我放心不下的是她在这里举目无亲,没有人帮她、替她拿主意,幸亏我相信你一定会像照顾我那样照顾好她,否则我真会更不放心。因此我诚心诚意地请求你在我死后收留她和我的全部财产,你认为怎么更能安慰我的亡灵就怎么处置。至于你,我最最亲爱的女人,我请求你在我死后不要忘记我,我在另一个世界能为自己得到这个世界最美的女人的爱而满意。在这两件事上,你们能答应我的请求,我死也瞑目了。"

商人朋友和那女人听了他这番话不禁掉泪,两人安慰他,答应如果他有个三长两短一定照他的意愿行事。过不多久,安蒂奥科死了,两人郑重地替他办了后事。再过几天,商人办完在罗得岛的事务,想搭一条卡塔卢尼亚船回塞浦路斯岛,便问那女人,他即将回去,她有什么打算。女人回答说愿意跟他一起回塞浦路斯,相信他不忘和安蒂奥科的交情,一定会像对待姊妹一样对待她,尊重她。商人说那再好不过,在回到塞浦路斯之前,路上为了方便起见两人不妨以夫妻称呼。

上船后,船长让他们住在船尾的一个小房间里,他们既然假称夫妻,只好合睡一张床铺。两人离开罗得岛时都没有料到的事发生了:船舱里的幽暗、床铺的温暖舒服起了很大作用,使得两人春情荡漾,忘了对安蒂奥科的交情和情谊,两人一拍即合,开始交欢。还没有到塞浦路斯商人的家乡巴法,两人已假戏真做,像夫妻一样如胶似漆。到了巴法之后,阿拉蒂耶尔仍旧跟着那商人。当时一位名叫安蒂戈诺的老绅士偶然路过巴法,此人阅历很深,老谋深算,但替塞浦路斯国王效力,时运不佳,没有什么钱财。一天,他经过阿拉蒂耶尔居住的房子前面,商人贩货去了亚美尼亚,只有那女的一人在家。老绅士瞥见窗前有个美人,多看了一眼,觉得面熟,但想不起是在什么地方、什么情况下见过的。那女人长期受到命运播弄,磨难到了尽头,这时福至心灵,突然想起曾在亚历山大城见过安蒂戈诺,当时他替她父王效力,很受重用。她觉得靠那位绅士的帮助有希望恢复她金枝玉叶的地位,也不考虑那个商人,马上派人去叫住安蒂戈诺。老绅士来后,她怯生生地问他是不是法马古斯塔的安蒂戈诺。安蒂戈诺回说正是,并问道:

"夫人,我觉得你也面熟,但想不起在什么时候见过面,如果你不在意请提醒我。"

那女的听后突然哭了起来,搂住那位大为惊讶的老绅士的脖子,问他是不是在亚历山大城见过她。安蒂戈诺这才记起她是苏丹的女儿阿拉蒂耶尔,传说她遭海难丧了命,忙不迭想向她施礼。公主拦住了他,请他坐下说话。安蒂戈诺坐定后恭恭敬敬地问她怎么会在这里,来了有多久,因为几年前全埃及都以为她已落海身亡。那女的说：

"这几年我的日子不是人过的，不如淹死在海里干净。假如我父王知道我的遭遇，也会这么想的。"

她说着又伤心地哭起来，安蒂戈诺说：

"夫人，不到山穷水尽的时候不必伤心，你先把你的遭遇和处境讲给我听听，也许情况不那么糟，靠天主保佑我们能想想补救办法。"

"安蒂戈诺，"那美丽的女人说，"我一见到你就像是见到我父亲，出于我对父亲的敬爱，我觉得原本可以隐瞒的事情应该向你和盘托出。我见到你，认出你，请你来到我面前，实在太高兴了，对别人我很少有这种情形。我一直没有把我的不幸遭遇告诉别人，我既然把你当作父亲，不妨都告诉你。你听后如果觉得有办法帮我恢复原来的地位，就请你想想办法。如果你认为无法可想，那就请你别把我说的话讲给别人听，也别透露见到过我。"

接着，她抽泣着把她从抵达马略尔卡岛之日起直到现在的经过说了一遍。安蒂戈诺不禁也泫然泪下，他思索片刻后说：

"夫人，你遭受不幸时既然一直没有暴露真实身份，这对你回到父亲身边和以后回到加博国王身边都非常有利。"

她问怎么才能做到，安蒂戈诺详细做了解释。他怕夜长梦多，立即回到法马古斯塔求见国王，禀报说：

"陛下，我追随您以来一直落魄，现在有件事，只要陛下愿意出面，就能给陛下赢得莫大荣耀，同时给我带来很多好处。"

国王问他怎么回事，安蒂戈诺答道：

"埃及苏丹有个年轻美丽的女儿早就传说死于海难,现在到了巴法,为了保持贞操,她吃了不少苦,生活艰难,想回父亲那里去。如果陛下同意派我护送她回埃及,在您说来是做了一件大好事,对我也有利,我认为苏丹会感恩不忘的。"

　　国王一向豁达大度,当即同意,派人把那年轻女人接到法马古斯塔,他和王后一起热情隆重地接待了她。国王和王后询问她的经历,她照安蒂戈诺教的话一一做了回答。几天后,国王应她的请求,派了一大批男女侍从,由安蒂戈诺率领,护送她到埃及。苏丹的高兴没法形容,热烈欢迎了女儿,对安蒂戈诺和护送的人也待若上宾。过了几天,大家休息好了,苏丹问女儿怎么活下来的,在什么地方待了这么久而音讯全无。公主牢记安蒂戈诺教她讲的话,禀报说:

　　"父王,我离开后的第二十天,我们乘的船被强烈的风暴打坏,夜里在埃格莫特附近的西海滩上搁浅。船上的男人我一个也没见到,不知他们的下落。我只记得天亮时我仿佛死而复生,悠悠醒来,看到当地人从四面八方跑来抢船上的东西,我的两个侍女和我被拉到岸上,两个侍女凭空分头逃跑,我被两个小伙子揪住脱不了身,朝一片树林拖去。这时候有四个骑马的人正好路过,抓住我的小伙子见了他们撒腿就逃。骑马的人相貌都很威严,来到我面前,问了我许多话,可是我不明白什么意思,他们也听不懂我说的话。他们商量了好久,最后让我骑上一匹马,把我带到一个寺院,寺院里有好几个修女似的妇女,骑马的人对她们说了些什么,她们很和善地收留了我,待我很好。当地的妇女信奉圣克雷希·德·瓦尔卡瓦,自那以后我也晨钟暮鼓,顶礼膜拜那个圣徒。在寺院里过了一段时间,我稍稍学了一点当地的语言,她们问我是谁,从哪里来,我怕说了真话会被当作异教徒给逐出寺院,便编了一套话,说自己是塞浦路斯一个贵族的女儿,去克里特岛成亲,半路上船只失事。为了免遭更大的不幸,我随时随地遵照她们的规矩办事。那些修女的头头,她们称之为院长的人,问我想不想回塞浦路斯,我说那是我最盼望的事,但是院长为了我的安全一直没能把我托付给一个可靠的去塞浦路斯的人。两个月后,有两对从法国来的有身份的夫妇,其中一位太太是院长的亲戚。院长听说他们要去耶路撒冷朝拜一个为犹太人献身、被基督徒们奉为神的人的陵墓,为我引见,托付他们把我交给我在塞浦路斯的父亲。那两对夫妇欣然同意带我去。我们乘上一条船,几天后到了巴法。院长托两位绅士把我交给我父亲,其实我在巴法举目无亲,我正发愁没法对他们解释,我一直认为不可怜我的真主这次帮了我大忙,我们下船时安蒂戈诺恰好来到海边。我马上用那两对夫妇听不懂的、我们的语言招呼他,要他假装认我是他的女儿。他很快就明白了我的意思,照我说的做了,并且尽他有限的财力款待了两对夫妇。然后他带我去见塞浦路斯国王,承蒙国王接待了我,隆重的程度一言难尽,现在又把我送到你这里。安蒂戈诺多次听我讲过我的经历,如果有什么遗漏,可以请他补充。"

于是,安蒂戈诺对苏丹说:

"陛下,公主对您说的话对我说过多次,和她同来的那两对夫妇也对我说过,只有一件事公主没有提起,依我看,大概是出于谦虚,她自己不便说。两对绅士以及他们的夫人对公主和修女们一起生活时的操守,对她的美德和品行赞不绝口。两对夫妇把公主交给我时恋恋不舍,泪如雨下,公主也没有说。如果把他们的话重复一遍,一天一夜都说不完。根据他们的话和我自己看到的情况判断,陛下可以夸口说,当今任何一位国王的女儿都比不上陛下的女儿那么美丽、端庄、冰清玉洁。"

苏丹听了这些话非常高兴,以真主的名义起誓要好好报答所有照顾过他女儿的人,尤其是郑重其事把她送来的塞浦路斯国王。安蒂戈诺回塞浦路斯时,苏丹给了他许多贵重的赏赐,写了信,派了专人感谢国王为他女儿所做的一切。接着,为了维持许配阿拉蒂耶尔给加博国王为妻的原议,把经过情况通知了加博国王,说是他如愿意,可以派人来接公主。加博国王十分高兴,派了许多人把公主迎去成婚。前后和八个男人睡过成千上万次的公主和加博国王成了亲,第一夜居然使国王相信她还是处女。她当上王后,和国王一起美满地生活了多年。这正应了一句俗话:"被吻过的嘴唇并不失去它的鲜嫩,圆过的月亮还会弯成新月。"

八

安特卫普伯爵受到诬陷,被迫流亡,把一子一女留在英国。多年后他从苏格兰潜回探视,发现子女境况很好,自己便在法兰西国王麾下效力,后来冤情大白,恢复了原先的地位。

女郎们听了那个绝色美人的苦难历程连连叹息,可是她们感慨的原因有谁知道?也许她们不是出于对那女人的多舛命运的同情,而是欣羡她广结姻缘,这一点不必细究。总之,潘菲洛的最后一句话引得大家都笑了起来。女王听完故事,

转向艾莉莎,吩咐她依次接下去讲。艾莉莎遵命,大大方方地开口说:

命运安排了许许多多新奇而又严峻的事件,今天涉及的范围实在广泛,我们轮十圈讲都讲不完,别说是轮一圈了。我不妨从那些无穷无尽的事件中挑一个来说说:

自从罗马帝国脱离法兰西人落到日耳曼人手里以后,两个民族成了不共戴天的仇敌,战争长年不断。法兰西国王和他的一个儿子为了保卫国家,攻击敌人,集中了王国的兵力,依靠亲戚朋友的帮助,组成一支强大的军队向敌人发起进攻。他们外出征战,王国不能没有人治理。国王考虑人选时想到安特卫普伯爵瓜尔蒂耶里,此人谦虚谨慎,忠诚可靠。虽然伯爵兵马娴熟,深谙韬略,国王父子认为与其让他从事辛劳的征战,不如让他负责微妙的内政,便委任他为代理总督,把管理整个法兰西王国的任务交给他,他们自己便率兵出发。

瓜尔蒂耶里运用他的聪明才智,有条不紊地执行委托给他的任务,事无巨细都与王后和王后的儿媳商量。虽然她们两人归他管辖监护,他仍旧把她们当作主公和妇女加以尊重。

瓜尔蒂耶里年纪四十多岁,长得仪表堂堂,和蔼可亲。此外,他的温文尔雅、衣着整饬在当时的骑士中间是数一数二的。法兰西国王父子在外征战期间,瓜尔蒂耶里的妻子不幸去世,留下一个儿子和一个年幼的女儿。他经常进宫同王后和王妃商讨国家大事,王妃对他有了意思。瓜尔蒂耶里的相貌和风度使她倾倒,她暗地里竟深深地爱上了他,以为自己青春年少,花容月貌,他则中年丧偶,形单影只,她的欲望不难满足,只要冲破羞涩一关,以后就好办了。于是她决定不顾一切,向他倾诉衷肠。一天,她独自一人,认为时机合适,便派人把瓜尔蒂耶里召进宫来,仿佛有事相商。

伯爵不疑有他,立即进宫去见王妃。房间里只有他们两人,王妃让他坐在床边。伯爵两次问她有什么事,她两次都没有作声。最后,她为情欲所驱,羞红着脸,声音发颤,几乎像是抽泣似的开口说:

"我最亲爱的朋友和好伯爵:你是聪明人,当然知道女人和男人都有弱点。由于种种原因,女人比男人更为脆弱。因此,在一位公正的法官面前,由于各人情况不同,同样的罪孽量刑不应相同。一个整天劳累还得不到温饱的贫苦男人或女人,居然春情荡漾,想干一些风流韵事,同一个整天没事可干、什么享受都不缺的富贵人家的女子相比,当然更应该受到指责,这一点有谁能否认?谁都不能否认。因此,我认为我前面举作例子的女子完全情有可原。再说,如果那个多情的女子看中了一个聪明而有身份的男人,就更有情可原了。拿我来说,两种情况我兼而有之,此外还有别的原因,比如说,我丈夫在外,我青春年少,独守空房,容易挑起情思。必须举出这些减罪的理由来为我火一般的爱情辩解。这些理由在聪明的人看来是有分量的,现在我和盘托出,请求你帮我出出主意,看我该怎么办。

"我丈夫不在我身边,我无法抑制肉欲的冲动和爱情的力量。它们太强大了,休说是柔弱的女人,即使堂堂男子汉往往也抵挡不住,每天每日都有被它们压垮的。你自己也看到,我养尊处优,无所事事,爱情困扰着我,我不由自主地想寻求爱情的欢乐。我很清楚,这种事如果让人知道了是不光彩的,如果干得隐秘,也就没有人指责。再说,爱情待我不薄,我虽然不克自拔,还没有到饥不择食、不挑选情人的地步,我懂得

133

要找一个配得上我身份的男人。如果我的判断不错，我认为自己爱上的是整个法兰西王国里最英俊、文雅、谨慎而讨人喜欢的绅士。此外，我丈夫不在，你没有女人，可以说是旷男怨女。总而言之，我求你为了我对你的一片真心，不要拒我于千里之外，求你怜惜我的青春。事实上像冰遇到火一样，我的青春已为你融化了。"

她说了这番话之后，眼泪簌簌掉落，即使想再请求也说不出口，浑身酥软，低下头，倒在伯爵怀里。伯爵原是正人君子，推开那女人，声色俱厉地斥责这种苟且的爱情，发誓说他宁肯五马分尸也不会干这种对不起主公的事情。她一听之下，满腔热情化为乌有，恼羞成怒地说：

"你这个不识好歹的东西，竟然这样对待我的痴情，叫我下不了台。你既然要我的命，天主难容，我也不会让你活。对，我要把你逐出这个世界。"

她说着把自己的头发揪乱，撕破了胸前的衣服，大喊道：

"救命，救命，安特卫普伯爵要强奸我！"

伯爵见此情形慌了手脚，他虽然问心无愧，但怕朝廷里嫉才妒贤的小人太多，不信他的清白，只信那邪恶女人的鬼话。他赶忙站起来，匆匆离开王宫，逃回家里。一到家，不多加考虑，他立刻把一子一女抱上马背，自己骑上马，直奔加来。

那女人一嚷嚷，王宫里许多人赶来，见到她那副模样，听了她编造的假话，都深信不疑，沸沸扬扬地骂伯爵，说平时看他彬彬有礼，想不到竟会干出这等禽兽不如的丑事。王宫里的人怒气冲冲地追到伯爵家去抓人，扑了个空，便把值钱的东西一抢而光，然后把房子砸个稀巴烂。消息传到国王父子那里，他们偏听偏信，盛怒之下判决伯爵和他的子女终身放逐，如在国内露面立即逮捕，不论死活，都有重赏。

伯爵无端被诬，这一逃仿佛真成了有罪的人。他懊恼万分，悄悄到了加来，也没有被人认出，然后带着子女再从加来横渡海峡到了英国，前往伦敦。在进伦敦之前，他叮嘱儿女许多话，主要有两点：第一，他们毫无过错，命运使他们突然遭遇不幸，只得安于贫困；第二，如果他们想活命，明智的做法是千万不能说出自己的身份，父亲是何人。儿子九岁，名叫路易吉；女儿七岁，名叫维奥兰特。两人年纪虽小，却很聪颖，懂得父亲的嘱咐，牢记不忘。伯爵认为还应该给他们改改名字，儿子便叫贝罗，女儿叫雅内特。他们衣衫褴褛，到了伦敦，乞讨施舍，勉强生活。

一天早晨，英国国王手下一位元帅的妻子在教堂外面看到伯爵和两个孩子求乞，便问伯爵是何人，小孩是不是他的子女。伯爵回答说他是法国毕卡迪亚地方的人，由于长子不肖，败了家，他带着幼子幼女流浪在外。元帅夫人心地善良，看到小姑娘长得秀气，举止文雅，很讨人喜欢，便说：

"可怜的人，你的小女儿长得很清秀，如果你肯给我，我愿意收养，将来如果有出息，我给她找一个好人家，不会亏待她。"

伯爵觉得这个主意不坏，当即同意，他叮嘱了女儿许多话，挥泪把她交给了元帅夫人。女儿安置好之后，他觉得没有必要滞留在伦敦，带着贝罗，一路行乞，穿过英格兰到了威尔士。以前他很少步行，路上当然十分辛苦。

英国国王另有一位元帅住在威尔士，他家人丁兴旺，屋宇轩朗，伯爵带着儿子常去讨些施舍。元帅和一些贵族的子弟在门口玩一些跳跳蹦蹦的孩子的游戏。贝罗跟他们混熟了，一起玩耍时比谁都灵活。元帅见到这孩子很喜欢，便问是谁。

周围的人回说,是一个常来求些施舍的穷人的儿子。元帅派人把他找来,提出要收养这孩子。伯爵虽然恋恋不舍,还是把孩子托付给了元帅。

子女都有了落脚的地方,伯爵不想再待在英格兰,仿佛是遵照天主的旨意,去了爱尔兰。他到了斯特兰福,在一个乡村伯爵的骑士家充当仆役,隐姓埋名,干着仆人的体力活,过了好几年。

改名为雅内特的维奥兰特在伦敦元帅夫人家生活了几年,出落得非常美丽。元帅夫妇和家里别的人没有一个不喜欢她。见到她的人都觉得她的言行举止像是大家闺秀,啧啧称奇。元帅夫人从她父亲手里收留她时,除了他自己介绍的情况之外,并不了解他的底细,打算把她嫁给一个门当户对的人家。但是天主洞察一切,知道维奥兰特出身高贵,现在的处境只是代人受过,不愿让她嫁给低三下四的人,对她另有安排,后来发生的事完全证实了天主的仁慈。

收养维奥兰特的元帅夫妇只有一个儿子,很受父母宠爱,不仅因为是独子,而且因为他有许多优点,如聪颖、懂事、勇敢、有礼貌。他比维奥兰特大六岁,见她如此韶秀,竟深深地爱上了她,朝思暮想,神魂颠倒。小伙子以为她出身微贱,怕父母说他没出息,不敢向他们吐露想娶她为妻的意思,苦苦相思,终于憋出了大病。好几个医生来诊治,但是查不出病因,束手无策。他的父母非常担忧,问他什么地方不舒服。他不是叹气,便是说浑身没劲。

一天,一位年轻而高明的医生正替他切脉,热心帮小伙子母亲干活的雅内特走进小伙子躺着的房间。小伙子见到她,虽然不动声色,心里却感到强烈的爱情,脉搏顿时加快。医生注意到这一变化,但不作声,想看看这种脉象持续多久。雅内特走出房间后,脉搏立刻平缓下来,医生终于找到了病因。他没有松开手指,假装要问雅内特什么话,叫她进来。雅内特来了,小伙子的脉搏又加快了。她走后,脉搏又平缓下来。医生自信已有十分把握,对小伙子的父母说:

"令郎恢复健康的希望不在医生,而在雅内特手里。根据我观察到的迹象,令郎热烈地爱上了她,尽管,依我看,她并不知情。若要保全令郎的性命,你们自己瞧着办吧。"

元帅夫妇听了这话,心里一块石头落了地。他们至少弄清了治病的办法,虽然不太愿意让雅内特做他们的儿媳。医生走后,他们去看儿子,母亲开口说:

"我的孩子,我从没想到你心里有事不告诉我,瞒着不讲,结果憋出了病。你应该明白,凡是能让你高兴的事,我没有不做的。你不说,天主比你自己更爱惜你,为了使你免于病死,让我们知道了你起病的原因,那就是你痴情地爱上了一个姑娘,不管那姑娘是谁。其实你说出来也没有什么可以害羞的,你到了这种年纪,如果没有爱情的要求,我倒要替你担心。我的孩子,你不必对我隐瞒,尽管把心里的想法告诉我,这样就可以去掉使你郁郁不乐、伤身致病的根子。你应该明白,凡是我力所能及的事,我无不做到,因为我爱你比爱自己的生命更深。用不着害羞害怕,告诉我吧,看我是不是能在你的爱情方面帮你什么忙。如果我不尽心尽意帮你,那我简直是世上最残忍的母亲了。"

小伙子听了母亲这番话,先觉得难为情,后来一想,没有谁比他母亲更关心他,就撇开羞耻说道:

"母亲,我把爱情埋藏在心里不为别的,只因为我觉得上了年纪的人多半记不起他们也曾有过年轻的时候。你既然对我这般关心，我不否认你讲的话的确是事实，希望你说话算数，从而治好我的心病。"

元帅夫人发现事情不出她所料，立即说，只要他讲出自己的愿望，她一定尽快予以满足。

"母亲，"小伙子说，"我们的雅内特俊俏端庄，我的爱情不能向她表白，也不能让任何人知道，这才使我成了现在的样子。如果你答应我的话不能实现，我肯定活不长了。"

元帅夫人觉得在这种情况下只宜安慰，不能责备，就面带笑容地回答儿子说：

"我的孩子，你竟为了这件事病倒？你尽管放心，这件事交给我，我准能让你霍然而愈。"

小伙子满怀希望，很快就有了好转的迹象，母亲当然高兴，开始考虑如何实现她的诺言。一天，她把雅内特叫来，旁敲侧击地问她有没有情人。

雅内特脸上泛起红晕，回答说：

"夫人，我这种孤苦伶仃的姑娘，无家可归，在别人家里吃口饭，怎么能谈情说爱。"

元帅夫人说：

"你既然没有情人，我们想给你找一个，让你过得快活些，你这样漂亮的姑娘没有情人实在说不过去。"

雅内特答道：

"夫人，你从我贫困的父亲手里收留了我，又把我当作亲生女儿那样教育我，照说你的话我应该听从。但是在这一点，尽管你认为对我有好处，我却不能答应。你若有意为我找个丈夫，我一定尽心尽意地爱他。除此以外，请你别难为我，我的祖辈遗留给我的如今只有清白,我这辈子打算一直保持下去。"

元帅夫人想办到答应她儿子的事情,这些话使她大失所望,但她又是正派的女人,从心底里赞赏这个姑娘。她说:

"怎么,雅内特?国王陛下是个英俊的年轻人,假如他看上你这个漂亮的姑娘,向你求欢,你会拒绝吗?"

雅内特不假思索地回答:

"国王可以强迫我,但我死也不会同意干出苟且的事来。"

夫人看她很坚决,想考验考验她,便把这件事暂时搁置一下。她儿子差不多已恢复,夫人叫他找个机会单独和那姑娘待在一个房间里,设法向她求欢,还说由她出面替儿子去求那姑娘有点拉皮条的味道,不太光彩。小伙子不喜欢这个主意,身体情况突然又恶化。夫人只得找雅内特,如实讲出自己的想法,雅内特没有商量的余地。夫人便找丈夫,两人研究下来,认为与其看儿子结不成婚郁郁而死,不如让他和一个没有地位的姑娘结婚好好活下去,虽然很不情愿,还是决定让儿子娶雅内特为妻。雅内特很高兴,衷心感谢天主没有把她遗忘。尽管如此,她仍旧自称是流浪汉的女儿。青年人康复后,欢欢喜喜地和姑娘结了婚,两人开始美满地生活。

再说贝罗,他在威尔士英国国王的另一位元帅家,已经长大成人,很得元帅欢心。他英俊矫健,驰马挺矛、挥剑比武方面没有人可以与之匹敌,在当地名声很大,人们称他为"流浪汉"贝罗。天主没有遗忘他妹妹,对他也没有亏待。当地发生了一场瘟疫,几乎半数的人罹病丧生,活着的人逃往异乡,十室九空。元帅夫妇、一个儿子、好几个兄弟、侄子和亲戚染病死亡,家里只剩下一个待字的小姐和贝罗。瘟疫势头减弱后,小姐认为贝罗年轻有为,征得健在的亲戚们的同意和他结婚,把她继承的产业交给他管理。不久后,英国国王听说元帅去世,"流浪汉"贝罗武艺不凡,便任命他为元帅,代替死去元帅的职务。安特卫普伯爵和子女分别后不通音讯,这就是他们的大致处境。

伯爵逃离巴黎后一晃过了十八年,他在爱尔兰生活艰苦,苍老了许多,想去打听打听子女的境况。他面貌变了不少,身体却由于干重活累活,比以前养尊处优的时候结实得多。他离开了干活的人家,衣衫褴褛到了英格兰,先去当初留下贝罗的地方,发现他已经当了元帅,气宇轩昂,八面威风。他见了很是高兴,还想去看看雅内特,暂时没有让儿子认出自己。

伯爵继续上路,到了伦敦,谨慎地打听当初收留他女儿的那位夫人,听说夫人让她的儿子娶了他女儿,十分欣慰。他得到了子女的消息,知道他们的境况都很好,这些年来他自己受的苦也就算不上什么了。他很想见见女儿的面,便装成孤苦无告的穷汉在她家附近转悠。一天,雅凯(这是他女儿的丈夫的名字)见到了他,对他又老又穷的模样起了怜悯之心,让一个亲戚把老人领进家里,给他一点吃的,亲戚照着办了。

雅内特已经为雅凯生了几个孩子,都长得活泼可爱,最大的儿子八岁,尤其讨人喜欢。孩子们围着伯爵看他吃东西,对他很亲热,似乎出于天性觉得老人是他们的外公。老人知道这些孩子是自己的外孙,对他们分外爱抚。这一来孩子们更离不开他,任凭他们的教师怎么呼唤,仍缠着老人不走。雅内特听说这事,从屋里出来吓唬小孩说,再不听教师的话就要打他们了。孩子吓哭了,说是他们喜欢待在那里玩,因为老人待他们比教师好,引得雅内特和伯爵笑了起来。伯爵这时已经起立,不像父亲,而是以穷苦老头的身份向她表示尊敬,望着她时心里有说不出的高兴。雅内特没有认出他，因为他的变化太大，又老又黑又瘦，满脸胡子，头发花白，完全成了另一个人。母亲看孩子哭着不肯走，只得对教师说让他们玩一会儿。

孩子们和老人在一起时，雅凯的父亲来了，听教师说了情况，他本来就瞧不起雅内特，脱口而出说：

"让他们待在那里吧，种气不好，真没出息。母亲是叫花，他们就喜欢和叫花在一起。"

伯爵听了这几句话很伤心。但是再大的侮辱他都忍受过来了，这次当然也能忍受。雅凯听说孩子们对老人特别亲热，并不太高兴，但他非常爱孩子们，为了哄他们别哭，就说如果那老人愿意待在这里干活，他可以留下。老人说很乐意，但他养了一辈子马，只会干这种事。他们便让他照看一匹马，每天梳理马匹后就专陪小孩们玩耍。

命运替安特卫普伯爵及其子女做出这种安排，再说法兰西国王和日耳曼人谈谈打打，死在任上，王子加冕登基，当初诬陷安特卫普伯爵，使他遭到放逐的王妃成了王后。最后一期停战已经结束，新国王继位后又和日耳曼人开仗，英国国王和法国国王有亲戚关系，派大批军队支援，由贝罗元帅和另一位元帅之子雅凯指挥。伯爵跟随他们出征，充当马夫，谁都没有认出他。伯爵弓马娴熟，深谙韬略，他的谋略和作为远不是马夫所能比拟，表现得十分出色。

战争期间，法国王后得了重病，她自分死期已近，为平生的罪孽感到悔恨，便向素有圣洁之名的兰斯大主教忏悔，除了别的事情之外，还说出安特卫普伯爵受她诬陷而遭了苦难。她不但向大主教坦白，还告诉许多有名望有地位的人，请他们要求国王收回成命。如果伯爵还健在，就恢复他的爵位；如果伯爵已去世,就把爵位赐给他的子女。王后死后隆重安葬。临终的忏悔由人转告国王,国王想起对伯爵的不公,悲叹不已,立即通报全军,有人找到安特卫普伯爵或其子女者予以重赏,因为据王后的忏悔,导致他放逐的罪名已不成立,非但要恢复他以前的爵位,发还财产,还要晋升嘉奖。

伯爵在军中充当马夫,听到这消息后经过核实,请雅凯和贝罗陪他去见国王,说是他知道国王要找的人的下落。他们三人在一起时,伯爵已准备透露自己的身份,对贝罗说:

"贝罗,在你身边的雅凯娶了你妹妹,但没有得到嫁奁。为了不让他光娶一个人,我认为国王答应给的重赏应该由雅凯领取。你可以禀告国王,你就是安特卫普伯爵的儿子,维奥兰特是你的妹妹、雅凯的妻子,我就是安特卫普伯爵——你的父亲。"

贝罗听后仔细打量着他,终于认了出来,赶紧跪在地上抱住伯爵的腿,哭着说:

"父亲,我见到你太高兴了。"

雅凯听了伯爵说的话,见了贝罗的举动,又惊又喜,不知怎么才好。他知道伯爵的话不假,以前一直把伯爵当作马夫使唤实在有愧,也哭着跪在伯爵膝下,请求他原谅过去对他的不敬。伯爵宽宏大量,扶他起来,说过去的事不必提了。他们谈起父子三人的苦难经历,唏嘘不已,想到现在否极泰来,又破涕为笑。贝罗和雅凯要给伯爵换上新衣服,伯爵不肯,说是让雅凯先去领赏,他穿着仆役的衣服去见国王,把那些害他落到这地步的人羞惭一下。雅凯带了伯爵和贝罗去见国王,说是找到了伯爵父子,前来讨赏。国王下令端出一份重赏,让他赶快把伯爵父子带来。雅凯觉得国王言重如山,转过身去请

伯爵和贝罗上前,然后说:

"陛下,这就是伯爵父子。伯爵的女儿,也就是我的妻子,现在不在这里,不过凭天主的仁慈,陛下很快就能见到。"

国王打量着伯爵,尽管他已经很苍老,仔细看了一会儿,还是认出了他。国王热泪盈眶,离开座位,扶起跪着的伯爵,又是拥抱,又是亲吻,然后友好地拥抱了贝罗。国王吩咐给伯爵更换衣服,并且准备好赐给他的马匹、仆役和符合伯爵身份的一切物品,这些很快就办妥。国王对雅凯也恩宠有加。雅凯领到他因引见伯爵父子而得到的重奖时,伯爵说:

"把国王陛下赐给你的重赏拿回去吧,告诉你父亲,你的儿子,也就是他的孙子,并不是叫花母亲生的。"

雅凯领了赏,派人把妻子和母亲接到巴黎,贝罗的妻子也来了,大家为伯爵热烈庆祝。国王恢复了伯爵的爵位,对他比以前更加重用。他们征得国王准许,各自回家。伯爵在巴黎安度晚年,比以往任何时候更加幸福。

九

热那亚的贝尔纳博同安布罗焦洛打赌受骗,派人去杀妻子。妻子逃脱后乔装男人在苏丹宫廷当官,查明骗子,把贝尔纳博召到亚历山大城,惩罚了骗子,恢复女装,带了许多钱财和丈夫返回热那亚。

艾莉莎讲完了她那个伤感的故事,体态丰满、容貌娟好的女王菲洛梅娜坐直了身子说：

"我们对狄奥内奥的诺言应当履行，现在只剩他和我还没有讲故事，我就先讲，让他殿后。"

菲洛梅娜从容不迫地开口说：

人们常说"欺人自欺，害人害己"，我觉得不用事实光靠言语是很难证实这句谚语的。我希望通过我的故事证明它千真万确，你们听了之后对欺人的骗子可以有所提防。

巴黎一家客栈住进了几个意大利大商人，他们像以往一样来法国处理各自的事务。一天晚上，他们美美地吃完了饭，海阔天空地神聊起来，从一个话题转到另一个话题，最后谈到各自留在家里的老婆。一个商人开玩笑说：

"我不知道我老婆在干什么，但是我可以肯定，假如有个讨我喜欢的姑娘被我弄到手，我就把对老婆的恩爱抛在一边，先在到手的姑娘身上找快活。"

另一个商人接口说：

"我也会这样的。将心比心，我认为我老婆图自己快活，会同样行事。其实我觉得这也是天公地道的事：一报还一报，两不吃亏。"

第三个商人的想法大同小异。总之，在场的人都认为他们的老婆独自在家是不会错过大好时光的。唯有一个名叫贝尔纳博·洛梅林的热那亚商人看法与众不同，他说，由于天主的殊恩，他的老婆品行端正，全意大利以至全世界的女人甚至老少爷们都比不上她。她相当年轻，长得绰约多姿，心灵手巧，针黹女红比谁都出色。在安排筵席方面没有哪一个男侍或仆役可以和她相比，因为她很懂礼仪，谨慎小心。她骑术高明，善于放鹰狩猎，念、写、算的本领胜过任何一个商人。他赞扬一番后,谈到大家议论的话题,赌咒发誓说,他老婆的贞洁没有哪个女人可比,即使他外出十年或更长的时间,她也绝不会同任何野男人勾勾搭搭。

聊天的商人中间有个来自比亚琴察名叫安布罗焦洛的年轻人,听了贝尔纳博最后几句赞美他妻子的话哈哈大笑起来,挪揄地向他说,是不是皇帝对他特别照顾,赐给他那份福气。贝尔纳博有点生气,回答说给他这份福气的不是皇帝,而是天主,天主的力量比皇帝大得多。

安布罗焦洛说:

"贝尔纳博,你的话当然是由衷之言,这一点我并不怀疑,但是我觉得你对事物的本质考虑得太少。你不是傻子,如果考虑过的话,不至于这般无知,得出如此轻率的结论。我要在这个问题上再和你谈谈明白,免得你以为我们刚才褒贬我们的老婆是因为她们的秉性和你老婆不一样。我们说这种话是因为我们对她们有充分的了解。我一向认为,在天主创造的生物中间男人首屈一指,然后才数得上女人。人们普遍认为,男人更为完美,既然更为完美,当然更为坚定。事实上也是这样,因为天下女人都变化无常,这方面有许多例子可举,今天我暂且不谈。男人虽然更坚定,但是遇到一个主动上来套近乎的女人,或者一个使他神魂颠倒的女人,他就克制不住,千方百计地要去亲近她,这种事不是每个月发生一次,而是每天有千百次。女人生性多变,如果遇上一个打她主意的男人,怎么能抵挡他的纠缠、讨好、馈赠礼物和种种手法呢?你认为她能抵挡吗?即使你嘴里说能,我认为你心里也不会把自己的话当真。你老婆和别的女人一模一样,也是有血有肉的女人。她当然和别的女人一样有欲望,抵挡自然冲动的力量当然也和别的女人一样。因此,任她怎么贞洁,也可能干出别的女人所干的事来。既然有这种可能,你怎么能矢口否认,把话说绝?"

贝尔纳博反驳说:

"我是商人,不是哲学家,只能拿商人的见解来回答。我承认你讲的情况在那些不知羞耻的蠢女人身上可能发生,但是聪明的女人以自己的荣誉为重,维护荣誉时会比不看重荣誉的男人们更坚强。我老婆就是这种女人。"

安布罗焦洛说:

"说真的,如果女人每干一次我说的那种勾当头上就长出一个角,从而泄露了秘密,我相信,犯那种罪孽的女人就很少很少了。事实是她们头上不会长出角来,聪明的女人知道丑事在暴露之后才会带来耻辱,损害名誉,因此凡是能偷偷摸摸干的时候,她们就干,或者让人和她们干,不干才是傻瓜。还有一点应当记住的是:贞洁的女人是没有的,除了那种从没有人追求或者她们主动追求而遭到拒绝的女人以外。我凭常情,凭事实才这么说。如果我没有和许多女人的多次经验,也不会说得如此斩钉截铁。因此,我敢肯定,假如我和你贞洁无比的老婆在一起,要不了多少时间,我从别的女人身上得到的东西也能从她那里得到。"

贝尔纳博很生气地说:

"我们这样争下去没完没了。你说你有理,我说我有理,永远说不到一起。你说所有的女人都容易上钩,你又是此中老手,我一口咬定我的老婆贞洁无比,我现在拿脑袋打赌:你如果能勾引她干出那种事来,就割掉我脑袋;如果办不到,我只要一千个金弗罗林。"

安布罗焦洛也上了火,他说:

"贝尔纳博,如果我赢了,要你性命有什么好处?你真想验证我的话,不如拿五千金弗罗林赌我的一千,总比赌脑袋划得来。你并没有限定时间,我可以保证马上去热那亚,从离开之日算起,三个月内让你老婆就范,拿到她贴身的物品作为凭证,你看到以后不得不承认我讲的是真话。你只要答应一个条件,保证自己不去热那亚,也不捎信去通知你老婆。"

贝尔纳博一口答应下来,在场的人知道打这种赌会闹出大乱子,竭力劝阻。但双方都在火头上,没有商量余地,除了请在场的人作证之外,还立下文书。贝尔纳博遵守条件,留在巴黎。安布罗焦洛尽快结束未了的事务,动身前去热那亚。他到后花了几天工夫私下打听贝尔纳博妻子的住址和生活作风,发现贝尔纳博说的话果然不假。他骑虎难下,觉得十分棘手。但是,过不多久,他认识了一个经常去贝尔纳博的妻子家和她很要好的穷苦女人。他花钱买通这个女人,让他藏在一个特制的箱子里混进贝尔纳博的妻子家。穷苦女人遵照安布罗焦洛的指使,假说要去外地,把箱子寄存几天。箱子放在寝室,晚上安布罗焦洛估计贝尔纳博妻子已经入睡,拨动机关,轻轻推开箱盖,爬了出来。寝室里点着一盏灯,他仔细察看墙上的画和房间里的摆设,暗记在心。接着,他走到床前,发现那女人带着一个小女孩睡得很香,便揭开被子,只见她赤身裸体,和穿着衣服时一样好看,身上没什么特征,不过左乳下有一颗痣,痣周围有几根金黄色的毛。美色当前,他真想豁出性命去躺在她身边,但他听说这位太太冰清玉洁,一丝不苟,不敢轻薄,又轻轻地替她盖好被子。夜里还有许多时间,他便在寝室里转悠,从柜子里拿出一个荷包、一条束胸、一件长袍和

147

几枚指环，统统放进箱子，自己再爬进去，按原样把箱子盖好。

他昼伏夜出过了两晚，没有被那女人觉察。第三天，穷苦女人来领回箱子。安布罗焦洛出来，如约重酬了那女人，在约定期限之前带着窃取的物品赶回巴黎。他召集了上次打赌时在场的商人们，对贝尔纳博说他按照议定的条件赢了。为了证明所言不虚，他先描绘了那女人的寝室布置，墙上挂的是什么画，然后拿出女人家的物品，说是她亲手送的。

贝尔纳博承认房间确实是他描绘的模样，东西也是他妻子的，但是又说安布罗焦洛可以从仆人那里打听到房间的陈设，出示的物品也可以通过仆人弄到，光凭这些还不足以证明他赢。安布罗焦洛说：

"照说这些证据已经够了，你既然要我再提，我只好对不起你了。我对你说吧，齐内弗拉夫人，也就是你的太太，左乳下有一个不小的痣，痣四周还有六根金黄色的毛。"

贝尔纳博一听这话仿佛心口给捅了一刀，一阵剧痛，脸色大变，虽然没有出声，神态已经表明安布罗焦洛说的不假。过了好大一会儿他才开口说：

"先生们，安布罗焦洛讲得不错，他赢了，随时可以去我那里取钱。"

第二天，安布罗焦洛拿到了赢得的赌注，贝尔纳博心里充满对妻子的毒恨，离开巴黎，返回热那亚。快到时，他不愿进城，在离城二十英里的别墅歇脚，吩咐一个心腹仆人带了他的亲笔信和两匹马前去热那亚，信是给他妻子的，说是他已经回来了，请她到别墅见面。他嘱咐仆人，半路上找个适合的地方把他妻子杀了，不能手软。

仆人到了热那亚，遵照嘱咐交了信件，主母见了十分高兴。第二天一早,主仆二人骑上马,一面闲聊,一面赶路,来到一个幽静的小山谷,那里沟壑纵横,树木茂密,仆人觉得这是执行主人命令的好地方,便抓住主母的胳臂,拔出刀说:

"夫人,不必再走了,向天主祷告,求天主拯救你的灵魂吧,这里就是你绝命之地。"

那女人见到刀子,听到这些话,大吃一惊:

"看在天主分上发些慈悲吧!你在杀我之前总得告诉我,我什么地方得罪了你,同你结下这么大的仇。"

"夫人,"仆人回答说,"你没有得罪我,我也不明白你在什么地方得罪了你丈夫,但是他吩咐我在路上杀掉你,不能手软。如果不杀你,他就要我的性命。你知道我多么忠于你的丈夫,他吩咐我做的事我非做不可,天主知道我这么做是非常痛心的,但是我别无选择。"

那女人哭着说:

"看在天主分上发发善心吧!不要为了别人杀一个同你无冤无仇的人!无所不知的天主知道我绝没有做过对不起我丈夫的事,他不该这么对待我。这且不谈,你有个三全其美的办法,对天主,对你主人,对我都有交代:把我的衣服拿去,只留贴身衣服和斗篷,告诉你的主人——我的丈夫,说你已经把我杀了。你救我一命,我向你发誓马上远走他乡,隐姓埋名,我丈夫、你、这里的任何人再也不会有我的消息。"

仆人本来就不愿意杀主母,他起了恻隐之心,便照她的话拿了她的衣服,把自己的坎肩和斗篷给了她,还留给她一些钱,叫她休要在当地露面,自己去回报主人说吩咐的事已经办妥,尸体给狼吃了。

过后不久,贝尔纳博回到热那亚。杀妻之事逐渐泄露出去,他受到普遍的谴责。

再说齐内弗拉这一头。那天夜幕降下时,她尽可能收拾好,悲悲戚戚地摸到附近一个小村子,遇见一个好心的老太婆。老太婆看她衣衫不周全,便按她的身材改小了坎肩,又把斗篷改制成裤子,她剪短头发,打扮成水手模样,向海岸走去。

她在岸边遇到一位卡塔卢尼亚绅士,名叫堂卡拉,他的船停泊在附近,他下船后在阿尔本加一处清泉旁边小憩。齐内弗拉自称是菲纳莱的西库拉诺,和绅士攀谈起来,谈得投缘。绅士不知她女扮男装,收留她充当仆人,给了她一身像样的衣服。她小心翼翼地伺候绅士,很得欢心。不久后,卡塔卢尼亚绅士运了一船货到亚历山大城,献了几头珍奇的猎鹰给苏丹。苏丹为了表示答谢,几次宴请绅士,看到西库拉诺在旁伺候得十分殷勤,开口向绅士要这个仆人。绅士虽然不很愿意,也不好推托。

正如当初伺候卡塔卢尼亚绅士那样,西库拉诺在苏丹宫廷待了不久就博得苏丹的欢心。那时候,阿克地区设有定期市集,基督教和撒拉逊商人纷至沓来,十分热闹,为了保障商人和货物的安全,苏丹除了派出管理市场的官员之外,还要派大臣率领卫队驻守。这次市集开始前,苏丹想到了西库拉诺,当地的语言她已说得相当流利,便决定派她去。西库拉诺以卫队统带的身份前往阿克,负责商人和货物的安全,克尽厥责。商人中间有不少来自西西里、比萨、威尼斯、热那亚和意大利其他城市,她出于对家乡的怀念,特别喜欢找那些人谈谈。

一天,她走进一家威尼斯商人的货栈,吃惊地发现一个荷包和一条束胸,认出是自己的东西。她不露声色,问那是谁的

货,是不是出售。原来皮亚琴察的安布罗焦洛办了一批货,搭上威尼斯商人的船来阿克做买卖,听到卫队统带问话,笑着上前说:

"老爷,是我的,不出售,不过你喜欢的话可以奉送。"

西库拉诺见到安布罗焦洛笑嘻嘻的,担心自己有什么地方露出了破绽,沉下脸说:

"你笑我一个武夫对女人的东西感兴趣吗?"

安布罗焦洛赶紧说:

"绝对不是,我想起这些东西到手的情景就忍不住要笑。"

西库拉诺接着问:

"真主保佑你,如果不是不可说的事情,我倒很想听听你是怎么弄到手的。"

"老爷,"安布罗焦洛答道,"这些东西,还有别的,是热那亚的一位太太给我的。那位太太名叫齐内弗拉,是贝尔纳博·洛梅林的妻子,一天晚上和我睡觉,求我收下这些东西作为纪念。我想起贝尔纳博的愚蠢就忍不住要笑,他说他妻子绝对不会被我勾引到手,傻乎乎地用五千金弗罗林赌我的一千,结果我赢了。他理应惩罚自己的愚蠢,却迁怒于他妻子。其实她做的只是一般女人都会做的事,后来听说他从巴黎赶回热那亚,把妻子杀了。"

西库拉诺听到这里恍然大悟,现在才明白贝尔纳博当初为什么这样狠毒,要自己的性命,自己的全部苦难也都由此而起,心想决不能放过这小子。她便对安布罗焦洛说这件事很有趣,然后巧妙地装得同他一见如故,说动他在集市结束之后来亚历山大城,替他安排了货栈,还给了他许多钱充作本金。

那商人有利可图,就留了下来。

西库拉诺一心想向贝尔纳博证明自己的清白,多方活动,终于让一些在亚历山大城的热那亚商人用种种办法说服他也来做买卖。由于贝尔纳博已经败落,西库拉诺便通过一个朋友资助他,实现自己的计划。在这以前,西库拉诺已设法让安布罗焦洛把他引以为荣的事情告诉了苏丹,苏丹听后也觉得有趣。贝尔纳博一到,西库拉诺认为不必再拖延时间,请求苏丹把贝尔纳博和安布罗焦洛召来当面对质,必要时甚至动刑,迫使安布罗焦洛当着贝尔纳博面说出他一贯吹嘘的东西究竟是怎么弄到手的。安布罗焦洛和贝尔纳博来了,苏丹当着众人的面十分严肃地命令安布罗焦洛老实交代他是怎么赢得贝尔纳博的五千金弗罗林的。在场的人中间还有西库拉诺,安布罗焦洛把他引为知己,现在却见她脸色铁青,甚至警告说,如果不讲实话就用刑。安布罗焦洛四面受挤,只得当着贝尔纳博和众人的面原原本本讲了出来,心想不会有什么处罚,至多把钱和那些衣物吐出去。安布罗焦洛说完后,代表苏丹审理此事的西库拉诺问贝尔纳博:

"你听了他的谎言后是怎么对付你妻子的?"

贝尔纳博回道:

"我输了赌注,又误认为妻子欺骗了我,气昏了头,派一个仆人杀了她,仆人回报说她的尸体被狼群撕食了。"

苏丹听了他们的陈述,话都明白了,但不清楚西库拉诺用意何在,便问她打算怎么办。西库拉诺说:

"陛下,您已经清楚地看到那个女人有这么一个'姘夫'和这么一个丈夫该多么满意。'姘夫'造谣诬蔑,破坏了那女人的名誉,使夫妻反目为仇。丈夫同她长期生活,理应了解她的为人,却轻信谗言,派仆人杀自己的妻子,把她的尸体喂狼。这且不说,'奸夫'和丈夫同她长时间相处,居然认不出她。陛下明鉴,已经清楚两人该当何罪,但如果格外开恩,准许我惩罚骗子、宽恕受骗之人,我可以把那女人带到陛下面前。"

苏丹对西库拉诺言听计从,说是可以。贝尔纳博以为妻子早已身亡,听后大吃一惊。安布罗焦洛知道自己罪责难逃,不是退还钱财就能了结,正惴惴不安,听说那女人要出场,也很吃惊。西库拉诺的请求得到苏丹准许,当即在苏丹面前跪下哭起来,她不再装成男人,用她本来的嗓音说:

"陛下,我就是那个不幸的齐内弗拉,受那卑鄙无耻的安布罗焦洛诬蔑诽谤,又被这个无情无义的男人指使仆人杀了喂狼,六年来女扮男装,含冤受屈。"

她在苏丹和众人前面解开衣襟,露出高耸的胸部,证明自己是女身。接着,她转向安布罗焦洛,悲愤地质问他,平时他说得绘声绘色,现在当着大家的面讲讲清楚,究竟何时和她睡过觉。那商人认出了她,羞愧地低下头,噤若寒蝉。苏丹一直以为他的仆人是男人,简直不敢把耳闻目睹的事当成真的。他平静下来以后,把以前叫西库拉诺、现在叫齐内弗拉的这个女人的忠贞品德、生活习惯大大夸奖一番,吩咐给她换上华丽的女服,赐给她侍女,并且应她的请求宽恕了贝尔纳博。贝尔纳博一认出她,热泪夺眶而出,扑到她脚边请求原宥。虽然他无情义,齐内弗拉宽宏大量,原谅了他,让他起来,深情地吻了他。苏丹下令立即把安布罗焦洛押到城里高处,绑在柱子上,浑身涂满蜂蜜,任太阳曝晒,谁都不准去动他,让他活受罪。命令立刻执行。苏丹再吩咐把安布罗焦洛的价值一万金币的财产划归齐内弗拉,又下令摆开盛大宴席,为齐内弗拉是女中豪杰,贝尔纳博有这样一位贤妻庆贺,同时赏赐他们珠宝、钱财、金银器皿,价值在一万金币以上。宴席结束后,苏丹吩咐替他们准备一条船,准许他们随时高兴就可以返回热那亚。他们带了许多财物高高兴兴回去,受到隆重接待,特别是齐内弗拉夫人,因为大家都以为她早死了。她有生之日一直享有极好的名声。

安布罗焦洛给绑上柱子就遭到当地多如牛毛的苍蝇、牛虻、黄蜂的叮螫。他浑身皮肉给啃得精光,一命呜呼。剩下的一副白骨暴露了很久,作为警诫作恶的榜样,正应了那句谚语:欺人自欺,害人害己。

十

> 摩纳哥的帕加尼诺劫走了里卡多·德·金齐卡先生的妻子,里卡多打听到她的下落,前去和帕加尼诺情商要回妻子。帕加尼诺让那女人自行决定,她却不愿回去,在里卡多先生去世后和帕加尼诺结为夫妇。

这些温文尔雅的男女青年都说女王的故事精彩,狄奥内奥尤其赞不绝口,今天只剩他一人还没有讲故事,他开口说:

美丽的女郎们,我原想好一个故事,听了女王讲的情节以后改了主意,现在另讲一个,为的是证明贝尔纳博以及想法和贝尔纳博一样的男人是多么愚蠢:他们自己在外面闯荡,同一个又一个女人勾搭,以为留守家中的妻子整天用手护着腰带,仿佛我们虽是女人所生,在女人中间长大,却不了解女人们的脾性似的。我讲的故事是向你们证明那些男人多么愚蠢,他们异想天开,以为凭一套夸夸其谈的空话就能取得他们得不到的东西,千方百计要别人相信他们自己都不信的事,结果适得其反。

比萨有一位当法官的里卡多·德·金齐卡先生,聪明有余而精力不济。他以为用做学问的办法就能满足妻子的需要,手头又不缺钱,便想找一个年轻貌美的女人做妻子。如果他拿规劝别人的话来规劝自己,断断不会这么做。事情也巧,有个洛托·瓜兰迪先生把一个女儿许配给了他,女儿名叫巴托洛梅娅,在比萨城的姑娘中间鹤立鸡群,是数一数二的美人儿。法官如获至宝地把她迎回家去,举行了盛大的婚礼。合卺之夜,那位又干又瘦、底气不足的法官也想尽尽人道,同她试了一次,岂知就只那一次几乎全军覆没。第二天早晨,法官不得不喝些高度数的白葡萄酒,吃些糖果蜜饯,再想些别的办法才缓了过来。现在法官先生对自己的能耐比以前了解得清楚一些了,他开始教年轻的妻子看一本历书,比拉文纳①儿童当作识字课本的还要详尽,因为那上面注明每一天是纪念哪一位或哪几位圣徒的节日。法官说,为了表示尊重那些日子,夫妻不宜同房。除了那些斋戒日、季初小斋、纪念十二使徒和成千圣徒的斋戒、礼拜五、礼拜六、主日礼拜、整个四句斋和月亮圆缺的一些禁忌之外,他又额外加上许多日子,仿佛同女人的床笫之事像民事诉讼一样,能推则推,能拖则拖。这可害苦

---

① 拉文纳是意大利北部一城市,以拜占庭时期的文物建筑和教堂寺院著称于世,据说该地教堂之多可与一年中的天数相比,因而每天都有特定的圣徒可供纪念。

了他的妻子。长期以来，他每月至多去她那里应一次卯，但无时无刻不把她看管得紧紧的，唯恐自己教她斋戒而别人教她破戒。有一次，天气很热，里卡多先生在蒙特内罗有座别墅，想去那里游玩几天。他把美丽的妻子也带去，让她散散心。一天，他吩咐准备两条小船，去海上钓鱼，他自己和几个渔民坐一条船，让妻子和别的女眷坐另一条。他们玩得高兴，不知不觉离岸远了。他们一心观赏海景，忽然碰上了当时有名的海盗帕加尼诺·德·马雷的双桅船，帕加尼诺发现小船就掉过船头驶来，小船划不快，不一会儿女眷们坐的那条船被双桅船追上。帕加尼诺一见那位美貌的太太便把她掳到大船上，不再理会已经逃到岸边的里卡多先生，带了俘虏扬长而去。法官本来醋意就重，这下懊恼痛心的程度可想而知。他在比萨到处指控海盗抢走他老婆的暴行，但不知她的下落。

再说帕加尼诺这一头，他还没有老婆，见那女子长得俊俏，决定占她为妻，就用甜言蜜语安慰她，让她别哭哭啼啼。到了晚上，帕加尼诺没有历书的包袱，根本不管斋戒不斋戒，认为空话无益，开始用实际行动安慰那妙龄女子。由于帕加尼诺的手段高明，还没有回到摩纳哥，她已服服帖帖，把法官和他那套清规戒律统统抛在脑后，高高兴兴地和帕加尼诺共同生活。帕加尼诺到了摩纳哥，除了日夜给她安慰以外，还一本正经把她当作妻子对待。

过了不久，里卡多先生打听到了妻子的下落，迫不及待地要去找她，不管花多少钱也要把她赎回来，并且认为这种事情由他亲自去处理最为合适。他乘船到了摩纳哥，果然见到了他妻子。那女的也看见了他，当天晚上就把她的意向告诉了帕加尼诺。第二天早上，里卡多先生找到帕加尼诺，上前同他攀谈,谈得很投机。帕加尼诺知道对方的来意,暂且不点破,看他如何动作。里卡多先生到了他认为合适的时候,满有把握地说出了自己来此的目的,请求帕加尼诺把那个女人还给他,不论要多少钱都成。帕加尼诺和颜悦色地说:

"欢迎你来,先生,我可以直截了当地回答你说的事:我家里确实有个年轻的女子,但我不知道是不是你的或别人的妻子,因为我原先并不认识你也不认识她,只是同她一起过了一些日子。我觉得你是个正派人,如果照你所说你确实是她的丈夫,我不妨带你去见见她,她当然也应该认识你。如果她说的话和你的没有出入,愿意跟你走,我就成全你,随你付多少赎金都成。如果不是这么一回事,那你从我身边夺走那个女人就未免太不仗义了,因为我年轻力壮,我能满足一个女人,尤其是像她那样我生平从未见过的最可爱的女人。"

里卡多先生说:

"她当然是我的妻子,你只要带我去见她,你自己马上就会明白,因为她肯定会扑过来搂住我的脖子,我希望赶快照你说的办。"

"好吧,我们这就走。"帕加尼诺说。

两人去帕加尼诺家,进了客厅,帕加尼诺请那年轻女子出来。她从里屋来到里卡多和帕加尼诺所在的房间,衣着华丽,光彩照人,像对帕加尼诺带来的任何陌生人一样,只对里卡多说了几句客套话。法官原指望那女的见到他一定喜出望外,现在见她如此冷淡,不禁纳闷,心想:"我一定过于悲痛忧虑,容貌变化太大,她认不出来了。"他开口对那女的说:

"太太,那次我带你去钓鱼代价太高了,我失去你之后丧魂落魄,痛苦万分,尤其是你现在这么冷淡,仿佛不认识我似的。难道你没有看出我是你的里卡多,我专程来这位先生家赎你回去,多少赎金我都愿意付。这位先生很仗义,同意随我付多少都行。"

那女人瞅着他,淡淡一笑说:

"您是对我说话吗,先生?您不会是认错人了吧,我不记得什么时候见过您。"

里卡多先生着慌了:

"你说什么呀,你仔细看看我,你一想就会记起我是你的丈夫里卡多·德·金齐卡。"

女的说:

"对不起,先生。老盯着您看对我说来也许不合适,不过我已经看清楚了,我不记得以前什么时候见过您。"

里卡多先生以为她顾忌帕加尼诺,不敢在他面前承认认识自己,便请求帕加尼诺允许她和自己单独谈谈。帕加尼诺回答得很痛快,说是只要里卡多不试图违反她的意愿强行吻她,他可以同意。说着便让那女的和里卡多先生进另外一个房间,听听他有什么要说的,然后根据自己的意思答话。那位太太和里卡多先生二人进了一间卧室,坐定后,里卡多说:

"我的心肝,我的灵魂和希望,你的里卡多爱你之深胜过爱他自己,你怎么会不认识他呢?这怎么可能?难道我的相貌变得这么厉害?唉,那双勾我魂的眼睛,看看我吧!"

那女的笑了,打断他的话说:

"你当然清楚,我的记性不至于那么坏,连你是我丈夫,里卡多·德·金齐卡,都忘了。可是你自以为聪明,我和你一起的时候,你并不知道应该知道的东西,因为你应该看到我年轻、健康、茁壮,因而也该知道妙龄女子除了吃饭穿衣之外还有什么需要,虽然她们出于腼腆嘴上不说。你的表现你自己清楚,不必由我来说。如果你喜欢研究法律甚于喜欢女人,你就根本不应该娶老婆。我要对你说,你在我心目中其实并不像法官,而像是宣告圣徒节日、祈祷日和斋戒日的司铎,因为你对这一套太精通了。我敢说,如果你让你的雇工们遵守那么多的节日,不去耕作你的田地,你一颗麦子都收不到。天主把这个男人赐给我,我已经和他过惯了。他赏识我的青春,我和他睡在这间屋子里根本不理会你遵守的那些节日。你只知道侍奉天主,不懂得侍奉女人。我们这间屋子从来没有礼拜六、礼拜五、祈祷日、四季小斋,更没有漫长的四旬斋。这里不分日夜都耕田种地,梳理羊毛。就拿今天来说,早祷钟过后还有好几工要上。因此,趁我年轻的时候我打算和这个男人过下去,多干一些,把那些节日、礼拜、斋戒留到年老的时候再说。你快回去吧,爱过多少节日就过多少,别把我扯进去。”

里卡多先生听了这番话心如刀割,等她讲完后说道:

“唉,我甜蜜的灵魂,你说的是什么话呀!难道你不想想你的家人和你自己的名声?难道你宁肯留在这里当那个人的姘妇,不愿意回到比萨去做我的夫人?他对你感到厌倦时会把你像破鞋似的扔掉,而对我说来,你永远受到我的宠爱。即使我不愿意,你总是我家的女主人。我爱你胜过爱我自己的生命,难道你为了毫无顾忌地纵欲,竟不顾你自己和我的名誉?我亲爱的希望,别说这种话了,跟我回去吧。我既然了解了你的需要,从今以后一定努力满足。改变主意吧,我的宝贝,跟我回去,你从我身边被夺走后,我一直没有好日子过。”

那女的说:

“事情到了这个地步已无法挽回,我只有自己顾自己,不指望谁来关心我的名誉,尤其不指望我的父母,他们当初根本不该把我许配给你。他们当初不为我着想,我认为现在我也没有必要为他们考虑。如果说我留在这里不合妇道,我跟你回去更不近人情,于人于己都是造孽,因此请你别为我多操心了。我在这里觉得自己是帕加尼诺名正言顺的妻子,在比萨倒像是你的姘妇,因为你老是考虑月亮圆缺,掐算节日,仿佛我们之间不是人而是星宿的交合。我和帕加尼诺在一起时,他整宿整宿地使劲把我搂在怀里,抚我摩我,恩恩爱爱。你说你要努力,怎么努力?你能一鼓作气,再而不衰,三而不竭吗?瞧你说的,几天不见,仿佛你已变成了伟丈夫似的。走吧,你不如努力保重,看你这副干瘪枯瘦、五痨七损的德行,不垮下来就不错了。我还要对你说,即使这个男人扔掉我(我估计绝对不会),我再倒霉也不想和你在一起,因为满打满算你浑身上下也挤不出三两汁液。我上过一次当,教训深刻,宁肯到别的地方去讨生活。我再说一遍,这里没有斋戒祈祷那一套,我决意留下来不走了,你回去吧,越快越好,不然我要大声嚷嚷,说你想强奸我。"

里卡多先生一筹莫展,这才知道老夫少妻是多么不明智。他垂头丧气走出房间,语无伦次地和帕加尼诺谈了几句。结果他两手空空,留下他老婆,独自回比萨,懊恼不已。遇到熟人同他招呼搭话时,他只是喃喃地说:"那个鬼地方没有安息日。"

不久,他郁郁死去。帕加尼诺得到消息,知道那女人确实爱他,便和她正式结婚。他们不理会圣徒祈祷日或四旬斋,只要两条腿还站得起来就耕种不止,日子过得很舒心。因此,我亲爱的女郎们,在我看来,贝尔纳博和安布罗焦洛的争执打赌像是倒骑山羊下山,自讨没趣。①

在座的听了这个故事笑得牙床几乎都脱落,女郎们一致认为狄奥内奥讲的是实话,贝尔纳博确实愚蠢。笑声平息后,女王一看时间不早,大家既然都已讲过了故事,她的任期便已结束。她根据预定的次序,取下王冠,加在内菲莱头上,笑容可掬地说:

"亲爱的妹妹,这个小小的国度现在归你治理。"

说罢,她便坐下。

内菲莱得到这一荣誉有点不好意思,红红的脸像是四五月份清早绽开的玫瑰,一双辰星般明亮的眼睛望着地下。在场的人表示赞同的喃喃声静下来以后,她定一定神,坐直身子说:

"前两届的女王政绩卓著,有口皆碑,我继任之后不打算做什么变革,只是简单地谈谈我的想法,各位请提意见,然后我遵照办理。大家知道,明天是礼拜五,后天是礼拜六,大多数人这两天都厌食,礼拜五又是基督为了我们的永生而蒙难的日子,理应纪念,为了尊重天主,我觉得我们还是不讲故事而做祈祷更为恰当。女士们礼拜六一般都洗头,清除一周的尘垢,此外,为了尊奉童贞至福圣母应该斋戒,接下来是礼拜天,更应该停止一切活动。因此,我认为这三天不能按照我们议定的日程进行,故事就不讲了。

"再说,我们在这里已经待了四天。为了避免闲人打扰,我认为我们换个地点为好。我已经找到并且布置好一个去

---

① 意大利民间谚语:"山羊下山跳跳蹦蹦,若要舒服千万别骑。"

处,礼拜日我们可以搬到那里去睡。今天我们谈了不少,不过还有充足的时间想想要讲的故事。我打算对内容稍加限制,专谈命运无常的一个方面,谈谈人们依靠机智终于获得非常想望的东西或者收复丧失的东西。各位不妨顺着这个思路想一些对大家有益,或者至少让大家觉得有趣的故事。当然,狄奥内奥不在此例,可以不受限制。"

大家赞成女王的设想,同意照办。女王把总管叫来,吩咐他在什么地方开晚饭,并且详细交代了她在位期间一切应做的事,然后宣布散会,大家自由活动。

青年男女来到一个小花园,游玩了一会儿,晚饭时一起愉快地进餐。饭后经女王允许,由艾米莉娅演奏乐器,潘皮内娅唱了下面的歌:

> 作为女人的愿望我都已顺遂,
> 歌唱欢乐的时候舍我其谁?
>
> 来吧,爱情,你是我幸福的起因,
> 你给了我希望和崇高的感情;
> 让我们一起歌唱吧,
> 不唱愁苦和烦闷,
> 现在我唯有欣喜和高兴,
> 我们只唱那灿烂的火焰,
> 你在火焰里散发夺目的光彩,
> 我像对神道似的对你顶礼膜拜。
>
> 啊,爱情,你让一位青年
> 初次出现在我眼前,

我身不由己投入你的光焰，

他英俊勇敢，风度翩翩，

同他相仿的人已属少见，

胜过他的人更是难以寻觅。

他燃起我心头的情焰，

不由我不将你歌颂，至高无上的爱情。

更使我感到幸福的是

我让他欢喜，他合乎我心意，

爱情啊，这完全是你的恩赐；

我今生满足了我的愿望，

来世也能实现我的梦想，

因为我对他怀有充分信心：

明察一切的天主啊，

愿您给我们天国的安宁。

　　之后，大家又唱了几支歌，跳了舞，弹奏了乐器。女王认为时间不早，该去睡觉了，大家便举着火炬回各自的卧室。以后的两天里，大家照女王的吩咐行事，盼望着礼拜日来到。

《十日谈》的第二天已经结束,第三天由此开始,在女王内菲莱的主持下,大家谈了依靠机智终于如愿以偿或者失而复得的故事。

礼拜日清早,旭日初升,把朱红色的天际染成金黄,女王起身,派人唤醒了全体男女青年。总管早已把新住处需用的物品准备就绪,看见女王动身,便招呼仆人们把全部行李打点好,像拔营似的,随着主人们出发。女王由六个女郎和三个青年陪伴,沿着一条偏僻的小道款步行去。小道两旁杂草丛生,不知名的野花迎着晨曦竞相吐放,夜莺和别的禽鸟在枝头啭鸣。他们一行说说笑笑,不知不觉走了两千步之遥。午前祈祷的钟声敲过不久,只见平原小丘上耸立着一座美轮美奂的别墅,仿佛早已在迎候他们。

　　他们进了别墅,在大厅和各处转转,见到房间里陈设奢华整洁,一切需用物品应有尽有,不由得交口称赞别墅的豪华舒适和主人的慷慨好客。接着,大家又参观了宽敞明亮的庭院和地窖,庭院各处有清洌的泉水,地窖里储满上好的美酒,更使他们赞叹不已。然后,大家在可以纵览整个庭院的凉廊上休息,庭院里树木葱郁,应时的鲜花争妍斗艳,一派生机。他们坐定后,殷勤的总管端来精美的蜜饯和醇香的好酒。后来,他们发现别墅旁边有个围着短垣的花园,吩咐打开园门进去。那里风光旖旎,美不胜收,大家开始细细赏玩。花园周围和中央有不少宽阔的通道,上面是长廊似的葡萄藤架,枝叶繁茂,预示着葡萄丰收。园里鲜花盛开，芳香扑鼻，使人有置身东方香料作坊之感。通道两旁密密匝匝地栽着红白玫瑰和茉莉栀子，不仅在清晨，即使中午太阳高挂的时候也可以在阴影和芬芳中到处漫步，不受阳光的曝晒。

那地方的花草树木多姿多彩，品种繁多，一句半句也说不齐全，反正当地气候条件允许生长的植物这里都能找到。更叫人看了心旷神怡的是花园中央有一片草坪，萋萋芳草绿得发蓝，衬托着姹紫嫣红的花朵和郁郁苍苍的柑橘和枸橼树，有的花团锦簇，有的开始挂果，有的果实已成熟。荫翳使人眼目清凉，香气使人神清气爽。草坪中央则是一座用洁白的大理石精雕细琢的喷水池，池中心柱子上的一个雕像不知由于自然的力量还是靠人加机关，喷出的水又高又多，贯珠扣玉似的洒落下来，泻到清澈的水池里，流量之大足以驱动磨坊的磨。池里溢出的水顺着四周的暗沟和修筑得很美观的明渠流出草坪，通到花园其他地方，最后汇聚在一起，水质仍很清澈，流势仍很湍急，驱动两个磨，给主人创造经济利益。

七个女郎和三个青年见了整洁优美的花园、花草树木、喷泉和通到外面的沟渠十分兴奋，说这座花园真是尽善尽美，如果要在人间建造一座天堂，除它以外，恐怕找不出更好的蓝本了。

他们欢畅地走着，用枝条编织美丽的花冠，听着几十种禽鸟此起彼伏地歌唱，流连忘返，忽然发现了先前没有注意到的妙事。原来花园里还豢养着百来种可爱的动物，一会儿这里蹦出一头家兔，那里蹿出一头野兔，这里有小山羊憩息，那里有小鹿漫步，各种各样的动物仿佛都很驯服，在花园里逍遥自在，不受害兽的侵扰。这给优美的环境平添了许多情趣。他们尽情观赏之后,吩咐在喷泉旁边摆开饭桌,唱了六支歌,跳了六支舞,女王认为午饭时间已到,大家开始进餐。精致美味的菜肴井然有序一道一道地端来,大家吃得津津有味,心满意足,然后离座,有的弹奏乐器,有的唱歌跳舞。女王说是气温升高,想去午睡的人可以退席。有些人回屋睡觉,另一些人贪恋花园的美景不愿离去,就留在那里看小说,下象棋或十五子棋。

午后祈祷的钟声敲响不久,大家起来,洗了脸,清醒一下,聚集在喷泉旁边的草坪上,经女王准许照以前的次序坐好,等着按女王出的题目讲故事。

女王吩咐菲洛斯特拉托牵头先讲,他讲了下面的故事:

一

兰波雷基奥的马塞托假装哑巴,在一座修道院里充当园丁,修女们争着同他睡觉。

亲爱的女郎们,不少愚蠢的男男女女以为,一个年轻的姑娘只要披上白头巾,穿上黑长袍,就不是女人,没有女性的要求,仿佛一旦做了修女就像石头似的没有七情六欲了。如果他们听到一些与他们的想法相反的事,就火冒三丈,似乎人家犯了什么伤天害理、穷凶极恶的大罪。这些人也不想一想,他们自己肆无忌惮,为所欲为,而且孤独和闲散是多么无聊难熬啊。还有不少人认为,对于那些手握锄头钉耙在田里干活的人,只要饿其体肤,劳其筋骨,就能清除他们的淫欲,使他们变得迟钝愚蠢。我遵照女王的命令讲个小故事,说明有这种想法的人大错特错。

我们国家有一座修女院,颇有圣洁的名声,至今还在,所以我姑隐其名,以免有所损害。不久之前,院里有八个修女和一个院长,都青春年少。她们雇用了一个穷苦人照管修女院的花园。他觉得工资太少,要求算清旧账,回到家乡兰波雷基奥。家乡人见到他很高兴,其中有个名叫马塞托的年轻力壮的小伙子,在庄稼汉中间长相算是好的。马塞托问那个刚回乡的人,说是多时不见,他到哪里去了。那人名叫努托,如实做了回答。马塞托问他在修女院干什么活。

努托回答说:

"我照管一座很大、很漂亮的花园,有时候去林子里打些柴火,挑挑水,干些杂活,但工资太少,不够我买鞋穿。此外,修女们都年轻,仿佛鬼迷心窍,怎么干都不称她们的心意。我在花园里干活的时候,一个说:'把那个拿来!'另一个说:'把这个拿去!'还有一个夺过我手里的锄头说:'这么干可不行。'她们把我支来支去,我火了,扔掉手里的活儿,跑出花园。工资少,心里又不痛快,我不想干下去,就回了家。临走前,修女院管事的老头托我留意有合适的人介绍一个,我当时答应了,但是我才不会介绍呢,让天主保佑他别腰酸背痛吧。"

马塞托听着努托讲,特别想去和修女们混在一起,他自信能合她们的心意。他知道,如果向努托讲明自己的想法,这件事肯定要砸,于是他嘴里说:

"你回家是对的。一个男子汉混在女人堆里能有什么出息? 还不如跟魔鬼打交道呢! 女人十有八九不知道自己究竟要什么。"

谈话后，马塞托开始琢磨怎么进修女院。努托介绍的活儿他都会干，但是担心自己年纪太轻，长相又不难看，她们不会用他。他左思右想，终于想出一个办法："修女院离这里很远，那一带没有人认识我。我可以假装哑巴，她们准能收留我。"主意拿定后，他扛着斧子，也不对任何人说他去哪里，装作穷苦人模样来到修女院，刚走进庭院就碰上那个管事的老头。他像哑巴似的打手势，求管事的看在天主分上给他一点吃的，并且表示，如果需要他可以劈木柴。管事的很痛快地给了他一些食物，把他带到一堆努托劈不动的木柴那里。他年轻力壮，用不了多久就劈好了。管事的本来打算进树林子打柴，带了他同去，用手势叫他再砍一些柴，用驴子驮着赶回修女院。小伙子干得很利索，管事的觉得他在身边有用，又留了他几天。一天，院长见到他，便问是什么人，管事的回说：

"院长，他是个穷苦的聋哑人，来讨些施舍，我让他干了一些活儿。假如他会照看花园，愿意留下来，我认为他能好好干，因为他现在缺吃少穿，可是身体强壮，有的是力气。此外，他是哑巴，同您的年轻修女们没有搭讪攀谈的危险。"

院长说：

"你说得有道理。看他会不会干园丁的活，想办法把他留下来。送他一双鞋子，找些旧衣服给他，让他吃得饱饱的高兴高兴。"

管事的答应照办。马塞托在扫庭院，这些话全听在耳里，心想：

"你留了我，我替你们耕种，保证比谁都卖力。"

管事的看小伙子把花园里的一套活儿干得不坏，打手势问他愿不愿意留下来。马塞托用手势回答，他听从吩咐，什么都愿意干。管事的收用了他,让他照看花园,兼顾一些别的工作,自己则做修女院的其他事务。

马塞托干了几天,修女们开始打扰他,和他纠缠。她们以为他是哑巴,不能顶嘴,就用最难听的话骂他。院长以为他既是哑巴,肯定少根筋,对这种情况很少干预,甚至根本不加理睬。有一天,马塞托干了不少活儿,躺下来休息。两个年轻的修女在花园里闲逛,走到他身边,以为他睡着了,使劲盯着他看。一个胆子大些,对另一个说:

"我有个想法已经好久了,只要你保守秘密,我可以说给你听,对你也会有好处。"

另一个答道:

"告诉我吧,我对谁都不说出来。"

那个大胆的修女说:

"不知你有没有想过,我们这里的规矩多么严格,除了那个管事的老头和这个哑巴之外,男人是不敢进来的。我常听来这里的妇女说,女人和男人在一起最最舒服,世界上任何别的乐事都不能与此相比。因此我常想,既然没有别的男人,我不妨找这个哑巴试试,他再合适不过,因为他开不了口,绝对不会泄露秘密。再说,他虽然身强力壮,头脑却简单。我很想听听你的意见。"

"哟,你说什么呀!"另一个修女嚷道,"难道你忘了我们发过誓把童贞献给天主吗?"

"哎,"第一个修女说,"人们天天向天主发誓,真正做到的又有几个?说归说,做归做,让别人去遵守誓言吧。"

她的同伴又说:

"万一怀了孕怎么办?"

对方说：

"你前怕狼后怕虎，考虑得太多啦。真出了事再想办法也不迟。只要我们自己不说，办法多的是，谁都不会知道。"

那个修女听了这话心痒难熬，比第一个更想试试男人究竟是什么样的动物，她说：

"那我们怎么下手呢？"

第一个修女回说：

"现在已经过了午后祈祷时间，除了我们之外，别的修女都在午睡。我们先看看花园里有没有别人，如果没有，我们只消把哑巴领到泉水旁边的棚屋里，一个在外面望风，另一个就在里面和他干。这个人傻乎乎的，怎么摆布他都行。"

马塞托听到她们的谈话，正中下怀，只等她们来拉他。两个修女四下巡视一番，确信没人注意，出主意的那个修女便走到马塞托身边把他推醒。他一骨碌爬了起来，修女笑眯眯地打着手势，拉住他，他只是傻笑，跟她进了棚屋。马塞托不需怎么招邀，照她的意愿动作起来。那修女对朋友言而有信，自己满足后招呼伙伴进来。马塞托也屈意奉承，自始至终装作傻瓜的模样。她们离去之前，各人还想领受一次哑巴的驰骋功夫，后来她们私下谈论时说是美妙无比，比听人说的更带劲。此后，她们一有合适的机会就找哑巴去玩。

一天，第三个修女从自己房间的窗口瞥见她们干的好事，马上招呼另外两个修女来看。她们本来想去院长那里告发，再一想，就改变了原意，同前两个协商后，开始分享马塞托。剩下的三个修女不久也加入了她们的行列，平分秋色。

最后，只剩下院长一个人蒙在鼓里。一天，天气很热，院长独自在花园里散步，见到了马塞托。马塞托晚上骑马过于劳累,大白天躺在树荫下睡觉。那时一阵风过,正好吹开了马塞托的衣服,暴露无遗。四下里没有别人,院长禁不住多看了几眼,心头小鹿儿乱撞,和她的修女们一样也起了欲念。她叫醒马塞托,把他领到自己的房间里,一连关了几天。修女们发现园丁不露面,怨声四起,说是花园缺了园丁如何得了。院长平时在修女面前经常谴责男女之欢,说这是万恶之首,自己却再三尝试,乐此不疲。最后她把马塞托放了出去,想起时再把他叫来。别的修女也轮番找他,闹得他应接不暇,疲于奔命。他想长此下去性命难保,一晚,他伺候完院长,从她房间里出来时开口说话了:

"院长,我听说一只公鸡能应付十只母鸡,可是十个男人对付不了一个女人,而我一个却要对付九个女人。我实在招架不住,坚持不下去了,我现在身子太虚,稍稍一动就上气不接下气,因此,要就放我一条生路,让我回家;要就想个补救办法。"

院长听到哑巴开口,大吃一惊说:

"这是怎么回事,你不是哑巴吗?"

"院长,"马塞托说,"不错,只不过我不是天生的哑巴,我是害了一场病之后才不会说话的,今晚突然恢复了说话的能力,我得感谢天主。"

院长信以为真,问他对付九个女人是什么意思。马塞托把情况全部说了出来,院长这才明白,她的修女们没有一个不比她机灵谨慎。她舍不得放马塞托走,答应同修女们商量一个万全之策,免得马塞托出去坏了修女院的名声。正好管事的老头前不久死了,院长和修女们挑明了先前互相隐瞒的事情,商量下来,并征得马塞托同意,一致决定对附近的居民说,由于她们的祈祷和修女院守护圣徒的灵验,马塞托恢复了丧失多年的说话能力,以后由他担任修女院的管事之职。她们还把他的各项工作做了妥善的安排和分摊,让他胜任愉快。这个好人虽然生了不少小修女、小修士,但一切安排得井然有序,在院长去世之前,外面一无所知。院长死后,马塞托年事已高。他不需操心抚育子女,也没有什么开销,单凭聪明机灵,没有虚度青春年华,有了成群的子女和许多钱财。想当初离开家乡时,他身无长物,只是肩上扛着一把斧子。所以他常说:基督对待使他头上长角①的人一向宽厚。

二

> 一个马夫冒名顶替,和阿吉卢尔福国王的妻子睡觉。国王察觉,为寻找此人,剪掉他的一绺头发,他把同屋人的头发都剪掉一绺,逃脱了惩罚。

女郎们听着菲洛斯特拉托的故事,有时臊得脸红,有时又笑出声来,他讲完以后,女王吩咐潘皮内娅接下去,潘皮内娅面带笑意地开口说:

有些人不够老练,一心想表明他们知道了某些不该知道的事情,有时候自以为能减轻羞辱,反而闹得不可收拾,这方面的例子很多。但是,可敬的姐妹们,我讲的故事是一个反面

---

① 天主教修女终身不嫁,把童贞献给了耶稣基督。西方俗语中把妻子有外遇的丈夫形容成头上长角。

的例子,说明一个地位比马塞托还要低微的人如何用计谋对付国王的策略。

隆戈巴德人的国王阿吉卢尔福和前任们一样把首都设在伦巴第的帕维亚城。他娶了奥塔里的遗孀泰乌德林茄为妻,奥塔里生前也是隆戈巴德人的国王。泰乌德林茄是位艳丽无比、贤惠贞淑的夫人,只不过早年丧夫,爱情方面不很圆满。隆戈巴德人在精明强干的阿吉卢尔福的治理下安居乐业,国家一派升平气象,岂知出了一件事:原来王后的一个马夫不自量力,竟爱慕上王后。马夫出身低微,但别的方面却不低三下四,长得又像国王那般魁梧雄壮。他也明白这种爱慕之情没有实现的可能,因此对谁都不吐露自己的心思,在王后面前更不敢正眼看她。他明知毫无希望,但为爱上这么一个高贵的人而自豪。他怀着炽热的爱情,凡是能讨王后欢心的地方他都全力以赴,比同伴们更卖气力。因此,王后骑马外出时总是挑选他看管的那匹马,他当然受宠若惊,紧随左右,寸步不离,有时候能碰到王后的衣服也当作莫大的幸福。

我们常见到这种情形:希望越是渺茫,爱情越是高涨,那个可怜的马夫也是如此。他把无望的爱情深埋在心底,痛苦万分,走投无路,以至多次想以自杀来求解脱。但他认为死也要死得明白,要让人知道他是为渴慕王后而死,最好天从人愿,让他满足全部或部分欲望之后再死,那就没有遗憾了。他不打算对王后挑明,也不打算写信给王后表白自己的爱情,因为他知道挑明或写信都徒劳无益。他决定用点计谋试试能不能和王后睡觉。唯一的办法就是冒充国王,因为据他了解,国王不是每晚和王后睡在一起。马夫琢磨,要进王后的寝室首先必须探明国王是怎么进去的,有什么规律。于是他一连好几晚躲在王宫的大厅里,从大厅可以看到国王和王后的寝室房门。一晚,他看到阿吉卢尔福披着一件大氅从寝室出来,一手举着火炬,另一手握着一支短杖,走到王后房门前也不作声,只是用短杖在房门上敲一两下,房间打开后,有人接过火炬。

国王进去和出来的情形马夫全看在眼里,他想自己可以如法炮制,便找了一件和国王穿的相似的大氅,准备好一支火炬和一根短杖,去浴室好好洗了一个澡,免得王后闻到他身上有马厩的气味而识破骗局。一晚,他仍旧在王宫大厅里躲好,等大家都已入睡,心想成败在此一举,要就如愿以偿,要就自取灭亡。他用随身带来的火镰和火石打火点燃火炬,把大氅裹在身上,来到门口,用短杖敲了两下。一个睡眼惺忪的侍女开了门,放他进去,接过火把,将火熄灭。马夫一言不发,揭开幔帐,脱掉大氅,在王后身边躺下。他急切地搂住王后,装出激动的样子,因为据他所知,国王在这种情况下什么话也不说,什么话也不愿意听。那晚他和王后一连干了几次。他实在不愿离去,但是知道时间拖得太久会露马脚,落个乐极生悲的下场,百般无奈地起来,披上大氅,拿起火炬,始终不发一言,走出了王后的寝室,尽快回到自己的床上。他刚躺下,国王却起身来到王后寝室,使王后大为诧异。国王上床后居然有说有笑,王后见丈夫高兴,大着胆子问道:

"皇上,今晚是怎么回事呀?你刚从我这里走了不久,和我玩得比平时尽兴,怎么一下子又回来啦?你可要保重自己的身体呀。"

国王一听,知道王后准是受到一个模样和举止和他相似的人的愚弄,但他毕竟老谋深算,心想既然王后没有觉察,别人更不会发现,不如不点破为好。换了别人,肯定沉不住气,马上会问:"我没来过呀!那个人是谁?他怎么来的,又是怎么走的?"结果会惹出不少麻烦,使无辜的王后伤心烦恼,也有可能使她想望再体验一下已经有过的感受。如果装得若无其事,不会引起轩然大波;张扬开来,反而不可收拾。国王心里虽然生气,但不动声色地说:

"难道你以为我来了一次就没有后劲了吗?"

王后说:

"皇上,你当然有,不过我还是请你多保重身子。"

国王接着说:

"我听你的劝告,我不再打扰你了,这就回去。"

国王知道有人暗中捣鬼,一肚子不高兴,披上大氅,离开了王后的寝室,决意暗中查访。他估计那个干坏事的人在宫里,不可能走远。

他点了一盏灯笼,来到御马厩楼上一个统间,宫里的仆役都睡在一长排床上。他想,王后说的那个刚才玩得尽兴的人肯定血脉奋张,一时半刻心跳和脉搏还不会平定。于是他蹑手蹑脚,挨着个儿摸摸每个人的胸口,试试谁的心跳猛烈。别人都睡熟了,只有同王后睡过觉的人还醒着。他看见国王过来,知道国王的用意,非常害怕,深信国王一旦发觉,肯定要他性命。他的心跳本来还没有平息,这一下更怦怦乱跳起来。他考虑到各种可能,但看到国王手里没有武器,决定假装睡着了,看国王如何动作。国王转了几圈,似乎没有找到要找的人,终于来到马夫床前,一摸他心跳剧烈,于是暗想:"就是他。"国王不想惊动别人,只用随身带来的剪刀剪掉马夫的一绺头发。当时的男人头发都留得很长,第二天一看,谁少了一绺头发,就能辨认出来。接着,国王回到自己的房间。

马夫是个机灵鬼,明白国王在他身上做记号的用意。他赶紧起来,找了一把剪马鬃的剪刀,轻手轻脚把所有睡觉的人耳朵上面的一绺头发都剪掉,居然谁也没有惊醒,他自己再上床睡觉。

第二天,国王起身,趁王宫大门还没有开,把全体仆役召来。仆役们到齐后,都脱了帽子,毕恭毕敬站在国王面前。国王发现所有的人耳朵上面的头发都少了一绺,不禁暗暗叫苦,心想:"我要找的那个人地位虽然卑贱,头脑倒很聪明。"他知道现在要辨出他所寻找的人而不大动干戈是不可能的了,但又不想为了泄一时之愤而招来更大的耻辱,便决定点到为止,让那个干坏事的人自己心里有数。他便对全体仆役说:

"只此一遭,下不为例,都走吧。"

换了别人,多半会把仆役都捆绑起来,一一严刑逼供。这一来,不可外扬的家丑会闹得满城风雨,查出罪魁祸首固然可以出一口恶气,但增添了国王的耻辱,还会坏了王后的名声。

听到国王这句话的人都莫名其妙、议论纷纷,想知道国王是什么意思。除了那个心中有鬼的马夫之外,谁都摸不着头脑。马夫明哲保身,国王在世期间,他从不敢泄露此事,也不敢再拿自己的性命当儿戏去碰运气了。

三

　　有夫之妇看上一个青年,以忏悔为名哄得一本正经的神父深信她贞洁,为她牵线搭桥,成其好事。

潘皮内娅讲完了故事,那个马夫的胆大和机灵以及国王的审慎博得了大家的称赞。女王转向菲洛梅娜，让她接下去讲。菲洛梅娜风趣地开始叙说：

我要讲的是一个美貌的太太戏弄一个正经八百的神父的故事，在我们这些世俗之人听来也许更觉得有趣。那些教会中人多半很蠢，不通人情世故，却自以为高人一等，什么事情都比别人懂得多，其实差得很远，因为他们的乐趣比一般人少，只能像猪一样把欲望限于吃喝。可亲的姐妹们，我之所以讲这个故事，不仅是奉命办事，还为了让你们知道，我们平时对教士们估计过高，其实他们也会上当受骗，甚至受到我们女人的戏弄。

我们这个城市多的是尔虞我诈，少的是爱心和诚心。不久以前，城里有一位太太，非但美貌大方，在高傲的性格和足智多谋方面也很少有别的妇女可以与之相比。这位太太和故事里其他人物都有名有姓，但不说为好，因为有些还健在，假如知道他们的事情给当作笑话来说，肯定要生气。那位太太出身名门，丈夫是羊毛商，虽然有钱，但地位低下，她瞧他不起。再说他不解风情，只懂得识别织物质地，安排呢绒制作，同毛纺女工争论，她除非万不得已，绝不和他亲热，一心只想找个比羊毛商更和她般配的情人，从那人身上得到满足。她暗暗爱上一个年富力强而又很有地位的人，几乎到了神魂颠倒的地步，如果白天没见到他，晚上就睡不踏实。她苦苦相思，那个男人却没有觉察，因此不注意她，而她做事谨慎，也不敢冒失写信或者托别的女人传话给他表白自己的情意，以免引起麻烦。后来她注意到，那男人和一个神父过从甚密。这个神父虽然长相粗蠢，生活却十分圣洁，在当地享有极好的名声。她觉得让神父为她和她的意中人牵线搭桥万无一失，考虑成熟之后,找了个合适的时间前去神父所在的教堂,请人通报说她要向神父忏悔。神父出来,见她是有身份的太太,当然同意。忏悔结束后,她说:

"神父,我还有件事要告诉你,求你帮助我,为我指点迷津。你已经知道我是怎样一个人,知道我的父母和丈夫是谁,我丈夫爱我甚至胜过爱他自己的生命,他有钱,我要什么他都为我办到。因此,我爱他之深也无法形容,凡是使他不高兴的损害他的事我一概不做,一概不说,甚至想都不想,否则我觉得我该受到地狱之火的煎熬。可是有这么一个男人,我不知道他的姓名,看上去倒像是有身份有地位的,如果我没有弄错,还是你的朋友。他身材高大,相貌端正,平时穿一身深色的衣服,大概不了解我自尊自重的品性,像是缠上了我;我只要一出屋子,在窗口或门口一探头,就发现他守在外面。今天他居然没有尾随我到这里来,还叫我觉得奇怪呢。我为此非常恼火,因为他死乞白赖盯着我会惹起风言风语,坏了正派女人的名声。我有好几次想告诉我的兄弟,再一想,男人们处理这类事情往往不冷静,一言不合便拳脚相见。为了避免事情闹大,造成不良后果,我忍住没有声张,决定先告诉你,因为你是那人的朋友,又是神父,即使不认识那人,由你出面解决也比较合适。我求你以天主的名义去说说他,叫他别再这样了。别的女人也许求之不得,喜欢他来献殷勤,我可不是轻佻的女人,这种事使我很生气。"

她说完后低下头,仿佛要哭似的。圣洁的神父听了那女人告她朋友的状,完全信以为真,把她的贞淑大大夸奖一番,答应采取措施不让那人再纠缠她。神父知道她有钱,便在她面前赞扬慈善与施舍的举动,暗示他在这方面很有需要。那女人说：

"我求你以天主的名义干预，如果那人不买你的账，你就对他说是我亲自来找你谈的，他干的事伤了我的心。"

忏悔和赦罪结束后，她想起神父关于施舍方面的敦请，悄悄地往他手里塞了一把钱，请神父为她死去的亲人做弥撒超度，然后站起来回家。

过后不久，她说的那个男人像往常那样来拜访神父，他们谈了一些别的事情，神父把他拉过一边，按照那女人的说法，委婉地指责他，数落他不该打她的主意。那男人十分诧异，因为他几乎不怎么注意那女人，并且难得在她家门前经过。他正要分辩，神父不容他开口，说道：

"你别装出惊讶的样子，也不必浪费时间来抵赖，这些情况我并不是听街坊们讲的，而是那位太太亲口告诉我的。你干那种事太不像话了。我告诉你，那位太太是我见过的最正经的女人。为了你自己的名声和那位太太的安宁，我请求你别再纠缠她了。"

那位先生比神父机灵，他立即明白那女人的用意，便装出羞愧的样子，连连答应再也不在她面前转悠。他向神父告辞后，直奔那位太太的家，发现她正守在窗口看他会不会出现。她见他果然来了，面露喜色，含情脉脉，知道他没有误解神父的话。此后，他干脆装出要办什么事似的，经常在她家所在的那条街上走来走去。他自己固然得意，那女人更是高兴。过了几天，那女人深信对方和自己一样有情有意，为了助长并促成他的爱情，又找个合适的机会去看神父。她一进教堂，见到神父就哭了起来。神父关心地问她出了什么事，她回说：

"神父，我上次向你哭诉的你的朋友，那个该受天主诅咒的人存心要引诱我,害我做不光彩的事。假如我真的做了出来,叫我以后怎么有脸见人。"

"难道他还在和你纠缠?"神父问道。

"当然啦,"女的回答说,"自从上次我在你面前告了他,他仿佛故意报复,明知道我讨厌他在我家门前走来走去,以前每天才走一次,现在要走七次。假如他只满足于在我门前走走,盯着我看几眼,我对天主也就千恩万谢了,哪知他胆大妄为,昨天居然派一个女人来我家,转告他的相思之情,还捎给我一个荷包和一条腰带,仿佛我没有荷包和腰带似的。这可把我气坏了,假如不是为了怕出事,不是考虑到你的情面,我几乎不顾一切要闹起来。但我还是忍住了,决定在没有同你商量之前不采取任何行动。我本来已经把荷包和腰带退给那个女人,叫她滚出去,后来一想,怕她说我已经收下,实际是她自己吞了(那种女人常会这样做),我又把她叫回来,气呼呼地从她手里夺过荷包和腰带。我把东西带来了,想请你退给你的朋友,并且告诉他,天主保佑我,丈夫疼我,我才不稀罕他的东西呢,我自己的荷包和腰带一大堆,比我人还高。我告诉你,神父,如果他再不收敛,不论引起什么后果,我要告诉我的丈夫和兄弟,他遭了殃也是自作自受,我顾不上这许多,也不能背黑锅。这就是我要对你说的话。"

她哭着说完了这番话,从长袍里掏出一个华丽的荷包和一条贵重的腰带,放在神父膝上。神父对那女人的话深信不疑,很气恼地收下那些东西,说道:

"女儿,你为这种事情发火,我并不奇怪,也不怪罪你,相反,我要为你听从了我的劝告而称赞你。我上次把那人训了一顿,看来他对我做出的保证并没有做到。他屡教不改,竟然又干出这种事来,我要狠狠地批评他,估计他不敢再惹你生气了。天主保佑,你千万不要发火去告诉你的亲人,否则会弄得不可收拾。你也不必担心会坏名声,我在天主和众人面前始终会为你的贞洁作证。"

那女人假装消了一点气,不再提这件事。她了解神父和教会中人的贪婪,说道:

"神父,这几夜我梦见亲人,有几个非常痛苦,需要办神功,尤其是我母亲,她模样十分悲戚,真让我伤心。也许她看到我被那个与天主为敌的人纠缠,在为我苦恼,因此我希望你为她的灵魂做圣格雷戈里四十弥撒,为她祈祷,让她脱离炼狱的烈火。"

她说着往神父手里放了一枚金币。圣洁的神父很高兴地收下,用好言好语和许多事例赞扬她的虔诚,为她祝福之后让她回家。神父丝毫没有怀疑自己上了圈套,立即派人把他的朋友叫来。那人来后看见神父气急败坏的样子,估计有那女人的消息,便等神父开口。神父把那位太太的话照搬一遍,气愤地指责他不该干那女的一口咬定是他干的坏事。他不很明白神父想说什么,结结巴巴地否认送过荷包和腰带。神父发火说:

"你这个坏蛋还想抵赖?那位太太哭着亲手把东西交给我,你自己认吧。"

那人羞愧得无地自容,说道:

"不错,我认出是我送的,我承认做得不对,我向你发誓,既然我知道那位太太冰清玉洁,以后再不会发生同样情况了。"

他们谈了许多。神父最后把荷包和腰带还给他的朋友,强烈要求他悬崖勒马。对方满口答应，告辞出来。他看到那女人给他捎来如此珍贵的信物，确信她对他情深意长，从神父那里出来以后，兴冲冲地到她家门前，让她看看那些东西已经到他手里。她发现自己的计谋得逞，也很高兴，现在只等她丈夫离家就能成好事了。不久之后，热那亚方面有事找她丈夫，他一清早骑了马出发，那女的又去找神父诉苦，哭哭啼啼地说：

"神父，我实在忍无可忍了，只因为上次答应过你，在通知你之前决不采取行动，并且为了让你知道我抱怨的理由，我特地来告诉你，你的那个朋友，或者是地狱里的魔鬼，今天去我家干了什么事。我不明白他怎么会打听到我丈夫昨天一早去了热那亚，今天天刚亮他就翻进我家花园，顺着一棵树爬到我窗口，窗板开着，他想进我的卧室，幸好我惊醒了，赶快起床，正要叫救命，他没来得及跳进来，连忙求我看在天主和你的面上，千万别嚷嚷。我经他一求，又顾念你的情面，没有喊出声，顾不上自己一丝不挂，光着身子跑过去把窗板砰地关上，把他关在窗外，后来没有再听到什么动静，估计他走了。你自己想想这种事能不能容忍，反正我再也容忍不下去了，看在你的面上，神父，我才忍气吞声受他欺侮。"

神父听了她的哭诉，气得话都说不出来，只是一再问她会不会认错人。那女的说：

"天主在上！难道我会认错那个人？我告诉你，就是他，一点没错，即使他抵赖，你也别信他的鬼话。"

神父说：

"女儿，我无话可说，只能说这件事实在不像话，你把他轰出去是对的。天主保佑，幸好你没有遭到污辱。既然你两次听了我的劝,我请你再听一次,先不要告诉你的亲人,这件事交给我办,看我能不能制伏那个肆无忌惮的魔鬼,以前我一直以为他是好人呢。如果我能使他改邪归正,当然最好;如果不能,你爱怎么办就怎么办,我再也不管了,只为你祝福。"

"好吧,"那女的说,"这次我不想违拗你的主意,惹你生气,不过我要对你说,如果那个人再和我纠缠不清,我就不会为这件事来找你了。"

她不再多说,显得很不高兴的样子从神父那里出来。她刚离开教堂不久,那位先生来了,神父把他叫到一边,骂得他狗血喷头,说他言而无信,当面是人背后是鬼。根据前两次的经验,他知道神父的责备意味着什么,于是洗耳恭听,唯恐他说得不够。他假装糊涂,问道:

"这是怎么回事,神父?难道我把基督钉上十字架,十恶不赦?"

神父说:

"哼,不知羞耻的东西,听你说的!你伤风败俗,刚干了见不得人的事,还装得像是一两年以前的事,忘得一干二净似的。你为什么今天一早出去捣乱?今天天刚亮的时候你在哪里?"

那位先生说:

"我自己也说不清楚。你的消息真灵通。"

"当然灵通,"神父说,"我还知道,你痴心妄想以为丈夫不在家,太太就会张开双臂来搂你呢!你真是个正人君子!如今你什么事都干得出来,夜里在外面游荡,闯进人家花园,爬树翻窗。你以为天还没有大亮,顺着树爬到窗口,那位一清二白的太太就会顺从你?世界上再没有谁比你更讨她嫌的了,你却死乞白赖,胡搅蛮缠。且不说你对她的拒绝置若罔闻,你对我的指责也阳奉阴违,实在不像话!我告诉你,她之所以没有声张,并不是对你有什么好感,而是由于我替你求了情。以后再没有这么便宜的事了,因为我已经答应她,假如你再纠缠不清,她可以自行其是,我撒手不管了。假如她把这事告诉她的兄弟,你可要吃不了兜着走!"

那位先生明白有待于他的是什么,他再三赔小心,做了许多保证,让神父放心,然后告辞出来。第二天一清早,他溜进那位太太的花园,爬上树,看见窗户大开,便跳进卧室,迫不及待地投入她的怀抱。她渴望已久,满心喜悦地迎接他,说道:

"多谢神父先生的帮助,为你指点了道路。"

他们两情相悦,有说有笑,把神父的愚蠢和梳理纺织羊毛的行当着实挖苦了一番,玩得十分欢畅。他们又做了妥善安排,不须再麻烦神父先生,欢聚了好几个夜晚。我祈求天主大发慈悲,指引我和天下有同好的基督徒欢度良宵。

四

> 堂费利切教给居家修士普乔苦行忏悔之
> 法以求多福,普乔如法炮制之时,堂费利切和
> 他妻子作乐。

菲洛梅娜讲完了故事,狄奥内奥风趣地赞扬故事里那个少妇的狡黠和菲洛梅娜结尾时说的那句祷词。女王的目光落在潘菲洛身上,她笑吟吟地说:

"潘菲洛,你讲点有趣的事让我们高兴高兴吧。"

潘菲洛欣然从命,开口说道:

有许多人一心一意想登天堂,自己没有去成,却把别人送了上去。我们有个邻居就是这样,那是前不久的事,你们下面就能听到。

听说圣勃兰卡齐奥有个名叫普乔·德·里涅里的有钱的好人,他热衷于精神修养,入了圣方济各教友会,人们称他为普乔修士。他家人口不多,只有妻子和一个女仆,没有什么营生要干,于是专心修行,常去教堂。他头脑简单,浑浑噩噩,整天念经文,参加布道会,做弥撒,唱诗赞祷每次必到,还要斋戒节食,鞭笞自己忏悔赎罪,仿佛同自己过不去似的。他的妻子名叫伊莎贝塔,年纪二十八九,像苹果那样娇艳丰腴,但是由于丈夫的虔诚或衰老,常常独守空房,饥渴得心烦。当她想同丈夫睡觉玩耍时,他总是搬出基督的清心寡欲、纳斯塔焦修士的说教、抹大拉的马利亚①的哀悼之类的事迹来开导她。

这时候,圣勃兰卡齐奥修道院的一个修士堂费利切,从巴黎回到佛罗伦萨。他年轻有为,学问渊博,相貌堂堂。普乔修士和他一见如故,有什么疑惑都向他求教。他发现普乔修行心切,便在普乔面前表现得格外圣洁。普乔把他请到家里,到了开饭的时候就留他吃中饭或晚饭。伊莎贝塔太太见他是普乔的好朋友,对他也很尊重亲切。修士去普乔家的次数多了,看见那位太太如此美貌丰满,猜测她生活中会有些欠缺,决定为普乔排忧解难,代他效力。他一再巧妙地向她眉目传情,终于在她心头燃起同样的欲望。他把这情形看在眼里,找了个

---

① 《圣经·新约》,抹大拉的马利亚原为妓女,后改恶从善,耶稣复活首先向她显现。

机会向她表露自己的打算。那位太太虽然乐意,但除了自己家里以外,不想和修士在外面幽会,又碍于普乔从不走远,这事在家里难以实现。修士抓耳挠腮,终于想出一个办法,即使普乔在家,他也可以和那位太太在一起胡来而不引起怀疑。一天,他对普乔说:

"普乔兄弟,据我观察,你一心一意想成为圣徒,但你走的是一条弯路,事实上有近路可抄,教皇和别的高级神职人员都知道这条捷径,他们自己就是这么走过来的,只是不肯泄露给别人知道,因为教会是靠施舍维持的,如果世人不提供捐献,吃教会饭的人只能喝西北风了。你是我的朋友,待我又好,这个窍门我谁都不教,只教给你一个人。"

普乔修士喜出望外,立刻缠住堂费利切请他传授,该做什么他无不做到,并且发誓说,未经许可他决不教给别人。

"你既然做了保证,"堂费利切说,"我不妨把你想学的东西教给你。你要知道,教会圣师们认为祈求真福的人都必须做我马上要教的修行忏悔。你听仔细了:并不是说你忏悔之后不再是罪人,而是说你在忏悔之前所犯的一切罪孽都能得到洗涤和赦免;忏悔之后再犯的罪孽不至于让你下地狱,只要经圣水一洒就像是普通小过错那样化为乌有。因此,你开始修行之前,应该诚心诚意地忏悔一切罪孽,然后开始严格地斋戒禁欲四十天,在此期间不能接触女人,连自己的老婆也不能亲近。此外,你最好在家里找个晚上能望到天空的地方,事先摆好一张大桌子,到了晚祷时刻,你就去那里背贴桌面,两脚触地,两手十字摊开。如果愿意,桌子上还可以敲几枚钉子作搁手之用。你摆出这副架势,仰望着天空,直到第二天天亮。如果你平时对经书有研究,我可以指出几段祈祷词,你去反复背诵,不然你就背三百遍天主经和三百遍圣母颂,尊奉神圣的三位一体,两眼自始至终要盯着天空,心里要记住上帝创造了天地,同时记住你这副架势就是基督当初受难给钉在十字架上的模样。天亮后,你若是想起来就起来,可以回到床上去睡觉,但是衣服不能脱;上午还得去教堂,至少做三台弥撒,念五十遍天主经和五十遍圣母颂。接下来你如果有什么事务要处理,尽管安心去处理,然后吃午饭,下午再去教堂,念我抄给你的祷告词,这是非念不可的,否则前功尽弃。到了晚祷时刻,按我刚才讲的顺序从头开始。这一套我已经身体力行,你如果诚心诚意照着做,不等忏悔结束,你就会感到神奇的效果,永恒的真福已经在望。"

普乔修士说:

"这不太困难,时间也不太长,我能做到。天主在上,我礼拜日就开始。"

他和堂费利切分手回家,并征得堂费利切同意,把一切都告诉了他老婆。那女的一听丈夫在天亮之前动弹不得,马上心领神会,觉得这个办法太妙了,便对丈夫说,这件事以及他为修得正果而做的一切事都使她高兴,还说为了邀得天主的恩宠,她愿意和他一起斋戒禁欲,但别的方面就不奉陪了。谈妥后,普乔修士礼拜日开始忏悔。堂费利切修士和那个女的约好,在没有人看到的时候溜到她家,多半和她共进晚餐,两人大吃大喝,然后一起睡觉。天亮时堂费利切修士起床离开,让位给普乔修士。

普乔修士悔罪的地方在他老婆的卧室外面,只隔着一道薄薄的板墙。由于堂费利切和她作乐时纵横驰骤,普乔修士觉得房子的地皮有些晃动。他刚念完一百遍天主经,不敢挪动身体,只是用嘴喊那女的,问她在干什么。那女的平时好开玩笑,那时也许正在骑圣贝内德托或者圣乔万尼·瓜贝尔托①的牲口,便回答说:

"我的丈夫啊,我翻来覆去在折腾呢。"

普乔修士又问:

"折腾?你干吗要折腾?"

那女的生性风趣泼辣,笑着(也许她确实有笑的理由)回答说:

"你不明白吗?我可听人说过不止一千遍:晚饭缺一顿,整宿穷折腾。"

普乔修士以为他妻子由于斋戒,饿得睡不安稳,在床上折腾,好心说:

"太太,我早就劝你不要斋戒,你既然斋戒了,就使劲睡,别往那上面想,你翻来覆去,整幢房子都摇晃了。"

那女的说:

"你就顾你自己,少操这份心吧!我知道我自己在干什么,我会干好的。"

普乔修士不再作声,专心念他的天主经。那晚之后,他的老婆和堂费利切在别的房间摆了一张床,普乔修士悔罪期间,他们便在那里作乐。到了一定的时辰,堂费利切离去,她回到原先的床上。普乔修士悔罪告一段落,腰酸背痛的回到床上。居家修士专心致志地悔罪修行,出家修士和那女的尽情作乐,女的常开玩笑说:

---

① 圣贝内德托和圣乔万尼·瓜贝尔托是两位圣徒,他们在画像上都骑着驴。

"你让普乔修士悔罪修行，我们却坐享其成，登上了天堂。"

那女的和丈夫在一起老是有一顿没一顿的，如今堂费利切雪中送炭，使她十分满意。普乔修士悔罪结束后，她想办法和堂费利切在别的地方幽会，两人过了很长一段舒心的日子。由于行事缜密，居然无人发觉。

故事到此结束，我们回到开头的话题：普乔修士悔罪修行，自以为能登天堂，却把别人送进了极乐世界：一个是向他指点途径的修士，另一个则是他的老婆。老婆同他生活时饥渴难熬，修士出于慈悲，慷慨地给了她施舍。

五

齐马①把一匹名驹送给弗朗切斯科·韦尔杰莱西先生，获准同他的妻子谈一次话。那位太太一言不发，齐马自问自答，并且把言语化为行动。

女郎们听了普乔修士的故事都忍俊不禁。潘菲洛讲完后，女王优雅地吩咐艾莉莎接着讲。艾莉莎的口气有点调皮，并不是存有恶意，而是习惯成了自然，她说：

不少人自以为见多识广而别人孤陋寡闻，他们以为能愚弄别人，结果却遭人愚弄。因此，我认为在毫无必要的时候考

① "齐马"的原文是 il Zima，从动词 azzimare 衍化而来，有过分讲究穿戴之意。

验别人的聪明才智是不足取的。大家不一定同意我的看法，现在既然轮到我讲故事，我就说说皮斯托亚一个绅士的遭遇。

皮斯托亚的韦尔杰莱西家族有个名叫弗朗切斯科的绅士，他精明能干，家境富裕，但是贪婪得出奇。他被任命为米兰的最高行政长官，行装和一切需用物品都准备就绪，只差一匹合适的坐骑。他一直没有找到他满意的马，心事重重。当时皮斯托亚有个名叫里恰尔多的年轻人，家世并不显赫，但很有钱，讲究衣着装饰，人们管他叫"齐马"。长期以来，齐马爱慕追求弗朗切斯科的妻子，无奈那位太太不但容貌映丽，品行也十分端正，齐马一直未能如愿。齐马有一匹托斯卡纳的名驹，神骏非凡，他非常钟爱。由于他在谁面前都赞扬弗朗切斯科太太的美貌，有人就怂恿弗朗切斯科去和齐马协商，也许他看在弗朗切斯科太太面上能把他的名驹转让。弗朗切斯科为贪心所驱使，果然派人把齐马请来，口头上说是要买齐马的那匹好马，心里却希望他能白白奉送。齐马听懂了他的意思，和颜悦色地说：

"先生，那匹马你出多大的价钱我都不卖，不过可以奉送，不取分文，只有一个条件，那就是你把马牵走之前，让我当着你的面和尊夫人说几句话，说话时别人离得远些，让她一个人听到就行。"

弗朗切斯科认为有便宜可占，齐马这人很容易愚弄，回答说这个办法很好，马上就能做到。他请齐马在客厅里稍候，自己跑到妻子的卧室去，告诉她轻而易举就可以弄到一匹好马，只要她出去露露面，听齐马说话，不要搭腔。那位太太讨厌这种做法，为了顺从丈夫的愿望，勉强同意，跟他一起来到客厅，听听齐马有什么话要对她说。齐马向弗朗切斯科重申了商定

的条件,和那位太太坐在客厅的一头,离别人有一段距离,开始说:

"尊敬的夫人,你是明白人,一定早就看出你绝世的美貌使我景慕不已,神驰向往。你华贵的仪态和高尚的品德使任何男人折服,我的爱慕之情比任何男人更深切、更炽热,不是言语所能表达。只要我一息尚存,支持着这副躯壳,我的爱情不会泯灭。我死后,如果另一个世界也有男女情爱,我也将永远爱你。你可以相信,我的全部身心和我所有的一切都归你支配,世上一切事物,无论贵贱,只要是你想望的,我无不办到。凡是我能为你效劳的地方,你只消吩咐一声,或是由我自己去做,或是派人去做,我都把它当作莫大的恩惠。

"你听了我这番表白,知道我全部身心都属于你,就该理解我向你恳求并不是不自量力,因为只有你才能给我安宁、愉悦和幸福。我寄希望于你,我的灵魂在爱情的火焰中燃烧,你是我幸福的源泉和灵魂的唯一希冀,我恭顺地恳求你给我怜悯,不要像以前那样冷峻,让我沾一点恩泽,可以告慰于自己说:我既然为了你的美貌而神魂颠倒,为了你的美貌也不能白来人间一遭。如果我的苦苦哀求打动不了你的心,我的性命肯定难保,那你就成了害我性命的罪人。我死去固然不足惜,但无补于你的光辉。我相信有朝一日你会受到良心的责备,觉得当初不该如此冷酷无情,你会说:'我对我的齐马如此无情实在不对。'但那时悔之已晚,因为你想到自己曾经见死不救,会更加觉得懊悔。因此,我求你在我未死之前发发慈悲。你能使我成为世上最幸福的人,也能陷我于极大的痛苦,天壤之别全在你一句话。我诚惶诚恐,等你答复。我的满腔深情得到的报答总不应该是死亡吧?我指望你千金一诺,安慰我不宁静的心灵。"

他说完后静候那位太太的答复,时不时长叹几声,洒几滴眼泪。齐马以前常向她献殷勤,在她窗下门前徘徊,唱唱表示爱慕之情的晨曲,她都无动于衷。现在爱慕她的人出自肺腑的一番话打动了她,使她心中产生一种从未有过的感觉,也许是爱情。为了执行丈夫的命令,她一言不发,但忍不住轻声叹息,泄露了她心中的隐秘。齐马等了一会儿,不见答复,正觉得奇怪,突然醒悟那是她丈夫的计谋。但他从那位太太强忍叹息的模样里看出了一线希望,便改变策略,换了那位太太的口气,自问自答说:

"当然啦,我的齐马,长久以来我就注意到了你的深情厚谊,现在听了你的表白,对你的心迹更深信不疑,并且感到由衷的高兴。如果说在你的心目中我以前显得冷酷无情,我希望你能明白,我内心里对你并不像表面上那般冷淡,我爱慕你,胜过爱慕任何人。我之所以那样冷淡,一是怕人风言风语,二是爱惜我自己的名声。现在我可以明确地向你表示我爱你,并且很愿意回报你以前和现在对我的情意。你放心吧,你很有希望,因为几天之后弗朗切斯科先生要前去米兰担任最高行政长官,这件事你也清楚,你不正是看在我的面上才把你的坐骑送给他的吗?我以我对你的爱郑重地答应你,他一走,不出几天你就可以和我见面,我们美妙的爱情就可以充分实现。以后恐怕没有机会细谈,我现在就和你约好,你只要看见我窗口挂起两条毛巾,就是可以来的暗号。我卧室的窗口对着花园,你晚上来不会被人发现,我在卧室里等你,我们可以整宿在一起,款洽备至。"

齐马用那位太太的口气说完之后,换成自己的口气接着说：

"最亲爱的夫人，你的答复使我无比快乐，我简直找不出合适的语言向你表示我的感谢。即使找到，也不是三言两语就能说清的。好在你聪明绝顶，我想说而说不出口的话由你自己去体味吧。我只想告诉你，你吩咐我的事我一定做到，那时候我领受了你的莫大恩宠，一定竭尽全力表达我的感激。我现在没有什么可说了，我最亲爱的夫人，我祈求天主保佑你，赐给你最大的幸福和欢乐。"

那位太太仍旧一言不发，齐马站起身朝弗朗切斯科走去，后者见他起立，便迎上去笑着问他：

"怎么样？我已经履行了诺言吧？"

"唉，先生，"齐马说，"你答应我同尊夫人谈话，但是和我对话的却像是一尊大理石雕像。"

弗朗切斯科听了非常高兴，他对妻子的评价本来很高，这一来更相信她的庄重。他说：

"你那匹坐骑现在归我了吧？"

"不错，先生，假如我早知道提了条件会得到这种结果，不如不提，把马白送给你更好。我真不该提什么条件，你得了实惠，我却担了虚名。"

弗朗切斯科开怀大笑，他有了坐骑，几天之后就走马上任前去米兰。那位太太独自在家，想起了齐马的话，想起他的情意，为了她白送掉一匹好马，又见他经常在门前徘徊，不禁想道："我虚度青春时光何苦来着？我丈夫去了米兰，半年之内不会回来，我的损失什么时候才能得到补偿？难道等我老了不成？再说，像齐马那样痴心的情人上哪里去找？我独守空闺，无所顾忌，为什么不及时行乐？这么好的机会再也难逢，谁都不会发觉,即使发觉,干了之后再懊悔,比后悔当初没有干要强得多。"

她这样琢磨着,一天终于按齐马的暗号把两条毛巾挂在朝花园的窗口,齐马见到喜出望外,当天夜里就摸到花园门口,发现门没有锁,那位太太在等他。齐马搂住她,吻了她千遍万遍。她领他上楼,两人不再迟延,立刻上了床,享尽爱情的乐趣。这是头一遭,但不是最后一次,因为弗朗切斯科在米兰期间,以及他回来之后,齐马都常去和那位太太幽会,两人十分快活。

六

里恰尔多·米努托洛爱上菲利佩洛·西吉诺尔福的妻子,知道她生性好妒,引她去澡堂证实她的丈夫和自己的妻子私通。她去后以为和自己睡觉的是丈夫,结果却是里恰尔多。

艾莉莎讲完了故事,女王称赞齐马的狡黠之后,吩咐菲亚梅塔接下去讲,菲亚梅塔欣然从命,开口说:

我们的城市虽然光怪陆离,无奇不有,不过有时候也应该学学别人的榜样,到外地去看看。我要像艾莉莎那样讲些发生在别的城市里的事情。故事的背景是那不勒斯,我讲的是一个冷若冰霜、忠贞不贰的少妇如何落进爱慕她的人设下的圈套,爱情之花还没有吐放,却先尝到了爱情的果实。各位听了一则可以消遣解闷,二则如果遇到同样情况可以多加小心。

那不勒斯是意大利最古老的城市之一,风光旖旎,和别的城市相比,有过之而无不及。城里有个名叫里恰尔多·米努托洛的青年,家世显赫,富埒王侯。他虽然有个温柔美丽的年轻妻子,却爱上另一个名叫卡泰拉的少妇,大家公认,那不勒斯的女子没有比她更美的了。卡泰拉端庄娴静,是贵族青年菲利佩洛·西吉诺尔福的妻子,对丈夫十分温顺敬爱。里恰尔多·米努托洛爱慕卡泰拉,凡是能博得女人的欢心和爱情的事他都做了,可就是打动不了卡泰拉的心。他心烦意乱,但又不能,也不愿意剪断情丝,简直落到求生不得、求死不能的地步,苦恼万分。

一天,他的几个女亲戚劝他死了这份心,别为毫无成功希望的爱情自寻烦恼,因为卡泰拉心目中只有菲利佩洛一个男人,并且妒忌得出奇,甚至担心空中的飞鸟会把菲利佩洛从她身边夺走。里恰尔多听说卡泰拉的妒忌心重,当即决定利用她这个弱点。他开始装作对卡泰拉已经不存奢望,移情到了另一位夫人身上。以前他常以卡泰拉的骑士自居进行比武或其他竞赛,现在他开始自命为那位夫人的骑士。不久之后,所有的那不勒斯人,包括卡泰拉在内,都觉得他爱慕的对象不再是卡泰拉,而是那第二个女人。他持之以恒,人们对此深信不疑,以至卡泰拉也不再因为他献殷勤而躲着他,见到他时居然主动招呼他,把他当作一般熟人看待。

那不勒斯人有个习惯,遇到天热的时候男男女女成群结伙到海边去,吃吃喝喝玩一整天。里恰尔多听说卡泰拉和一伙人去了海边,他和他的一帮朋友也赶到同一个地点。卡泰拉和女伴们见了他们就邀请他们合在一起玩,里恰尔多装出不太情愿的样子,经过再三邀请才留了下来。那些太太和卡泰拉开始拿里恰尔多的相好打趣,里恰尔多显得满面春风,更成了她们开玩笑的话题。后来太太们陆续到别的地方去玩耍,里恰尔多身边只剩卡泰拉和少数几个人。里恰尔多也拿卡泰拉的丈夫菲利佩洛的外遇开玩笑,卡泰拉当即醋意大发,想知道里恰尔多暗示的详情。她忍耐不住,求里恰尔多看在他所钟情的那位太太的面上,把他刚才提到的有关菲利佩洛的事情说说明白。里恰尔多答道:

"我对我所钟情的女人是有求必应的,你既然以她的名义来求我,我当然不能拒绝,只要你答应我,在你自己眼见为实之前不告诉菲利佩洛或者任何人,我不妨把你想知道的事情讲给你听,反正你自己以后会看到。"

卡泰拉信以为真,答应了他的条件,保证不对别人说。他们走到一个没人听到他们谈话的地方,里恰尔多开始说:

"夫人,假如我还像以前那样爱你,我决不会把可能惹你生气的事情讲给你听。现在我一片痴心已经事过境迁,不妨把真相全告诉你。我不知道菲利佩洛是注意到我向你献殷勤呢,还是认为你爱上了我,反正他不动声色,趁我不提防的时候,拿他怀疑我对待他的办法来对待我,也就是说,他勾引我妻子。据我所知,最近他给我妻子捎了好几次信。我妻子把这些情况都告诉了我,并且按我说的话给你丈夫回了信。今天早上,我来这里之前,发现一个女人在我家和我妻子悄悄说些什么。我猜到是怎么一回事,问我妻子那女人来干什么。我妻子说:

"'还不是菲利佩洛同我纠缠不清,我照你的吩咐给了他回音和一点希望,他现在派人捎话,说是要知道我的确切答复,还说假如我愿意,我可以偷偷地和他在一家澡堂会面,他催得很紧。我不明白你干吗要我敷衍他,否则我早就狠狠训他一顿,教他见了我不敢抬头。'

"我认为事情做得太过分了,再不能置之不理,必须告诉你,让你知道你对你丈夫忠贞不贰,害我几乎送命,但得到的却是这种回报。为了让你相信这一切不是无中生有,凭空捏造,你愿意的话,我可以让你亲眼看到,亲身体会。我让我妻子对那个等回话的女人说,明天午后祈祷的时候,趁人们还在午睡,她一准去澡堂赴约。等回话的女人高高兴兴地走了。你当然清楚,我不会把自己的妻子推到那种地方去,我是为你着想,想让你丈夫在那里遇到的不是他想会的人,而是你,让他羞愧得无地自容。他原想羞辱你我两个人,这一来,遭到羞辱的是他自己,而你我都可以出一口恶气。"

卡泰拉听了这番话,既不想想说话的人是谁,也不考虑其中有没有圈套,只凭妒火摆布,把他的话和没有亲眼见到的事情信以为真。她气昏了头,回答说这并不费事,完全可以做到,把她丈夫大大羞辱一下,使他以后见到别的女人再也不敢起邪念。

里恰尔多眼看计谋得售很是高兴,又说了许多话坚定并加强她的决心,再三嘱咐她不能告诉别人这是他的主意。她以名誉担保不说出去。第二天早上,里恰尔多去找澡堂的女主人,把他想做的事解释给她听,求她帮忙。女主人平时得过他不少好处,很乐意效劳,一口答应照他说的办。澡堂里有一间不带窗的暗室,女主人按里恰尔多的吩咐摆了一张床,里恰尔多躺在床上,只等卡泰拉来到。

卡泰拉以为里恰尔多说的句句是真话,气呼呼地回到家里。菲利佩洛那天心里想着别的事情,对妻子不像平日那样亲热,她益发起疑,心想:"他的心果然在那女人身上,想着明天有多快活,可是他休想得逞。"她整宿琢磨着这件事,考虑明天和丈夫一起时说什么话,且按下不表。

第二天午后祈祷时分,卡泰拉按照预定计划直奔里恰尔多指定的澡堂,找到那女主人,问她菲利佩洛在不在。女主人照着里恰尔多教她的话说:

"你是那位约好来和他谈话的太太吗?"

"正是。"卡泰拉答道。

"请跟我来。"澡堂女主人说。

卡泰拉自投罗网,跟她来到里恰尔多躺着的房间。她用面纱蒙好脸,进屋把门锁上。里恰尔多听见她进来,起身把她搂在怀里,压低声音说:

"我的灵魂,欢迎,欢迎。"

卡泰拉假装是另一个女人,也拥抱他,吻他,同他百般亲热,只是不出声,唯恐一说话露出破绽。双方都满意的是房间里伸手不见五指,即使从外面进来了好一会儿,眼睛仍看不见什么。里恰尔多把那女的领到床上,他也不作声,以免对方从声音上辨出是谁,两人开始玩耍,一个得到的乐趣远远超过另一个。不久,卡泰拉认为到了可以发火的时候,怒冲冲地说:

"唉,女人的命运多么悲惨,多少女人对丈夫爱情专一,可是所遇非人!八年来,我爱你胜过爱我自己的生命,而你,据我所知,却为另一个女人神魂颠倒。唉,你这个虚情假意的恶棍,真使我痛心!你以为你同谁在睡觉?同那个受你欺骗的人!你花言巧语,嘴里说是如何爱她,实际上你爱的是另一个人。我是卡泰拉,不是里恰尔多的老婆,你这个无情无义的坏蛋。你听不出我的声音吗？要知道，我们如果活一千年，我就要羞辱你一千年，你这条该诅咒的狗。唉，我真痛心！我多年来忠心耿耿爱的是什么人？是这条忘恩负义的狗！你以为你怀里是另一个女人，曲意逢迎，我在这里短短一会儿，你的爱抚和亲热比我和你一起几年里加起来还多。你这条没有脊梁的狗，你在这里劲头十足，在家里却疲疲沓沓，垂头耷脑！幸亏天主保佑，你以为在耕别人的地，没料到耕的还是自己的地。怪不得你昨晚不来同我亲热，原来你想养精蓄锐，和别人大战三百回合。幸亏天主保佑，我又聪敏，肥水没有流到外人田里！你怎么不说话，你这个恶棍？你听我说了为什么一声不吭，难道成了哑巴？我不明白我为什么不抠出你的眼睛。你以为背着我干这种事，神不知鬼不觉？可是赞美天主，强中自有强中手，事与愿违，你没想到还有比你机灵的人棋高一着。"

里恰尔多听着这番话直想笑，但他仍旧不搭腔，只顾吻她，搂她，变着法子爱抚她。她接着又说：

"你这条讨人嫌的狗，你以为这样虚情假意地和我亲热就能让我高兴，让我心平气和？可是你错啦，我要当着我们的亲戚朋友和街坊把你搞臭才会心平气和。你这个坏蛋，难道我不比里恰尔多·米努托洛的老婆漂亮？你干吗不回答，你这条癞皮狗？她什么地方比我强？放开我，别碰我，你已经玩够了。你既然知道我是谁还这样死皮赖脸，分明是做作。天主在上，看我以后不把你晾在一边才怪呢。我真不明白我为什么不理睬里恰尔多，他爱我胜过爱他自己，可我从来没有正眼看过他。我想不通，即使和他相好又有什么不对。今天你勾引了他老婆，至于没有到手只能怪你自己。以后我如果和他相好,你也无话可说。"

那个女的说了许多,越说越气,里恰尔多想,如果让她带着这种误会回去肯定要闹出大乱子来,决定把事情挑明。他使劲搂着她,不容她脱身,然后说:

"我甜蜜的灵魂,你别生气,我一片痴情得不到的东西,爱神略施小技却赐给了我,我是你的里恰尔多。"

卡泰拉听出了他的声音,赶紧想从床上起来,但挣脱不掉。她想嚷嚷,里恰尔多用手掩住她的嘴,说道:

"夫人,木已成舟,你喊一辈子也无法挽回。你真声张开来,给别人听到,只能引起两种后果:第一,你的名誉会受到损害,这一点对你至关重要。如果你说是被我骗到这里来的,我可以否认,反咬你一口,说我答应给你金钱和礼物,你才跟我来的。我还可以说,你嫌我给的钱少,不高兴,便大吵大闹。你也知道,人们爱往坏里想,会信我的话而不信你。其次,这件事若张扬开来,你丈夫会和我结下不共戴天的冤仇,发展下去不是我杀了他就是他杀了我,对你当然没有好处。因此,我的心肝宝贝,你千万不能使你丈夫和我反目为仇,自己招人唾骂。你不是第一个受骗失节的女人,也不是最后一个。我之骗你并没有害你之心,而是出于我对你的强烈爱情。我愿做你最卑顺的仆人,永远向你奉献我的爱情。我的整个身心和我所有的一切本来就归你支配,今后更其如此。我知道你各方面都有主见,在这件事上面当然不会贸然行事。"

里恰尔多说话时,卡泰拉哭得很伤心,不过她虽然气恼,心里不得不承认里恰尔多说得有理,知道他讲的情况很有可能发生。她终于说:

"里恰尔多,你把我欺骗污辱得好苦,我不知道天主怎么会让我忍受下来的。我自己妒忌心太重,不动脑筋,才上当受骗。我不想在这里大吵大闹,可是你等着,这口气我实在咽不下去,我一定要想办法报复,现在放我走吧。你已经得到了你要的东西,在我身上尽情取得了乐趣,现在该放我走了。放开我!"

里恰尔多知道那女的确实生了气,但他在取得和解之前不能放她走,于是他好言好语求她,哄她,安慰她,终于说服她同他和解。他们两人又玩了好大一会儿,如鱼得水。她体会到情人的吻比丈夫的更甜蜜,对里恰尔多的生硬的态度转为柔情蜜意。此后他们两情缱绻,但行事谨慎,多次享受了爱情的乐趣。愿天主让我们也享受到我们的乐趣。

七

泰达多为情妇所拒,离开佛罗伦萨,多年后乔装成香客归来。他和那少妇谈话,指出她的错误,救了她的被指控谋杀泰达多而即将处决的丈夫,让他和自己的兄弟们和解,自己也和少妇重归于好。

菲亚梅塔讲完了故事,大家都称好。女王不多耽误时间,吩咐艾米莉娅接着讲,艾米莉娅开口说:

前面两位讲的都是发生在别的城市的故事,我想回到佛罗伦萨,讲一个本地人失去了他的情妇,怎么和她重归于好。

我们的城市里从前有个贵族青年,名叫泰达多·德·艾利塞,看上一个名叫埃梅莉娜的少妇,她是阿多勃兰迪诺·帕勒米尼的妻子,风致娟好。那青年人深深爱慕她,终于赢得她的欢心。但是幸福的人常常遭到命运的播弄,那少妇和他好了一段时间之后不知什么原因突然和他断了,不再同他见面,也不回答他捎去的口信。青年人失魂落魄,幸亏他和那少妇的私情一直十分隐秘,谁都不清楚他郁郁寡欢的原因。他自问没有对不起那少妇的地方,不明不白地被她甩了很不甘心,想尽办法要和她重归于好,但一切努力统统白费。他便决定远走他乡,不让那害他伤心的人看到他这副憔悴的模样。

他筹措了一笔钱,除了一个知己朋友之外,任何亲友都不通知,悄悄离开佛罗伦萨,前往安科纳,改名为菲列波·德·圣洛德齐奥。他受雇于安科纳的一个富商,帮他办事,陪他乘船去塞浦路斯。青年人的谈吐举止深得富商喜爱,富商非但给了他优厚的薪俸,还让他合伙做买卖,许多事务委托他处理。泰达多勤奋谨慎,工作十分出色,没几年,他自己也成了颇有名望的富商。尽管他有时还怀念那狠心的少妇,受到逝去的爱情的折磨,很想再见见她,但七年来他一心扑在工作上,终于战胜了自我。可是有一天,他在塞浦路斯听到一支歌,正是他以前谱写的,歌中叙述他和一个女人的爱情以及和她同享的欢乐。他心头重起波澜,认为埃梅莉娜不可能忘了他,突然非常想见到,决定立即回佛罗伦萨。他把未了的事务做了安排,只带一名仆人先回安科纳,委托他在安科纳的合伙人把他的财产运到合伙人在佛罗伦萨的一个朋友家。之后,他乔装成从耶路撒冷朝拜圣墓归来的香客,带着仆人到了佛罗伦萨,在一家小客栈住下。客栈是两兄弟合开的,离他爱恋的少妇家不远。

他在佛罗伦萨做的第一件事是去那少妇家门前,希望能见到埃梅莉娜，但只见门窗紧闭，他大吃一惊，以为她死了或者搬了家。他忧心忡忡，又来到他兄弟家门前，发现他的四个兄弟都穿着丧服，更是摸不着头脑。他自信现在的装束和离家时大不相同，一眼不会被人认出，便走到一个鞋匠那儿，问他那几个人为什么服丧，鞋匠回答说：

"他们的一个兄弟半个月前遇害身亡，所以服丧。被害人名叫泰达多，离家已有多年。听说法院查明凶手是阿多勃兰迪诺·帕勒米尼，已将他拘禁。被害人以前爱帕勒米尼的老婆，这次偷偷回来找她，被帕勒米尼杀了。"

泰达多猜想大概有个人长得和他十分相像，被误认为是他，同时为阿多勃兰迪诺蒙受不明之冤感到悲哀。使他感到宽慰的是，他还从鞋匠那里听说帕勒米尼的妻子活得好好的。这时天色已晚，他回到客栈，和仆人一起吃了饭，回房间睡觉。他的房间在客栈最高一层，回屋后思绪万千，加上床铺不舒服，晚饭又没有吃好吃饱，翻来覆去，过了半夜还不能入睡。他正干躺着，忽然察觉有人从屋顶下来的声息，门缝里透进一丝亮光。他凑到门缝上张望，看见一个美貌的年轻女子举着一盏灯，接着有三个男人循着灯光下来，其中一个打了招呼以后对她说：

"感谢天主，我们平安无事了。我们已经打听确切，泰达多的兄弟们控告阿多勃兰迪诺·帕勒米尼杀了泰达多，证据确凿，帕勒米尼本人也供认不讳，判决书也下来了。不过我们仍旧不能走漏消息，如果被人知道凶手是我们，我们的下场会和帕勒米尼一样。"

那女子听后显得很高兴，接着他们下楼去睡觉。泰达多听了他们的谈话，心想世人的头脑里会有多少荒唐的想法啊！

他首先想到他的兄弟，他们竟然会把一个陌生人错当成他，葬了他，为他恸哭；其次想到那个无辜被控告的人，遭到没有根据的怀疑，在不确实的证词面前竟然给定了罪，判了刑。他还想到那些盲目而酷烈的法律和执行法律的人，他们似乎认真调查事实真相，其实酷虐枉法，草菅人命。他们以天主和法律的执行人自居，事实上是魔鬼和不公道的走卒。接着，他琢磨着阿多勃兰迪诺的处境，终于想出该怎么办。

第二天，他起身后把仆人留在客栈，独自到那少妇家。碰巧大门开着，他走了进去，望见她坐在一间屋子的地上，哭得十分伤心。他鼻子一酸，几乎也要流泪，上前说：

"夫人，别伤心了，你很快就会得到安宁。"

她抬起头，哭着说：

"好人，我看你像是外地来的香客，你不了解我的苦难，怎么会知道我能安宁？"

香客答道：

"夫人，我是君士坦丁堡人，天主派我前来把你的眼泪变为欢笑，拯救你丈夫免于一死。"

"你既然是君士坦丁堡人，"少妇说，"并且刚到不久，怎么会知道我丈夫和我是谁呢？"

香客说了阿多勃兰迪诺遭难的经过，说了那女人的姓名，结婚有多久，以及他所了解的有关她生平的种种事情。那女的十分惊异，把他当成先知，跪在他脚下，求他看在天主分上，既然阿多勃兰迪诺有了救，那就赶快救救他，因为时间十分紧迫。香客摆出一脸圣洁的神情说：

"夫人，请站起来，别哭了，仔细听我要对你说的话，千万别告诉任何人。据天主向我启示，你的苦恼起因于你以前犯下的一桩罪孽,天主想借这次磨难给你一点惩罚,此外还希望你弥补过失,否则你将陷入更大的苦难。"

那女的说:

"先生,我犯过不少罪孽,不知天主要我弥补哪一桩。如果你知道,赶快告诉我,我尽力改正。"

"夫人,"香客回说,"我早就知道了,现在问你并不是要进一步了解,而是因为让你自己说出来能加深你的悔恨。我们就事论事,你是否记得有个情人?"

那女的一听这话,长叹一声,同时觉得很惊奇,因为她认为没有人知道这个秘密,只在泰达多死后,由于泰达多那个知己朋友说话不谨慎才引起了一些风言风语,她答道:

"看来天主把人们的秘密都告诉了你,我也不必向你隐瞒我的秘密。我年轻的时候确实热爱过那个不幸的青年,我丈夫正因为他的死受到牵连,我为他的死感到悲伤,为他痛哭。虽然在他远走他乡之前我对他非常冷漠,但他的出走,他长期离乡背井,以至他的惨死都不能使我把他忘怀。"

香客说:

"你从没有爱过那个不幸的死者,你爱的是泰达多·德·艾利塞。这且不谈,你告诉我,当初你为什么甩了他,是不是他有什么地方对你不起?"

那女的回答:

"他从没有对我不起的地方,促使我和他断掉的是一个可恶的神父的话。有一次我向那神父忏悔,提到那位青年人对我的爱情以及我对他的好感,神父大发雷霆,我至今想起当时的情景都害怕。神父训斥我说,假如我不改悔,我就会落进魔鬼嘴里,给打进十八层地狱,受永不熄灭的烈火煎熬。我给吓坏了,决定不再和情人来往。为了避免重犯,他自己写信或者托人捎口信,我一概不理。我猜想他是在绝望之下出走的。假如他坚持不走,我眼看他像阳光下的积雪那样消融,我狠心的决定也许会软下来,因为我强烈地希望和他好。"

香客说:

"那正是你犯的罪孽。我敢肯定泰达多没有强迫你,你爱他是自觉自愿。由于你自己情愿,他才来找你,和你相好,你在言语行动上表明你对他有好感。因此,如果说以前他对你的爱有十分,由于你也有意,后来他的爱才增添了千百倍。据我所知,情况就是这样,你有什么理由突然对他冷淡?这类事情先前就应该考虑周全,早知以后会懊悔,当初就不该做。你们两相情愿,他属于你,你也属于他。如果他不属于你,你爱怎么就怎么。可是你夺走了他的爱,等于是不可原谅的抢劫,因为那时候不能由你一个人说了算。我是修士,修士的一套我都清楚,我说得啰唆一点也是为了你好,希望你不要打断我的话。我要和你说说清楚,让你知道一些你以前从不知道的事情。

"以前的修士都是非常圣洁质朴的人,而今天自称为修士、希望被人当作修士的人除了身上的长袍以外毫无修士的气味,甚至连长袍也走了样。最早为修士们制订规矩的人嘱咐他们应该穿窄瘦简朴的粗布袍子,用粗劣的服装体现他们蔑视尘世浮华的精神。今天的神父们穿的是料子精美华丽的法袍,重重叠叠,式样也十分考究,在教堂和广场上高视阔步,像俗人那样不以为耻反以为荣。正如渔夫用大网希望在河里捕捞尽可能多的鱼一样,神父们希望用他们的大袍子网罗尽可能多的信女、寡妇、愚妇,甚至愚夫。他们在这方面花的心思和气力远远超过任何修行的活动。话说得重些,他们已不成其为修士,他们的法袍也不成其为法袍,只剩下法袍的颜色而已。从前的修士以普度众生、拯救人们的灵魂为己任,今天的神父只贪财好色。他们夸夸其谈,用全部学问来吓唬愚夫愚妇,说是乐善好施,委托神父做弥撒可以洗涤他们的罪孽。看来神父们出家并不是出于虔诚,而是出于卑鄙的动机,想不劳而获,靠施舍捐赠过舒适的生活。有的人给他们送面包,有的送葡萄酒,再有一些人则为了超度先人的灵魂而捐输钱财。施舍和弥撒固然能减轻罪孽,但如果犯罪的人发现得到施舍的人也有罪,他们不如扣下施舍,或者宁肯扔到猪圈里去。神父们明白分享财富的人越少越好,于是摇唇鼓舌,极尽恐吓之能事,把别人口袋里的钱骗到自己口袋里。他们捶胸顿足地谴责世人的淫欲,目的是轰走被谴责的人,自己取而代之,享用那些女人。他们谴责盘剥重利和收取不义之财,声称犯了这等罪孽的人灵魂将陷于沉沦,目的是让那些不义之财落进他们的腰包,以便他们穿更宽大更华美的法袍,贿赂公行,谋取主教或其他高级神职。假如人们指摘他们的行为,他们就说:'照我们说的去做,并不是要你们做我们所做的事。'他们认为这样就能甩掉一个大包袱,似乎羊群能比牧羊人更坚定、更忠贞似的。听到这种回答的人有许多并不了解其中的含义,但从回答的口气不难明白他们的用意。

"如今的神父希望你们照他们说的话去做,也就是说,要你们掏空口袋里的钱,把你们的秘密向他们和盘托出,要你们摒绝邪念,学会忍耐,宽恕别人对你们的损害,不要出口伤人。这些行为当然是善良圣洁、值得效法的。可是神父们为什么要劝你们这样做呢?因为神父也想做俗人所做的事,俗人做多了，神父就轮不上了。没有钱就不能游手好闲，这个道理谁不懂？如果你寻欢作乐，把钱花光了，神父就不能游手好闲。如果你追逐女人，神父就没有机会插手。如果你没有学会忍耐，不宽恕别人对你的损害，神父就不能上你家去把你们搅得鸡犬不宁。可是我何必唠唠叨叨？神父们在心明眼亮的人面前辩解时已经不打自招了。他们既然认为自己不能清心寡欲，过圣洁清苦的生活，为什么不待在家里？他们既然要出家，为什么又不遵照《福音书》里'基督身体力行，诲人不倦'的教导办事？让他们自己先做出榜样再教训别人吧。我本人就见过不知其数的神父，他们伤风败俗，佻㒓无行，非但勾引民女，还勾引修女。但是在布道台上声嘶力竭地谴责奸淫的正是这些神父。难道要我们学这种人的榜样？谁高兴学谁就去学吧，至于对不对，天主反正知道。

"那个神父训斥你说，对配偶不忠是极其严重的罪孽。即使他说得对，那么夺走一个男人的爱岂不是更严重的罪孽？使他失去生活信心，远走他乡，在外面到处流浪，岂不是严重得多的罪孽？在这方面我们不会有不同的意见。女人和男人相好固然是罪孽，但是合乎自然。可是夺走他的爱，使他失去生活信心，远走他乡，却是存心不良。你夺走了泰达多的爱，这一点我已经向你证实，因为你自觉自愿地给了他又莫名其妙地收回。你后来对他越来越冷淡，害他失去了生活的信心，他几乎亲手结束自己的生命。从这层意义来说，等于是你杀了他。法律认为，导致罪行和直接犯罪的性质相等。泰达多离乡背井，在外流浪七年之久，你也负有不可推卸的责任。因此，上面说过的三个方面，你无论从哪一方面考虑都有罪，罪行的性质比你和他相好严重得多。

"泰达多有什么过错,该得到这种对待?不,且不谈我所了解的情况,你自己也承认,他爱你胜过爱他自己。哪一个女人都不如你这样得到他的尊敬、夸奖、颂扬。在体面的场合,不引起怀疑的情况下,他总是说你的好话。他把他的全部荣誉、财产和自由交给你,由你支配。难道他不高尚?难道他在他同胞中不算英俊?难道他不具备青年人的优良品质?难道他不受所有人的敬爱和尊重?你总不能否认吧?既然如此,你怎么能听了一个愚蠢的、蛮不讲理的、妒忌成性的神父的胡言乱语就对他如此残酷?女人如果对自己有清晰的估计,考虑到天主赐予万物之灵的男人的高尚品质,遇到爱慕她们的男人应该引以为荣,感恩图报,千方百计地讨他欢心,而不应该给他泼冷水。但有些女人躲避男人,看不起他们。我真不明白她们怎么会犯这种错误?你也清楚,你最初对他并不薄情,只是听到一个神父的话之后才变的。那神父准是修女院里贪腥的馋猫,他想轰走别人,自己顶替上去。天主办事不偏不倚,对你的罪过不能不加以惩罚。你既然无缘无故地甩了泰达多,你的丈夫也就无缘无故地要为泰达多偿命,你自己则陷入悲痛。如果你想跳出苦海,你应该做的事是答应(并且做到),有朝一日泰达多长期流浪归来,你一定和他重归于好,把你的爱情、恩惠和仁慈还给他,恢复你轻信那个混账神父之前他在你心中的地位。"

　　那位太太全神贯注地听完了香客的话,觉得句句都有道理,深信她眼前的苦难正是她的罪过的报应。她说:

　　"天主的朋友,你说的话一点不错,以前我把神父当作圣徒,听了你一席话之后才看清他们是什么东西。我承认以前确实亏待了泰达多。如果有可能,我当然愿意照你说的话加以补救。可是怎么行呢？泰达多死了，再也回不来了。明知办不到的事，许愿也没有意义。"

香客说：

"夫人，据我从天主那里得到的启示，泰达多并没有死，他活得好好的。如果能得到你的恩宠，他还会活得更好。"

那位太太说：

"瞧你说的，他确实被人用刀子捅死在我家门前，我抱着他的尸体泪下如雨，打湿了他的脸。也许正因为我这般动情，才招来别人的风言风语。"

"夫人，不管你怎么说，我仍旧一口咬定泰达多还活着。如果你答应照我说的去做，我敢担保你很快就能见到他。"香客说。

那位太太说：

"我当然乐意那样做，只要我能见到我丈夫平安无事，见到泰达多还活着，就再高兴也没有了。"

泰达多认为是暴露自己的真面目的时候了，也该让那位太太对她丈夫的凶吉放下心来，便说：

"夫人，我有一件绝密的事情想告诉你，你听了以后对你丈夫的命运也就放心了，不过你绝对不能泄露给任何人。"

他们所在的地点很僻静，除他俩之外没有别人。那女的认为香客是个圣洁的人，对他十分信任，泰达多便取出他俩最后一晚相聚时那女的送给他的、他一直妥为保存的一枚戒指，问那女的说：

"夫人，你见过这枚戒指吗？"

她一眼就认了出来，说道：

"当然见过，先生！这是我送给泰达多的。"

香客站起来,脱掉披肩和帽子,换了佛罗伦萨的方言说:
"你认识我吗?"

那位太太抬眼一看,认出面前的香客竟是泰达多。她仿佛白日见鬼似的大吃一惊,根本没想到他会是塞浦路斯归来的旧情人,而把他当成坟墓里爬起来的死人,吓得只想夺路而逃。泰达多赶忙说:

"夫人,别害怕,我就是你的泰达多,我活得好好的,根本没有死,也没有被人杀掉。你和我的兄弟都认错了人。"

那女的稍稍定下神,辨出了他的口音,再细细看他,认出他确是泰达多,便扑上去搂着他的脖子吻他,哭着说:

"我亲爱的泰达多,欢迎你回来。"

泰达多也拥抱她、吻她,说道:

"夫人,现在还不是叙旧的时候,因为我要设法把阿多勃兰迪诺安然无恙地交还给你,我估计明天之前你就能听到使你高兴的消息。如果估计正确,有了好消息,我今晚再来,从从容容地告诉你。"

他裹上披肩,戴好帽子,再一次吻了那位太太,叫她静候佳音。他出了门,前往拘押阿多勃兰迪诺的监狱。阿多勃兰迪诺遭此冤狱,知道自己必死无疑,忧心如焚。这时泰达多以安慰死囚的修士身份,得到狱卒的允许,进了牢房,在他身边坐下,开口说:

"阿多勃兰迪诺,我是你的朋友。天主可怜你无辜,派我来搭救你。你出于对天主的尊敬,如果答应我一个小小的请求,明天你得到的不是死刑处决,而将是无罪释放。"

阿多勃兰迪诺答道:

"好人啊,你很眼生,我不记得是否见过你。但你这样诚心要救我,正如你自己所说,肯定是我的朋友。他们据之判我死刑的罪行,确实不是我犯下的。当然,我有别的罪孽,也许因此遭到现在的报应。天主在上,你有请求,再大的我也乐意照办,何况是小的。你有请求尽管开口,只要我活着出去,我一定办到。"

香客说:

"泰达多的四个兄弟误以为你杀害了泰达多,他们向官府告了你,害你落到这个地步。我唯一的希望是你能原谅他们,他们请求你宽恕时,你要把他们当作兄弟和朋友那样对待。"

"只要遭到伤害的人才知道报复是多么快意,多么希望报仇雪恨。尽管如此,如果天主拯救了我,我还是乐意宽恕他们,我现在就宽恕他们。如果我这次能死里逃生,我一定按你的意思办。"

香客听了这话觉得很满意,不再多说,只请他打起精神,安心等候,第二天肯定能有平反的消息。他离开监狱,直奔长官府求见,请长官屏退左右,然后说道:

"大人,我们都应该实事求是,探求真理,像您这样身居高位的人尤其应该如此。这样一来,无辜的人才不至于代人受过,犯罪的人才不至于逍遥法外。我前来求见,就是为了弘扬大人的英明,举报罪有应得的人。您严讯了阿多勃兰迪诺·帕勒米尼,认定他是杀害泰达多·艾利塞的凶手,准备将他处死。但是这是一场冤狱,因为我在今天午夜之前可以把真正的凶手交给大人发落。"

审理阿多勃兰迪诺案件的长官明白人命关天的道理,听取了香客的意见,详细研究之后,派人把开设小客栈的两兄弟和他们的女仆抓来。官厅里摆开严刑审讯的架势,让三个人从实招来。他们不愿皮肉受苦,供认是他们杀害了泰达多·艾利塞,但当时并不知道他是谁。审问杀人动机时,他们说,死者趁两兄弟不在客栈,调戏并企图强奸两兄弟之一的妻子。香客听到这里就向长官告辞,前去埃梅莉娜家。她已把家里的人统统打发去睡觉,自己等着,一方面想听到有关她丈夫的好消息,另一方面要和泰达多重修旧好。泰达多满脸春风地对那少妇说:

"我最亲爱的夫人,我给你带来了喜讯:你明天准能看到你的阿多勃兰迪诺平安无事地回家。"

为了让她更放心,泰达多把他所做的事情从头到底说了一遍。少妇原以为泰达多已经死了,后来发现他活得好好的;原以为她丈夫性命难保,现在可以肯定没有危险了,两件意想不到的事突如其来,使她欣喜若狂。她紧紧抱住她的泰达多,热烈地吻他,两人上床重温旧梦,款洽备至,说不尽的欢喜。天快亮时,泰达多起身,把他的打算告诉了她,吩咐她严守秘密。他仍旧一身香客的装束,离开少妇家,赶去处理解救阿多勃兰迪诺的未了事宜。长官府上午重新审理,认为事实都已调查清楚,当即宣布阿多勃兰迪诺无罪释放,又在杀人现场把真正的凶手斩首示众。阿多勃兰迪诺恢复了自由,他本人、他妻子和朋友们都很高兴。他知道,全靠香客出力才保住了他的性命,便把香客接到自己家来住,香客在佛罗伦萨逗留期间就不必住客栈了。他热情款待,他妻子更不在话下,对香客的关怀无微不至。

过了几天,泰达多听说他的兄弟们由于阿多勃兰迪诺获释而遭非议,他们害怕报复,进进出出随身都携带武器自卫。

泰达多觉得应该让他的兄弟和阿多勃兰迪诺取得和解,便请阿多勃兰迪诺履行诺言。对方回说随时可以照办。香客建议阿多勃兰迪诺第二天大宴宾客,由阿多勃兰迪诺夫妇和他们的亲戚邀请四兄弟夫妇。香客还说他可以出面斡旋,请四兄弟赴宴。

香客的安排得到阿多勃兰迪诺的赞许,他便去拜访四兄弟,动之以情,晓之以理,轻易地说服他们同意向阿多勃兰迪诺请求宽恕,争取和他言归于好。然后香客请四兄弟带着妻子去阿多勃兰迪诺家吃饭,他们接受了邀请。第二天,泰达多的四个兄弟仍穿着丧服,和几个朋友一起来到阿多勃兰迪诺家,阿多勃兰迪诺已在门口等候。四兄弟当着众位宾客面把随身携带的武器扔在地下,表示听从阿多勃兰迪诺发落,以前有对他不起的地方请他宽恕。阿多勃兰迪诺热泪盈眶,吻了他们每一个人,对自己受到的诬告伤害轻描淡写地一笔带过。艾利塞兄弟的妻子们和别的女亲戚随后来到,也都穿着丧服,受到埃梅莉娜和别的女眷们的殷勤接待。宾主入席,宴会上山珍海味,水陆纷陈,一切都令人满意,只是泰达多的女亲戚们的丧服和悲哀情绪叫人想起新近的丧事,甚至会使人责怪香客的邀请不很得体。这一切香客都看在眼里。但他按照预定的计划进行,大家吃水果时,他认为消除悲痛的时刻已到,站起身说:

"这次宴会十全十美,似乎只缺泰达多,未免有点扫兴。其实他始终和各位在一起,只是各位不识他的真面目罢了,我现在不妨给大家介绍一下。"

说罢,他脱掉香客的披肩和长袍,露出一套绿色的紧身衣,在座的都惊异不止。大家仔细打量了好久才敢相信他确实是泰达多。为了让大家深信不疑,他还说了亲戚们的一些往事。他的四个兄弟和别的男亲戚含着眼泪,喜出望外地跑过来拥抱他,在场的女眷除了埃梅莉娜以外,不论亲疏,也和他拥抱。阿多勃兰迪诺见此情况,说道:

"你怎么啦,埃梅莉娜,你为什么不去拥抱欢迎泰达多?"

那女的故意提高声音,让在座的人都能听到,回答说:

"在座的女眷谁都不像我这样欢迎他,他救了你的命,我比谁都更欠他的情,可是上次我们为泰达多哭了一场,竟惹起人家嚼舌根,我现在不得不避嫌疑。"

阿多勃兰迪诺说:

"嘿,难道你以为我信那些鬼话?他为了救我,不辞辛苦到处奔走,足以证明那些话全是无中生有,何况我根本就没有信过。你去拥抱他吧。"

那女的求之不得,一听丈夫发话,便像别的女眷那样上去热情地拥抱了泰达多。阿多勃兰迪诺的开通使泰达多的几个兄弟和在座的男女宾客十分钦佩,如果说以前的流言蜚语在谁的心里还留有阴影的话,如今也烟消云散了。大家对泰达多十分亲热,他撕掉他兄弟和女亲戚的丧服,让他们换上颜色明快的衣服,然后大家唱歌,跳舞,消遣娱乐。宴会开始的时候气氛压抑,结束的时候非常热闹。大家兴高采烈地去泰达多家,在那里吃了晚饭,一连欢庆了好几天。佛罗伦萨的居民最初见到泰达多都当他是死而复生的怪物,总觉得不自然,连他的亲兄弟心里也有点疑疑惑惑,不知道他究竟是真是假。假如没有后来发生的一件事,使他们明白死者是谁的话,他们不知还要疑惑多久。事情是这样的:一天,几个卢尼嘉纳的士兵经过他们家门口,见到泰达多和兄弟们在一起,过来招呼泰达多说：

"你好啊,法佐洛。"

泰达多回答道：

"你们认错人了吧。"

对方一听他说话的口音,发现果真认错了人,窘迫地道歉说：

"对不起,你和我们的一个伙伴长得一模一样,我们那个伙伴名叫法佐洛·德·蓬特雷莫利,大约半个月前来这里,突然无影无踪。开头你的打扮叫我们奇怪,因为他和我们一样也是当兵的。"

泰达多的大哥听了这话,便问那个法佐洛是什么打扮。士兵们描述一番以后他才明白,那个遭到杀害的人是法佐洛,而不是泰达多,这一下彻底解除了他们几个兄弟和别人的疑惑。

泰达多在外经商多年,攒了不少钱。他对埃梅莉娜的爱情始终不渝,两人再也没有闹过别扭。他们谨小慎微,事情做得非常隐秘,长期享受着爱情的乐趣。愿天主让我们也享享艳福。

八

费龙多吞服了药粉昏迷不醒,被当作死人埋掉。修道院院长和他妻子私通,把他从坟墓里挖出来关进地牢,他以为身在炼狱。后来他妻子有了身孕,院长让他复活,充当孩子的爸爸。

艾米莉娅的故事讲完了,大家没料到会这么长,但故事情

节曲折,内容丰富,谁也不觉得沉闷。女王朝劳蕾塔做个手势,她心领神会,开口说:

听了法佐洛被误认是泰达多而被人埋葬哀悼的故事,我想起了另一件事,听来荒诞不经,但却真有其事。我要讲的是一个活生生的人怎么被当作死人埋掉,然后从坟墓里给挖出来,虽然根本没有死过,但他自己和许多别的人都以为他是死而复生,而那个应当遭谴责的罪人却被当作圣人,受大家崇拜。

托斯卡纳有座修道院,正如我们常见的那样,地点十分僻静。被任命为院长的修士各方面都算得上圣洁。只是有好色的毛病。但他干得十分谨慎,谁都不知道,甚至不怀疑他有这种毛病。大家认为他各方面都正经、圣洁。当地有个土财主,名叫费龙多,和院长交上了朋友。费龙多粗俗不堪、笨得出奇,院长和他交往索然无味,只是偶尔从他的愚蠢里得到一点笑料。院长和费龙多混熟以后,知道他老婆是个绝色美人,竟爱上了她,爱到茶饭不思、朝思暮想的程度。费龙多在别的方面虽然笨头笨脑,在看管老婆方面却一点不含糊,院长无隙可乘,一筹莫展。但院长毕竟是机灵人,懂得怎么引费龙多入彀。一天,费龙多带了妻子来修道院的花园里玩耍,院长便和他们大谈永生至福和以前许多善男信女修得正果的事迹。费龙多的妻子动了心,当即想向院长忏悔求福,得到了丈夫的同意。那女的便跟随院长到一个单独的房间里去忏悔,院长十分高兴。她开始说:

"院长,假如天主没有给我丈夫,我很愿意遵照你的教导,走你所说的通向永生至福的道路。我一想起费龙多的为人和他那副傻样,宁肯当寡妇,因为我是结了婚的人,不能再有一个丈夫了。且不说他傻,他还特别妒忌,并且妒忌得毫无道理,真叫我活受罪,简直没法和他一起生活。因此,在我忏悔别的罪孽之前,我恭顺地求你帮我出点主意。如果这个问题不首先解决,忏悔也好,修行也好,都全白搭。"

修道院院长听了这话大为振奋,觉得命运为他最大的欲望铺平了道路。他说:

"女儿啊,我能理解,像你这样年轻漂亮的姑娘嫁给一个又粗又笨的丈夫是多么苦恼,愚蠢加上妒忌就更糟了。我想象得出,你在这双重折磨之下,日子有多难过。愚蠢是无法可想的,不过费龙多的妒忌倒有办法治。我会配一种治他的药,只要你能保守秘密,不把我对你说的话告诉任何人,我可以试试。"

那女的说:

"我的神父啊,这一点你尽可以放心。你要我保守秘密的话,我宁死也不会告诉别人,可是你说的办法怎么实行呢?"

院长回答道:

"我们要治好他,必须把他送进炼狱。"

"活人怎么能进炼狱呢?"女的问道。

院长回答道:

"当然是要先死,然后才能进炼狱,当他受够了折磨,治好妒忌之后,我们可以祷告,求天主让他回到这个世界来,肯定能成。"

"那我不是要守寡了吗?"女的说。

"对,要守一个时期的寡,"院长说,"在这期间你千万不能再醮,否则天主要不高兴的。费龙多回到人世之后,你还得和他一起生活,不过他永远不会妒忌了。"

女的说:

"只要他的毛病能治好,我什么都愿意,你爱怎么干就怎么干吧。"

院长说:

"好,我干,可是我为你效劳之后有什么报酬呢?"

"我的神父啊,"女的说,"只要我力所能及,你要什么我无不办到,可是像我这样的女人能有什么东西给你这样有学问的人呢?"

院长说:

"夫人,我能为你做的事,你也能为我做到。我甘愿为你的幸福和安慰出力,你也可以为我的生活需要和安慰效劳。"

女的说:

"果真是那样的话,我愿意效劳。"

"那就请你把你的爱情给我吧,"院长说,"让我得到满足。我渴望得到你的爱情,爱你爱得要命。"

那女的一听这话慌了手脚,回答说:

"我的神父,你怎么对我提出这种要求? 我一向把你当作圣徒,圣洁的男人遇到妇女向他们请教时竟会提出这种要求?"

院长赶紧说:

"我美丽的宝贝,不必大惊小怪。圣洁存乎灵魂,而我对你的要求只是躯体的罪孽,不会影响灵魂的圣洁。不管怎么说,你的花容玉貌具有不可抗拒的力量,我为爱情所驱使才提出这种要求。此外,你应该比任何一个女人更为自己的美貌感到自豪,因为像我这种见惯了天仙美女的圣徒居然为你的美貌倾倒。再说,我虽然身为修道院院长,但和别的男人一样,也是有血有肉的人,何况你自己也看到,我还不老。你不必为我对你说的话感到不安,因为费龙多在炼狱期间,我可以来陪你,他能给你的安慰我也能给你。你我之间的事谁都不会发觉,因为大家对我的评价和你以前对我的评价一样,甚至更高。你不要拒绝天主赐给你的恩惠,许多女人盼望得到我打算给你的东西还得不到呢。你只要认真照我的话去做,就能得到。再说,我有一些华美的珠宝首饰,除了你之外,我不想给别的女人。我甜蜜的希望啊,你就听从我,照我的话做,报答我为你做的事吧。”

那位太太低下头,觉得答应院长的要求是不妥当的,但又不知怎么才能拒绝。院长见她迟迟不开口,认为她已经默许了一半,于是继续劝说,终于使她相信他的要求是天经地义。她羞红了脸,说是完全同意,不过要在费龙多进了炼狱之后才实行。院长十分满意,说道:

“我们让他马上就去。你叫他明后天来看我。”

院长说着往女的手里塞进一枚非常漂亮的指环,放她走了。那女的得到礼物很欢喜,盼望以后还有别的,从忏悔室出来,找到她的丈夫回家,一路上把院长的圣洁夸奖不已。

过了不久,费龙多来到修道院,院长当即决定送他进炼狱。院长有一些作用奇妙的药粉,是地中海东部地区一位亲王送给他的。亲王解释说从前“山中老人”①想把谁送进极乐

~~~~~~~~~~

①　十字军东征期间,穆斯林中的狂热分子于一〇九〇年在波斯组成一个秘密恐怖社团专门暗杀基督教徒,首脑号称“山中老人”;其成员行动前吸食大麻叶,达到兴奋狂喜状态。

世界就给谁吃这种药，根据剂量大小让服用者昏睡一个时期，像死去一样，但没有生命危险。院长趁费龙多不注意的时候倒了一点药粉在一杯不澄明的葡萄酒里请他喝，然后把他带到一间禅房，和修士们一起拿他的呆傻取乐。他们的玩笑没开多久，费龙多喝下去的酒药性发作，他突然困得不行，人还站着就睡了过去，颓然倒下。院长假装为这意外的情况感到惊慌，吩咐修士们解开他的衣服，往他脸上泼凉水，采取种种急救措施，想排除他肝阳上亢、心脉瘀阻的症状。院长和修士们的一切措施都不见效，试试费龙多的脉息，发现已经停止，便认定他已经死亡，马上通知他的妻子和亲属，他们立即赶来哭了一场。院长吩咐把死者连同身上穿的衣服放进一口棺材，埋在修道院的墓地里。死者的妻子回到住处，宣称她不打算再醮，而要守在家里抚育她和费龙多生的一个小儿，费龙多的家产也就归她掌管。

当天有个波洛尼亚的修士来挂单，院长早就和他相识。他们两人晚上悄悄起身，把费龙多从坟墓里挖了出来，抬进一个地牢，平时违犯清规戒律的修士就在这里关禁闭，不见天日。他们剥掉费龙多身上的衣服，给他换上一件修士的长袍，然后把他放在一堆稻草上，等他苏醒。波洛尼亚修士从院长那里面受机宜，守在旁边。

第二天，院长带了几名修士去那女的家里慰问，见她身穿黑色丧服，显得很悲伤。院长好言安慰她，明确提醒她应该履行诺言。她现在没有费龙多或任何人碍手碍脚，又注意到院长手上戴着一枚漂亮的指环，当即同意，两人约好晚上相会。到了晚上，院长换上费龙多的衣服，由心腹修士陪同，前去那女的家里和她欢度良宵，一直睡到天亮。院长一早又回修道院,他在这条路上来往奔波,乐此不疲。有时有人远远望见他,以为是费龙多的鬼魂在游荡悔罪。无知的村民谈论开来,甚至传到他妻子耳里,她当然明白是怎么一回事。

费龙多在地牢里醒来时,不知道自己身在何处,只见波洛尼亚修士拿着鞭子进来,骂骂咧咧地揪住他,没头没脑地揍了他一顿。费龙多大哭大喊,连连问道:"我在哪里呀?"

修士答道:"你在炼狱里。"

"怎么一回事,"费龙多问,"难道我死了?"

修士回答:"一点不错。"

费龙多想起妻儿,恋恋不舍,开始号啕大哭,嘴里胡言乱语,不知所云。修士让他吃喝时,他说:"死人也吃饭?"

修士说:"不错,我给你拿来的正是你妻子今天送到教堂来为你做弥撒的供品,天主让你享用。"

费龙多说:"愿天主保佑她!我生前很爱她,整宿搂着她吻个不停。当然,我来劲时还干别的。"

他饿了,开始吃喝,但是觉得葡萄酒的味道不好,便说:

"师傅,这酒不好。她干吗不把挂在墙上的皮囊里的酒送给教会?"

他吃饱喝足以后,修士仍用那根鞭子又把他揍了一顿。费龙多痛得大叫大嚷,问道:

"你为什么这样对待我?"

修士回答说:"因为天主吩咐每天揍你两次。"

"为什么?"费龙多问。

那修士说:"因为你生前妒忌,你老婆是附近一带最贤惠的女人,而你却是那副德行。"

"唉!"费龙多叹道,"你说的话太对啦!她还是最甜蜜的女人,比蜜饯还要甜,可是我以前不知道天主厌恶妒忌的男人,否则我也不会妒忌了。"

修士说:"你在这里的时候应该深刻反省,改过自新。万一有机会回到人世,也得记住我给你的教训,不能再妒忌了。"

费龙多问道:"难道死人也有回人世的机会?"

修士说:"有,只要天主开恩。"

"哦,"费龙多说,"如果我能回去,我一定做世上最好的丈夫!我再也不打老婆,不骂老婆,最多说她今天送来的酒不好。还得说她为什么不送蜡烛来,害我摸黑吃饭。"

修士说:"她送来了,只不过做弥撒时已经用完。"

"你讲的准是实话,"费龙多说,"如果我回人世,她爱怎么干就怎么干,我决不干涉。看管我的师傅,我还得问你,你又是谁呢?"

修士说:"我也是死人,以前在撒丁岛。因为我怂恿我主人的妒忌心,天主罚我管你的吃喝,还要揍你,直到他老人家对你我另行安排为止。"

费龙多又问:"这里除了你我二人之外没有别人了吗?"

修士说:"有成千上万,只不过你看不见、听不到他们,他们也看不见、听不到你。"

费龙多再问:"我们离人世有多远?"

"哦!"修士说,"路程远得数也数不清。"

"既然这么远,"费龙多说,"我想我们肯定不在人世了。"

费龙多在地牢里吃喝拉撒,东拉西扯,每天挨两次揍,过了十个月之久。在此期间,修道院院长常去看那个女的,和她尽情取乐。可是好事多磨,那女的发觉自己有了身孕,不敢拖延,赶紧告诉院长。院长认为万全之策是把费龙多从炼狱里放回人世,让他和妻子在一起,妻子便可以推说孩子是他的。院长到地牢里去找费龙多,在黑暗中变个嗓音说:

"费龙多,喜事来了,天主决定让你回到人世。你回去以后,你妻子将给你生个孩子,你要给他起名叫贝内代托,因为多亏你那位圣洁的修道院院长、你妻子和圣贝内代托的祈祷,天主才给了你这一殊恩。"

费龙多听了非常快活,说道:

"我太高兴了,老天保佑,天主赐福给修道院院长,给圣贝内代托,给我甜蜜美丽的妻子。"

院长在给费龙多端去的葡萄酒里又加了一剂药粉,够他昏睡四小时的,然后给他换上原先的衣服,同那个心腹修士一起把他抬回墓地,放进棺材。次日天亮,费龙多苏醒时,看到缝隙里有亮光透进,他十个月没有见过亮光,这下觉得自己还活着,开始大嚷:

"放我出去,放我出去!"

他使劲用头去撞棺材盖,把钉子都撞松了。修士们刚做完早课,闻声跑来,辨出费龙多的声音,见他挣扎着从棺材里往外爬。这种见所未见的怪事把修士们都惊呆了,他们跑去报告院长。假装在祷告的院长停下祷告说:

"孩儿们,别慌。拿好十字架和圣水,随我去看看天主显示的力量。"

他们来到墓地。费龙多已经从棺材里爬了出来。他好长时间不见阳光,面色苍白,看到院长就跪倒在他脚下说:

"我的神父啊,据我得到的启示,是你以及圣贝内代托和我妻子的祈祷把我从炼狱的苦难里解救出来,回到人世,因此我请求天主保佑你从今以后永远大吉大利。"

院长说:

"荣耀归于天主的力量。儿子啊,自从你离开人世以后,你妻子每天以泪洗面。天主既然让你回到人世,让你安慰你的妻子,今后你要好好侍奉天主。"

费龙多说:

"院长,我在炼狱里的时候就已经听说了。我一定照办,我见了她就吻她,我太爱她了。"

院长对这奇迹故作惊讶,虔诚地吩咐修士们跟他一起唱"天主怜我"的赞美诗。费龙多回到村里,见到人就招呼,说是他已复活,但人们还是像见了鬼一样纷纷逃避。他妻子见了他也害怕。后来,人们定下神,发现他确实是活人,便问了他不少话。他仿佛开了窍似的,一一做了回答,并且介绍了各人亡故的亲戚的近况,活灵活现地描述了炼狱里的情形,还当着大家的面披露了大天使加百列在他复活前对他做的启示。他回家以后重新掌管家产和妻子,并且自以为使他妻子有了身孕。一般人认为妇女怀胎九足月临盆,他妻子到了恰当的时候生了一个男孩,起名为贝内代托·费龙多。费龙多的归来和他的叙述使所有的人都相信他是死而复生,这一来修道院院长圣洁的名声大为提高。费龙多由于妒忌没少挨打,现在已经像院长向他妻子保证的那样改掉了这个毛病,此后再也不妒忌了。那女的和以前一样名正言顺地和他共同生活,但一有机会还是巧妙地和院长幽会,院长则克尽厥责,全心全意地为满足她的需要效力。

九

吉莱塔·德·内波纳治好法国国王的顽疾,要求许配给贝尔特兰·德·罗西利翁,贝尔特兰勉强完婚后愤然离家前往佛罗伦萨,看上一个姑娘。吉莱塔冒充那姑娘和贝尔特兰睡觉,为他生了一对双胞胎,他终于回心转意,认吉莱塔为妻。

劳蕾塔讲完了故事,只剩下狄奥内奥和女王两人还没有讲。女王不想剥夺早已赋予狄奥内奥的特权,不等臣民要求就和颜悦色地开口说:

法兰西王国有个骑士,名叫伊斯纳尔,受封为罗西利翁伯爵,由于健康状况不好,常年有个名叫杰拉多·德·内波纳的医师守在他身边。伯爵只有一个儿子,名叫贝尔特兰,从小就长得漂亮可爱,和他一起玩耍的小朋友中间有个名叫吉莱塔的姑娘,就是医师的女儿。她年纪虽轻,很早就对贝尔特兰产生了炽热的爱情。伯爵死后,他的儿子交给法国国王监护,前去巴黎,年轻的姑娘很伤心。不久之后,她的父亲杰拉多也去世了。如果有正当的理由,她真想也去巴黎,好看到贝尔特兰。但她孤身一人,相当有钱,亲戚们管她管得很严,她无法远离。到了摽梅之年,她对贝尔特兰仍不能忘情,不少青年通过她的亲戚向她提亲,她不说明理由,一一拒绝了。

她听说贝尔特兰已长成一个英俊的青年,爱慕之心有增无减,又听说法国国王胸口长了一个脓肿,由于治疗不得法,创口迟迟不愈合,形成瘘管,十分痛苦烦恼,即使最有经验的医师也束手无策,情况越来越糟。国王失去了信心,不再找医师诊治。年轻姑娘得知这情况很高兴,因为她不仅有了去巴黎的正当理由,如果国王的病症像她料想的那样,她还有信心把国王治好,让贝尔特兰做她的丈夫。她从父亲那里学到不少本领,针对她所猜测的症候采集了一些药草,配制了药剂,骑上马向巴黎进发。她首先设法见到了贝尔特兰,然后求见国王,请国王容她看看患处。国王见她年轻貌美,不忍心拒绝,就给她看了。她认为自己有把握治好,便说:

"国王陛下,假如您愿意让我治疗,我凭对天主的信念,在八天之内能治好您的病,不会给您带来痛苦和不便。"

国王暗笑这个姑娘口气不小,心想:"当今各地的名医都治不好的病,这么一个年轻姑娘能有什么办法?"但他还是谢了她的好意,并且说他已经打定主意不再求医问药了。姑娘回说:

"陛下,您大概因为我年轻,又是女的,看不起我的医术,可是我想禀报陛下,我给您治病不单凭我自己的本领,还靠天主的帮助和杰拉多·德·内波纳大师的医术,杰拉多就是先父,生前是位名医。"

国王心想:

"也许这个姑娘是天主派来帮助我的。她既然说能治我的病,所需时间不长,又不痛苦,我为什么不试试呢?"

国王决定尝试一下,说道:

"姑娘,你假如治不好我的病,那可就犯了欺君之罪,该受什么处分?"

"陛下,"那姑娘回说,"您现在就可以把我看管起来,八天之内如果我治不好,您把我活活烧死好了。可是如果我治好您的病,有什么奖赏呢?"

"我看你好像还没有丈夫。你如果治好我的病,我给你找一个有地位的好夫家。"

"陛下,我很乐意您替我找个好丈夫,不过要由我自己挑选。当然,我不会僭越,要求高攀王子或皇族。"姑娘回道。

国王答应了她的条件。

年轻姑娘开始治疗,不出八天,居然治好了国王的顽疾。国王说:

"姑娘,你赢得了丈夫。"

姑娘说:

"陛下,那么我就赢得了贝尔特兰·德·罗西利翁,我们是青梅竹马的伙伴,我从小就爱慕他。"

国王觉得这个要求有点过高,但他有言在先,不能失信,便召伯爵进宫,对伯爵说:

"贝尔特兰,你已长大成人。我有意让你回去管理你的采邑,并且赐你一个姑娘做妻子。"

贝尔特兰问道:

"那个姑娘是谁呢,陛下?"

国王回答说:

"就是那个医术高明、使我恢复健康的姑娘。"

贝尔特兰当然认识,前不久还见到她,觉得她虽然很美,但门第不高,配不上他,于是很不高兴地说:

"陛下,您把一个江湖郎中赐给我做妻子?天主在上,我才不愿意娶那个女人呢。"

国王说：

"那姑娘治好了我的病，作为奖赏，我答应了把她许配给你的请求，难道你要我出尔反尔，陷我于不义？"

"陛下，"贝尔特兰说，"我是您的臣仆，一切都听从您支配，您可以把那个姑娘许配给我，不过我有言在先，我对这门亲事永远不会满意。"

"你以后会满意的，"国王说，"那个姑娘聪明美丽，又非常爱你。我认为你和她共同生活会比和一位出身高贵的小姐共同生活更幸福。"

贝尔特兰不再作声，国王便下令筹备盛大婚礼。到了预定的日子，贝尔特兰无可奈何地在国王面前和那个爱他甚于爱自己的姑娘举行了结婚典礼。婚礼一结束，贝尔特兰预定的步骤已完成，声称希望回自己的采邑后再合卺，并且得到国王准许。接着，他骑上马，没有回采邑，而是直奔托斯卡纳。他早听说佛罗伦萨人在和锡耶纳人交战，决定去帮助佛罗伦萨人，受到热烈欢迎，被任命为一队人马的将领，饷金丰厚。他过着军旅生活，倒也自在。

年轻的新娘遭到这个变故当然不痛快，但她仍希望贝尔特兰改变初衷回自己的采邑。她便只身先回罗西利翁，当地人把她当作名正言顺的伯爵夫人来欢迎。由于伯爵长期在外，采邑无人管理，一切都荒废破败，她回去后不辞劳瘁开始整顿，属民都感到满意，对她十分敬爱，责怪伯爵有这么一位贤惠的夫人却不知好歹。把采邑的事务安排得井井有条以后，年轻的伯爵夫人派了两个骑士去看伯爵，传话说，如果伯爵是由于她的缘故不回来，尽可以挑明，她顺从伯爵的愿望离开就是了。伯爵心如铁石地回话说：

"她自己的事,她爱怎么办就怎么办,我不管。至于要我回去和她一起过,那可不行,除非她手上戴着这枚指环,怀里抱着和我生的孩子。"

据说那枚指环有辟邪的功能,伯爵十分珍爱,从不离身。两个骑士知道这两件事几乎是不可能办到的,伯爵的条件未免太苛刻了,他们好言劝说也无济于事,只得回去向伯爵夫人报告他们得到的答复。夫人听了很伤心,久久地考虑是否能办到那两件事,使丈夫回心转意。她考虑好该做什么事之后,把当地的父老们请来,原原本本地叙说她出于对伯爵的爱情做了什么,又落到怎样的下场。她哀怨地说,她不希望伯爵因她在采邑而永远自我流放,因此打算今后浪迹江湖,朝圣行善,以求灵魂的永生。她请求长者照看采邑,通知伯爵说她决定离开,永远不回罗西利翁,再不在采邑碍伯爵的事了。

她说得很凄恻,那些忠厚长者噙着眼泪求她慎重考虑,但她不改变决定。她最后求天主赐福给乡亲父老,穿上香客的服装,带了足够的钱和珠宝,由一个堂弟和一名女仆陪同,不说去向就离家出发,到了佛罗伦萨。她在一个善良的寡妇开的小客栈住下,像穷苦的香客那样生活十分俭朴,等候她丈夫的消息。

第二天,她看见贝尔特兰骑着马,由侍从簇拥着在客栈门前经过,她故意装作不认识他的样子,问客栈女主人那位贵族是谁。女主人回答:

"他是贝尔特兰伯爵,外国来的绅士,为人和蔼可亲,很受本城人的敬爱。他爱上我们邻居的一个姑娘,姑娘家里原本也是名门望族,如今败落了。那姑娘人品出众,只由于家境清寒,还没有合适的夫家,她母亲更是稳重正派,二人相依为命。假如不是她母亲知书明理,那姑娘也许早就依从了伯爵。"

言者无心,听者有意,伯爵夫人听了这些话,暗自思量了一番,想出了一个主意。她打听清楚那个姑娘和她母亲的姓名和住处,穿着香客的服装去拜访她们,看出她们的日子确实过得不宽裕。她向母女二人致意后,对母亲说如果方便她有话想私下谈谈,那位太太起身带她进了里屋,问她有什么见教,两人坐定后,伯爵夫人开始说:

"夫人,看来你和我一样都没有得到命运的青睐,不过假如你愿意出力,你也许能帮我一个大忙,同时也改善你自己的处境。"

那位太太说,只要不逾越规矩,她最盼望的事莫过于改善目前的处境了。伯爵夫人接着说:

"你首先得向我保证不能辜负我对你的信任,否则会坏了你我的大事。"

"有话请讲吧,"那位太太说,"我保证永远不辜负你对我的信任。"

伯爵夫人娓娓而谈,叙说了她的身份,她的爱情,以及她在此以前所做的一切努力。姑娘的母亲先前对这事也略有所闻,相信她讲的都是实话,开始同情她的不幸遭遇。伯爵夫人最后说:

"你听了我的伤心经历,知道我必须办成两件事才能使我丈夫回到我身边。除了你以外,我认识的人中间没有一个人能帮我忙,因为我听说我的伯爵丈夫深深地爱上了你的女儿。"

那位太太说：

"夫人，伯爵确实有不少表示，可是我不知道他是不是真爱我的女儿，在这方面我能帮你什么忙呢？"

"夫人，"伯爵夫人说，"我马上告诉你。不过我首先要说明，你帮了我的忙之后，你女儿将得到什么好处。我打算让她找一个好夫家，据我观察，由于你办嫁妆有困难，她至今待字闺中。如果你帮了我的忙，我可以给你一笔钱，让你办嫁妆，找个体面的夫婿。"

那位太太经济拮据，这个建议当然合她心意，但她人穷志不穷，说道：

"夫人，请告诉我，我能为你做什么，只要是光明正大，我无不乐意效力，照你的意思去做。"

伯爵夫人说：

"我要你派一个你信得过的人去告诉我的伯爵丈夫，说是你女儿可以满足他的一切要求，但他必须证明真像他自己所说的那样爱你女儿。她知道伯爵手上经常戴着一枚非常珍贵的指环，如果把指环送来当作信物，就表明确有诚意。伯爵把指环送来后，你转交给我，然后通知伯爵，你女儿愿意满足他求欢的愿望，请他晚上悄悄来你这里，由我冒充你女儿和他睡觉。也许天主开恩，保佑我一举得子，我手上戴着他的指环，怀里抱着他生的孩子，就能要他履行诺言，能和他一起过真正的夫妻生活，那时候我真要好好谢你。"

那位太太认为这不是一件小事，担心走漏风声会坏了她女儿的名誉，但她再一斟酌，觉得促成伯爵夫人夫妻团圆也是成人之美，伯爵夫人的动机毕竟合情合理，无可非议，便同意了她的要求。几天后，她谨慎而又隐秘地按照协商的步骤进行,拿到了伯爵忍痛割爱的指环,巧妙地让吉莱塔冒充她的女儿和伯爵睡了觉。伯爵百般温存,两人春风一度,天主就让吉莱塔怀上了孕,后来分娩时产下的竟是一对男婴。那位太太安排伯爵夫人和她丈夫幽会不是一次而是多次,每次做得天衣无缝,没有人发觉。伯爵以为和他睡觉的不是他的妻子,而是他倾心的姑娘。他每次早晨离去时都给她一些贵重的首饰,伯爵夫人一一妥为保存。她确定自己有了身孕之后,不愿再麻烦那位太太了,说道:

"夫人,感谢天主和你的帮助,我想要的东西都已经得到,现在是我感恩图报的时候了,了却这桩心事之后我也该走了。"

那位太太说,如果伯爵夫人要谢她,她当然很高兴,不过她之所以这样做并不是指望得到酬劳,而是因为觉得这样做是对的。

"我很高兴,夫人,正因为如此,请你尽管开口,我并不把你提出的要求当作酬劳,而是看成是我还你的情,这是理所当然的事。"伯爵夫人说。

那位太太不到万不得已不会开口,她很腼腆地提出要一百镑为女儿办嫁妆。伯爵夫人见她那副羞愧的神情,听她要得这么少,主动给了她五百镑,还给了她不少贵重的首饰,价值也有五百镑以上。那位太太喜出望外,向伯爵夫人千恩万谢。伯爵夫人告辞后回到客栈。那位太太为了避免伯爵再来她家或派人捎信,带了女儿到乡间亲戚家暂住。不久以后,贝尔特兰得知吉莱塔已离开采邑,应属民们的请求回到自己的领地。

伯爵夫人得知伯爵已离开佛罗伦萨返回领地,非常高兴,她仍留在佛罗伦萨直到分娩。她一胎产下两个男孩,面貌酷似伯爵,请了乳母喂养。过了一阵子,她认为时候已到,悄悄离开佛罗伦萨,到了蒙彼利埃,在那里休息了几天,打听到伯爵的下落,知道万圣节那天罗西利翁要举行盛大宴会,有许多绅士淑女参加。到了那天,她仍像平时那样一身香客装束前去领地。伯爵邸宅里宾客云集,正要入席时,吉莱塔没有更换衣服,一手抱着一个儿子,闯进大厅,她排开众人,一直走到伯爵面前,伏在他脚下,哭着说:

"夫君,我是你可怜的妻子,为了让你回家,我长年在外流浪。当初你让两个骑士传话提出了两个条件,天主保佑,我已经完成,现在求你履行你的诺言。你看,我怀里不仅是你的一个儿子,而是两个,指环也戴在我的手上。你有言在先,现在该把我当作你的妻子了。"

伯爵听了这话不禁一愣,他认出了指环,也认出两个小孩容貌和他十分相像,说道:

"这是怎么回事?"

伯爵夫人把经过的事情从头到尾讲了一遍,伯爵和在座的人听了惊异不止。伯爵知道她讲的都是事实,十分钦佩她的毅力和智慧,又为得到两个可爱的儿子而高兴,决定履行诺言。他的属民们赞叹之下纷纷请求伯爵接纳名正言顺的妻子。他终于改变了倔强的态度,搀扶伯爵夫人起来,拥抱并吻了她,承认她是真正的妻子,她的儿子也是他真正的儿子。他让她更换了鲜亮的衣服。在场的人和听到这个喜讯的人都欢欣鼓舞,那一天和以后好几天都热热闹闹地庆祝。此后,伯爵一直把她当作正式的妻子,十分疼爱她。

十

阿莉贝克出走修行,鲁斯蒂科修士教她
如何把魔鬼打进地狱。她还俗后和内尔巴莱
结了婚。

狄奥内奥全神贯注地听着女王的故事,结束后,知道只剩
下他还没有讲,不等女王发话就笑吟吟地说:

美丽的女郎们,你们也许从来没有听说魔鬼是怎么给打
进地狱的,我现在就讲一个这方面的故事,好在内容和今天大
家讲的比起来也不太离题。你们听了也许能拯救灵魂,并且
明白一个事理,那就是爱情在欢乐的邸宅和温柔的闺房里固
然比在穷苦人的茅屋里更得其所,但它的威力到处都可以感
到,即使在深山老林和荒凉的岩洞里,一切都得听它支配。

现在言归正传,我要讲的是从前北非卡普萨城有个富翁,
子女当中有个名叫阿莉贝克的美丽可爱的女孩。她自己不是
基督徒,但是看到城里许多基督徒赞美基督教义、侍奉天主,
有一天便问别人,怎么才能侍奉天主而不花很大气力。对方
回答说,最好的办法是像那些深入特拜达沙漠的隐士那样避
开世俗的一切事物。那姑娘只有十四岁,头脑简单,她并没有
什么虔诚的信仰,只凭一时心血来潮,第二天谁都不告诉就偷
偷地离家出走,朝特拜达沙漠走去。路上免不了辛苦,但她热
情未减,居然熬过几天,到了沙漠。她打老远望见一座小屋,
便朝那里走去。小屋门口有个圣洁的修士,见到她很惊异,问
她到这一带来干什么。她回说受了天主的感召,出来访师求

道,希望他能教她怎么侍奉天主。修士见她年轻漂亮,如果把她留在身边,恐怕自己经不住魔鬼的诱惑,便夸奖了她的诚心,给她吃了一些草根、野苹果和椰枣,喝了一些清水,然后对她说:

"女儿啊,离这儿不远有位圣洁的人,他道行比我深,能教你想学的东西。你还是去找他吧。"

她继续前行,来到第二个修士的住处,得到的是同样的答复,只得再往前走。最后她走到一个年轻修士的栖身之处,他是个虔诚的好人,名叫鲁斯蒂科,姑娘仍用同样的话向他请教。鲁斯蒂科为了考验自己的坚定,并没有像前面两个修士那样把她打发走,而是收留了她,晚上用棕榈叶子替她铺了一张小床,让她睡在上面。不多一会儿,诱惑便向隐士的意志开战,他发觉他对自己估计过高,不出几个回合便认输了。他把圣洁的念头、祈祷和清规戒律统统抛在一边,一心想着那姑娘的年轻美丽,盘算着怎么才能满足他的欲念,从那姑娘身上得到他要的东西而不在她面前丢人现眼。他首先用言语试探阿莉贝克是否真像她外表那般天真,还没有男女方面的经验。他心里有了底之后,认为可以借侍奉天主之名拿她来满足自己的欲望。他首先对她大谈魔鬼如何与天主为敌,罪该万死,然后告诉她侍奉天主的最好办法是把魔鬼打进天主专门禁锢魔鬼的地狱。年轻姑娘问他怎么才能做到,鲁斯蒂科说:

"你看我怎么做,跟着我学就是了。"

他宽衣解带,把身上不多的衣服脱光,姑娘也照他的样子脱得一丝不挂。他像做祷告似的跪下来,把姑娘拉到自己身边。美色当前,鲁斯蒂科心头欲焰升腾,血脉奋张。阿莉贝克看了觉得奇怪,问道:

"鲁斯蒂科,我看见你身上有件东西往外拱而我没有,那是什么呀?"

"我的姑娘,"鲁斯蒂科说,"那就是我对你说过的魔鬼,它把我折磨得好苦,我简直再也忍受不住了。"

年轻姑娘说:

"赞美天主,看来我的日子比你好过,因为我身上没有那个魔鬼。"

鲁斯蒂科说:

"这话不假,不过你身上有一件我所没有的东西。"

"那是什么呢?"阿莉贝克问道。

"你有地狱。我对你说,我认为天主派你来正是为了拯救我的灵魂,因为魔鬼老是和我捣鬼,你如果可怜我就让我把它打进地狱,那将给我莫大的安慰,我们两人也能侍奉天主,功德无量,因为他老人家就是为此派你到这里来的。"

姑娘诚心诚意地说:

"我的神父啊,既然我身上有地狱,你爱什么时候把魔鬼打进去就打吧。"

鲁斯蒂科说:

"祝福你,我的姑娘!我们现在就打,好让我平静下来。"

说罢,他把年轻姑娘领到一张小床铺上,教她怎么摆好姿势,以便禁锢那个该受天主惩治的东西。姑娘未曾有过把魔鬼关进地狱的经验,起初觉得有点难受,便对鲁斯蒂科说:

"我的神父啊,魔鬼真是坏东西,是天主的大敌,不说在别的地方了,即使进地狱还不老实,进去时还把人家弄疼。"

"姑娘,不会老是这样的。"鲁斯蒂科说。

为了降服魔鬼,他们又把它往地狱里送了六次,才从小床上起来,终于打掉了它的嚣张气焰,把它治得俯首帖耳。此后,每逢它倔头倔脑的时候,那姑娘总是十分乐意杀杀它的威风,越来越喜欢这种把戏,还告诉鲁斯蒂科:

"卡普萨的那些好人常说侍奉天主是最美妙的,我现在体会到一点不假。我觉得我平生干的事情再没有比把魔鬼打进地狱更舒服的了,我看有些人不去侍奉天主而去干别的事情未免太傻了。"

因此,她时不时挨到鲁斯蒂科身边对他说:

"神父,我到这里来是侍奉天主不是偷懒的。我们还是把魔鬼打进地狱里去吧。"

有一次,他们正禁锢魔鬼的时候,她说:

"鲁斯蒂科,我不明白魔鬼为什么要从地狱里逃跑,它很喜欢地狱,地狱又很欢迎它,照说它永远不愿出来。"

年轻姑娘经常邀鲁斯蒂科,要求和他一起侍奉天主,夙兴夜寐,弄得鲁斯蒂科像一件掏尽了棉絮的空心坎肩,别人热得出汗的时候他还觉得身上发冷。于是他告诉姑娘,如果魔鬼不再倔头倔脑,也不一定非要惩罚它,把它送进地狱了,他说:

"你看,天主保佑,我们给它的教训够重的了,它已经低头认罪,在祈求天主别整治它了。"

这一来,姑娘安静了一阵子,可是她发现鲁斯蒂科不再要求把魔鬼打进地狱,一天对他说:

"鲁斯蒂科,如果你的魔鬼受到了惩罚,不跟你捣乱了,我的地狱却不让我安宁。当初我用我的地狱灭了你的魔鬼的威风,如今你该用你的魔鬼安抚我的地狱的躁动。"

鲁斯蒂科吃的是野菜,喝的是清水,要满足那种要求实在力不从心,便说她的地狱需要许许多多魔鬼才能安抚,他的魔鬼只能量力而行。他偶尔满足她一次,次数之少好比是朝狮子嘴里扔一颗豆子。那年轻姑娘觉得没有在侍奉天主方面尽到应有的责任,时有怨言。

阿莉贝克的地狱欲壑难填,鲁斯蒂科的魔鬼独木难支,双方在这个问题上争执不下。这时候卡普萨发生一场大火灾,阿莉贝克的父亲、兄弟姐妹和亲戚统统在大火中丧生,阿莉贝克成了父亲遗产的唯一继承人。城里有个名叫内尔巴莱的青年不务正业,把自己的家产挥霍一空,听说阿莉贝克还健在,便着手寻访,在法院认定她父亲死亡、后继无人、做出没收遗产判决之前,居然找到了她。内尔巴莱把她带回卡普萨,这一来,鲁斯蒂科如释重负,她却老大的不愿意。内尔巴莱娶她为妻,掌管了她的财产。内尔巴莱和她成亲之前,当地一些妇女问她在沙漠里是怎么侍奉天主的,她回答说是把魔鬼打进地狱,而内尔巴莱硬把她弄回来,不让她干这种功德无量的事真是极大的罪孽。妇女们追问一句:

"怎么把魔鬼打进地狱呢?"

年轻姑娘连说带比画讲给大家听,她们听了笑得前仰后合,我猜想至今还没有停。她们说:

"不必担心,姑娘,这里也是这么干的,内尔巴莱也会和你一起好好侍奉天主。"

她们一传十、十传百,"把魔鬼打进地狱是侍奉天主的最好办法"成了当地的一句谚语,而且漂洋过海,传到我们这里,至今不衰。希望得到天主恩惠的女郎们,你们不妨也学学如何把魔鬼打进地狱,既讨天主的欢心,侍奉的人又很快活,可以得到无穷幸福。

狄奥内奥讲故事时用的语言犀利风趣,那些正经的女郎听后笑得花枝招展。他讲完时,女王知道她的任期即将结束,便摘下头上的桂冠,笑容满面地把它戴在菲洛斯特拉托头上,对他说:

"我们马上就会看到,由狼来带领绵羊是不是比由绵羊带领狼好些。"

菲洛斯特拉托笑着回说:

"假如你们听我的话,狼早就教会绵羊怎么把魔鬼打进地狱,不会比鲁斯蒂科教阿莉贝克差。其实你们不是绵羊,因此也别把我们叫作狼。不管怎么样,既然轮到我,我就接着治理。"

内菲莱嘴上不饶人,接着说:

"兰波雷基奥的马塞托从修女们那里得到了教训,不敢再装哑巴,终于开口说了话。菲洛斯特拉托呀,你想教我们,恐怕也会得到一些教训,只剩下一副骨架子来教我们了。"

菲洛斯特拉托搬起石头砸了自己的脚,不敢再开玩笑,着手执行接管的权力。他把总管找来,了解了全面情况,根据有利于大家又能让大家满意的原则,做了一些明智的指示。最后他对女郎们说:

"亲爱的女郎们,由于你们中间的一位的绝色美貌,长久以来我一直为爱情所困扰,可是我命运多舛,得到的只有苦恼。我奉命唯谨,百依百顺,但丝毫没有好处,情况越来越糟。因此,我规定明天讲的故事以结局悲惨的爱情为主题,因为那符合我目前的处境和我将来多半会得到的不幸结局。当初给我起了这个名字恐怕也是天意。①"

~~~~~~~~~~

① "菲洛斯特拉托"在希腊语中有"为爱情憔悴"之意。

他说罢站起身来,让大家自由活动,晚餐时再集合。

花园景色宜人,大家不约而同都去那里游憩。太阳西斜,暑气消歇,不时有山羊羔、兔子和别的小动物出现,蓦地蹦跳出来,惹得大家呼喊追逐。狄奥内奥和菲亚梅塔开始唱叙述圭列莫·德·韦尔吉和劳拉①的事迹的歌谣,菲洛梅娜和潘菲洛两人下棋,各玩各的,不知不觉到了开晚饭的时候。清新的喷泉周围摆开桌子,大家心情欢畅地进餐。菲洛斯特拉托遵循前任几位女王立下的规矩,等杯盘撤下后,吩咐劳蕾塔跳舞唱歌。劳蕾塔说:

"陛下,别人的歌我不会唱,我会唱的歌似乎又没有适合当前欢乐气氛的。如果陛下让我唱一支,我乐于从命。"

国王说:

"你的歌一定美妙动人,你会唱什么就唱什么吧。"

劳蕾塔轻舒歌喉,神情有些凄恻,在大家的应和下唱道:

> 哪一个不幸的姑娘
> 像我这般悲怆,
> 我为情所苦,黯然神伤。
>
> 掌管日月星辰的造物主
> 根据他的喜爱塑造了我的形象:
> 美丽优雅,仪态万方,
> 为的是向一些颖悟的人
> 展示完美的典型,

①　圭列莫·德·韦尔吉和劳拉是十三世纪一首流传很广的法国叙事诗中的人物。

让他们了解天国美的模样。
但是愚昧的世人
孤陋寡闻，冥顽不灵，
非但不赞赏，还对我漠不关心。

想当初我豆蔻年华，
不乏真心爱慕我的人，
他把我搂在怀里，供在心上，
他凝视着我，眼神炽烈如火，
他追求我，万种风情，百般温柔，
度过了飞逝的时光。
他要得到我的魅力，
我让他如愿以偿，
可是如今我失去了他。

后来我遇到一个青年，
高傲，豪爽，勇敢，
目空一切，自命不凡。
如今我成了他的人，
才发现他变得十分妒忌，
这使我苦恼，大失所望，
我原以为我生在这个世上
是让许多人得到欢乐，
结果只是一个人的禁脔。

我诅咒那个不幸的日子，

脱下旧装,换上新娘盛服;

旧装虽不华丽,但我心情舒畅,

新娘的盛服固然漂亮,

但我内心里却不好过,

一举一动都受到约束。

唉,痛苦的婚礼,

早知有这种结果,

我不如早些死去!

啊,我亲爱的情人,

我忘不了初恋的缠绵,

如今你在创造万物的天主面前,

请你虔诚地为我祈祷:

别让我由于别人而把你遗忘,

让我感觉到你爱情的死灰

只为我而熊熊复燃,

请你祝告天主让我升天

伴随在你身边。

　　劳蕾塔唱完了歌,大家听到的词相同,但理解却不一样。有的认为那米兰姑娘想说的是温柔的丑胜过妒忌的俊,另一些人的解释好些,真实些,格调也高些,这里且不谈。这之后,国王吩咐在花草丛中多点一些灯,让大家再唱一些歌,直到星光黯淡。他认为该是就寝的时候了,向大家道过晚安,让各人回自己的卧室。

《十日谈》的第三天已经结束,第四天由此开始。在菲洛斯特拉托的主持下,大家讲了结局悲惨的爱情故事。

最亲爱的女郎们,我从饱学之士的言谈和我自己耳闻目睹的许多事情里曾经得出一个结论:高耸的塔楼和巍峨的树冠容易遭到妒忌的强风袭击,后来才明白这个结论是错误的。我一向竭力躲避这种狂暴情绪的伤害,结果发现,不但平地上有妒忌之风,即使我专挑最深的谷底行走也不能幸免。看过前面几篇故事的读者会有同感,我不但运用了通俗的佛罗伦萨方言和散文形式,没有书名也没有献词,①并且尽可能藏山藏水,不露锋芒。尽管如此,我还是没有躲掉狂风的强烈袭击,几乎给连根拔起,被妒忌咬啮得遍体鳞伤。见多识广的人说,世间万物唯有苦难才不遭人妒忌,我通过亲身体会终于明白这句话何等正确。

有些贤惠的女士看了这些故事说,我对你们太钟情了,像我这样讨好你们,安慰你们,赞扬你们(另一些女士还这么说),格调未免不高。有些人故意装作稳重,说我如果明智,应该和缪斯女神守在帕尔纳索斯山②,不应该和你们东拉西

---

① 本书最早以散篇发表,没有现在的书名《十日谈》,卷首也没有献给显赫人物的题词。

② 缪斯是希腊神话中司文艺的九位女神,喜欢在赫利孔山和帕尔纳索斯山逗留。

扯，胡诌一通。还有一些人气急败坏、蛮横无理地说，我应该放聪明一点，多考虑考虑上哪里去挣面包，少兜售这种鸡毛蒜皮的玩意儿，免得连西北风都喝不上。另一些人散播说，我讲的故事全是凭空捏造，企图贬低我的辛勤劳动。可敬的女郎们，我为你们效劳，结果遭到这些劈头盖脑的攻击和恶毒利牙的咬啮折磨，几乎给撕得粉碎。天主明鉴，他们说长道短，我只是心平气和地听着揣摩。照说应该由你们替我辩护，但我不打算放弃自己的力量，即使我不一一加以驳斥，也想用一些高姿态的答复快刀斩乱麻，堵住他们的嘴。我的书写了三分之一不到，已经有许多人蠢蠢欲动。如果等我写完，他们更会变本加厉。不及早给予反击，到那个时候就不可收拾，他们不用费多少气力就能断送我，你们再出力也爱莫能助了。

我要对攻击我的人讲的是：很久以前，我们的城市里有个名叫菲利波·巴尔杜奇的人，他出身低微，但善于经营，攒了不少钱。他有个妻子，两人相亲相爱，互相体贴，日子过得很舒心。不过人有旦夕祸福，那位好太太突然亡故，抛下她和菲利波生的一个不足两岁的儿子。妻子的早逝使菲利波丧魂落魄，十分悲痛。他失去了最亲爱的伴侣，万念俱灰，决意带着儿子侍奉天主。他看破红尘，把全部财产捐献给教会，上了塞纳里奥山，和儿子一起住在一间小屋子里，斋戒祈祷，靠施舍过活，绝口不提世俗之事，也不想看到可能干扰他潜心修行的任何事物。他和儿子谈话的内容只限于天主和圣徒的荣耀，他教儿子的东西只限于虔诚的祈祷。他让儿子在这种气氛中生活了多年，从不让儿子离开小屋，也不让儿子看到新鲜事物。

菲利波有时候去佛罗伦萨，领取侍奉天主的好心人的施

舍,然后回到山里。光阴荏苒,转眼儿子已有十八岁,菲利波也老了。一天,那小伙子问他要去哪里,菲利波告诉了他,小伙子说:

"父亲啊,你上了年纪,路上奔波多么辛苦,为什么不带我去佛罗伦萨一次,让我见见天主的信徒和你的朋友?我年纪轻,比你能吃苦。我们有需要时,就让我去佛罗伦萨,你留在这里好了。"

菲利波认为他儿子已经长大,并且习惯于侍奉天主,不至于受到世俗事物的诱惑,心想:"此话有理。"他去时便带上儿子。年轻人看到宫殿、房屋、教堂和许多见所未见的东西,觉得新鲜,问这问那,问父亲那些东西叫什么名字,父亲一一做了回答,儿子听了十分满意。父子二人这么一问一答,正赶路时,迎面遇到一群刚参加婚礼回来的年轻美丽、打扮入时的姑娘,儿子问父亲那是什么。父亲说:

"孩子,赶快低下头别看,那是坏东西。"

儿子又问:

"叫什么名字呢?"

父亲不想在情窦初开的儿子心里唤起无谓的欲念,没有如实把她们叫作女人,回答说:

"那叫母鹅。"

说也奇怪,那年轻人从未见过女人,也从未见过宫殿、邸宅、牛、驴、马和金钱等等。他对别的都不感兴趣,一见女人却说:

"父亲,我求你给我弄一个母鹅。"

"闭嘴,我的孩子,"父亲说,"我对你说过那是坏东西。"

年轻人问道:

"坏东西是那样的吗？"

"不错。"父亲回答。

儿子却说：

"我不懂你说的话，也不明白那怎么会是坏东西。我只觉得我从没有见过这么美丽、这么可爱的东西。比你给我看过多次的图画上的天使美丽多了。求你想想办法弄一个母鹅回去，由我来喂。"

父亲说：

"不行，你根本喂不了。"

父亲明白，自然的力量压倒了他的才智，他后悔当初真不该把小伙子带到佛罗伦萨来。

我的故事就讲到这里，现在回过头来再谈谈那些攻讦我的人。年轻的女郎们，有些人说我过于讨好你们，说我太喜欢你们。这几方面我都公开承认，也就是说，你们确实叫我喜欢，我确实努力讨好你们。但我要问你们大家，这有什么值得大惊小怪？无比甜蜜的女郎们，先不说你们缠绵的亲吻、热烈的拥抱、销魂的共眠，仅仅看到你们优雅的举止、眹丽的容貌、绰约的姿态，以及你们冰清玉洁的风骨，有谁能不产生爱慕之情？是啊，一个在荒山野岭的环境、蓬户瓮牖的小屋里哺育成长，除了老父亲之外没有任何人陪伴的青年人，一见你们就爱慕不已，心驰神往，恋恋不舍，岂不是明证？他们尽可以对我诽谤、咬啮、伤害，可是我的躯体是为了爱你们而生，我的性格从小就对你们有偏爱，看到你们的一剪秋水，听到你们温柔甜美的言语和幽婉的叹息，我心头的情焰就升腾。既然一个隐居山林的天真未凿的小伙子见到你们比什么都更欢喜，我又怎么能不喜欢你们，不竭力讨你们欢喜呢？当然，也有不爱你们并且不愿领受你们爱的人,那种人感觉不到人们生而有之的爱情的欢乐和崇高,那种人指责我,我根本不予理会。

有些人拿我的年纪当作攻击目标,正说明他们不懂得太葱头虽然是白的,尾巴却是绿莹莹的。这当然是笑话,撇开不谈。我给那些人的答复是:说我讨好女人,至死不改,我并不当作是侮辱,因为像圭多·卡瓦尔坎蒂、但丁·阿利吉耶里那样上了年纪的人和皮斯托亚的奇诺那样年事已高的人①对女性都给予很高的评价,把讨好她们当作赏心乐事。假如不是为了怕违反惯常的说理方式,我很想举一些古代名人的轶事,说明他们虽然到了高龄,在取悦于女性方面仍不遗余力。假如攻讦我的人不了解这些史实,请他们先去查阅历史。至于有人指出我应该和缪斯女神一起待在帕尔纳索斯山,我说那意见很好,问题是我们不能和缪斯女神长期待在一起,她们也不能和我们朝夕相处。如果有谁离开她们去寻找和她们相似的人,也没有什么可以指责的。缪斯是女身,世上的女子虽比不上缪斯,乍一看至少有相似之处。如果不考虑别的因素,单就这一点来说,她们就讨我喜欢。女人们促使我写了一千首诗,而缪斯连一首诗的灵感都没有给过我。或许由于和女人有相似之处,缪斯有时也光临,给我不少帮助,指点我写了千来首诗,甚至这些不成体统的故事。即使在编写这些故事的时候,我也没有远离帕尔纳索斯山和缪斯女神,不过许多人也许不这样想。

有些人可怜我,担心我挨饿,劝我在找面包方面多花些气

---

① 卡瓦尔坎蒂(约 1255—1300)、但丁(1265—1321)、奇诺(约 1270—1336)都是早于薄伽丘的意大利爱情诗大师,属"温柔的新体"诗派。

力。对此有什么可说的呢？我不知道，但我设想，万一我落到挨饿的地步，非向他们乞讨面包不可，他们多半会这么回答："走开，到你编造的故事里去找吧。"事实上，诗人在他们的创作中找到的比富人在他们的宝藏中找到的要多。不少诗人潜心创作，使他们生活的时代发扬光大。另一些人追求超出自己需要的面包，却没有好结果。我还有什么可说的呢？我无求于他们，他们不必为我操心。感谢天主，我还没有到乞讨面包的地步，即使到了那个地步，我会学使徒的榜样，忍受饥饿，自己想办法，不用任何人为我操心。①

有人说我讲的故事与事实不符，如果他们能说出不符之处，我感激不尽。如果事实真相同我讲的确实有出入，我当然认为批评得有理，会竭力补救改正。如果他们除了刺刺不休的言语之外拿不出别的证据，我就听之任之，不予理睬，他们怎么说我，我就怎么回敬他们。我想这番话足以回答他们了。最温柔的女郎们，凭天主的保佑和你们的帮助，我以极大的耐心走我自己的道路。我转过身背对着那股风，由它刮去。它不可能给我造成什么危害，我无非像一颗小沙子，旋风过后，或者仍旧留在地上，或者给刮上天空，然后落到人们头上，落到帝王的冠冕上，有时还会落到高大的宫殿或者塔楼顶上，即使掉下来，也不会落到比原来更低的地方。如果说我以前竭力讨好你们，我现在的决心更大，因为我知道我或者别人爱慕你们完全是出于天性，谁都没有理由非难。违反自然规律需要极大的力量，有时不但白费气力，甚至给使出气力的人带来

<hr>

① 《圣经·新约·腓立比书》第四章第十二节，耶稣基督的使徒保罗说："我知道怎样处卑贱，也知道怎样处丰富，或饱足，或饥饿，或有余，或缺乏，随事随在，我都得了秘诀。"

极大危害。我承认我没有那种力量,即使有,我也不使用,宁肯让给别人。因此,让那些刻薄的人闭嘴吧! 如果他们没有热情,那就在寒战中生活,寻找他们自己的欢乐或者堕落的嗜好,让我在短暂的生命中我行我素。

啊,美丽的女郎们,我们扯得太远了,还是言归正传,回到原来的题目。

旭日驱散了天空里所有的星星和地面上黑夜的雾气阴影,菲洛斯特拉托起床后把大家一一唤醒,一同来到美丽的花园,开始游玩消遣。到了开饭的时候,他们仍旧在昨天吃晚饭的地方用餐。午睡后,太阳西斜,大家按惯例坐在喷泉旁边,菲洛斯特拉托吩咐菲亚梅塔牵头。她开口说道:

一

　　　　萨莱诺亲王坦克雷迪杀了女儿的情人,
　　剜出他的心放在金杯中给她。她在上面浇了
　　毒汁,仰药自尽。

我们来这里的目的原是消愁解闷,现在要讲些悲惨的事情,讲的人也罢,听的人也罢,肯定都会伤心,国王出了这个题目真叫我们为难。想来他的用意是让我们前几天的欢乐得到平衡。不管用意是什么,我无权改变他的决定,现在就给大家讲一个凄惨不幸的故事,让大家一掬同情之泪。

萨莱诺亲王坦克雷迪生性仁慈善良,晚年却一反常态,残酷无情,双手沾上了一对情人的鲜血。他膝下无子,只有一个女儿,如果没有,也许倒还幸福一些。他把女儿看作掌上明珠,十分疼爱,女儿到了摽梅之年,还不愿为她找个夫家,放她离开自己身边。最后实在不能再耽误了,亲王才把她嫁给卡普亚公爵的一个儿子。哪知新婚不久,丈夫亡故,她又回到父亲身边。她仪容修美,风致韵绝,洋溢着青春的活力,也许过于热情了一些,不适合年轻寡妇的身份。她住在慈爱的父亲家,养尊处优,物质方面什么都不缺。父亲虽然疼爱她,但没有让她再醮的打算,她自己提出来又显得不稳重。于是她决定悄悄找个合适的情人。

和我们这里的贵族宫廷一样,她父亲的宫廷里也有许多男人,有的出身高贵,有的家世寒贱。她留心观察他们的风度举止,最后看中了她父亲的一个年轻侍从。那人名叫圭斯卡多,出身低微,但人品和仪表比别人都高贵。她对他另眼相看,暗暗地爱上了他,发现他的优点越来越多。那青年人当然不傻,觉察到她的意思,也偷偷地爱上了她,心里整天想着她。

两人秘密相爱,少妇虽然非常希望和他相会,但不愿央求第三者牵线,便想出一个巧妙的办法吐露衷肠。她写了一封信,说是他如果想来会面,第二天应该如何进行。她把信塞进一根苇管,交给圭斯卡多,玩笑似的对他说:

"这可以给你的女仆当吹火管用,帮你把火吹旺。"

圭斯卡多收下苇管,心想公主不会平白无故给他这东西,说这些话。他回家以后仔细察看苇管,看到有条裂缝,掰开以后发现了少妇的信。他看了信,欣喜万分,知道该怎么做,便按信上所说积极做好去见她的准备。

亲王的宫殿附近有一间开掘已久的石室,与一个岩洞相通,透进些许亮光。石室早已废弃,岩洞口长满了杂草荆棘。在宫殿底层少妇居住的房间地下正好有梯级通到石室。梯级口有一扇结实的门，长年不用，几乎没有人记得。但是爱神明察秋毫，使那个为情颠倒的少妇想起了这条秘密通道。少妇为了不让别人起疑，独自花了好几天工夫用工具撬开门，下到石室，发现了出口，便把岩洞的高度通知了圭斯卡多，让他从那里进来。圭斯卡多准备了一根打了许多结的绳索和一些铁钩，穿上皮革衣服，以免被荆棘划伤，避开人们的耳目，第二天夜里来到洞口，在一株结实的大树干上拴好铁钩，缘绳而下，在石室里等候少妇。

她推说想睡一会儿，把侍女都打发开去，独自待在卧室里，然后打开暗道门，顺着梯级下到石室。圭斯卡多早已等在那里，两人见了面非常高兴，一起回到卧室，纵情寻欢，消磨了那天的大部分时光。他们把以后如何幽会做了细致的安排，以免泄露秘密。圭斯卡多回到石室，她关好暗门，离开卧室，再去和侍女们待在一起。天黑以后，圭斯卡多缘绳而上从原路爬出来，回自己家。这之后，他驾轻就熟，通过暗道经常和少妇幽会。

但是好景不长，那对情人的幸福招来了命运女神的妒忌，一场惨祸把他们的欢乐变成了悲痛。事情是这样的。坦克雷迪亲王有时来女儿房里坐一会儿，聊聊天，然后离开。一天饭后，他女儿吉斯蒙达和侍女们在花园里，谁也没有看到或听说亲王进了女儿的房间。他发现窗子都关着，床上的帷幔也没有挑起，便坐在床脚边的矮凳上，头靠着床，拉过帷幔盖住身体，仿佛故意隐藏似的，竟睡着了，睡得很沉。吉斯蒙达鬼使神差似的恰巧约好圭斯卡多那天来相会，她让侍女们留在花园里，自己溜回卧室。她关好房门，没有注意到屋里还有别人，打开通往暗道的门，把早已等着的圭斯卡多放了进来，一起上了床。两人像平时那样正玩得快活时，亲王醒了，看到女儿和圭斯卡多干着好事，几乎当场发作，但一转念，想出了处置的办法，便强忍愤怒，没有声张，免得自取其辱。

这对情人不知道坦克雷迪亲王在旁，亲热了好一会儿，觉得时间差不多了才下床。圭斯卡多回到石室，少妇从卧室出来。坦克雷迪虽然上了年纪，腰腿还算灵活。他从窗口爬出，跳到花园里，回到自己的房间。他命令两个仆役守在岩洞口，等圭斯卡多晚上出来时当即抓住，悄悄押到他面前。圭斯卡多还穿着一身皮革衣服，狼狈不堪，亲王见了气得几乎流泪，说道：

"圭斯卡多，我一向待你不薄，如今亲眼见你干出这等事来，对我的苍苍白发是莫大的羞耻和侮辱，真使我痛心。"

圭斯卡多只回答了一句话：

"爱情的力量不是我们所能抗拒的。"

亲王吩咐手下把圭斯卡多幽禁在一个密室里。第二天，吉斯蒙达还一无所知。亲王考虑了几种处置办法，饭后和往常一样来到女儿卧室，把她叫来，关好门，老泪纵横地说：

"吉斯蒙达，我认为你一贯娴静稳重，如果有人说你和自己丈夫以外的男人勾搭，我不是亲眼看见的话绝对不信有这种事，甚至不信你会有这种想法。我年纪大了，在世的日子不多了，可是一想起这件事就痛心。你既然堕落到这种地步，哪怕找一个身份同你相称的男人我也会感谢天主！我宫廷里有不少男人，而你竟挑中了圭斯卡多。要知道，他出身微贱，当初我是可怜他才把他领到宫廷里从小带大的。我现在心乱如麻，不知拿你怎么办才好。至于圭斯卡多，他昨晚从岩洞出来的时候已被我手下的人抓住，我知道该怎么处置他。可是，天主在上,我不知道该怎么处置你。一方面,我对你毕竟有父女之情,哪一个父亲爱女儿都不及我爱你之深。另一方面,你的轻狂行为叫我恼怒万分,我既想宽恕你,又不想顾念父女天性要给你严厉的惩罚。不管怎么样,在我做出决定之前,我先听听你自己有什么话要说。"

他说到这里,像一个挨了打的孩子似的低下头哭了起来。

吉斯蒙达听了父亲这番话,知道私情已经败露,圭斯卡多八成已经给抓了起来,心里一阵剧痛,差点没像一般妇女那样呼天抢地号啕大哭。但她生性高傲,克制了这种脆弱的表现,显得惊人地平静。她不想求饶,同时估计圭斯卡多凶多吉少,他一死,她也不想活下去了。她不像一般妇女那样感到痛苦或者觉得有什么过失而悔恨,她没有流泪,也不惊慌,而是无畏无惧、镇定自若地对父亲说:

"坦克雷迪,我不打算否认或者请求宽恕,因为这两种做法都帮不了我的忙,我也不指望它们帮忙。此外,我不想用什么来赚得你的慈悲或怜爱,我只想把真相和盘托出,摆事实讲道理,维护我的名誉和我坦荡的心灵。我确实爱圭斯卡多,只要我还活着(时间不会太多),我就一直爱他。如果死后仍有爱情的话,我也会爱他。促使我这样做的并不是女人的心血来潮,而是因为你根本不关心我,不让我再醮,也因为他人品好。我得说,坦克雷迪,根子在你,我是你的血肉,你的女儿是血肉之躯,不是铁石。你虽然老了,可是你总还记得支配青春时期的法则以及法则的力量吧?作为男人,你年轻时也曾喜欢舞枪弄剑,你不能不承认青年人的兴趣爱好和老年人的不同。我是你生的,是有血有肉的人,我还年轻,还没有充分享受生活,由于这样或那样的原因,我有情欲。我结过婚,经历过婚姻生活的乐趣,情欲更为高涨。作为青春年少的女人,我无法抗拒它的力量,因此堕入了情网。我虽然受到生而有之的罪孽的驱使,仍然做了努力,尽量不给你丢脸,不给我自己丢脸,不造成羞辱。正因为如此,仁慈的爱情和好心的命运帮我找到一条暗道,让我实现了我的愿望而不被人知道。我不想在你面前抵赖,因为无论是别人告诉你的,还是你自己看到的,反正你已经知道了。我选中圭斯卡多,不是像别的女人那样随随便便,而是经过深思熟虑的。由于他和我谨慎小心,我享受了不少欢乐。你把我痛骂了一通,依我看,除了我和他犯了风流罪孽以外,你还出于庸俗的偏见,认为我不该跟一个地位卑贱的人勾搭,好像我找一个高贵的人就不会惹你生气似的。在这方面,你痛骂的不该是我的过错,而是命运的过错,因为命运往往把酒囊饭袋捧到很高的地位,而大有作为的人却给埋没。

"这一点暂且不说,我们不妨辨辨事理。你要明白,世人都是圆颅方趾,造物主创造他们的时候给了他们同样的品德、才智和力量。我们既然生来平等,区别我们的主要标准就是品德,具有更好的品德,行为高贵的人才算高贵,反之则不高贵。可是倒行逆施的习俗歪曲破坏了那条法则,这不能归咎于造物主或者原先的好风气。在行为上表现出高贵品德的人显然高贵,如果有人说他们不高贵,只能怪贬低他们的人,不能怪他们自己。你不妨看看你宫廷里的贵族,掂量掂量他们的品德、作风和行为,再拿圭斯卡多跟他们比较。如果不存偏见,你就会发现圭斯卡多高贵无比,而你的贵族们卑鄙不堪。至于圭斯卡多的品德和价值,我不是根据别人的意见来判断,而是从你嘴里听说,用我自己的眼睛看到的。凡是一个品德高尚的人应该受到的称许和赞扬,你不是都加到了他的身上吗?你这样做并非没有道理,如果我没有弄错,你赞扬他的每一句话我认为他都当之无愧,事实上你的赞扬还远远不够。如果说我有受骗的地方,那就是你贬低他的地方。你不是说我勾搭上一个地位微贱的人吗?如果说他贫穷,这倒可以承认,不过于你并不光彩,因为你不懂得提拔一个好臣仆,何况贫穷只是没有钱而已,不影响一个人的高贵品质。将相本无种,不少王公贵族出身贫苦,许多种田放羊的人以前也有过钱。至于你提到的最后一点,也就是说,你打算怎么处置我,你不必多费心思。如果你在垂暮之年打算干你从未干过的事,也就是说,干些残忍的事,你尽管把你的残忍加在我身上,我绝不会求你发慈悲。再说,这件罪孽(如果算是罪孽的话)首先由我负责。我告诉你,如果你不用对付圭斯卡多的办法对付我,我就自己采取行动。现在你去和妇女们一起哭泣吧,把你的严厉手段痛痛快快地拿出来处置他和我。如果我们该当死罪,你就杀了我们,我决不皱眉。"

亲王知道他女儿心气高傲,但不相信她真会按她说的去做。因此,他离开吉斯蒙达的时候并不想用严厉的手段对付她,而打算用别的办法遏制她的炽热爱情。他命令看守圭斯卡多的两个人晚上偷偷地把他绞死,剜出心再来回话。那两个人执行了他的命令。

第二天,亲王吩咐取来一个精致的黄金大酒杯,把圭斯卡多的心放在杯子里,派一个心腹仆人给吉斯蒙达送去,并传话说:

"你父王把这个给你送来,用你最爱的东西安慰你,正如你用他最爱的东西安慰他一样。"

昨天,吉斯蒙达在父亲离去时,决心已定,命人采来剧毒植物,熬成汁水,准备万一她担心的事果真发生,就派上用场。仆人送来亲王的礼物,传达了亲王的话。她面不改色,接过金杯,打开盖子,看到了那颗心,明白了传达给她的话,完全确定那是圭斯卡多的心。她抬眼对仆人说:

"这是一颗高尚的心,只有金子的容器才配得上埋葬它,我父亲做得很得体。"

说着,她把那颗心凑到唇边,吻了一下,又说:

"我一直觉得父亲对我关怀备至,在我生命的最后时刻也不例外,甚至比任何时候更多,请替我为这件了不起的礼物向他表示我最后的谢意。"

她说罢直瞅着那颗心,把金杯紧紧贴在胸前,又说:

"我全部欢乐的最甜蜜的归宿,让我亲眼见到你现在这副模样的人多么残酷,真该受到诅咒!其实我梦魂萦绕,用心灵的眼睛看了你不知有多少遍!你已经走完了命运为你安排的道路,抵达了世人都要走到的终点。你已经摆脱了尘世的苦恼和辛劳,你的敌人给了你当之无愧的坟墓。你的葬礼都已齐全,只缺生前最爱你的人的眼泪,现在眼泪也不缺了,因为天主让我那狠心的父亲把你送到我面前。我这就把眼泪奉献给你,尽管我先前打算不流泪、不动容地死去。我蒙你厚爱,我的灵魂马上就会和你相聚。我要前往等待着我的陌生的地方,有你相伴,哪能不平静,不满足?我敢说,你的灵魂还在这颗心里,凝视着你我欢乐过的场所。我敢说,你仍然爱我。请等着我的爱你至深的灵魂吧。"

她不像一般妇女那样号啕大哭,但泪如泉涌,汩汩不断地洒在她俯视着的金杯里。同时,她吻着那颗死去的心。她身边的侍女们听不懂她这些话的意思，也不知道那颗心是谁的，但是见她哭得伤心，也跟着哭了起来，同情地问她为什么哭。好几个侍女想尽办法安慰她。她哭了一会儿，然后抬起头，擦干眼泪说：

"啊，我钟爱的心，我该为你做的都已经做了，现在只剩下一件事，那就是让我的灵魂陪你同行！"

她吩咐侍女把熬好的毒汁拿来，注入那个和泪放着心的金杯里，举到嘴边，毫无惧色地一饮而尽。接着，她捧着金杯上了床，尽可能躺得端庄，把死去的情人的心放在自己心口，一言不发，等待死神降临。

侍女们见到这情景，听到这番话，不知道她喝下去的是什么，派人去报告亲王。他担心真的会出事，匆匆赶到女儿的卧室，见她刚躺下，想用好言好语安慰她，但为时已晚……他发现女儿走上绝路，放声痛哭起来。女儿对他说：

"你这些眼泪还是留到不是自作自受的场合再用吧，坦克雷迪，我不需要，别为我哭。你已经如愿以偿，还哭什么？话虽这么说，如果你还存一点爱我之心，我求你为我做最后一件事：你虽然不愿意我生时偷偷地同圭斯卡多在一起，现在我希望你能公开地把我的尸体同他合葬，不论你已经把他埋在什么地方。"

亲王老泪纵横，泣不成声。吉斯蒙达感觉死期已到，把那颗死去的心贴在自己心口说：

"天主保佑你，我去了。"

她合上眼睛，丧失了知觉，从痛苦的生活中得到了解脱。

吉斯蒙达和圭斯卡多的结局就是如此悲惨。坦克雷迪亲王哭了很久，后悔不该这么残忍，但为时已晚。萨莱诺的居民们都来哀悼这对情人,把他们隆重地合葬在一起。

二

阿尔贝托修士欺骗一位太太,说大天使加百列爱她,冒充天使多次和她睡觉。后来被那位太太的亲戚识破,逃出她家,躲在一个穷人的住处。第二天,穷人装成赶集的山里人把他带到广场,别的修士认出阿尔贝托,抓他回去加以禁闭。

菲亚梅塔讲故事时,女伴们几次热泪盈眶。故事结束以后,国王愀然说:

"吉斯蒙达和圭斯卡多在一起时的欢乐,能让我得到一半的话,我情愿付出生命的代价。你们不必为此感到奇怪,因为我虽然活着,可无时无刻不比死还难受,没有丝毫欢乐。不过我的情况暂且撇开不谈,我希望潘皮内娅讲一些和我的遭遇相似的悲惨故事。如果她顺着菲亚梅塔开了头的思路走下去,我心头的烈火肯定能得到一些甘露的滋润。"

潘皮内娅从女伴的情绪中已经了解她们的喜好,从国王的话里却摸不透他的心思,她接到国王的命令,认为与其让国王满意,还不如让女伴们高兴,决定不越出规定的范围讲一个好笑的故事,于是说:

人们常说:"坏蛋骗取了好名声,干了坏事也没人疑心。"我根据这句谚语可以讲许多不偏离今天的主题的故事,顺便还可以揭露教士们的伪善。他们披着宽大的法衣,故意把脸色弄得苍白,恳求施舍时低声下气,温和恭顺,申斥别人的恶行劣迹时则倒打一耙,声色俱厉。他们从别人口袋里掏钱,还要别人痛痛快快地给,仿佛这样才能得到永生。甚至可以这么说,他们似乎不是和我们一样的力争进入天国的凡夫俗子,而是天国的拥有人和分配人,有权按照死者献给他们的钱财的多寡,指定给他一块地盘。他们以这种人物自居,首先欺骗了自己,其次也欺骗了那些相信他们鬼话的人。到了合适的时候,如果容我揭露,我自会让许多头脑简单的人看看修士们的长袍里面藏的是什么货色。但是今天我只讲一个修士地位不高、年纪不轻、但凭他一套鬼话竟被奉为威尼斯最有权威的方济各会修士之一,结果遭到天谴,大快人心的故事。

可敬的女郎们,从前伊莫拉有个名叫贝尔托·德拉·马萨的坏蛋,他心黑手辣,无恶不作,许多伊莫拉人都吃过他的亏。后来他的名声太坏,休说坑蒙拐骗,即使讲了真话也没有人信他。他眼看在伊莫拉已混不下去,灰溜溜地到了藏垢纳污的威尼斯,决意改头换面,采取和以往完全不同的方式来施展他的伎俩。他似乎由于以前罪孽深重而受到良心责备,变得特别谦逊,皈依了天主教,比谁都虔诚。他改名为阿西西的阿尔贝托,披上修士的长袍,开始装着过清苦的修士生活,开口闭口只谈忏悔斋戒的好处,没有合意的酒肉就不吃肉不喝酒。人们还没怎么注意,他突然从小偷、无赖、骗子、凶手变成一个出色的传道士。当然,只要有机会干坏事而不被发觉,他继续偷偷地干。后来,他当上了神父。在讲坛上布道时,如果听众很多,他就大谈耶稣受难,痛哭流涕,因为他随时要哭就能哭,不花什么力气。总之,他凭一张能说会道的嘴和呼之即来的眼泪把威尼斯人骗得服服帖帖，人们临终前几乎都请他做遗产受托人和保管人。他为许多人保管钱财，无数男女找他忏悔。这一来，他从吃羊的狼变成了放羊的牧人，他圣洁的名声在附近一带比阿西西的圣方济各①还响亮。

且说当地有个名叫莉塞塔的年轻女人，出身于著名的奎里诺家族，但本人有点傻里傻气。她丈夫是个大商人，目前带领自己的几艘帆船去了佛兰德。她闲来无事，和女伴们一起去找那个圣洁的神父忏悔。神父听说她是威尼斯人，而威尼斯人多半淫荡好色，当她说出自己的一些罪孽以后，神父便问她有没有情人。她满脸不高兴地回说：

"神父先生，难道你脸上没长眼睛？难道你认为我的姿色可以和一般女人相提并论？我高兴的话，爱找多少情人就有多少，可我不是野花闲草，不是随随便便的男人都有资格爱的。即使在天国，我的姿色也数一数二，像我这样的美人你见过多少？"

她翻来覆去把自己的美貌吹嘘了一通，叫人听得心烦。神父当即看出这个女人有点傻，认为在她身上大有便宜可占，突然爱上了她。但他把奉承话留到更合适的时候再用，开始责备她，数落她虚荣心太重，以及一些别的类似的问题。那女的说他粗野，连美丑都分不清。阿尔贝托神父不想惹她生气，草草让她结束了忏悔，和女伴们一起回家。过了几天，他带上一名心腹修士去莉塞塔太太家，请她屏退闲人，跪在她脚下说：

---

① 圣方济各（1182—1226），以博爱为教旨的天主教方济各派创始人，生于意大利的阿西西。

"夫人,求你看在天主分上饶恕我礼拜日对你的美貌所说的话。当天晚上我为了那些冒犯你的话受了重重的责打,直到今天才能下床。"

那位自命不凡的太太说:

"谁把你打成这副模样呢?"

阿尔贝托神父说:

"我这就告诉你。那天晚上我像往常一样在祈祷,屋里突然一亮,我还没来得及转身,只见面前已经站着一位十分英俊的小伙子,手里握着一根棍子。他揪住我的衣服,把我拉到他跟前,手里的棍子劈头盖脑朝我打来,几乎把我打散了架。我连连问他这是干什么,他说:'因为你今天狗胆包天居然敢褒贬莉塞塔太太的绝色美丽,除了天主以外,我最爱的就是她了。'我又问:'那么你是谁呢?'他告诉我他是大天使加百列。'天使长,'我说,'我求你饶了我吧。'他说:'只要你快快去找她,求她原谅,如果得到她的宽恕,我就饶你一次;如果得不到,我会再来,打得你这辈子休想起来。'他还有许多话,不过在得到你的原谅之前,我不敢说。"

那位傻里傻气的太太不动脑子,听到这些话比什么都舒服,句句信以为真,兴冲冲地说:

"阿尔贝托神父,上次我就对你说过,我的姿色在天国里也是数一数二的。我不可怜你,天主也不容。现在我就原谅你,免得你再吃苦头,不过你得把天使后来说的话原原本本告诉我。"

阿尔贝托神父说:

"夫人,你原谅了我,我当然乐意如实转告。但是我要提醒你,我对你讲的事情不能让任何人知道,否则就坏了我们的事。你准是天下最幸福的女人了。加百列大天使要我转告，他很喜欢你，假如不是怕让你受惊，他好几次晚上都想来看你。他让我转告，哪天晚上他想来和你盘桓一会儿。他身为天使，如果以本来面目出现，则不能同你一亲肌肤。为了让你得到实惠，他打算以凡人的形象光顾，因此先请你发话要不要他来，以什么形象来，好按你的意思办。这真是你的福气，世上任何一个女人都不能和你相比。"

那位不开窍的太太说，大天使加百列爱上她真让她高兴，因为她也很爱他，无论在什么地方见到他的画像时总忘不了在他面前点一支小蜡烛。她又说，天使什么时候想来就来，什么时候她都方便，都欢迎，因为她屋里只有她一个人。不过有个条件，他跟她相好后不能抛下她去找圣母马利亚，因为她听说大天使很爱慕圣母，每见到她就跪倒在她脚下。她又说，天使来时随便用什么形象，只要不吓人就行……

阿尔贝托神父又说：

"夫人，你的话合情合理，我一定转达。不过你可以给我一个极大的恩典，那就是你要求天使借我的形体前来，因为他借我的形体时先得把我的灵魂抽出来寄放在天国，他和你在一起待多久，我的灵魂就能在天国待多久。"

那位愚不可及的太太说：

"没问题，你为了我挨了一顿揍，我总觉得对不起你，这一来你也可以得到一点补偿。"

阿尔贝托神父说：

"那我们就说定，今晚你别锁门，好让大天使进来，因为他既然以人的形象光临，只能从门里进出。"

那女的回答说一定照办。阿尔贝托神父走后，她心花怒放,手舞足蹈,觉得时间过得太慢,大天使加百列来到之前的这段时间比一千年还长久。阿尔贝托神父知道他晚上扮演的角色是驰骤的骑手而不是天使,便吃了不少蜜饯和别的好东西,养精蓄锐。晚上,他向住持告了假,带上一个伙伴去他往日想骑牝马时常去的一个女友家。等到该去莉塞塔处的时候,他带了一些道具,装扮成天使,登堂入室,进了莉塞塔的房间。

她看见一个白乎乎的人形,赶忙下跪。天使祝福了她,扶她起来,打手势让她上床。她不敢怠慢,唯命是从,天使很快就和虔诚的信女睡在一起。

阿尔贝托神父原是条精壮的汉子,长相也不坏,遇上独居的娇憨的莉塞塔太太,少不了加意奉承,和她的丈夫大不一样。那晚他虽然没有翅膀,却也上下翻飞,使她十分满意。此外,天使还把天国里许多荣耀的景象讲给她听。快天亮时,神父收起道具离开,去找他的伙伴。那家的女主人怕他的伙伴独睡害怕,陪了他一宿。莉塞塔早餐后去看阿尔贝托神父,告诉他大天使加百列昨晚去了她家,向她解释有关永恒荣耀的事,干了些什么,怎么干的,还添枝加叶,说得天花乱坠。阿尔贝托神父说:

"夫人,我不知道你和他之间的事,只知道昨晚他来我这里,我把你的话转告了他,他突然把我带到一个长满玫瑰和各种鲜花的地方,姹紫嫣红,风光旖旎。我一直待到今天早晨,至于我的躯体怎么样,我就不清楚了。"

"我刚才不是告诉你了吗?"那女的说,"大天使加百列附在你的躯体上在我怀里过了一宿。你若不信,不妨看看你左乳下有没有一个红印,昨夜我使劲吻吮天使,那个印子肯定留在你身上。"

阿尔贝托神父说:

"我今天就做一件好久以来没有做过的事,脱光衣服看看你说的是不是真有其事。"

他们两人聊了好久,女的才回家。之后,阿尔贝托神父又以天使的形象去了莉塞塔家多次,都很顺利。有一天,莉塞塔太太和一个女伴闲谈两人谁美的问题,为了压倒所有的女人,她没遮没拦地说:

"假如你知道我的美丽打动了谁,你就没话可说了。"

女伴很了解她的脾气,套她的话说:

"你讲的也许是真话,太太,不过没有指名道姓等于没讲,你要说得明白些人家才会相信。"

莉塞塔胸无城府,一着急脱口而出:

"本来是不该说的,不过我的情人是大天使加百列,他爱我胜过爱他自己,并且认为我是世上最美的女人。"

女伴几乎笑出声来,她太了解莉塞塔了,说道:

"你讲的也许是真话,太太。如果加百列天使是你的情人,当然好说。不过我不相信天使会干出这等事来。"

莉塞塔分辩道:

"那你就错了。天哪!他干得比我丈夫还棒。他说他和我在一起也十分快活,因为他认为我比天国里的仙女更美。他爱上了我,三天两头来找我,你明白了吗?"

女伴从莉塞塔家里出来以后,迫不及待要找个闲谈的地方。正好有一批女人在聚会,她把这件新闻详详细细告诉了她们,她们又告诉了各自的丈夫和别的女人,一传十,十传百,不出两天,威尼斯全城都知道了这件艳事。莉塞塔有几个叔伯兄弟也听说了,他们沉住气,决定先察访一下是何路天使,究竟会不会飞,一连几晚埋伏在莉塞塔家附近。不巧的是,阿尔贝托神父还蒙在鼓里,一无所知。一晚,他刚脱光衣服,那位太太的叔伯兄弟发现了情况,一拥而上,堵在卧室门外要捉奸。阿尔贝托神父听见外面人声嘈杂,知道事情不妙,跳下床,打开一扇窗户,跳进窗下的大运河里。运河水不很深,他水性不坏,没有损伤,发现河对岸有座房子开着门,湿漉漉地进去求屋主人救他一命。他编出一套话,解释他为什么半夜三更会一丝不挂地洇水逃来这里。屋主人心地善良,很可怜他的处境,但有事在身,便让神父先躺在他的床上,等他回来。他反锁好门,出去办他的事去了。

莉塞塔的叔伯兄弟闯进卧室,只见大天使加百列的翅膀,不见他的踪影,扑了一个空,大失所望,把那女的骂得狗血喷头,带了天使的道具各自回家。

天亮以后,收留阿尔贝托的那个屋主来到里亚托桥①,听人谈起大天使加百列昨晚和莉塞塔睡觉,被女的亲戚等个正着,跳进了运河,下落不明。屋主猜想躲在他家的准是大天使,回去以后就点破了他,要挟说要把他交给那位太太的亲戚,除非他掏出五十枚金币。阿尔贝托神父走投无路,只好答应。神父想从那里脱身,那个好人又说:

"外面风声很紧,你出不去,不过有个办法,你愿意的话可以试试。今天正好是个节日,人们化装成狗熊、野人或者别的什么动物,由别人牵着,在圣马可广场举行狩猎赛会,狩猎完毕节日也就结束,大家牵着化装的动物爱去哪里就去哪里。

---

① 里亚托桥是威尼斯大运河上的著名桥梁,建于一五八八年。

你如果同意,我可以把你装扮成一个动物,带你去你想去的地方,谁都认不出来。除此以外,我看不出有什么办法,因为那位太太的亲戚派人把守各个路口要抓你。"

阿尔贝托神父虽然觉得这样出去太不像话,但莉塞塔的亲戚咄咄逼人,他怕惹出麻烦,便对那人说,既然没有别的办法,只好这么着了。那人在他身上抹了蜂蜜,粘上些羽毛,给他脖子套上一根铁链,脸上蒙了面具,让他一只手拿根大棒,另一只手牵着两条从肉店弄来的狗,同时派人到里亚托桥上宣布:想看大天使加百列的快去圣马可广场。不少虔诚的威尼斯人果真去了。那人用铁链牵着天使来到广场,广场上已经熙熙攘攘挤满了人,有的是跟在他们后面来的,有的是在里亚托桥上听到公告自行赶来的。大家打听说:"那是谁呀?那是谁呀?"那人到了地势高一些、比较显眼的地方,把他牵来的野人拴在一根柱子上,似乎等候狩猎赛会开始。神父身上涂的蜂蜜招来大量苍蝇和牛虻,叮得他狼狈不堪。那人看见广场上的人快站满了,像是要解开野人脖子上的铁链,却突然揭下阿尔贝托神父的面具,高声说:

"先生们,野猪没有参加狩猎赛会,不能让各位白来。现在请各位看看大天使加百列吧,他从天国降临人间,来安慰威尼斯的太太们。"

面具揭下,大家认出阿尔贝托神父,一下子群情激愤,像开了锅似的。大家用最难听的话骂他,还有人朝他脸上扔脏东西,揶揄他,羞辱他,折腾了好久。消息传到修道院,六个修士匆匆赶来,用一件长袍把他裹了,解开他脖子上的铁链,领了回去。一路上还有不少人跟着,闹得满城风雨。到了修道院他就给禁闭起来,听说日子很不好过,郁郁而死。他表面装作好人,骨子里无恶不作,后来竟敢伪装成大天使加百列,到头来成了野人,遭到万人唾骂,啮脐莫及。天主有眼,所有像他这样的坏蛋都该遭到报应!

三

> 三个青年爱上三姊妹,合伙逃到克里特岛。大姊妒杀丈夫,二妹营救大姊失身于克里特岛公爵,二妹夫杀了二妹,带着大姊逃跑。三妹和她丈夫代人受过,但贿赂了监狱看守,逃到罗得岛,潦倒终生。

菲洛斯特拉托听潘皮内娅讲完了故事,沉吟一下说:

"你的故事结尾不错,差强人意,但前面害我笑得多了一些,违反了我的本意。"

他转向劳蕾塔说:

"如果可能,请你接下去讲一个好一点的故事。"

劳蕾塔笑着回答说:

"你总是希望有情人下场悲惨,未免太残忍。为了让你满意,我讲的是一个有关三对情人的故事,他们刚尝到一点爱情的欢乐,结局都不妙。"

接着,她不慌不忙地说:

年轻的女郎们,你们很清楚,有七情六欲的人①往往发现

---

① 天主教教义认为,骄傲、贪吝、色欲、愤怒、妒忌、饕餮、懒惰是人的七大罪过。

某种情欲不加节制会害了自己，有时也会害别人。我遵照国王的意图，讲一个有关三对情人的故事。我认为把我们恣意引向罪恶的情欲中间，最坏不过的是愤怒。它是一种不经思索勃然而兴的情绪，由我们感到某种不快而起。它蒙蔽了全部理智，模糊了心灵的眼睛，在我们胸中燃起强烈无比的怒火。这种情况不仅会出现在男人身上（当然有程度大小之分），也会出现在女人身上，并且危害更大，因为她们比男人更沉不住气，为了一点小事就会发火，火气更旺。这一点并不奇怪，我们研究一下事理就会看到，纤巧柔软的东西比坚强沉重的东西更容易被火点燃。我们女人（希望男人们不要见怪）比他们精细，也比他们轻灵得多。既然我们生性容易发怒，加以我们的温顺和善良对于同我们交往的男人来说是莫大的慰藉，而我们的愤怒又十分危险麻烦，我现在就要讲一个有关三个青年和三个女郎的故事，由于其中一个女郎的愤怒，他们从幸福的峰顶跌入不幸的深渊，各位听了自会明白。

各位知道，普罗旺斯沿海城市马赛历史悠久，经济发达，从前的富人巨商比现在要多。其中有个名叫阿纳尔德·奇瓦达的商人，出身低微，但精明能干，信誉卓著，攒下不少产业和钱财。他妻子给他生了很多子女，前面三个是女的。最大的两个是孪生，名叫尼内塔和玛达莱娜，已经十五岁了，第三个十四岁，名叫贝尔泰拉。阿纳尔德当时在西班牙经商，等他回来就要给三个女儿操办婚事。

一个家道中落的贵族青年，雷斯塔尼奥内，爱上了尼内塔，尼内塔对他也有意思。由于行事谨慎，两人的恋情竟没被发觉。后来又有两个青年人，一个叫福尔科，另一个叫乌盖托，父亲先后去世，他们继承了大宗财产，分别爱上玛达莱娜和贝尔泰拉。雷斯塔尼奥内从尼内塔那里听说此事,觉得那两个青年的爱情有助于解决他的经济困难,便和他们交上朋友,有时和其中一个有时和两个一起去看他们钟情的姑娘。日子一久,他认为他们之间的交情已经到了推心置腹的程度,一天把两人请到他家,对他们说:

"亲爱的朋友,我们相识有些日子了,你们总能看出我对你们的深厚感情吧?你们的事就是我的事,我愿尽心尽力为你们效劳。正因为我对你们有深厚的感情,我想把我的一个主意如实告诉你们,你们觉得合适,我们就一起干。我从你们平时说的话和做的事里看出,你们深深地爱上了那两姊妹,正如我爱着她们的大姊一样。如果你们同意我的计划,我认为你们的愿望很容易实现。你们很有钱,我比较拮据。假如你们不计较,我们把钱合在一起用,我想办法找个安稳的地方,带了三姊妹去那里过幸福生活。我的心告诉我,那三个姑娘会带着她们父亲的大笔钱财心甘情愿跟我们到我们想去的地方。到了那里,我们三个厮守着各自的情人,像兄弟那样共同生活,成为世界上最称心如意的人。就看你们是否同意了。"

两个在热恋中的青年人听说他们的情人能跟他们走,回说这个主意只要行得通,他们哪有不赞同的道理。雷斯塔尼奥内心里有了底,过几天就费了一些劲设法同尼内塔会面。两人闲聊了一会儿,雷斯塔尼奥内就把他和另外两个青年商量的事告诉了她,然后费了一些口舌说动了她的心。其实这并不难,因为她也希望和他朝夕相处,省得偷偷摸摸,老是要设法避人耳目。她说她的妹妹会听她的话,她完全可以做主,让他尽快做好一切准备。雷斯塔尼奥内便去找那两个渴望实现商定计划的青年,告诉他们说,三姊妹方面没有问题。他们决定去克里

特岛,推说要筹款经商,变卖了家产。他们凑拢钱,买下一艘双
桅帆船,秘密配备好一切应用物品,等候约定出发的日子。尼
内塔了解两个妹妹的心思,花言巧语怂恿她们一起逃跑,说得
她们心痒难熬,只盼计划早日实现。到了约定登船的那个晚
上,三姊妹打开父亲的一个大箱子,取出许多珠宝和金钱,悄悄
离家,和三个情郎会合后一起上了船,立即启碇出发。他们一
路没有停靠,第二天下午到了热那亚,三对男女第一次尝到了
爱情的乐趣。他们补充了一些必需的供应,继续航行,从一个
港口到另一个港口,第八天清晨顺利到达克里特岛。

他们在岛上购置了大片风景优美的土地,招了当地的工
匠盖起华丽舒适的住宅,雇用了许多男女仆役,豢养了猎犬、
猎鹰和马匹,经常宴请宾客或参加聚会,和他们的女人过着王
公贵族的生活,成了世上最心满意足的男人。

喜新厌旧的事是常有的,在雷斯塔尼奥内身上也发生了。
雷斯塔尼奥内热恋过尼内塔,没费多大的劲就把她弄到了手,
现在却对她产生了厌倦情绪,不再爱她了。在一次聚会上,他
遇到当地一位年轻俊俏的小姐,竟失魂落魄地爱上了她,向她
大献殷勤。尼内塔看在眼里,醋意大发,闹得不可开交,从此
对他的一举一动盯得死死的,整天唠唠叨叨地数落他,弄得他
日子很不好过。山珍海错吃得太多也会餍饱,越是吃不到的
东西越吊人胃口。尼内塔的烦扰反而激励了雷斯塔尼奥内另
求新欢的欲望。日子一长,不知是雷斯塔尼奥内真的得到了
那位小姐的爱情,还是尼内塔认定他有外遇而将自己的气恼、
怨恚、愤怒交织在一起,她对雷斯塔尼奥内的旧情变成了毒
恨,毒恨蒙住了她的眼睛,她觉得只有杀了负心人才能解恨,
洗雪她自认为已蒙受到的侮辱。

她认识一个精于配制毒药的希腊老太婆，便瞒着人送了一些财物，求老太婆为她熬了一种剧毒的药汁。一天下午，雷斯塔尼奥内燠热口渴，尼内塔抓住机会在他喝的东西里下了毒。第二天毒性发作，青年人一命归天。福尔科、乌盖托和他们的爱人不知内情，听说雷斯塔尼奥内暴毙，十分伤心，和尼内塔一起痛哭，隆重地为他办了丧事。

　　过后不久，向尼内塔提供毒药的老太婆干了别的坏事，案发被捕。她经不起严刑拷打，供出全部罪行，包括尼内塔做的那件事，说明了前因后果。克里特岛公爵没有打草惊蛇，悄悄派兵包围了福尔科的邸宅，抓走了尼内塔。不等用刑，尼内塔就说出雷斯塔尼奥内暴毙的真相。公爵私下向福尔科和乌盖托打了招呼，通知他们为什么要拘捕尼内塔，他们赶紧告诉了两个妹妹。犯下这等罪恶的处罚是用火刑烧死，大家十分惊慌，绞尽脑汁要营救尼内塔。但是公爵决意秉公办事，他们的一切疏通说项仿佛都无济于事。

　　三姊妹中间，玛达莱娜长得最出色，公爵一直想亲芳泽，但她从没有同意。现在她想由她出面也许能救姐姐一命，便托了一个干练的家人向公爵表示她可以满足公爵的一切要求，但有两个条件：一是免她姐姐一死，放她回家；二是公爵和她的事要保密。公爵听了口信很合心意，盘算下来认为可以办到，接受了条件。他事先向玛达莱娜通了气，伪称要进一步讯问两个青年。一晚他把福尔科和乌盖托抓进官府，自己则偷偷地去看玛达莱娜。他先吩咐把尼内塔装进一个口袋，扬言要把她扔进大海处死，事实上把她带到她妹妹家里，当即放了她，作为那晚向玛达莱娜求欢的代价。第二天早晨，公爵离去时请求玛达莱娜同意他以后再来，同时叮嘱她要尽快把尼内塔转移到外地,否则他会受到弹劾,尼内塔则将受到审讯判处。

第二天早晨,福尔科和乌盖托从官府放了出来,听说尼内塔昨晚给扔进海里,信以为真,心想他们的爱人一定很悲痛,匆匆赶回去安慰她们。玛达莱娜虽然把尼内塔藏了起来,还是被福尔科发现了。他十分惊异,心里同时起了疑团,因为他早听说公爵在打玛达莱娜的主意,于是盘问尼内塔怎么会在家里。玛达莱娜编了一套话解释,但福尔科是精明人,说什么也不相信,逼她非说真话不可。玛达莱娜搪塞不过去,只好和盘托出。福尔科听了又气又恨,拔出剑来,不顾他女人苦苦哀求,把她杀了。他知道公爵决不会饶过他,抛下尸体不管,直奔尼内塔藏身的地方,故作镇静地说:

"你妹妹安排好送你去别处,我们赶快动身,免得你再落到公爵手里。"

尼内塔正惊恐不安,听了自然相信,希望越早离开越好,也不和妹妹们告别,胡乱拿了一些钱,晚上跟福尔科逃到海边,乘上一条小船,此后再没有人知道他们的下落。

第二天,玛达莱娜的尸体被发现,平时和乌盖托有怨隙的人去报告公爵。公爵听说他心爱的玛达莱娜死了,一怒之下亲自赶到她家,当即下令逮捕乌盖托和他的女人。他们对此一无所知,更不清楚福尔科和尼内塔出逃的事,但屈打成招,承认是他们和福尔科合谋杀了玛达莱娜。他们知道这一来性命难保,幸好家里还有一些应急的钱,便买通了看守,别的财物也来不及收拾,只身乘上一条小船,逃到罗得岛,贫困潦倒,没活多久就死了。雷斯塔尼奥内始乱终弃,尼内塔嫉恨债事,给自己和别人带来了悲惨的后果。

四

杰尔比诺违反了他祖父圭列莫国王做出
的保证,袭击突尼斯国王遣嫁公主的船只,企
图夺走公主。船上的人杀了公主,杰尔比诺
杀绝船上的人,回去以后自己也掉了脑袋。

劳蕾塔讲完了故事,听的人无不为那三对情人的不幸而
叹息,有的同情这个,有的为另一个扼腕,有的谴责尼内塔因
怒误事,有的另有自己的见解。国王仿佛从沉思中清醒过来,
抬眼向艾莉莎示意,让她接下去讲。艾莉莎谦逊地开口说:

可爱的女郎们,很多人认为男女之间一见钟情的事是常有
的,如果说未经目睹,光凭耳闻就堕入情网,肯定会招来嘲笑。
我现在讲的故事将要证明那些人错了,故事里的男女主人公从
未见过面,只听传说,竟然相爱,并且落得一个悲惨的结局。

西西里人民拥戴的西西里国王圭列莫二世有一子一女,
儿子名叫鲁杰里,女儿名叫康斯坦察。鲁杰里英年早逝,遗有
一子名叫杰尔比诺,由祖父悉心照看,长成一个英俊青年,温
文尔雅,武艺也十分了得。他的名声超越了西西里,传到世界
各地,在当时向西西里国王纳贡的巴贝里亚也无人不晓。[①]

---

① 历史上从一一六六年至一一八九年统治西西里岛的圭列莫二世并无子
女,鲁杰里和康斯坦察实际是他祖父鲁杰里二世的子女,也就是他的伯
父和姑母。巴贝里亚是古时埃及以西的非洲北部海岸地区的总称,包
括现在的利比亚、突尼斯、阿尔及利亚、摩洛哥等国,当时只有突尼斯向
西西里纳贡。

杰尔比诺的美名也传到了突尼斯国王的一个女儿耳里。突尼斯公主天生丽质、雍容娴雅,见过她的人都赞不绝口。她平时爱听人们谈论英雄人物,特别仰慕杰尔比诺的事迹,常常设身处地想象杰尔比诺完成英雄业绩的情景,后来竟炽热地爱上了他,自己谈起他时特别兴奋,听别人谈他时心醉神怡。

公主的绝色美丽和高尚情操也遐迩闻名,传到西西里,引起了杰尔比诺的兴趣,正如她爱慕杰尔比诺那样,杰尔比诺也对她产生了强烈的爱情。他盼望找个正当的理由,得到国王,也就是他祖父的许可去突尼斯见见公主,但一直没有如愿。因此,凡有朋友去那里时,他总是委托他们转达他对公主的爱慕,并带回公主的消息。一个朋友不负所托,巧妙地扮作商人带去女用饰物,见到公主,转达了杰尔比诺的景仰之情,表示他全心全意愿为公主效劳。公主接待了使者,得到口信很是高兴,回答说她也怀有同样的热情,并把她最珍爱的一件饰物送给杰尔比诺作为表信。杰尔比诺拿到信物如获至宝,仍托那位朋友几次带信给公主表示感谢,给她捎去贵重的礼物,说是如果有幸,希望能和她直接会面。

正当公主和杰尔比诺用这种方式互通款曲,两人相互爱慕之情与日俱增的时候,突尼斯国王决定把女儿嫁给格拉纳达①国王。她得知以后非常烦恼,心想这一来非但和她的心上人相隔更远,而且名花有主,再也没有和他结合的希望了;假如有办法,她真想从父王身边逃跑,去和杰尔比诺待在一

① 格拉纳达是伊比利亚半岛南部地区和该区首府名。历史上伊比利亚半岛曾被伊斯兰教部落割据,格拉纳达是最后一个伊斯兰小王国的据点,一四九二年被信奉天主教的西班牙双王费尔南多二世和伊莎贝尔一世消灭。

起。杰尔比诺听到公主的婚事也十分痛苦,盘算着如果公主从海路遣嫁就用武力在海上拦截。突尼斯国王对他们之间的爱情和杰尔比诺的打算略有所闻,担心他真会铤而走险干出这种事来,在遣嫁公主之前先派使臣晋见了圭列莫国王,请求防止杰尔比诺或者别人横加阻挠。圭列莫年事已高,对杰尔比诺爱慕公主之事一无所知,不明白突尼斯国王为什么要他做出这种保证,当即一口答应下来,并且把自己的一只手套给了突尼斯国王作为凭证。突尼斯国王得到保证,就在迦太基港口准备了一艘华丽的大船,配备了航行必需的物品,只等顺风便把女儿送往格拉纳达。

公主看到这一切,觉得形势紧急,偷偷派一个仆人去巴勒莫,以她的名义求见杰尔比诺,通知说几天后她将被迫去格拉纳达,那时候就可以证明杰尔比诺是不是像外面传说那么勇敢,是不是像他自己所说那样爱她了。使者把话传到,完成了使命,返回突尼斯。杰尔比诺得到消息,又听说他祖父圭列莫国王已经对突尼斯国王做过保证,不知该怎么办。他为爱情所驱使,听了公主的一番话不愿给当成懦夫,立即赶到墨西拿,准备好两条快船,招募了一批勇敢的水手,驶向撒丁岛洋面守候,因为估计公主乘的船只必定经过那里。

不出所料,不久之后公主的船果然朝他们守候的地点驶来。当时风力很弱,行驶速度不快。杰尔比诺一眼望见,对伙伴们说:

“伙计们,如果你们都像我想的那么勇敢,如果你们一直保持着爱情的冲动(依我看,没有这种冲动就没有作为),如果你们有过爱情的经验或者正处于恋爱之中,你们不难理解我的心情。我爱一个女人,正由于这种爱情,我请各位辛苦一趁,各位看到的那艘船上有我心爱的人,除了我的心上人以外,还有大量财物,你们如果是好汉,奋勇战斗,不费多大力气就能夺到。我为了一个女人发动这场战斗,如果获胜,我只要那个女人,其余的财物都归你们。天主帮了我们的大忙,现在没有风,船行不快,我们勇敢地发起攻击吧。"

其实英武的杰尔比诺根本不需要说这番话,因为他手下的墨西拿水手急于掳掠,早就跃跃欲试要干杰尔比诺鼓动他们干的事了。他们喧喧嚷嚷,纷纷表示愿意效命。接着号角齐鸣,有的拿起武器,有的奋力划桨,向大船靠拢。大船上的人望见快船靠近,由于风小,大船无法脱身,只得准备自卫反击。英武的杰尔比诺到了大船前面,喊话说,如果大船不想交战,就请负责人到快船上来。撒拉逊人问明对方是谁,便出示圭列莫国王的手套,指责他们出尔反尔,违约拦截,还说不见个高低决不投降,也不交出船上的任何人或东西。杰尔比诺站在船头,见到了公主,发现她比传说的更美,按捺不住心头的情焰,便说现在又不是用猎鹰狩猎,不需要手套,他们既然不想交出公主,只有武力解决。双方不再多话,开始射箭投石,各有不少伤亡。

杰尔比诺觉得这样打下去收效不大,便把从撒丁岛带来的一条小艇装上引火物点燃,把它推向大船。撒拉逊人见此情景,知道不是投降就是战死,便把公主带上甲板,推到船头,叫杰尔比诺出来讲话。公主哭哭啼啼,恳求饶命,但他们当着杰尔比诺面,砍下公主的头,把尸体扔进大海,说道:

"拿去吧,把她交给你们啦,你们背信弃义,只能这样对付。"

杰尔比诺眼看心上人惨遭杀害,痛不欲生,他冒着矢石,让快船靠上大船，不顾敌人拼死抵御，跳了上去，像一头饿狮冲进羊群那样左冲右突，挥舞着手中钢剑，毫不容情地杀了许多撒拉逊人。与此同时，着火的大船越烧越旺，他吩咐水手们尽可能抢劫船上的财物，然后撤回快船，虽然战胜了敌人，但仍愤愤不平。他又吩咐水手从海里捞起公主的遗体，抚尸痛哭一场，回到西西里，在特拉巴尼的乌斯蒂卡小岛上隆重地为她安葬。事后，他肝肠断绝，万念俱灰地回到家。

突尼斯国王得到船毁人亡的消息，派了使者服丧前去晋见西西里国王，申诉了经过情况，指责他言而无信。圭列莫国王十分气恼，对方理直气壮提出严惩祸首，国王无可推诿，下令逮捕杰尔比诺，不顾文武大臣的求情，亲自判决斩首，在他面前执行。他宁肯挥泪斩了孙子，也不能落下一个言而无信的恶名，遭天下人耻笑。

一对情人没有尝到爱情的甜果，短短几天之内相继悲惨地死去，这就是我要讲的故事。

五

莉莎贝塔的三个哥哥杀了她的情人。情人托梦给她，指出掩埋地点。她偷偷刨出他的头颅，埋在一盆罗勒花下，整天对花盆哭泣。哥哥们偷走花盆，她郁郁而终。

艾莉莎讲完了故事，国王少不了称赞几句，吩咐菲洛梅娜讲。菲洛梅娜十分同情杰尔比诺和他情人的悲惨遭遇，长叹一声后说：

可爱的女郎们，我故事里的人物不像艾莉莎所讲的那么高贵，但我认为情节却同样悲惨。我之所以想起这个故事，是因为刚才提到了墨西拿，我讲的故事也发生在那里。

墨西拿有三个年轻的兄弟，都是富商。他们的父亲来自圣吉米涅诺，死后留下不少钱。三兄弟有个妹妹，名叫莉莎贝塔，娴静美丽，但不知什么原因还没有出嫁。三兄弟的商号里雇了一个当地的年轻人，名叫洛伦佐，照看商号的全部事务。洛伦佐长得英俊魁梧，莉莎贝塔平时禁不住多看他几眼，对他逐渐有了好感。洛伦佐注意到了这一点，不再拈花惹草，把心思全放在她身上。一个有情一个有意，不久便满足了双方都抱有的欲望。两人相得甚欢，不免有失检点。一晚，莉莎贝塔进入洛伦佐睡觉的房间时竟被大哥觑见。大哥为人谨慎，虽然气恼，但没有当场发作，独自盘算了一夜。

第二天，他把见到莉莎贝塔和洛伦佐的事告诉了两个弟弟，商量下来决定暂时装出什么都不知道的样子，免得张扬出去对妹妹和他们自己都不光彩；一旦有机会便釜底抽薪，除掉造成羞辱的根子，而对自己又毫无损害。他们照常和洛伦佐有说有笑，一天，三兄弟借口去城外办事，带了洛伦佐同去。到了一个遥远僻静的地点，三兄弟动手杀了毫无戒备的洛伦佐，把他埋在一个不易找到的地方，回墨西拿后说他们派洛伦佐去另一个城市办事了。这种情况以前有过多次，谁都没有起疑。

洛伦佐一去不回，莉莎贝塔不时向哥哥们打听。后来时间实在太长了，她追问不休，一个哥哥不耐烦地说：

"你这是什么意思？你和洛伦佐有什么关系，为什么问个没完？你再纠缠不清,可要自讨没趣了。"

年轻的妹妹碰了一鼻子灰,不知道究竟出了什么事,不敢再问,晚上常常伤心地呼唤着洛伦佐的名字,要他快快回来。有时候她心里憋得慌就痛哭一场,整天没精打采,苦苦盼着他。

一天晚上,她为还没有回来的洛伦佐哭了很久,最后抽抽噎噎地睡着了。她忽然梦见了洛伦佐,只见他面容苍白憔悴,衣服破烂不堪,仿佛这么对她说:

"莉莎贝塔,你整天呼唤我,为我久出不归而悲伤,哭哭啼啼地埋怨我。可是你要明白,我再也回不来了,因为你最后见到我的那天,你的三个哥哥杀了我。"

接着他说明他们掩埋他的地点,嘱咐她不必再呼唤他等待他了,说完扑地而灭。

莉莎贝塔惊醒过来,深信所梦是真,又伤心地哭了一场。她早晨起身以后,不敢对哥哥们说什么,决定到洛伦佐托梦指点她的地方去看看是不是真有其事。她推说要到外面去散散心,征得哥哥们同意,带了一个知道她情况的贴身女仆,匆匆赶到梦中所见的地点,扒开枯叶,在一块仿佛虚松的土地上开始挖掘。没挖多深,就发现了一具尚未腐烂的尸体,面目仍可辨认,正是她那苦命的情人,她梦中所见果然不假。她悲痛万分,欲哭无泪,很想把尸体弄回去好好安葬,但知道根本不可能,便用刀子细心割下情人的头颅,放在包袱里,再用土盖好无头尸体。她让女仆拿着包袱,回到家里,谁都不知道有这么一回事。

她在自己的房间里关好门,捧着那颗头颅大哭,泪水洗净了头上的尘土,吻了不下一千次。然后她找了一个种罗勒或者茉乔栾那草的漂亮的大花盆,用上好的麻布包好头颅,放在花盆底层。接着铺上泥土种了几株美丽的萨勒诺罗勒,用自己的眼泪、玫瑰或橙花香水浇灌。她整天陪伴藏着她的洛伦佐的那个花盆,倾诉衷肠,然后开始痛哭,泪水打湿了所有的罗勒草。

不知是由于她长期精心照看,还是由于人头腐烂增加了土壤的肥力,罗勒草长得繁茂鲜艳,芳香四溢。街坊们注意到姑娘的奇怪习惯,一次听她哥哥们谈起不知什么原因她一天比一天憔悴,瘦得眼睛都落了膛,便说:"我们早就奇怪她为什么守着花盆哭泣。"哥哥们一听警觉起来,注意到果真有这种情况,说了她几次也不见效,便偷偷地搬走那个花盆。莉莎贝塔发觉花盆不见了,急得不行,几次三番要哥哥们还给她,他们不予理睬。她痛哭不已,终于病倒,在病中呻唤着只要花盆。三兄弟感到奇怪,想看看里面究竟有什么。他们把土翻出来以后,发现细麻布包着一颗没有烂光的人头,从蓬乱的头发上辨出是洛伦佐。他们大为惊慌,唯恐杀害洛伦佐之事败露,赶紧把头埋好,做了一些安排,装作短期外出似的,悄然离开墨西拿,逃往那不勒斯。

年轻的姑娘终日哭泣,要找回她的花盆,郁郁而死,结束了她悲惨的爱情。过了一段时间,这件事逐渐传了开来,有人编了一支歌谣,流传至今。歌谣开头两句是这样的:

> 那个坏家伙究竟是谁,
> 偷走了我的罗勒花盆?①

---

① 一八七一年比萨出版由卡尔杜齐编纂的《十三、十四世纪民间歌谣》收入了这支歌谣,说的是一个年轻姑娘为失落一盆罗勒悲叹。意大利语中"花盆"一字也作"头颅"解,以讹传讹,引出这个传说。英国诗人济慈受到启发,也写了一首诗,题为《伊莎贝尔,或罗勒花盆的故事》。

六

安德烈奥拉和加勃廖托幽会时说了各自
做的梦。加勃廖托猝死在她怀里,她和女仆
搬运尸体时被官府拿获,她说出真相。行政
长官向她求欢,遭到拒绝。她父亲知道她无
辜,要求放了她。她看破红尘,进了修道院。

女郎们听了菲洛梅娜讲的故事觉得增长了见识,那支歌
谣她们听过多次,却不知道还有这个来历。国王听完后对潘
菲洛说,该轮到他讲了。潘菲洛开口说:

可爱的女郎们,你们知道,一般人都做梦,梦中见到各种
情景觉得都真实,醒来以后则认为,有些确实可信,有些可能
发生,还有一些根本不可能。尽管如此,许多梦中所见的事真
的发生了,因此不少人像见到真人真事那样相信梦中所见,做
了符合他们心意的梦就高兴,做了可怕的梦就担心。也有人
根本不信梦中所见,结果却遇到了梦见的危险。我对这两种
人都不赞赏,因为梦境有真有假。说它不全真,我们都有亲身
体会;说它不全假,菲洛梅娜的故事已经证明。我准备讲的故
事也将证明这一点,但是我认为,只要我们白天不做亏心事,
夜里做了噩梦也不必害怕,不必违反我们问心无愧的本意。
如果做了好梦,即使梦中万事如意,也不能干伤天害理的事。
现在闲话少说,还是讲我的故事吧。

从前布雷西亚城里一位名叫内格罗·德·蓬特卡拉罗的

绅士有几个子女，其中一个女儿叫安德烈奥拉，长得十分娇美，还没有夫家。她看上邻居一个名叫加勃廖托的青年，那人家世寒微，但举止温文，仪表堂堂。靠了安德烈奥拉的侍女牵线，他和安德烈奥拉通了款曲，知道那位小姐有意于他，在她家的花园里和她多次会面，两人相处非常欢悦。后来他们私订终身，秘密结为夫妻，发誓只有死亡才能使他们分离。两人经常幽会，一晚，安德烈奥拉做了一个梦，仿佛在花园里见到加勃廖托，正把他搂在怀里，两人欲仙欲死的时候，她恍惚看到情人身上有个黑乎乎的怪物升腾而起，那怪物形状可怖见所未见，攫住加勃廖托，猛力把他从她怀里拉开，挟裹着没入地下。一晃眼，加勃廖托和那怪物都不见了。

　　她心如刀割，惊醒过来，发觉自己只是做了一个噩梦，舒了一口气。但是梦中的可怕情景历历在目，她的心还怦怦地跳个不停。当天晚上，加勃廖托说是想来找她，她找了一个借口让他千万别来，他不很高兴。为了不使他疑心她在骗他，第二天晚上还是在花园里和他相会了。当时正是玫瑰盛开的季节，她摘了许多白色、红色的玫瑰，和他来到花园一处清冽的泉水旁边，两人玩了很久，加勃廖托问她前一晚为什么不让他来。安德烈奥拉把做梦的事告诉了他，说是梦境至今使她惴惴不安。加勃廖托说相信梦里的事未免太傻了，谁都知道，晚上吃得过饱或者过少就会做梦，梦里的事荒诞无稽。他又说：

　　"如果我信梦的话，今天我就不会来了，因为我昨晚也做了一个噩梦。我仿佛在一个景物宜人的树林子里打猎，抓到一头雪白的美丽可爱的小山羊。没过多久，它就和我混熟了，依依不舍地缠着我。我也非常喜欢它，怕它走失，用一个金项圈和一条金锁链拴在它脖子上，牵着它。后来，小羊仿佛站住不走了，把头偎依在我怀里，那时不知从哪里蹿出一只猎狗，毛色乌黑，馋涎欲滴，狠狠地向我扑来。我吓得不敢抵抗，只觉它张嘴就啃我的左胸，牙齿咬住我的心脏仿佛要把心撕裂。我一阵剧痛，醒了过来，伸手去摸胸口，发现好好的，不禁笑自己太傻。它印证什么呢？这种情景，还有比这更可怕的，我梦里见得多了，可是从来没有出过什么事，因此不必白担心，我们还是玩我们的。"

安德烈奥拉为了自己的噩梦已经忐忑不安，听了加勃廖托的梦更心惊肉跳，但是为了不扫情人的兴，她强压自己的恐惧，开始拥抱他，吻他；他也使劲地搂着她，吻个不休。两人绸缪缱绻，难分难舍。可她不知为什么总有点怕，不时侧过脸去望望花园里有没有黑乎乎的怪物。加勃廖托突然吐了一口长气说：

"帮我一下，我的亲亲，我要死了。"

说罢，他就颓然倒在草地上。年轻的姑娘一见慌了手脚，把他的头抱在自己怀里，带着哭音问道：

"你怎么啦，我的心肝？"

加勃廖托喘着大气，直冒冷汗，想说话而又说不出来，不一会儿就不动弹了。年轻的姑娘爱他至深，悲痛的心情可想而知。她号啕大哭，不断呼唤他，但他毫无反应。她抚摩他的全身，发觉已经冰凉，这才相信确实没有救了。她慌了神，不知如何是好，便去找侍女，把这个悲惨的变故告诉了她。侍女本来就知道他们之间的私情，两人对着加勃廖托的尸体又哭了一场，安德烈奥拉最后说：

"天主从我身边召回了这个人，我也不想活下去了，不过我在自寻短见之前还得想想办法维护我的名声，不能让人知道我的恋情。他的可爱的灵魂已经离去，留下这个躯体，我们也得想想办法掩埋它才好。"

侍女说：

"小姐，你千万不能有自寻短见的想法。你在这个世界失去了情人，如果自杀，到了另一个世界也找不到他，因为自杀的人是要下地狱的，而他是个好小伙子，我准保他不会进地狱。你还是平静下来，为他的灵魂祈祷，或者用别的办法超度他，他生前难免有些罪孽，需要别人祈祷超度。至于掩埋，在这个花园里倒是最方便，不会被人发觉，因为谁都不知道他来过这里。你如果不愿意这么做，我们不妨把他抬出花园，挪到外面，明天早晨自会有人发现，把他弄回家，由他家里的人安葬。"

安德烈奥拉虽然在痛哭，还是听清了侍女出的主意。对于第一点，她觉得不合适。对于第二点，她有些改进的想法：

"把和我相知相爱，又同我结为夫妇的人像狗一样扔在街头，天主不容。我已经为他痛哭，希望他也能得到亲戚们的眼泪。我知道该怎么办了。"

她吩咐侍女去把藏在柜子里的一幅绸缎取来，铺在地上，两人把加勃廖托的尸体抬上去，用一个垫子枕在他头下。然后她挥泪为他阖上口眼，用他们两人先前采摘的玫瑰花编了一个花环，套在他脖子上，余下的花朵全洒在他身体周围，对侍女说：

"从这里到他家门口没有多少路，你我二人把他抬去搁在门口。再过一会儿天就亮了，他家里的人会出来收尸。这对他的亲人当然不是愉快的事，但我多少可以自慰，他毕竟是在我怀里咽气的。"

说着,她又扑在尸体上,泪如雨下,哭了好久。侍女见天快亮了,一再催促,她才从自己手上捋下结婚戒指戴在加勃廖托手上,说:

　　"亲爱的丈夫,这是你生前所爱的人给你的最后的礼物。如果你的灵魂见到了我的眼泪,如果你的灵魂离开后你的躯体不再有知觉,仍请你收下吧。"

　　她再一次抱住尸体告别,站起来以后就和侍女一起拽紧兜着尸体的那幅绸缎,出了花园,朝青年人的家门口走去。事有凑巧,行政长官的几名兵丁巡街时正好走过附近,撞上抬尸的两个女人,当场抓住。安德烈奥拉本来痛不欲生,见到官府的巡丁毫无惧色,对他们说:

　　"我看出你们是谁,知道逃也没用。我可以跟你们去官府把事情说清楚,我跟你们走。不过谁都不准碰我,也不准动那具尸体,不然我就在长官面前告你们。"

　　巡丁果然不敢碰她,由她和侍女带着尸体前去官府。行政长官得到禀报起来在办公室听她讲了事情前后经过。长官找来几个医生,要他们验明那人有没有被毒死或者谋害的迹象。医生检查后一致确认是心脏附近一条血管破裂引起猝死。长官听了医生的报告,知道那姑娘没有什么大过错,但他想乘人之危占点便宜,就对姑娘说,如果她能满足他的要求,他可以放她回家。长官看她没有依从的意思,便要动强。安德烈奥拉火冒三丈,不知哪里来的力气,拼死抵拒,还疾言厉色痛骂长官。天亮以后,内格罗先生得知昨晚的事,慌忙带了许多朋友前往官府。他听长官谈了案情,便请求让他把女儿领回家。长官曾想非礼没有得逞,于是采取主动,称赞那姑娘的坚贞,承认自己曾对她有过邪念,见她如此节烈,不由得对她产生了敬爱,提出如果她父亲同意,尽管她曾和一个出身低微的人结为夫妻,他还是乐意娶她为妻。他们正谈论时,安德烈奥拉来到父亲面前跪下说:

"我的胆大妄为和不幸你大概都知道了,不须我再重复。我恭顺地求你宽恕我的过错,我不该瞒着你和人结为夫妇。我现在不是为了贪生求你宽恕,而是希望至死仍是你的女儿,不要成为你的敌人。"

她说罢伏在父亲脚下大哭。内格罗先生上了年纪,性情仁慈,听了这番话也流下眼泪。他和善地扶起女儿说:

"女儿啊,我固然希望你找一个我认为配得上你的丈夫,不过你既然找了一个合你自己心意的人,我也觉得高兴。你向我隐瞒了这件事自然伤了我的心,因为这说明你对我不够信任,但使我更伤心的是,在我知道真相之前你已失去了丈夫。如果他活着,为了让你高兴,我也会同意你和他结婚的。如今他死了,我仍然愿意把他当作女婿一样为他举行葬礼。"

老人转身吩咐几个儿子和亲戚立即为加勃廖托举行隆重的葬礼。与此同时,加勃廖托的亲属和城里的男男女女听到这消息也赶来了。死去的青年躺在安德烈奥拉的绸缎上,有她的玫瑰花围绕,给挪到官府院子里。为他恸哭的除了安德烈奥拉和他的亲戚之外,还有城里所有的女人和许多男人。出丧时不像一般平民而像贵族,由城里的头面人物用肩膀抬着,从官府大院一直走到墓地。

几天以后,行政长官又向内格罗先生说起那门亲事。老先生转告了女儿,她根本不予考虑。征得父亲同意后,她带着贴身侍女进了城里一所以圣洁著称的修道院,当了修女,从此晨钟暮鼓,过着清心寡欲的生活。

七

西蒙娜爱上帕斯奎诺，两人在花园游玩。帕斯奎诺用一片丹参叶擦牙，突然倒毙。西蒙娜有谋杀嫌疑被捕，在向法官说明情况时也用那株植物的叶子擦牙，当场丧生。

潘菲洛讲完了故事，国王并没有同情安德烈奥拉的表示，他的眼光落在艾米莉娅身上，打个手势让她接着讲，她随即说道：

亲爱的姐妹们，潘菲洛的故事使我想起另一个故事，女主人公像安德烈奥拉一样，也是在花园里失去了情人，也给拘捕，得到释放，但不是由于她的坚贞或家里的权势，而是由于始料不及的死亡。我们曾经说过，爱神虽然出入富贵人家的深院大宅，遇到穷巷陋舍并不是过门不入的。她在富人中间显示出强大的力量，在穷人中间偶尔也抖搂一下威风。虽说这一点并没有贯穿我要讲的故事，但在许多地方可以看到。故事的背景是佛罗伦萨，我们已经讲过许多别的地方，现在回到我们自己的城市来吧。

不久以前，佛罗伦萨有个名叫西蒙娜的年轻姑娘，父亲是穷苦人，家境贫寒，但她长得眉清目秀，颇有姿色。她不得不依靠双手劳动，纺织羊毛线挣钱糊口，但并不因此而自怨自艾，认为自己无福领受爱情了。有个名叫帕斯奎诺的青年人给羊毛作坊的老板干活，专门到各个纺线女工家分送羊毛，境况和她不相上下,但长相和谈吐举止都讨人喜欢,拨动了西蒙娜的心弦。她对这个小伙子一往情深,但不敢贸然表露,纺线时想起送羊毛的人便长吁短叹,把满腔炽热的思念织进毛线里。小伙子给老板干活很卖力,尤其勤于往西蒙娜家送羊毛。一个有情,一个有意。一天,小伙子比往日更大胆,西蒙娜也一改常态,不那么胆怯羞涩,两人便成了好事。薄冰一经打破,航路开通,双方都不再忸怩,以后都主动找机会寻欢。

他们明来暗往,感情越来越炽热。帕斯奎诺有一次对西蒙娜说,他想带她去花园幽会,那里比较方便,不必老是提心吊胆怕给人撞见。西蒙娜欣然同意,礼拜日吃了晚饭后她对父亲说要去圣加洛教堂忏悔,邀了一个名叫拉吉娜的女伴去了花园。帕斯奎诺也带了一个伙伴,名叫普奇诺,但人们都用诨名叫他斯特兰巴①。他和拉吉娜在花园的一个角落里亲热,帕斯奎诺和西蒙娜则另找地方快活。帕斯奎诺和西蒙娜待的地点有一丛茂盛的丹参②,他们在旁边躺了好久,平静下来以后开始闲聊,说是这个花园很美,下次可以来这里野餐。帕斯奎诺转过身去摘下一片叶子,用它擦牙齿和牙龈,说是丹参叶能除去食物残渣,清洁口腔最好。擦完以后,他又提起野餐的事,正说得津津有味,脸色突然变了,不一会儿,眼睛也看不见,话也说不出来,一伸腿就死了。西蒙娜见此情景,吓得大哭大喊,使劲叫斯特兰巴和拉吉娜。两人跑来,只见帕斯奎诺非但已经气绝,而且全身肿胀,还出现许多黑斑。斯特兰巴生性莽撞,不分青红皂白就嚷起来:

①　“斯特兰巴”在意大利语中有“冒失鬼”的意思。
②　丹参是唇形科植物,俗名一串红,花叶有芳香,叶用于烹饪调味,有强身健脾作用。

"是你毒死了他,你这个坏女人!"

这么一闹,花园附近的人闻声赶来,见到浑身肿胀的死尸,听到斯特兰巴指控西蒙娜用欺骗手段毒死了情人,而西蒙娜又悲痛又惊恐,根本没想到为自己辩解。大家认为斯特兰巴说得有理,便抓住那个哭哭啼啼的姑娘押到官府。斯特兰巴和死者的另外两个伙伴阿蒂恰托和马拉杰沃莱①在场作证,法官立即讯问西蒙娜,听她讲了事实经过,不明白那姑娘为什么要害自己的情人,也不相信她有罪,便想去看看尸体和现场,实地了解事情经过。法官让他们带路,到了帕斯奎诺横尸的地点,见他肿得像一个盛酒的皮囊,大为惊骇,便讯问当时的情形。西蒙娜如实说了,为了让法官明白到底是怎么一回事,她走到那株丹参旁边,像帕斯奎诺那样摘了一片叶子擦牙齿。斯特兰巴、阿蒂恰托和帕斯奎诺的其他朋友伙伴们认为那简直是荒唐,当着法官的面指责被告刁顽,要求用火烧死这个邪恶的女人。那个不幸的姑娘既痛心情人的暴毙,又害怕斯特兰巴提出的刑罚,用丹参叶擦牙以后,也像帕斯奎诺那样倒下死了,在场的人都看得目瞪口呆。

啊,幸福的灵魂,你们在同一天里结束了炽热的爱情和尘世的生命。如果你们在同一个地方重新会聚就会更加幸福。如果另一个世界里也有爱情,如果你们像在人间那样在那里相亲相爱,那就无比幸福了! 更为幸福的是西蒙娜的灵魂。她的清白遭到玷污,她终于让活着的人知道了真相,从而洗刷了斯特兰巴、阿蒂恰托和马拉杰沃莱那些卑鄙无知的羊毛梳

---

① "阿蒂恰托"和"马拉杰沃莱"在意大利语中的意思分别是"壮实的"和"行走不便的"。

理工对她的诬陷,追随她所爱的帕斯奎诺的灵魂而去。法官和在场的人都惊呆了,半晌说不出话。法官最后说:

"按理丹参没有毒性,可是这株丹参肯定有毒。为了不让别人再受害,应该把它连根刨出来烧掉。"

看管花园的人当场执行法官的命令。那株茂盛的丹参刨倒后,不幸的情人死因大白。原来植株下面有个硕大的蛤蟆,它喷出的毒液毒气污染了丹参。谁都不敢挨近那个动物,于是在周围堆起许多柴火,把蛤蟆连丹参一起烧成灰烬,结束了不幸的帕斯奎诺暴毙案的审理。斯特兰巴、阿蒂恰托、古乔·因勃拉塔和马拉杰沃莱把帕斯奎诺和西蒙娜肿胀的尸体葬在圣保罗教堂的墓地,他们原是那个教区的教民。

八

吉罗拉莫与萨尔韦斯特拉从小青梅竹马,迫于母命去了巴黎,回来时姑娘已另嫁。吉罗拉莫潜入她的卧室,死在她身边。在教堂下葬时,萨尔韦斯特拉抚尸痛哭,一恸而绝。

艾米莉娅讲完了故事,内菲莱奉国王之命说道:

可敬的姐妹们,有些人自以为知道得比谁都多,其实什么都不懂。他们不接受别人的意见,老是和别人对着干,甚至妄想违背自然的规律。这种自以为是的态度一点好处都没有,反而造成许多严重的后果。自然规律中最不容违背的是爱情,爱情只能听其自行减退,不会因外来干涉而消失。我现在要讲的是一个女人的故事,她自以为比别人聪明,不自量力,企图扼杀儿子的几乎是命中注定的爱情,结果非但误了儿子的爱情,还误了儿子的性命。

听老人们说,我们的佛罗伦萨城以前有个名叫莱奥纳尔多·西吉耶里的大富商,妻子为他生了一个儿子,取名吉罗拉莫。儿子还在孩提时,莱奥纳尔多就撒手归天了,幸亏去世前他的事务安排得有条不紊。孩子的监护人和母亲守着家产,日子过得还富裕。吉罗拉莫和街坊的孩子们一起玩耍,跟其中一个年龄和他相仿的裁缝的女儿青梅竹马,特别要好。随着年龄增长,两人之间产生了热烈的爱情。吉罗拉莫一天不见那姑娘就茶饭不思,姑娘也是茫茫然若有所失。吉罗拉莫的母亲注意到儿子的情况,骂了他好久,甚至责打他,可是打不掉他儿子的痴情。她认为,凭他的财富就能使李树长出甜橙,①于是跟儿子的监护人商量说:

"吉罗拉莫这孩子还不满十四岁,已经爱上邻居一个裁缝的女儿萨尔韦斯特拉。我们如果不及早拿个办法,说不定哪一天他会自作主张娶她为妻,伤透我的心。如果她嫁给别人,吉罗拉莫又会伤心得要死。因此,我觉得不如把他送得远远的,让他学一些买卖方面的事,他和那姑娘分别的时间一长,也许能忘了她,我们就可以给他娶个大户人家的小姐。"

监护人认为太太讲的话有理,便把小伙子叫到货栈,其中一个和颜悦色地对他说:

"孩子,你已经长大了,应该让你了解你的买卖情况,因

---

① 指和贵族联姻,使儿子的商人身份提高为贵族。

此我们希望你去巴黎。你的买卖大部分在那里,你可以亲眼看看是怎么经营的。你会比在这里更有长进,同时你和有钱有势的人交往,可以学学他们的谈吐举止,会更有礼貌,学成之后你还可以回来。"

小伙子细心听了以后回说他不感兴趣,不如像别人一样留在佛罗伦萨为好。监护人一再劝说,说服不了他,只好向他母亲回报。母亲很生气,声色俱厉地说他没出息,不想去巴黎是假,爱那姑娘是真。接着又用好言好语安抚他,求他,哄他,要他照监护人的意思去做。她能说会道,儿子拗不过她,终于同意去巴黎,不过以一年为期。吉罗拉莫恋恋不舍地去了巴黎,母亲用各种借口推延他的归期,他在那里一待就是两年。他回佛罗伦萨时仍不忘旧情,可是发现萨尔韦斯特拉已经和一个制作船帆的年轻工匠结了婚,他十分伤心。眼看木已成舟,毫无办法,但他打听到她的住处,像热恋的青年人一样在她家门前徘徊,心想自己既然没有忘掉她,她也不应该把他忘掉。但是事情并不是他想象的那样,她似乎把他当作陌生人,根本不认识,至少表面上如此。吉罗拉莫很快就注意到了,非常失望,认为这么徘徊下去起不了作用,决定找她当面谈谈,即使丢了性命也在所不惜。

他从萨尔韦斯特拉的邻居那里了解到她家的格局。一晚,她和丈夫去参加邻居的聚会,他潜入她家,躲在卧室里的一堆帆布后面。他一直等到他们回家躺下,静听觉得她丈夫已经呼呼睡着了,便蹑手蹑脚从藏身的地方出来,走到萨尔韦斯特拉身边,一手搁在她胸口,轻声说:

"你睡着了吗,我的宝贝?"

那少妇还没有睡着,惊吓之下差点喊叫出来,他赶紧说:

"别嚷嚷,我是你的吉罗拉莫。"

她一听是吉罗拉莫,声音都发颤了:

"看在天主分上快离开吧,吉罗拉莫。我们小的时候曾经相爱,但那已事过境迁。你知道我已经结了婚,再跟别的男人好是不对的。我求你看在天主分上快走吧,如果我丈夫醒来,即使没看到我们干什么坏事,我也不会有太平日子了。现在他很爱我,我生活得很平静。"

吉罗拉莫听了这句话一阵心酸。他想起过去的时光,即使远在异国他乡他的爱情也没有丝毫减退。尽管他再三要求,做了种种许诺,都不能使她动心。最后,他不想活了,求她看在他满腔痴情的份上让他躺在她身边暖和暖和,因为他等的时间太长,快冻僵了。他保证不出声,也不碰她,只要暖和过来就离开。萨尔韦斯特拉出于怜悯,答应了他的请求。小伙子便规规矩矩在她身边躺下,心里想着他长期以来对她的情意,而她现在竟把他视作陌路,他的希望全成泡影,痛不欲生。他握紧拳头,屏住呼吸,挨着她竟断了气。过了一会儿,少妇发现他一动不动有点奇怪,担心丈夫醒来,开口说:

"吉罗拉莫,你干吗还不走呀?"

她不见动静,以为他睡着了,伸手去推醒他,一摸他身上好凉。她十分惊恐,再使劲推他,仍然毫无反应,终于明白他已经死了。她又害怕又悲伤,好久都想不出该怎么办。最后,她想先不对丈夫点破,只问问他这种事情出在别人家里该怎么办。她叫醒了丈夫,把自己碰到的事当作别的女人的事似的讲给他听了,问他碰到这种情况该怎么处理。丈夫回答说,万全之策是把死人弄回他自己的家,而不责怪那女人,因为在他看来那女人没有过错。萨尔韦斯特拉立即说:

"我们就照你说的办吧。"

她拉过丈夫的手,让他摸摸死人。丈夫吓了一跳,也不和妻子多说,赶快把死人身上的衣服整理好。无辜的妻子帮着把尸体抬上他肩膀,扛了出去,放在死者自己家门口。

天亮后,尸体给发现了,引起一场骚动,死者的母亲更是大哭大闹。请来医生验尸,没有发现任何伤害的痕迹,确认这是一件罕见的过度悲伤而死的案例。尸体给抬到教堂,痛苦的母亲和几个亲戚,以及街坊上一些妇女按照我们的风俗在尸体旁边呼天抢地不停地大哭。教堂里在举哀,抬出吉罗拉莫的尸体的那个男主人对萨尔韦斯特拉说:

"你披上一块面纱去吉罗拉莫的尸体停放的教堂,混在妇女中间,听听她们说些什么,我去混在男人中间。这样就能打听到有没有人怀疑我们。"

萨尔韦斯特拉在吉罗拉莫死前连一个吻都不肯给他。如今他死了,她感到内疚,很想再见他一面,觉得这个主意很好,便去教堂。爱情的力量真是捉摸不透!吉罗拉莫的财富没能打动的心扉却为他悲惨的结局而敞开,她一见那具尸体,悲从中来,旧时爱情的火焰突然在心头升起,她蒙着面纱,从妇女们中间挤上前去,到了尸体前面,一声哀号,扑了上去,泪如雨下,正如吉罗拉莫心碎而死那样,她也一恸而绝。周围的妇女们不知道她是何人,安慰她,劝她不要太悲伤,见她一动不动,动手扶她起来,认出她是萨尔韦斯特拉,可是已经死了。在场的妇女感到加倍悲痛,又号啕大哭。这件事传到教堂外面男人们那里,萨尔韦斯特拉的丈夫听到后难过得要命,哭了好久。他把那青年人昨晚和他妻子的情况说了出来,大家这才明白两人的死因,深为同情。大家把萨尔韦斯特拉按照风俗装殓好,抬到吉罗拉莫旁边,哀悼之后把两人葬在同一个墓穴里。爱情没能让他们生前结合,死亡却使他们成了永不分离的伴侣。

九

罗西廖内杀了妻子的情人,剜出心做成菜肴骗妻子吃下。妻子知道真相以后跳窗自杀,与情人合葬。

内菲莱的故事激起大家的同情,现在只剩国王和狄奥内奥还没有讲。国王不想取消狄奥内奥的特权,自己开口说:

好心的女郎们,你们为不幸的爱情扼腕叹息,我现在要讲的故事会比刚才这一个更使你们心酸,因为遭到不幸的主人公是有地位的人,他们的遭遇更悲惨。

据普罗旺斯人传说,从前他们那里有两个贵族骑士,各有自己的城堡和扈从,一个名叫圭列莫·罗西廖内,另一个叫圭列莫·瓜达斯塔尼奥。两人武艺高强,惺惺相惜,交情深厚,常常穿着同样的甲胄一起参加比武竞技。两人的城堡相隔十英里,经常来往,圭列莫·罗西廖内有位美貌文雅的妻子,圭列莫·瓜达斯塔尼奥虽然和她丈夫情同手足,却深深地爱上了她。他大献殷勤,引起了这位夫人的注意。夫人看他英武潇洒,对他也有了意思,最后竟春情荡漾,只想得到他的爱怜。没过多久,他们如愿以偿,男欢女爱,一有机会就幽会偷情。

他们乐而忘形,未免有失检点,被罗西廖内发觉了。罗西

298

廖内十分恼火,没想到好朋友瓜达斯塔尼奥竟干出这等事来,恨得咬牙切齿。但他不动声色,把自己的仇恨掩饰得比那对情人掩饰私情还要严实,心里却在盘算如何杀掉情敌。罗西廖内正处心积虑筹谋的时候,法国有消息传来,说是即将举行大比武。罗西廖内抓住时机,通知瓜达斯塔尼奥说,如果他想参加,请他过来商讨准备工作。瓜达斯塔尼奥很高兴地回话说,第二天来罗西廖内的城堡吃晚饭,到时候两人面谈。罗西廖内认为这是杀掉对方的大好时机,第二天,他全副武装,带了几名侍从,骑着马赶到离城堡一英里的树林子里,在瓜达斯塔尼奥必经之地埋伏好。等了好久,远远望见瓜达斯塔尼奥带着两名侍从来了。因这一带比较太平,他们三人都没有携带武器。罗西廖内不顾骑士的规矩,满面杀气地挺枪朝他冲去,大喝一声:"恶棍,你死到临头了!"当胸就是一枪。瓜达斯塔尼奥毫无防备,还来不及叫喊,给刺中胸部,翻身落马,当场毙命。两名侍从没有看清谁杀了主人,掉转马头逃回主人的城堡。罗西廖内下了马,用匕首剖开瓜达斯塔尼奥的胸膛,掏出心,用长枪头上的小旗一裹,让一个侍从带回去。他嘱咐大家不准泄露这件事,重新上马回自己的城堡,这时天色已晚。

夫人听说瓜达斯塔尼奥要来吃晚饭,兴致勃勃地等着和他见面,发现他没有来,很是纳闷,便问丈夫:

"瓜达斯塔尼奥怎么没有和你一起来?"

"他派人捎话说明天才能来。"丈夫回答。

那位太太有点失望,也不再多问。

罗西廖内下了马,把厨师找来对他说:

"这是一颗野猪心,你拿出全副手艺做一道可口的菜,开晚饭时用银钵盛好端上来。"

厨师拿了心,把它切细,加了许多作料,做成一道十分精美的菜。开晚饭时,圭列莫·罗西廖内和妻子在餐桌前就座,罗西廖内干了伤天害理的事心神不宁,吃不下什么。厨师把银钵端上来时,他推说食欲不振,搁在妻子面前。妻子胃口没有受到影响,一尝觉得味道不错,把那颗心全吃了下去。罗西廖内见妻子吃完了,便说:

"你觉得那道菜怎么样?"

妻子回答说:

"我很喜欢。"

"谢天谢地,"骑士说,"果然不出我所料,活着时讨你喜欢的人,死后也比任什么东西都更讨你喜欢。"

妻子听了这话不禁一愣,过了半晌问道:

"你给我吃了什么?"

骑士回答说:

"老实告诉你,你刚才吃的是你这个不要脸的婆娘所爱的圭列莫·瓜达斯塔尼奥的心。绝对错不了,是他的心,我回家之前亲手从他胸膛里掏出来的。"

妻子听到情人惨死的消息心痛如绞,过了好长时间才说:

"作为骑士,你的行为未免太卑鄙险恶了。他并没有强迫我,如果说我和他私通侮辱了你,应该受到惩罚的是我,而不是他。天主在上,瓜达斯塔尼奥是位高贵的骑士,我吃了他的心,这辈子再也不吃别的东西了。"

她站起来,跑到背后的窗户边,纵身跳了出去。窗户离地很高,坠地时几乎粉身碎骨,顿时殒命。圭列莫大吃一惊,仔细一想,觉得自己干的事确实不光明磊落。他怕当地的百姓和普罗旺斯伯爵①怪罪,匆匆跨上马离家出走。第二天,附近一带都知道了这件事。圭列莫·瓜达斯塔尼奥城堡里的人和夫人城堡里的人痛哭流涕收了两具尸体,合葬在夫人城堡的小教堂墓地,墓前立了一块碑石,铭文记载了死者是谁以及他们的死因和经过。

十

> 医生的妻子误认为情人暴卒,把他塞进大木箱,两个放高利贷的偷走了箱子。箱中人苏醒后被当作小偷抓住,将处绞刑。侍女去官府申明人是她藏的,救了他的命。放高利贷的因偷了箱子被课以罚款。

国王讲完了故事,只剩狄奥内奥还没有讲。狄奥内奥得到国王命令,开口说:

前面讲的都是不幸情人的悲惨遭遇,非但各位小姐听了酸鼻,我听了心里也堵得慌。因此,在今天快要结束的时候,我不想再讲伤心的事给各位添愁,而是讲一些比较愉快舒心的东西,天主保佑,也许能为明天的故事会开个好头。

美丽的女郎们,你们知道前不久萨莱诺还有一位高明的外科医生,名叫马泽奥·德拉·蒙塔尼亚。② 他在垂暮之年

---

① 当时统治普罗旺斯的是阿拉贡国王阿方索二世(1157—1196)。

② 当时确实有一位高寿的外科医生,名叫马泰奥·塞尔瓦蒂科·蒙塔诺,于一三四二年前后去世。

还娶了本城一位年轻貌美的姑娘为妻,给她买了许多漂亮的衣服和首饰,凡是女人喜欢的东西无不给她办到,在这方面城里哪一个女人都比不上她。但是医生年事已高,精力衰退,大部分时间把娇妻晾在一边。他像我们先前提到的里卡多·德·金齐卡先生那样,①要妻子遵守各种节日,隔三岔五地斋戒祈祷,还说与女人同房一次需要许多天才能恢复元气,以及诸如此类的傻话,使她大为不满。

那女的胆大而不莽撞,为了不让老头疲于奔命,决定另谋出路。她留意了好几个青年人,最后把全部希望、心意和幸福寄托在其中的一个身上。那青年察觉后受宠若惊,哪有不乐意的道理,当然献出了全部爱情。他名叫鲁杰里·德·艾罗利,本来也是好出身,可是自甘堕落,败掉了家业,遭到亲戚朋友的唾弃。萨莱诺的人都指责他坑蒙拐骗,坏事做绝,但那女的不知什么原因竟看上了他,并不计较他的名声。她靠一个侍女牵线,做出妥善安排,两人见了面,十分款洽。过后不久,那女的责备他以前的恶行,说是既然两人相好,他就应该痛改前非。为了给他创造弃旧图新的机会,她不时给他一些钱。他们正这样打得火热时,一天有个腿上长疮的人给抬来找医生。医生做了检查,对病人家属说,要切除一块坏死的骨头,不然感染蔓延,整条腿都得锯掉,弄不好还有生命危险。家属见病人情况险恶,便托付给医生,由他全权处理。

医生准备当天下午给病人动手术,他知道病人经受不住手术的痛苦,不用麻药无法治疗,吩咐助手上午煎好一剂汤药,病人喝下后就昏睡过去,有足够的时间施行手术。药煎好

---

① 参见本书第二天故事之十。

后,送到了医生家,他随手放在房间里,没有关照家人里面是什么。傍晚时医生正准备动手术,他在阿马尔菲的几个朋友十万火急地派人来请他,因为那里发生了一场械斗,许多人受了伤。医生只得把坏腿病人的手术推迟到明天,匆匆乘船赶往阿马尔菲。妻子知道医生当晚回不来,便通知鲁杰里悄悄来她卧室藏起来,等家里人都睡后他们两人再幽会。鲁杰里在屋里等她时,不知是由于白天劳累,或者是吃了太咸的东西,或者是平时爱喝水,只觉得口渴难忍,看见医生为病人预备的那个瓶子,以为里面装的是饮料,拿起来一饮而尽,没多久就困得睁不开眼,昏昏沉沉地睡着了。医生的妻子挨到能脱身的时候赶紧回自己的卧室,开门进去发现鲁杰里坐在箱子上睡着了。她动手推他,低声唤他醒来,他却毫无反应。那女的有点着恼,更用力推他,说道:

"你醒醒呀,瞌睡虫,你要睡觉就回家去,别睡在这里。"

鲁杰里被她一推,从坐着的箱子上晃晃悠悠地倒了下去,像尸体一样一动不动。这下她慌了,想扶他起来,又捏鼻子又扯胡子,可是怎么都弄他不醒。她担心他真的死了,用指甲掐他,用蜡烛火烤他,但都白费劲。她虽是医生的妻子,对医道却一窍不通,认为她心爱的青年人准是死了,十分伤心,又不敢出声,只好伏在他身上饮泣,悲叹自己的不幸。接着她想到,她非但失去了情人,还会因此坏了自己的名声,应该想个办法把尸体从她卧室里弄出去,搬回那青年的住处。她不能找别人商量,悄悄把侍女叫来,说明她的不幸处境,问侍女该怎么办。侍女也很惊慌,推了那青年几下,见他仍然不动弹,便跟女主人一样,认为他死了,说是应该把尸体搬出去。女主人说:

"我们把他搬到哪里去呢？明天有人发现尸体时,总不能让人起疑是从我们家里运出去的吧?"

侍女回说:

"太太,今天下午我看见隔壁木匠家门口有一个箱子,不太大,如果没有收进屋里去,正合我们的用途。我们不妨把他塞进去,再在他身上捅几刀,丢下就成了。人们发现他时,绝对不会怀疑是从我们家里搬出去的,也许会认为他平时为非作歹,在干坏事的时候遭到哪一个仇人的暗算。"

女主人觉得侍女的主意不坏,只是不忍心在情人身上捅刀子,说这事万万干不得。她吩咐侍女去看看箱子还在不在。侍女看后回来说还在。侍女长得十分壮实,靠女主人帮一把手,把鲁杰里扛上肩膀,主仆二人觑准附近无人,把鲁杰里放进箱子,关上箱盖,回家去了。

附近还住着两个放高利贷的年轻人,他们生性吝啬,进账多多益善,花钱则越少越好,他们没有什么家具,白天也注意到了箱子,打算夜深人静时把它偷回去。半夜十二点,两人摸了出来,发现箱子还在,虽然觉得沉得奇怪,也不看看里面有什么东西就往家里抬,抬到后放在他们妻子的卧室门口,不再理会,先去睡觉。

且说鲁杰里,他睡了一大觉,麻醉药性已过,天亮时悠悠醒来,虽然恢复了知觉,但迷迷糊糊的后劲不是一两天里能过去的。他睁开眼睛,什么也看不清,伸手摸摸周围,明白自己是在一个箱子里,心想:"这是怎么一回事? 我在哪里? 我现在是睡是醒? 我记得下午去了情妇的卧室,这会儿却在箱子里。这是什么道理? 是不是医生回来了,或者出了什么别的事,她在我睡熟的时候把我藏在箱子里? 我想大概是这样吧。"他竖起耳朵倾听外面有什么动静,过了好久,觉得箱子里太狭窄,腰酸背痛很不舒服,想翻个身。哪知箱子本来就没有放平,他这么一挪身子,箱子砰的一声倒在地上。巨响惊醒了睡在附近的两个女人,她们很害怕,可又不敢出声。箱子倒下时盖子给震开了,鲁杰里也吓了一大跳,但他不管会遇到什么事,觉得在外面总比憋在箱子里面好。他不知道自己在什么地方,一面自己琢磨,一面蹑手蹑脚地摸索着想找可以逃出去的房门或者楼梯。那两个醒着的女人听到声息便问:

"是谁在那里?"

鲁杰里一听声音陌生,更不敢回答。女人叫唤那两个年轻人,他们熬了夜,现在睡得正香,怎么都叫不醒。两个女人越想越怕,跳下床,跑到窗前,探身出去大喊:"有贼,捉贼呀!"

左邻右舍闻声赶来,有的从屋顶上爬下,有的从门窗进来,两个放高利贷的年轻人惊醒后也起来了。鲁杰里一看这副架势,不知往哪里逃,只得束手就擒,给扭送到法官那里。由于他名声太坏,法官不由分说就严刑拷问。他屈打成招,供认是闯进放高利贷的人家企图偷钱,法官当即判处绞刑,克日执行。第二天,萨莱诺全城都知道鲁杰里企图在放高利贷的人家行窃,当场被抓获。医生的妻子和她的侍女听到这消息大为惊讶,昨晚他明明死了,尸体是她们亲手弄出去的,怎么又会有入户行窃的事呢?此外,鲁杰里将处绞刑,命在旦夕,使那女的心急如焚。午前祈祷的钟声敲过不久,医生从阿马尔菲回来,发现药水瓶子空了,大发脾气,说是家里什么东西都不能搁。他妻子心里本来就烦,听医生唠叨个没完,也发火说:

"一瓶水倒了又不是了不起的事,何必这样大惊小怪,唠唠叨叨没完没了。难道世界上没有水了吗?"

医生说:"太太,你以为那里面是清水吗? 不,那是一瓶麻醉药。"

接着他说明配制药水的用途。

妻子这下恍然大悟,明白昨晚鲁杰里为什么会像死人一样,她说:

"我们不知道是药水,你再配制一瓶吧。"

医生看到事已如此,发脾气也没有用,只好再准备一瓶。侍女奉女主人之命出去打听鲁杰里的消息,回来说:

"太太,大家都在说鲁杰里的坏话,据我所知,他的亲戚朋友中间没有一个愿意出头帮他忙,听说明天就要处他绞刑。此外,我还弄明白他是怎么到那两个放高利贷的家里去的。你知道,门口放着箱子的木匠和人吵架,对方要木匠赔还箱子钱,说他付了钱订做箱子,木匠却卖给了别人。木匠说他根本没有卖,是晚上给偷走的。对方说:'胡说,你明明卖给了放高利贷的两个年轻人,昨晚抓住鲁杰里时我亲眼看见了箱子,他们说是你卖给他们的。'木匠反驳说:'你才胡说,我根本没有卖,是晚上给偷走的。你不信,我们一起去问。'他们拉拉扯扯地去放高利贷的人家,我就回来了。依我看,鲁杰里是给抬过去以后才抓住的。至于他怎么会活过来,我就弄不明白了。"

女主人明白了事情的全部经过,把医生说的话告诉了侍女,求她出力搭救鲁杰里,因为现在只有侍女出头才救得了鲁杰里,同时又能保全女主人的名声。侍女说:

"太太,你说我该怎么做,我在所不辞。"

那女的情急智生，想出一个主意，有条不紊地指点侍女。侍女马上到医生面前哭着说：

"主人，我干了一件很对不起你的事，求你宽恕。"

医生问：

"什么事啊？"

侍女一面哭一面说：

"主人，你知道鲁杰里·德·艾罗利那个小伙子吧？他要和我好，我一方面有点怕他，一方面也有点爱他，答应做他的朋友。昨天他听说你不在家，一再求我，我答应他来你家我的卧室里和我睡觉。他来后觉得口渴，我屋里没有水也没有酒，太太又在客厅里，我不敢去取，想起你房间里有一瓶水，便去取来给他喝，然后又把空瓶放回原处，惹你今天大发脾气。我承认我干了坏事，可是谁一辈子没有干过一件坏事呢？我很后悔，更没料到会出这么大的乱子，鲁杰里因此性命难保，我恳切地求你宽恕我，允许我尽可能去救救他。"

医生听后虽然有点生气，但还是开玩笑似的说：

"你干的坏事已经得到了报应，因为你昨晚想找根春杵，却得到一个瞌睡虫。去救你的情人吧，不过下次不准把他带进我家，否则新账旧账一起算。"

侍女觉得第一步很顺利，就去监狱，和看守说了许多好话，看守让她同鲁杰里见了面。她对那青年说，如果想活命，应该在法官面前如此这般地申诉。之后，她又去找法官。法官见她青春年少，富于活力，不听她说什么，先想和她亲热一下。侍女心想，与人方便也是与己方便，并不推拒。两人完事后，她说：

"大人，你把鲁杰里·德·艾罗利当小偷抓了起来，可他是无辜的。"

接着，她把事情经过从头到尾陈述了一遍，说她是那青年的情人，把他引进医生家，误把麻醉剂当作清水给他喝了，后来以为他气绝身亡，把他放进箱子。然后她又把她听到木匠和订做箱子的人怎么吵架讲了出来，说明鲁杰里怎么会在放高利贷的人家里。法官认为她说的情况不难核实。他首先从医生那里了解到麻醉药水确有其事，然后把木匠、订做箱子的人和放高利贷的人传来，查明箱子是放高利贷的两个年轻人晚上偷回家的。最后把鲁杰里传来，问他昨晚在什么地方。鲁杰里说他自己也不清楚，本来是去马泽奥医生家想和侍女过夜，由于口渴难忍喝了水，以后就什么都不知道了，醒来才发现自己在放高利贷人家的箱子里。法官听了好笑，几次传讯侍女、鲁杰里、木匠和放高利贷的两个人，反复取证，并不是因为难以结案，而是找借口和侍女多亲热几次。最后，他判鲁杰里无罪释放，放高利贷的两人偷箱子有罪，罚款十枚金币。鲁杰里捡了一条命喜出望外，他情妇更高兴得没法形容。他们欢天喜地，谈起那可爱的侍女曾想在他身上捅几刀，笑个没完。此后两人继续来往，十分快活。但愿我也能享到这种艳福，不过不希望给塞在箱子里。

如果说前面几个故事使那些可爱的女郎唏嘘不已，狄奥内奥最后讲的故事，特别是法官借口问案和侍女寻欢的情节，使她们忍俊不禁。国王见太阳西下，他的任期即将结束，为了自己决定采用情人悲惨遭遇的题材让大家听了伤心，彬彬有礼地请在座的女郎们原谅。然后他摘下桂冠，在大家期待的目光注视下，加在菲亚梅塔金发灿灿的头上，对她说：

"我把这顶桂冠加在你头上,因为你是明天能排遣今天忧闷的最佳人选。"

菲亚梅塔一头波浪起伏的金发披到冰肌玉骨的肩上,一张圆脸光彩照人,既有百合的洁白,又有玫瑰的娇红;双瞳剪水,清澈明亮;小巧玲珑的唇像是两颗红宝石,她微笑着回答:

"菲洛斯特拉托,我很乐意接受。为了让你更好地反思你今天干的事,我希望大家明天讲些情人们经历磨难、结局美满的故事。"

这个建议博得大家的赞许。她把总管叫来,做了明天的安排,然后让大家自由活动,爱干什么就干什么,晚饭时再集合。

花园里风光旖旎,美不胜收。有的去散步,有的逛到磨坊附近,大家无拘无束,徜徉自得,一直消遣到开晚饭的时候。他们照旧在喷泉旁边摆开桌子,美酒佳肴,开怀吃喝。饭后照例唱歌跳舞,菲洛梅娜一曲舞罢,女王开口说:

"菲洛斯特拉托,我不想变更前任订下的规矩,像他们一样,我打算指定一个人来唱歌。你的歌大概和你的故事一样哀怨,今天你干脆把你催人泪下的东西都掏出来,想唱什么就唱什么,免得以后再扫大家的兴。"

菲洛斯特拉托欣然从命,开始唱道:

> 我满怀对爱情的憧憬,
> 爱情的许诺却成泡影,
> 我心如刀割,泪湿衣襟。

> 爱神啊,自从你使她的倩影
> 占据了我的全部心灵,

我朝思暮念,再也不得安宁;
她的娇媚使我神魂颠倒,
我为她受尽煎熬,
爱神啊,我以苦为乐,
再大的折磨我也甘心,
但如今我发现铸成大错,
悔之已晚,徒呼奈何。

我对她充满希冀,
却被她弃若敝屣,
这才醒悟我是在欺骗自己;
我原以为得到了她的欢心,
她对我有情有义,
两情相悦,无忧无虑,
岂知她的心另有所属,
把我拒之千里,
毫不顾念我的死活。

我发现自己遭到遗弃,
我的心开始痛苦哭泣,
这辈子再也不会停息;
我诅咒那个日子、那个时刻,
鬼使神差让我见到了她,
她的容貌如玉如花,
使我目眩眼花,不能自已;
如今我的信念、激情和希望

随着我那颗垂死的心逝去。

主啊,我向你苦苦呼唤,
你了解我的心情,
你知道我的悲痛难以解除。
我心力交瘁,再也不能坚持,
我只求一死,早日解脱。
主啊,我求你断然决定
快快结束我悲惨的生命,
无论我去向何方,
总比在这里受折磨要强。

除死之外,没有别的路途
能解除我的痛苦。
爱神啊,快快让我死吧,
早早结束我的磨难。
生活对我冷酷不公,
我不盼望什么造化,
对生命也无所留恋。
但求我死后她能快乐,
和她的新人共享幸福。

我的歌曲啊,
假如你传不到任何人耳里,
我也毫不在意,
因为谁也不会像我这样唱歌。

我只想求你一件事——
去找爱神，告诉她，
我再也无法忍受凄苦的生活，
求她结束我这悲惨的生命，
把我带到另一个安宁的世界。

　　歌词道出菲洛斯特拉托忧郁的心情和产生这种心情的原因。假如不是天色逐渐暗下来，掩盖了一位跳舞的女郎脸上的红晕，明眼人不难看出其中的蹊跷。接着大伙又唱了一些歌，到了就寝时间，女王下令，各人回到自己的卧室。

《十日谈》第四天已经结束,第五天由此开始,在女王菲亚梅塔的主持下,大家讲了情人们经历磨难、结局美满的故事。

东方大白，朝阳的光辉洒满了我们这个半球。鸟儿一早就在枝头啭鸣，甜美的歌声催促菲亚梅塔起身。她下床后唤醒了女伴们，又派人去叫醒三个青年，然后款段走到外面的田野，在沾着露珠的草地上散步，同伙伴们有说有笑。他们觉得阳光有点热时回到别墅里，喝了一些美酒，吃了一些糖果，略事休息，又到优美的花园一直玩到开饭的时候。周到的总管已经把一切安排得妥妥帖帖，大家唱唱歌谣小曲，开始用餐。饭后，按照惯例在乐器和歌曲的伴和下跳了一会儿舞。女王吩咐午睡前大家可以自由活动，有的便去睡了，有的仍在花园里徜徉。午后祈祷钟声一过，大家遵照女王的布置在喷泉旁边集合。女王登上宝座，笑吟吟地望着潘菲洛，让他牵头讲些结局美满的故事。

潘菲洛欣然从命，开始说：

一

奇莫内受到爱情的激励开了窍,在海上劫走他爱慕的埃菲杰尼娅,被捕后给监禁在罗得岛。利西马科放他出狱,两人在埃菲杰尼娅和卡桑德拉举行婚礼时抢走两个新娘,逃往克里特岛,和她们结为夫妇,后来回到家乡。

可爱的女郎们,遇到今天这样的良辰美景,我有许多合适的故事可讲,但觉得其中一个最好。它非但结局圆满,符合今天要求的主题,而且能说明爱情的力量是何等崇高伟大。不少人一听到爱情就不分青红皂白加以詈骂谴责,这正暴露了他们的浅薄无知。我认为你们会喜欢这个故事,因为如果我没有猜错的话,我相信你们都在恋爱。

据历史书籍记载,塞浦路斯有个名叫阿里斯蒂波的贵族,尘世的荣华富贵他都占全,照说应该比岛上任何人都感到满足,但他也有不如意的地方,那就是他的子女中间有一个虽然身材魁梧、相貌端正,但是头脑呆笨,像个白痴,并且似乎没有好转的希望。这个儿子名叫加莱索。教师们费尽心力,父亲好言开导或者恶声相加,甚至责打都不能使他读书识字或者养成良好的习惯。他言语粗鲁,举止莽撞,不像人的模样,倒有点像牲畜。人们嘲弄他,给他起了一个诨名叫"奇莫内",在我们的语言里就是"牲畜"

的意思。① 父亲看到他这副浑浑噩噩的模样十分恼火，对他已不存希望，干脆把他送到乡下让他和佃户们待在一起，免得整天见到他心烦。奇莫内倒很喜欢这种安排，因为他和村野之人相处比和城里人打交道更自在。奇莫内到了乡下，自得其乐地干起活来。一天午后，他扛着一根木棒从一块地去另一块地，走进一个小树林子。当时是五月，树木葱茏一片浓绿，他信步走去，到了一片大树环绕的草地。草地边上有清冽的泉水潺潺流淌，一个千娇百媚的少女睡在泉水旁边的草地上，她的衣服纤薄，美妙的肌体隐约可见。她腰下盖着一幅洁白的薄薄的织物，左右睡着两个女人和一个男人，看来是她的侍仆。奇莫内一见那姑娘，仿佛生平从未见过女人似的竟看傻了。他一声不吭，支着木棒，呆呆地端详。他鲁钝的心灵以前怎么教导也灌输不进文雅的感情，现在却有一种微妙的思想油然而生，使他豁然开朗，知道他眼前是见所未见的最美的形象。他开始细细玩味那姑娘身上的每一个部位，欣赏她金光灿灿的秀发、前额、鼻子、嘴巴、脖子、手臂和平躺时仍稍稍隆起的乳房。他突然从一个莽汉变成一个懂得美的鉴赏家。他非常希望看到她睁开眼睛，几次都忍不住要唤醒她。他觉得迄今为止他见过的女人都比不上她美，心想会不会是仙女下凡。他尽管生性草昧，也知道神仙非同凡俗，不能亵渎，而应当格外尊敬，因此克制住自己的冲动不去唤醒她，耐心地等她自己醒来。时间等得虽长，但一种不寻常的快感吸引着他，

---

① "奇莫内"在拉丁语系词源学中并没有"牲畜"的意思。一世纪拉丁历史学家瓦莱里奥·马西莫有一段文字说，公元前四九〇年在马拉松大败波斯军队的雅典名将密尔齐亚德有个名叫奇莫内的儿子从小被视作弱智。

使他舍不得离开。

那个少女名叫埃菲杰尼娅,过了好久,她先于仆人醒来,抬起头,睁开眼睛,看到奇莫内支着木棒站在面前,惊异地问道:

"你这个时候在树林里干什么呀,奇莫内?"

奇莫内的模样以及他父亲的地位和财富,当地几乎无人不知。他没有回答埃菲杰尼娅的问话。那少女一睁开眼睛,奇莫内就直勾勾地盯着她,觉得她那双眸子流露出一种柔情使他感到难以形容的愉快。姑娘被他盯得不好意思,又怕这么盯下去会诱发他犯傻,干出非礼的事来,便叫醒女仆,站起身说:

"天主保佑你,再见了,奇莫内。"

奇莫内回答说:

"我跟你走。"

姑娘不愿由他陪伴,但推辞不掉,只得让他一路跟到她父亲家。奇莫内从那里回到自己家,声明不想在乡下待下去了。他的父亲和家人虽然讨厌他,但不得不由他留下,不明白他为什么突然心血来潮,有这种想法。奇莫内的心里本来漆黑一团,经过埃菲杰尼娅的美丽的激发,被爱情的箭贯穿,在极短的时间里开了窍,迸发出一个又一个的念头,使他的父母、家人和所有认识他的人大为诧异。他首先请求父亲给他买一些华丽的衣服和装饰,让他打扮得和他的几个兄弟一样,父亲很高兴地依了他。后来,他和富家子弟交往,听了他们的谈吐酬酢,懂得了贵族青年,特别是谈恋爱的青年应该有什么样的修养,又在很短的时间里学了文化,即使在探讨哲学时也能侃侃而谈。他出于对埃菲杰尼娅的爱慕,一改粗俗的语言,说话温文尔雅。此外,他学了音乐歌唱、剑道马术,无论陆上水上武艺都十分了得。他还学会了不少本领,有许多特长,不必一一细说,总之,他堕入情网以后不出四年已成了塞浦路斯全岛最俊秀,最文雅,最勇敢的青年。

可敬的女郎们,关于奇莫内我们还有什么要说的呢?没有了,只是上天赋予奇莫内的聪明才智,由于命运女神的妒忌,以前埋没在他的心灵深处,禁锢在一个狭小的角落,而爱情的力量胜过命运,把它们一下子都释放出来。奇莫内出于对埃菲杰尼娅的爱慕,像恋爱中的青年人一样,某些地方有点出格,但是阿里斯蒂波认为,正是由于爱情他才脱胎换骨成了像模像样的人,非但容忍而且鼓励他放手去做。那青年记得埃菲杰尼娅睁开眼睛时叫了他一声奇莫内,此后再也不愿意别人用他的本名加莱索称呼他。他想通过光明正大的方式实现愿望,多次去请求埃菲杰尼娅的父亲奇普塞奥把女儿嫁给他,但奇普塞奥总是回答说女儿早已许配给罗得岛的一个贵族青年帕西蒙达,不能毁约。到了约定完婚的日子,奇普塞奥通知对方迎亲,奇莫内听到消息后,暗暗说:"埃菲杰尼娅,现在是我向你表明我多么爱你的时候了。由于你,我成了像模像样的人,如果我能得到你,我一定会比神仙更快活。我拼死也要把你弄到手。"他盘算之后,找了几个贵族青年朋友商议,秘密准备了一艘快船和海战所需的各种物品,上船守候埃菲杰尼娅前往罗得岛的船只。奇普塞奥热情招待了女婿的朋友们,然后把女儿送上船前去罗得岛。奇莫内日夜守候,一见那条船驶出,立即扬帆起航,第二天就追上那条迎亲的船,朝船头的人喊话:

"立刻收帆停船,不然我们就把你们的船打沉。"

奇莫内的对手们在甲板上亮出兵刃准备自卫,奇莫内抛出带铁钩的绳索钩住对方船尾,两船接舷后也不等别人,自己纵身跳到罗得岛人的船上。在爱情的鼓舞下,他根本没把对手放在眼里,手握短刀,像猛狮扑向羊群那样左右冲突,杀伤了许多人。罗得岛人见他这副凶神恶煞的架势,自知不是对手,纷纷扔下武器,举手投降。奇莫内说:

"你们听着,我从塞浦路斯追到海上来攻击你们,并不是要抢劫钱财,也不是和你们有什么怨仇。逼我出此下策的是一件对我,对那位小姐都十分重要的大事。我爱她胜过一切,我曾和平友好地请求她父亲把她嫁给我,但没有如愿,现在只好作为敌人用武力从你们手里夺取。我不能让她嫁给帕西蒙达,我要她嫁给我。把她交给我,我决不再为难你们。"

那些罗得岛人看到对手力量强大,顾不得埃菲杰尼娅本人愿意不愿意,便把那哭哭啼啼的少女交了出来。奇莫内见她在哭,劝她说:

"高贵的小姐,不必悲伤,我是你的奇莫内,帕西蒙达和你只有口头婚约,我可是长久以来就一直爱着你,我比他更配做你的丈夫。"

奇莫内让那少女上了他的船,没有拿罗得岛人的任何财物,放他们走了。奇莫内得到如此宝贵的战利品,比谁都高兴。他先好言安慰那美丽的少女,然后同伙伴们商量,认为暂时不宜回塞浦路斯,而是前去克里特岛为好,那里有他们的,特别是奇莫内的许多亲戚和新知旧友,估计在那里可以和埃菲杰尼娅平安过活。可是命运女神反复无常,她刚让奇莫内几乎不费什么周折就得到了那少女,突然又翻了脸,把那年轻情郎的欢乐变成了悲哀。

奇莫内释放了罗得岛人之后不到两个时辰，天色就黑了下来。他原以为平生最快乐的一个夜晚即将来到，哪知风云突变，天空乌云密布，海面狂风怒号，船失去了控制，谁都不知道该怎么办，也不知道会给刮到什么地方。奇莫内的焦急可想而知。他觉得天主满足了他的愿望只是为了让他死得更痛苦，因为在没有得到那少女之前，他在这个世界并没有什么可以留恋。他的伙伴们和埃菲杰尼娅也非常悲苦，惊涛骇浪把埃菲杰尼娅吓得直哭。她一面哭，一面诅咒奇莫内不该爱上她，不该这么胆大妄为，说他要娶她为妻违反她的意愿，惹得上天愤怒，降下这场风暴，不让他得逞，要他看着她先死去，自己也活不了。

在哭喊哀号声中，水手们束手无策。风越来越大，他们的船给刮到了罗得岛，但他们并不知道。为了活命，他们想尽办法往陆地靠去。在这一点上，命运倒帮了忙，让船驶进一个小海湾，奇莫内释放的那些罗得岛人的船前不久也在这里下锚停泊。天亮时，他们才发现到了罗得岛，并且看到昨天被他们拦劫的那条船和他们的船相距只有一箭之遥。奇莫内知道这下要坏事，吩咐赶快驶离海湾，不管命运把他们带到什么地方都成，因为任何别的地方都比这里安全。他们使尽气力，仍旧不能把船驶出，因为强劲的逆风把他们的船朝岸边吹去。

他们一上岸就被罗得岛的水手们认了出来，其中一个赶紧到贵族青年们歇脚的村子里去报信，说是奇莫内和埃菲杰尼娅的船也给吹来了。那些青年认为这是上天相助，喜出望外，立即带了一批村民赶到岸边，奇莫内原想逃进附近的树林，结果他们一伙以及埃菲杰尼娅统统被捉住，带到村里。那一年罗得岛的最高行政长官是利西马科，他率领大队兵丁从城里来把奇莫内一伙押回,岛上的元老院受理了帕西蒙达的诉状,下令把他们先关进监狱。

不走运的奇莫内刚把他心爱的埃菲杰尼娅弄到手又失去了她,除了吻她一两次以外连一根毫毛都没有碰到。

罗得岛许多高贵的夫人和小姐接待了埃菲杰尼娅,对她遭劫所受的惊吓和海上风暴的颠簸之苦百般安慰,陪着她一直到举行婚礼。

帕西蒙达竭力疏通官府,希望把奇莫内一伙定下死罪,但官府考虑到他们没有加害于罗得岛的那些青年人,只判了终身监禁,免了他们一死。他们在监狱里苦苦度日,这辈子没有出头的希望了。

帕西蒙达希望尽快举行婚礼,但命运女神让奇莫内遭了殃仿佛有点后悔,给了他一个转机。帕西蒙达有个弟弟,名叫奥米斯达,情况和他哥哥相仿,很久以前就和城里一位名叫卡桑德拉的贵族小姐定了亲,而行政长官利西马科也暗暗爱着她。由于种种原因,奥米斯达的婚事一拖再拖,如今帕西蒙达准备办喜事,想到让奥米斯达同时结婚,可以省去不少开支。他征得卡桑德拉父母的同意,和弟弟商量以后,决定兄弟二人同日结婚。利西马科得知这一消息,心里很郁闷。如果奥米斯达娶走了卡桑德拉,他的希望就全部落空。但他行事谨慎,心里虽然郁闷,脸上仍若无其事,只是揣摩着如何才能把卡桑德拉弄到手,揣摩下来除了抢亲之外别无他法。以他的权力和地位来说,这并非难事,可是用权势来达到这种目的未免不太光彩。他反复考虑,爱情终于压倒了正直感,他决定不顾一切把卡桑德拉抢来。在考虑抢亲找谁帮忙和怎么进行时,他想起了奇莫内,奇莫内和他的一伙人关在监狱里是现成的,干

这类事是最合适,最可信赖的人选。当天晚上,他就悄悄地把奇莫内带到他的房间里,对他说:

"奇莫内,神对人的恩赐十分慷慨,但对人的品质的考验也十分严格,如果发现人在任何情况下能做到坚贞不渝,神对他的奖赏也就格外优渥。我知道你父亲很富有,作为膏粱子弟,不用你自己表现神就了解你的品质。据我所知,神通过爱情的激励使你从一个浑浑噩噩的动物成为真正的人,然后让你得到你心爱的姑娘,紧接着又降给你磨难和眼前的牢狱之灾,为了要看看你在逆境中是不是不改初衷。如果你能始终如一,振奋精神,鼓起旧时的勇气,神立即会赐给你恩惠,源源不断地给你幸福。

"你已经把埃菲杰尼娅从帕西蒙达那里夺了过来,由于命运的反复无常,到手后又被夺走,帕西蒙达幸灾乐祸,竭力要求判你死刑。目前他在加紧准备和埃菲杰尼娅举行婚礼,要把生米煮成熟饭。如果你像我所想的那样爱埃菲杰尼娅,你应该痛心疾首,因为我的处境和你一样,我能体会你的心情。我爱卡桑德拉胜过一切,而帕西蒙达的弟弟奥米斯达却要和她结婚,给我造成同样的伤害。面对命运的阻挠和敌意,我看不到平坦的道路,只有靠我们自己的力量和朋友的帮助,只有拿起武器奋不顾身去夺回我们心爱的人。这在我是初次,在你已是第二次了。我相信你得不到心爱的人,自由对你已没有意义。但你如果加入我的行动,你要自由的话,神就会交到你手里。"

这番话使奇莫内精神一振,他当即回答说:

"利西马科,在你说的冒险行动中,再没有比我更坚定,更值得信任的伙伴了。你要我干什么尽管吩咐,我赴汤蹈火在所不辞。"

利西马科说:

"三天以后,两位新娘初次进男家的门,你带你的伙伴,我带几个心腹,全副武装,在傍晚时分硬闯婚礼,把她们抢走。我已经秘密准备好一条船,得手以后就上船,谁敢阻挡格杀勿论。"

奇莫内觉得这种安排很好,在约定的日子之前,他在监狱里安心等候。举行婚礼的那天,两兄弟家一派喜庆气象,热闹非凡。利西马科早已做好准备,出发前先把计划向大家交代清楚,他和奇莫内带了朋友和心腹,各自暗藏兵器,一到适当的时候分成三拨,一拨为了保险起见前去码头,防止有人阻拦他们上船。第二拨把住帕西蒙达家的大门,防止有人阻拦他们进出。利西马科和奇莫内带领第三拨人进厅上楼,两个新娘正在楼上的房间里和妇女们吃喜筵,他们闯进去掀翻了桌子,抱住各自心爱的人交给伙伴,吩咐他们火速送到停泊在码头的船上。两个新娘大哭大闹,在场的夫人、小姐和女仆也叫嚷起来,乱成一团。奇莫内、利西马科和他们的伙伴心腹拔出剑来,没有人敢拦住他们的去路,他们正返身下楼时,帕西蒙达闻声抄起一根大棒赶来,撞个正着。奇莫内见到他就有气,手起剑落把他的脑袋劈成两半,他倒地身亡。奥米斯达也是合该倒霉,他前来救哥哥,也被奇莫内砍翻。其余敢上来的人纷纷被奇莫内的伙伴和利西马科杀伤打退。帕西蒙达家里鲜血四溅,哭声震天,没人再来阻挡。他们带着抢来的女人向码头跑去,上了船。这时候许多人手持武器赶到岸边,想夺回那两个女人,但为时已晚。抢亲的人划桨起航,已向海上驶去。他们平安抵达克里特岛,受到亲友们的欢迎。两人和各自心爱的姑娘结了婚,热热闹闹地庆贺了一番,心满意足地享受他们夺来的甜蜜果实。这件事在塞浦路斯和罗得岛引起轩然大波,后来由于奇莫内和利西马科的亲友们的大力斡旋,两人在外避了一个时期的风头,奇莫内带了埃菲杰尼娅回塞浦路斯,利西马科带了卡桑德拉回罗得岛,在各自的家乡幸福生活了许多年。

二

> 戈斯坦莎听说情人马尔图乔·戈米托死了,一恸之下独自乘小船出海企图自尽,被风刮到苏沙。她发现马尔图乔还在人世,马尔图乔由于献策有功受到突尼斯国王宠信,他带了戈斯坦莎和许多财宝回到利帕里岛。

女王听完了潘菲洛的故事,夸奖了一番之后吩咐艾米莉娅接着讲。艾米莉娅于是说道:

人们如愿以偿,得到了他们想望的东西当然高兴。有情人理应有圆满的结局,而不应该抱恨终天,因此我今天奉女王之命讲愉快的故事比昨天奉国王之命讲悲惨的故事心情要舒畅得多。

娇媚的女郎们,你们都知道西西里岛附近有个名叫利帕里的小岛,不久以前,岛上一户体面人家有个女儿名叫戈斯坦莎,青春年少,出落得非常美丽。岛上还有个青年,名叫马尔图乔·戈米托,俊秀文雅,手艺也十分出色。他爱上了戈斯坦莎,姑娘也对他情意缱绻,一天不见便相思不已。马尔图乔托人求亲,但是姑娘的父亲嫌他家境贫寒,没有同意。马尔图乔由于贫穷遭到拒绝很是生气,他在一些亲友面前发誓说,如果不挣到大钱,他决不回利帕里。他背井离乡入了海盗伙,在非洲北部海岸一带出没,抢劫过往的武力不如他们的船只。他和同伙们运气不坏,很短时间内就弄到不少钱。但他们并不满足,富了还想更富。最后碰上几艘撒拉逊人的船只,经过一场恶斗以后,他们被抓住,他的伙伴统统给杀了,船也给凿沉,只留下他一个押回突尼斯,打进大牢,吃足苦头。

消息传到利帕里,说是马尔图乔一伙连人带船都沉到海里死了,传说的人不是一个两个,而是许许多多,说得有鼻子有眼。自从马尔图乔离开以后,那姑娘本来就十分伤心,如今听说他死了,更痛哭不止,不想活下去了。但她横不下心用暴力手段自尽,便想出另一种必死无疑的方法。一晚,她悄悄溜出她父亲家,到了港口,凑巧看到一条渔民的小船和别的船只相隔一些距离。小船的主人当时不在,但船上有桅杆,有帆,有桨,她当即上了船。岛上的妇女多少都懂一些航海技术,她用桨向外海划去,然后升起帆,把桨和舵都扔进大海,让小船随波逐浪,心想一条没有重载、没有舵的小船不是被风吹翻,就是触礁沉没,那时候即使她不想死也求生不得了。她用披风包住头,躺在舱底开始哭泣。

然而发生的事情和她的愿望完全相反。那晚只有微弱的北风,海浪也不大,小船行驶十分平稳。第二天傍晚时分,她给吹到了离突尼斯一百英里左右的名叫苏沙的城外海滩上。姑娘一直没有起来过,根本不知道她已从大海驶近陆地。小船靠近海滩时,岸上恰好有个穷苦女人在洗渔网。她看见一条小船顺风靠了岸,有点纳闷,以为船上的渔民睡着了。她走近小船,只看见一个年轻的姑娘蒙着头睡得很熟。她叫唤了好几次才把姑娘叫醒,看她是基督徒装束,便用拉丁语问她怎么会一个人来这里。姑娘听到拉丁语,心想大概是风把小船吹回了利帕里。她起来朝四下一望,觉得很陌生。她下了船,问那个善良的女人这里是什么地方。对方回答说:

"姑娘,你在非洲北岸苏沙城外。"

姑娘发现天主没有把她送上死路,觉得很失望。她又害怕又惭愧,不知如何是好,便坐在船边哭起来。那善良的女人见她哭得伤心,起了恻隐之心,再三劝她,让姑娘到她的小茅屋里去休息一会儿。姑娘见她诚恳,终于说出自己是怎么到这里来的。那善良的女人心想她一整天没有吃东西肯定饿了,给她端来一些硬面包、烤鱼和水,让她吃了一点。戈斯坦莎问那女人怎么会讲拉丁语,她回答说她本是特拉巴尼地方的人,名叫卡拉普莱莎,在这里帮几个信奉基督教的渔民干活。姑娘虽然伤心,听到卡拉普莱莎①这个名字不由自主地觉得是个好兆头,不知什么原因不太想再寻短见了。她没有说出自己是谁,从哪里来,只恳切地请求那善良的女人可怜可怜她这个弱女子,帮她出出主意,怎么才能免遭欺凌。

卡拉普莱莎心肠软,听了她的述说让她在茅屋里等一会儿,自己赶快去收好渔网,然后让姑娘用披风遮住头脸,带她去苏沙。到了城里那女人说:

"戈斯坦莎,我带你去一个撒拉逊老婆子家,她人特别好,我常常帮她做事。经我竭力劝说,估计她能收留你,并且

———

① "卡拉普莱莎"可以解释为"宝贵的获得物"。

像对待女儿那样善待你。你和她一起多干些活儿,讨她欢喜,等到天主保佑你时来运转再做打算。"她说着就把姑娘带到老婆子家。

老婆子听了姑娘的情况,瞅着她的脸,竟流下泪来。她吻了姑娘的额头,拉着她的手进了屋。和她同住的还有几个妇女,没有男人。她们都做手工活儿,编织丝绸、棕榈和皮革制品。姑娘几天内就学会了一些活儿,老婆子和别的妇女都喜欢她,不久以后她还学会了当地的语言。

姑娘在苏沙城里住下,她在利帕里的家人自从她失踪以后一直没有她的音讯,以为她死了,为她痛哭,这且按下不表。再说突尼斯当时的国王是梅甲阿卜杜拉,可是格拉纳达有个青年人,声称突尼斯的王位应该属于他,青年人的亲戚中有许多王公贵族,他纠集了大量军队来攻打突尼斯国王,想把他赶下王位。马尔图乔·戈米托通晓北非语言,在监狱里听人谈论入侵之事,还听说突尼斯国王正积极准备迎战,他便对一个看守说:

"如果让我去见国王,我有妙计,准保他打胜仗。"

看守把这话告诉了狱官,狱官再禀报国王。国王吩咐把马尔图乔带去见他,问他有什么好计策,那意大利青年说:

"陛下,我在贵国期间曾留意观察你们的风俗习惯,注意到你们作战时特别倚重弓箭手,因此,如果能使敌军的弓箭手缺箭,而你们的弓箭手箭源充足,我相信这场仗准能打胜。"

"确实如此,如果我能做到这一点,我就胜券在握。"国王说。

"陛下愿意就能做到。至于怎么做,容我详细解释。陛

下最好下令更换弓箭手的全部弓弦,新弦应该比通常使用的
细许多,然后制作一批箭,箭尾的凹槽只适用于新的弓弦。这
一切要严格保密,不能让敌方知道,否则他们会采取对策。我
讲的计策道理是这样的:敌我双方的弓箭手把箭射完以后,通
常是收集对方射来的箭重复使用。但是敌人无法利用你们的
箭,因为尾槽很窄,他们的弓弦很粗,扣不住箭尾,而你们的细
弓弦却不难扣住粗尾槽。这一来你们的弓箭手不缺箭,而敌
人却没有箭可射了。"[1]

　　国王是个明白人,十分赞赏马尔图乔的计谋,照计行事,
果然打了胜仗。马尔图乔献计有功,得到国王的宠信和奖赏,
地位和钱财都有了。

　　这个消息不胫而走,也传到了戈斯坦莎耳里。她原以
为马尔图乔死了,没想到他还活得好好的。姑娘心里逐渐
消退的爱情突然复苏,并且比以前更加强烈,她已经失去的
希望也重新燃起。她把自己的身世告诉了她寄住那家的老
婆子,说是想去突尼斯亲眼看看传闻是否属实。老婆子说
戈斯坦莎的想法很对,像她亲生母亲那样陪她乘了船去突
尼斯城,那边有个亲戚热情地接待了她们。同行的还有卡
拉普莱莎,她们请那善良的女人先去打听马尔图乔的情况,
打听回来说马尔图乔目前确实有钱有地位。老婆子决定亲
自去找马尔图乔,告诉他戈斯坦莎就在这里。她找到马尔
图乔,对他说:

　　"马尔图乔,你的一个朋友从利帕里来到我家,希望和你
私下见见面。根据他的要求,我没有别人可以托付,亲自前来

<hr>

[1]　一二九九年,鞑靼皇帝卡萨诺对埃及苏丹作战时用过这个策略。

通知你。"

马尔图乔向她道了谢,跟她去了。戈斯坦莎一见他欣喜若狂,情不自禁地张开双臂跑过去搂住他,过去的种种悲苦、当前的无比欢乐交织在一起涌上心头,她什么话都说不出,只会呜咽哭泣。马尔图乔见到姑娘也十分惊愕,但他定下神,长叹一声后问道:

"啊,我的戈斯坦莎!你还活着?我早听说你已经死了,家乡一直没有关于你的消息。"

他说了这句话也泪如雨下,使劲吻她、拥抱她。戈斯坦莎把她经历的磨难和收留她的老大娘的照顾关心讲给他听。马尔图乔和她说了好长时间的话,然后单独去见国王,把他自己和那姑娘的经历告诉国王,说是如蒙国王允许,他想和那姑娘举行基督教的结婚仪式。国王听了他们的事迹连连称奇,吩咐把那姑娘也召来,见她讲的和马尔图乔讲的一致,便对她说:

"你找到马尔图乔确实有眼力!"

国王下令端来许多贵重的礼物,分赐戈斯坦莎和马尔图乔二人,允许他们按自己的意愿办事。马尔图乔郑重向收留戈斯坦莎的老大娘道谢,送给她许多礼物,请求上天保佑她安度晚年,和她分了手。戈斯坦莎临别依依,流了不少泪。他们征得国王同意,带了卡拉普莱莎,乘上船,一路顺风回到利帕里。他们受到热烈欢迎的情况不必一一细说。马尔图乔和戈斯坦莎按基督教的礼节结婚,举行盛大庆典,然后太太平平享受他们的美满爱情。

三

彼得罗·博卡马扎和阿尼奥莱拉私奔，
途中遇盗。阿尼奥莱拉逃入树林，后被接进
城堡。彼得罗遭擒，伺机脱身，折腾了一夜，
也进了阿尼奥莱拉歇脚的城堡。两人举行了
婚礼，返回罗马。

艾米莉娅的故事博得了大家的称赞，女王等她讲完以后
吩咐下一个由艾莉莎讲。艾莉莎遵命，开口说道：

可爱的女郎们，我想起一个故事，说的是一对粗心大意的
青年男女经历了一个险象环生的夜晚，那夜过后却有许多欢
乐的日子，故事情节符合我们今天的主题，不妨讲出来供大家
消遣。

罗马现在虽然冷冷清清，过去却繁荣昌盛，是世界之
冠，①不久前，罗马望族博卡马扎家有个名叫彼得罗的子弟爱
上了一个名叫阿尼奥莱拉的年轻貌美的姑娘。姑娘的父亲吉
柳佐·绍洛虽是平民，但很受当地人的尊敬。彼得罗对那姑
娘一往情深，追求不已，终于赢得了她的欢心。他为炽热的爱
情所驱，再也不能忍受相思之苦，向姑娘正式求婚。他的亲戚
们听说此事一致反对，纷纷跑来指责他的决定。同时他们还

---

① 罗马是天主教教皇宫廷所在地，十四世纪初因政教之争，教廷迁至法国
的阿维尼翁，一三七八年才迁回，因此罗马冷落了七十年。薄伽丘创作
《十日谈》正是在这个时期（1349—1353）。

去找吉柳佐·绍洛,对他施加压力,嘱咐他不能答应彼得罗的要求,否则他们永远不再把他当作亲戚或朋友。

彼得罗原以为不管家里怎么反对,只要吉柳佐同意,他还是能和阿尼奥莱拉结婚的。现在这条路也给堵死,希望全部落空,他伤心得不得了。他百般无奈,最后想到私奔的做法,只要姑娘愿意,他的目的仍旧能够达到。于是他通过一个可靠的人去问姑娘,姑娘居然愿意。他便和她约定日子一起逃离罗马,远走高飞。准备就绪以后,一天清早,彼得罗起身,和那姑娘骑了马朝阿纳尼出发,那里有彼得罗的知己朋友可以投奔。他们怕家人追赶,没有时间办结婚手续,骑上马就赶路,路上卿卿我我,不时还接几个吻。

问题出在彼得罗不熟悉路途,他们跑出罗马八英里时到了一个岔口,本来应该向左拐,他们却向右拐,又走了两英里以后才发觉不对头。这时他们已经来到一个小城堡附近,城堡里的人早就眺望到他们,出来了约十个汉子。姑娘注意到时,那些人已经近了,她嚷道:

"彼得罗,咱们快跑,有人打劫!"

她说着已拨转马头朝附近的树林跑去。她抓紧鞍架,猛踢马腹,任马在树林里狂奔。

彼得罗一路上只顾看那姑娘的脸,没怎么注意周围,听见姑娘嚷嚷有人打劫,才东张西望地寻找,那伙强人已到跟前,抓住了他,把他揪下马背,问他是谁。彼得罗报了自己的姓名,那伙人商议了一下以后说:

"这个人是奥西尼家的朋友,而奥西尼家是我们的对头。我们剥掉他的衣服,夺走他的马,把他吊死在树上,对奥西尼家也是一种报复。"

那伙人一致同意,便吩咐彼得罗自己把衣服脱下来,免得他们动手。彼得罗只好照办,眼看自己凶多吉少,在劫难逃,这时附近突然跑出二十四五个人,朝那十来个人扑上来,嘴里大喊:

"杀啊,杀啊!"

那伙强人大吃一惊,扔下彼得罗不管,纷纷准备迎战。但他们人数比对方少一半,自知不敌,开始四散逃窜,袭击他们的人则在后面穷追不舍。彼得罗在混乱中抓起自己的衣物,跳上马背,向着刚才看到的那姑娘逃走的方向跑去。树林里没有路径,也没有发现马蹄印。他虽然从打劫者手里逃脱,但找不到情人比什么都着急。他在树林里来回寻找,一面哭,一面呼唤姑娘的名字,但没有人答应。他不敢走回头路,也不知道前面是什么去处。他想到树林里有野兽,为他的情人和自己担心,想象中仿佛已经看到阿尼奥莱拉被一头熊掐死或者被一只狼撕碎。

他哭着喊着,在树林里转了一整天,自以为是往前走,其实是在原地兜圈子。他一整天没吃东西,不停地哭喊,加上心惊胆战,体力消耗很大,最后累得实在走不动了。这时天色已经黑下来,他走投无路,便在一株大栎树前下了马,把马拴在树干上,自己上了树,免得晚上给野兽吃掉。不一会儿,月亮爬上来,夜色清明。他虽然疲惫不堪,但不敢合眼,一方面是怕睡着后从树上摔下来,另一方面是为那姑娘担忧,不停地唉声叹气,埋怨自己命运不济。

再说那姑娘,她逃跑时没有方向,只放开缰绳由那匹马自己走去,越走越远,进树林的地点已经辨认不出来了。她像彼得罗一样,走走停停,呼唤着彼得罗的名字,为自己的不幸痛哭,在阒无一人的树林里转悠了整整一天。最后,她没有找到彼得罗,天色却暗下来了。她循着一条小径走了一两英里,望见远处有一座小屋,便催马朝那个方向跑去。小屋里有一对年迈的夫妇,见她单身一人前来便问道:

"姑娘,天色这么晚了,你一个人在这里干什么呀?"

姑娘抽噎着回答说她和同伴在树林里走失了,又问从这里去阿纳尼有多少路程。善良的老人回说:

"我的孩子,去阿纳尼不走这条路,再说离这儿有十二英里呢。"

"附近有客栈可以借宿吗?"

老人说:

"最近的客栈在天黑之前也赶不到。"

"既然我没有别的地方可去,你们能不能看在天主分上让我在这里过一夜?"姑娘问道。

老人回答说:

"姑娘,你在这里借住一宿,我们当然欢迎。不过我事先要说清楚,这一带日日夜夜都有一帮帮的团伙出没,为非作歹,往往弄得很不愉快,造成很大损害。如果事与愿违,今晚来一帮人,见你这样年轻貌美,冒犯了你,干出对不起你的事,我们可没有能力阻止。我们丑话说在前头,万一出了事可不能怪我们。"

姑娘听了这番话虽然害怕,但时间实在太晚,她别无他法,只得说:

"但愿天主保佑你们和我,不出事最好。即使出事,总比我夜晚在树林里被野兽吃掉好一些。"

她说着就下了马,走进老夫妇的小屋。她胡乱吃了一点东西当作晚饭,然后同那对老人合睡一张床铺,衣服也没有脱。她为自己和彼得罗的坏运气叹息哭泣。彼得罗凶吉未卜,她忧心忡忡,一宿没有合眼。

天快亮时,她听见外面人声嘈杂。她一骨碌爬起来,跑到房后,看到大院子里有一堆稻草,就钻了进去,心想,如果那帮人是坏蛋,闯进来了,她也可以躲一阵,不至于马上给发现。她刚躲好,一大帮歹徒就使劲捶门,进来以后一眼看到姑娘的那匹没有卸鞍的坐骑,就问是谁来了。老人四下打量一下没有看见姑娘,便说:

"这里除了我们老两口以外没有别人,这匹无主的马是昨天傍晚自己跑来的,我们把它牵进院里,免得它被狼吃掉。"

"既然是匹没主的马正好归我们。"那帮人的头目说。

歹徒们在屋子和院子里四下乱跑,扔下盾牌,把枪插在地上,有一个把枪往稻草堆扔去,几乎刺死那个姑娘,因为枪尖擦过她的左乳把衣服都刺破了。她吓得差点没叫出来,但意识到自己的危险处境,强忍住没有作声,哆哆嗦嗦地蹲着大气都不敢出。那帮人大盘分肉,大碗喝酒,闹了一通之后去干他们的勾当,顺手牵走了那匹马。他们走远后,老头问老婆子:

"我们起身后就没有见到昨晚来的那个姑娘,她会上哪里去呢?"

老婆子说她也不清楚,两人便分头寻找。姑娘听到那帮人已走远,从稻草堆里爬了出来。老人见她平安无事非常高兴,对她说:

"现在天已大亮,离这里五英里有个城堡,你如果愿意,我们可以送你去,到了那里你就安全了。不过你得步行,因为你那匹马被那些坏蛋抢走了。"

姑娘丢了马也无可奈何,说是他们能陪她去城堡再好不过。三人立即上路,午前祈祷的钟声还没有敲响,他们已经到达。

城堡的主人是奥西尼家族的列洛·德·坎波迪菲奥雷,他的妻子十分端庄虔诚,一见姑娘就认出了她,热情地迎她进去,问她怎么会来这里。阿尼奥莱拉把前因后果告诉了她。彼得罗是她丈夫的朋友,提起来她也认识,她听到彼得罗被捉住的地界时,认为他凶多吉少,很可能已经丧命,她深为同情地说:

"你既然不知道彼得罗目前的下落,不妨和我待在一起,一有适当的机会,我就把你平安送回罗马。"

再说彼得罗,他在栎树上有苦难言。到了人们都该入睡的时辰,他看见二十多条狼来到树前。狼群发现了马,把它团团围住。马也觉察到狼的气息,使劲挣扎,挣断了拴在树上的缰绳想逃跑,但是被围在狼群中间走投无路。它又踢又咬进行自卫,可是寡不敌众。狼群终于把它扑倒,一阵撕咬,开膛破肚,转眼之间已把那匹马吃得只剩下骨架。经过一天的折腾,彼得罗已经把这匹马当作患难与共的伙伴。现在看到伙伴死得这么惨,他心如刀割,担心自己也不能活着走出树林了。天蒙蒙亮时,他坐在树枝上冻得要死,不住朝四周张望,看到约莫一英里外有一堆篝火。天大亮以后,他胆战心惊地下了树,朝篝火方向找去,发现一群牧人围着火吃喝谈笑。大家见他这副狼狈的样子,让他一起烤烤火,吃点东西充饥。等到肚子吃饱了,身上也暖和过来了,他便把自己的不幸遭遇告诉他们,说明怎么会孤身来到这里,然后问他们附近有没有村子或者城堡。牧人告诉他,前去三英里左右就是列洛·德·坎波迪菲奥雷的城堡,列洛夫人目前在家。彼得罗听了十分高兴,央求他们出一个人带他前去。两个牧人自告奋勇,愿意陪同。彼得罗到了城堡,找到熟人,正要打听如何去树林里寻找他的情人,夫人传话说要见他。彼得罗进了里屋,看见阿尼奥莱拉也在,喜出望外。假如不是碍于夫人在场,他真想跑过去拥抱那姑娘。至于那姑娘的高兴劲儿更不用提了。

夫人热情地款待了他们,让彼得罗讲了他这次的经历,听完以后怪他不该违背父母的意思干出这种事来,几乎误了两人的性命。但见他执意要和那姑娘结婚,那姑娘也表示非他不嫁,暗忖道:"我何必多操这份心,不成人之美呢?这两个年轻人相知相爱,都是我丈夫的朋友,他们的愿望光明正大,我觉得冥冥中还得到天主保佑,一个从绞索下捡了一条命,另一个从枪尖下死里逃生,两人又从野兽出没的树林里活着出来,我不如成全他们。"

她想好以后对那对情人说:

"你们既然一心要结为夫妇,我就成全你们,你们可以在这里成婚,一切花费由我丈夫承担,你们父母那里由我去说情。"

彼得罗十分快活,阿尼奥莱拉更是高兴,两人便举行了婚礼。夫人尽城堡里的条件把事情办得很体面,一对新人初次享受到甜蜜的爱情果实。过了几天,夫人陪他们一起骑上马,带了不少侍从,前去罗马。彼得罗的父母由于他自作主张干出这种事当然恼怒,但终于言归于好。彼得罗和他的阿尼奥莱拉生活得很幸福,两人白头到老。

四

利齐奥·德·瓦尔博纳察觉里恰尔多·
马纳迪和他女儿睡在一起,里恰尔多和她结
了婚,消了老头的怒气。

艾莉莎讲完后,大家称赞了一番,女王吩咐菲洛斯特拉托
讲点什么,他笑着开口说:

昨天我让大家讲结局悲惨的故事,害得大家流了不少眼
泪,也招来大家的埋怨,我心里不安。为了弥补过错,今天我
想讲一个让你们发笑的故事。故事很短,和爱情有关,其中有
几声叹息,有短暂的惊吓和羞愧,但结局很圆满。

可敬的女郎们,不久前,罗马尼阿有一位高贵文雅的绅
士,名叫利齐奥·德·瓦尔博纳。他将近晚年时,妻子贾科米
娜才给他生了一个女儿,长大后非常美丽可爱,附近一带的姑
娘没有一个可以与之相比。父母膝下只有这么一个娇女,对
她宠爱备至,但看管得也很严,指望为她找一个有钱有势的夫
家。常来利齐奥家串门闲聊的有个俊秀的青年人,名叫里恰
尔多,是布雷蒂诺罗地方马纳迪家族的子弟。利齐奥和他妻
子把他看作自己的儿子一样,不怎么防范。他来的次数多了,
见那少女容貌娟好,举止端庄,偷偷地爱上了她。他竭力掩饰
自己的感情,但瞒不过少女的眼睛。少女注意到了这一点,非
但不躲开爱神的箭,反而也爱上了那青年人,使他满心欢喜。
他多次想和少女讲些悄悄话,又不敢冒失,每次话到嘴边又咽
了回去。一次,他抓住机会鼓足勇气对那少女说:

337

"卡泰林娜，我求求你别让我干想你，我快想死啦。"

那少女回答得快：

"天主保佑，我倒希望你别让我干想你，我也快想死了呢！"

里恰尔多听了这个回答心花怒放，热情高涨，他说：

"只要是讨你欢心的事，在我这方面是没有不愿意做的。现在的问题是要靠你想办法，你我的性命才有救。"

少女回说：

"里恰尔多，你自己也看在眼里，我父母管我管得有多严，我想不出什么办法能让你来找我。只要你拿出办法而我做了不至于败露，你尽管说，我一定照办。"

里恰尔多琢磨了半天，灵机一动说：

"我的好卡泰林娜，你父亲房间的阳台不是面对你们家的花园吗？只要你能睡在阳台上，在那里等我，事先和我约好，阳台虽然很高，我一定设法爬上去找你。"

"如果你能从那里爬上来，我相信我可以搬到阳台上去睡。"

里恰尔多和她说定，很快地吻她一下就走了。

那时已是五月底。第二天，少女在母亲面前抱怨说昨晚真热，她简直睡不着。母亲说：

"你说热吗，孩子？一点都不热呀。"

"妈，你应该说'我觉得不热'才对，你可别忘记年轻姑娘火气旺，不比上了年纪的妇女。"

"这话也对，孩子，不过天气的事我做不了主，我不能依你的意思要热就热要冷就冷。季节的冷热只能听其自然，该怎么着就怎么着。也许今天晚上会凉快些，你就能睡好了。"

"但愿如此，"卡泰林娜说，"不过夏天越来越近，晚上不见得会越来越凉快吧。"

"那你说怎么办？"母亲问。

"假如爸爸和你答应，我想在他房间外面临花园的阳台上搭一张床，睡在那里，那里凉爽得多，还可以听夜莺歌唱，比睡在你房间里强多了。"

"你先别着急，孩子，我去对你爸爸说，照他的意思办。"母亲说。

利齐奥先生年纪大了些，听到妻子的话觉得奇怪，说道：

"卡泰林娜睡觉还要听什么夜莺的歌唱？我让她听知了的聒噪，看她睡不睡觉。"

卡泰林娜得知父亲不同意，那天晚上根本不睡，倒不是因为天气热，而是赌气。她自己不睡还不让母亲睡个踏实觉，不停地抱怨说热得喘不过气来。母亲第二天又对利齐奥先生说：

"老头子，你也太不体贴女儿了。让她睡在阳台上有什么不好？昨晚她热得一宿没睡。再说，一个姑娘家爱听夜莺叫有什么可以大惊小怪的？年轻人嘛，总有些怪念头的。"

"那就让她搭张床吧，只要阳台上搁得下，床上要挂哔叽帷幔，她爱听夜莺就听吧。"利齐奥先生说。

少女得到父亲允许就吩咐仆人安排好床铺，当天晚上临睡前见到里恰尔多时向他做了一个事先约定的暗号，小伙子明白夜里可以去找她了。

利齐奥先生听见女儿到了阳台上，便关好他房间通向阳台的门，上床睡觉。里恰尔多听到利齐奥先生家里人声已静，便在围墙外搁一架梯子，顺着梯子爬上墙顶，找到可以插足攀登的地方，花了不少力气，冒着摔下来的危险，居然上了阳台。姑娘已悄悄等着，迫不及待地抱住他，两人吻了又吻，一起躺到床上，亲热了几乎整整一宿，让夜莺唱了好多歌曲。良宵苦短而欢乐难尽，天快发白了两人都不知道。由于天气确实有点热，他们玩累之后，身上没有一点遮盖就睡着了。卡泰林娜右臂搂着里恰尔多，左手握住小姐在男人面前怎么也说不出口的那玩意儿。天亮了，他们还睡得十分香甜。利齐奥先生起身后想起女儿睡在阳台上，轻轻开了门，心想：

"我去看看卡泰林娜昨晚听了夜莺睡得怎么样。"

他悄悄走到床前，揭开帷幔，只见女儿和一个男人像上面所说的那样睡着，再定睛一看，认出男的是里恰尔多，赶紧抽身退出来，到妻子的房间里叫醒了她说：

"快起来，老婆子，看你女儿多么喜欢夜莺，居然捉了来，握在手里不肯放呢。"

"哪会有这种事？"他妻子问道。

"你快去，自己看看吧。"

老夫人匆匆穿上衣服，跟着利齐奥先生悄悄走到女儿床前，揭开帷幔，贾科米娜夫人清楚地看到卡泰林娜真的抓住了她爱听它唱歌的夜莺。老夫人发现自己受了骗，一气之下想叫醒里恰尔多骂他一通，利齐奥先生止住她说：

"先别作声，老婆子，你听我的，一句话也别说。这个小伙子既然破了我们女儿的身子就得娶她。里恰尔多是贵族子弟，年轻有钱，我们有这么一个女婿也不吃亏。他想太太平平从我们家里出去，先得和姑娘结婚，让他明白夜莺不能乱关，要关在自己的笼子里。"

老夫人见丈夫并没有为这件事大发雷霆，心里一块石头落了地。她认为女儿欢度了一夜,现在睡得很香,夜莺也捉住了,便不作声。

过后不久,里恰尔多醒了过来,一看天色大亮,这一惊非同小可。他唤醒卡泰林娜说:

"哎呀! 天已经亮了,我困在这里出不去,咱们该怎么办?"

利齐奥听到说话声,过来揭开帷幔喝道:

"你马上知道该怎么办了。"

里恰尔多发觉私情已经败露,吓得心几乎要从胸膛里蹦出来。他在床上坐起来说:

"求你看在天主分上发发慈悲! 我知道自己干了对不起人的事,罪该万死。随你怎么处置,我决无怨言。如果可能,我只求你饶我一命。"

利齐奥先生说:

"里恰尔多,我一向信任你,待你不薄,可你干的事实在太不像话。现在到了这个地步,你干出了这种伤风败俗的丑事,只有一条路可走,既可以保全你的性命,也可以让我不失颜面,那就是你正式娶卡泰林娜为妻。昨晚她成了你的人,以后也永远是你的人。只有这样,才能让我不报复雪耻,饶你一命。不然的话,你赶快祷告天主,准备领死吧。"

他们两人说话时,卡泰林娜松手放开夜莺,抓了一些东西遮羞,哭哭啼啼地一面求父亲饶里恰尔多的性命,一面求里恰尔多照利齐奥先生说的做,那么他们以后不必提心吊胆,一直可以干昨晚所干的事了。其实不用她苦苦哀求,因为里恰尔多干了见不得人的事羞愧得无地自容,一心只想补救。另一方面,他害怕丢掉性命,再加上经过一夜恩爱,极想得到他所爱的人,连连声明他愿意照利齐奥先生说的去做。利齐奥先生让贾科米娜捋下一枚戒指,要里恰尔多当着他的面起誓娶卡泰林娜为妻。利齐奥夫妇退了出去,还对里恰尔多说:

"休息一会儿吧,不必忙着起来,你现在需要休息。"

老夫妇离开以后,那对青年人又搂在一起。昨晚只赶了六英里路,他们起身之前又赶了两英里,这才结束了他们第一天的旅程。他们穿好衣服,里恰尔多说话也不慌张了,和利齐奥先生商定了具体安排,几天以后他当着亲友的面正式和姑娘结婚,回家又隆重地摆下婚礼筵席,此后平平安安地和他妻子生活,高兴的时候不分日夜都可以让夜莺歌唱。

五

> 克雷莫纳的圭多托临终托孤,把一个女孩交给帕维亚的贾科米诺。法恩扎城的贾诺尔和明吉诺同时爱上长大成人的姑娘,引起械斗。后来发现姑娘竟是贾诺尔的妹妹,于是她和明吉诺结婚。

女郎们在听夜莺的故事时吃吃发笑,菲洛斯特拉托讲完后,她们笑得前仰后合。等笑声平息,女王说:

"昨天你害得我们大家伤心,今天却叫我们笑畅了,我们不能再责怪你了。"

女王转向内菲莱,吩咐她接下去讲,内菲莱高高兴兴地开始说道:

菲洛斯特拉托的故事背景是罗马尼阿,我不妨也在那里盘桓片刻。

我说的是从前法诺城里有两个伦巴第人,一个是克雷莫纳的圭多托,另一个是帕维亚的贾科米诺。他们年轻时当过兵,南征北战,现在上了年纪。圭多托临终时没有儿子,除了贾科米诺之外没有亲戚和别的朋友可以托付后事,便把他在世上唯一的亲人,一个十来岁的女孩,托付给了贾科米诺。

再说法恩扎城经过连年兵燹,民生凋敝,那些年开始恢复,公告说凡是愿意回去的人都欢迎回去。贾科米诺先前在那里住过,很喜欢那个城市,便收拾了全部家财,带了圭多托的女孩回法恩扎住家,他对待那孩子像亲生女儿一样好。

女孩长大后出落得十分标致,城里没有一个姑娘可以和她相比。她不仅貌美,人品也娴静端庄。好几个小伙子开始追求她,特别有两个体面的青年,一个名叫贾诺尔·德·塞韦里诺,另一个叫明吉诺·德·明戈莱,对她十分倾心,都想争得她的青睐,两人明争暗斗,互相憎恨。姑娘满了十五岁,两个青年都想娶她为妻,但他们的家长各有什么原因都不同意,于是两人另想办法要把姑娘弄到手。

贾科米诺家里有一个上了年纪的女仆和一个名叫克里韦洛的男仆,克里韦洛性格开朗随和,贾诺尔同他交上朋友,无话不谈,向他吐露了自己对姑娘的爱慕,求他帮忙促成,答应事成后一定重谢。克里韦洛说:

"在这件事上我帮不了你大忙,因为我在小姐面前说你好话她不会听,不过我可以等贾科米诺在外面吃晚饭时放你进屋,由你自己对她说。我答应你的事,你如果觉得合适,我一定做到,以后就要靠你自己的本事了。"

贾诺尔说只要做到这一点就成了,两人便约好具体细节。与此同时,明吉诺也买通了女仆,通过女仆几次给姑娘捎了口信,几乎使姑娘动了心。女仆答应等哪天贾科米诺不在家,她就放明吉诺进屋。

不久之后,经过克里韦洛的安排,贾科米诺到朋友家去吃晚饭。男仆通知贾诺尔,约好只要他发出暗号,小伙子就可以来,门开着等他。女仆不知内情,只知道主人出去了,便通知明吉诺说主人在外面吃晚饭,他可以守在附近,一得到暗号就来,女仆开门放他进去。到了晚上,两个情敌互不了解对方的布置,但又嗅出一点可疑,各自带了几个伙伴前去履约。明吉诺有个朋友住在姑娘家隔壁,他带了伙伴在那里等候暗号。贾诺尔带了他的伙伴埋伏在离姑娘家不远的地方。

贾科米诺不在家,克里韦洛和女仆设法支开对方。克里韦洛对女仆说:

"你干吗不去睡,在屋里转来转去干什么?"

女仆反驳说:

"你干吗不去接主人? 你吃了晚饭还等什么?"

两人互相扯皮,谁都没能支开对方。克里韦洛眼看和贾诺尔约定的时间快到了,心想:"我何必理睬这个老婆子? 她不知好歹会自找苦吃。"于是他发出暗号,打开门,贾诺尔带了两个伙伴闯进屋,在客厅里找到姑娘,动手就要抢人。姑娘挣扎呼喊,女仆也大叫大嚷。明吉诺和他的一伙人闻声赶来,姑娘已被劫至门外,他们拔剑喝道:

"嗨,恶棍! 你们往哪里走! 没有这么容易。清平世界胆敢抢人,你们这批坏蛋!"

说着,双方厮杀起来。左邻右舍听到喧哗,纷纷拿了火把和兵刃出来。他们谴责暴行,支持明吉诺。经过一场扭打,明吉诺从贾诺尔手里夺下那姑娘,护送她回贾科米诺家。械斗刚完,地方长官的卫队也到了,逮捕了闹事的人,包括明吉诺、贾诺尔和克里韦洛,把他们押回去关进监狱。事态平息下来,贾科米诺回到家,听说出了事十分生气。他知道了全部经过以后明白不是那姑娘的错,但为了防止再发生类似的情况,决定及早把她嫁出去。

第二天,两个青年的家长听说了昨晚的事,知道后果的严重性,便来找贾科米诺,毕恭毕敬地求他高抬贵手,不要过于计较年轻人对他的冒犯,给家长们一点面子,并且以他们自己和闯祸的年轻人的名义提出愿意赔偿损失,只要贾科米诺开口,怎么都行。贾科米诺饱经世故,心地善良,很痛快地回答说:

"先生们,我现在客居贵地,即使在自己的家乡,我也会把各位当作朋友,决不会做出不仗义的事情。其实受到冒犯的是你们自己,我应该听从你们的意思。不少人都误会了,这个姑娘既不是克雷莫纳人也不是帕维亚人,而是法恩扎城的人,我和那个把她托付给我的人都不清楚她是谁的女儿。你们请求的事,我一定照你们说的去办。"

在场的人听说姑娘是法恩扎城的人,觉得奇怪。他们先为贾科米诺宽容的答复表示感谢,然后请他谈谈姑娘怎么会在他家,他又怎么知道姑娘是法恩扎人。贾科米诺说:

"克雷莫纳的圭多托是我的战友,他临终前对我说,腓特烈皇帝①攻占这个城市的时候,士兵们到处掳掠,他和几个伙伴进了一户人家,屋里财物不少,但没有见到人。整幢房子里

<hr>

① 指神圣罗马帝国皇帝腓特烈二世,一二四〇年曾攻占法恩扎城。

只有这个小女孩,当时两岁光景。她看见圭多托上楼,忽然叫他爸爸。圭多托心一软,把小女孩和屋里值钱的财物都带到法诺城,他临终前嘱咐我等女孩成人时给她找个夫家,把原本是她家的财物给她做嫁妆。她如今到了待嫁的年龄,可是还没有找到合适的夫家,不然也不会发生昨晚的事了。"

在场的人中间有一个叫圭列米诺·德·梅迪奇纳,当年和圭多托在一起。他还记得圭多托闯进的那户人家,看见那个人也在场,就走过去对他说:

"贝尔纳布乔,你听到贾科米诺说的话没有?"

"听到了,我正在琢磨呢,因为我记得当初兵荒马乱的时候,我丢了一个女儿,年龄和贾科米诺说的相仿。"

圭列米诺说:

"就是她。我听圭多托提到过抢劫的地点,猜想就是你家。我敢肯定她就是你的女儿,不过你再回忆回忆,女孩身上有没有胎记或者什么别的特征。"

贝尔纳布乔想了一会儿,记起他女儿左耳上方应该有一个十字形的瘢痕,因为兵燹前不久她长了一个疖子,曾经切开排脓。他当即走到贾科米诺跟前,请求让他见见那位姑娘。贾科米诺马上同意,带他进屋,让女儿出来相见。她一站在面前,贝尔纳布乔觉得活脱儿就是他风韵犹存的妻子年轻时的模样。但他不敢冒失,请贾科米诺让他撩起姑娘左耳后面的头发看看,贾科米诺毫不为难地同意了。贝尔纳布乔走近羞答答的姑娘身边,用右手撩起她的头发,十字形的瘢痕赫然在目。他千真万确知道是他的女儿,眼泪夺眶而出,深情地去抱她。姑娘不很情愿,贝尔纳布乔转身对贾科米纳说:

"好兄弟,这是我的女儿。圭多托抢劫的是我家。当初我们逃得慌张,孩子的妈,我的妻子,忘了孩子还在屋里。后来房子给烧了,我们以为她困在里面给烧死了,现在才知道她还活着。"

姑娘听了这话,再看那老人一脸善相,知道不会有假。她出于父女天性,主动上前拥抱他,动情地哭了起来。贝尔纳布乔把她的妈妈、兄弟姊妹和别的亲戚叫来,介绍给他们,叙说了事情的前因后果。大家惊喜地和姑娘拥抱,带她回到自己家,贾科米诺也非常高兴。

地方长官是个通情达理的人,听说关在监狱里的贾诺尔是贝尔纳布乔的儿子,又是那姑娘的胞兄,决定宽恕他干的蠢事,并且协同贝尔纳布乔和贾科米诺调解明吉诺和贾诺尔两个青年之间的怨仇,还做伐让姑娘(姑娘名叫阿涅莎)嫁给明吉诺,亲戚们都十分满意。克里韦洛和与本案有关的在押的人一概释放。明吉诺高高兴兴地举行了盛大婚礼,把姑娘娶回家,从此过着幸福美满的生活。

六

吉安尼·德·普罗奇达心爱的姑娘被掳去后献给国王腓特烈。吉安尼和姑娘幽会时遭擒,绑在柱子上将处火刑,幸被鲁杰里·德·奥里亚认出救下,和姑娘喜结良缘。

女郎们听完了内菲莱讲的故事连连称好,女王吩咐潘皮内娅接着讲,潘皮内娅爽朗地开口说:

亲爱的女郎们,爱情的力量无比强大,任何艰难困苦以及想象不到的危险都阻挡不住堕入情网的人,今天和以前讲的故事足以说明。这方面的例子虽然说了不少,我还想讲一个年轻人勇往直前的故事,添一个明证。

邻近那不勒斯港口的伊斯基亚岛上有个名叫雷斯蒂图塔的姑娘,她年轻美丽,朝气蓬勃。她的父亲马林·博尔加罗是岛上有名望的绅士。附近普罗奇达岛上一个名叫吉安尼的青年人对她一见倾心,爱她甚于爱自己的生命,她回报了他的爱情。他不但白天从普罗奇达来看她,有时晚上没有船只,他甚至泅水游到伊斯基亚岛,即使见不到她本人,就在外面看看姑娘家的围墙也是好的。

正在他们两情相悦的阶段,一天姑娘独自到海边去游玩,从一块岩石跑到另一块岩石,用小刀挖落潮后附在石缝里的海贝,不知不觉到了一个礁石环抱的地方。事情也真不巧,几个西西里岛的青年人乘了一条三桅船从那不勒斯途经这里,抛下锚上岸休息,并且找些淡水。他们见那姑娘十分美丽,四下里没有什么人,就起了歹意,决定把她劫走。姑娘叫喊挣扎,但强不过他们,给抓住带上船,到了卡拉布里亚。几个恶少都想把姑娘据为己有,争吵起来,相持不下,又怕伤了和气,对大家都没有好处,最后商议下来决定把她献给西西里国王腓特烈。国王当时还年轻,喜欢美色。

他们到了巴勒莫果真这么做了。国王见了姑娘非常中意,但那时他身体状况不好,便吩咐侍从把悲伤的姑娘暂时安置在古巴园①内精致的楼阁里,好生侍候,等国王健康后再做

---

① 古巴园是阿拉伯风格的园林建筑,由圭列莫二世于一一八〇年下令修建。参见本书第四天故事之四。

打算。

姑娘被劫的消息在伊斯基亚岛上引起极大震惊,使人伤脑筋的是不知道劫她的是些什么人。吉安尼比谁都着急,他在伊斯基亚岛上打听不出什么眉目,只知道三艘船驶去的方向,便雇了一条船从米内尔瓦向卡拉布里亚的斯卡莱亚驶去,一路查访。他在斯卡莱亚听说几个西西里岛的水手把一个姑娘带到了巴勒莫。吉安尼立即跟踪前去,经过多方查询,弄清楚那姑娘已经献给了国王,养在古巴园里等国王幸临。吉安尼十分沮丧,如今非但没有希望把姑娘弄到手,恐怕连见她一面都比登天还难了。但他痴情不减,打发掉雇用的船,自己留在巴勒莫伺机行事,好在当地无人了解他的目的。

他时常去古巴园附近转悠,一天偶然看见姑娘在窗口,姑娘也看见了他,两人都喜出望外。吉安尼发现那地方很僻静,尽可能接近楼阁和姑娘说话。姑娘告诉他,如果想促膝细谈,他该怎么行事。吉安尼先看好附近地形,到了后半夜,他又来到花园外面,顺着只有啄木鸟才能攀登的地方爬了上来,从一个没有栅栏防卫的缺口钻了进去,然后找到一架梯子,支在姑娘房间的窗下,轻手轻脚地进了屋。姑娘以前认为接纳吉安尼对自己的名誉有损,因此总是躲躲闪闪。现在她举目无亲,觉得除他之外没有别人可以信赖,并且希望他能想办法把她救出去,便决定满足他的全部欲望,没有关窗户,让他进来。吉安尼发现窗板开着,悄悄爬了进去,在姑娘身边躺下。姑娘还没有睡着,先把她的打算告诉他,恳切地求他把她救出去。吉安尼说那是他求之不得的事,答应和她分手后去做准备,下次一定能把她接出去。之后,他们热烈地拥抱,沉浸在极大的欢悦中。他们尽情玩了几次,互相搂着,不知不觉睡着了。

再说国王，他第一次见到姑娘就十分喜欢，那晚觉得自己精力已经恢复，忽然想起了她，虽然天快亮了，仍旧想去和她玩一会儿。他带了几个侍从悄悄地去古巴园，进了楼阁，吩咐打开姑娘的卧室，不要吵醒她，然后举着一个双枝烛台进了屋。他往床上一看，只见那姑娘身上一丝不挂搂着一个小伙子睡得正香。他嘴里虽然没有出声，心头火起，差点没拔出身边的匕首当场把这对男女刺死。但再一转念，认为杀死两个睡着的、毫无防备的人对谁说来都是卑鄙的行为，身为国王更不能这样做。他强压怒火，决定当众用火刑把他们处死，以平自己的愤恨，便转身对陪他进屋的一个侍从说：

"我对那个女人寄有厚望，她却干出这等无耻的勾当，真岂有此理！"

国王又说那小伙子色胆包天，居然到他的花园里羞辱到他头上来了，问侍从认不认识那小子。侍从回说从未见过此人。国王气急败坏地退了出来，下令把这对偷情的男女就这样赤条条地捆起来，天一亮押到巴勒莫，背对背地绑在一根柱子上示众，午前祈祷时按照刑律把他们活活烧死。说罢，他余怒未消地回巴勒莫王宫。

国王一走，侍从们扑向那对情人，把他们从床上拖下来，毫不容情地捆绑起来。两个情人知道性命难保，伤心地哭起来。根据国王的命令，两人给押解到巴勒莫，绑在广场的一根柱子上，脚下堆好柴火，只等到了国王指定的时辰便点火烧死他们。巴勒莫万人空巷，男男女女都赶来看热闹。男人们都挤在姑娘面前，啧啧赞叹她长得俊俏窈窕；女人们则围在小伙子面前，窃窃称许他英挺伟岸。两个不幸的情人羞愧得抬不起头，悲叹自己命苦，只要时辰一到，就在烈焰中魄飞魂散。

他们像这样等着规定的时辰到来,消息纷纷扬扬,传到了鲁杰里·德·奥里亚那里,鲁杰里是当朝的海军大将,地位显赫。他也来到两人就刑的广场,先看那姑娘,觉得确实姣好,又看看那小伙子,当即认出了他,便上前问他是不是吉安尼·德·普罗奇达。

"大人,我正是你说的那个人,不过马上就不是了。"吉安尼也认出了他,回答说。

海军大将问他怎么会落到这个地步。

"为了爱情,招来国王的愤怒。"吉安尼回说。

海军大将让他把事情原原本本讲清楚,听后正要匆匆离去,吉安尼叫住他说:

"大人,如果可能,我请你代我求一个情。"

鲁杰里问他是什么,吉安尼说:

"我知道自己活不长了。我爱这姑娘胜过爱我自己的生命,但是现在背对背和她绑在一起,我只要求把我们面对面地绑起来,临死前能看看她的脸,我就死而无怨了。"

"我一定代你求情,包管你看个够。"鲁杰里笑着说。

他离去前吩咐刽子手先不要点火,等候国王新的命令。接着他立即去求见国王,国王仍在生气,海军大将问道:

"陛下,您下令把那两个年轻人在广场上烧死,他们有什么地方冒犯了您?"

国王说了情由,鲁杰里接着又说:

"他们犯了过错理应受罚,但不该由你处罚他们。且不说宽容和仁慈,有罪固然当罚,有功也应该行赏。陛下是否知道您要烧死的人是谁吗?"

国王说不知道,于是鲁杰里接着说:

"我想告诉陛下，陛下一时气愤，几乎干出很不明智的事来。那青年人是兰多尔福·德·普罗奇达的儿子、吉安尼·德·普罗奇达的胞弟，正由于他的帮助，西西里岛才纳入陛下的版图。那姑娘是马林·博尔加罗的女儿，靠了她父亲的力量，陛下才没有丧失对伊斯基亚岛的统治。再说，那两个年轻人相爱已久，他们并不是有意冒犯陛下，只是为爱情所驱，才犯下这种罪孽，如果年轻人的爱情也算是罪孽的话。陛下本应好好款待他们，赏赐他们，为什么反而要把他们处死？"

国王听了鲁杰里一番话，觉得确有道理，为他所做的事深感后悔，马上收回成命，吩咐把那两个年轻人从火刑柱上解下，带来见他。侍臣们立即照办。国王问清了他们的情况，觉得应该好好安抚他们，补偿他们遭到的羞辱，吩咐给他们穿上华美的衣服，让吉安尼和那姑娘正式结婚，送给他们许多贵重的礼物，然后把他们送回家。一对新人受到亲友们的热情欢迎，此后一直过着美满的生活。

七

泰奥多罗因爱上主人阿梅里戈先生的女儿维奥兰特，并使她怀了身孕而被判绞刑，要受鞭笞的时候他的生父认出了他，救了他的命，让他娶维奥兰特为妻。

女郎们听到那对情人将被烧死的时候，都提心吊胆；又听到他们绝处逢生，个个破涕为笑，赞美天主。故事结束后，女

王吩咐劳蕾塔接着讲,劳蕾塔笑吟吟地开口说:

美丽的女郎们,好圭列莫国王①统治西西里岛的时候,岛上有一位名叫阿梅里戈·阿巴特·德·特拉帕尼的绅士,他除了拥有大量尘世的财富之外,子女也很多,因此家中需要不少仆佣。一次,有几艘热那亚的海盗船从地中海东岸驶来,途经亚美尼亚,掳掠了一批男孩。阿梅里戈以为他们是土耳其人,买下几个充当奴仆使唤。这些男孩大多土头土脑,只有一个名叫泰奥多罗的长得十分端正清秀。他虽是奴仆,却和阿梅里戈先生的子女一起抚养,很可能由于出身的关系,长大以后并没有受到奴仆身份的影响,变得文质彬彬,气宇轩昂。阿梅里戈十分宠爱,给了他自由,又因为一直把他当作土耳其人,还让他受洗皈依天主教,改名为彼得罗,委派他当全家的总管,对他十分信任。

阿梅里戈的子女逐渐长成,其中一个名叫维奥兰特的女儿出落得分外美丽娇媚。做父亲的正打算给她找个夫家的时候,她暗地里爱上了彼得罗。少女虽然爱慕彼得罗的英俊潇洒,但羞于启齿,一直没有向他表露自己的感情。这时爱神插手帮忙,免得她为难。彼得罗经常和她见面,也爱上了她,到后来一天不见就坐立不安。然而小伙子觉得高攀不上,怕她察觉自己的感情。这一切当然瞒不过少女的眼睛,她暗自高兴,为了让他安心,在他面前显得更活泼随和。这种情况持续了好久,虽然双方都有意,但是谁都不敢贸然说些什么。正当两人都在爱情的火焰中煎熬时,命运女神仿佛有心促成似的,找了一个机会消除了阻碍他们的疑虑。

① 指西西里国王圭列莫二世,参见本书第四天故事之四。

阿梅里戈先生在离特拉帕尼一英里远的地方有座优美的别墅，他妻子常常带着维奥兰特和别的太太小姐们去那里游玩。一次，她把彼得罗也带去了。那天天气异常闷热，突然间天空乌云密布，我们知道夏季气温高时容易变天。阿梅里戈夫人和女伴们怕在回家的路上遇雨，要尽快赶回特拉帕尼。彼得罗和那少女年轻力壮，本来比她妈妈和别的太太们跑得快，他们与其说是怕给雨淋着，还不如说是受到爱情的催促，不一会儿在前面跑得老远，再回头时已经看不见阿梅里戈夫人和别的太太们了。这时雷声大作，豆大的雨点夹着冰雹铺天盖地打下来，夫人和别的妇女们躲进了一家农舍。彼得罗和少女一时找不到去处，便躲进一座破旧得几乎快坍塌的茅屋，屋顶只有一角还算完好，能避风雨，两人便挤在一起坐在那下面。地方太窄，身体不免有些接触，这使他们胆量陡增，埋在心底的爱情冒了头，彼得罗先说：

　　"但愿这场冰雹永远不要停，我这么待着有多好啊！"

　　"我也希望这样。"少女说。

　　说了这些话，两人的手碰到一起紧紧握着，接着开始接吻搂抱，外面的冰雹还没有停息。之后的事我不必一一细说了，反正没过多久他们便领略到了爱情最大的乐趣，两人还商定以后怎么再偷偷地享受这种快活。一场暴雨终于结束。他们回到城里等夫人到后一起回家。后来他们做了十分缜密的安排，又在那里幽会了多次。男欢女爱，说不尽的快乐。可是乐极生悲，那少女竟怀了孕，两人都焦急不安。少女违反自然规律，用了种种办法想堕胎，但都不见效。彼得罗知道事情一旦败露他性命难保，决定逃跑，但少女说：

　　"如果你离开了我，我只有自杀一条路可走。"

彼得罗非常爱她,对她说:

"我的姑娘,你怎么能让我留下不走呢?你怀了孕,我们的事情就会败露。你会很容易地得到你父母的宽恕,可我要为你的过错和我自己的过错付出双重代价。"

少女说:

"我的过错是明摆着的,抵赖不掉。你的过错只要你自己不说,谁都不会知道。"

彼得罗说:

"既然如此,我就不走了,不过你一定要守口如瓶。"

那姑娘尽可能掩饰她的身孕,但是肚子一天天大起来,实在瞒不下去了。一天,她痛哭流涕地告诉了妈妈,求妈妈想办法救她。母亲非常生气,骂了她一顿,要她说出是怎么弄的。她维护彼得罗,胡编一气,没有说出真相。母亲信了她的话,为了顾全女儿的颜面,把她送到一座乡间别墅。

瓜熟蒂落,分娩的日子到了,那姑娘像一般产妇那样使劲叫嚷。阿梅里戈先生平时几乎不去那座别墅,姑娘的母亲以为他最近也不会去,把姑娘安置在那里比较安全。事情也真不凑巧,那天阿梅里戈先生狩猎归来,路过别墅,听到里面的叫嚷声,不知是怎么一回事,便走进去看。夫人见她丈夫突然来到,慌忙起身把女儿的情况告诉了他。他不像妻子那样轻信,一口咬定女儿不会不知道是谁干的坏事,非要弄个明白不可。他并且说,如果女儿说了真话还可以得到宽恕,不然休怪他不念父女之情,要她的性命。夫人竭力劝丈夫平心静气,相信女儿的话,但他按捺不下心头怒火,拔出佩剑朝女儿房间跑去。一对老夫妻争论之际,那姑娘已娩下一个男婴。

父亲对女儿说:

"告诉我谁是这个孽种的爸爸,不说我就宰了你。"

姑娘见父亲这副凶神恶煞的模样,怕他真会下手,被迫违背了她对彼得罗做出的诺言,把他们两人的私情和盘托出。绅士听后怒不可遏,好不容易才忍住没有杀掉自己的女儿,把她臭骂一通之后,骑上马直奔特拉帕尼去找国王委任的总督库拉多,申诉了彼得罗干的事。库拉多下令逮捕彼得罗,严刑拷打,逼他供出全部事实。几天以后,总督判决用绞刑处死彼得罗,行刑前还要当众鞭笞。阿梅里戈先生气愤难消,要这对情人同时归天,把一杯毒酒和一把匕首交给仆人,说道:

"把这两件东西送给维奥兰特,让她自己选择,要就仰药,要就用匕首自尽,不然我按刑律把她当众活活烧死,再把她前几天生的小子倒提起来往墙上砸碎脑袋,尸体喂狗。"

狠心的父亲对自己的女儿和外孙做出这样残忍的裁决,那个仆人居然幸灾乐祸,前去执行。

再说彼得罗,行刑队簇拥着他,一路鞭打,把他押往绞刑台。为首的心血来潮,故意绕道在一家旅店前面经过。旅店里正好住有三位亚美尼亚贵宾,他们来罗马和教皇商谈十字军中转的补给和休整事宜。他们是前几天抵达的,受到特拉帕尼贵族名流,尤其是阿梅里戈先生的热情接待。亚美尼亚人听到行刑队在旅店外面经过,到窗前观看。彼得罗上身的衣服已被剥光,双手反绑在背后。三位贵宾中间有个名叫菲内奥的德高望重的老者注意到彼得罗胸口有一块不是染上而是天生的红色胎记,当地的妇女们称之为"朱砂记",他突然想起自己有个儿子十五年前在拉亚佐海岸被海盗掳去,以后毫无音讯。他暗忖儿子如果还活着年纪应该和那个遭到鞭打的犯人相仿,心里一动,觉得那犯人可能就是他的儿子,又想

如果真是他的儿子,应该记得自己的名字、父亲的名字和亚美尼亚语。等他走近时,老人喊道:

"喂,泰奥多罗!"

彼得罗听到喊声,立刻抬起头,菲内奥用亚美尼亚语问他:

"你是什么地方的人,你父亲是谁?"

行刑队看见一位相貌威严的老者问话,停住了脚步。彼得罗回答说:

"我是亚美尼亚人,我父亲名叫菲内奥,我是小时候被不知名的人拐到这里的。"

菲内奥听了这话,完全肯定那青年人就是他丢失的儿子。他老泪纵横地和同伴们一起下楼,在行刑队中挤上前去拥抱那青年,把自己身上一件华丽的斗篷脱下来给他披上,请求行刑队暂缓执行,看总督是否另有命令。行刑队长说他很乐于等待。关于彼得罗的消息全城早已沸沸扬扬,菲内奥已有所闻,他立即带了同伴和侍从前去求见库拉多先生,说道:

"总督阁下,你下令作为奴隶处死的其实是自由民,并且是我的儿子,小时候从家乡给拐卖到这里。据说他破坏了一位小姐的贞操,但是他愿意娶她为妻。因此我请求阁下下令暂缓执行,先问问那位小姐是否愿意接受他为丈夫。如果小姐愿意,那么不开释那青年人是有违于贵地的法律的。"

库拉多先生听说彼得罗是菲内奥的儿子已经大吃一惊,想到阴差阳错把事情弄得这么糟,他觉得非常惭愧。他承认确实没有像菲内奥所说的那样问清当事人的情况,马上派人去通报阿梅里戈先生。阿梅里戈先生以为他女儿和外孙那时已经死了,后悔不迭。他明白,如果女儿不死,局面会完全不

357

同。不管怎么样，他仍旧派人去传话说，如果他对女儿的裁决还未执行，赶快收回成命。使者赶到时，看到阿梅里戈先生的仆人已把匕首和毒酒放在那少女面前让她选择一样，少女在拖延时间，仆人正步步紧逼。仆人奉到主人的新的命令就放了她，回去向主人禀报经过情况。阿梅里戈先生非常高兴，前去菲内奥住处，声泪俱下地做了解释，请求原谅，并且说，如果泰奥多罗愿意娶他女儿为妻，他完全同意。菲内奥愉快地接受了他的道歉，说道：

"我希望我的儿子和你的女儿结婚，如果他不愿意，那就应该维持原来的判决。"

阿梅里戈先生和菲内奥协商好以后，一起去看泰奥多罗。泰奥多罗虽然由于父子相逢而高兴，但又为自己将被处死而悲哀。两位老人问起有关他心上人的事，泰奥多罗听说如果他同意，维奥兰特就可以成为他的妻子，当然欣喜万分，仿佛一下子从地狱到了天堂，连连说如果各方面都赞成，对他简直是天大的喜讯。他们再派人去征求那姑娘的意见。她早已听到了泰奥多罗的处境和将要遭到的灾难，在此以前，她自己也面临死亡的威胁，听到这个喜讯简直不敢相信自己的耳朵，回答说能做泰奥多罗的妻子对她是再幸福不过的事了，当然，还要听从她父亲的意思。于是决定把姑娘嫁给泰奥多罗，举行了盛大庆典，全城的人都为那对年轻人高兴。姑娘心情舒畅，为她的儿子找了一个乳娘，不久身体完全恢复，比原先更加美丽，前去拜见公公菲内奥。菲内奥即将离开罗马，见了娇艳的儿媳非常满意，为他们举行了隆重的婚礼，把她当作女儿一般对待。热闹了几天，他带着儿子、儿媳、外孙乘船回拉亚佐。一对有情人终成眷属，过着幸福宁静的生活，白头到老。

八

纳斯塔焦·德·奥内斯蒂爱上特拉韦尔
萨里家一位寡情的小姐,耗尽家财,应亲友要
求去基亚西,看到一个骑士追逐一个少女,杀
了她掏出内脏喂狗。纳斯塔焦邀请亲友和那
位小姐去吃晚饭,小姐看到了同样的景象,悚
然悔悟,同意嫁给纳斯塔焦。

劳蕾塔讲完以后,菲洛梅娜奉女王之命开口说:

可爱的女郎们,我们女人家的怜悯之心总是受到赞扬,女
人家的冷酷无情则受到严厉的惩罚,为天理所不容。为了说
明这一点,并且帮助你们消除冷酷的心理,我打算讲一个既悲
怆又愉快的故事。

拉文纳是罗马尼阿一个十分古老的城市,当地众多的贵
族和士绅中间有一个名叫纳斯塔焦·德·奥内斯蒂的青年,
他继承了他父亲和一个叔父去世后留下的大批财产,因此十
分富有。他还没有娶妻。正如一切未婚的青年人都多情一
样,他爱上了保罗·特拉韦尔萨里先生的一个女儿。那位小
姐家世比他高贵,但他希望用行为来赢得她的欢心。他的行
为虽然豪爽大方,值得赞扬,但都不起作用,甚至招来小姐的
厌恶。或许由于她的罕见的美貌,或许由于她高贵的门第,她
显得十分矜持,冷漠,落落寡合。总之,纳斯塔焦和他的一举
一动都不能取得她的好感。他感到难以忍受的痛苦,绝望之

下甚至产生过自杀的念头。有时候,他想克制自己,决意不再理她,甚至像她恨自己那样对她产生憎恨。但是这种想法不起作用,因为他越是这么想,希望就越是渺茫,他的思念爱恋也更加炽烈。那青年人沉湎在单相思中,大手大脚地花钱。一些亲友们认为长此以往不仅他自己萎靡不振,他的家产也会挥霍得一干二净,因此多次劝他离开拉文纳,到别的地方去待一段时间,让相思之情冷下来,花费也可以减少。纳斯塔焦对这种劝告付之一笑,但亲友们苦口婆心弄得他不好意思拒绝下去,终于松了口,给他们一个面子。他吩咐准备行装,仿佛要出远门,到法国或者西班牙或者别的地方似的。准备停当,他骑上马,在许多朋友的陪伴下离开拉文纳,到了三英里以外的一个名叫基亚西的地方。到了那里,他吩咐搭起帐篷,请陪伴的人回去,他自己留下不走了。朋友们回到拉文纳。纳斯塔焦留下来,开始过阔绰的生活,像平时一样经常邀请朋友来吃午饭晚饭。

到了五月初,一天天朗气清,他触景生情,又想起冷酷无情的心上人,吩咐众人退去,独自沉思冥想,信步走去,不知不觉进了一片松树林。已是傍晚时分,他在松树林里走了半英里光景,迷迷瞪瞪忘了吃晚饭。这当儿他突然听到一个女人凄惨的尖叫声,打断了他的沉思。他抬头寻找,吃惊地发觉自己在松树林中间。更叫他吃惊的是他看到一个绝色女人赤身裸体地从荆棘丛生的树林里朝他这个方向跑来,全身皮肉被荆棘划得鲜血淋漓,哭喊着叫救命。两条高大凶猛的猎犬在她背后紧追不舍,追上了就一口把她咬住。接着出现一个跨着黑马的紫脸膛骑士,他手举短剑,怒气冲冲地大声辱骂那少女,要取她的性命。纳斯塔焦见此情景又惊又怕,同时对那不幸的少女产生了怜悯之心。他决定尽可能帮助她摆脱困境，救她一命。他手里没有武器，便折断一根树枝当作大棒，向猎犬和骑士迎上去。骑士老远就喊道：

"纳斯塔焦，你别管闲事，让我的狗和我给那坏女人应得的惩罚。"

这时两条猎犬已使劲咬住少女的臀部，她跑不掉了。骑士下了马，纳斯塔焦上前说：

"我不知道你姓甚名谁，也不知道你怎么会叫得出我的名字，但我要说，一个全副武装的骑士嗾使猎犬像追逐树林里的野兽一样追逐一个赤身裸体的女人，要她的性命，这是极其卑鄙的事，我不能见死不救。"

骑士回答说：

"纳斯塔焦，我也是拉文纳地方的人，我名叫圭多·德·阿纳斯塔吉，你还是小孩的时候我就爱上那女人，迷恋的程度和你现在迷恋特拉韦尔萨里家的小姐一样。她的冷酷无情使我痛苦万分，一天我就用手里这把短剑自杀了，被打进地狱受尽磨难。她非但没有悔过之心，反而为我的死拍手称快。不久之后她自己也死了，由于她的冷酷和幸灾乐祸的罪孽也给打进地狱。她下了地狱之后，我们两人应受的惩罚是她一直在我前面奔逃，而曾经迷恋她的我则在后面追逐，不是像追逐心爱的女人，而是追逐一个不共戴天的敌人。我追上她之后，用当时自戕的短剑把她刺死，剖胸开肚，把她那颗从未有过爱怜的铁石般的心和别的脏腑掏出来喂这两条狗，这一切你马上就能看到。根据无所不能、公正不阿的天主的旨意，她过不了多久又活蹦乱跳，仿佛根本没有死过似的，再次仓皇奔逃，猎犬和我则再次追逐。每逢礼拜五的这个时辰，我在这片树

林里追上她,剖胸掏心,整个过程你马上就会看到。可是你别
以为其余的日子我们两人会相安无事,她生前在什么地方对
我有过冷酷的念头或者行为,我就在那个地点追逐她,捉住
她。你瞧,当初她的冷酷害我吃了多少年苦头,我从爱慕她的
情人成为憎恨她的敌人之后就要报复她多少年。因此,让我
遵照神的旨意和判决行事,你休要阻拦,事实上你也阻拦
不了。"

纳斯塔焦听了这番话毛骨悚然,他提心吊胆地退到一旁,
看骑士如何处置那个可怜巴巴的少女。骑士说罢高举短剑,
像猛犬那般向少女扑过去。少女被两条猎狗死死咬住脱身不
得,跪在地上苦苦求饶。骑士毫不留情,使尽全力当胸一剑把
她刺了个透。少女仰面倒在地上,嘴里还在哭喊,骑士拔出匕
首,剖开她的胸腹,掏出心脏和别的器官扔给两条猎狗,它们
风卷残云似的吃得一干二净。接着,那少女仿佛没事似的又
爬起来朝海边跑去,两条狗又紧追不舍。骑士重新上马,举起
短剑像刚才那样追踪而去,不一会儿就跑出纳斯塔焦的视界
之外。

这场惨不忍睹的情景使纳斯塔焦又害怕又伤心,他想起
骑士说过每逢礼拜五都在这里出现,觉得倒可以利用一下。
于是他仔细记住这个地点后回去了。过了几天,他邀请了许
多亲友,对他们说:

"承各位关心,一直劝我不要再迷恋我的冤家,不要再挥
霍无度。现在只要各位给我一个面子,我一定听从各位的劝
告。我准备下礼拜五宴请各位,各位务必把保罗·特拉韦尔
萨里先生和他的夫人、小姐以及所有的女眷都邀到,各位愿意
邀请哪位小姐也请一起赏光。到时候你们就会明白我为什么

邀请你们了。"

　　他的朋友们觉得这件事不难办到,回拉文纳后把纳斯塔焦指名邀请的客人都请到了。纳斯塔焦爱慕的小姐虽然不太情愿,经过劝说,终于和大家一起来了。纳斯塔焦安排下丰盛的筵席,摆在松树林里他见到那少女受罪的地点。男女宾客纷纷就座,他故意把他心上人的座位安排在正对要出事的地方。

　　上了最后一道菜,树林里自远而近传来那被追逐的少女的阵阵号叫声。在座的人很诧异,探问是怎么一回事,但谁都答不上来。大家离座而起,想看个究竟,只见那受罪的少女、在她背后追赶的猎犬和骑士先后来到他们面前。大家见到这种残暴的行为奋起呵斥狗和骑士,不少人还上前救助少女。骑士把他对纳斯塔焦说过的话对他们又说了一遍,在场的年纪比较大的太太中间有几个是那少女或者骑士的亲属,还记得骑士的求爱和自杀经过,悲悲切切地哭了起来,仿佛她们自己身受那少女之苦。惨事终于结束,少女和骑士都走远了,在场的人惊魂方定,议论纷纷。

　　最为震惊的是纳斯塔焦所爱的那个冷酷的姑娘。这一切她比别人看得真切,听得清晰,知道刚才的景象对她是最生动的前车之鉴。她仿佛已经看到纳斯塔焦咬牙切齿的模样,已经感到猎犬在她背后追逐。她惊恐之下思想起了剧烈的变化。为了避免步那少女的后尘,她对纳斯塔焦的厌恶一下子化为柔情,当晚派了一个心腹侍女秘密去纳斯塔焦住处,请他去看她,有什么要求,她都乐于满足。纳斯塔焦当然很高兴,说是只要得到她的欢心,他任何事都愿意做。不过为她的名誉着想,他希望先正式娶她为妻。小姐知道纳斯塔焦之所以没能和她结合，责任全在她这方面，便欣然同意了。后来她主动向父母提出愿意嫁给纳斯塔焦，父母很高兴。礼拜日，纳斯塔焦和她举行了婚礼，热闹了一番，此后他们一直过着幸福的生活。树林里的幻象非但促成了纳斯塔焦和那位小姐的好事，拉文纳许多高傲的小姐也变得温柔多了，不再把追求她们的男人拒之于千里之外。

九

费代里戈·德·阿尔贝里吉爱上一位夫人，耗尽家产仍得不到她的欢心，最后只剩下一头猎鹰。夫人后来有事相求，去他家拜访，他拿不出像样的食品，忍痛杀了猎鹰待客。夫人得知后改变了态度，和他结了婚，带去丰厚的嫁奁。

菲洛梅娜讲完了故事，女王看到只剩她自己和狄奥内奥还没有轮到，而狄奥内奥有殿后的权利，她便大大方方地开口说：

现在轮到我了。亲爱的女郎们，我很乐意讲个故事，情节和前一个有相似之处，为的是让你们明白你们的魅力对多情的心灵能产生多大的影响，同时也让你们懂得应当在合适的时候主动施舍你们的恩泽，而不应当老是听从命运的支配，因为在多数情况下命运办事并不公允，而是恣意妄为。

你们一定听说我们城里的科波·德·博尔盖塞·多梅尼

基吧,说不定现在还健在。他出身名门,本人敦厚通达,德高望重。他上了年纪以后喜欢和街坊朋友们说古道今。因他记性特别好,谈吐又风趣,讲起来条理分明,引人入胜。他讲的许多动人的故事中有一个涉及佛罗伦萨城的名叫费代里戈的青年,费代里戈是菲利波·阿尔贝里吉先生的儿子,武艺出众,举止温文,在托斯卡纳的年轻人中间出类拔萃。贵族青年一般都不免有些风流韵事,他爱上一位名叫焦万娜的夫人,在当时佛罗伦萨的女子中间是数一数二的美人。费代里戈为了赢得她的青睐,不时举行比武竞技,大宴宾客,毫无节制地挥霍钱财。可是那位夫人美丽而不轻浮,对他的这种行为和他本人都不予理会。

俗话说坐吃山空,费代里戈的开支超出了他的财力,又没有什么收入,不久就耗尽了家产,只剩下一处进益微薄的小庄园和一头品种优良、世上少有的猎鹰。他痴情不减,但是无力维持在城里的排场,只好回到庄园所在的坎皮去住。在那里,他偶尔放鹰捕猎,不和外界交往,过着清苦的日子。

费代里戈穷困潦倒暂且按下不表,再说焦万娜夫人那头。她丈夫突然得了重病,自分凶多吉少,写下遗嘱,把已经成人的独子立为继承人,附带说明如果儿子死了而没有合法的继承人,全部财产则归他的爱妻焦万娜夫人处置。立好遗嘱,他撒手而去,焦万娜夫人成了寡妇。那年夏季,按照当时的习俗,她带了儿子去乡间避暑。他们的庄园恰好邻近费代里戈的庄园,她儿子很快就和费代里戈混熟了,开始喜欢用鹰犬捕猎。他见费代里戈的猎鹰神健非凡,十分欣羡,很想要来饲养,但知道那是费代里戈心爱之物,不好意思开口。少年的强烈愿望得不到满足,不久竟憋出病来。做母亲的见独子病了,十分焦急,整天陪着他,安慰他,一再问他是不是想要什么东西,要什么尽管说出来,只要她办得到,一定去给他弄来。少年听母亲说了多次,终于吐露自己的心思:

"妈妈,如果我能有费代里戈的猎鹰,我相信马上就会好起来。"

夫人听儿子提出这个要求不禁沉吟起来,琢磨着该怎么办。她知道费代里戈长久以来一直爱着她,但她从没有拿好脸色给他看过。她想:"我怎么能派人去问他要猎鹰呢?我听说那头猎鹰是世上最好的,何况他现在身无长物,只有这头猎鹰和他相依为命,是他唯一的安慰。"她虽然知道只要她开口,他肯定会给,但是实在开不了口。她左思右想,不知该对费代里戈怎么说,也不知该怎么回答儿子,一时竟哑口无言。最后,母爱压倒了一切,她决意不派别人,而是亲自去要,于是对儿子说:

"放心吧,我的孩子,你安心养病。明天我第一件事就是去要那头猎鹰,一定给你弄来。"

儿子一听满心欢喜,当时病就好了几分。

第二天,夫人邀了一个女伴,像是随便散步似的到了费代里戈家求见。这几天不是放鹰的天气,费代里戈在庄园里督促雇工干些杂活。他听说焦万娜夫人登门拜访,惊喜地去迎接。夫人见他来了,优雅地站起来,费代里戈恭敬地问候之后,她说:

"费代里戈,近来好吗?"

接着又说:

"这些年来承你谬爱,害你吃了不少苦,今天我特意来向你道歉。为了表示歉意,我带了一位女伴打算和你吃顿便饭。"

费代里戈恭顺地回答说：

"夫人言重了，我记不得曾为你吃过什么苦。如果说我的生命还有点意义，也完全是因为你，因为我对你的爱情。今天蒙你赏光，我十分荣幸。假如我有条件，一定好好款待，可惜如今这个主人太寒碜了。"

他腼腆地请她进门在花园里坐。家里没有女眷相陪，他说：

"夫人，家里没有合适的女眷，让这个善良的女人，雇工的妻子，先陪你们说一会儿话，我去招呼一下预备开饭。"

他现在虽然家徒四壁，可是从没有后悔以前挥金如土，没有感到缺钱的难处。想当初他为了讨这位夫人的欢心，隔三岔五地大宴宾客，高朋满座，而那天上午家里竟拿不出像样的东西来款待夫人。他束手无策，诅咒自己不幸的处境，发狂似的跑来跑去，找不到钱或者可以质典的值钱物品。时间分分秒秒地过去，他总得好好请夫人吃顿饭，又不愿意向任何人，甚至向他的雇工借钱。这时他的目光落到客厅里栖息在架子上的猎鹰身上。他一时情急，捉住猎鹰，摸摸觉得很肥，心想这倒是款待夫人的一道好菜。他一横心，扭断了猎鹰的脖子，交给女仆，让她赶快拔毛净膛，配好作料，精心烤制。他家里还有一些洁白的桌布餐巾，摆好饭桌后，美滋滋地回到花园，说是午餐已经准备好了。夫人和她的女伴起身入席，并不知道自己吃的是什么肉，在费代里戈殷勤招待下吃了那头猎鹰。

饭后，夫人离席，讲了几句客套话，觉得该是说明来意的时候了。她和颜悦色地对费代里戈说：

"费代里戈，如果你回想起你过去的生活和我的贞洁（你也许把它看作冷漠或者残酷),并且了解到我的来意时,我相信你一定会为我的冒失感到惊讶。不过如果你有子女,了解父母对子女的疼爱,我敢肯定你一定能谅解我的苦衷。你没有子女,我却有一个儿子,我未能违背普天下做母亲的常情。尽管我本意很不情愿,知道这么做很不礼貌,很不合适,但出于母爱,我不得不求你送我一样东西,我知道那是你十分钟爱的,事实上你目前潦倒失意,除它之外你没有别的欢乐、消遣和安慰了。我要的东西就是你的猎鹰,因为我的儿子想鹰心切竟然病了,假如我不能给他弄到,我担心他的病情会加重,性命难保。因此,我恳求你,并不要你为了对我的爱情,因为在这方面你毫无义务,而是要你本着你一贯高贵的品质(在这方面你表现得比谁都突出),把你的猎鹰送给我,从而救我儿子一命,我今生今世对你感激不尽。"

费代里戈听夫人说出她要的东西,而他已经把它宰了吃了,再也拿不出来了,没法交代,竟失声哭了起来。夫人还以为他舍不得猎鹰,差点没收回她的要求,但想听听他哭完后怎么回答。费代里戈终于说:

"夫人,我爱上你大概是天意,但是命运屡屡作梗,使我至今痛苦不已。不过我以前所受的种种打击和今天的相比简直不算什么。是啊,看来我永远得不到命运的青睐了。当初我生活阔绰的时候,你从不肯屈尊来我家。如今我一贫如洗,你却赏光。更使我痛心的是,你向我要一件小小的礼物,我却办不到。请容我简单解释一下为什么办不到吧。今天上午蒙你不嫌弃,说是在我这里吃饭。我考虑到你的身份,觉得不能像招待一般客人那么随便,总得在我条件许可的情况下拿出最好的东西才不委屈你。我想到了猎鹰,也就是你后来问我要的那只,觉得还够得上款待你这样的贵客。我吩咐把它烤了,还以为这样做才对得起你。不料你要的竟是这头猎鹰,而我已无法从命。我后悔莫及,一辈子都会惭愧,不能原谅自己。"

接着,他取出那只鹰的羽毛喙爪证明他说的全是真话。

夫人听后不禁埋怨他不该为了招待一个女人吃饭而杀了猎鹰,后来想到他胸怀坦荡,贫穷也不能使他改变初衷,心里暗暗赞许。得到猎鹰的希望已经落空,她垂头丧气回家告诉了儿子。

儿子不知是由于得不到猎鹰而伤心,还是由于害的是不治之症,几天以后便死了,做母亲的不免痛哭一场。她虽然悲痛,但年轻有钱,她的兄弟们一再劝她再醮。夫人本来不愿意,可是求亲的人很多,她想起费代里戈的好处和他最近杀了一头珍贵的猎鹰款待她的高尚行为,便说道:

"我可以结婚,不过要嫁的话,除了费代里戈·德·阿尔贝里吉之外别人都不考虑。"

她的兄弟们嘲笑她说:

"你真傻,怎么说出这种话?难道你不知道他穷得叮当响吗?"

夫人反驳道:

"我的好兄弟,你们说的情况我很清楚,不过我嫁的是人,我宁愿要一个没有财富的男子汉而不要没有男子汉的财富。"①

〰〰〰〰〰〰〰

① 雅典将军和政治家泰米斯托克莱(约前525—约前460)在嫁女时说过这句话。

她的兄弟们见她主意已定,也了解费代里戈人穷志不穷,便同意她嫁给费代里戈。费代里戈终于得到了他爱慕已久的心上人和丰厚的嫁奁,和她过着美满的生活一直到老,并且比以前懂得理财。

十

彼得罗·德·温乔洛去埃尔科拉诺处吃晚饭,妻子招来一个青年。彼得罗突然回家,妻子把青年藏在鸡笼下面。彼得罗谈到埃尔科拉诺的妻子偷汉败露,彼得罗的妻子大骂那婆娘无耻。这时一头驴子踩着鸡笼里的青年的手,他大声呼痛。彼得罗发现妻子的私情,但由于自己的恶癖,三人相安无事。

女王讲完了故事,大家赞美天主仁慈,给了费代里戈优渥的补偿。狄奥内奥不等女王发话,开口说:

一般人爱嘲笑别人的丑事而不赞美别人的善行,尤其在那种丑事或善行和我们关系不大的时候。我不知道这是世风日下而形成的恶习,还是人们生而有之的缺点。多情的女郎们,我以前讲过的和今天要讲的故事目的只有一个,就是给你们消愁解闷,博得你们一笑。我今天的故事内容虽然有点不正经,但我还是讲出来供各位消遣。你们听的时候不妨像在花园里伸出娇柔的手摘玫瑰那样,光摘花朵,别去碰花刺。你们不用理会那个倒行逆施的家伙和他的晦气与羞辱,姑且让

他老婆背着他偷情的情节惹你们笑笑,并为她在其他方面的
不幸保留一些同情。

　　不久以前,佩鲁贾地方有个名叫彼得罗·德·温乔洛的
富人,他好男色,也许为了在别人面前掩饰自己的变态,也许
为了堵住佩鲁贾人对他非议的嘴,他虽然不怎么愿意,还是娶
了一个老婆装点门面。命运在这方面跟他开了一个玩笑,他
娶的老婆竟是一个身体壮实、头发火红、情欲旺盛的年轻女
人。本来两个丈夫都不够伺候她的,而她现在这个丈夫却另
有所好,对她不感兴趣。日子一长,她看出了蹊跷,觉得自己
年轻貌美,健康苗壮,不能守活寡,开始自怨自艾,和丈夫斗起
嘴来,整天吵吵闹闹。后来她发现这样干只能气坏自己,不能
使丈夫改恶从善,暗忖道:"这个王八蛋把我晾在一边是因为
他有恶癖,喜欢穿了木屐走旱路。① 我得自己动动脑筋,让人
在水路行船。当初我嫁给他,还带来许多值钱的嫁奁,原以为
他是条汉子,想干男人喜欢并且应该干的事。如果早知道他
根本不是个男子汉,我才不会嫁给他呢。他既然不喜欢女人,
又明知我是女人,为什么要娶我?真是岂有此理。如果我能
看破红尘,我就出家去当修女了。可是我留恋尘世,当不了修
女。但我要从这个倒霉蛋那里得到欢乐恐怕等白了头发也得
不到。到我老了的时候,我一定会为虚度青春而痛苦。为了
不辜负青春年华,他已经为我树立了一个榜样。他既然能找
他的乐趣,我为什么不可以寻我的快活?再说,我的快活合乎
人情,顺乎天理,而他的乐趣是旁门邪道。我只不过触犯了社

---

① 意大利多水城,人们穿木屐走湿路。近代女士们穿的高跟鞋正是源于
　　意大利的高底木屐。

会的法律,他却有悖于自然的规律。"

那少妇盘算了好久,终于决定实现她的计划,她结识了一个老婆子,模样像是图画上喂蛇吃东西的圣维尔狄亚娜①,手里老是捧着天主经,祈求赦罪,嘴里老是挂着教皇的事迹和圣方济各的苦行,因此人们把她也当作圣徒。那少妇与她混熟后,把心里的想法和盘托出,老婆子说:

"我的孩子,无所不知的天主知道你做得对。假如你由于某种原因还没有做的话,你应该马上去做,以免辜负青春年华。年轻的女人都应该这样,因为青春一去不回,等你醒悟过来悔之已晚,再没有比这更痛苦的事了。我们这些老太婆除了眼睁睁看着火焰熄灭,只剩一堆灰烬以外,还能做些什么?在这方面深有体会,能现身说法的女人就是我。我虽然老了,可是一想起白白浪费掉的青春就后悔得要命。当然,我不希望你认为我在说瞎话,我并没有完全虚度年华,问题是我没有尽情做我该做的。你瞧我现在这副模样,谁都不屑对我讲一句奉承的话,我想起来伤心透顶,只有天主晓得。男人们的情况不同,他们即使老了也有许多事情可做,年老的有时候甚至比年轻的更棒。可是女人除了干你知道的那件事和生儿育女,没有别的用处,也不受到器重。如果你还不信服,不妨从另一个角度来看:我们女人随时都可以干那件事,男人却不行。此外,一个女人能把许多男人弄得筋疲力尽,而许多男人却弄不乏一个女人。我们女人就是为了干这事而生的。因此,我对你说,你打算报复你的丈夫是对的。到了老年的时

　　① 圣维尔狄亚娜是坐落在瓦尔台萨的佛罗伦萨城堡的守护神,该地至今还是供奉她的教堂,她的画像上有两条曾袭击过她又被她驯服的蛇。

候,你精神上就不会感到有所欠缺,不至于埋怨你的肉体了。在这个世界上,每个人都有自己的追求,特别是我们女人更应该比男人及时行乐。你也明白,等到我们人老珠黄的时候,无论我们的丈夫也好,别人也好,谁都不会朝我们多看一眼,只会把我们打发到厨房里去和猫说话,和锅碗瓢盆打交道。更恶劣的是,还把我们编成小曲,唱什么'年轻的姑娘吃好东西,老太婆在一边干叹气,'和诸如此类的气人的话。好吧,先不说这些,我只想告诉你,你找我吐露心事算是找对了人。因为再怎么一本正经,再怎么死心眼或者躲躲闪闪的男人,只要经我一说也会服服帖帖,听我吩咐。你只消指出你喜欢哪个男人,其余的事就包在我身上。不过,孩子,有一点我要提醒你,事成之后,你得谢我,因为我穷。从现在起,我要你赞助我念天主经和做赦罪祈祷,让天主给你去世的亲人一些光明。"

老婆子讲完后,少妇十分高兴,说出一个经常在附近走动的小伙子,把他的特征描述了一番,让老婆子去把他找来。两人谈妥后,少妇送给她一块咸肉,求天主祝福她,然后分了手。不出几天,老婆子果真把那小伙子弄进了少妇的卧室,以后又换一个,把少妇认为合意的男人一个个都找了来。当然,她丈夫给蒙在鼓里,对此一无所知。

一天,她丈夫要去一个名叫埃尔科拉诺的朋友家吃晚饭,少妇吩咐老婆子去把佩鲁贾城里一个特别漂亮的青年人找来,老婆子很快就办妥了。少妇和她的情人坐在那里正要吃晚饭,彼得罗突然在外面叫门。那妇人一听是丈夫的声音,吓得面无人色,找不到合适的地方让她的情人藏身,一时情急,把他带到走廊上,让他钻进一个大鸡笼,再把白天腾出来的一

条麻袋往鸡笼上一盖。布置好以后,少妇开门让她丈夫进来,一见面就问他:

"彼得罗,你这顿饭吃得真快呀。"

"根本没有吃上。"彼得罗回答说。

"那是怎么回事呢?"少妇问道。

"我来告诉你。埃尔科拉诺、他妻子和我坐下正准备吃饭时,忽然听到附近有打喷嚏的声音。前两次我们并不在意,可是还有第三、第四、第五次,打个没完,我们都觉得奇怪。起初我们叫门的时候,埃尔科拉诺的妻子过了好久才开门,他心里已经不痛快,这时候更加没好气地问道:'这是怎么一回事,谁在那里老打喷嚏?'

"像一般人家那样,埃尔科拉诺家楼梯下面有一个用木板隔好堆放杂物的小间,喷嚏声仿佛是从那里面传出来的。埃尔科拉诺站起来朝小间走去,打开板壁上的小门,一股硫磺气味迎面扑来。先前我们已经嗅到这气味,现在更为浓烈。我们呛咳起来,他妻子说:'我刚才用硫磺烟雾漂白发黄的纱帐,放在楼梯间的木板上让它吸收烟雾。'①

"埃尔科拉诺打开小门,里面飘出一点烟雾。他仔细一看,只见一个人给烟熏得还在打喷嚏,连气都喘不过来,再过一会儿恐怕不仅喷嚏打不成,任何别的事情也干不成了。埃尔科拉诺一见有人便嚷开了:'婆娘,我现在明白你刚才为什么磨磨蹭蹭不给我们开门了! 看我不好好收拾你这副贱骨头!'

①　硫磺燃烧后产生二氧化硫气体,极易溶于空气或物品里的水分形成亚硫酸,有漂白杀菌作用。

"他妻子听他嚷嚷起来，知道私情已经败露，不敢申辩，站起来就往外跑，不知逃到哪里去了。埃尔科拉诺先不去管他妻子，只叫那个打喷嚏的人出来。那人已经动弹不得，没有回答，埃尔科拉诺便抓住他的脚拖他出来，接着又去找刀子要杀他。我怕闹出人命，自己也会给捉进官府受到牵连，便抱住埃尔科拉诺大声呼喊，免得那个倒霉蛋遭他毒手。街坊们闻声赶来，抬起那个还没有缓过气来的青年人，不知把他弄到哪里去了。这一来，我们的晚饭给搅了，我不是吃得快，而是根本没有到嘴。"

少妇听了这件新闻，心想别的女人并不比她傻，尽管有时要碰到一点麻烦。她本想帮埃尔科拉诺的妻子说几句话，再一想，如果把她臭骂一通，或许能表明自己冰清玉洁，便说：

"真够瞧的！那女人真不要脸！平时我看她一本正经、虔诚圣洁的样子，几乎要向她忏悔自己的罪过！更叫人恶心的是，她年纪这么大了，还干出这种事来，给年轻的女人树了一个坏榜样！她根本不应该生到这个世界上来，根本不应该再活着！她厚颜无耻，伤风败俗，把天下女人的脸都丢尽了。她不顾自己的名声，不顾她对丈夫的誓言，而她丈夫是个多么正派的人，对她多么体贴，她却不知羞耻，偷鸡摸狗。对这种女人没有什么可怜的，该把她们统统杀掉，用火活活烧死。"

接着，她想起自己的情人还在鸡笼下面，便说时间不早了，催促彼得罗上床睡觉。彼得罗更想吃东西而不想睡觉，问她有没有晚饭可吃，女的回说：

"晚饭？平时你不在家吃，我们哪一次做过晚饭？难道你把我当作埃尔科拉诺的老婆那种女人？你干吗还不去睡？我看你最好还是去睡觉。"

事有凑巧，当天下午彼得罗的几名雇工从乡下运货进城，卸了驴子拴在走廊旁边的马厩里，却忘了给驴子上水。一头驴子渴极了，挣脱了缰绳，溜出马厩找水喝，走到那青年藏身的鸡笼旁边。那青年趴在地上，周转不灵，手指露在鸡笼外面。也是合该他倒霉，驴子的蹄子踩在他手指上，痛得他大叫起来。彼得罗吃了一惊，辨出声音是在家里，便走出房间去看看是怎么一回事。这时驴子踩得更重，那青年人叫个没完。彼得罗问道："是谁？"

他跑过去抬起鸡笼，发现那个青年，青年本来已被驴子踩得痛彻心肺，现在又被彼得罗发觉，只怕彼得罗加害于他，吓得瑟瑟发抖。彼得罗由于自己有恶癖，早就对那青年垂涎三尺，一眼就认了出来，问道："你在这里干吗？"

那青年人回答不上来，只求彼得罗看在天主分上不要难为他。彼得罗说："你先起来，我不难为你，你别害怕，不过你得老实交代怎么会在这里，来干什么？"

青年人万般无奈，讲了真话。彼得罗的妻子在里面干着急，他却因为喜爱的人自投罗网十分得意，拉住青年人的手进了屋，只见他妻子吓得魂不附体。他在妻子对面坐下说：

"你刚才不是大骂埃尔科拉诺的老婆，说她丢了所有女人的脸，该把她活活烧死吗？你现在还有什么话可说？你既然无话可说，明知你自己干的事和她一样，刚才为什么又理直气壮地骂她？其实你们是一路货色，无非是借了骂别人来掩盖自己干的勾当。但愿天火把你们这些不要脸的女人统统烧死！"

少妇发现她丈夫除了谩骂之外没有进一步的行动，又见他拉着那个漂亮小伙子的手一副美滋滋的模样，便壮起胆反驳说：

"你希望天火把我们女人统统烧死，这话我完全相信，因为你见了女人就像是狗见了棍棒。不过我凭天主的十字架起誓，这种事是不会发生的。要知道，我早就想把话跟你说说明白，看你有什么可以抱怨的。你把我和埃尔科拉诺的老婆相比真是自讨没趣，她虽说是个假冒为善的老脸皮，她丈夫仍把她当作女人，满足了她的要求，我却没有这种福气。你虽然给我好吃好穿，可是你知道我还有别的需要，却不和我睡觉。我宁肯光着脚板，穿得破烂，在床上得到应有的快活，而不要好吃好穿，让你像现在这样对待我。你要明白，彼得罗，我跟别的女人一样，女人有的欲望我也有。你既然不能满足我，我就得自己去找，你没有理由责备我。至少我顾全了你的颜面，没有把小流氓、小癞子找到家里来。"

彼得罗知道他老婆发起牢骚来一宿都不会完，反正他不把她放在心上，便说：

"得啦，婆娘，这件事以后再说，你先给我们弄点吃的，我还没有吃晚饭，这个小伙子也不见得吃过。"

"这倒不假，"少妇说，"我们刚准备吃晚饭，谁让你回来得不是时候。"

"那你去预备晚饭吧，"彼得罗说，"过一会儿由我来安排，保管你没有什么可以抱怨。"

少妇见她丈夫兴致很好，便起身去吩咐摆好桌子，把本来准备好的晚饭开出来，同她那个有嗜痂之癖的丈夫和那个姣好的小伙子一起畅快地吃了一顿。饭后，彼得罗如何做出让三方面都满意的安排，我说不清楚了，反正我只知道第二天那青年人迷迷瞪瞪地到了广场，不知自己昨晚和那少妇待在一起的时间多,还是和她丈夫待在一起的时间多。可爱的女郎们,我要告诉你们的是:人家怎么对待你,你就怎么回报,一时办不到就等待时机,驴子尥蹶子踢墙壁,受痛的是它自己。

狄奥内奥讲完了故事,女郎们笑得不怎么忘形,倒不是因为故事无趣,而是因为她们不好意思。女王知道她的任期已经结束,起身取下头上的桂冠,郑重地把它加在艾莉莎头上,说道:

"陛下,这个王国现在归你治理。"

艾莉莎欣然接受了这个荣誉,按照惯例开始行使权力。她首先吩咐总管在她任期内该做些什么事,然后对大家说:

"我们常听到不少人凭机智的语言、敏捷的应对或者巧妙的答复解气泄恨,顶回了卑鄙的挑衅或者摆脱了危险的处境。这个题材很有意思,或许还有用处,我希望明天大家讲这方面的故事,也就是说,谈谈人们受到挑衅时怎么随机应变,能言善辩,避免了危险或嘲弄。"

大伙点头称是,女王站起身,让各人自由活动,晚饭时再集合。

大伙看见女王起立,也纷纷站起来,根据各自的爱好去游玩消遣。蝉声渐渐稀疏,到了晚餐的时候,大伙欢快地吃了一顿,饭后有的唱歌,有的跳舞。女王让艾米莉娅领跳了一支舞,又吩咐狄奥内奥唱歌,他开口就唱了《阿尔德鲁达夫人,掀起你的裙子,给你带来了喜讯》。女郎们哈哈大笑,女王也笑得花枝招展,吩咐他别唱这支,换个好一点的。狄奥内奥说:

"陛下,假如我有铙钹,我就唱《揭开衣裳,拉帕夫人》,或者《橄榄树下青草丛生》，你们喜欢的话，还可以唱《海浪起伏使我头晕》。可是没有铙钹，你们是不是想听听别的，比如说，《去吧，你像一株砍倒的树》？"

女王说："不要，唱支别的。"

狄奥内奥说："那我就唱《西蒙娜小姐像熟了的葡萄，可是十月份还没有到》。"

女王笑着说："我们不爱听那种歌，唱些正经的。"

"没有关系，陛下，"狄奥内奥说，"我会唱成千支歌，随你们喜欢。你爱不爱听《这是我的巢，我才不去啄》，或者《哎，悠着点，我的丈夫》，或者《我要用一百金币买只公鸡》？"

别人还在笑，女王却着恼了，说道：

"狄奥内奥，来正经的，别开玩笑啦，我可要发脾气了。"

狄奥内奥看她神色不对，不再开玩笑，马上唱道：

> 爱情啊，
> 她明亮的眼睛多么美丽，
> 使我成了你和她的奴隶。
>
> 那撩人的秋波
> 和我的眼光一接触，
> 顿时燃起我心头的烈火。
> 爱情啊，你的力量多么强大，
> 自从我见到她的花容玉颜，
> 我就浮想联翩，梦系魂牵，
> 我身不由己成了她的俘虏，
> 神魂颠倒，六神无主，
> 整日长吁短叹。

爱情啊,我的甜蜜的主宰,

我成了你驯顺的奴仆,

我求你怜悯,大发慈悲,

让她对我加以青睐,

了解我对她的满腔热情

和海枯石烂永不变心的忠诚;

她占据了我的全部心灵,

如果我不能如愿以偿,

我内心永远不会宁静。

爱情啊,我的甜蜜的主宰,

求你帮帮我,向她显示你的威力,

让她也领略到你火焰的炽热,

叫她看看我在你的烈焰里

备受煎熬度日如年,

我在痛苦中难以久长;

求你向她转达我的衷肠,

给我进身之阶,

好让我和她互通款曲。

　　狄奥内奥唱完后,女王先夸奖他一番,接着又让大家随意唱了几支歌。时间不早了,白昼的炎热已被夜晚的凉爽驱散,女王便吩咐各人回去好好睡觉,第二天再见。

《十日谈》的第五天已经结束,第六天由此开始,在女王艾莉莎的主持下,大家谈了人们面对挑衅时机智地解气泄恨,或者靠敏捷的应对或者巧妙的答复避免了危险或嘲弄。

当空的月亮逐渐暗淡,初升的太阳照亮了大地,女王起身后派人把大家叫醒。他们在那风景如画的地方三三两两缓步踩着挂着露珠的青草,边走边谈各种话题,议论听到的故事的优缺点,想起故事里的某些情节禁不住发笑。最后,太阳升高,气温增加,他们觉得该回别墅了。大家收住脚步,纷纷回去。饭桌已经摆好,厅里到处放着鲜花芳草,女王吩咐趁天气还不是最热的时候赶快吃饭。他们欢快地吃了饭,唱了一些美妙动听的歌曲,有的去午睡,有的去下象棋或者十五子棋。狄奥内奥和劳蕾塔合唱了一支特洛伊洛和克里塞伊达①的歌。到了集合的时候,女王照例把大家召集起来坐在喷泉旁边。

女王正要吩咐开讲时,出了一件以前从未有过的事:厨房里传出仆役们喧哗争吵的声音。女王把总管叫来问他是何原因。总管说是莉奇斯卡和廷达罗在争论,他刚去呵斥他们就给叫来了,因此具体原因还不清楚。女王吩咐把廷达罗和莉奇斯卡两人马上找来,让他们讲讲原因。廷达罗刚要回答,莉

---

① 特洛伊洛和克里塞伊达是薄伽丘青年时期写的长诗《菲洛斯特拉托》中的男女主人公。

奇斯卡年纪较长,一向倚老卖老,刚才的劲头还没有过去,立即转过脸对廷达罗说:

"你这个蠢货居然想抢在我前面说话!不行,让我先说。"

她对女王说:

"小姐,这个蠢货说他比我更了解西科凡特的老婆,好像我没有和她打过交道似的。他一口咬定西科凡特和她成婚的第一夜,杵棒先生花了好大劲才进黑松林,还发生了流血事件,其实是顺顺当当地进入的,并且很受欢迎。这个人蠢透了顶,以为姑娘都是傻瓜,在父兄决定把她们嫁出去之前会傻等着浪费时间。其实每七个姑娘中有六个早在合卺之前三四年就干过那种事了!她们才不会等那么久呢!我以基督的名字起誓,我认识的妇女中间嫁人时没有一个是黄花闺女。我还知道结过婚的妇女有多少是背着自己的丈夫偷野男人的。这头蠢驴居然要拿女人的事来开导我,简直把我当成三岁的娃娃啦!"

女郎们听着莉奇斯卡的话笑得差点掉下大牙。女王六次让她住嘴,可是她非要把话说完才罢休。等她终于说完时,女王笑着对狄奥内奥说:

"狄奥内奥,这个问题交给你了,我要你等我们大家讲完故事后做出明确的裁决。"

狄奥内奥当即回答说:

"陛下,不需要再听,裁决已经做好了。我说莉奇斯卡有理,我认为廷达罗正如她说的是头蠢驴。"

莉奇斯卡一听乐了,转身对廷达罗说:

"我说的不错吧!你给我一边待着吧,嘴上还没有长毛就以为比我懂得多。你太狂啦,我这些年不是白活的。"

假如不是女王沉下脸叫她住嘴,不准喧哗,不然就要用扫帚揍她,她和廷达罗快快不乐地退下去的话,她会唠叨一整天。两人走后,女王吩咐菲洛梅娜牵头先讲,菲洛梅娜笑吟吟地开口说:

—

一位绅士带着奥蕾塔夫人骑马回家,边走边给她讲故事,但是讲得稀里糊涂,夫人请他还是让她下来自己走为好。

年轻的女郎们,夜空有星星就显得格外静谧,春天碧绿的田野和山峦有了鲜花和葱郁树木的点缀就更加多姿多彩,文雅的举止和谈吐也因机智的语言而增添风趣。机智的语言一般短小犀利,出自妇女之口比男人说出来更生色,因为啰唆的男人使人生厌,唠叨的女人更让人不敢领教。不知是由于我们女人不够聪颖,还是因为老天赐给我们这一代人禀赋不够慷慨,如今的女人中间很少有人,甚至可以说根本没有人能在恰当的时机讲些恰当的话,或者领悟别人的言外之意,这已成了我们女人的通病。潘皮内娅在这方面已经说得很透彻,我不打算多谈。但我想讲一位夫人怎么让一位绅士闭嘴而不失礼貌,使你们了解以前的女人应对是多么得体。

诸位多半见过或听说过以前一位谈吐娴雅、雍容大方的夫人,也就是杰里·斯皮纳先生的妻子,她的名字在我们城里几乎无人不知。一次,她在家里宴请几位夫人绅士,先在乡间

游玩,和我们的情景一样,回去的路程相当长,半路上一位绅士对她说:

"奥蕾塔夫人,我们还有不少路要走,如果你愿意,请你上马,我带你一程,同时给你讲个好听的故事。"

夫人回答说:

"那再好没有了,先生,我正想求你呢。"

绅士开始讲故事,可是他说话的本领也许不比使剑高明多少。故事本身确实很精彩,但说故事的人一句话要重复三四遍、五六遍,讲到后面又回过头重新说起,不时失声喊道:"唷,刚才说得不对头。"经常把人名地名弄混,颠三倒四,人物和情节拧成一团乱麻,叫人听得稀里糊涂。奥蕾塔夫人听得心烦意乱,只觉得浑身冒汗,头昏眼花,仿佛要厥倒似的。她再也忍受不了了,可是那位绅士的故事越讲越乱,怎么也理不出一个头绪,她便和颜悦色地说:

"先生,你这匹马的步子跑得不稳,我请你还是放我下地吧。"

那位绅士说话的本领虽不高明,听话倒能听音,他辨出这句话的弦外之音,从善如流,当即打住那个讲糟的故事,另找一些话题。

二

面包师奇斯蒂用几句话拒绝了杰里·斯皮纳先生的不情之请。

在座的男女青年都夸赞奥蕾塔夫人应对得体。女王吩咐

潘皮内娅接下去讲,潘皮内娅开口说:

美丽的姑娘们,造化有时候把一个高贵的灵魂安在卑贱的躯体里,命运又让一个具有高贵灵魂的躯体干着卑贱的行业,奇斯蒂和我们城里许多人都是这种情况,我不清楚这种荒唐的安排究竟应该怪谁。奇斯蒂是个襟怀恢廓的人,命运却让他当了面包师。假如我不知道造化洞察事理,而命运又是明察秋毫的话(尽管愚昧的人把命运描绘成盲目或者眼睛给蒙住的①),我很可能把造化和命运都埋怨一通。事实上,我知道两者的做法和许多对未来没有把握的人一样,把他们最贵重的东西藏在家中最不起眼的旮旯里,以免别人发现,到了最需要的时候才把它们掏出来。对他们来说,最不起眼的旮旯比最漂亮的房间更有用处。因此,两位左右世界的女神常常把她们最好的东西隐藏在通常认为最卑贱的行业的阴影里,那些东西到了需要的时候才脱颖而出,显得更加光彩夺目。刚才听了奥蕾塔夫人的故事,使我想起她丈夫杰里·斯皮纳先生的一件小事:面包师奇斯蒂三言两语使他恍然大悟,现在我就来讲一讲。

我讲的是教皇博尼法齐奥很器重的杰里·斯皮纳先生。一次,教皇派了几位尊贵的使臣去佛罗伦萨办些要事,让他们在杰里先生家下榻,杰里先生整天陪着他们。不知什么原因,杰里先生和教皇的使臣每天要在乌吉的圣马利亚教堂②前面走过,而奇斯蒂的面包房就设在附近,他亲自掌炉。命运给奇斯蒂的职业虽然卑贱,但待他不薄。奇斯蒂攒了不少钱,不想

---

① 非基督教地区的神话传说常把命运之神描绘成盲目或者蒙住眼睛的女神。

② 佛罗伦萨的斯特罗齐广场附近有以乌吉家族命名的圣马利亚教堂。

改行,生活很舒适,除了享用各种好东西以外,还有佛罗伦萨和附近郊区最好的红白葡萄酒。他看见杰里先生和教皇的使臣每天上午在面包房前面走过,天气又这么热,认为不妨招待他们喝喝他的上好的白葡萄酒。但转念一想,他和杰里先生的地位悬殊,他主动邀请不太合适,最好让杰里先生自己开口。奇斯蒂经常穿着洁白的坎肩,系着干干净净的围裙,看上去不像是面包师,而更像个磨坊主。每天上午,他估计杰里先生和使臣快要经过的时候,就在门口摆上一个新的包锡的水桶,一个也是新的波洛尼亚的酒坛,里面盛的是他上好的白葡萄酒,还有两个光亮得像是银制的锡酒杯,自己舒舒坦坦地坐着。他们走过时,他先清两下嗓子,然后自得其乐地喝起酒来,连死人见了都欣羡不已。

这情景杰里先生一连看了两天,第三天忍不住问道:

"怎么样,奇斯蒂,酒好喝吗?"

奇斯蒂利索地起身回答说:

"好极啦,先生,不过不品尝是不知道它的妙处的。"

不知是由于天气热,还是比往常走得累,或者是看到奇斯蒂喝得惬意的样子,杰里先生那天觉得特别渴,转过身对使臣们说:

"诸位先生,我们不妨尝尝这个好人的酒,也许不会让我们失望的。"

他们走到奇斯蒂跟前。奇斯蒂吩咐由面包房里搬出一条漂亮的长凳,请他们坐下。他们的仆从上前想洗杯子,奇斯蒂说:

"不必费心,伙计们,这件事交给我,我斟酒的功夫不比烤面包差,你们可别想沾光。"

说罢,他亲手洗了四个精致的新杯子,又从面包房里端出一坛好酒,殷勤地斟给杰里先生和使臣们喝。他们觉得长久以来没有喝过这么好的酒了,大大地称赞了一番。此后,使臣们在佛罗伦萨期间几乎每天上午由杰里先生陪同来喝酒。他们离去前,杰里先生举行盛大宴会,邀请了本城的头面人物,也请了奇斯蒂,但他推辞了。杰里先生便派一个仆人去向奇斯蒂要一小瓶酒,准备在上第一道菜的时候请每位客人尝半杯。仆人也许因为从没有机会尝奇斯蒂的好酒,心里有气,带了一个大坛子去了。奇斯蒂一见就对他说:

　　"伙计,杰里先生派你找的不是我。"

　　仆人回答说是找他,但说不通,只好回去向杰里先生如实禀报,杰里先生说:

　　"你再去对他说是我派你去的,如果他还是这样回答,你就问他不找他又找谁。"

　　仆人再次去说:

　　"奇斯蒂,杰里先生确实派我来找你。"

　　"伙计,确实不是。"奇斯蒂说。

　　仆人说:"那他派我找的是谁呢?"

　　"阿尔诺河①。"奇斯蒂回答。

　　仆人向杰里先生禀报,他若有所悟,对仆人说:"你把瓶子拿给我看看。"

　　他一见仆人带去的是个坛子,说奇斯蒂的话有道理,把仆人责备了一通,让他换一个合适的瓶子去。奇斯蒂见到瓶子说:

① 阿尔诺河流经佛罗伦萨和比萨,注入地中海,全长二百四十一公里。

"现在我知道杰里先生是派你来找我的了。"

他高高兴兴把瓶子灌满,然后装了一坛同样的酒,亲自押送到杰里先生家,对杰里先生说:

"先生,你别以为今天上午的坛子把我吓倒了,我只不过觉得你忘了我用来款待你的小酒坛说明这酒不是给仆役们饮用的,因此上午提醒你一下。我并不是抠抠搜搜的人,因此我现在把家酿的都拿来了,随你怎么饮用。"

杰里先生非常欣赏奇斯蒂的礼物,再三道谢,觉得他豁达大度,以后一直把他当作好朋友。

三

> 农娜·德·普尔奇夫人敏捷的回答使轻
> 薄的佛罗伦萨主教哑口无言。

大家听完了潘皮内娅的故事都称赞奇斯蒂巧妙的回答和慷慨大方,女王让劳蕾塔讲,劳蕾塔愉快地开口说:

可爱的女郎们,潘皮内娅和菲洛梅娜都说到我们不善于运用巧妙的语言,她们的话很有道理,因此没有必要再谈这个话题,也不必再补充什么了。我只想提醒大家,机智的语言对于听的人来说应该像是被羊而不是被狗咬了一口,因为像狗咬一般的语言不算作应对,只能称为谩骂。奥蕾塔夫人和奇斯蒂的回答极好地印证了我想说的话。当然,如果听话的人先受到伤害,然后做出犀利的答复,使对方像挨狗咬那样痛定思痛,那又当别论,不在非议之列。我们的一位主教在这方面不够注意,对人不敬,结果自取其辱。我讲的小故事就想说明这一点。

博学多才的安东尼奥·德·奥尔索先生担任佛罗伦萨主教期间，佛罗伦萨来了一个名叫德戈·德拉·拉塔的卡塔卢尼亚骑士，他是鲁贝托国王麾下的将军，长得一表人才，喜欢追求女人。他看上佛罗伦萨城一个美貌的女人，也就是主教的兄弟的甥女。她丈夫虽然出身望族，却爱财若命，俗不可耐。德戈了解那丈夫的品性，向他提出建议，只要他让自己的妻子和德戈睡一夜，德戈便给他五百金币。尽管他妻子不愿意，那个做丈夫的居然答应了。德戈把五百枚当时通用的银币镀了金，给了他，和他妻子睡了一夜。后来这件事传开了，人们对那个贪财的丈夫嗤之以鼻。主教是个乖巧人，假装一点不知道。

主教和将军过从甚密，一天正好是圣约翰节①，两人骑了马外出游玩，看看通往赛马场的路上的女人。主教看到农娜·德·普尔奇，也就是阿莱索·里努奇先生的表妹，说起来我们肯定都知道，她在这次瘟疫中不幸也罹疾去世。当时她刚在圣彼得门地区结婚不久，年轻貌美，神采飞扬。主教把她指给将军看，走近前时，他把手搭在将军肩上，对少妇说：

"农娜，你觉得这个人怎么样？你能抵挡他的追求吗？"

农娜夫人觉得主教当着众人的面说这种轻薄的话有损她的尊严，但她并没有发作，而是以毒攻毒，当即回答说：

"主教先生，我不知道他是不是抵挡得住，不过假如我要金币的话一定要真的。"

---

① 圣约翰指《圣经》记载的为耶稣施洗礼的约翰，他的节日是六月二十四日。

主教和将军听了这话都无地自容,他俩一个用卑劣的手段欺骗了主教的甥女,另一个则因甥女而蒙受耻辱。他们羞愧地低下头,赶快走开,整整一天吭不出声。少妇遭到轻薄,用一句犀利的话使侮辱她的人自取其辱。

四

> 库拉多的厨师基基比奥能言善辩,一句
> 话使库拉多转怒为笑,逃脱了惩罚。

劳蕾塔讲完后,大家把农娜夸了一番,女王吩咐内菲莱接下去讲。内菲莱说道:

可亲的女郎们,头脑灵活的人固然能随机应变讲出巧妙得体的话,有时候一些并不机灵的人情急智生,在命运的帮助下居然也会说出平时怎么也想不到的话,从而摆脱困境。我要讲的就是这方面的一个故事。

我们也许都见过或者听说过我们城里的库拉多·詹菲利亚齐,他出身望族,为人豪爽,除了干正事之外,平时喜欢飞鹰走犬狩猎消遣。一天,他在佩雷托拉①放鹰,猎到一只又肥又嫩的灰鹤,带回家吩咐他的厨师配好作料精心烤制,晚饭时待客。厨师是威尼斯人,名叫基基比奥,手艺虽然不坏,可是脑瓜好像有点傻。他料理好灰鹤就搁在火上翻来覆去烤制,烤熟时香气四溢。街坊上一个姑娘进了厨房,那姑娘名叫布鲁内塔,正是基基比奥热恋的人。她闻到香味,看到烤鹤,恳求

———————————
① 佩雷托拉是佛罗伦萨附近的一个村庄。

基基比奥撕一条鹤腿给她尝尝。基基比奥哼着小曲回答说：

"不能给你，布鲁内塔，不能给你。"

姑娘生气了，对他说：

"我向天主起誓，假如你不给我，以后休想从我这里得到你喜欢的东西。"

两人争论了好久，最后基基比奥见情人真急了，只好割下一条鹤腿给了她。

缺条腿的烤鹤给端上了饭桌，放在库拉多和几位客人面前。库拉多觉得奇怪，把基基比奥叫来，问他另一条腿到哪里去了。那个威尼斯人慌了主意，信口开河说：

"大人，鹤本来只有一条腿呀。"

库拉多生气说：

"谁说鹤只有一条腿？难道我没有见过鹤吗？"

"大人，我说的话没错，你愿意的话，我可以让你看看活鹤都是一条腿。"基基比奥说。

由于有客人在座，库拉多不想和他纠缠，便说：

"好吧，我可从来没有看见过或者听说过活鹤只有一条腿，你既然要我看，我明天倒要见识见识。不过我以基督的圣体起誓，如果不是这样，我要好好收拾你，让你这辈子忘不了我姓什么。"

当晚他们不再争论，库拉多气得一宿没有睡好，第二天一早起来心里仍旧有气，吩咐备马，让基基比奥也骑上马，两人直奔一条经常有灰鹤栖息的河边，路上对他说：

"我们马上就可以证实昨晚说瞎话的是你还是我了。"

基基比奥见库拉多余怒未消，心想自己的谎话就要拆穿，骑马跟在库拉多后面惴惴不安，有可能的话真想溜之大吉。

他东张西望,见到的仿佛都是两条腿的灰鹤。

他们来到河边,河滩上有十来只单腿站立的灰鹤,因为鹤打瞌睡的时候都收起一条腿。这一来,基基比奥振振有词了:

"大人,昨晚我说灰鹤只有一条腿,你自己看,我说的不假吧?"

"你等着,我让你看看它们究竟有几条腿。"库拉多说。

他上前几步,大声喊道:"嗬,嗬!"灰鹤受惊,放下蜷缩的腿,纷纷奔逃。库拉多转过身对基基比奥说:

"不要脸的东西,你还有什么话可说? 它们有没有两条腿?"

基基比奥结结巴巴地说:

"不错,大人,不过你没有对昨晚的鹤喊'嗬,嗬!'如果喊了,它也许会像这些鹤一样伸出另一条腿。"

库拉多听了这个回答哈哈大笑,满腔怒气化为乌有,说道:

"基基比奥,你说得对,昨晚我应该喊一声。"

于是主仆二人相安无事。

五

法学家福雷塞·德·拉巴塔和画家焦托从穆杰洛归来,途中遇雨,互相嘲笑各人的狼狈相。

内菲莱讲完了故事,基基比奥的回答让女郎们笑了好久,接着潘菲洛奉女王之命开始说:

最亲爱的女郎们,潘皮内娅先前讲的故事告诉我们,命运往往让品德高尚的人从事卑贱的行业,而造化也常常在丑陋的相貌下面隐藏非凡的才能。我们城里有两位人物就是这方面的突出例子，我现在想讲一件他们的轶事。一位名叫福雷塞·德·拉巴塔先生，身材矮小畸形，一张扁脸，同他相比，连巴龙奇家族最丑的成员都算是长得俊的①。他精通法学，有民法学流动图书馆之称。另一位是焦托②，他的艺术才能出神入化，在那哺育万物、操纵天体不停运转的地球上，③任何事物他都能用雕刻刀或者画笔刻画下来，栩栩如生，活灵活现。直到今天，人们见了他的作品往往还以为不是绘画而是实物。几百年来，由于一些人置高雅于不顾，只求迎合庸俗无知的趣味，艺术走进了误区，而焦托则孜孜不倦地使之重新发扬光大。他不愧是佛罗伦萨光荣的代表人物之一。更值得称道的是，他虽然艺术造诣超群绝伦，足以为人师表，但为人十分谦逊，从不以艺术大师自居。而一切功力比他或他的学生差得多的人却厚颜无耻地窃取了大师的称号。相形之下，他的人品和成就更显得光彩夺目。可惜的是，他的艺术虽然到了登峰造极的地步，他的长相和模样并不比福雷塞先生高明多少。现在言归正传。

焦托和福雷塞先生在穆杰洛各有一处庄园。一年夏季，法院休庭，福雷塞先生得闲去庄园看看。回佛罗伦萨时，他骑着一匹驽马，路上遇到也是去穆杰洛看了自己的庄园返回城里的焦托。焦托的坐骑和打扮不比福雷塞好多少，两人都上

① 参见下面故事之六。
② 指焦托·德·邦多内(1266—1337)，佛罗伦萨杰出的画家，意大利现代绘画创始人之一，著名作品有描绘圣方济各和耶稣基督生平事迹的系列壁画。是诗人但丁的好友。
③ 当时人们认为地球是宇宙的中心，所有的天体都围绕地球运转，影响地球上万物的成长。

了年纪,便并辔缓缓同行。夏天气候多变,两人一路行去,突然风起云涌,一阵暴雨劈头盖面地打来。他们认识一个庄稼汉家在附近,两人策马前去躲避一会儿。过了好久,雨还没有停歇的迹象,他们急于在天黑之前赶回佛罗伦萨,只得向农家借些御雨的衣物。农家找不出像样的东西,给了他们两件很旧的本色粗呢斗篷和两顶破旧的帽子。他们穿戴好便冒雨赶路。走了一程,两人身上都给淋湿,又沾满了马蹄溅起的泥浆,狼狈不堪。这时候雨势小了一些,两人才打破沉默攀谈起来。焦托谈锋甚健,福雷塞先生只是骑着马听他说,忽然朝他左看右看,把他从头到脚打量了一番,见他这副落拓的样子,想想自己比他也好不了多少,竟然笑了起来,对他说:

"焦托,如果这时候有个从未见过你的陌生人迎面过来见到你,他能认出你是世上首屈一指的大画家吗?"

焦托回答说:

"先生,如果他见了你这副模样,以为你是个粗通文墨的人,我想他也认不出我了。"

福雷塞先生听了这话,知道自己失言了,你敬人家一寸,人家才会敬你十分。

六

米凯莱·斯卡尔扎向几个青年人证明巴龙奇一姓是海内外最高贵的家族,赢得一顿晚餐。

焦托机敏的回答惹得女郎们都笑了。笑声还没有平息,女王已吩咐菲亚梅塔接着讲。菲亚梅塔开口说：

年轻的女郎们，潘菲洛刚才提到了巴龙奇家族，你们也许不像他那么了解，却使我想起一个故事，可以说明这个家族多么高贵，内容并不背离我们今天的主题。下面就是我要讲的故事。

不久前，我们城里有个名叫米凯莱·斯卡尔扎的青年，他算得上是世界上最风趣的人了，总是有些独具匠心的新鲜见解。佛罗伦萨的青年人因此都喜欢他，有什么聚会总要设法把他找来。一天，他和几个青年在乌吉山庄闲聊，讨论到佛罗伦萨哪一个家族最高贵，最古老。有人说是乌贝托，有人说是兰贝蒂，各执己见，众说纷纭。斯卡尔扎在旁边调皮地笑着说：

"得啦，你们真傻，说得都不对。佛罗伦萨以及海内外全世界最高贵，最古老的是巴龙奇家族，所有的哲学家，以及像我这样了解这个家族的人，在这方面意见完全一致。我说的不是别人，就是你们的同乡，住在圣马利亚大区的巴龙奇家族。"

青年们原以为斯卡尔扎会讲出新鲜的东西来，听了这话大失所望，纷纷取笑他说：

"瞧你说的！仿佛只有你认识巴龙奇家，我们都不认识似的！"

斯卡尔扎说：

"你们别笑，我说的是大实话。你们中间有谁想打赌，输了请赢家和他挑选的六位陪客吃顿晚饭，我可以奉陪，拿出证明。此外，随你们推谁做公证人，我一定服从他的裁决，保证没有异议。"

青年中间有个名叫内里·万尼尼的说：

"我来赌这顿晚饭。"

当时他们在彼得罗·德·菲奥伦蒂诺家，便推彼得罗做公证人，一同去找他，把斯卡尔扎讲的话告诉他，想赢斯卡尔扎一顿晚饭，出出他的丑。彼得罗办事稳重，先听完了内里的意见，然后问斯卡尔扎：

"你怎么证明你说的话有道理呢？"

斯卡尔扎说：

"这好办。我要用清晰的论据来证明，让你和同我打赌的内里听了心服口服，承认我说的一点不假。你们都知道，一个家族的历史越悠久，门第就越高贵，你们自己刚才就这么说过。如果说巴龙奇是最古老的家族，那也就是最高贵的了，因此我只消证明他们的家族比任何一个都古老，我就赢得了这个东道。你们要知道，天主还没有学好绘画时就创造了巴龙奇家族。至于别人，则是天主学成绘画以后才创造的。你们只消把巴龙奇家族的人和别人比较一下就明白我的话不假。你们看，别人的脸五官端正，比例协调，而巴龙奇家族的人脸不是又长又窄，便是宽得不成样子；有的鼻子太长，有的又太短；有的下巴突出翘起，有的下巴像驴那么阔；有的眼睛一大一小，有的一高一低，正如初学画的小孩信笔涂抹的脸。根据我刚才说的，天主是在初学绘画的时候创造巴龙奇家族的，因此他们比谁都古老，同时也比谁都高贵。"

作为公证人的彼得罗，作为打赌另一方的内里，以及所有在场的人都觉得确实不错，斯卡尔扎有趣的论据使他们都笑了，承认他说得有道理，赢得一顿晚饭。他们一致同意巴龙奇家族非但在佛罗伦萨，而且在全世界范围内都是最高贵、最古老的。

刚才潘菲洛为了形容福雷塞先生长得丑陋,说他比巴龙奇家族的成员更丑是很有道理的。

七

> 菲利帕太太和情人在一起时被丈夫撞见,出庭受审。她快人快语,逃脱惩罚,并且促成法律的修正。

菲亚梅塔讲完了故事,大家听了斯卡尔扎用来证明巴龙奇家族高贵的妙趣横生的论据,都觉得好笑。女王吩咐菲洛斯特拉托接下去讲,他说道:

贤惠的女郎们,能言善辩在任何时候都有好处,但我认为在紧要关头更得益不浅。有一位太太口才出众,非但使旁听的人开怀大笑,她自己也因而逃脱羞辱和死刑。

从前普拉托地方上有一条不合情理的法律,规定女人为了金钱和任何男人睡觉以及和情人通奸而被丈夫抓获者,一概得在火刑柱上烧死。这条酷烈的法律施行期间,一位名叫菲利帕的美貌多情的太太在自己的房间里和情人幽会时被她丈夫里纳尔多·德·普列西撞见。菲利帕迷恋的那个情人名叫拉扎里诺·德·瓜扎廖特里,是本地一个英俊的贵族青年。里纳尔多看见自己的老婆和那青年人搂在一起,妒火中烧,真想扑上去把两个人都宰了,再一转念,压下了心里的冲动,因为普拉托的法律虽然可以判他妻子死刑,他却不可以行使法律,否则自己要犯法。于是,他提出确凿的证据,也不同人商量,上法院告了妻子一状。菲利帕的亲友劝她逃跑,不要出庭,但她像真正一往情深的女人一样坦然自若,宁愿受审,在死去之前勇敢地说出真相,不愿苟且偷生,带着缺席审讯的判决,逃亡在外,有愧于那晚和她春风一度的情人。到了审讯的那天,劝她不要出庭的男女亲友见她执意不肯,只好陪她前去。她见了地方长官,泰然自若、心平气和地问为什么传她。长官见她这么美丽优雅,谈吐又这么从容不迫,先就对她有了怜惜之意,但担心她供出对她自己不利的话来,而为了维护长官的尊严他又不得不依法判决,于是他存心开脱地问道:

"夫人,你也看到了,你丈夫里纳尔多在这里状告你和别的男人私通,要求按照现行法律判你死刑。不过,如果你自己拒不承认,本官也不能做出死刑判决,因此你回答时要仔细斟酌。你说,你丈夫控告你的罪名是否属实?"

菲利帕不慌不忙地回答说:

"大人,里纳尔多是我丈夫,那晚确实看见我睡在拉扎里诺怀里,我爱拉扎里诺是真,多次在他怀里睡过,这一点我并不否认。但是,大人十分清楚,法律应该一视同仁,制定法律时应该得到遵奉法律的人的同意,而适用于本案的法律却不是这样的,它只惩罚不幸的女人,尽管我们女人比男人强,能满足许多男人的要求。再说,制定这条法律时并没有邀请女人参加,也没有征求她们同意,因此这条法律是不公平的。如果大人不顾及自己灵魂的安宁,硬要行使这条不公平的法律,置我于死地,我并无怨言。不过在判决之前,我请求大人答应我一件小事,也就是问问我丈夫,他每次有求于我的时候,我是不是从未拒绝过他,全心全意地满足了他的要求。"

里纳尔多不等长官发问就回答说,他妻子确实一直给他所要求的欢乐。

菲利帕接着说：

"长官，那我请问大人，既然他从我这里得到了他所需要的一切，我让他得到了满足，而我还有富余该怎么办？拿去喂狗？拿去为一位爱我胜过他自己的绅士效力，总比白白糟蹋掉好些吧？"

菲利帕太太是知名人物，普拉托的人几乎都来旁听审讯经过。这句有趣的话引起不少笑声，大家齐声嚷道那位太太说得有道理，他们在离开法庭之前，经过地方长官征询，当场修改了那条法律，规定只对那些贪图金钱而对丈夫不忠的女人予以惩罚。

里纳尔多栽了一个大跟斗，垂头丧气地离开法院，菲利帕无罪开释，绝处逢生，心满意足地回了家。

八

弗雷斯科的侄女说她见了谁都觉得讨厌，叔父便劝她别照镜子。

女郎们听着菲洛斯特拉托的故事，开头觉得有点羞涩，脸上泛起了红晕，后来面面相觑，忍不住想笑，好不容易才熬到他讲完。女王等他结束后，吩咐艾米莉娅接下去讲。艾米莉娅仿佛刚睡醒似的叹了一口气，开口说：

可爱的女郎们，我刚才想事想出了神，现在女王有令，只好讲一个比往常短得多的故事。我要讲的是一个目空一切的姑娘，她的叔父用一句含蓄的话责备她愚蠢的错误，假如她能心领神会，照说应该幡然改过。

一个名叫弗雷斯科·德·切拉蒂科的人有个侄女，小名切斯卡，身段和脸蛋虽然不如我们平时在图画上见到的天使那般美丽，却也算得上有几分姿色。但她自以为绝世无匹，门第高贵，养成了一个习惯，见了别人，不分男女老少，一概把人家贬得一文不值，都瞧不上眼。她吹毛求疵，忸怩作态，甚至比法兰西皇室的金枝玉叶还要骄矜傲慢，简直到了使人难以容忍的地步。她上街时，仿佛路上的人身上都有臭味似的，总是皱起眉头，掩鼻而过。

切斯卡还有不少可恶的地方，我们暂且不谈，只说有一天她从外面回来，坐在弗雷斯科旁边，双眉紧锁，长吁短叹，弗雷斯科终于问她：

"切斯卡，今天是个节日，你怎么早早地就回家了？"

她装腔作势，摆出没精打采的样子说：

"我确实回来得早一些，我从没料到世界上竟会有这么多讨厌的男男女女，真是倒霉，街上简直没有一个看得顺眼的人。我觉得世界上没有第二个像我这样的人，见到不顺眼的人就生气，所以还是早早回家的好。"

侄女这种矫揉造作的模样叫弗雷斯科见了也没有好气，他说：

"孩子，既然你看不顺眼要生气，我劝你以后再也不要照镜子了。"

切斯卡虽然自以为比所罗门王更聪明，其实腹中像芦苇那么空，因此听不懂弗雷斯科的言外之意，只回答说她和别的女人一样，镜子还是要照的。以后她还是这么狂妄，不知天高地厚。

九

几个佛罗伦萨的绅士取笑圭多·卡瓦尔坎蒂,被他一句话顶了回去。

艾米莉娅讲完了故事,女王看到除了有权殿后的狄奥内奥之外只剩下她自己还没有讲,于是开口说:

美丽的女郎们,今天我原想讲的几个故事被你们先讲去了,不过我留着一个,故事结尾的一句耐人寻味的犀利的话还有些新意。

你们都知道,从前的佛罗伦萨有许多值得赞扬的好风俗,但是随着财富的增长,人们变得越来越贪婪,一些优良的传统消失殆尽。这个城市的好风俗之一是各地区的贵族时常聚会结社,参加者分担费用,今天由一个人,明天由另一个人做东,依次轮流招待全体成员。这种场合有时款待外地来的贵客,有时甚至邀请当地老百姓。他们至少一年一度穿着一色服装,骑着马,簇拥着几个头面人物在城里游行。遇有重大节日,或者有作战胜利的消息传来时,还组织比武竞技。

这些社团之一由贝托·布鲁内莱斯基牵头,他和伙伴们一直想请卡瓦尔坎特·德·卡尔瓦坎蒂的儿子圭多·卡瓦尔坎蒂参加进来。他们的想法不是没有道理的,因为圭多儒雅健谈,是当时最好的逻辑学家之一,也是杰出的唯物主义哲学家(尽管他们对哲学问题不感兴趣),凡是贵族喜爱并符合贵族身份的技艺他无不精通。此外,他很有钱,只要他乐意款待的客人都高兴来,满意而归。但是贝托先生一直没有达到目的,贝托和他的一班朋友认为那是因为圭多先生整天沉思冥想,不关心周围事物的缘故。另外,由于圭多的观点和伊壁鸠鲁派相近,①一般人说他是在思考如何证明天主是不存在的。

一天,圭多沿着他散步时经常走的阿迪玛里路从圣米迦勒教堂走向圣约翰圣洗堂,来到大理石棺中间(如今这些石棺有的放在圣雷帕拉塔广场,有的放在圣约翰圣洗堂)。圣洗堂大门关着,圭多便在门外斑岩石柱和石棺之间徘徊,贝托先生和他的一班朋友这时正好骑马经过圣雷帕拉塔广场,他们看见了圭多,便说:

"我们去跟他开开玩笑。"

他们一踢马腹,发动攻击似的朝圭多冲去,在他发觉之前已经把他团团围住,对他说:

"圭多,你不愿意和我们打交道,你说说,等你发现天主不存在时,你打算干什么?"

圭多见他们咄咄逼人的架势,回答说:

"先生们,你们是在自己家里,爱说我什么请自便吧。"

他身手矫健,把手按在大石棺上,纵身一跃就跳到了圈外,掉首而去。那班人面面相觑,议论说圭多是个白痴,说的话叫人莫名其妙。因为这里是公共场所,他们和圭多以及任何人都来得。贝托先生这时说:

"你们没有听懂他的话,你们自己才是白痴呢。他很潇洒,短短一句话就把我们骂得够呛。你们瞧,这些石棺石墓是

---

① 伊壁鸠鲁学派认为肉体死亡后灵魂随之泯灭,因此文中有天主不存在之说。关于伊壁鸠鲁参见本书第一天故事之六 51 页注②。

死人的住所,里面安放的是尸体。他说我们在自己家里,意思是我们不学无术,等于白痴,同他和一些有学问的人相比,还不如死人,我们在这里就像是在自己家里。"

大伙这才明白圭多话里的意思,十分羞愧,再也不敢取笑他了,并且把贝托先生看作是聪明机灵的人。

十

奇波拉教士向村民吹嘘,说是要给他们看看加百列大天使的羽毛。后来发现羽毛失踪,成了几块木炭,便说那是烤死圣洛伦佐①的原物。

大家都讲过故事,现在只剩狄奥内奥了。等大家夸完了圭多的机敏之后,狄奥内奥不待女王吩咐便开口说:

妩媚的女郎们,我虽然获有特许,可以随自己的心意讲,可是今天各位讲的主题十分精彩,我不想独辟蹊径,现在顺着大家的思路讲一个圣安东尼②教派的教士如何情急智生,摆脱了两个青年人使他陷入的窘境。为了完整起见,我的故事

---

① 圣洛伦佐是罗马教皇西克斯图斯一世的助祭,罗马皇帝瓦莱里亚诺逼他交出教会财富,他把孤儿寡妇等穷苦人带到皇帝面前说,他们就是教会的财富。皇帝下令把洛伦佐放在烤架上用文火烤死。洛伦佐死于二五八年,他的纪念日是八月十日。

② 圣安东尼(约251—356),传为基督教隐修生活的先驱,在沙漠中隐居修行。传说他抗拒了魔鬼的种种诱惑,他的画像脚下有一头会念念魔鬼咒语而被他制服的猪,因之被奉为牧猪人以及畜牧业的保护神,他的纪念日是一月十七日。

稍微长些,希望各位不要介意,反正时间还早,你们瞧,太阳还老高。

想必你们都听说过,切塔尔多是我们城郊埃尔萨山谷的一个城堡,面积虽然不大,但以前人口很多,不乏贵族和富人。有个名叫奇波拉的圣安东尼派教士觉得那里油水很足,长期以来每年去一次,向那些愚夫愚妇要些施舍。当地人待他不薄,倒不是因为他虔诚,而是因为他的名字是葱头的意思,而埃尔萨山谷盛产葱头,在托斯卡纳全境闻名。奇波拉教士五短身材,一头红发,整天笑嘻嘻的,十足是个机灵鬼。他学问不大,但讲起话来口若悬河,人们把他当作了不起的演说家,认为图利奥①或者昆提利安②再世也不过如此。

八月,奇波拉教士照例又去埃尔萨山谷。一个礼拜日的早晨,附近的善男信女纷纷来教区教堂做弥撒,他认为时机合适,便对大家说:

"先生们太太们,各位都清楚,你们照例每年都根据各自的条件和诚心,或多或少地向圣安东尼奉献部分五谷收成,求他老人家保佑你们的牛驴猪羊。此外,你们,尤其是教派的忠实信徒们,都缴纳一年一度的,为数不多的会费。我的师父,也就是修道院院长,派我来收取这些财物。天主保佑,等午后祈祷一过,你们听到钟声,就到教堂外面来,我按惯例向你们布道,你们吻十字架。我知道你们对圣安东尼他老人家十分

① 图利奥指马尔科·图利奥·西塞罗(前106—前43),古罗马政治活动家、演说家、修辞学家,他的演说文辞优美,句法严谨,音韵和谐,说服力强。
② 昆提利安(约35—约95),古罗马演说家、修辞学家,长期从事修辞学讲授工作,有很高的声誉。

虔诚,蒙他殊恩,到那时候我给你们看一件十分难得的圣物,那是我在海外神圣的地方弄来的,也就是大天使加百列到拿勒撒向童贞马利亚宣布圣孕时掉在马利亚家里的一根翅膀上的羽毛。"

他说完后开始做弥撒。

奇波拉教士说这些话的时候,教堂里有两个十分调皮捣蛋的青年人,一个叫乔瓦尼·德·布拉戈涅拉,另一个叫比亚焦·皮齐尼。他们和奇波拉教士虽是好朋友,听到教士吹嘘他的圣物却在窃笑,决定拿羽毛和教士开个玩笑。他们知道奇波拉教士上午和朋友在城堡里吃饭,等教士坐定以后,他们一溜烟跑到教士下榻的客栈,由比亚焦去和奇波拉教士的仆人攀谈,乔瓦尼则在教士的行李里找那根羽毛,把它拿走,看教士布道时还有什么可吹嘘。

奇波拉教士的仆人名叫古奇奥,人们给他起了许多绰号,有的叫他鲸鱼,有的叫他垃圾,还有的叫他蠢猪。他丑得出奇,即使善于画丑八怪的利波·托波也无法描绘他的尊容。奇波拉教士常在朋友面前取笑他的仆人说:"我的仆人有九个特点,其中任何一个特点如果换到所罗门、亚里士多德或者塞内加身上就会毁掉他们的全部道德、智慧和圣洁。①"有时候朋友们问起哪九个特点,教士出口成章地说:"我告诉你们:他又脏又懒爱说谎,粗心大意加倔强,一不高兴就骂娘,糊涂放肆没教养。还有许多小毛病就不提了。更叫人好笑的是他无论到什么地方都想娶个老婆安个家,他有一把黑亮的大

---

① 薄伽丘在这里把所罗门、亚里士多德和塞内加分别作为希伯来、古希腊和古罗马的道德智慧的代表人物。

胡子,自以为漂亮,女人见了都会爱上他。如果人家不理睬他,他就蒙头转向地在她们背后纠缠不清。他伺候我倒不离左右,谁和我谈私心话他都要在旁边听,谁问我什么话,他总是自作主张抢着回答,仿佛怕我不会回答似的。"

奇波拉教士把这个宝贝仆人留在客栈,嘱咐他不准任何人动他的东西,特别是那个存放圣物的褡裢。夜莺喜欢在树林里栖息,"垃圾"古奇奥却喜欢泡在厨房里,尤其是有女仆的厨房。他看到客栈厨房里有个女的,长得又矮又胖,一对大乳房像是两筐粪肥,一张脸像是巴龙奇家族①的成员奇丑无比,浑身汗渍油腻,散发出异味。他像鸥鹞嗅到腐肉似的,一头扎进厨房,把奇波拉教士的房间和物品抛在脑后。八月天气很热,他却坐在炉灶旁边同那个名叫努塔的女仆有一搭没一搭地攀谈起来,说他自己是贵族出身,有文书为凭。又说除了施舍给穷人以外,他还有一千零九枚金币。还说他能说能干,连他的主人也无法相比。他也不看看自己帽子上的油腻足够阿尔托帕肖修道院②熬大锅汤的,他的坎肩领子和腋窝脏得发黑,补丁打补丁比鞑靼或者印度苦行僧的百家衣还斑驳,鞋子破,袜子开了绽,但他摆出恰斯蒂廖内③公爵的派头,说是要给她买漂亮的衣服首饰,她不必再干这种低三下四伺候人的工作了。目前他的产业虽然不多,不过她肯定有荣华富贵的日子可过。他吹得天花乱坠,但和以前同女人打交道的情形一样,一切都是白搭。

~~~~~~~~~~

① 参见本书第六天故事之六。
② 阿尔托帕肖是卢卡地区一座著名的修道院,每周两次熬一大锅汤施舍给穷人。
③ 恰斯蒂廖内是法国一座古城堡。

两个青年人发现"蠢猪"古奇奥在和努塔纠缠，没人碍他们的事，省掉一半力气。奇波拉教士房间又没锁门，他们高高兴兴地进去，一眼看到那个放羽毛的褡裢。他们解开褡裢，找到一个用塔夫绸包着的小盒子，盒子里面是一根鹦鹉尾羽，猜想那就是教士要给切塔尔多居民们看的东西。那时候教士很容易骗过当地人，因为埃及的珍异只有一小部分流入托斯卡纳，后来才大量涌入意大利，败坏了全国的风气。由于旧时的人生性淳朴，知道鹦鹉的人不多，那一带的居民连听都没听到过，更不用说亲眼看见了。两个青年人拿到羽毛很高兴，为了不让盒子空着，顺手从屋角抓起几块木炭放在盒子里。他们按原样把盒子包好放好，拿了羽毛溜出去，没有给任何人发现，等奇波拉教士布道时不见羽毛，只见木炭，看他有什么话可说。

教堂里的淳朴的善男信女听说午后祈祷之后可以瞻仰加百列大天使的羽毛，做完弥撒各自回家，一传十，十传百，饭后涌向城堡，兴致勃勃地等着看羽毛，城堡里几乎挤不下了。奇波拉教士美美地吃了午饭，睡了一会儿，午后祈祷过后才慢条斯理地起身，发现村民们已纷纷前来，便吩咐"垃圾"古奇奥拿了小铃和褡裢上场。古奇奥恋恋不舍地离开了厨房和努塔，去取教士要的东西。他在厨房里喝了不少水，肚子撑得慌，气喘吁吁地跑来，按照奇波拉教士的吩咐站在教堂门口使劲摇铃。村民们到齐后，奇波拉教士也不检查他的物品有没有被人动过，开始滔滔不绝地布道。他煞有介事地念了悔罪诵，到了出示大天使加百列的羽毛的时候，便吩咐点燃两支大蜡烛，自己脱掉帽子，郑重其事地徐徐解开塔夫绸，捧出盒子。他先说了几句赞美大天使加百列和他的圣物的话，然后打开盒盖。他一看盒子里装的是木炭,并不猜疑是"鲸鱼"古奇奥干的,因为他了解古奇奥的智力不足以干出这种事来;也不诅咒古奇奥没有好好看管他的物品,只是责怪自己为什么让古奇奥这种粗心大意、丢三落四、愣头愣脑的人看管他的东西。但他当时面不改色,朝天空仰起头,高举双手,有意让大家听到他说:

"啊,天主,你的力量永远受到赞美!"

然后他关好盒子,对村民们说:

"先生们太太们,你们要知道,我年纪很轻的时候,我的师傅就派我到太阳升起的国度去,嘱咐我一定要弄到制瓷的特权。其实那种特权根本不需用金钱换取,对别人或许比对我们有用得多。我从威尼斯出发,经过希腊镇①,从那里骑马横跨加博王国②,取道巴格达,到了帕里昂,再从那里到了撒丁岛。由于沙丁鱼吃得多,我口渴极了。可是我何必把我到过的国度都告诉你们呢?我穿过圣乔治地峡,抵达人口众多的骗子国和滑稽国,到了谎言国,在那里遇到许多教士,有的和我是同一教派,有的属于别的教派。他们口头上说尽心侍奉天主,实际上尽可能逃避艰苦,只求对自己有利,绝不考虑别人死活。他们食言而肥,轻诺寡信。我前去阿布鲁齐,那里的男男女女都穿木屐爬山,把猪肉塞进猪肠。再往前走,遇到的人把面包做成圆圈形用棍棒扛,酒则用皮囊盛装。然后我到了巴斯科人居住的地区,那里的水都往低处流。总之,我到处漫游,到了印度帕斯提纳卡。我以身上的法袍起誓,我见到

① 希腊镇在威尼斯郊区。
② 加博王国,参见本书第二天故事之七 116 页注①。

那里的钩镰会飞，不是亲眼见到的人怎么也不会相信。[①] 这一切都有马索·德·萨焦可以作证。马索是个做大买卖的经纪商，我见到他时，他正把核桃敲碎，然后零售核桃壳。我一直没有找到我寻觅的东西，而从印度国再往前去要走水路了，我只得折回，到了圣地耶路撒冷，那里的凉面包在夏季卖四块钱一个，而暑热遍地都是，分文不取。我晋见了耶路撒冷尊敬的总主教农米布拉斯马特塞沃伊皮亚切[②]大人，承蒙他看得起我身上的圣安东尼教派的法袍，他把所有的圣物都拿出来让我见识见识。他的宝贝多极了，如果我一件一件地讲给你们听，几里路都摆不完。我不妨讲出其中几件，免得大家失望。他首先给我看圣灵的一个完整如新的指头，圣方济各见到的六翼天使的一缕头发，智慧小天使的一枚指甲，圣子肉身的一根肋骨[③]，天主教神圣信仰的几件衣服，东方三博士前去拜见圣婴耶稣时见到的那颗引路星辰的光芒，圣米迦勒和恶龙搏斗时流下的一瓶汗水，圣拉撒路[④]的下颌，以及一些别的东西。我送给他一些莫雷洛山藏经的通俗手抄本和几卷卡普雷齐奥经，那正是他多年求之未得的东西。他欣喜之余回赠我一些圣物，其中有耶稣十字架上的一枚大钉子，一小瓶所罗

① 帕斯提纳卡是胡萝卜一类的植物，而"钩镰"和"飞禽"在意大利语中只差一个字母。

② 此名原文为"Non-mi-blasmate-se-voi-piace"是从法语"ne me blâmez pas s'il vous plaît"（敬请原谅）移植的。

③ 原文"Verbum-caro-fatti-alle-finestre"是奇波拉教士信口说的夹杂意大利语的拉丁语，《福音书》中常出现的是"Verbum caro factum est"，意谓"肉身入世的圣子耶稣"。

④ 拉撒路是伯大尼地方的马利亚和马大的兄弟，病死四天后被耶稣救活，事见《圣经·新约·约翰福音》第十一章。

门殿堂的钟声,我已经告诉各位的加百列大天使的羽毛,圣盖拉尔多·德·维拉马尼亚的一只凉鞋。佛罗伦萨的盖拉尔多·德·邦西对我所有的圣物羡慕得很,前不久我把那只凉鞋送给了他。我的师傅在核实这些东西的真实性之前不准我出示。不过这些东西已经显过几次灵,耶路撒冷的总主教又一再来信确认它们是真品,我不妨让各位瞻仰一下。由于交给别人不放心,我总是随身携带。我把大天使加百列的羽毛放在一个盒子里,把烤圣洛伦佐的木炭放在另一个盒子,两个盒子一模一样,有时候容易弄混,今天就是这种情形。我原以为拿了盛羽毛的盒子,却拿了那个盛木炭的。虽然拿错,却说明了天主的旨意,天主把盛木炭的盒子放在我手里,为的是提醒我,再过两天就是圣洛伦佐节。天主希望我给各位看看烤死那位圣徒的木炭,从而唤醒你们对那位圣徒应有的崇敬心情。天主没让我给你们看羽毛,而让我给你们看那位圣徒体液烧熄的木炭,使我不由自主地拿错一个盒子。因此,我的孩子们,虔诚地脱掉帽子,准备瞻仰吧。不过还有一点要告诉你们,凡是用木炭在身上画过十字的人可保一年平安,即使给火烧着也会立即闪避。”

奇波拉教士说完了这番话,唱了几首颂扬圣洛伦佐的赞美诗,然后打开盛木炭的盒子。那些愚夫愚妇们毕恭毕敬地瞻仰之后,教士眼看大家争先恐后地挤上前,捐输的财物大大多于平时,纷纷要求摸摸木炭沾些福气。教士拿起几根木炭,在男人的白衬衣和女人的头巾上大画十字,还说木炭虽然越画越短,放进盒子后又会长出来,他试过好几次了。教士满足了切塔尔多全体村民的愿望,捞到一大批财物,凭他的机智把那两个换掉羽毛想作弄他的年轻人反过来捉弄了一番。两个年轻人自始至终一直在场,听了教士的布道和海阔天空的议论,笑得下巴几乎都要掉下来。人群散后,他们上前把他们干的事讲给教士听,把羽毛还给他,让他明年再派用场,效益可能比木炭更好。

　　这个故事,特别是奇波拉教士的漫游经历和所见所得的圣物把大家都逗乐了。女王看到最后一个故事已经讲完,她的任期也告结束,便站起身摘下桂冠,戴在狄奥内奥头上,对他说:

　　"狄奥内奥,现在是考验你如何治理女人的时候了。你应该励精图治,好自为之,希望你任期结束时博得大家的好评。"

　　狄奥内奥扶扶桂冠,笑着回答:

　　"你们见到象棋盘上的国王比我威严得多,如果你们能像听从真正的国王那样听从我,我一定让你们大家满意。总之,我尽可能好好治理。"

　　他把总管叫来,按照惯例布置了他任期内该做的事,然后说:

　　"可敬的女郎们,我们已经从不同的角度讲了人的机智和具体事例,如果刚才莉奇斯卡没有来找我们评理,使我想起明天讲故事的主题,再找个题目真要费些脑筋。你们都听到她一口咬定说女人新婚时没有一个是黄花闺女,又说她知道不少女人婚后欺骗了她们的丈夫。第一点太幼稚了,可以不谈。我认为谈谈第二点倒是有趣的事。莉奇斯卡既然给我们出了题目,我认为明天就讲女人为了偷情或者摆脱窘境如何骗过丈夫,不论做丈夫的是否知道自己受骗。"

在座的女郎中间有几个认为这是个敏感的题目,不合适,要求换一个。国王说:

"女郎们,我和你们一样,出题目时早已深思熟虑。不管你们怎么说,我不再改变决定。如今是非常时期,无论男女,只要守身如玉,不干有失体统的事,口头上讲什么都无可非议。难道你们不知道由于大难当前,法官们都已逃离法院,宗教和人世的法律已经名存实亡,只要能好好活着,爱干什么都不受干涉。讲一些有损女人贞洁的故事不一定有实际行动,而只是让大家消遣解闷,我认为今后决不会有人因此而责怪你们。再说,你们迄今为止的所作所为一直极其正派,不管口头上说过什么,以前没有,今后天主保佑也不会有不规的行为可以玷污你们贞洁的名声。总而言之,你们贞洁的名声有谁不知?休说是一些作为消遣解闷的故事,即使死亡的威胁也不足以损害你们的贞洁。说实话,如果有人知道你们消遣时都不谈这种话题,反而会猜疑你们干了错事,谈话时故意回避呢。"

女郎们听后不再坚持,说是就照他的意见办吧。国王让大家自由活动,晚饭时再集合。今天的故事都比较短,太阳仍挂得老高,狄奥内奥和另外两个青年下十五子棋,艾莉莎把女郎们叫过一边说:

"我们来这里以后,我一直想带你们去附近一个地方,可是没有机会。那地方叫女儿谷,估计你们都没有去过。今天时间还早,你们愿意的话就一起去,肯定会感到满意。"

女郎们都说愿意。她们带了一名侍女出发,也没有向青年们打个招呼,走了一英里左右便到了目的地。她们沿着一条旁边有山涧流淌的小径进了山谷,眼前豁然开朗,赏心悦目,暑气顿消。后来我听一位女郎说,山谷中间一片平地仿佛是用圆规画出来的,但浑然天成,没有丝毫人工雕琢的痕迹。圆周长约半英里,四面是六座小山,每座山顶上各有一个小城堡似的别墅。小山通向谷底的坡度像剧场的看台似的逐渐减缓,宽度则逐渐缩小。朝南的山坡上栽满了葡萄、橄榄、甜杏、樱桃、无花果和别的果树,硕果累累。朝北的山坡上全是圣栎树、桦树和别的乔木,郁郁葱葱,浓绿喜人。除了女郎们刚才进来的那条小径之外,山谷平地和外界没有别的通路,平地上全是松杉枫柏和月桂树,错落有致,相映成趣,像是最高明的园艺师的杰作。太阳虽然高挂,透过簇叶洒到地面的光线却很少,甚至没有,地上芳草如茵,繁花似锦。两座山峰之间有股清泉流出,欢快地泻落在岩石上,发出悦耳的潺潺声,溅出银白色的水花。山泉流到平地形成一条湍急的小溪,蜿蜒而去,汇成一个小湖,仿佛文人雅士庭园里的池塘。湖水只有半人多深,湖底是一包细小的卵石。湖水清澈,游鱼来往穿梭,增添了无限生机情趣。湖畔的草地由于水分充足,长得更葱翠可爱。湖面溢出的水顺着另一条小溪流向山谷外面低洼的地方。

年轻的女郎们见到这么秀丽的地方,赞叹不已。天气很热,面对一泓清澈的湖水,又没有外人窥视,禁不住想下去洗个澡。她们吩咐侍女守着小径方向,注意有没有人朝山谷里走来。七位女郎宽衣解带下到湖里,像是晶莹的玻璃罩里的七朵黄玫瑰花。她们在水里抓鱼,那些鱼儿不甘心就擒,但又无处可逃,被她们抓住了几条。虽然经过这么折腾,湖水一点不浑浊。她们玩耍了一会儿,乐呵呵地出了水,对这个地方赞不绝口。到了该回去的时候,她们缓步回返,一路上还谈论山

谷。不久到了别墅,三个青年人同她们离去时那样还在下棋。潘皮内娅笑着对他们说:

"你们今天受骗了。"

"怎么?"狄奥内奥说,"你们还没有讲女人骗男人的故事就已经有了实际行动?"

潘皮内娅说:

"一点不错,陛下。"

接着,她把她们去了什么地方,那地方的风光,离别墅有多远,她们在那里干了些什么,详详细细地说了一遍。国王听说有那么一个好去处,也想看看,吩咐赶快开饭。大家舒舒服服地吃了晚饭,三个青年人把女郎们留在别墅,带了他们的仆人前去山谷。他们都没有到过那个地方,一看果然名不虚传,认为那是他们生平所见到的最美的了。他们下水洗了澡,天色也快黑下来了,便穿好衣服回别墅。到家时,看见菲亚梅塔在唱歌,女郎们围成一圈,随着歌曲的旋律在跳舞。一曲舞罢,大家又谈起女儿谷,赞不绝口。国王把总管找来,吩咐他明天在那里准备好一切用具和食品,并且搬几张卧榻去,有谁想在那里午睡或休息可用。然后他吩咐掌灯,端来酒和糖果,大家吃了一点。国王让大家跳舞,潘菲洛跳了第一支舞后,国王转向艾莉莎,和颜悦色地对她说:

"美丽的女郎,承你给我戴上国王的桂冠,我让你优先唱支歌作为回报。你爱唱什么就请吧。"

艾莉莎笑着遵命,柔声唱道:

有朝一日,假如我摆脱你的掌握,
爱神啊,我肯定你再也不能
使我落进你的陷阱。

我年纪轻轻就参加了你的角逐，
原以为能得到无限甜蜜的恬静，
我对你充分信任，
毫无防备，不加警惕。
可是你啊，残酷无情的暴君，
你全副武装，带上利钩，
向我猛扑，发起袭击。

你用锁链把我捆绑，
交给我前生注定的冤家，
从此我以泪洗面，消瘦憔悴，
听任他摆布支配。
他全无心肝，一意孤行，
我的悲叹和哀泣
得不到他半点怜悯。

我的恳求随风飘散；
无人听见，也无人愿意倾听。
我的苦恼有增无已，
我求生不得，求死不能。
爱神啊，请你顾念我的愤懑，
做到我之所不能：
用你的锁链把他捆来给我。

假如这一点你不能做到，

至少请你解除我相思的烦恼。

啊,爱神! 我求你

让我如愿以偿,

我的痛苦就烟消云散,

我就能恢复往日的风采,

像红玫瑰白玫瑰那么娇艳。

艾莉莎唱完时伤心地叹了一口气,大家虽然有点诧异,但不明白是何道理。国王兴致很好,把廷达罗找来,让他吹风笛,大家在笛声伴奏下跳舞。夜深时,他下令各自去睡觉。

《十日谈》第六天已经结束，第七天由此开始。在国王狄奥内奥的主持下，大家讲了女人为了偷情或者摆脱窘境如何骗过丈夫，不论做丈夫的是否知道自己受骗。

东方的天际露出鱼肚白,除了荧荧的启明星外,别的星辰都已隐去。总管起身后按照国王的吩咐把一切需用物件和食品装车运往女儿谷,提前做好准备。牲口和搬伕的嘈杂声吵醒了国王,他起来把女郎和青年们都叫醒。太阳刚升起,大家便启程。那天早晨,夜莺和别的禽鸟的叫声仿佛比平时更欢快,一路伴随着他们前去女儿谷。到了那里,千鸣百啭的鸟语似乎向他们表示欢迎。他们先在山谷里转了一圈,细细观赏,清晨的景色似乎比昨天更迷人。大家喝了一些葡萄酒,吃了一些糖果作为早点,然后开始唱歌,和禽鸟一比高下。歌声在山谷里回荡,那些鸟儿也不甘示弱,叫得更悦耳动听。人和鸟一唱一和,此起彼伏。

到了午餐时间,在葱翠的月桂和其他树木的荫翳下面,秀丽的湖畔摆开桌子,国王一声令下,大家纷纷就座,一面用餐,一面观看湖里活泼的游鱼,免不了发出欣羡的议论。饭后,撤下杯盘和剩余的食品,大家又兴高采烈地唱起歌来。细心的总管在草地上放了几张卧榻,支好帐盖和帷幔,国王发话,想午睡的人可以午睡,不想午睡的人可以自由找些消遣。到了该起来的时候,国王吩咐在离他们吃饭不远的湖畔草地上铺开毯子,大家坐好讲故事,让艾米莉娅牵头。

艾米莉娅笑吟吟地开始讲道：

一

詹尼·洛泰林吉晚上听到叩门声，他唤醒妻子，妻子说是有鬼，去门口念了驱邪的祈祷文，叩门声就停止了。

如果陛下同意，我倒很希望不由我，而是由别人牵头来谈我们今天的愉快的题目。既然陛下让我先讲，我当然也欣然从命。最亲爱的女郎们，如果你们像我这么胆小，尤其是像我这样怕鬼的话（天主在上，我不知道鬼是什么样的，也没听说过有谁知道），我讲的故事将来对你们可能有用。你们不妨仔细听听我的故事，念一段神圣的祈祷文，也许大有帮助。

佛罗伦萨的圣布兰齐奥区有个名叫詹尼·洛泰林吉的羊毛商，他精通本行，但别的方面却懵懵懂懂。由于他傻，圣马利亚新教堂常常让他充当赞祷的领唱，干些别的相当重要的小差使，报酬不错。他手头宽裕，不时给教士们送些礼物，给这个一条裤子，给那个一件法袍，给第三个一条披肩，教士们便教他一些好的祈祷文，例如《口语天主经》《圣阿莱克西斯颂》《圣贝尔纳多哀歌》《圣马蒂尔德赞祷》等等，他为此感到荣幸，潜心学习，让自己的灵魂得到拯救。

他娶的妻子却如花似玉，乖巧机灵，名叫泰莎，是曼努奇奥·德·拉·库库利亚的女儿。她嫌丈夫窝囊，不久竟对一个名叫纳里·费代里戈的英俊的小伙子有了意思，那小伙子也看上了她。泰莎靠一个使女牵线,安排好让费代里戈和她会面,会面的地点是詹尼在卡麦拉塔的一所精美的别墅,泰莎夏天总住在那里。詹尼一般是晚上去那里吃饭睡觉,第二天早上去店铺照顾生意,有时去教堂赞祷。费代里戈听说那位太太约他会面,当然乐意。一天下午,他去卡麦拉塔的别墅,詹尼不在家。他美美地吃了一顿晚饭,同那女的上床睡觉。那女的跟他亲热了一宿,躺在他怀里把丈夫平时念的六段赞祷词教给了他。她和费代里戈都不希望只做一夜露水夫妻,但每次让使女去找他又不合适,两人便商定,以后他每次路过时在她家附近的葡萄园里站一站,看看柱子上的一个驴头骨。颅骨的嘴如果朝着佛罗伦萨方向,说明费代里戈可以大胆放心地来幽会。如果大门关着,那就轻轻叩三下,她去开门。如果发现颅骨的嘴朝菲耶索莱方向,那就千万别进来,因为这说明詹尼在家。

他们就用这种暗号联络,幽会了多次。有一次,泰莎准备费代里戈来吃晚饭,吩咐煮了两只又肥又嫩的阉鸡,没料到詹尼很晚的时候回来了。他妻子大为扫兴,把白天剩下的一点咸肉拿出来,两人胡乱吃了一顿。她吩咐使女把两只肥鸡和一些新鲜鸡蛋用一块白餐巾包好,再带上一瓶好酒,端到别墅旁边的花园里,放在一株桃树底下的草地上,她和费代里戈在那里吃过好几顿晚饭。她心烦意乱,竟忘了吩咐使女要等费代里戈,当面告诉他詹尼在家,让他拿了这些食品回去。结果詹尼和她两人以及使女上床后不久,费代里戈来了,轻轻叩门。大门离卧室很近,詹尼听到了敲门声,那女的也听到了,但是为了不让詹尼起疑,她假装睡着。费代里戈等了一会儿,再敲一次,詹尼觉得奇怪,捅醒了妻子,对她说:

"泰莎，你听到没有？好像有人敲门。"

其实那女的听得比他清楚，她假装刚醒过来说：

"你说什么？"

"我说好像有人敲门。"詹尼重复了一遍。

"敲门？哎呀，我的詹尼！你知道是怎么一回事吗？是鬼，这几天真把我吓坏了，我一听到敲门声就用被子蒙住头，天亮后才敢伸出来。"

"哎，娘子，不用怕，我们上床前我已经念了《天主荣光》和《至福童贞马利亚》以及别的一些灵验的祈祷文，还以圣父、圣子、圣灵的名义在四个床角画了十字。你不用怕，鬼怪奈何不了我们。"

那女的怕费代里戈怀疑她另外找了野男人，要生她的气，决定还是起来，告诉他詹尼在家。她便对丈夫说：

"你废话太多，我不把鬼赶跑心里不踏实。"

"怎么赶？"

"我会赶，我的詹尼，前天我在菲耶索莱做悔罪祈祷时遇到一位圣洁非凡的居家修女，她知道我怕鬼，教我一篇神圣的祈祷文，说是她自己试过多次，屡试不爽。可是我一人在家时不敢去试，今天既然有你在旁边，我想去试试。"

詹尼说他乐意相陪。两人起了床，去到门口，费代里戈在门外等得不耐烦，心里已经有点起疑。这时听得那女的对詹尼说：

"我念祈祷文的时候，你啐唾沫。"

詹尼说可以。

那女的念念有词说：

"小鬼，小鬼，夜深人静，尾巴勃起，怎么来就怎么去。快去花园，桃树底下有我煮的美味，还有我母鸡下的一百个蛋。瓶里有酒，喝了就走，别害我和我的詹尼。"

她念完一遍后对丈夫说：

"我让你啐唾沫，你快啐呀。"

詹尼啐了唾沫。费代里戈在门外听得一清二楚，他虽然很失望，妒忌之心却一扫而光，几乎笑出声来，低声说：

"你该把牙齿都啐出来！"

泰莎把祈祷文念了三遍，和丈夫一起回去睡了。费代里戈原打算同她一起吃晚饭也没有吃成，他听懂了祈祷文的意思，去花园在那株大桃树下找到了肥鸡、酒和鸡蛋，拿回家去受用。

有人说那女的确实把驴头骨对准菲耶索莱方向，可是一个农夫路过葡萄园时随手用棍子敲了一下，驴嘴便对准了佛罗伦萨，费代里戈不知就里，应召而来，而那女的念的祈祷文是这样的：

"小鬼，小鬼，看在天主分上快快走开，拨动驴头骨的不是我而是别人，天主该好好罚他。我和我的詹尼在家呐。"

还有人说费代里戈那次晚饭没吃成，是饿着肚子垂头丧气地走的。可是我邻居一个老太婆一口咬定两种说法都对，她做姑娘的时候就听说过这件事，不过后一种说法讲的不是詹尼·洛泰林吉，而是一个住在圣彼得门附近的名叫詹尼·德·内洛的人，他的傻劲不下于第一个詹尼。

亲爱的女郎们，这两篇祈祷文你们可以随意挑选，加以取舍修改。你们听了故事已经明白，遇有类似情况这些祈祷文是很有用的，不妨学学备用。

二

佩罗内拉的丈夫突然回家,她让情人在
酒桶里藏身。丈夫说要把桶卖了,她说她刚
卖给另一个出价更高的人,那人正在桶里察
看。那人大模大样地出来,把桶搬回家。

大家听了艾米莉娅的故事哈哈大笑,认为两篇神圣的祈
祷文真是妙不可言。故事结束后,国王吩咐菲洛斯特拉托接
着讲。菲洛斯特拉托开口说道:

我最亲爱的女郎们,男人,尤其是做丈夫的,欺骗你们女
人的事例多得数不胜数,因此有朝一日如果发生了女人欺骗
男人的情况,你们不仅应该为了有这种事,知道这种事,或听
到这种事而感到高兴,并且应该广为传播,让男人们知道,他
们狡猾,女人也不是笨蛋。再说,这样对你们也有好处,因为
一个人如果知道对方不是好欺的,也就不敢轻举妄动去骗对
方了。我们今天讲的故事主题在这方面,男人们知道后会受
到很大的震动。他们知道女人也能用同样的手段欺骗他们,
就不敢欺骗你们了,这一点有谁会怀疑呢?出于这种考虑,我
想讲一个出身低微的少妇在万分紧急,几乎不可收拾的情况
下是怎么骗过她丈夫的。

从前那不勒斯有个穷苦人,娶了一个名叫佩罗内拉的美
貌的姑娘。男的干泥水匠活,女的在家纺织,收入不丰,勤俭
度日。一天,一个漂亮的青年人看到佩罗内拉,竟一见钟情。

他想方设法追求她,终于赢得她的欢心。他们商定了一个幽会的办法:她丈夫每天一早就出去干活或者揽活,青年人守在附近能看到他出门的地点。他们家在象牙街,周围很僻静。丈夫前脚出门,青年人后脚就溜进去,不会被人发现。他们这样来往了很久。可是一天早上,丈夫出门不久,詹内洛·斯克里尼亚里奥(那青年人叫这个名字)乘虚而入,正和佩罗内拉亲热时,平日一整天都不着家的丈夫突然回来了,发现大门关得严严实实。他一面叫门,一面暗忖道:"我的天主啊,赞美你的名,你虽然让我受穷,却赐给我一个贤惠正派的老婆。可不是吗,我一离家,她就关好大门,谁都不能进去和她捣乱。"

佩罗内拉听到丈夫叫门,失声喊道:

"哎呀,我的詹内洛,这下我可没命啦!我那该死的丈夫回来啦。他从没有这么早回来过,不知想干什么,也许你进门时被他瞅见了。现在没有别的办法,你钻进那个木桶里去躲一躲,我去开门,看看他这么早回家是什么原因。"

詹内洛慌慌张张钻进木桶,佩罗内拉开了门,对丈夫说:

"你今天为什么这么早回家?你把工具也拿了回来,难道不想干活了?假如真是这样,我们靠什么生活,怎么糊口?我没日没夜地纺线织布,手指上的肉都磨脱了,至少能挣到一些灯油钱,难道你要我把裙子和衣服拿去质当吗?我的丈夫啊,街坊上的妇女见我这般辛苦都觉得奇怪,都拿我当笑话,而你应该在外面干活的时候却不干活,双肩抬张嘴巴回来了。"

她说到这里哭了起来,一面哭,一面接着又说:

"哎呀,我的命真苦。我生的时辰不好,一辈子不走运!是啊,我原可以嫁个有钱的青年人,却嫁了这个倒霉鬼,他一点都不顾家。别的女人都找野食,哪一个女人没有两三个情人,她们自己快活,把丈夫骗得一愣一愣的,把月亮说成太阳丈夫也信。我一向正经八百,不走那种歪门邪道,结果自己倒霉。我真不明白为什么我不像别的女人那样找个情夫。你要明白,如果我想干坏事,那还不容易?有不少漂亮的小伙子看上了我,只要我松口,他们就会送我钱、衣服、首饰,可是我从不见猎心喜,因为我不是那种水性杨花的女人。尽管我这么干净,你该干活的时候却偷懒回家来了。"

"哎,娘子,看在天主分上,有话好好说,千万别生气,你该明白,我清楚你的人品,今天早上更清楚了。我确实是想去干活的,可是你不知道,我自己也忘了,今天是圣加昂节,大家都不干活,于是我就回家来。不过我想出一个弄钱的主意,够我们花一个月都不止。我把我们家的木桶卖给和我同来的这个人,桶搁在家里没有用反而碍事,这个人出五枚金币。"

佩罗内拉说:

"你瞧,我哪能不生气。你算是个在外面跑的男子汉,照理说应该知道外面的行情,可一个大酒桶只卖五个弗罗林。我是个大门不出、二门不迈的妇道人家,觉得这个桶放在家里碍手碍脚,把它卖了七个弗罗林,你回来的时候那个买桶的好人刚钻进去察看桶是不是结实。"

丈夫听了很高兴,对那个和他同来的人说:

"老兄,你听到了,你出五个弗罗林买的桶,我妻子已经卖了七个弗罗林,害你受累白跑一次。"

"太不凑巧了。"那人说着走了。

佩罗内拉对丈夫说:

"既然你已经回来,你自己同买主谈吧。"

詹内洛在桶里一直竖着耳朵,听外面有没有使他担心的事,好早做准备。一听到佩罗内拉的这句话,赶紧从桶里爬出来,装作不知道她丈夫回家的样子说:

"你在哪里呀,大嫂?"

丈夫过来说:

"我在这里。你要什么?"

詹内洛说:

"你是谁?我要同刚才卖桶的大嫂说话。"

那好人答道:

"你有话尽管对我说,我是她丈夫。"

詹内洛便说:

"我看桶还结实,不过一定装过酒渣,积了一层垢,我用指甲都抠不下来,不清理干净我不能要。"

佩罗内拉赶紧插嘴说:

"不能为这点小事取消谈妥的买卖。我丈夫可以清理。"

丈夫说:"是啊。"他放下手里的工具,脱掉外衣,要了一盏灯、一把刮刀,钻进木桶开始揭酒垢。佩罗内拉像是要看他干活,从不大的桶口伸进脑袋、肩膀和一条胳臂,开始指点:

"刮刮这儿,刮刮那儿,那儿还有一点没刮到。"

她上半身探进桶里指指点点时,詹内洛由于她丈夫突然回家,早上没能尽兴,觉得今天既然没有如愿,也得尽可能满足一下,便扑在堵住桶口的那个女的背上,像广阔田野里发情的公马攻击帕蒂亚的良种母马那样折腾起来。酒桶快清理完时,他也达到了高潮。两人拆开后,佩罗内拉从桶里缩回脑袋,丈夫也爬了出来。

"你拿着灯去看看清理得是不是合你心意。"佩罗内拉对詹内洛说。

詹内洛察看后说可以了。他付了七个弗罗林,找人把酒桶搬回家。

三

里纳尔多教士和他教子的母亲正在寻欢,丈夫突然来到卧室门外。女的说教士在施法为孩子驱虫,骗过了丈夫。

菲洛斯特拉托在帕蒂亚母马的情节上说得很不含蓄,机灵的女郎们忍俊不禁,但装得像是为别的事发笑。国王等故事结束,吩咐艾莉莎接下去讲,她欣然从命,开口说道:

可爱的女郎们,艾米莉娅刚才讲到驱鬼,使我想起另一个驱虫的故事,不如她的好听,可是我一时想不起别的,只好凑数了。

你们也许知道,锡耶纳有个出身望族的英俊青年,名叫里纳尔多,迷恋上邻居一个富人的美貌的妻子。他自信只要有机会接近那位太太,准能使她顺从他的意愿。恰好那位太太怀了孕,还没有给孩子找到教父,里纳尔多便决定和她攀上干亲。他先和那位太太的丈夫套近乎,提出要当孩子的教父。对方见他真心诚意的样子便同意了。里纳尔多当上阿涅莎太太的干亲家以后,有了交谈的借口,便向她吐露了自己的心思。阿涅莎从那青年人的眼神里早就看出他不怀好意,现在经他挑明,虽然没有拒绝,但也没有同意。

这期间,不知什么原因,里纳尔多出家当了修士,改变生活习惯当然不是件容易的事,但他坚持了下来。他当修士以后理应摒绝对阿涅莎的爱,可是时间一长,身上虽然披着法袍,情爱却随着别的俗念死灰复燃。他重新喜欢漂亮的衣服和虚荣华丽的东西,编写小曲、十四行诗和歌谣之类的玩意儿。我何必一谈起里纳尔多教士就揪住他不放呢?像他那样的教士不都是一丘之貉?唉,这批腐化堕落的家伙真该受到谴责!他们脑满肠肥,脸色红润,衣着和一切用品都穷奢极侈,不像柔顺的鸽子,而像趾高气扬、昂首挺胸的公鸡,丝毫不感到羞愧。糟糕的事还不止此。且不说他们的房间里摆满了一坛坛的油脂和香膏,一盒盒的各式糖果,一罐罐的香水香油,一瓶瓶的红白葡萄酒和陈年佳酿,弄得不像是修士的居室,而像是备货充足的香料店或杂货铺。更糟的是,人们明知道他们有痛风的毛病而他们一点不惭愧,以为人们不了解经常斋戒、粗茶淡饭和清心寡欲的生活能使人清癯健康,即使有病也不会害痛风,因为治痛风的灵丹妙药是让病人过穷修道士的清心寡欲的生活。[1] 他们以为人们不懂得清苦的生活、长时间的祈祷和清规戒律的约束会使人苍白憔悴,不懂得圣多明我和圣方济各每人只有四件法袍,并且不是值钱的染色料子,而是本色的粗羊毛织的,两位圣徒穿衣只为了御寒,不是为了炫耀。愚夫愚妇们给教士施舍,自以为是在侍奉天主,其实是在养肥他们!

我们回过头来再说里纳尔多教士,他恢复了原先的欲望,又开始去找他教子的母亲,比先前更强烈地要求从她那里得

---

[1] 痛风主要是尿酸代谢紊乱引起的疾病,常与肥胖、高血压及糖尿病见于同一病人,古代认为与生活优裕、过食酗酒有关。

到他渴求的东西。那位好太太觉得自己奇货可居，里纳尔多教士仿佛比以前更可人。一天，她实在被他缠得走投无路，便像那些半推半就的女人一样说：

"里纳尔多教士，难道教士也干那种事吗？"

"夫人，假如我脱掉这身法袍——这是再容易不过的事了，我就不是教士，而和任何男人一样了。"里纳尔多回说。

那女的笑着说：

"哎呀，你可是我儿子的教父呀！那怎么行？那是一桩大坏事，我常听人说那是一桩深重的罪孽。说老实话，如果不为了这一层，我也许早就依了你。"

"你这种想法未免太傻了。我并没有说那不是罪孽，不过比这再大的罪孽只要幡然悔悟就能得到天主的宽恕。现在我要问你：谁和你的孩子更亲，是为他行洗礼的我呢，还是生他的你的丈夫？"

"当然是我的丈夫和他更亲。"那女的回答说。

"你说得对，"教士说，"我再问你，你丈夫是不是和你睡觉？"

"当然睡的。"那女的回答说。

"因此，"教士说，"就你的儿子而论，我和他不及你丈夫和他亲。你丈夫既然和你睡觉，我当然也可以和你睡。"

那位太太不懂逻辑，头脑又不太聪明，认为或者假装认为教士的话有道理，回答道：

"你讲的东西太奥妙了，有谁能反驳？"

于是，她把干亲关系抛到脑后，顺从了教士的心意。一旦开了头，两人就经常幽会，好在有干亲关系，不太招人起疑。有一次，里纳尔多又去找那位太太，家里除了一个韶秀的小使女外没有别人,里纳尔多便让和他同来的伙伴带了那个可爱的小使女到阁楼上去教她念天主经,他自己和那位抱着孩子的太太进了卧室,两人坐在卧榻上开始调笑。他们正玩得忘乎所以的时候,孩子的爸爸回来了,也没有人发觉,到了卧室外才敲门叫他妻子。阿涅莎太太一听是丈夫的声音,大惊说:

"门外是我丈夫,这下我可没命了。他一定会问我,我们在屋里关着门干什么。"

里纳尔多教士脱了法袍,衣衫不整,慌张起来:

"是啊,如果我衣服穿得好好的,事情就好办了。可是你一开门,你丈夫看见我这副模样,我们无话可说。"

阿涅莎急中生智,说道:

"你快穿衣服,穿好后把你的教子抱在怀里,听好我对丈夫说的话,你的话要接得上茬,别的全交给我了。"

丈夫还不停地叫门,阿涅莎说:"来啦,来啦。"她站起来,满面春风地打开卧室门说,"我的丈夫啊,今天幸亏天主把我们的干亲家里纳尔多教士派到我们家,要不是他在,我们的儿子早就没命了。"

那个头脑简单的丈夫听了这话吓了一跳,赶紧问:

"怎么回事?"

"我的丈夫啊,"阿涅莎说,"我们的儿子刚才惊厥,我以为他快死了,正束手无策的时候,我们的干亲家里纳尔多教士来了。他抱起孩子说:'亲家,那是孩子身体里的蛔虫引起的,蛔虫缠住了孩子的心脏要他性命。不过你别害怕,我可以念咒语,把它们统统咒死。要不了多久,你的儿子就会活蹦乱跳。'施法的时候要有人祈祷,使女一时找不到你,里纳尔多教士便让他的伙伴到屋子最高的地方去祈祷,他和我两个人待在这里,孩子的母亲不能插手这种严肃的法术。为了防止外人打扰,我们关好门,我们的干亲家这会儿还抱着他的教子,我想他是在等他的伙伴做完祈祷,功德就圆满了,我觉得孩子已经清醒过来了。"

那个虔诚的傻瓜信了这套话,他爱子心切,根本没有琢磨妻子是否有诈,舒了一口长气说:

"我要去看看儿子。"

"别进去,否则前功尽弃。你等着,我先去看看,你能进去的时候我再叫你。"

里纳尔多教士在屋里听到他们的全部谈话,这时已穿好衣服,把孩子抱在怀里。一切收拾停当后召唤道:

"亲家母,我听到的是不是亲家公在说话?"

"正是,先生。"那个傻瓜抢着回答。

"那就请进来吧。"里纳尔多教士说。

那个虔诚的傻瓜进了屋,里纳尔多教士对他说:

"蒙天主之恩,你的儿子平安无事了,我原以为他活不到今天晚上。你去做一个和孩子一般大的蜡像,放在圣安布罗焦像前吧,由于他的保佑,天主才赐给你恩惠。"

孩子见到自己的爸爸,像所有的小孩那样扑上前去。那好人抱起他,仿佛是把他从鬼门关夺回来似的紧紧搂着,热泪纵横。他吻孩子,向救了孩子性命的干亲家千恩万谢。里纳尔多教士的伙伴在阁楼上教小使女念天主经,不是教了一遍,而是教了四遍之多,然后把一位修女送给他的白麻线编织的小钱包送给了小使女,收她为死心塌地的信徒。他听到傻瓜丈夫在他妻子卧室外面叫门时,怕出事情,从阁楼下来,等在一个眼观四路耳听八方的地点,准备相机行事。看到结局十

分美满,他便走进卧室说:

"里纳尔多教士,你嘱咐我做的祈祷,我已经念了四遍。"

里纳尔多教士说:

"你真是把好手,兄弟,干得不赖。我的干亲家来时我只念了两遍,但是天主顾念你我的辛劳,赐恩让我们治好了孩子。"

傻瓜丈夫吩咐端出糖果好酒,款待干亲家和他的伙伴,两人确实也饿了,然后把他们送到门口,立即吩咐制作了一个孩子的蜡像去挂在圣安布罗焦的像前,当然不是米兰的圣安布罗焦像。①

四

　　托法诺一晚把妻子关在大门外面。妻子好言相求,他置之不理,妻子便把一块大石头扔到井里,假装投井。托法诺闻声出来,她乘虚而入,闩上门,把丈夫痛骂了一顿。

国王听艾莉莎讲完了故事,随即转向劳蕾塔,想让她接下去讲,那位年轻的女郎不等国王发话,就开口说:

爱神啊,你的力量何等强大,你的机智又何等敏锐!追随你的人能从你那里获得灵感,立即想出种种托词、巧计和论证,连高明的哲学家和艺术家都无法解释!刚才讲的故事已

① 圣安布罗焦·德·锡耶纳(1220—1286),米兰大主教,安葬在米兰,他的遗像供在米兰大教堂里,锡耶纳的像不是正宗的。

经说明任何见识同你的相比都望尘莫及。可爱的女郎们,我想讲一个十分单纯的女子随机应变的故事,除了爱神之外,谁都不能使她如此机灵。

从前阿雷佐地方有个名叫托法诺的富人。他艳福不浅,娶了一个名叫吉塔的美貌绝伦的女子,可是不知为了什么原因,婚后不久就变得十分妒忌。他妻子发觉后很不痛快,几次三番问他妒忌的原因,他说的理由荒唐透顶,都站不住脚,使他妻子产生了逆反心理:既然他无中生有,就让他在这方面吃些苦头。她发觉一个青年人对她有意,便同他眉来眼去,勾搭起来。情况逐渐进展,最后只差把言语付诸行动了,那女的便寻找机会。

她丈夫有不少坏习惯,其中一个是嗜酒。她非但不加劝阻,反而常常怂恿他喝。她只要愿意,几乎随时可以让他喝得烂醉,然后就把他弄到床上酣睡。她用这种办法第一次和情人会了面,以后又幽会多次。由于她丈夫一时半刻醒不过来,她胆子越来越大,非但敢把情人引进自己家门,而且因为情人住得不远,有时还去那里睡上大半夜。有了外遇的妻子乐此不疲,倒霉的丈夫终于注意到,妻子劝他喝酒而自己却滴酒不沾,不禁起疑,认为那女的故意把他灌醉,乘他熟睡之时可以为所欲为。一天,他想证实这个疑点,白天没有喝酒,晚上却装出舌头不听使唤、身子东倒西歪的醉态。那女的认为不必再劝酒就够他睡一阵了,赶紧把他扶上床。接着,她像往常那样溜到情人家里,一直待到半夜。托法诺发现妻子外出,起来把大门闩上,自己守在窗口,等妻子回来让她明白他已经识破了她的勾当。他这么守着,妻子终于回来了,发现大门关得死死的,很恼火,想用力把门撞开。托法诺等她撞了一会儿才说：

"婆娘，你这是白费气力，今晚你休想进屋了。你从哪里来就回哪里去吧，在当着你亲戚和街坊的面让你出出丑之前，你休想进这个家门。"

那女的求他看在天主分上放她进去，解释说她并不是在他所想的地方，而是因为长夜难眠，一个人耗着又无聊，便在邻居女伴家待了一会儿。她的恳求不起任何作用，因为那个蛮不讲理的男人唯恐天下不乱，要把这件本来无人知晓的事捅得让阿雷佐的人都知道。妻子发现好言好语求他没用，便威胁他说：

"你不开门要后悔的。"

"你能把我怎么样？"托法诺问道。

爱情使人头脑敏锐，那女的灵机一动回答说：

"你无缘无故地要我蒙受羞辱，我宁肯投井自杀，我的尸体被发现以后人们都会认定是你喝醉了酒把我推下去的，到那个时候你就不得不抛弃全部财产，背井离乡逃亡外地，遭到通缉，抓获后还要给当作残害我的凶手砍头偿命。"

这些话仍不能使托法诺回心转意，妻子便说：

"唉，你这个人叫我无法忍受，但愿天主宽恕你，我把捻线杆放在这里，你收好吧。"

那夜天色很黑，街上行人迎面走来都看不真切。那女的说罢就朝井栏跑去，抱起一块大石头，高声喊道："我的天主啊，宽恕我吧！"然后把石头扔进井里。石头落水扑通一声很响，托法诺听到后深信他妻子投了井，抓起水桶和井绳连忙从家里奔出来，去救落井的妻子。那女的躲在家门口附近，乘虚而入，闩好门，在窗口说：

"你喝了一夜酒,现在想喝点水吗?"

托法诺听到她的声音才知道上当受骗。他转身回家,但进不去了,便叫妻子开门。她说话不像先前那样细声细气,几乎是扯开嗓子嚷嚷说:

"你这个叫人无法容忍的男人,我以天主的十字架起誓,今晚你休想进屋!我再也不能容忍了。让街坊邻居都看看你是什么样的人,你什么时候才回家。"

托法诺火冒三丈,开始叫嚷咒骂,左邻右舍男男女女给吵醒了,纷纷起床,在窗口探头打听是怎么一回事。那女的哭着说:

"这个杀千刀的男人天天晚上喝得醉醺醺的深更半夜才回来,有时还在酒店里挺尸似的躺一会儿才回家。我忍了很久,可是他毫无出息。今晚我决意把他关在门外,出出他的丑,看他会不会改。"

托法诺气急败坏地把经过情形说了一遍之后破口大骂起来。那女的对街坊们说:

"你们看清他是什么样的人了吧?如果我们换一个位置,我在街上,他在屋里,你们该会怎么想?天主在上,我真担心你们会以为他讲的是真话。你们根据这一点就了解他的为人了吧?他把自己干的事说成是我干的。他还往井里扔了不知什么东西,以为能吓倒我。他酒喝得太多了,但愿天主让他再喝点水把酒冲冲淡吧!"

街坊上的男男女女都数落托法诺的不是,责备他不该这么骂他的妻子。这件事一传十,十传百,很快就传到吉塔的亲戚那里,他们纷纷赶来,听了邻居们的评说,也谴责托法诺,把他狠狠揍了一顿,浑身上下没有给他留下一块好肉。接着,他们进屋收拾了吉塔的衣物,带她回到娘家,临走前还恶言威胁了托法诺。托法诺狼狈不堪,明白自己是妒忌心太重才落到这个地步,但他仍旧很爱妻子,便托朋友从中斡旋,再三求情,他妻子才心平气和地回来。托法诺保证以后再也不妒忌了,只要他妻子不使他太难堪,爱干什么就干什么。他戴了绿头巾,还挨了一顿揍。因此,爱情万岁,托法诺那样的傻瓜活该倒霉!

五

> 妒忌成性的丈夫伪装神父听妻子忏悔,妻子说她爱上一个每晚来看她的神父。妒忌的丈夫悄悄守在门外,妻子却让情人从屋顶爬下来寻欢。

劳蕾塔讲完了故事,大家称赞那女的干得好,说那个倒霉的丈夫是咎由自取。国王抓紧时间,转向菲亚梅塔,和蔼可亲地请她讲,菲亚梅塔开口说道:

高贵的女郎们,听了前面的故事,我也想讲讲妒忌成性的丈夫。我认为对这种人,尤其当他们的妒忌毫无根据的时候,妻子们给他们点苦头吃是好事。如果说制定法律的人应该全面考虑,那么我认为遇到这种案例时,对妇女量刑的标准不能超出由于自卫而造成伤害的处罚,因为妒忌的男人使年轻女人的日子很不好过,简直是在摧残她们的生命。是啊,女人每周每日关在家里照管家务,但她们和别人一样也希望节假日有点消遣和安静,和乡村的农民、城里的手工艺人和法院的法官一样希望能有点日常工作以外的活动。天主让大家辛苦了六天之后第七天休息,这不是没有道理的。为了尊奉天主,体恤众生,无论宗教的教规或者世俗的法律都安排了休息日,和工作日有所不同。妒忌的丈夫们却不是这样想的,在别人休息娱乐的日子,他们仍旧把妻子关在家里,使她们比平时更加苦恼,只有亲身经历过的人才了解女人的这种不幸。因此,女人对妒忌成性的丈夫如有触犯,不应该受到谴责,相反,应该受到赞扬。

从前,里米尼地方有个商人,家赀巨万,娶了一位如花似玉的妻子,就只因为爱她美貌,他妒忌得不近人情。他发觉妻子处处讨他喜欢,便以为她见谁都爱,谁都觉得她美,她会像讨他喜欢似的讨别人喜欢。他出于妒忌,把妻子看管得很严,即使狱卒看管死囚也不过如此。他不让妻子参加社交聚会、婚礼,不让她去教堂,甚至不让她跨出家门一步,也不让她在窗口朝外张望。这简直不是人过的日子。她自己问心无愧,受到这种待遇更感到委屈。她咽不下这口气,暗自盘算干脆弄假成真,让她丈夫有妒忌的根据。由于她不能在窗口张望,无法对一些想勾引她的外面的人表示好感,便想起贴邻住着一个英俊随和的青年,如果墙壁有罅隙,她可以从隙缝里张望那青年,同他说话。如果他接受的话,便向他表示爱情。如果有办法,两人再见面,让她的丈夫见鬼去。

等丈夫外出以后,她在家里到处搜寻墙壁有没有罅隙,终于在一个相当隐蔽的地方找到一条缝,从缝里望过去,隐约可以看到和隔壁的一个房间相通。她想:"如果那是菲利波(邻居青年叫这个名字)的卧室,事情就成功了一半。"她吩咐一个心腹使女守着察看,发现果真是那青年独自居住的卧室。之后,她经常凑到墙缝旁边,一听到青年人有动静,便把小石子塞过去。青年人听到声息,过来看看是怎么一回事。她呼唤他的名字,他辨认她的声音,回答了她。那女的在很短的时间里推心置腹说出了想说的话,那青年喜出望外,从他那边把缝挖大,但洞口隐蔽得很好,无人发觉。他们时常通过洞口交谈,互相摸摸手,碍于妒忌的丈夫严密监视,没有进一步的作为。圣诞节临近了,妻子对丈夫说,如果他同意,她想在圣诞节早上像所有的信徒那样去教堂忏悔,领圣体。妒忌的丈夫立即问道:

"你有什么罪孽,想去忏悔?"

"难道你以为我是圣徒?尽管你把我关在家里,你很清楚,我跟别人一样也犯有罪孽,只是我不会把我的罪孽告诉你,你又不是神父。"

妒忌的丈夫一听这话立刻起了疑心,决意要查明妻子的罪孽。他沉吟片刻,考虑采用什么办法。接着,他回答说同意她去忏悔,但必须去他们常去的那个教堂,不能去别的教堂;必须找本堂神父,或者由本堂神父推荐的神父,不能找别的神父;忏悔之后马上回家。妻子多少猜到了他的用意,满口应允,不再多说。圣诞节到了,她一早起身,前去丈夫指定的教堂。妒忌的丈夫赶在她前面到了那个教堂,向神父说了他想怎么干,披上一件神父的法袍,戴上一顶忏悔神父常用的大兜帽,遮住脸,坐在唱诗班席。妻子来到教堂找本堂神父,说是要忏悔。神父说他有事分不开身,不过可以派他的助手代替,说着便找那个妒忌的丈夫,让他自讨晦气。丈夫煞有介事地过来,尽管光线暗淡,他又把兜帽拉低遮住大半张脸,妻子仍旧认了出来,心想:"赞美天主,这个醋坛子成了神父。他装模作样,我就让他得到要找的东西。"她假装不认识,走上前去。妒忌先生嘴里含了几块小石子,变乱口音,自以为别的地方毫无破绽,妻子决不会认出他来。那女的开始忏悔,说她是结过婚的,但爱上一位神父,神父每晚来同她睡觉。妒忌的丈夫一听这话仿佛当胸挨了一刀,如果不是出于好奇,想知道更多的情况,早就不听她忏悔,拂袖而去。他强作镇静,问那女的说:

"这是怎么回事?你丈夫不同你住在一起吗?"

"在一起的,神父。"那女的说。

"那你怎么又会同神父睡觉呢?"

"神父,"那女的说,"我不知道那位神父使的是什么法术,可是我家无论哪一扇门只要经他一敲就应声而开。他还告诉我,他到我卧室时,在门外念几句咒语,我丈夫就昏昏睡去。他等我丈夫睡熟后就打开门,和我睡在一起。每次都这样。"

"太糟糕了,夫人,你应该洗心革面,再也不干那种事。"妒忌的丈夫说。

女的回说:

"神父,我恐怕办不到,因为我太爱他啦。"

"那我就无能为力了,"妒忌的丈夫说,"我不能宽恕你的罪孽。"

"真遗憾,但是我不能在你面前说假话,以后等我办得到的时候,我会告诉你的。"

"夫人,说实话,见你的灵魂有沉沦的危险,我很痛心,不过我仍旧愿意为你效劳,专门为你向天主祈祷,时常派我的心腹侍童去看看我的祈祷是否起作用。如果见效，我们继续下去。"

"神父，求你千万别派人去我家，因为我的丈夫妒忌心特别重，他知道了准会起疑，以为我背着他干什么坏事，去的人就要遭殃了。"

"夫人，这一点你尽管放心，我会安排得很巧妙，他绝不会找你麻烦。"妒忌的丈夫说。

"能这样我就太高兴了。"

她忏悔认罪以后去做弥撒。那个妒忌的丈夫碰了一鼻子灰，怒气冲冲地脱掉神父的法袍回到家里，苦苦思索要想个办法捉住他妻子和神父，给他们吃点苦头。妻子从教堂回来，从丈夫脸上看出他憋着一肚子气，尽管他竭力装出刚才什么事也没有干，什么也不知道的样子。他决定当天夜里守在大门口等神父自投罗网，便对妻子说：

"今晚我在外面吃饭，不回来睡觉了，你把大门、楼梯门和房间门都锁好，到时候自己睡吧。"

"好的。"妻子回答说。

她赶紧到墙洞那里发出约定的暗号，菲利波闻声过来。她把上午的情况和丈夫说要在外面吃晚饭的事告诉了他，还说：

"我敢肯定他不会出屋子，而是守住大门。你今晚想办法从屋顶上爬过来，我们就可以在一起了。"

"我一准办到，夫人。"那青年人兴高采烈地说。

到了晚上，妒忌的丈夫拿好武器，悄悄躲在底层的一个房间里。妻子把所有的门，特别是楼梯口的腰间锁好，以防丈夫上楼。到了约定的时候，等着隔壁的青年人。青年人小心翼翼地从屋顶上下来,两人上了床,快活了一宿,天亮时青年人循原路回自己家。妒忌的丈夫没吃晚饭,又饿又冻,气呼呼地几乎守了一夜大门,专等神父到来,天亮时再也支持不住,就在他守候的那间屋子里睡下,快到午前祈祷的时候才起来。家里的大门已经打开,他装作从外面进来的样子,上楼吃了午饭。过了一会儿,他派一名小厮,自称是忏悔神父的侍童,来问他妻子她说的人有没有来过。妻子知道是丈夫耍的把戏,回说没来过,如果神父的祈祷开始起作用,她很可能把那人忘掉,尽管有点惋惜。

我还有什么可说的呢?妒忌的丈夫在门口守了好几夜,想截住神父,而他的妻子却和情人双宿双飞。最后,丈夫等烦了,愁眉苦脸地问妻子忏悔的那天早上对神父说了些什么。妻子说她不愿意讲,因为透露忏悔的内容不合教规。丈夫说:

"坏婆娘,你不讲我也知道你说了些什么。你放明白些,如果你不说出你爱上的、每晚使巫术和你睡觉的神父是谁,我就把你的脉管撕裂。"

妻子说她根本没有爱上什么神父。

"什么?"妒忌的丈夫嚷道,"你忏悔的时候不是这样一五一十地对神父说的吗?"

妻子回答:

"你讲的一点不错,如果神父没有泄露,只有亲自在场的人才知道得那么清楚。"

"那你赶快交代,那个神父是谁?"丈夫追问道。

妻子笑着回答:

"你这么聪明的男人被我这么老实的女人像羔羊给抓住角拉进屠宰场一样,我真高兴。说老实话,如果你确实有过聪明的时候的话，自从你无缘无故产生了妒忌心，你就鬼迷心窍，变得不聪明了。你越是粗鲁愚蠢，就越是认为我不贤惠。丈夫啊，你自己给迷住了心窍，难道以为我给迷住了眼睛？不，我可不糊涂，一眼就看出听我忏悔的神父是谁，知道是你。不过我故意让你自寻烦恼。如果你真像你自己所想的那般聪明，根本就不该用那种手段来刺探你贤惠的妻子的秘密。再说，如果你不是无缘无故地疑神疑鬼，也能明白我讲的是实话，我根本没有罪孽。我对你说，我爱上一个神父，其实我死心塌地爱的是你，你那天不是披着神父的法袍吗？我对你说，每当你想和我睡觉的时候，家里没有一扇门能拦住你，你说你想到我所在的地方来的时候，有哪一扇门把你挡在外面？我对你说，神父每晚和我睡觉，而你哪一天是轮空的？你每次派侍童来找我时，你知道自己没有和我在一起，我不是说神父没有来过吗？这些话再蠢的男人都能听懂，而你给妒忌蒙住了眼睛却不得要领。你在家守着大门，却对我说你在外面吃饭睡觉。你的花花肠子我还看不透？你清醒清醒吧，不要故弄玄虚自欺欺人，不要再熬夜放哨了。我向天主起誓，如果我想偷人，休说你只长两只眼睛，即使长了一百只，我也能无拘无束，把你蒙在鼓里。"

妒忌的丈夫以为自己手段高明，刺探到了妻子的秘密，听了这番话才明白受到愚弄的是他自己。他一声不吭，暗暗佩服妻子贞洁贤惠。他不该妒忌的时候醋劲十足，该妒忌的时候却又稀里糊涂。乖巧的妻子从此几乎可以为所欲为地寻找乐趣，她只要稍加小心就不必让情人像猫那样从屋顶上下来，而是从大门登堂入室，和她尽情作乐。

六

伊莎贝拉夫人正和莱奥内托在一起,爱慕她的兰贝图乔先生又来纠缠。这时丈夫回家,伊莎贝拉便吩咐兰贝图乔拔剑跑出去,丈夫则护送莱奥内托回家。

大家觉得菲亚梅塔的故事十分精彩,都说妻子干得好,就应该这么对待粗鲁的丈夫。故事结束以后,国王吩咐潘皮内娅接下去讲,她开口说道:

不少人轻率地说爱情使人头脑不清,堕入情网的人会丧失理智。我认为这种说法未免失之浅薄,许多事例已经说明实际情况正好相反,我想再举个例子加以证实。

在我们这个物华天宝、人杰地灵的城市里,有个花容玉貌的小姐嫁给了一个家境富裕的绅士。人们常有这种情况:即使是美味佳肴,每天吃也会觉得腻烦,那位太太不久就对丈夫感到不满意,爱上了一个出身不太高贵但风流倜傥的青年人。那青年名叫莱奥内托,对她也有意思。你们都清楚,只要两相情愿,事情很少有不成功的。不久两人就达到了目的。由于那位太太的美貌实在迷人,有一个名叫兰贝图乔的绅士也深深爱上了她。但她觉得那位先生言语无味,面目可憎,根本没有把他放在眼里。他不死心,经常托人捎话,纠缠不清,最后看到作用不大,甚至威胁她说,如果她再不顺从,他就要败坏她的名声。那位太太知道他有权有势,做得出那种事,百般无奈,依了他的心愿。

那位太太名叫伊莎贝拉,一年夏天,按照城里人的习惯到乡村一所精致的别墅去避暑。某天早上,她丈夫骑了马去另一个地方,要待几天才回来,她便派人召唤莱奥内托,青年人兴冲冲地赶来。兰贝图乔先生听说伊莎贝拉的丈夫外出,独自一人骑了马来到别墅。夫人的侍女一见是他,只得让他进来,然后上楼禀报正和莱奥内托一起在卧室里的夫人:

"夫人,兰贝图乔先生在楼下求见。"

伊莎贝拉十分扫兴,由于她特别怕那位先生,只得求莱奥内托委屈一下,在床帷后面躲一躲,等兰贝图乔走了再说。莱奥内托对兰贝图乔的畏惧不下于夫人,就转到床后藏身,夫人吩咐让那位不速之客进来。兰贝图乔在院子里下了马,把缰绳拴在一个铁环上,大步上楼。伊莎贝拉扮出笑脸,站在楼梯平台上竭力装出高兴的样子迎接他,向他问好。那位先生拥抱并吻了她,说道:

"我的宝贝,我听说你丈夫不在家,特地过来陪陪你。"

说着,两人进了卧室,锁好门,兰贝图乔开始同她调笑作乐。正在这时候,夫人万万没有料到她丈夫突然回来了,使女见他进了别墅,赶紧跑到卧室门外招呼说:

"夫人,先生回来了,这会儿恐怕已经在院子里啦。"

伊莎贝拉卧室里有两个男人,兰贝图乔的坐骑又拴在院子里,怎么都隐瞒不住,这一惊非同小可,但她很快定下神,从床上起来,对兰贝图乔先生说:

"先生,假如你真怜惜我,不希望我丢掉性命的话,请你照我的话去做:你拔出短剑,装出发怒的样子,一面下楼一面嚷嚷:'我向天主起誓,下次非抓住你不可!'如果我丈夫阻拦,除了我教给你的话之外,你什么也别说,骑上马赶快走人。"

兰贝图乔先生答应照办。他拔出短剑,由于刚才血脉奋张,她丈夫突然回来扫了他的兴,脸色果然气得通红,照着那女的吩咐做了。伊莎贝拉的丈夫这时下了马,发现院子里另外拴着一匹马,正觉得奇怪,刚想上楼,只见兰贝图乔先生怒容满面、骂骂咧咧地冲下楼来,便问他:

"这是怎么一回事,先生?"

兰贝图乔先生一脚踏上马镫,翻身上马,嘴里还在嚷嚷:

"我向圣体起誓,下次你休想从我手里逃脱!"

丈夫上楼,见伊莎贝拉站在楼梯平台上,一脸惊慌的样子,便问她:

"怎么回事,兰贝图乔先生骂骂咧咧地冲谁生气?"

那女的转身朝着卧室让莱奥内托也听到,回答说:

"我从没有受过这么大的惊吓。刚才一个陌生小伙子逃进别墅,兰贝图乔先生握着短剑在后面追赶。小伙子见这扇门开着,闯了进来,浑身直哆嗦,对我说:'夫人,求你看在天主分上救救我,不然我会死在你面前的。'我起来正要问他是谁,想干什么,只听得兰贝图乔先生上楼喊道:'那个混蛋在哪里?'我便挡在门口,不让他闯进去。他总算还讲道理,见我不准他进屋,嘟嘟嚷嚷地下了楼,后来的事你都看到了。"

丈夫说:"你做得对,在我们家里闹出人命那还了得?兰贝图乔赶尽杀绝,追进我们家也太不像话。"

他问那小伙子在什么地方,妻子回说:

"我不知道他躲到哪里去了。"

"小伙子,你在哪里? 出来吧,不用怕。"丈夫喊道。

这一切莱奥内托全听在耳里,他浑身发抖,从躲着的地方出来。他确实也吓得够呛。伊莎贝拉的丈夫问他:

"你和兰贝图乔先生结了什么冤仇?"

小伙子回答说:"没有,先生,我敢肯定他不太正常,看错了人。我好好地在别墅附近走我的路,他一看到我便拔出剑朝我喊道:'今天你死定啦,混蛋!'我顾不上问他原因,扭头就跑,到了府上,幸亏这位太太救了我。"

伊莎贝拉的丈夫说:

"现在你不必害怕,我把你平平安安送回家,以后你再打听他为什么跟你过不去。"

晚饭后,伊莎贝拉的丈夫借给小伙子一匹马,陪他回到佛罗伦萨。小伙子按照伊莎贝拉的吩咐当晚就悄悄找到兰贝图乔先生,同他对好口径。这件事虽然引起不少流言蜚语,伊莎贝拉的丈夫却始终没有发现妻子玩的是什么把戏。

七

洛多维科向贝亚特丽切吐露了他的爱慕之情,贝亚特丽切让丈夫埃加诺穿着她的衣服等在花园里,自己和洛多维科睡觉以后又让洛多维科去花园把丈夫揍了一顿。

大家听了潘皮内娅讲的故事,觉得伊莎贝拉的机智灵敏真令人叫绝。接着,菲洛梅娜奉国王之命开始叙说她的故事。

可爱的女郎们，如果我的估计不错，我要讲的故事不会比前一个逊色。

你们知道，从前有个侨居巴黎的佛罗伦萨贵族，他家道中落后开始从商，买卖兴旺，挣了不少钱，妻子给他生了一个独子，取名洛多维科。洛多维科对财富的兴趣不大，却很看重父亲的贵族地位。父亲就不叫他插手商业方面的事，让他和别的贵族子弟一样去给法国国王当差，在宫廷里学些礼仪和高雅的习惯。在这期间，洛多维科参加了一次年轻人的聚会，几个从耶路撒冷朝圣回来的骑士谈起法国、英国和世界各地的美女，其中一个说他见过的女人不少，但谁都不能和波洛尼亚的埃加诺·德·加卢齐的妻子相比。那位夫人名叫贝亚特丽切，她的美貌举世无双。和他一起在波洛尼亚待过的人纷纷附和。洛多维科至今没有和女人谈过恋爱，听后突然产生了无法抑制的想见见那位夫人的欲望。他决心去波洛尼亚一睹她的风采，如果确实名不虚传，他甚至可以待在那里不回来。他对父亲说他想去耶路撒冷，父亲勉强同意。

他化名阿尼基诺去了波洛尼亚，事有凑巧，第二天在一次聚会上就见到那位夫人。他觉得夫人比传说的还要美丽，决心在赢得她的爱情之前不离开波洛尼亚。他琢磨用什么办法达到目的，左思右想，觉得只有去充当她丈夫的仆从（他们家仆从如云），也许能找到亲近夫人的机会。于是他卖掉了马匹，安置了自己的侍从，嘱咐他们见到他时要装出素不相识的样子，然后和客栈老板商量，说是如能找到收用他的大户人家，他想去当一名仆从，老板说：

"本地有位名叫埃加诺的贵族，家里有许多仆人，相貌都很端正。你长得不错,他肯定喜欢。我去找他谈谈。"

　　他带了阿尼基诺去见埃加诺,埃加诺果然合意,当即收他当了仆从。阿尼基诺为了能经常见到埃加诺的妻子,尽心侍候埃加诺,博得他的欢心,后来事无大小都交给阿尼基诺去办。一天,埃加诺出外放鹰狩猎,阿尼基诺留在家里,贝亚特丽切夫人找他下棋消遣。夫人虽然觉得他的相貌举止都讨人欢喜,并没有觉察他对自己的爱慕。阿尼基诺为了让夫人高兴,巧妙地故意让她赢棋,夫人心情特别舒畅。这时,夫人身边的侍女都走开了,只剩他们两人,阿尼基诺长叹了一声。夫人瞅着他问道:

　　"你怎么啦,阿尼基诺?输了棋不至于这么伤心吧?"

　　"让我伤心的事比输棋大得多。"阿尼基诺回说。

　　"如果你不见外,就说给我听听。"夫人说。

　　阿尼基诺一听他衷心爱慕的人如此推心置腹,又深深叹了一口气,夫人更要他讲出原因,阿尼基诺答道:

　　"夫人,我怕说出来会惹你生气,更怕你把我说的话讲给别人听。"

　　夫人说:"我不会生气,你尽可以放心,不管你说什么,只要你不愿意别人知道,我决不讲给任何人听。"

　　阿尼基诺说:"既然有了夫人这句话,我就斗胆说了。"

　　他几乎是噙着眼泪向她吐露了他的真实身份,怎么听到有关她的评论,在什么地方和什么情况下对她产生了爱慕之情,为什么甘愿充当她丈夫的仆从,然后恭顺地求她,如有可能,对他发发慈悲,满足他隐秘而强烈的愿望。又说如果她不愿意,至少不要揭穿他的真实身份,让他仍旧处于目前的地位偷偷地爱慕她。啊,波洛尼亚的血液洋溢着多么奇特的柔情蜜意,在这种场合下多么值得赞扬!你对眼泪和叹息总是那么敏感,你总是顺从恳切地请求和爱的欲望。如果我有幸颂扬你,我的声音将永远不会疲倦。阿尼基诺倾诉衷肠时,那位夫人瞅着他,对他讲的一切深信不疑,在他的恳求下敞开了心扉,接受了他的爱情,她也开始唏嘘不已,最后回答说:

"我甜蜜的阿尼基诺,你放宽心吧。不少王孙公子以前和现在都追求我,送给我礼物,向我做出许诺,对我提出要求,但是没能打动我的心,使我爱上他们。可是在这短短的时间里,你一番话却使我失去了自制,把心献给了你。我相信你已经赢得了我的爱情,你受之无愧,我答应今晚就让你如愿。你今天半夜里到我的卧室来,你知道我睡在床上哪一边,到时候来吧。假如我睡着了,你就轻轻把我推醒,我让你长期以来的相思得到补偿。为了让你放心,我现在先给你一个吻作为保证。"

她伸出双臂搂住阿尼基诺的脖子,深情地吻了他,他也报之以热吻。他们约好之后,阿尼基诺和夫人分了手,去干他分内的事,美滋滋地等待夜晚来临。埃加诺打猎回来,吃了晚饭,由于劳累,早早睡了,他的妻子也上了床。她有约在先,没关房门,到时候阿尼基诺悄悄进来,关好门,摸到床边夫人躺着的地方,轻轻抚摩她的胸口,发现她醒着。

她察觉阿尼基诺来了,双手抓住他的手,朝睡熟的丈夫那边猛地转过身,把他弄醒,对他说:

"你今天累了,睡觉前我有话没有对你讲。现在你说真心话,埃加诺,家里这么多仆人,你觉得谁最好、最忠诚,你最喜欢谁?"

"这还用问？难道你不清楚？我最信任、最喜欢的当然是阿尼基诺，以前和现在没有哪个仆人能同他相比，不过你问这话是什么意思？"

阿尼基诺听到埃加诺提起他的名字，夫妇两人要谈论他，害怕这是一个圈套，几次想把手抽回来，但夫人紧抓不放，他无法脱身。夫人回答埃加诺说：

"我告诉你吧。我原以为他是你说的那种人，比谁都对你忠心耿耿，可是我发现我看错了人。今天你去打猎，他留在家里，竟然没皮没脸地要我依从他的欲念。本来这种事不需要什么凭据就可以对你说清楚，可是我想让你亲眼看看，便回答他说我很乐意，让他过了半夜到我们花园里去，我在一株松树下面等他。我当然不会去，可是如果你想看看你仆人的忠诚，不妨穿上我的衣服，蒙一条头巾，到那里去等着，看他会不会去，我敢说他一定会去的。"

埃加诺听后说：

"我当然要去看看。"

他摸黑穿上妻子的衣服，蒙了一条头巾，到花园的松树底下去等阿尼基诺。夫人紧接着从床上起来，把房门锁好。阿尼基诺刚才吓得魂不附体，使劲想挣脱夫人抓住他的手，千遍万遍地诅咒自己的痴情，诅咒那女人，诅咒自己瞎了眼竟会相信她，这时才恍然大悟，高兴得没法形容。那女人回到床上，他脱了衣服，两人玩了好一阵子。后来那女的觉得阿尼基诺不能再流连了，叫他起来穿好衣服，对他说：

"我的好冤家，你现在拿一根结实的棍子到花园里去，装着你是为了考验我才向我求欢，把埃加诺当成我，臭骂他一通，然后用棍子揍他。"

阿尼基诺起来，拿着棍子到花园里。当他走近松树时，埃加诺装出高兴的模样迎上来要抱他，阿尼基诺却说：

"臭婆娘！你居然来了，你以为我会干出对不起我主人的事吗？你来错了，真该遭千百次诅咒。"

他举着棍子挥舞起来。埃加诺挨了骂，见到劈头盖脑打下来的棍子，吓得不敢出声，夺路就逃。阿尼基诺在后面追赶，嘴里不断嚷嚷：

"下贱的女人，你逃吧！天主饶不了你，明早我就告诉埃加诺！"

埃加诺重重挨了几棍，一溜烟跑回自己的房间，妻子问他阿尼基诺有没有到花园里去。埃加诺说：

"他不去倒好了，他把我错当成你，用棍子几乎把我打散了架，还用骂下流女人的话把我臭骂了一顿。我先前就有点纳闷，他怎么会用言语撩拨你，要出我的丑。现在才明白，他大概见你平时平易近人，故意试探你。"

"赞美天主，"那位太太说，"幸好他用言语来试探我，对你却用了行动。看来我经得起他言语的试探，你却经不起他的行动。这且不谈了，他既然这样忠诚，你应当更看得起他，更重用他。"

"你说得太对了。"埃加诺承认道。

由于这件事，埃加诺认为自己有一位贞洁无比的妻子和一个绝对忠诚的仆人，阿尼基诺和那位太太后来一提起就好笑。也正由于这件事，阿尼基诺在波洛尼亚给埃加诺当仆人期间和那位太太寻欢作乐比采取别的方式顺利得多。

八

> 妻子为善妒的丈夫所苦,在脚趾上系根
> 细绳,情夫夜间来时拉绳为号。丈夫发现秘
> 密,出外追赶情夫,妻子求使女躺在床上顶
> 替。丈夫毒打使女,剪下发辫,找妻舅告状,
> 妻舅发觉所告不实,教训了善妒的丈夫。

大家认为贝亚特丽切夫人捉弄丈夫的手法太狡黠了,还
觉得当阿尼基诺的手被夫人抓住,听到她告诉丈夫说他向她
求欢时,一定吓出一身冷汗。国王等菲洛梅娜讲完后转向内
菲莱说:"轮到你了。"内菲莱微微一笑,开始讲:

美丽的姑娘们,你们听了前面的几个故事后,要我再讲一
个精彩的实在太困难了;不过依靠天主帮助,我希望能圆满完
成任务。

你们也许知道,我们的城市从前有个名叫阿里古乔·贝
林吉耶里的富商,他同如今许多趋炎附势、爱慕虚荣的商人一
样,以为通过联姻可以跻身贵族社会,便娶了一位名叫西斯蒙
达的、和他极不相称的贵族小姐。商人重利轻别离,阿里古乔
经常远出,和娇妻相处的日子不多,西斯蒙达爱上一个苦苦追
求她的名叫鲁贝托的青年人,两人明来暗去,关系十分亲密,
后来不大检点。阿里古乔或许有所风闻,或许为了什么别的
原因,性格变得出奇的妒忌。他不再出门,也不照顾自己的买
卖,一心一意看管住妻子。他每晚要等妻子上床之后才睡,弄

得妻子十分恼火,因为她无法和鲁贝托幽会了。

鲁贝托再三要求和她见面,她绞尽脑汁终于想出一个办法:由于她的卧室临街,阿里古乔尽管看她看得很紧,睡着后却不容易醒,她可以让鲁贝托半夜来找她,她开门放他进来,趁她丈夫熟睡的时候两人待一会儿。为了知道那青年人来到了她家门口而又不惊动别人,她从窗口放出一根细绳垂到街上,绳子的另一头则绕过窗台藏在床上的被褥下面。她睡觉时把绳子拴在自己的脚拇指上。她把这个办法告诉了鲁贝托,让他来时拉拉绳子,如果她丈夫睡着了,她就松开绳子下楼开门放他进屋;如果丈夫没有睡,她就把绳子收进去,鲁贝托知道那晚不行,不必傻等。

鲁贝托觉得这个办法很妙,他来了好几次,有时能和她见面,有时落空。他们用这个办法互通消息,相当顺利。可是有一晚阿里古乔在床上一伸腿,绊着了绳子,他顺藤摸瓜,发现绳子一头系在妻子的脚趾上,心想这里肯定有蹊跷;再一看,绳子另一头通到窗外街上,觉得更为可疑,便把绳子扯断,拴在自己的脚趾上等候动静。不久后,鲁贝托来了,按照约定的暗号拉拉绳子。阿里古乔感觉到了,但是由于绳子没有系牢,鲁贝托那头又拉得重了一些,结头松脱,绳子到了鲁贝托手里,他认为这是可以见面的暗号,便等在门外。

阿里古乔匆匆起床,拿起武器,跑到门口去看看究竟是谁,打算给他吃点苦头。阿里古乔虽是商人,却身强力壮,加上心里有气,开门时不像他妻子那样轻手轻脚。鲁贝托一听不对头,估计开门的是阿里古乔,扭头便逃,阿里古乔则在后面追。鲁贝托跑了许久,后面的人穷追不舍,鲁贝托心想他也带有武器,返身拔剑,一个进攻,一个自卫,两人厮杀起来。

再说西斯蒙达,阿里古乔开门的声音惊醒了她,她发现脚趾上的绳子给扯断了,知道事情败露,阿里古乔准是去追鲁贝托了。她赶快起身,估计到可能发生什么,把一个了解底细的使女叫来,求使女躺在床上顶替她,阿里古乔揍她的时候千万忍住别出声,她一定重金报答,不会让使女白白吃苦。使女答应下来,她便吹熄了卧室里的灯,自己躲到另外一个房间里观察事态发展。

沿街的住户听到阿里古乔和鲁贝托的吵闹,纷纷起来申斥他们扰民。阿里古乔怕被认出,丢人现眼,放那青年人走了,没有辨出他的面目,也没能伤着他。他自己气急败坏地回家,一进卧室就怒冲冲地嚷道:

"你这个下贱女人在哪里?你以为熄灯灭火我就找不到你了吗?你错啦。"

他摸到床边,抓住使女,还以为是抓住了自己的妻子,一顿拳打脚踢,把使女打得鼻青眼肿。最后他揪住使女的发辫,剪了下来,一面打,一面用骂下流女人的最难听的话骂个不停。使女挨了一顿毒打,痛得直哭,不时喊道"哎,看在天主分上饶了我吧!"或者"别打啦!"但她泣不成声,阿里古乔又气昏了头,根本没有辨出那女人不是他妻子。他打也打了,发辫也剪下来了,最后说:

"贱女人,现在我不想再碰你了,我去找你哥哥,把你干的好事告诉他们,让他们把你领回娘家。为了保持他们的家风和我的家风,他们认为该怎么处置你就怎么处置,反正你休想在我家再待下去了。"

他说着,反锁好房门,独自出去了。西斯蒙达夫人听得清清楚楚,等丈夫走后,她打开门,点亮了灯,只见使女给打得青一块紫一块,正哭得伤心。她好言劝慰,扶使女回到自己的房间里,悄悄叫人好生照看,又从阿里古乔的钱里取出许多送给使女作为补偿。使女守在自己的房间里,她回去重新整理好床铺,把灯挑亮,穿好衣服,收拾一下装饰,仿佛还没有睡过的样子,然后在楼梯平台上点了一盏小灯,坐在那里开始做针线活,等待事态发展。

阿里古乔出了门,风风火火地赶到妻舅家,使劲叫门。他妻子的三个哥哥和母亲听到阿里古乔叫门,起身点亮了灯,让他进了门,问他一个人深更半夜跑来有什么急事。阿里古乔便把怎么注意到西斯蒙达脚趾上的绳子,发现了什么,自己又干了什么,从头到尾说了一遍。为了提出充分证据,他把他认为是从妻子头上剪下的发辫交给她的哥哥们,说他们觉得该怎么办就怎么办,反正他不打算把他们的妹妹留在家里了。

西斯蒙达的哥哥们听了信以为真,又生气又痛心,立即吩咐点燃火把,跟阿里古乔去他家,决意狠狠管教他们的妹妹。母亲哭着和他们一起去,一会儿求这个儿子,一会儿又求那个儿子,说是这类事情没有耳闻目睹不能轻易相信,因为做丈夫的可能由于别的原因和妻子有嫌隙,唯恐她不遭殃,现在找了一个借口。她还说她不信女儿会干出这种事,因为女儿是她从小带大的,她了解女儿的人品,诸如此类的话说了不少。到了阿里古乔家,大家正要上楼,西斯蒙达见到有人来,问道:

"谁呀?"

她的一个哥哥说:

"你自己知道是谁,贱货。"

西斯蒙达说:

"这话是什么意思?但愿天主保佑我们!"她站起身说:

"欢迎你们来,几位哥哥,不过时候这么晚了,你们三个一起来有什么大事?"

他们见她好好坐着在做针线活,刚才听阿里古乔说是把她狠狠揍了一顿,而现在她脸上丝毫没有挨过揍的痕迹,不禁感到诧异,便压住怒火,问她阿里古乔指责她的究竟是怎么一回事。西斯蒙达回答说:

"我不明白阿里古乔有什么可以指责我的。"

阿里古乔张口结舌地瞅着她,因为他记得清清楚楚刚才朝她脸上打了不知多少拳,又抓又拧,肯定打得鼻青脸肿,而现在她好端端的,一点没事。三个哥哥把阿里古乔讲的话,什么绳子呀,打脸呀,剪头发呀,说了一遍。那女的转身对阿里古乔说:

"我的丈夫,你说这些话是什么意思?你明知道我不是那种女人,你也不像你自己说的那么凶残毒辣,可你为什么把我说得那么下流,又往你自己脸上抹黑?你今晚什么时候在家里,什么时候又和我在一起?你什么时候打我来着?我怎么毫无印象?"

阿里古乔结结巴巴地说:

"贱女人,我们不是睡在一起的吗?我追赶你的情夫之后不是又回来的吗?我不是打你的脸,剪掉你头发的吗?"

西斯蒙达反驳说:

"昨晚你根本没有睡在家里,这一点我们暂且不谈,因为我讲的虽是真话,却拿不出证据。我们不妨谈谈你所说的揍我,剪我头发的事。你根本没有揍我,不信就看看我全身哪有挨过揍的痕迹。再说我谅你也不敢,否则我以天主的十字架起誓,你会后悔莫及。据我所知,你也没有剪掉我的头发,不过你也可以趁我不知道的时候偷偷干，那我们看看究竟剪过没有。"

她揭开头巾，头发非但没有剪过，而且梳得整整齐齐。三个哥哥和母亲见此情景都指着阿里古乔骂道：

"阿里古乔，你在搞什么鬼？这些明摆着的事情你都编了瞎话，别的地方怎么能让我们相信？"

阿里古乔仿佛是在梦中，他想分辩又不敢开口，因为他拿不出任何证据。西斯蒙达便对她的哥哥说：

"几位哥哥，以前我不愿意把这个人的恶行劣迹讲给你们听，他却不知好歹，欺人太甚，逼得我非告诉你们不可了。我相信他刚才说的全是真话，全是他干过的事，你们听听他是怎么干的。这个人有了一些钱，你们千不该万不该，不该把我许配给他为妻。他自称是商人，也希望人家把他当作商人看待，照说应该比修道士更谦逊，比小姐更规矩，事实不然，他几乎每夜在酒店喝得醉醺醺的，同不三不四的女人鬼混，害我等门等到半夜，甚至等到第二天早晨，这种情形你们自己刚才也看到了。我敢肯定，昨晚他又喝醉了，不知去找哪个婊子睡觉，醒来时发现她脚趾上有条绳子，接着就干了他自己所说的那些勾当，最后又回到她那里，揍了她一顿，剪了她的头发。他昏头转向，当时以为这些事全出在我身上，我敢肯定他现在仍旧这样想，你们不妨看看他那副还是迷迷糊糊的嘴脸。因此，他刚才说我的话全是醉鬼的胡言乱语，我希望你们别认真，我既然原谅了他，希望你们也能原谅他。"

西斯蒙达的母亲听了这话却不肯善罢甘休，她嚷道：

"我的女儿呀，天主在上，万万不能原谅，这条不识好歹的癞皮狗根本不配娶我女儿，宰了他都不解气！真岂有此理！

谁都会说他是从垃圾堆里把你捡来的!这个贩卖驴粪蛋的小市侩,穿着乡巴佬的粗呢衣服和裤子,屁股上还插一根鹅毛,①刚从猪圈的土坷垃里出来,就对我的女儿说长道短,我才不吃他那一套呢!他无非挣了几个钱,就向贵族老爷、贵族太太的女儿求亲,娶了她就吹嘘说'我是某某的后代''我们家族的规矩如何如何'。唉,你的哥哥们当初听了我的劝告就好啦!他们原可以把你光光彩彩地嫁到圭多伯爵家,吃穿不愁,他们却要把你嫁给这个活宝,结果让你这个全佛罗伦萨城最贤惠、最正派的小姐受到这种委屈,让这个市井小人半夜三更跑来说你是婊子,仿佛我们不清楚你的人品似的。天主在上,如果你们听我的,非得好好教训他不可,让他刻骨铭心,这辈子再也忘不了。"

接着又对她的儿子们说:

"我的儿子们呀,我早就对你们说过,这门亲事不妥。你们有没有听到你们的妹夫怎么对待你们的妹妹?那个手头有几个钱的小市侩!他如此诬赖你们的妹妹,如此虐待她,如果我是你们,我不灭了他就出不了这口恶气。如果我不是妇道人家,而是男子汉,我说到做到,谁都阻拦不了。多么可悲!这个醉鬼甚至不觉得羞愧!"

三个年轻人看到听到那些事,狠狠地训斥了阿里古乔,最后警告他说:

"只因你喝醉了,我们饶你一回。从今以后休要让我们再听到类似情况,否则留心你的小命。下次再有这种事,我们

---

① 中古时期的意大利商人以及法官,由于随时要缮写文书契约,腰间常系一个笔筒,内装墨水瓶和翎笔。

两笔账一起清算。"

他们说完就走了。阿里古乔迷迷瞪瞪愣了好久,自己也不清楚刚才干的是真有其事还是在梦中,他不敢多说,不再难为妻子。西斯蒙达凭她的机智非但逃脱了迫在眉睫的危险,还为今后恣意寻欢铺平了道路,不怕她丈夫了。

九

尼科斯特拉托的妻子爱上皮罗,皮罗要她做三件事才肯相信她,她一一办到,最后当着尼科斯特拉托的面和皮罗作乐,还让尼科斯特拉托认为所见不是真事。

女郎们听了内菲莱的故事都叫好,国王几次让她们安静,等她们的议论和笑声平息下来后吩咐潘菲洛接着讲。潘菲洛开口说:

可敬的女郎们,我认为任何艰难险阻都吓不倒堕入情网的人,前面好几个故事已经说明了这一点,不过我还想再讲一个加以印证。我故事里的那位太太倒不是智谋过人,而是得到命运的青睐才无往不利。因此,我奉劝大家不要学她的榜样,也不要冒她的风险,因为命运并不老是那么随和,而世上的男人也并不都是傻瓜。

阿卡亚①有个十分古老的城市阿戈斯,面积虽然不大,由

---

①　即希腊,公元前一四六年希腊沦为古罗马帝国的一个省份后改名阿卡亚。

于帝王辈出,名气却很响亮。那里有个姓尼科斯特拉托的贵族,老来交上桃花运,娶了一个名叫莉迪娅的大家闺秀。她长得千娇百媚,性格洒脱。身为富有的贵族,尼科斯特拉托家里有许多仆从,还豢养了不少猎鹰猎犬,经常出外狩猎。仆人中间有个名叫皮罗的年轻人,长得眉清目秀、举止大方,办事又十分可靠,深得尼科斯特拉托的信任宠爱。

莉迪娅逐渐爱上了皮罗,最后竟到了朝思暮想、梦魂萦绕的程度。然而皮罗不是没有注意到女主人的心意,就是不敢僭越,仿佛无动于衷。女主人愁闷得难以忍受,决定向那个青年人挑明自己的心思,便把她的一个心腹侍女卢丝卡找来说:

"卢丝卡,你在我这里得到过不少好处,总该听我的话,对我忠心耿耿。现在我有话要对你说,除了那个有关的人之外,你千万不能告诉任何人。卢丝卡,你也看得出来,我青春年少,精力充沛,凡是女人想有的一切我都不缺,唯独有一件事使我感到遗憾,那就是我丈夫的年纪同我的比较起来实在太大了,年轻女人最喜欢的那件事我虽然也喜欢,可是得不到满足。近来我琢磨了好久,觉得不能不考虑自己的乐趣和健康,苦了自己。为了照顾两头,我打定主意,认为皮罗是最合适的人选,我所缺的东西可以在他的怀抱里得到补偿。我把满腔爱情寄托在他身上,见不到他或者不想他的时候,我简直浑身不自在。如果我不能马上得到他,我的性命肯定难保。因此,如果你可怜我,应该想个妥善的办法,向他表露我对他的一片痴情,代我求他,下次我派你去找他时,他赶快来和我相会。"

侍女说她一定照办,找了个机会把皮罗叫过一边,如实传递了女主人的口信。皮罗不知所措,仿佛从没有料到会有这种事情,或者认为侍女的这番话是试探他,他当即回答说:

"卢丝卡，我不信这些话是女主人说的，你可不能开玩笑。即使女主人说过这些话，我不信她真会这样做。即使她真这样做，我的男主人待我恩重如山，我死也不会干出这种对不起他的事，因此你别找我谈那件事啦。"

卢丝卡并没有被他这番正经八百的话吓退，她坚持说：

"皮罗，不管你爱不爱听，女主人派我传话，我总要传到，下次再派我来，我还是要来。不过我认为你是榆木脑袋。"

她没好气地把皮罗说的话向女主人报告了，莉迪娅听了伤心得要死，但几天以后又找侍女说：

"卢丝卡，你知道，一斧子是砍不倒一株圣栎树的，因此你还得找个机会同那个想对我丈夫尽忠而把我害苦了的人好好谈谈，把我的满腔热情告诉他，想方设法成就我们的好事。再不成功，我可真要死了。他大概以为我们在作弄他，向他求爱却招他嫉恨。"

侍女劝慰了女主人，再去找皮罗，发现他情绪很好，便对他说：

"皮罗，前几天我对你说过女主人为了你在情焰里煎熬，今天我想告诉你，如果你坚持你所抱的死硬态度，那她可活不长了，因此我再一次求你满足她的愿望。如果你仍旧顽固不化，我本来把你当作聪明人，现在却要骂你是傻瓜。一个才貌双全又有地位的夫人看上了你岂不是你的造化？你再想想，这种好事落到你这个穷小子身上岂不是你的福气？你既可以满足你青春的欲望，又得到了经济上的保障。如果你放聪明些，有谁能像你这样既享受艳福又得到实惠？你只要给她爱情，不愁没有甲胄马匹、服饰金钱，有谁能和你相比？你得听听我的劝告，头脑清醒一些。要知道，命运和颜悦色、张开双臂朝我们走来的情况往往只有一次，不可能一而再再而三。不会把握机遇，以后落得一场空的人再埋怨命运就晚了。总而言之，主人和仆人之间不比亲戚朋友那样有忠诚可言。主人怎么对付仆人，仆人就该怎么对付主人。假如你有个美貌的妻子、姊妹、母亲或者女儿被尼科斯特拉托看上，你认为他对你会像你对他妻子那样讲义气吗？你如果有那种想法就未免太傻了。到那时候，如果请求和恭维不起作用，不管你喜不喜欢，他会使用暴力的。"

卢丝卡上次谈话以后，皮罗反复思考了好久，已经打定主意，如果她再来谈，就给她另一种答复。只要能肯定她们不是在试探，他就同意满足女主人的一切要求。因此，他回答说：

"卢丝卡，我知道你对我说的话都有道理，可是另一方面我也知道我的主人很精明，他把全部事务都托付给我，我担心莉迪娅受了他的指使，设了圈套来试探我。因此我提出三件事，如果她一一办到，我就无话可说，以后她有用得着我的地方我无不答应。我提出的三件事是：第一，当着尼科斯特拉托的面，把他的一头好猎鹰杀了。第二，揪下尼科斯特拉托的一绺胡子给我。第三，拔掉她丈夫的一颗牙齿给我，要好的。"

卢丝卡觉得这几件事困难很多，女主人也认为非同一般。但是给人以力量、帮人出主意的爱情促使莉迪娅下了决心，她让侍女通知皮罗说，他要求的事很快就可以全部办到，还说他虽然认为尼科斯特拉托是个精明人，她却可以当着他的面和皮罗寻欢而让他以为所见不是真事。皮罗便等着看夫人如何动作。几天以后，尼科斯特拉托像往常那样举行盛大宴会，招待几位绅士。杯盘撤掉以后，莉迪娅穿着一身绿色的衣服从里屋出来，当着尼科斯特拉托和宾客的面走近尼科斯特拉托最喜爱的一头猎鹰栖息的架子,仿佛要抚摩猎鹰似的抓住它的脖子突然使劲往墙上一摔,猎鹰当场毙命。尼科斯特拉托惊叫起来说:"你怎么可以干这种事?"她不理睬丈夫,转身对宾客们说:

"先生们,即使一位国王欺侮了我,我也要报复,何况是一头猎鹰?各位要知道,男人们应该用于取悦他们妻子的时间,我被这头扁毛畜生剥夺去了多少。因为天刚亮尼科斯特拉托就起床,骑上马带着他的猎鹰到草原上去看它飞翔。各位可以想象,我只得孤单单地躺在床上生闷气。刚才的事我早想干了,之所以忍到今天,是想当着各位的面干,好让各位评个理,对我的抱怨做出公正的判断。"

绅士们听后认为她这番话是出于对尼科斯特拉托的亲热,他们笑了起来,对气呼呼的尼科斯特拉托说:

"你妻子杀了猎鹰,报了你冷落她的仇,干得好!"

莉迪娅回到自己的房间里,宾客们纷纷拿这件好笑的事跟尼科斯特拉托打趣,他的忧伤化为乌有,和大家一起嬉笑。皮罗看在眼里,心想:"那女的给我的艳遇开了一个好头,天主保佑她继续努力。"杀死猎鹰后过了几天,莉迪娅在房间里和尼科斯特拉托闲聊,两人抱抱搂搂地调笑,他一不小心拉掉了她几根头发,给了她完成皮罗第二个要求的机会,她飞快地揪住他的一绺胡子,嘻嘻哈哈地用力一扯,痛得他脸都歪了。尼科斯特拉托正要发作,她反咬一口说:

"你干吗扮出这副苦脸?难道因为我拔掉你五六根胡子?你刚才揪掉我一把头发我就不痛吗?"

她一面继续打闹,一面小心翼翼地藏好那绺胡子,后来给她的情人送去。第三件事让她伤了不少脑筋,但她的鬼点子多,爱情又使她的脑子更加敏锐,终于想出了完成那件事的办法。尼科斯特拉托家有两个少年,也是大户人家的子弟,他们的父亲把他们送来见习一些排场礼节。尼科斯特拉托用餐时他们在旁伺候,一个切肉,一个斟酒。莉迪娅找到他们说,尼科斯特拉托闻到他们的口臭,嘱咐他们以后伺候用餐时尽可能把头往后仰,但这件事不要对任何人说。那两个少年信了她的话,照她说的做了,有一天,她问尼科斯特拉托:

"你有没有注意到那两个孩子伺候你时的模样?"

尼科斯特拉托说:

"注意到了,我正想问他们为什么要那样呢。"

那女的说:

"你别问啦,我告诉你吧,我怕你听了不舒服,一直没有讲。既然别人也感觉到了,我不能再对你隐瞒。他们之所以这样是因为你口臭得厉害,什么原因我也说不清楚,以前没有这种情况。你经常要和上流人物打交道,这样不合适,应该想个办法治治。"

"那是什么道理呢? 难道我嘴里有颗牙齿坏了?"尼科斯特拉托问道。

莉迪娅说:"也许是吧。"

她让丈夫站在窗前张开嘴,东看看西看看,然后说:

"尼科斯特拉托,你真能忍耐,我看这边有颗牙齿非但蛀了,而且烂了。如果让它留着,整个半边的牙齿都会坏光。我劝你赶快把它拔了,免得越往后越糟。"

尼科斯特拉托说:

"你这么想,我觉得也对。那就去请个拔牙大夫给我拔了吧。"

莉迪娅说：

"天主在上，千万不要请什么大夫，我自己完全干得了，不必请大夫。外面请来的大夫下手太狠，我见你由他们摆弄时心都疼得要碎了。还是让我来替你拔。如果你痛得厉害，我就住手，大夫们绝对不会这样的。"

他们找了几把合用的钳子，除了卢丝卡之外，闲杂人等统统打发出去，关好门，让尼科斯特拉托躺在一张桌子上，把钳子探进他嘴里钳住一颗牙齿，尽管他痛得像宰猪似的直叫，由卢丝卡把他按住，莉迪娅使足力气硬把一颗牙齿拔了下来，藏在一边，取出事先预备好的一颗烂坏的牙齿给痛得半死的受害者看看，说道：

"你瞧这东西在你嘴里待了有多久。"

他虽然遭了无妄之灾，吃足了苦头，但真以为拔掉这颗牙齿治好了口臭的毛病，采取了一些止血止痛的措施，从房间里出来。那女的立即把牙齿拿给她的情人，皮罗对她的一片真情深信不疑，说是他准备满足她的一切要求。那女的虽然恨不得马上就和他在一起，但为了让他心里更踏实，还要实现她对他做出的另一个承诺。

一天，莉迪娅假装身体不适，饭后尼科斯特拉托带了皮罗去看她，她说想散散心，请丈夫陪她到花园里去走走。尼科斯特拉托和皮罗两人一左一右搀扶着她到了花园，在一株果实累累的梨树下的草地上站停。莉迪娅事先已经通知皮罗该怎么做，他们盘桓一会儿以后，她说：

"皮罗，我很想吃梨。你上树去给我摘一个。"

皮罗唰唰几下爬上树，摘了梨，正朝下面扔，突然嚷了起来：

"哎呀,老爷,你怎么啦?夫人,你当着我的面让老爷干这事不害臊吗?你把我当成瞎子吗?你刚才还说身体不舒服,难道这么快就好了,有兴致干这事?如果真想干,你有的是舒服的房间,为什么不到房里去?那比当着我的面干要合适多了。"

莉迪娅对她丈夫说:"皮罗在说什么?怎么一派胡言?"

皮罗接着说:"不,夫人,我不是胡言乱语,你以为我没看到吗?"

尼科斯特拉托惊愕地说:"我想你在做梦吧,皮罗。"

皮罗反驳说:"老爷,我没有做梦,你也不在梦中。你折腾得那么厉害,连梨树都晃动了,再晃下去,梨子都要掉光。"

莉迪娅说:"究竟是怎么回事?难道他真的见到了他所说的情形?如果我身体好的话,我真想爬上树去看看他所说的怪事。"

皮罗仍旧在树上嘟嘟囔囔,尼科斯特拉托吩咐他下来。

等那青年人下了树,他说:"你说你看到了什么?"

皮罗说:"你一定会以为我发神经病或者犯糊涂。不过我看见你趴在夫人身上干你再清楚不过的那件事,但是我刚从树上爬下来,却见你好好地坐在你现在所坐的地方。"

"没错,"尼科斯特拉托说,"在那一点上你肯定发神经病了,因为你爬上梨树之后我们一直坐在这里没有动过。"

皮罗无奈地说:"多争有什么用?我刚才看见的就是那样,正如现在看见你坐着一样,刚才看见你是趴着的。"

尼科斯特拉托益发惊愕了,他说道:

"我们倒要研究研究,这株梨树是不是成了精,能让人见到什么怪现象。"

他爬了上去。他一到树上，皮罗和莉迪娅就干起那件事来，尼科斯特拉托急红了眼，大声嚷道：

"贱货，你在干什么？还有你，皮罗，我这么相信你，你怎么能干出这种事？"

那女的和皮罗一齐说："我们不是好好坐着吗!"尼科斯特拉托开始从树上下来，两人完了事，仍旧和先前那样坐好。尼科斯特拉托到了地面就破口大骂。皮罗说：

"尼科斯特拉托，现在我承认你刚才说得对，我在树上看到的是错觉，因为我发现你一上树也有错觉。我讲的是实话，足以证明你妻子是非常贞洁端庄的女人，即使她要干这种对不起你的事，也不至于当着你的面干。至于我呢，我五马分尸也不敢想那种事，更不用说在你面前干了。我认为造成这种错觉的根子在这株梨树，因为，如果我没有听你说你认为我干了那种想都不曾想过、更不会干出来的事，我再怎么都不会相信我没有看到你和你妻子在干那事。"

这时莉迪娅装出十分气愤的样子站起来说：

"你把我看得那么下贱可要倒霉了，即使我想干你说是看到我干的那种事，我不会当着你的面明目张胆地干。你应该明白，如果我有这种欲望，我不会跑到这里来，而是在房间里，并且干得神不知鬼不觉，你根本发现不了。"

尼科斯特拉托觉得两人说的都有理，照说是绝对不会在他面前胡来。他不再责骂，开始琢磨这件怪事，为什么爬到树上以后看到的东西会变形。但莉迪娅还假装由于尼科斯特拉托冤枉了她而生气，她说：

"我不能容忍这株梨树再对我或别的妇女弄鬼，使我们蒙受耻辱。皮罗，你去找把斧子来，把它砍倒，替我，也替你自己出口气。当然,斧子本来应该砍在尼科斯特拉托的脑袋上,谁让他不动脑筋,眼睛看到了假象,脑袋竟然也会糊涂。丈夫啊,以后你不论看到什么,脑子可不能糊涂,轻易相信。"

皮罗随即找来斧子,砍倒了梨树,那女的对尼科斯特拉托说:

"破坏我贞洁名声的敌人倒了,我的气总算消了。"

尼科斯特拉托再三请求她原谅,她宽宏大量地原谅了他,警告他以后不能对她有类似的想法,因为她爱他比爱自己更深。那个遭到愚弄的倒霉的丈夫同她和她的情人一起回到家里。此后,皮罗和莉迪娅在家里寻欢作乐很是顺利。但愿天主赐给我们同样的福分。

十

两个锡耶纳人同时爱上一位太太,其中一个是太太的孩子的教父。教父死后,鬼魂遵守生前约定把阴曹的情况告诉他的好友。

现在只剩下国王还没有讲故事,他等女郎们为那株无辜的梨树表示惋惜的议论平息之后说道:

公正的国王显然应当率先遵守他自己制定的规矩,如果违反了这一点,就应当和臣仆同罪,受到责罚。我身为国王,照说不应该犯这种过错,自讨没趣。今天故事的主题是我昨天规定的。说实话,当时我并不想行使我原先就有的特权,可是听了各位讲的故事之后,我发现本来想讲的已经被你们讲了,你们还讲了我没有想到的许多精彩的情节。我搜索枯肠,实在想不出在这方面还有什么可讲,而又可以和你们的故事比美的东西,只得求助于我的特权,甘愿接受你们给我的处罚,这是我罪有应得。亲爱的女郎们,艾莉莎讲的关于教父和教子的母亲的故事以及锡耶纳人的愚蠢十分精彩,我不谈机灵的妻子怎么愚弄她们的丈夫,但讲的也是锡耶纳人的事,有些情节不能信以为真,有些还是很有趣的。

锡耶纳萨拉亚门附近住有两个平民青年,一个叫廷戈乔·米尼,另一个叫梅乌乔·德·图拉。他们同别人不怎么来往,但两人之间的交谊很深,情同骨肉。他们常去教堂和布道会,听说人死后到了阴曹将按照他们生前的善行或恶迹分别得到荣耀或折磨。他们很想弄清楚这种说法是否属实,但又没有办法,于是约定先死的一个如有可能就还魂显灵,把阴曹的情况告诉活着的一个,并且还起誓一定做到。

两人约定后仍像以前那样亲密无间。后来廷戈乔给坎波雷吉地方的安布罗焦·安塞尔米尼的儿子当了教父,孩子的母亲长得俏丽动人,名叫米塔。廷戈乔有时带了梅乌乔一起去看望米塔,尽管有干亲关系,他还是逐渐爱上了那位太太。梅乌乔觉得她十分可人,又听廷戈乔老是夸她,对她也有了意思。两人互相隐瞒自己对米塔的爱情,但理由不同,廷戈乔之所以不让梅乌乔知道是因为他认为爱上干亲家母不合教规,会遭到非议,而梅乌乔不让廷戈乔知道是因为他看出廷戈乔爱上了米塔,他心想:"如果他发现我的心事,一定会妒忌我,他同那位太太又是干亲家,可以在她面前毫无顾忌地贬我,叫她讨厌我,那我再也没有希望赢得她的欢心了。"

两个青年人悄悄爱着那位太太,廷戈乔接近她的机会毕竟多一些,他又善于用言语和行动向她表露自己的愿望,终于把她勾引上了。梅乌乔看在眼里,虽然很懊丧,但并不死心,希望也有机会实现自己的愿望。他假装一无所知,以免廷戈乔从中作梗。两个伙伴就这样一个得意,一个失意。廷戈乔发现在那位太太的庄园里大有用武之地,他起早贪黑地耕作播种,掏空了身子,终于病倒,一命呜呼。他死后的第三天晚上(也许无法提前),按照生前约定,他的鬼魂来到梅乌乔的住处,叫醒了睡得正香的梅乌乔。梅乌乔醒来回道:

"是谁?"

对方回答说:

"是我,廷戈乔,我生前向你许过愿,现在如约前来向你报告阴曹的消息。"

梅乌乔见到他有些惊骇,但随即定下神说:

"欢迎你来,好兄弟。"

他接着问廷戈乔有没有灭绝,对方回答说:

"灭绝的东西就没有了。我既然来到这里,怎么会灭绝呢?"

"我不是这个意思,"梅乌乔连忙解释,"我想问你是不是给打进地狱,跟受到永恒的火煎熬的灵魂在一起。"

廷戈乔回答说:

"还没有到那种程度,不过由于我的罪孽,我也吃了不少苦。"

梅乌乔详详细细地问廷戈乔,人们生前犯下各种罪孽,到了阴曹究竟受什么惩罚,廷戈乔一一做了回答。梅乌乔又问能不能为他在人间做些什么,廷戈乔回答说能,并且让他捐钱给教会,请神父做弥撒和祈祷,再给穷苦人一些施舍,这些事对他在阴曹很有帮助。梅乌乔说他乐意照办。廷戈乔正要离去时,梅乌乔想起他教子的母亲的事,又问道:

"廷戈乔，我还想起一件事，你生前和干亲家母睡觉，在阴曹受到什么惩罚？"

廷戈乔说："我的好兄弟，我初到那里的时候有个人仿佛对我的罪孽记得一清二楚，他吩咐我到一个地方用泪水好好洗涤我的全部罪孽，我在那里见到许多像我一样受罚的人，当时我在熊熊烈火中间，一想起干亲家母的事担心还要受到更严厉的惩罚，吓得浑身发抖。我身边有个人注意到了，就问我：'你在火里还抖得这么厉害，难道你的罪孽比这里的人都严重？'我回答说：'朋友，我犯了一件大罪，害怕因此受罚。'他问我是什么罪，我说：'那桩罪太大了，因为我和干亲家母睡觉，纵欲过度，送了性命。'他嘲笑说：'得啦，傻瓜，没有什么可害怕的，这里才不管干亲家的事呢。'我听了这话才算放心。"

这时天快亮了，他说：

"梅乌乔，天主保佑你，我不能再待下去了。"说罢，他消失不见。

梅乌乔听说阴曹不管干亲家的事，笑自己以前不敢在这方面越出规矩未免太傻。他开了窍，以后对教父教母的事变得聪明多了。里纳尔多教士当时如果知道这种情形，向他教子的母亲求欢时也不必费劲搬出一套三段论法了。

夕阳西斜，西风初起，国王讲完了故事，在座的都已轮到，他便摘下自己头上的桂冠，给劳蕾塔戴上说：

"小姐，这顶桂冠加在你头上名副其实①，现在由你担任我们的女王，你认为怎么对大家的消遣娱乐有利，请尽管

---

① 劳蕾塔在意大利语中有"月桂树林"之意。

吩咐。"

劳蕾塔加冕成为女王,先把总管找来,叫他在风景宜人的山谷里开晚饭,时间比往常略微提前,以便大家从从容容地回别墅,然后布置了她在位期间该做的事,接着便对大伙说:

"狄奥内奥昨天规定今天讲的故事要以女人愚弄她们的丈夫为主题,我本来打算让大家明天讲男人愚弄他们的妻子的故事,可是我不愿意被大家当作心胸狭窄、当场报复的人,因此撇开不谈。我希望明天大家讲的故事要围绕着女人愚弄男人、男人愚弄女人或者男人之间互相愚弄的主题,我相信这类故事不会比今天的逊色。"

女王说完起身让大家自由活动,晚饭时再集合。

男女青年也纷纷起身,有的光着脚踩进清澈的湖水中,有的在挺拔葱茏的树下散步。狄奥内奥和菲亚梅塔唱了几段有关阿尔奇塔和帕莱莫内①的传奇歌谣,其余的人也自找消遣。开晚饭时,桌子摆在小湖畔,周围的树上百鸟啭鸣,山头吹来阵阵清风,没有蝇虫骚扰,大家欢畅地吃了晚饭。饭桌撤下后,他们在幽静的山谷里逛了一圈,太阳还没有下山,女王吩咐大家不要耽搁,踏上归程,一路上有说有笑,天快黑时,回到了别墅。大家吃了一些糖果,喝了一些清冽的葡萄酒,略事休息,来到喷泉旁边,在廷达罗的风笛和别的乐器伴奏下翩然起舞。女王吩咐菲洛梅娜唱一支歌,菲洛梅娜舒展歌喉,这样唱道:

　　　　唉,我的生活多么不幸!

~~~~~~~~~~~~

　　① 阿尔奇塔和帕莱莫内是薄伽丘早年创作的骑士史诗《苔塞伊达》里的男女主人公。

无情的命运把我生分，
难道归踪已无从追寻？

尽管我胸中燃烧着激情，
希望能旧梦重温，
但我确实很难肯定；
啊，我的亲人，我唯一的寄托，
你俘虏了我的心！
唉，我不敢问别人，
也不知道有谁可问，
请告诉我吧，我的冤家：
请给我以希望，安慰我迷惘的心灵。

我说不清是什么快感
燃起了我心中的火焰，
使我白天黑夜都不得安宁；
听觉、感觉和视觉
以不同寻常的力量
使火焰不断升温，
烧得我五内俱裂。
唯有你能给我安慰，
给我注入新的活力。

唉，告诉我是否有幸与你相见，
重逢之日又在何年何月，
好让我吻你那夺魂的双眼；

我的亲人,我的灵魂,

告诉我何时与你重逢,

好让我尽快得到些许慰藉;

但愿相逢的日子不太久远,

相聚的时候尽可能绵长,

好让你抚慰我爱情的创伤。

如果有朝一日我终于把你搂在怀里,

我再也不会像以前那么愚昧,

轻易地让你离去;

我要紧紧地拥抱你直到永远,

从你甜蜜的亲吻里

满足我的全部渴念。

我用歌声表达我的心愿,

现在我只有一句话:快来吧,

我的亲人,让我投入你的怀抱。

　　大家从菲洛梅娜的歌里听出她渴望重温旧时的爱情,歌词似乎表明大有进展,在座的人都为她的幸福感到欣羡。她唱完后,女王想起明天是星期五,便对大家说:

　　"高贵的女郎和先生们,你们知道明天是基督受难日,是献给他的日子。你们总还记得内菲莱担任女王时,我们这一天没有讲故事消遣,而是虔诚地纪念,礼拜六也如此。我打算遵循内菲莱树立的好榜样和上次相同,明后两天都不讲故事,而是修身养性,考虑拯救我们的灵魂。"

　　女王这番虔诚的话博得大家赞同。这时夜色已深,女王发话,让大家回去休息。

《十日谈》的第七天已经结束,第八天由此开始,在女王劳蕾塔的主持下,大家讲了平时女人愚弄男人、男人愚弄女人和男人之间相互愚弄的故事。

礼拜日早晨,初升的太阳从山顶露出光芒,驱散了大地上的阴影,万物都清晰可辨,女王起身同大家先在沾着露珠的草地上散步,到了午前祈祷时分,一起去附近的教堂做了弥撒。回到别墅以后,大家愉快地吃了饭,唱了几支歌,跳了一会儿舞。经女王允许,想午睡的人便去休息。太阳过了中天,女王发话让大家在恬静的喷泉旁边坐好,开始按惯例讲故事,内菲莱奉命先开了头:

一

古尔法多向瓜斯帕鲁洛借了钱,给他的妻子作为和她睡觉的报酬,后来当着瓜斯帕鲁洛的面说是借款已归还他妻子,妻子不敢否认。

蒙天之恩,今天由我牵头,我很高兴。可爱的女郎们,女人愚弄男人的故事已讲过不少,我现在想讲一个男人如何愚弄了一个女人。我并不谴责那个男人的行为,也不替那个女人喊冤叫屈,而是赞扬那个男的,责备那个女的,并且说明男人也会让那些自以为愚弄了他们的人上当受骗。说得更确切一些,我要讲的事情并不能称作愚弄,而是报应,因为女人的品行应该极其端正,要像保护生命一样保护自己的贞操,不能因任何理由让它受到玷污。我们女人比较软弱,这一点不一定能够完全做到,不过为了金钱而失节,遭受火刑也是罪有应得。当然,我们知道爱情的力量强大无比,为了爱情而犯下罪孽,遇上一位不太严肃的法官是可以得到宽恕的,正如前两天菲洛斯特拉托讲的那位普拉托地方上的菲利帕太太的情况。①

且说米兰有个名叫古尔法多的日耳曼雇佣兵,他为人正直,对雇主十分忠诚,在日耳曼人中间并不多见。古尔法多很讲信用,向人借了钱总是如期归还,从不爽约。因此,他需要用钱的时候,不论数目多少,许多商人都乐意借给他,收取的利息也很低。古尔法多在米兰期间,爱上一位名叫安布萝佳的俏丽的太太,她丈夫是个富商,名叫瓜斯帕鲁洛·卡加斯特拉乔,和古尔法多是老熟人。古尔法多偷偷地爱着那位太太,她丈夫却一无所知。一天,他捎信给安布萝佳,请她顾念他的一片痴情,如果她有什么吩咐,他无不办到。那位太太推托了一番之后,终于表示她可以满足古尔法多的要求,但有两个条件:第一,这事要干得隐秘,不能给任何人知道;第二,她目前有些用途,需要二百金币,古尔法多是个有钱的人,如能慷慨解囊,以后完全听他吩咐。

古尔法多一向很看重那位太太,发现她竟如此贪财卑鄙,不由得有气,他炽烈的爱情几乎转为憎恨。但是他回话说,这一点和她提出的其他任何条件他都乐意照办,只要请她通知什么时候可以去找她,他就带了钱前去。除了一位同他无话

---

① 参见本书第六天故事之七。

不谈的知心朋友之外,决不让别人知道。那个见钱眼开的女人听了很高兴,回古尔法多话说,她丈夫不久要去热那亚办事,到时候她就通知他去她家。古尔法多提前去找瓜斯帕鲁洛,对他说:

"我有笔买卖还缺二百金币。希望你能借给我,该收多少利息照算好了。"

瓜斯帕鲁洛二话没说,如数给了他。几天以后,正如他妻子所说的那样,他到热那亚去了。安布萝佳通知古尔法多带着二百金币前去。古尔法多和他的朋友到了她家,她正等着,古尔法多当着朋友的面把金币交给了她,说道:

"夫人,请收下这笔钱,等你丈夫回家时给他。"

那女的收了钱,但不明白古尔法多的话是什么意思。她以为古尔法多故意这么说是不让他的朋友疑心他们之间有什么花样,便回答说:

"当然可以,不过我想点点数。"

她把金币倒在桌子上,点了点,确实是二百枚。她高高兴兴地收好钱,把古尔法多带进她的卧室,当晚就用身体满足了他,以后又和他过了好几夜,直到她丈夫从热那亚回来。瓜斯帕鲁洛回来以后,古尔法多挑了一个估计他和他妻子都在的时候去看他,当着他妻子的面说:

"瓜斯帕鲁洛,我向你借的那笔钱,也就是二百金币,当初是想做一笔买卖,后来买卖不成,钱也不需要了,于是我还给了你的妻子,她现在也在,你可以问问她,把我的账销了吧。"

瓜斯帕鲁洛便问妻子有没有这回事。她这才明白当初古尔法多带了一位朋友一起来是为了有人见证,她无法否认,只得说:

"一点不错，可我忘了告诉你。"

瓜斯帕鲁洛便说：

"古尔法多，那就行啦！天主与你同在，我会销掉那张借据的。"

古尔法多走后，那女的气得要死，把她先前收下的那笔不体面的钱交给了丈夫；而那个精明的情郎分文不花就玩了那个贪财的女人。

二

瓦伦戈的神父和村妇贝尔科洛蕾睡觉，留下披风作质，向她借了一个石臼。他归还石臼时讨回披风，声称披风是石臼的抵押品。

听故事的人不分男女都认为那个贪财的米兰女人自作自受，称赞古尔法多做得对，女王转向潘菲洛微微一笑，吩咐他接下去讲。潘菲洛说道：

美丽的女郎们，我要讲的故事是揭露那些总是欺侮我们而不会遭到我们欺侮的人，也就是那班神父教士。他们像十字军那样以宗教的名义向我们的妻女进攻，一旦把她们压在身下，就忘乎所以，仿佛立了大功，把苏丹五花大绑从亚历山大城押解到了阿维尼翁①似的，以为任何过错罪孽都可以一

~~~~~~~~~

① 一〇九六至一二七〇年间，信奉基督教的欧洲西方国家以收复圣城耶路撒冷为名向信奉伊斯兰教的东方国家发动了七次远征，以失利告终。亚历山大城是埃及当时的政治、文化、商业中心。阿维尼翁是现在的法国沃克吕兹省首府，一三〇九至一三七八年间罗马教廷所在地。

笔勾销。吃了亏的世俗之人只得以教士们追逐我们妻女的同样冲劲在教士们的母亲、姊妹、女友和女儿身上报复。总之，我想讲的是一个乡村的偷情故事，言语不多，但结尾令人发笑。我们从中可以得出一个结论，那就是教士们的话不可轻信。

大家都知道，或者听说过，离这里不远的瓦伦戈村有个出色的神父，身体精壮，喜欢向女人献殷勤。他肚子里没有什么学问，可是每逢礼拜日，他爱站在一株榆树底下，①滔滔不绝地向村民们讲些圣洁的话，尤其爱向村民的女眷大发议论。男人们去别的地方时，他就进行家访，给他们的妻子捎一些节日免费分发的圣牌、圣像、圣水和教堂没有点完的蜡烛头，同时向她们祝福。在女教民中间，他特别喜欢的贝尔科洛蕾，是一个名叫本蒂韦尼亚·德·马佐的农民的妻子。

贝尔科洛蕾皮肤黑黑的，长得十分健壮。她干舂捣一类的活是一流的，打起铙钹来别的女人都不能与她相比。她爱唱《小河淌水》，有必要时她能领跳乡村舞蹈，体态比村里任何一个妇女都更优美。正因为她有这许多长处，神父先生几乎着了迷似的喜欢她，千方百计找机会同她接近。礼拜日早晨，如果她去教堂，神父唱《求主怜悯》和《三圣颂》时就扯开嗓子装出唱诗大师的样子，尽管他的声音像驴叫。如果她没有去，神父就有气无力，敷衍了事。不过他平时比较谨慎，本蒂韦尼亚·德·马佐和村民们都没有觉察。为了讨本蒂韦尼亚老婆的喜欢，神父不时送她一些他在自

---

① 旧时意大利的乡村教堂门前一般都种有榆树，村民们可以在树荫下听神父说教。

己菜园里种的据说是附近一带最好的新鲜蒜头、一小篮豌豆或者几把大葱小葱。遇有合适的机会,他就贪馋地盯着她瞧。但她是个不会轻易上钩的女人,在那种情况下总是扭过头去装作没看见。一天中午,神父在乡间小路上碰到本蒂韦尼亚·德·马佐赶着一头驮东西的驴子,便问他去哪里。本蒂韦尼亚回答说:

"说实话,神父先生,我去城里办些事,这些东西是孝敬检察官博纳科里·德·吉内斯特雷托的,不知道为了什么事情传我出庭,案子由他经办,我求他帮帮忙。"

"你做得对,儿子。我祝福你,早点回来。假如见到拉普乔或者纳尔迪诺,你叫他们别忘了把我要的链枷上的皮带给我捎来。"

本蒂韦尼亚说一定照办,接着朝佛罗伦萨方向走了。神父认为这是去看贝尔科洛蕾碰碰运气的好时机,于是直奔她家,进门便喊道:

"天主保佑我们平安。家里有人吗?"

贝尔科洛蕾在楼上听到招呼声便回答道:

"欢迎你来,可是这么热的天气你还出来遛弯?"

"我遇见你男人到城里去了,天主保佑,我来陪你一会儿。"神父回说。

那女的下了楼,坐在凳子上挑选她丈夫前几天打下来的菜籽。

"怎么啦,贝尔科洛蕾?你打算老是这样下去把我活活渴死吗?"神父开始撩拨她。

"我把你怎么啦?"贝尔科洛蕾哂笑着说。

"你没有把我怎么,只是天主都让我干的事你却不让我干。"神父说。

贝尔科洛蕾说:"得啦,得啦! 神父还干那种事?"

神父回答:"当然,并且干得比别人棒。是这样的。你知道什么原因吗? 因为我们像是蓄满水以后才启动的磨坊。再说,只要你不声张,依了我,对你也有好处。"

"你们这些神父都是小气鬼,对我能有什么好处?"贝尔科洛蕾说。

神父赶紧分辩说:"我可不是那种神父。你要什么尽管开口,一双鞋子,一条束发带,一条漂亮的毛线腰带,或者任何别的东西都行。"

贝尔科洛蕾说:"得啦,神父,那种东西我有。不过你既然这么喜欢我,不妨帮我一个忙,然后我再依你,怎么样?"

"你要什么就说吧,我一定照办。"神父主动提出。

贝尔科洛蕾说:

"礼拜六我想去佛罗伦萨卖掉我纺的毛线,顺便修理我的纺车。如果你能给我五个里拉,我知道你有,我就到放债的人那里赎回我结婚时穿的黑色羊毛裙和有扣的皮腰带。你也看得出来,我现在这身打扮太寒碜了,不能去像样的地方,而我又非去不可。那之后,我就依你。"

神父说:"太不凑巧了,我身边没有五个里拉,不过礼拜六之前我一定给你,行吗?"

"亏你想得出,"贝尔科洛蕾说,"你们当神父的嘴里说得天花乱坠,可从不兑现。你把我当成是戏曲里到头来落得一场空的比柳莎吗? 别做梦啦,她由于轻信才当了婊子。你身边没有里拉,去取了再来。"

神父说:"你可不能打发我现在回家。要知道,现在是天赐良机,这里没有别人。我回家取了钱再来,也许会被人撞破。我觉得现在是最好不过的机会。"

神父发现那女的非要一手交钱一手交货不可,而他却打定主意凭信用交易,便说:

"你既然不信我会给你送钱来,为了让你放心,我把这件蓝色披风留下抵押。"

"这件披风能值几个钱?"贝尔科洛蕾抬起脸看看披风说。

"怎么不值钱? 我告诉你,这是杜埃织造的特莱毛料,村里还有不少人以为是夸特罗毛料呢。① 我从旧货商洛托那儿买来还不到半个月,他要了我七个里拉,对毛料很懂行的布列托说我便宜了至少二十五个铜钱。"

"是吗?"贝尔科洛蕾说,"你不说我还真不知道这么值钱呢。不过你得先交给我。"

神父这时已是箭在弦上,赶快脱下披风交给她,她收好以后说:

"行啦,我们到棚屋里去,那里不会有人撞见。"

两人进了棚屋,神父搂她吻她,享尽人间温柔,胜过神仙眷属。完事以后,他单穿一件法衣,仿佛刚主持过婚礼似的从女的那里出来,回自己家。到家以后,他想,一年收下来的蜡烛头也值不到五个里拉的半数,觉得自己留下披风是极大的失算,于是琢磨怎么才能把它弄回来。他鬼点子多,果然想出一个分文不花的办法。第二天正好是个节日,他让邻居一个

———

① "杜埃"(Douai)是法国北部城市,该城名称的法语读音和意大利语的"二"(due)相同,因此神父信口说出"特莱"(三)和"夸特罗"(四),糊弄贝尔科洛蕾。

小孩去贝尔科洛蕾家,向她借石臼一用,因为宾古乔·德·波焦和努托·布列托上午要来神父处吃饭,神父想用石臼捣调味汁。贝尔科洛蕾把石臼交给了小孩。到了中午,神父估计贝尔科洛蕾和本蒂韦尼亚·德·马佐两人已经在吃饭了,便把修道院的侍童叫来,对他说:

"你把这个石臼送到贝尔科洛蕾家,对她说:'神父让我向你道谢,请你把他借石臼时留下作押的披风交给我带回去。'"

侍童搬了石臼到贝尔科洛蕾家,见她正和本蒂韦尼亚在吃饭。他把石臼往桌上一放,把神父吩咐的话说了一遍。

贝尔科洛蕾听侍童提到披风正想反驳,本蒂韦尼亚沉下脸说:

"怎么,你居然向神父先生要抵押?我向基督起誓,真想给你一巴掌!小气的女人,赶快还给他,以后你得注意,休说别的东西,即使神父向你借驴子,你也不准说个不字。"

贝尔科洛蕾嘟嘟囔囔地站起来,打开箱子取出披风交给侍童说:

"你回去告诉神父先生:'贝尔科洛蕾说下次你休想再用她的石臼做调味汁了,给你一次面子已经足够足够。'"

侍童拿了披风回去,传达了口信,神父笑着说:

"下次你再见到她就说,她不借给石臼,我也不让她使杵子,各归各吧。"

本蒂韦尼亚以为妻子挨了骂才说出这种气话,不去理会。贝尔科洛蕾确实恨透了神父,一直不理睬他。到了收获葡萄和栗子的季节,神父吓唬她说她会落进头号魔鬼的嘴里,她出于畏惧,同意再进棚屋。神父给她捎去了鲜葡萄汁和热的栗子,两人言归于好。以后多次幽会,那五个里拉神父始终没有给她,反而让她把铙钹打得很欢。

三

卡兰德里诺、布鲁诺和布法尔马科去穆尼奥内河边寻找隐身宝石。卡兰德里诺自以为找到了,捧着许多石头回家,受到妻子数落。他盛怒之下揍了妻子一顿,还向作弄他的伙伴诉苦。

潘菲洛的故事惹得女郎们笑了好久,他讲完以后,女王吩咐艾莉莎接着讲。艾莉莎敛容说道:

可爱的女郎们,我讲的是一件真人真事,也很有趣,但不知能否像潘菲洛的故事那样逗你们发笑,反正我尽量讲得好些就是了。

我们这个城市气象万千,各色人等无奇不有。前不久有个名叫卡兰德里诺的画师,人傻里傻气的,性情也怪僻,和他关系密切的也是两个画师,一个叫布鲁诺,另一个叫布法尔马科,那两个人喜欢交际,脑子也聪明灵活。他们喜欢和卡兰德里诺交往是因为他的傻劲能给他们带来笑料。佛罗伦萨还有一个名叫马索·德·萨焦的青年,性格开朗,办事特别能干,但爱捣乱。他听说卡兰德里诺脑袋里缺根弦,决定跟他开开玩笑,让他对一些不可思议的事情信以为真,拿他来取乐。一天,马索在圣约翰教堂里遇到卡兰德里诺,看见他正专心致志地研究不久前才安放在教堂祭坛上的圣体盒上的绘画和雕刻。马索灵机一动，认为这是实现他的计划的极好时机。马索把自己的想法告诉了一个朋友，两人便走近卡兰德里诺身边，装出没有看见他的样子，开始谈论各种宝石的功能。马索摆出权威宝石商的神气，说得头头是道。

卡兰德里诺竖起耳朵，听他们谈话的内容并不是什么秘密，过一会儿便站起来加入谈话，正中马索下怀。他继续高谈阔论，卡兰德里诺问他那些功能特异的宝石在什么地方。马索回答说大部分产于贝林佐内①，在一个叫作本戈迪的巴斯克人居住的地方。那里的葡萄藤是用香肠绑扎的，你如果花钱买一只大鹅，人家还要白送你一只小鹅。那里有一座用帕尔马乳酪堆成的山，人们不干别的，整天在山上擀面条，包饺子，然后放在阉鸡汤里煮。煮好以后从乳酪山上往下倒，谁捡得多谁就多吃。山脚下有一条白干葡萄酒小溪，酒的度数很高，一滴水都不掺，好喝极了。

"啊！"卡兰德里诺赞叹道，"真是个好地方！可是请告诉我，那些人把炖过汤的阉鸡怎么处理呢？"

"巴斯克人把鸡吃了。"马索说。

"你去过那里几次？"卡兰德里诺问道。

"岂止几次，我去了不下一千次了。"马索回答道。

卡兰德里诺又问：

"那地方离这里有多远？"

马索回答说："路程远得没法数。"

---

① 贝林佐内（Berlinzone）是薄伽丘虚构的地名，与意大利语中 berlingare（吃饱了肚子闲聊）和 berlingaccio（封斋前的星期四，一般人在那天吃饱喝足）发音相近。下文本戈迪地方和巴斯克人也是虚构的。

"恐怕比阿布鲁齐还远吧。"卡兰德里诺说。

"稍稍远一点。"马索回答。

头脑简单的卡兰德里诺看见马索说话时一本正经,相信他说的绝对不假,便说:

"对我说来那地方远了一些。如果不那么远,我有机会倒可以跟你去一次,至少能看看从山上流下来的通心面,饱餐一顿也好。天主保佑你,再请问你说的那种功能奇特的石头,我们这里有没有呢?"

马索说:

"有,我们这里有两种功能非凡的石头。一种叫塞蒂尼亚诺和蒙蒂斯奇磨石,只要放进麦子里就能磨出面粉,因此附近一带有这么一句谚语:天主赐恩,蒙蒂斯奇赐磨。不过这种石头太多了,一多就不受重视,正如本戈迪的翡翠一样。那里的翡翠山比莫雷洛峰还高,晚上闪烁发光,精彩纷呈。你要知道,谁能凿出好石磨,安上轴环,运去献给苏丹,要多少赏赐都能得到。我说的另一种是宝石商称之为隐身宝石的石头,功能神奇极了,谁身边带着那种石头,别人就看不到他。"

"确实神奇!至于你说的第二种石头,哪里能找到呢?"卡兰德里诺问道。

马索回答说穆尼奥内河边就常有发现。

"那种石头是什么颜色,有没有一定的大小?"卡兰德里诺问道。

"大小没有一定,有的大些,有的小些,颜色倒是统一的,近乎黑色。"马索回答说。

卡兰德里诺把这些话暗暗记在心里,他假装要去干别的事情,其实是想去觅宝,但想到布鲁诺和布法尔马科是他形影不离的好朋友,总得让他们知道。于是他去找那两个人,邀他们一起去,赶在别人之前弄到宝石。整个上午他东奔西走,过了午后祈祷才想起那两个人在法恩扎修女院绘壁画。天气虽然很热,他几乎是一路小跑奔到修女院。找到他们以后,卡兰德里诺说:

"伙伴们,如果照我的话去做,我们可以成为佛罗伦萨最富有的人,因为我听一个可靠的人说,穆尼奥内河边有一种石头,谁身边带一块,别人就看不见他。我认为我们应该赶快去找,免得被别人抢先一步。我们肯定能找到,因为我已经知道那种石头的模样。找到以后我们都不用干活了,只消带一个口袋到货币兑换商那里把他桌上的金币银币往口袋里装,谁都看不见我们。我们立刻可以成为富翁,不必像鼻涕虫那样整天贴在墙上涂涂抹抹了。"

布鲁诺和布法尔马科听了他的话暗暗发笑,但脸上还是装出惊讶的样子,称赞卡兰德里诺的主意高明。布法尔马科问卡兰德里诺那种石头叫什么名字,卡兰德里诺脑袋不好使,早就忘了,但他说:

"我们知道它的功能就行了,管它叫什么名字。我认为事不宜迟,马上就应该去找。"

"它的形状是怎么样的呢?"布鲁诺问道。

卡兰德里诺说:

"大小不一,但颜色几乎都是黑黢黢的。因此我认为,凡是黑颜色的石头我们见到就要,总有一块是真的。我们现在就走,不能再耽搁了。"

"且慢。"布鲁诺说。

他转向布法尔马科说:

"我认为卡兰德里诺讲的有道理。可我觉得现在这个时候不合适，因为太阳老高，直晒着穆尼奥内河，石头都泛白了。最好赶在太阳把它们晒白之前一大早去。再说，穆尼奥内那里人很多，今天又是工作日，如果有人看到我们，很可能猜出我们在干什么，他们也会着手寻找，弄不好，宝石被他们捡去，我们就白辛苦一场。如果你们同意，我认为干这件事要去个早，那时候黑白石头看得清楚一些；并且要在节日去，不至于被很多人看到。"

布法尔马科说布鲁诺的主意好，卡兰德里诺更佩服得五体投地。三人商妥礼拜日一早前去觅宝。卡兰德里诺再三请求他们不要对任何人提起这件事，因为告诉他的人要他保守秘密。这件事谈好以后，卡兰德里诺又把他听到的有关本戈迪的情况告诉他的两个伙伴，还说是千真万确。

卡兰德里诺走后，那两个人商量好该怎么做。卡兰德里诺眼巴巴地盼望礼拜日早些到来。那天他一清早起身，找齐两个伙伴，三人出了圣加洛门，到了穆尼奥内河边，分头寻找宝石。

卡兰德里诺迫不及待地跑在前面，见到黑色石子就捡起来往怀里揣。两个伙伴跟在他后面，偶尔也拣一两个石子。没过多久，卡兰德里诺怀里已装满了石子，他便把宽大的罩袍下摆撩起来束在腰间，做成一个大围兜，也装满了石子。后来把披风也如法炮制，装足石子。布法尔马科和布鲁诺看看天色快到吃早饭的时候，卡兰德里诺的石子也装得够多的了，布鲁诺便对布法尔马科说：

"卡兰德里诺到哪里去了？"

布法尔马科转身四下张望一番后说：

"不知道呀,刚才他还走在我们前面呢。"

"是啊,我想这时他准已回家吃早饭,把我们甩在穆尼奥内河边捡石子。"布鲁诺说。

"他甩下我们不管了,这个玩笑开得真不小。我们也真傻,居然上了他的当。我们确实傻,除了我们之外,有谁会信穆尼奥内河边有那种特异功能的石子呢?"

卡兰德里诺听到他们的谈话,心想隐身宝石已经到手了,因为他明明在他们面前而他们却视而不见。他心花怒放,扭头就打算回家。布法尔马科见他要走,便对布鲁诺说:

"我们怎么办?也回去吧?"

"好吧,我向天主起誓,下次再也不上卡兰德里诺的当了。假如他还像刚才那样在我们附近,我就用这个石子砸他的脚后跟,让他一个月都忘不了这个玩笑。"

话音刚落,他就朝卡兰德里诺的脚后跟扔出一个石子。卡兰德里诺痛得提起脚,直抽冷气,但忍住了没有嚷出声来。布法尔马科摆弄着他捡来的石子,又说:

"这个石子好!假如卡兰德里诺在的话我就砸他的后背!"

他等卡兰德里诺走了几步,扔出那个石子,正好打中后背。他们两人就这样一路走,一路扔石子,从穆尼奥内河边一直到圣加洛门。到了城门口,他们把捡来的石头统统扔在地上。两人先前已经和守城门的士兵打过招呼,请他们等卡兰德里诺进城时装出没有看见他的样子放他进去,士兵们也这样做了。两人在城门口和士兵说笑了一会儿,卡兰德里诺却没有停步,直奔他那坐落在磨坊角的家。事情也巧,卡兰德里诺先沿着河边、后在城里走动的时候竟没有遇见什么人,也没有人和他说话。

卡兰德里诺带着大量石子到了家。他妻子名叫泰莎,长得端正,性情善良,但那天由于丈夫迟迟不回来心里有气,一见到他就责备他说:

"你死到哪里去了? 大家都吃过饭了,你才回来。"

卡兰德里诺一听就知道妻子看到了他,他又气又恨地说:

"不吉利的女人! 是你吗? 你破了我的法术,看我好好收拾你。"

他先上楼把搬回来的石子倒在一间屋子里,腾出手,怒冲冲地扑向妻子,揪住她的头发把她摔倒在地,一顿拳打脚踢,打得她头发蓬乱,鼻青眼肿,两臂搭成十字架的形状求他发发慈悲,但他不肯住手。

布法尔马科和布鲁诺在城门口同士兵们说笑了一会儿,然后远远地跟在卡兰德里诺背后往回走。到他家门外时,听到他毒打妻子的喧闹声,他们装作刚到,在外面叫门。卡兰德里诺满头大汗,脸色潮红,气喘吁吁地从窗口探出头来,请他们上楼。他们显出诧异的样子,上了楼,看见屋里石子散了一地,他妻子缩在一个角落里,披头散发,脸上青一块紫一块,抽抽噎噎地哭得正伤心,卡兰德里诺则筋疲力尽地坐在一把椅子上直喘气。他们四下打量了一会儿说道:

"卡兰德里诺,怎么回事呀? 你搬了这许多石头回来,打算砌一堵墙吗?"

接着又说:

"泰莎太太怎么啦? 你干吗打她? 出了什么事?"

卡兰德里诺刚搬了许多沉重的石子回来,又使足气力揍了老婆,到手的宝贝也给破了法,又累又气,呼哧呼哧地说不出话来。布法尔马科又说：

"卡兰德里诺，你心里不痛快也不该发这么大的火，更不该骗我们去找宝石，结果你一声不吭，把我们两个像傻瓜似的扔在穆尼奥内河边，自己却回来了。"

卡兰德里诺喘过气来以后回答说：

"伙伴们，别生气，事情和你们想的完全不一样。我找到了宝石，可是真倒霉！实话告诉你们吧，你们两个问我在哪里时，我离你们不到十步远。我一直和你们在一起，走在你们前面。"

他把他们做的事以及讲的话详详细细地说了一遍，还把后背和脚跟被他们用石子打得红肿的地方给他们看。接着又说：

"看守城门的士兵平时什么都要看，盘问得很严，我怀里抱着你们现在看到的这许多石子，他们根本没有看到。再说，平时我在街上遇到亲友，他们总是和我说几句话，请我喝杯酒。今天谁都不招呼，因为他们根本没有看到我。可是一到家，这个晦气的女人挡在我面前，看到了我，因为你们知道，再灵的宝贝碰到阴人都会给破了法。我本来可以成为佛罗伦萨最幸福的人，结果成了最倒霉的人，因此我狠狠地揍了她一顿，恨不得把她的脉管撕裂。我从认识她把她娶回家那一刻起就交上了背运。"

他说着火起，又要打她。布法尔马科和布鲁诺听了卡兰德里诺的话，装出惊异的样子，不时还承认他讲的的确是事实，好不容易才忍住没有发笑。但见他怒气冲冲地起来又要打老婆，赶紧拦住他，说是今天的事不能怪太太，只能怪他自己，因为他既然知道女人会破法，事先就该通知她躲开，不要冲撞他。也许他命中注定没有这个福分,也许他找到宝石时起了私心杂念,没有告诉他的伙伴,天主给了他一点惩罚。他们费了不少口舌,让那无端挨了打的女人消了气,然后离去,留下卡兰德里诺看着屋里一地的石子懊丧不已。

四

菲耶索莱大教堂的神父看上一个寡妇,遭到厌恶,寡妇让使女跟神父睡觉,她的弟弟则请主教来把神父当场抓获。

大家津津有味地听完了艾莉莎讲的故事,女王示意让艾米莉娅接下去讲,艾米莉娅说道:

可敬的女郎们,有关神父、教士和修士等人勾引妇女的故事我们已经听了不少,不过这类丑闻多得说不完。我想给你们讲一个大教堂的本堂神父死乞白赖地要一位端庄的寡妇和他睡觉,寡妇用了计谋,给了神父应得的教训。

你们都知道,菲耶索莱是个极其古老的城市,从我们这里就能望见它的山峰,今天虽然已经衰落,但一直有主教驻守。城里有个名叫皮卡达的寡妇,她的庄园坐落在大教堂附近,住房不很宽敞。这位寡妇并不富裕,又没有其他产业,因此一年里大部分时间都住在城里,和她在一起的还有她的两个年轻的弟弟,本分守己,与人无争。

寡妇常去大教堂,她还年轻,风韵不减当年。本堂神父看上了她,一心想把她弄到手。过了不久,神父竟然厚着脸皮亲自向她吐露了心意,要求她投桃报李,也爱他。这位神父上了年纪,但品德方面并没有长进。他傲慢自负,装腔作势,谁都讨厌他。那位端庄的寡妇非但讨厌,甚至憎恨他,见了他就头痛。但她老于世故,不便得罪神父,只回答说:

"神父先生,蒙你错爱,我十分感激。照说我应该爱你,我确实也会这么做,但你我的爱心之间容不得半点不纯。你是我的神父,也就是精神上的父亲,你又上了年纪,更应该循规蹈矩。我不是可以随便谈情说爱的未婚女子,而是寡妇。你也知道,寡妇门前是非多,因此我更应该端庄稳重。我请你谅解,我不能按你要求的方式爱你,也不希望得到你的那种爱。"

神父碰了一鼻子灰,可并不死心。他非但不收敛,反而更频繁地传话、写信,见她来教堂,当面就和她纠缠不清。寡妇忍无可忍,心想神父既然不可理喻,只有整治他一下,彻底摆脱他的纠缠。她便找两个弟弟商量,把神父的要求和她的打算告诉了他们,他们很是赞同。过了几天,她去教堂,神父一见她就过来和她攀谈。寡妇见他过来,笑盈盈地把他拉过一边说话。神父还是老一套,她长叹一声后说:

"神父先生,我听人说,不论多么坚固的城堡,遭到长期攻打也有陷落的一天,我的情况就是这样。你一直推心置腹地开导我,终于使我改变了主意。现在只要你愿意,我就听你吩咐。"

神父喜出望外地说:

"夫人,太感谢你了。说实话,我一直纳闷,你怎么能坚持这么久,因为我在别的女人那里从没有遇到过类似情形。我甚至常说,如果银子是女人做的,根本不能铸造钱币,因为任何女人都经不住捶打。现在不谈这个,你说我们什么时候在什么地方会面?"

"我亲爱的神父先生,什么时候都可以,因为我没有丈夫,夜里独守空房,可是我想不出什么地方合适。"寡妇说。

"怎么会呢?你家里不行吗?"神父问道。

"你知道,神父先生,我有两个年轻的弟弟,他们白天晚上经常带一些朋友来我家,我们的房屋不宽敞,不太方便,除非你来了以后像哑巴那样不出声不说话,像瞎子那样摸黑。他们虽然不会进我的卧室,但他们的房间和我的只有一板之隔,讲话的声音能听到。"

"夫人,凑合一两夜问题不大,过几天我找个我们可以放心大胆会面的地点。"

寡妇太太说:"神父先生,那就随你安排了,我只求你千万保密,这事对谁都不能说。"

神父回答:"夫人,你尽管放心。如果可能,我们今晚就会面吧。"

"我很乐意。"寡妇说。

她指点神父什么时候、怎么去找她,然后径自回家。

寡妇太太有个使女,年纪不轻了,长得又丑又畸形,塌鼻梁,歪嘴巴,厚嘴唇,大板牙里出外进,口里散发着臭气,眼睛迎风流泪,脸色黄里泛绿,仿佛不是在菲耶索莱,而是在西尼加利亚长大的。① 此外,她的背有点驼,右腿有点瘸。她名叫丘塔扎,人们因为她长得太丑都管她叫丑塔扎。她虽然丑陋恶俗,却不甘寂寞。寡妇太太把她叫来说:

~~~~~~~~~~

① 菲耶索莱在丘陵地区,空气清新,而西尼加利亚滨亚得里亚海,气候潮湿,过去是疟疾多发区域。

“丑塔扎,你今晚如果帮我一个忙,我赏你一件漂亮的新衬衫。”

使女一听有衬衫到手,马上回说:“夫人,你赏我一件衬衫,让我往火里跳我都愿意。”

寡妇太太说:“今晚我想让你在我床上和一个男人睡觉,那男的和你亲热时,你不准说话出声,你知道我的弟弟在隔壁,听得到。完事之后我给你衬衫。”

使女说:“如果有需要,别说一个男人,六个我都对付得了。”

晚上,神父先生按照寡妇的指点来了,两个青年人也按照事先的布置在屋里弄出声响。神父悄悄地摸进寡妇的卧室,上了床,丑塔扎早已躺好,知道她应该怎么干。神父先生以为他的心上人已唾手可得,一句话也不说,搂住丑塔扎就亲嘴,她也投其所好。神父渴望已久的事终于实现,和她款洽备至。寡妇太太知道神父好事已成,招呼两个弟弟进行下一个步骤。他们轻手轻脚出了卧室,到了广场上。事情巧得连他们自己都没有想到。因为天气闷热,主教正打算去两个青年人家里随便聊聊,和他们一起喝喝酒。主教见到他们,说出了他的想法,一起回到两个青年人家凉爽的小院子里,秉烛饮酒,谈得很欢畅。酒后,两个青年说:

“主教大人,承蒙你光临寒舍,我们想请你各处参观一下,并且看一件事。”

主教说很乐意,一个青年人擎着烛台在前面带路,主教和别人跟在后面,来到神父和丑塔扎睡在一起的卧室。在此以前,神父为了赶路,已经快马加鞭一口气跑了三英里,现在有点乏了。尽管天气很热,他偎依在丑塔扎怀里睡得正香。青年人举着烛台进了卧室,主教和别人也鱼贯而入,神父的那副模样在他们眼前暴露无遗。这时,神父先生惊醒过来,见到亮晃晃的烛光和一屋子人,羞愧得无地自容,只好拉起被子蒙住脑袋。可是主教大喝一声,叫他伸出头来,仔细看看和他睡在一起的是谁。神父明白自己中了寡妇的圈套,他面对巨大的羞辱和逃脱不了的惩罚,恼恨万分。主教吩咐他穿好衣服,让人押送回去,听候处分。主教查问他怎么会跑来和丑塔扎睡觉,两个青年人把前因后果叙说了一遍。主教称赞寡妇和两个青年人,说他们没有采取流血手段对付神父,但又给了他应得的教训,做得很对。主教下令让犯了奸淫罪的神父痛哭流涕深刻忏悔四十天,可是他失算的偷情和恼恨使他痛哭了四十九天都不止。更使他恼火的是,此后他一出门,街上的儿童就指着他的脊梁说:"那就是和丑塔扎睡觉的人。"他简直气得要发疯。聪明的寡妇略施计谋摆脱了神父厚颜无耻的纠缠,丑塔扎则挣到了一件衬衫。

五

一个马尔凯的法官在佛罗伦萨审理案件时,三个青年人扯下他的裤子。

艾米莉娅讲完了故事,大家称赞寡妇太太聪明,女王转向菲洛斯特拉托说:"现在轮到你讲了。"

菲洛斯特拉托回说他准备好了,于是讲道:

可爱的女郎们,我本来准备好了另外一个故事,可是刚才艾莉莎提到那个青年人,也就是马索·德·萨乔,使我想起一件有关马索和他伙伴的轶事,其中有些字句粗俗,你们或许觉得难以启齿,但情节很有趣,也无伤大雅,我不妨讲给各位听听。

你们也许都听说过,我们这个城市常有马尔凯人来担任行政长官。那些人一般心胸狭窄,粗鄙猥琐,并且贪得无厌,结党营私,上任的时候往往带一批亲信充当公证人和法官,这些人没有正儿八经地学过法学,倒不如说是改行的庄稼汉或者工匠。有一个马尔凯来的行政长官带了一批法官,其中一个自称尼古拉·德·圣莱皮迪奥。此人与其说像法官,不如说像小锅匠。他和别的法官一起被指定审理刑事案件。佛罗伦萨有这么一种风气,市民们即使不打官司,也常去官府看看热闹。一天早上,马索·德·萨乔想找一个朋友,溜溜达达到了官府。他望见尼古拉先生坐在台上,不免多打量了几眼,发现他活像一头难看的大鸟。

马索注意到法官头上的帽子油腻得发亮,腰间系着一个笔筒,外面的罩袍短了一截遮不住里面的长衫,一副邋遢的样子,怎么看都不顺眼。更特别的是下身的裤子,由于长衫和罩袍都瘦,前摆包不严,从豁口处可以看到裤管的长度只够到小腿肚。马索不再多看,也顾不上寻找原先要找的朋友了,扭头就去找另外两个和他一样爱开玩笑的伙伴,一个叫里比,一个叫马泰乌佐,对他们说:

"你们信得过我,就跟我一起去官府看看你们生平从未见过的怪物。"

他们来到官府,马索指点他们看那个法官和他的裤子,他们老远看到就哑然失笑。后来他们走近法官座位所在的平台时,发现台下很宽敞,又发现法官脚下的木板有个足以伸过手

臂的窟窿,马索对两个伙伴说:

"我们把他的裤子扯下来,不用费事就能做到。"

两个伙伴心领神会。他们商量好如何行动,第二天早上又去官府。大厅里人很多,马泰乌佐趁人不注意钻进台下,爬到法官脚边。马索和里比挨近法官身边,一个揪住他罩袍的一侧,一个揪住另一侧,马索开口说:

"大人,大人,我求你看在天主分上主持公道,你身边的那个小贼偷了我的一双靴子,求你判他还给我。他说没有偷,可是不到一个月之前我还见他把靴子拿出来去换新掌呢。"

里比在另一边使劲嚷道:

"大人,你别听他的,他是个不要脸的无赖,他知道我来这里告他偷了我的马裆裤,反咬我一口,说我偷了他的靴子。其实那双靴子是我的,一直在我家搁着。大人如果不信,我可以提出许多证人,比如我邻居编草帽的女人,做腊肠的胖姐,还有一个在圣马利亚和韦尔扎亚一带收集垃圾的人,我从村里出来时还看到他呢。"

马索大声嚷嚷要里比住嘴,里比的嗓门反而更高。法官站起来叫他们一个说完一个再说,马泰乌佐就从木板的窟窿里伸出手去抓住法官的裤管使劲往下拽。法官的臀部瘦削,裤子一下子滑落下来。他不知道是怎么一回事,想拉起裤子遮羞,重新坐下去,可是马索和里比一人一边揪住他,吵吵闹闹:

"大人,你不主持公道不听我申诉可不能走。在我们这里,这类小案子用不着递书面状纸,口头告状就行了。"

他们两人揪住法官的衣服闹,不让他走,大厅里的人都看

清法官没有穿裤子。在台底下拉住裤管的马泰乌佐过了一会儿就松开手悄悄溜走了。里比觉得闹得差不多了,说道:

"我向天主起誓,我要向最高法官申诉。"

马索也放开法官的衣服说:

"我不准备上告,可是我以后每天都要来,直到你不像今天这样手忙脚乱,认真审理案子为止。"

两人说罢撒手就跑。法官先生当着大家的面像刚从床上起来似的拉上裤子,查问两个为了靴子和马褡裢打官司的人上哪里去了,可是已没了他们的踪影。法官火冒三丈,破口大骂,想知道佛罗伦萨的规矩是不是法官升堂问案时要拽下他的裤子。行政长官听说有这等事也大发脾气,可是他的朋友们很含蓄地告诉他,上任时带几个法官固然可以,但不该为了贪图便宜带一批蠢货来,正因为如此才在佛罗伦萨人面前出了丑。行政长官觉得还是忍下来为妙,不再追究那件事了。

六

布鲁诺和布法尔马科偷了卡兰德里诺的猪,怂恿他用姜丸和酒侦查小偷。两人给他吃了芦荟苦丸,证明偷猪的应该是他自己,最后还要他白给几只鸡才不告诉他妻子。

菲洛斯特拉托的故事引得大家笑了好久,他讲完以后,女王吩咐菲洛梅娜接下去讲,菲洛梅娜说道:

美丽的姑娘们，菲洛斯特拉托听到马索的名字，想起他刚才讲的故事。我听到卡兰德里诺和他伙伴的名字，也想起有关他们的一个故事，现在就讲一讲，估计你们会喜欢的。

你们已经了解卡兰德里诺、布鲁诺和布法尔马科是什么人，不需要我再介绍了。我要说的是卡兰德里诺有一个小庄园，离佛罗伦萨不远，是他妻子带来的嫁奁。除了农作物收成以外，庄园每年还养一头猪，到了十二月份，他和妻子就去庄园宰了猪腌起来。有一年，卡兰德里诺的妻子身体不适，他一个人去庄园宰猪。布鲁诺和布法尔马科听说他的妻子不在庄园，就去看望卡兰德里诺在庄园的近邻，一位神父朋友，打算盘桓几天。两人到神父家的那天早晨，卡兰德里诺已经宰好了猪，看见他二人和神父在一起，招呼他们说：

"欢迎你们，来看看我宰猪的手艺吧。"

他把那两个人请到他家，给他们看了宰好的肥猪，说是打算腌起来。

"这头猪真肥！我们不如把它卖了换些钱花花。你可以对你老婆说猪给偷了。"布鲁诺出主意说。

"不成，她不会相信，她会把我赶出家门。你别出馊主意了，我不干那种事。"卡兰德里诺说。

布鲁诺再三撺掇，可是没有用。卡兰德里诺不情不愿地请他们留下来吃饭，他们婉谢了。从他家出来以后，布鲁诺对布法尔马科说：

"我们今晚把那头猪偷出来，你看好不好？"

"怎么偷？"布法尔马科问道。

"只要不挪地方，我有办法。"布鲁诺说。

"那我们就干,"布法尔马科说,"偷出来换了钱和神父一起花。"

神父说那再好没有了。布鲁诺说:

"不过要用点计谋。布法尔马科,你知道卡兰德里诺十分吝啬,只要别人花钱,他喝起酒来不要命。我们带他去酒店,假装说是神父招待我们,请我们喝酒,不用他掏钱。他一定会拼命喝,喝得烂醉。家里只有他一个人,他一醉,什么事都好办了。"

他们便按布鲁诺的布置行事。

卡兰德里诺平时酒量不大,但听说是神父请客,一杯接一杯地喝个没完,不久就酩酊大醉。从酒店出来时天色已晚,他饭也不想吃了,踉踉跄跄回家,大门也没有关就上床睡觉,自以为关好了门。布法尔马科和布鲁诺同神父一起吃了饭,然后按照布鲁诺的设想研究了进卡兰德里诺家的方式。两人到了他家,发现门没有关,毫不费事就登堂入室,扛起宰好的猪回到神父家,各自睡觉。第二天早上,卡兰德里诺醒过来,下楼一看,猪不见了,门却开着。他问了好几个人都说不知道,他就嚷嚷起来,说猪给偷走了。布鲁诺和布法尔马科起身后来到卡兰德里诺家,想看看他丢猪后的情况。卡兰德里诺见了他们哭丧着脸说:

"伙伴啊,我真不幸,猪给偷走了!"

布鲁诺挨到他身边低声说:

"你总算变聪明了,我很高兴。"

"哎!"卡兰德里诺呻吟道,"我讲的是真话!"

布鲁诺说:

"对,就这么干,你大声嚷嚷,人们就会相信你说的是真话。"

卡兰德里诺发急了,喊道:

"我凭基督的圣体起誓:我讲的是真话,我的猪给偷了!"

布鲁诺说:

"嚷得好,嚷得好,就该这么嚷嚷。再大声些,装得真有这么一回事似的。"

"你简直要我的命!尽管你不信,我还得说,我讲的是真话,如果我的猪没有失窃,我不得好死。"卡兰德里诺说。

布鲁诺说:

"怎么会呢?昨天我在这里还看到的呀!你想要我相信猪给偷走了吗?"

"这正是我要说的。"卡兰德里诺说。

"怎么会呢?"布鲁诺仍旧不信。

"一点没错,"卡兰德里诺说,"这下我完了,回不得家了。我妻子不会相信,即使相信,我一年里面也不会有好日子过了。"

布鲁诺这时说:

"假如真有这种不幸的事,只有求天主保佑了。不过,卡兰德里诺,你也明白,昨天我教你假装说猪给偷了,今天你不至于用这话来蒙骗你妻子和我吧?"

卡兰德里诺指天画地说:

"你真逼得我走投无路,要说出亵渎天主和圣徒的脏话来了!我告诉你,我的猪给偷走了!"

"如果真是这样,倒应该想办法找回来。"布鲁诺说。

"用什么办法才能找回来呢?"卡兰德里诺问道。

布法尔马科插嘴说:"当然不会有人从印度来偷你的猪,

504

显然是街坊上哪一个人。如果你能把他们召集拢来,我懂得怎么用面包和干酪测试,①偷猪贼不难查出。"

"得啦,"布鲁诺说,"面包和干酪在这里行不通！我敢肯定偷猪的人就在这里,他们听说要吃面包和干酪,根本不会露面。"

"那怎么办呢?"布法尔马科问道。

布鲁诺回答说:

"不妨请大家来喝白干葡萄酒,用姜丸测试。他们不会起疑就都来了,而姜丸和面包干酪一样可以祝福施法。"

布法尔马科连连称好:"你的主意太妙啦！你说呢,卡兰德里诺? 我们要不要做?"

"求你们看在天主的分上就这么办吧。我只要查明谁偷了那头猪,心里可以踏实一半。"卡兰德里诺回答说。

"那我就回佛罗伦萨替你张罗一下,"布鲁诺说,"不过你得给我钱。"

卡兰德里诺手头一共只有两个里拉的辅币,统统给了他。布鲁诺拿了钱,去佛罗伦萨找一位药商朋友,买了一磅姜丸,另外请药商用鲜芦荟汁②拌狗屎做了两丸和姜丸一模一样的圆球,外面也包上糖衣,不过做了记号,不至于同姜丸弄混拿错。他又买了一瓶上好的白干葡萄酒,回到村里对卡兰德里诺说:

"明天正好是节日,你把你怀疑的人都请来喝酒,他们肯定乐意来。今晚我和布法尔马科一起对姜丸念咒语施法术,

---

① 以前一些西方国家审理案件时把经过教士祝福的面包和干酪分发给有嫌疑的人,不能下咽者被认定有罪。
② 芦荟是一种常绿植物,大叶肉质,液汁奇苦,当时意大利人用来治肝病。

明早去你家。由我分发姜丸，该做什么事，说什么话，全交给我。"

卡兰德里诺按照他们的吩咐做了。他邀请了不少佛罗伦萨来的青年人和本村的农民。第二天早上，布鲁诺和布法尔马科捧着一盒姜丸，提着一瓶白干葡萄酒来到教堂前面的榆树底下，请大家围成一圈站好，布鲁诺开口说：

"诸位，容我先解释一下把各位请来的原因。如果出了什么事，使哪一位感到不痛快，可不能怪我。前天晚上，卡兰德里诺丢了一头肥猪，不知谁扛走了。我们这里每一位都可能有嫌疑，现在请各位喝酒，同时发给每人一颗姜丸。你们要知道，偷猪的人会觉得姜丸奇苦无比，吃不下去，只能吐出来。因此，偷猪的人不如先向神父忏悔，这件事就不再追究，免得当众出丑。"

在场的人都说愿意吃姜丸，布鲁诺请大家站好队，卡兰德里诺也排在里面，依次分发姜丸。到卡兰德里诺面前时，布鲁诺挑了那颗狗屎丸放在他手里。卡兰德里诺当即塞进嘴里咀嚼，但芦荟的味道实在太苦，他不得不马上吐出来。大家互相张望，看有谁吐出姜丸。布鲁诺还没有分完，假装没有看见卡兰德里诺的动作，但听得背后有人说：

"嗨，卡兰德里诺！这是怎么回事？"

他转过身，看到卡兰德里诺已经吐掉了姜丸，便说：

"慢着，也许你嘴里有什么别的东西不合适使你吐了姜丸。我再给你一颗。"

他挑出第二颗姜丸放在卡兰德里诺嘴里，继续分发剩下的姜丸。如果说第一丸苦得难以入口，第二丸的味道简直使他翻肠倒肚。但卡兰德里诺不敢再吐出第二丸，稍稍咀嚼几下,含在嘴里,憋得豆大的泪滴簌簌往下掉。他终于忍不下去,像第一回那样吐了出来。布法尔马科和布鲁诺给所有的人喝了酒,和所有的人一样看到了卡兰德里诺的动作,便说偷猪的正是他自己。别人陆续离去,剩下布鲁诺和布法尔马科同卡兰德里诺在一起,布法尔马科说:

"一开头我就认为是你自己卖了猪,骗我们说给偷了,无非是不想用卖猪的钱请我们喝酒。"

卡兰德里诺嘴里的芦荟苦味还没有消失,哭丧着脸赌咒发誓说他没有偷卖。布法尔马科说:

"哎,老兄,对我们说实话吧! 你卖得多少钱? 六个金币?"

卡兰德里诺听了几乎要喷血。布鲁诺说:

"卡兰德里诺,你得明白,刚才来喝酒的人中间有一个告诉我说,你在村里有个相好的女人,你给了她许多东西。他还说,你准是把猪弄到她家去了。我现在看清了你在搞什么鬼! 上次骗我们到穆尼奥内河边去拣黑石头,我们辛苦一场一点好处都没有。你自己走了,还骗我们说找到了宝石。这次你自己卖了猪,却赌咒发誓骗我们说猪给偷了。我们再不上当受骗了,你开的玩笑叫我们忍无可忍。老实对你说,我们准备姜丸,念咒语,费了许多劲。如果你不给我们两对阉鸡补偿,我们就把这件事统统告诉泰莎太太。"

卡兰德里诺发现他们仍旧不信他的话,即使妻子不骂,他吃的苦头已经够多的了,为了息事宁人,只好把阉鸡给了他们。两人腌好猪肉,回到佛罗伦萨。卡兰德里诺丢了猪,还受尽捉弄。

七

> 书生爱上一个寡妇,寡妇情有另属,骗他大雪天在外面等了一宿。书生施计报复,伏天诱使寡妇赤身裸体在楼顶晒了一天,让牛虻苍蝇叮咬。

卡兰德里诺吃足苦头的故事使女郎们笑了很久,她们觉得那两个促狭鬼偷了他的猪还要他赔上几只鸡未免缺德,不然会笑得更加欢畅。故事结束以后,女王吩咐潘皮内娅接着讲,潘皮内娅说道:

亲爱的女郎们,设计捉弄别人,到头来往往自食其果。因此,捉弄别人而自以为得计并不明智。我们已经讲了不少捉弄人的好笑的故事,可还没有讲过报复。我想讲的是我们城里一个女人捉弄别人,结果自找倒霉,遭到应有的报复。我们听了这个故事有好处,会变得聪明一些,不至于刁钻促狭。

前几年,佛罗伦萨城里有个名叫埃莱娜的年轻女人,出身高贵,家道丰裕,人又长得婀娜多姿,因此性格傲慢。她丧夫之后没有再醮的打算,因为她爱上一个倜傥风流的青年。她拒绝了别人的追求,通过一个心腹使女牵线,经常和那青年幽会,相得甚欢。城里还有一个名叫里涅里的贵族青年,在巴黎留学多年。他不像一般人那样浮夸卖弄,而是个认真做学问的人,喜欢思考问题,追本究源。他从巴黎回到佛罗伦萨,过着淡泊的生活,不求闻达,但由于他的人品和学问,很受尊敬。

世上常有这样的事,对事物研究得越是透彻的人,在爱情方面越是死心眼儿,里涅里的情况也不例外。一天,他去参加一个聚会,眼前忽然一亮,看到了浑身着黑、表明寡妇身份的埃莱娜,那种高雅持重的气质是他在别的女人身上从未见过的。他当即暗忖道,哪个男子能把她赤身裸体地搂在怀里,就蒙上天之恩是世上最幸福的人了。他不时谨慎地看她一眼,知道稀世奇珍不是轻易可以到手的,决意竭尽全力讨那个女人的欢心,从而赢得她的爱情并占有她。年轻寡妇的眼睛并没有歇着,她左顾右盼,注意到里涅里看她时那种心醉神驰的神情,心里暗自好笑,想道:"我今天没有白来,看情形我套住了一头贪嘴的乌鸦。"她也不时用眼角瞟他几下,竭力要他认为她对他有好感。她觉得这正说明她的魅力,可以抬高她在情夫眼里的身价。那个饱学的书生把哲理思考全抛在脑后,全部心思集中在那女人身上,以为她对自己有意思,打听到她的住址以后,找了种种借口在她家门前徘徊。那女的虚荣心得到了满足,洋洋自得,装作见了他很高兴的样子。书生终于和她的使女攀谈起来,吐露出他对她女主人的爱慕,央求使女传话,请夫人可怜他的一片痴情。使女满口答应,转告了女主人,寡妇听后笑着说:

"你瞧,那个青年人在巴黎学的东西不知丢到哪里去了。我让你看看我怎么耍他。下次他再找你时,你告诉他,我对他的爱慕比他的更深,但是我得维护我清白的名声,不然在别的女人面前头抬不高。如果他真像人们所说的那样有学问,他就应该更看重我。"

唉,不幸的女人!她太没有见识了,竟不知道跟有学问的人捣乱有多危险!

使女见到里涅里时传达了女主人的口信。书生听了飘飘然，继续热烈地追求，开始写情书，送礼物，寡妇照单收下，除了敷衍几句之外，根本不给他明确的答复，若即若离地把他吊了好久。后来，埃莱娜把这件事告诉了她的情夫，情夫不免有些醋意，很不高兴。她为了表明自己用情专一，加上里涅里追得很紧，就派使女传话说，以前一直没有机会让他接近，现在确信他真情实意，圣诞节快到了，愿意和他聚聚，满足他的要求。如果他有意思，圣诞节后第二天晚上可以来她家的院子里等着，她一有可能就出来相会。里涅里心花怒放，到了约定的时候到了寡妇家，使女把她带进一个院子，锁上门，让他耐心等待。埃莱娜事先把情夫找来，两人舒舒服服吃了晚饭，把她的打算告诉了情夫，然后说：

"你妒忌得没有道理，过一会儿你就看到我对他是不是真情实意了。"

情夫听了这话很高兴，迫不及待地想看那女的怎么实现她说的话。前一天下了大雪，到处银装素裹。书生在院子里等了不久就觉得寒气袭人，但想到不久可以进入温柔乡便耐心等待。过了一会儿，那女的对她的情夫说：

"我们现在去卧室，从一扇小窗里看那个惹你妒忌的人在干什么，我已经派使女去跟他打招呼，听他怎么回答。"

他们从小窗里可以望到院子，但不会被院子里的人发觉，只听得使女对书生说：

"里涅里，夫人很着急，因为她的弟弟今晚来了，谈了好长时间的话，又留下来吃晚饭。夫人以为他很快就会走，可是现在还没有走。她这会儿来不了，不过要不了多久就会来的，她让我先打个招呼，免得你等得心烦。"

里涅里信以为真，说：

"请告诉夫人，不必惦记着我，等她腾出身子再来好了，不过越快越好。"

使女进屋，自顾自上床睡了。埃莱娜对情夫说：

"你现在还有什么话可说？你担心我和他之间有什么名堂，真这样的话，我能让他在雪地里冻一宿吗？"

情夫听了这句话，心里踏实一些，两人便上床纵情玩了很久，不时还拿那个倒霉的书生取笑。里涅里在院子里找不到避寒的地方，坐下来又怕冻僵，只得来回踱步取暖。他诅咒寡妇的弟弟待了这么长的时间还不走，听到一点动静就以为是那女人出来开门，但希望总是落空。到了午夜，那女的还没有尽兴，对情夫说：

"我的心肝，你对我们的书生有什么看法？你觉得他是不是聪明人？我对他有没有意思？我让他挨了大半夜冻能不能消除我昨天的话在你心中引起的妒忌？"

情夫回说：

"我的心肝，我现在认识到你是我的幸福，我的安宁，我的欢乐和我的全部希望，我也是你的幸福、安宁、欢乐和希望。"

埃莱娜说："那你就吻我一千次吧，证明你说的是真话。"

情夫使劲搂着她，吻了不止一千次，而是十万次。两人折腾了很久之后，女的又说：

"我们起来看看寒冷有没有冻熄我的新情人在给我的信中说的火焰。"

他们起床，来到窗口，看见里涅里在雪地里冻得牙齿捉对儿打架，在这种急促音响的伴奏下跳着他们见所未见的圆圈舞。那女的说：

"我甜蜜的希望，你看，即使没有小号和风笛伴奏，我不是也能让男人跳舞吗？"

"是啊，我的宝贝。"情夫搭腔说。

那女的说："我们现在到门口去。我和他说话，你待在一边别作声，我们听听他说什么，也许比光看他更逗乐。"

他们悄悄打开卧室房门，来到院子门口。那女的对着门上一个小洞压低嗓门呼唤里涅里。他听到有人叫他，以为有希望进屋了，赶紧走到门边说：

"我在这里呢，夫人。看在天主分上，开门放我进去吧，我快冻死了。"

那女的说："你真怕冷。不就是下了一点雪，有那么冷吗？我知道巴黎下起雪来比这里大得多。我现在还不能开门，因为我那该死的弟弟昨晚来这里吃饭，还没有走。不过他快走了，他一走，我马上来开门。我好不容易才脱开身来告诉你，请你别等得不耐烦。"

"天主在上，夫人，求你开开门，让我有个地方避避风雪。刚才雪下得很大，现在还没有停。让我进屋等你吧，等多久都成。"

那女的说：

"哎，我的好人儿，那可不成！因为这扇门开关的声音特别响，我一开门放你进屋，我弟弟立刻会听到。不过我这就去请他走，然后再来开门放你进屋。"

里涅里说：

"那就求你快一点，还求你先把火生旺，我进去后可以暖暖身子，我的全身已经冻木了。"

"不至于吧？你不是多次写信对我说，你对我的爱情像火一般热烈吗？看来你是在骗我。我马上就回来，你等着，不要丧气。"

情夫在一边听了这些话，心里美滋滋的，又和她回到卧室。那晚他们几乎没睡，把时间全用在作乐和取笑书生上面。里涅里冻得牙齿打战，像鹳鸟似的单腿站着，不时换换脚。他终于明白自己受到了捉弄，几次三番设法开门脱身，但是开不了。他好比铁笼里的狮子，来回乱转，诅咒天气太冷，女人太狠，夜晚太长，自己太蠢。他恨透那个寡妇，原先对她的满腔柔情都化为刻骨仇恨。他盘算着各种报复的办法，不再想和她快活了，只想如何让她吃点苦头。漫漫长夜总算到了尽头，东方终于发白。使女遵照女主人的吩咐出来把院子门打开，装出同情的样子说：

"昨晚来的人真该死！害我们一夜心神不定，害你受冻了。真没有办法。不过昨夜虽然给搅了，来日方长，以后还是有机会的。我知道夫人为了这件事也万分懊恼。"

书生满腔怒火，但他毕竟是聪明人，知道威胁只会使被威胁的人多加提防，于是他强压几乎要脱口而出的气话，丝毫不露恚恨，反而和颜悦色地说：

"昨晚的滋味确实不好受，不过我明白这不能怨夫人，承她顾念，还亲自来安慰我，向我道歉。正如你说的，来日方长，以后还有机会。请代我向夫人致意，但愿天主保佑她。"

里涅里浑身僵直，又困又累，好不容易才蹭回家里，倒在床上就睡。醒来时，他发现自己手脚都动弹不得，派人请来医生，告诉了他们受寒得病的经过。医生们立即采取种种有力的治疗措施，总算使他痉挛的筋腱恢复松弛。幸好他年轻力壮,气候又逐渐转暖,不然落下瘫痪的毛病,后果不堪设想。他终于恢复健康,和平常一样,把憎恨藏在心底,表面上对寡妇仍一往情深,爱慕之心有增无减。

过了不久,命运给了书生雪恨的机会。原来寡妇太太的年轻情夫见异思迁,竟不顾念她的情义,爱上另一个女人,把寡妇抛在脑后,不再理睬,害得寡妇日日以泪洗面,自怨自艾。使女非常同情女主人的处境,但拿不出好办法来为失去情夫的女主人排忧解难。她看到书生还像以前那样在附近徘徊,忽然异想天开,认为施行某种巫术能使女主人的情夫回心转意,而书生肯定懂得这一套,甚至还是行家,便把自己的想法告诉了女主人。

那个短于见识的女人也不想想,假如书生懂得巫术,他早就给自己派上用场了,哪会有上次挨冻的事。但她听信了使女的话,吩咐使女去问问他会不会,答应事成之后一定报答,他有什么要求无不满足。使女忠心耿耿地去传话,里涅里听了以后考虑半晌,心想:"赞美天主,我对那女人一片真心,她却这么促狭,现在有您帮助,我惩罚她的时机到来了。"他对使女说:

"你告诉夫人,不必为这事烦恼,即使她负心的情人远在印度,我也能让他日夜兼程赶回来,求她饶恕对不起她的地方。至于这件事如何进行,我要当面对她讲,由她定个时间和地点。请告诉夫人,这是我说的。"

使女把回话告诉了夫人,安排好里涅里和埃莱娜两人在普拉托的圣卢齐亚教堂会晤。两人见面后单独谈话,寡妇太太把自己几乎害他送掉性命的事忘得一干二净,坦率地说出了她的愿望,求他为了她的幸福帮帮忙,里涅里回答说:

"夫人,我在巴黎留学期间确实研究过巫术,能学的全学到了,但我知道施行巫术是对天主的大不敬,我起过誓,无论为我自己或者为别人决不施行巫术。但是我对你的爱情实在太强烈了,你希望我做的事我无法拒绝,因此,即使我由于毁誓而给打进地狱,我也愿意为你效力。不过我得事先声明,你想做的这件事非常困难,尤其是女人想让男人回心转意,或者男人想让女人钟情,只有当事人亲自出马,别人无法替代,并且要真心诚意,夜深人静时单独在荒僻的地点进行。不知你能不能办到?"

那寡妇痴情有余而聪明不足,她回答说:

"爱情使我不得安宁,只要能使那个无端遗弃我的人回到我身边,什么事我都愿意干,我该干些什么,请吩咐吧。"

书生怀着魔鬼的恶意说:

"夫人,我先得浇铸一个锡人像,代表你想勾回到你身边的负心汉,铸好以后给你送去。你挑一个下弦月的晚上,等人们都入睡了,独自一人拿着锡像在一条河里沐浴七遍,然后别穿衣服,光着身子爬上一株树或者登上一所废弃房屋的屋顶,捧着锡像脸朝北方连念七遍咒语,咒语的内容我会抄给你。这时候会有两个美丽绝伦的少女出现在你面前,向你致意,问你有什么愿望。于是你把要求明确讲出来,千万注意别说错姓名。她们随即离去,你就可以下来,到你放衣服的地方穿好衣服回家。第二天午夜之前,你的情人就会回到你身边,痛哭流涕地请求你原谅他、可怜他。从此以后,他再也不会见异思迁背弃你了。"

寡妇听了这话深信不疑,仿佛她的情人已经回到她的怀抱,心里一块石头落了地,眉飞色舞地说:

"你放心，那几点我都能做到，一点也不费事。我有一个庄园正挨在河边，现在是七月份，在河里洗澡很舒服。我记得河边不远有一座废弃的塔楼，楼旁有一张栗木梯子，除了牧人丢了牲口上去眺望寻找之外，平时没人上去。那地方很僻静，再理想没有了，你吩咐的事，我相信能办好。"

书生很熟悉寡妇的庄园和塔楼的情况，眼看他的计谋即将得手，高兴地说：

"夫人，我从未去过那里，不了解庄园和塔楼的情况，不过如果像你所说的那样就再好没有了。到时候我把锡像和咒语给你送去。我还得请求你，等你的愿望实现以后，可别忘了是我帮你的忙，别忘了你对我许下的诺言。"

寡妇说她忘不了，和里涅里告别后回家去了。里涅里庆幸那女的已经入彀，制作了一尊镌有铭文的锡像，写了一些荒唐的咒语，到了他认为合适的时候给那女的送去，并且通知她说当晚必须按他说的行事。他自己悄悄地带了一名仆人去到塔楼附近的朋友家，准备执行计划。寡妇带了使女来到庄园，晚上她推说要上床了，吩咐使女先睡。一更时分，她蹑手蹑脚起来，到了阿尔诺河边离塔楼最近的地点，四周打量一下，没有发现任何人，便把衣服脱掉，放在一丛树下，拿着锡像在河里洗了七遍澡，之后赤身裸体地朝塔楼跑去。

天黑之后，里涅里带了仆人躲在塔楼附近的杨树林里，那女的一丝不挂在他面前过去，一身细皮白肉在夜色中蕴蕴含光，他看着她的乳房和身体的其他部分，想到再过一会儿这美妙丰满的胴体就要遭罪了，不禁产生一点怜惜。与此同时，肉欲的冲动向他袭来，使他血脉奋张，几乎要打消原先的主意，从藏身的地方出来，扑上去求欢，宣泄他的欲念。但他回想起那女的怎么捉弄他,害他吃足苦头,终于压制住怜惜和肉欲的冲动,定下神来,听任她在他面前走过。那女的登上塔楼,脸朝北方,开始念里涅里胡编出来的咒语。里涅里随即进了塔楼,把那女人登上楼顶用的梯子撤掉,然后静看她如何动作。她念完了七遍咒语,开始等待两个少女出现,等了很久不见动静,后半夜的凉意也不好受,这时天际已渐渐露出曙光。里涅里的预言没有实现,她懊恼地想道:

"上次我让他等了一夜,他大概也想让我白等一夜作为报复。果真如此的话,他未免失算了,因为我等的时间不及他的三分之一,再说现在的天气同那时候也不好比。"

她想趁天亮之前从塔顶下来,以免赤身裸体被人看到不成体统,但发现梯子不见了。这一吓非同小可,她觉得脚底的地面仿佛陷塌下去,她心里发毛,竟晕了过去,倒在楼顶。过了一会儿,她悠悠醒转来,开始伤心地哭泣。她知道自己中了里涅里的计谋,悲叹先前不该得罪他,后来又不该相信他,把怀恨在心的人当作朋友。她在楼顶转了很长时间,想想办法下来,可是无计可施,她暗忖道:

"倒霉的女人!你的朋友亲戚和佛罗伦萨全城的人知道你赤身裸体在这里会怎么说呢?他们会说你的清白是假的。即使你找借口搪塞过去,那个该死的书生也可以戳穿你的谎言。你既失去了所爱的情人,又毁了清白的名声,多么不幸!"

她一筹莫展,几乎想从楼顶跳下去,一了百了。这时太阳出来了,她在楼顶边上张望,看看附近有没有放牲口的小孩,可以呼唤他去通知她的使女。里涅里在树下睡了一觉,醒来时看到了她,两人打了个照面,里涅里说:

"早上好,夫人,两个少女来过没有?"

寡妇一听这话哭得更伤心,求他走进塔楼,以便听清她的话。他出于礼貌照办了。那女的趴在楼顶,只露出头,抽抽搭搭地说:

"里涅里,上次我害你冻了一夜,你的仇也报了。现在虽然是七月份,可是我没穿衣服也冻得不好受,再说由于我对不起你,又由于我没长眼睛,蠢得竟然上了你的当,我哭了很久,你的气也该消了。上次我伤害了你,你到目前为止对我的戏弄已经足以报复了。我知道你不可能再爱我了,因此我不以你对我的爱情的名义,而是以你自爱的名义,求你以绅士的身份,把我的衣服给我,好让我下来,免得我丢人现眼,名誉扫地。我失去名誉之后,即使你想挽回也无能为力。如果说那一夜我没让你亲近我,只要你还有意思,我可以补偿你许多夜。你是好人,该报复的已经报复了,该给我的教训也给了,不必在一个弱女子身上显你的威风。一头雄鹰扑击一只鸽子并不光彩。因此,求你看在天主和你自己的荣誉的分上,可怜可怜我吧。"

里涅里想起他遭到的伤害就痛心疾首,现在看到那女人苦苦哀求,感到又高兴又不快。高兴的是,他梦寐以求的报复机会终于来到。不快的是,他竟对那狠毒的女人产生了恻隐之心。但恻隐之心没有压倒报复的渴望,他说:

"埃莱娜夫人,那天晚上我冻得走投无路,求你让我避避风雪,当然,我没有像你这样痛哭流涕,也不会像你这样甜言蜜语。假如你当时理睬了我,现在要我答应你的请求还不易如反掌?那晚你赤身裸体躺在那个人的怀里,听任我在你家的院子里冻得牙齿打架,不停地跺脚,你并不在意。现在你既然如此重视你的名誉,觉得赤身裸体不光彩,那就去求那个男人吧。应该帮助你,替你把衣服取来,把梯子靠在墙上让你下来的是那个男人。你为了他曾经毫不犹豫地拿你的名誉冒了一千次险都不止,今天也是如此,你应该找他来顾全你的名誉。你为什么不叫他来帮你呢?他比任何人都更有责任。你叫他来呀,你是他的情妇,他不来保护你帮助你,还有谁来保护你帮助你呢?叫他来呀,你这个婆娘,看看你对他的爱情,加上你和他两个人的聪明能不能解脱我的愚蠢给你带来的困境。你那晚和他作乐时,不是对他说我多么愚蠢,你多么爱他吗?再说,我已经不想要的东西,你给我我也不领情。我要的话,你也无法拒绝。但我奉劝你,假如你能活着从这里出去,还是把你的夜晚留给你的情夫吧。你的夜晚属于你和你的情夫。我领教过一夜,受过一次戏弄已经够了。你花言巧语,竭力想换取我的怜悯。你管我叫好人,叫绅士,狡猾地企图使我不惩罚你的邪恶。以前你背信弃义的允诺蒙蔽了我的眼睛,但是今天的奉承再不能使我晕头转向了。我承认,在巴黎读了这么多年书,不及你一夜之间教我的东西多。即使我宽宏大量,不念旧恶,你也不是我宽恕的对象。对于你这种狠毒的女人,最终的悔罪和惩罚应是死亡。至于你说的雄鹰和鸽子,我算不上雄鹰,你也不是鸽子,而是一条毒蛇。自古以来,蛇就是人的仇敌。我决心以全部的憎恨和力量穷追不舍。我的行为不能称作报复,而应该叫作惩罚。报复理应比伤害严重,我现在还算是客气的,因为一想起你几乎害我丢了性命,如果我要报复,像你这样的女人杀一百个也不解恨。即使杀了你,无非是杀了一个狠毒邪恶的下贱女人罢了。你固然有几分姿色,可是等到岁月在你脸上布满了皱纹,你成了一个可悲的老婆子之后,还有什么可以自负的?你刚才管我叫作好人,我这个好人的性命几乎坏在你手里。你得明白,只要世界存在,我的生命比千千万万像你这样的生命对世界更有用。因此我要让你受点活罪,使你知道,戏弄一个有情操并且有学问的人会有什么结果。如果你能够活着出去,以后就再也不会干这种蠢事了。你既然很想下来,干吗不往下跳呢?靠天主帮助,你一眨眼就能摔破脑袋,摆脱现在的困境,让我成为世界上最得意的人。我不想和你多说了。我能做的事是把你骗上塔顶。你既然凭聪明戏弄了我,现在就凭自己的聪明想办法下来吧。"

里涅里说话时太阳冉冉升起,那女的一直在哭,里涅里说完后,她开口了:

"狠心的男人,即使那个该死的晚上让你如此记恨,即使你认为我如此罪大恶极,以至我的青春美貌、辛酸泪水和苦苦哀求都不能引起你的怜悯,你也该想想,我重新信任你,向你吐露了我的全部秘密,从而给了你教训我的机会,你想到这一点也该高抬贵手,软下心肠吧。假如我不信任你,即使你想报复也没有机会。因此,请你消消气,原谅我吧。如果你能原谅我,放我下来,我可以忘掉那个无情无义的年轻人。你虽然把我的美貌贬得一文不值,我仍旧愿意把你当作我唯一的情人和主子。我的美貌和别的女人一样,虽说没有多大用处,至少可以向男人提供青春的欢乐,而你并不老。尽管你对我这么狠心,我不信你真的希望我自寻短见,从楼顶跳下去惨死在你眼前。如果你不是言不由衷,我在你眼里还是讨你欢喜的。求你看在天主分上可怜可怜我吧,太阳越来越热了。昨夜天气太凉固然不舒服,现在火辣辣的也不好受。"

里涅里和她攀谈，本来是为了逗乐，他回答说：

"夫人，你现在之所以落到我手里，并不是因为你对我有什么好感，而是因为你要你的情夫回心转意。你以为我这次采取的办法是实现报复的手段，你错了。我还有一千个办法，我假装仍旧爱慕你的时候，已经在你脚下挖了一千个陷阱，这次不成功，下次你肯定会掉进别的陷阱，结果可能比这次更痛苦、更丢人。我这样做并不是为了让你少受一点罪，而是让我自己早一点高兴。即使我的计划全部落空，我手里还有一支笔，我可以用笔写出你的种种劣迹，让你无地自容。没有亲身体会的人不会了解笔的威力。我曾向天主起誓，在我彻底报复解恨之前，我要用笔写下你的丑事。休说别人，你自己看了都会羞惭不止，恨不得抠出自己的眼珠，免得在镜子里再看到自己的嘴脸。大海的浩瀚不能归因于小河的倾注，我的报复也不能归因于你的信任。至于你的爱情，我已经说过，它不属于我，我也不敢领教。你有办法的话还是去找你的情夫和他待在一起吧。我以前恨他，现在却喜欢他了，因为他害你落到现在的地步。你喜欢找年轻人，认为他们身强力壮，他们会跳舞、比武，其实年纪大一些的人有什么不会？他们懂的东西甚至比年轻人多。此外，你认为年轻人的骑术比中年人高明，一口气跑下来的路程要长些，我并不否认年轻人有劲，但中年人更有经验，更能搔到痒处，少而精远远胜过多而滥。再说，不停地奔突驰骤再年轻的人也会精疲力竭，而缓辔慢行虽然晚一点到达目的地，至少不累人。像你这种没有头脑的女人根本不了解金玉其外败絮其中的道理。年轻人有了一个女人是不会满足的，而是朝三暮四，见异思迁。他们的爱情是不稳定的，这方面你已经有切身体会。他们受到情妇的奉承迎合认为理所当然,到处吹嘘占有了多少女人。因此许多女人宁肯置身于教士之下,教士们讳莫如深,守口如瓶。你说除了你的使女和我之外没有第三个人知道你的私情,你真这么想就大错特错了。好事不出门,丑事传千里,你和你情夫的事街坊邻里早就说长道短议论纷纷了,问题是当事人往往最后才听到有关他们的流言蜚语。更糟糕的是,中年人给你们财物,小伙子却要你们倒贴。你既然做出了错误的选择,就去找你所要找的人吧。我是受你戏弄的人,别和我纠缠了。我已经有了别的女人,她比你好得多,她了解我,体贴我。据说一个人下地狱时能从别人的眼神里看出他的真实感情。假如你不信我的话,你就跳下来,魔鬼收留你的灵魂时,你可以知道我见你坠落时眼神里是不是蒙上一层悲痛的阴影。我知道你不会给我这种乐趣,不过我还有一句话奉告,当你觉得太阳晒得慌时,不妨想想你让我挨的那份寒冷,然后把它们掺和起来,冷热就适中了。”

那个女的从他话里听出自己受的罪还没有尽头,又伤心地哭起来,说道:

“既然我的一切都引不起你的怜悯,那请你想想你所找到的,比我聪明、能体贴你的那个女人吧,为了她的爱情饶了我,把我的衣服拿来让我穿上,然后放我下来。”

里涅里听后笑了,他发现午前祈祷的钟声已经敲过,便说:

“你这么一说,我可不能拒绝了。好吧,告诉我衣服在哪里,我去取,然后让你下来。”

那女的信以为真,稍稍放了心,把放衣服的地点告诉了他。里涅里离开塔楼,吩咐仆人守在附近,在他回来之前别让闲人进去。他回到朋友家,舒舒服服吃了饭,自顾自睡午觉。

塔楼上的埃莱娜以为有了希望，强打起精神，但被太阳晒得十分难受，追着有少许阴影的地方挪动位置。她干等时脑子里胡思乱想，想到伤心处就哭一场，左等右等，一直不见里涅里拿着衣服回来，她昨夜整宿没睡，又伤心又疲倦，迷迷糊糊地睡着了。毒辣的太阳升到中天，直晒着埃莱娜没遮没盖的肉体和头脸，烤得她皮肤坼裂。她虽然睡得很沉，仍旧痛醒了。她觉得身上灼痛，稍稍挪动一下，仿佛全身的皮肤都要爆开，像一张剥下来晒干的羊皮似的，碰一碰就会脱落。她头痛欲裂，这也没有什么可以奇怪的。楼顶的平台给晒得发烫，没有一处可以落脚，她哭哭啼啼，从一个地方挪到另一个地方。空中没有一丝风，苍蝇和牛虻嗡嗡乱飞，停到皮开肉绽的地方狠狠地叮咬，每叮一口就像锥子刺一下。她双手不停地挥赶，诅咒着她的苦命，诅咒她的情夫和里涅里。

　　难以忍受的炙热、苍蝇和牛虻，饥饿和干渴，纷至沓来的痛苦和烦恼，折磨得她求生不得求死不能。她站起来眺望附近有没有可以向之呼唤求救的人。但是厄运在这方面也不给她方便。由于天气太热，农夫们都没有下地干活，而在自己的院子里打场。那女的耳里听到的只有蝉鸣，眼前看到的只有阿尔诺河，激涴的流水非但解不了渴，反而使她更加口干舌燥。她还看到了树林、荫翳和房屋，欣羡不已。那寡妇的狼狈处境一言难尽。头顶烈日暴晒，脚下滚烫的楼顶烤灼，苍蝇和牛虻把她叮得浑身不剩一块好肉。昨晚她的胴体还像一块隐隐发光的白玉，今天却成了一株可作红色染料的茜草，并且横一道竖一道布满了血污。谁见到她现在的模样都会说她是世上最丑的人。她既无办法又无希望，自分十有八九活不成了。过了午后祈祷时间，里涅里午睡醒来，想起了那个女人，便去

看看她怎么样了,同时把仆人替下来让他吃饭。那个给折磨得死去活来的女人听到他的声音,拖着虚弱的身子挨到楼顶边上哭着说:

"里涅里,你的报复已经远远过了头,我只让你在我家的院子里冻了一夜,你却让我在塔楼顶上烤了一天,还让我饥渴得要死。我实在痛苦难熬,不想活了,只是自己下不了手,只求你看在天主面上到楼顶上来把我杀了吧。如果你不肯行这个好,至少求你给我弄杯水来,让我润润嘴,我身体里干得要冒烟,泪水都流干了。"

里涅里听她的声音,看她被太阳烤焦的部分身体,知道她确实虚弱不堪,再经她苦苦哀求,不免起了怜悯之心,不过他仍说:

"邪恶的女人,你想死就自己下手,我才不会杀你呢。上次我冻僵的时候你并没有给我炭火暖和暖和,现在你渴热也得不到水凉快凉快。我冻坏以后用臭粪热敷拔寒,你这次热坏以后可以用清凉芳香的玫瑰露,我还觉得愤愤不平呢。那次我的筋腱动弹不得,几乎落下瘫痪的毛病,你这次无非晒脱一层皮,像蛇蜕一样,又会恢复美貌的。"

"唉,我多么不幸!"那女的说,"我才不要这样脱一层皮的美貌呢,愿天主把它赐给我的仇人吧。你这个比豺狼更残忍的东西,怎么能眼睁睁看我遭这么大的罪而无动于衷?即使我千刀万剐地把你全家杀光也不至于得到这样的报复呀。即使一个把全城居民都杀光的罪大恶极的人得到的报应也不会比我这样暴晒在毒日头底下、供苍蝇牛虻叮咬更残酷呀。即使被判死刑的杀人凶手行刑前往往还能喝到一碗酒,而我要一杯水喝你都不给。我看你是铁了心,不为我的痛苦所动。

我也认了,但愿天主怜悯我的灵魂吧。我只强烈地要求天主明鉴,看看你干的好事。"

她说了这些话,费了好大劲爬到楼顶中央,不再存逃脱炙烤的希望,千百次地认为自己非但会痛死,还会渴死。她不时还为自己的不幸有气无力地哀叹哭泣。到了傍晚,里涅里觉得可以收场了,吩咐仆人把那女人的衣服找来,用披风裹成一包,来到寡妇家,只见使女六神无主地坐在门口,便问她说:

"好姑娘,你的女主人怎么样了?"

使女回说:

"先生,我不知道呀。昨夜我见她进卧室睡了,今天早上我以为她还在床上,可是床上没有,别的地方也找不见,不知道她出了什么事,我急坏了。你有话对我说吗,先生?"

"我应该把你和她一起弄到她现在的地方,让你也赎赎罪。不过你迟早要落到我手里的,你的账也要清算,看你以后敢不敢作弄男人。"

他随即吩咐仆人:

"把那些衣服给她,她愿意的话可以去找她的女主人。"

仆人照办了,使女拿起衣服,知道了情况,担心女主人性命难保。里涅里离去时,她好不容易才忍住没有破口大骂,哭着朝塔楼跑去。寡妇太太家的一个佃户丢了一头猪,四处寻找。里涅里离开塔楼后不久,他找到那里,正踮起脚张望时,听到哭声,他嚷道:

"谁在那里哭?"

那女人听出是佃户的声音,呼唤他的名字说:

"是我。你去把我的使女找来,想办法让她上楼顶。"

佃户辨出了她的声音,问道:

"太太,谁把你弄到那上面去的? 你的使女找了你一整天,哪知道你会在这里?"

他把地上的梯子竖起来靠在墙上,把松动的横撑捆绑了一下,这时使女正好赶到,她一进塔楼就捶胸顿足地喊道:

"我的好主人呀,你在哪里?"

寡妇太太听到使女的声音,用足残余的气力说:

"我在这里,好妹妹。你先别哭,把衣服给我拿来。"

使女听到她的声音来自塔顶,靠着佃户的帮助,用他捆绑好的梯子爬上楼,看见女主人赤身裸体,奄奄一息地躺在平台上,给晒得蜇得全身红肿,不成人样,更像是一段烧焦的木头。使女伤心得用指甲抓自己的脸,扑上去像哭死人似的呼天抢地哭起来。女主人叫使女别哭,先帮她穿上衣服。听说除了送衣服去她家的书生主仆二人以及那佃户之外,谁都不知道她这段时间在什么地方,她心里稍稍踏实一些,求佃户千万不能把这件事告诉任何人。由于寡妇太太动弹不得,佃户手忙脚乱地把她扛在肩上弄出塔楼。使女跟在后面,不小心一脚踩空,从梯子上摔下来,折断一条腿,痛得像狮子那样吼叫。佃户把寡妇放在草地上,回去看使女出了什么事,发现她摔断了腿,把她也抬到草地上放在女主人身边。寡妇指望使女帮忙,见她摔坏了腿,真是祸不单行,雪上加霜,又痛哭起来。佃户走投无路,只好陪她们一起哭。

太阳已经下山,总得想办法在天黑之前回去。佃户征得寡妇太太同意,先回自己家,叫两个兄弟和他的老婆用一块木板把使女抬回去。接着佃户给寡妇喝了一点水,好言劝慰一番,再把她扛回家。佃户的老婆给她喝了一些泡有面包干的酸甜汤,让她解衣躺在床上,大家决定连夜把主仆二人送回佛罗伦萨。

寡妇本来就善于弄虚作假,她编了一套和实际情况完全不符的谎话,说是她和使女两人中了邪,遭到魔鬼的戏弄。她的兄弟姊妹信以为真,请来医生,用绷带给她把灼伤的皮肤包扎起来,治疗她的高烧和其他并发症,又给使女接好断腿。寡妇这次吃足苦头,忘了她的情夫,此后再也不敢偷情,也不敢戏弄人了。书生听说使女摔断了腿,觉得出了一口气,不再找她们的麻烦。愚蠢的寡妇自以为能像戏弄别人那样戏弄有学问的人,殊不知他们绝大多数都不是傻瓜,结果自找倒霉。因此,各位姊妹,你们千万不要戏弄别人,特别是不能戏弄有学问的人。

八

两个朋友情同骨肉,一个勾引了另一个的老婆,被其发觉。另一个设计把他关在大木箱里,然后在箱子上面同他的老婆作乐。

女郎们觉得埃莱娜遭到的报复惨不忍闻,虽然她有一部分责任,咎由自取,但是里涅里斩尽杀绝未免过于残忍,因此对她有点同情。潘皮内娅讲完后,女王吩咐菲亚梅塔接着讲,她遵命讲道:

可爱的女郎们,我认为书生的做法有点过分,因此打算讲点风趣的事来冲淡苦涩。我讲的是一个青年人的故事,他心胸宽广,受到伤害并不采取伤筋动骨的报复手段。你们从这个故事里可以悟出一个道理:驴子撞墙越重,自己也就越痛,人们进行报复时没有必要穷凶极恶,只需点到为止,出口气就可以了。

你们也许听说过,锡耶纳的卡莫利亚区有两个出身高贵,家境也富裕的青年人,一个叫斯皮内洛乔·德·塔韦纳,另一个叫泽帕·德·米诺。两人是邻居,同进同出,情同手足,甚至比亲兄弟还亲,他们的妻子都长得花容玉貌。斯皮内洛乔经常去泽帕家串门,不管泽帕在不在家都坐一会儿,时间一久,和泽帕的妻子混得很熟,竟然同她有了暧昧关系,两人明来暗去,谁都没有发觉。

一天,泽帕在家而他妻子却不知道。斯皮内洛乔来找他,那女的说她丈夫不在家。斯皮内洛乔随即上了楼,见那女的在客厅里,没有别人,便上前抱她吻她,她也报之以拥抱亲吻。泽帕见此情景,没有出声,仍旧待在原来的地方看他们玩什么把戏。只见他妻子和斯皮内洛乔搂搂抱抱进了卧室,关上了门,使他非常生气。他知道,大吵大闹声张开来非但于事无补,反而会加重他的羞辱。他便琢磨该采取什么报复手段,既不让街坊邻居知道,自己又可以出一口气。考虑许久之后,他想出了一个办法。斯皮内洛乔同他妻子快活时,他一直没有露面。等斯皮内洛乔离去后,他走进卧室,他妻子还在整理刚才作乐时掉落的头巾。他对妻子说:

"你在干什么呀?"

"你没有看到我在整理头巾吗?"女的回答说。

"当然看到了,不过我还看到了另外一件我不喜欢看到的事情。"

他开门见山地说出了刚才的事,那女的吓坏了,支吾半天搪塞不过去,只好老实交代了她和斯皮内洛乔之间的私情,接

着哭了起来,请求宽恕。泽帕说:

"你这样做太不地道了。要我宽恕不难,不过你得照我说的去做。我要你通知斯皮内洛乔明天午前祈祷时找个借口摆脱我,然后来找你。他前脚到,我后脚就跟来。你让他躲进这个大箱子,把他关在里面。以后怎么做,我会再告诉你,你得照办。有一点你可以放心,我保证不加害于他。"

妻子不敢开罪于他,满口答应,通知了斯皮内洛乔。第二天,泽帕和斯皮内洛乔在一起时,后者由于已经和泽帕的妻子约好这个时候去她家,便对泽帕说:

"今天上午我和朋友约好一起吃饭,我不想让他久等,先告辞了,愿天主与你同在。"

"吃饭时间还早呢。"泽帕说。

"没关系,我还要和他谈一桩买卖,早些去为好。"

斯皮内洛乔和泽帕分了手,他绕了一个圈子,然后去找他朋友的妻子。两人刚进卧室,泽帕回到家里。他妻子装出十分害怕的样子,让情人钻进她丈夫指明的箱子,把他关在里面,然后从卧室出去。泽帕进屋后说:

"可以吃饭了吗?"

妻子回说:"马上就准备。"

泽帕说:

"斯皮内洛乔今天上午和一个朋友一起吃饭,他妻子一人在家,你从窗口招呼她一下,请她来我们家吃吧。"

妻子心虚,丈夫的话不敢不听,按照他的吩咐做了。斯皮内洛乔的妻子听说她丈夫不回家吃饭,经泽帕的妻子再三相邀就来了。泽帕殷勤招呼她,亲切地拉着她的手,吩咐自己的妻子去厨房准备饭菜,直截了当把客人带进卧室,转身把门关

上。斯皮内洛乔的妻子见他锁门,问道:

"泽帕,你这是干什么? 你请我来是干这等事吗? 你和斯皮内洛乔是好朋友,能这样对待他吗?"

泽帕抱住她,走到她丈夫藏身的箱子旁边回答说:

"太太,你先别发火,听我对你说。我像对待自己的亲兄弟一样对待斯皮内洛乔,可是昨天我发现他辜负了我对他的信任,竟把我的妻子当成你似的同她睡觉,还以为我蒙在鼓里。我出于对他的感情,除了一报还一报之外,不打算采取其他报复手段。他既然把我的妻子当成他的老婆,我也要把你当作我的老婆受用一番。如果你不同意,我也不会善罢甘休,只好采取别的手段,给他吃点苦头,到时候你们两人都后悔莫及。"

那女的听泽帕说得恳切,信了他的话,回答道:

"我的泽帕,如果你对我说的是真话,这场报应非落到我头上不可,我只好依从你。不过你今后仍旧要和你妻子和好相处。她虽然做了对不起我的事,我也不打算同她翻脸。"

泽帕说:

"这一点我一定做到。此外,我还要给你一件你见所未见的好宝贝。"

他说着就抚摩她,吻她,把她按倒在她丈夫藏身的箱子上作起乐来,她也曲意逢迎。斯皮内洛乔蜷缩在箱子里听到了泽帕说的话和他妻子的回答,接着又听到他们在箱子盖上跳起欢乐的特雷维索舞,气得要命。假如不是忌惮泽帕,他几乎要在箱子里大骂他的妻子。但再一想,这件事的根子出在他自己身上,泽帕的话通情达理,对他可算是仁至义尽。他决定,只要泽帕愿意,他仍然是泽帕的好朋友,甚至比以前更好。泽帕和那女人玩畅之后,从箱子上下来。那女的开口问他,要

他许给她的宝贝。泽帕打开房门,叫他妻子进来,她进屋后对
女邻居嫣然一笑说:

"太太,你已经冤冤相报了。"

泽帕吩咐他妻子打开箱子。

箱子打开后,泽帕让女邻居看看她的斯皮内洛乔。斯皮
内洛乔见了泽帕,知道自己的私情已经彻底败露。那女的见
了丈夫,知道刚才在他头上说的话干的事全给他听去了,两人
都羞愧得无地自容。

泽帕说:

"太太,这就是我要给你的宝贝。"

斯皮内洛乔从箱子里爬出来,痛痛快快地说:

"泽帕,现在我们两不吃亏,正如你刚才对我妻子所说那
样,我们还是一如既往吧。原先我们除了老婆之外本来就不
分彼此,今后在这方面也不必分你的我的了。"

泽帕欣然同意,四人亲密无间地在一起吃了饭。此后两
位太太每人各有两个丈夫,两位丈夫每人各有两个老婆,彼此
相安无事,从未出现争吵红脸的情况。

九

西莫内医师要加入布鲁诺和布法尔马科
一伙闯荡江湖,晚上给带到一个地方,布法尔
马科把他摔进粪池,扔下不管。

女郎们把两个锡耶纳人共妻的做法略加议论之后,女王
发现只剩下她自己和狄奥内奥两人还没有讲故事。为了不破

坏由狄奥内奥殿后的惯例,她开口说道:

可爱的女郎们,潘皮内娅刚才指出,受到捉弄的人大多是自找倒霉或者咎由自取。斯皮内洛乔遭到泽帕的捉弄也是咎由自取,并且吃的苦头不大,无伤大雅。我的故事是讲一个自取其咎的人,捉弄他的人非但不应该遭谴责,反而应该受赞赏。故事的主人公是一个从波洛尼亚回到佛罗伦萨的医师,此人本是个傻瓜,回来时却一副医学博士的打扮,自命不凡。

事实上,我们每天都可以看到从波洛尼亚回来的同乡人,他们有的成了法官,有的成了医师或公证人,穿着缀有猩红标志的镶松鼠皮的宽大长袍,戴着皮帽,装饰豪华。至于他们带来的后果,也是每天可以看到的。西莫内·德·维拉就是这种人中间的一个。他祖上给他留下不少家产,本人却不学无术,前不久居然也轻裘肥马,自称当上了医学博士,在我们今天称之为傻瓜街的地段赁屋住下。这位新来的西莫内医师有个怪脾气,喜欢向求诊病人探问街上来往行人的情况,仿佛这对他诊病用药有莫大关系。他什么都爱打听,什么都记在心里。最引起他注意的是两个画师,也就是我们已经提到的布鲁诺和布法尔马科,他们的住处和医师家在同一条街上,两人总是同进同出。医师觉得这两人无忧无虑,比谁都自在,向好几个人打听他们的情况。听说他们是画师,没有什么钱,医师心想他们真没有钱的话不可能活得这么潇洒。又听说这两个人很机灵,医师便认为他们肯定有别人不知道的生财之道,于是打定主意要和那两个人,至少同其中一个交朋友。他先和布鲁诺套上了近乎。

布鲁诺和医师打了几次交道就看出他是个混人,便讲些奇闻轶事拿他逗趣,医师觉得和布鲁诺相处十分愉快。医师请他吃了几顿饭,认为够得上交情了,便推心置腹对他说,他和布法尔马科收入不丰,但生活得那么舒坦,使人欣羡,能不能请教他有什么窍门。

布鲁诺觉得医师的问题蠢得可笑,决定好好耍他一下,回答说:

"大夫,我们干的事一般不告诉任何人。但你是我的好朋友,我不能对你隐瞒,不过你千万不能泄露给别人。我的伙伴确实像你所说的那样生活得很舒服,甚至很优裕。我们靠手艺挣的这几个钱和从一些产业上得的收益连喝水都不够,不过你可别以为我们走的是邪道,我们是靠闯荡,绝对不损人利己,但从中却能弄到我们所需的一切花费和享用。"

医师听不懂闯荡是什么,非常诧异,突然极想了解闯荡的内容,缠着布鲁诺要他说出来,并且答应保密。

"哎,大夫,你的要求使我为难了!"布鲁诺说,"你想知道的是一件不比寻常的秘密。假如有人知道是我泄露了秘密,我会给毁掉,被逐出这个世界,甚至给扔到圣加洛医院的魔王嘴里去。① 不过,承蒙你看得起我,以诚相见,加上你的莱尼亚②品质,我不能拒绝你的要求。好吧,我就告诉你吧,但你得先在钟鸣山③的十字架前起誓,决不告诉任何人。"

---

① 欧洲早期的医院多是教会办的有临终关怀性质的慈善收容机构,住院者一般为贫病交迫的社会底层孤寡老人,待遇恶劣,与其说是接受治疗,不如说是涤罪。当时佛罗伦萨圣加洛医院的正面有一幅可怕的魔王像,张着许多嘴巴。

② 莱尼亚是佛罗伦萨的一个郊区,盛产西瓜和黄瓜,而西瓜和黄瓜在意大利语中有傻瓜之意,"莱尼亚品质"意即"头号傻瓜"。

③ 钟鸣山是佛罗伦萨附近的一个村庄,村中寺院有著名的基督钉十字架像。

医师一口答应。

"亲爱的大夫,"布鲁诺说,"我现在就告诉你。不久以前,佛罗伦萨有一位巫术大师,由于是苏格兰人,人们管他叫米迦勒·斯各特[①]。当地的绅士纷纷把他奉为上宾,不过这些绅士如今还健在的不多了。他离开本城时,经各方恳求,为了报答绅士们长期以来对他的款待,留下两名得意的门徒,吩咐他们尽量满足绅士们的要求。两个门徒牢记师命,为绅士们的偷情和其他密谋施行法术,不收任何报酬。后来两人对我们的风俗习惯非常满意,决定在本城定居,只要他们看得顺眼的人,不论贫富贵贱,都与之建立了深厚的友情。为了让朋友们高兴,他们挑了二十五个人组成一个团体,在他们指定的地点每月聚会两次。参加聚会的人只要说出各自的愿望,当夜就能如愿以偿。布法尔马科和我同那两个门徒交情特别深,参加了那个团体,至今还是成员。我们聚会时,餐厅的帐幔都是绫罗绸缎,烛火辉煌,桌上山珍海味、水陆纷陈,男女侍役英俊俏丽,用餐的人可以随意指定专人伺候。进餐和饮酒用的杯盘碗盏非金即银,叫人眼花缭乱。食品更是精美绝伦,什么时候该上什么菜,有板有眼。席间伴奏的乐器有丝有竹,歌声珠圆玉润,美妙无比。糖果和美酒随意取用,取之不尽,用之不竭。

"你别以为我们参加聚会时就是现在这种打扮,绝对不是!出席的人都穿华美的衣服,装饰得珠光宝气,即使是最寒酸的人也可以和帝王相比。聚会时最大的享受是全世界千媚

[①] 米迦勒·斯各特(约1175—约1234),苏格兰医师、哲学家、天主学家,曾在神圣罗马帝国腓特烈二世宫廷中供职,传说他精通巫术。

百娇的美女都可以根据我们的意愿应召前来。你在那里可以见到巴巴尼克的女王、巴斯克的王后、苏丹的贵妃、奥斯别克的女皇、挪威的后妃、贝林佐内的妃嫔和教士国王约翰①的侍姬。依我看，那位教士国王非但戴了绿头巾，穿的衣服也无一不绿。你不妨闭上眼睛想想那是何等样的风光！喝了酒吃了糖果之后跳一两支舞，然后应谁之召前来的美女就跟那人双双进入卧室。卧室当然布置得像天堂那般旖旎。刚进门，馥郁的芬芳就扑鼻而来，仿佛进了研磨莳萝的香料作坊，床铺比威尼斯最高执政官睡的还要柔软。至于那些织女如何上下踩动经线板，来回摆弄纬线梭，织得密密实实的超凡技巧，我不再多说，留给你自己去揣摩了。据我所知，布法尔马科和我两个艳福不浅，因为布法尔马科总是把法兰西皇后召来，而我总是把英格兰皇后召来。她们两位是全世界最美的女人，我们当然不敢怠慢，把她们伺候得通体舒坦，以至她们眼里也只有我们两个。你自己也能看出我们是不是可以并且应该比别的男人生活得潇洒，因为我们得到了两位绝色皇后的爱情。除此之外，我们缺钱花时，要一千两千金币也不在话下。我们管这种做法叫作闯荡。正如海盗逢人就打劫一样，我们也剥夺别人，差别只在于他们抢了不还，我们享用之后仍旧物归原主。我的好大夫啊，现在你该明白我说的闯荡是什么意思了。这件事关系重大，你也知道应该保守秘密，不须我多叮嘱。"

医师的智力也许只限于给乳臭未干的小孩开药，认为布鲁诺的话没有半点虚假。他一时头脑发热，迫切希望自己也

① 教士国王约翰是中世纪的神话人物，指埃塞俄比亚王或鞑靼王。布鲁诺在这里提到的一连串地名国名大多是信口开河凭空捏造的。

能被接纳,跻身那个团体。他说听布鲁诺这么一讲,他们生活舒服就没有什么可奇怪的了。他希望当场就能加入他们的团体,好不容易才忍住没有开口。他决定加紧奉承布鲁诺,多卖一些交情,等到十拿九稳的时候才提要求。医师继续巴结布鲁诺,白天晚上都请他一起吃饭,对他关怀备至,表示出异乎寻常的好感,仿佛没有布鲁诺他就活不下去似的。布鲁诺得其所哉,为了表示对医师的报答,在医师的饭厅里画了一幅封斋节的宗教画,在卧室画了一幅上帝的羔羊①图,在大门口画了一把尿壶②,让西莫内的诊所比别的医师的更能引起病家的注意。他又在走廊里画一幅猫鼠相争图,医师认为这幅画精彩无比。有几次他没有和医师共进晚餐,就说:

"昨晚我参加了聚会,我对英格兰皇后有点厌倦了,便把阿尔泰里斯大可汗的婕好召了来。"

"婕好是什么意思?我从未听说过那个名称。"医师问道。

"大夫,"布鲁诺回说,"我并不感到意外。据我所知,波科克拉索和凡纳森纳从不谈这种事情。"

"你是说希波克拉底和阿维森纳③吧?"

"我不清楚。我不了解你们的词汇,正如你不了解我们的词汇一样。不过在大可汗的语言里,婕好就等于我们语言里的皇后。那个女人真了不起!她会让你把你的丸散膏丹统

---

① 上帝的羔羊指耶稣。

② 尿壶是当时医师的职业标志,因为观察尿液是诊断疾病的重要手段。

③ 希波克拉底(约前460—约前377)和阿维森纳(980—1037)分别是古希腊和阿拉伯名医。希波克拉底曾拒绝为波斯国王阿尔泰里斯的侵略军队防治瘟疫。布鲁诺说的"波科克拉索"和"凡纳森纳"在意大利语中有"肥猪"和"空无一物的晚餐"之意。

统抛在脑后。"

布鲁诺不断地给医师加温。一晚,他在画猫鼠相争图,医师先生掌着灯给他照亮。医师觉得他们的交情已经到了可以开诚布公的程度,当时没有外人,便说:

"布鲁诺,天主在上,世上再没有哪一个人比你更受到我的尊重了。说老实话,假如你叫我从这里徒步走到佩雷托拉去,我二话不说,坚决照办。我现在有一件事相求,希望你不要见外。前不久你对我说起你们欢乐的聚会,从那以后我朝思暮想,希望也能加入。我之所以想加入是有原因的,因为那一年我在卡卡温奇利①见到一个罕见的风流娘儿,特别想她。我以基督的圣体起誓,我愿意出十块波洛尼亚大银币,可是她推三阻四。我一加入你们的团体首先要做的事就是把她召来,这点做不到也就枉活在世了。因此我求你点拨点拨,具备什么条件才能加入你们的团体,还求你介绍援引。我是个忠诚可靠的好伙伴,不会给你丢脸。你也看得出来,我长得仪表堂堂,穿了好衣服更是体面,脸色像玫瑰一般红润。此外,我还是医学博士,在你们的团体里恐怕绝无仅有。我多才多艺,歌唱得极好,不信我现在就唱一首给你听听。"

他唱了起来。布鲁诺直想笑,好不容易才忍住。医师唱完后问道:

"你觉得怎么样?"

"超一流的哥特式唱法,真是不可多得的人才。"布鲁诺说。

"我敢打赌,你不是亲耳听到,绝不会相信我还有这一

① 卡卡温奇利是当时佛罗伦萨的风化区。

手。"医师沾沾自喜地说。

"一点不错。"布鲁诺答道。

"我还会别的歌,今天暂且不唱。你知道,我父亲虽然来自农村,却是绅士,我母亲家和瓦莱基亚家族沾一点边。你也看到,和佛罗伦萨其他医师相比,我的藏书比谁的都漂亮,我的衣服比谁的都华丽。天主在上,我花费在衣服上的钱统统加起来快一百里拉了,那还是十年前的统计。因此我请求你让我加入。天主在上,你帮了我这个忙,以后你如果有病,我给你看,不收你一个钱。"

布鲁诺觉得医师这番话更印证了他对医师的评价,确信医师是傻瓜,便说:

"大夫,把灯火凑近一点,等我把老鼠尾巴画完以后再回答你,请别在意。"

布鲁诺画完老鼠尾巴以后,装出医师的请求使他为难的样子说:

"大夫,你给我的好处会很多,这一点我懂。但是,你的要求对你这样聪明的人说来是小事一桩,对我说来却非同小可。不过,由于我对你有感情,加上你的一番话扣人心弦,死人都能被你说活,我只好勉为其难,改变初衷。是啊,我和你交往的时间越长,越觉得你聪明。再说,你对美的执着追求使我深为钦佩。不过,我得告诉你,在这件事上我的能力并不像你想的那么大,不能按你的希望做到。可是,如果你能郑重保证严守秘密,我可以告诉你该怎么办。凭你那些漂亮的藏书和别的好东西,我敢肯定,你的愿望能够实现。"

医师说:

"你不必担心,尽管告诉我。我看得出来,你对我还不够了解,不知道我多么能保守秘密。想当年瓜斯帕罗洛·德·萨利切托先生担任福林波波利法官职务的时候,无论干什么事都向我吹吹风,正因为我守口如瓶。有一件事可以证明我所言不虚。他准备和贝加米娜小姐结婚之前,通知的第一个人就是我。"

"那太好啦,"布鲁诺说,"我本来很信任你,现在更放心了。我指点你该怎么办:我们的团体有一个主席、两个顾问,每六个月轮换一次。下一届由布法尔马科担任主席,我担任顾问,这件事已经定了。主席有充分权力吸收他看中的人,因此,我认为你不妨先和布法尔马科套上近乎,好好款待他。他见你这样聪明,肯定喜欢。凭你的智慧和你的那些好东西,你能给他好印象。到时候,你像求我这样求他,他准同意。我已经在他面前提起过你,他对你非常器重。你按我说的做了之后,其余的事情就交给我好了。"

"你的话让我太高兴啦,"医师说,"如果他喜欢同有学问的人来往,我们只要交谈几句,他一定觉得相见恨晚,再也离不开了。我有的是学问,即使分给全城的人,自己剩下的还多得不得了。"

布鲁诺和医师谈妥后,把这件事原原本本告诉了布法尔马科,布法尔马科听了十分兴奋,迫不及待地想向那位傻瓜先生提供他期望的东西。医师闯荡心切,想方设法讨好布法尔马科,开始请他吃午饭晚饭,当然也请布鲁诺作陪。医师准备了好酒、肥鸡和别的好东西,布法尔马科和布鲁诺两人开头总是推辞一番,然后因为情面难却才答应下来,经常吃得酒醉饭饱。医师认为水到渠成时,向布法尔马科提出他曾向布鲁诺提过的请求,布法尔马科显得很生气,责备布鲁诺说:

"我向帕西尼亚诺①的天主起誓,我真想狠狠给你这个叛徒一拳,把你的鼻子打进脚后跟。只有你才会把这种事透露给医师!"

医师为布鲁诺开脱,说是从别人那里听来的。他讲了许多睿智的话,终于劝阻了他们的争吵。布法尔马科对医师说:

"我的大夫,你显然在波洛尼亚待过,可是回来以后守口如瓶,从不自诩。我本以为许多笨蛋只停留在书本学问上,你和他们不同,你人情练达,我敢说你准是在礼拜日受的洗礼。② 布鲁诺告诉我说,你学的是医学,我却认为你学会了如何迎合人们的心理。你头脑聪明,能说会道,可以说是我生平所见的最懂世故的人。"

医师打断了他的话,对布鲁诺说:

"和有学问的人结识谈话多么愉快!这位先生短短几分钟就摸透了我的心思,有谁能同他相比?连你都不能像他那样一眼就看出我是难得的人才。我不是对你说过吗,布法尔马科和有学问的人一交谈就会觉得相见恨晚,你把我的话说给他听呀!你认为我说得对不对?"

"说得太对了。"布鲁诺答道。

医师对布法尔马科说:

"假如你见到我在波洛尼亚的风光更会赞叹,那里无论大小人物、博士学者,对我都十分亲切,因为我这聪明的头脑和风趣的谈吐使他们倾倒。我在那里一张口就让他们高兴,

---

① 帕西尼亚诺是意大利佩鲁贾的教堂,正面有天主像。
② 给小儿施行洗礼时要在唇边放盐粒祝福他日后聪明颖悟,叫作"智慧盐"。礼拜日商店停业,买不到盐。因此,说一个人是在礼拜日受的洗礼即暗指他是个笨蛋。

开怀大笑。我离开时大家依依不舍,希望我别走,留下来讲授医学。可是我不愿意,因为我要回来接受我家族的巨大产业;于是我回来了。"

这时候,布鲁诺对布法尔马科说:

"你觉得怎么样?我对你说的时候你还不相信呢!我凭《福音书》起誓,本地没有谁比他对驴尿更有研究。从这里到巴黎,再也找不到比他更有本领的人了!这是你无法否认的事实!"

医师说:

"布鲁诺讲得太对了,问题是我还没有得到应有的赏识。你们寡见少闻,我真想让你们看看我当年在众多的医师中间鹤立鸡群的风采。"

布法尔马科说:

"大夫,你的学问确实比我们想象的渊博得多。真人面前不说假话,我荣幸地奉告,你肯定能成为我们团体的一员。"

医师得到这个允诺,对他们的款待有增无已。他们向医师许下荒唐透顶的心愿,把他骗得神魂颠倒,答应让奇维拉里①女伯爵做他的情妇,那是解决人类自然要求的最美的事情。医师问女伯爵是何等样的人物,布法尔马科解释说:

"留种用的大黄瓜呀!她是一位了不起的贵妇,世上几乎没有什么不受她管辖。圣方济各派修士们以及别的人在喇叭声中向她顶礼膜拜。她平时深居简出,但一露脸,大家马上就会察觉。前不久的一个晚上,她去阿尔诺河边洗脚,呼吸一

---

① 奇维拉里是当时佛罗伦萨的一条小巷,储存粪便垃圾供附近菜园施肥。

下新鲜空气,还在我家门前经过呢。她常住的地方是拉泰里纳①。她周围有不少卫士,为了显示她至高无上的权力,卫士们都备有长杖和铅锤②。不少男爵,诸如江蒙、敦朴、殷兢、孔岩等等围着她转,这些人说起来你都认识,只是一时想不起来罢了。如果我们的计划实现,就可以让你投入这位高贵的女人的温柔怀抱,卡卡温奇利那个娘儿不值一提。"

医师是在波洛尼亚出生长大的,不懂佛罗伦萨的地方语汇,但有关女伯爵的话使他感到满意。不久后,两个画师通知他说他已被团体接纳。预定晚上聚会的那天,医师又请两人吃饭,饭后问他们参加聚会需要做什么准备。布法尔马科说:

"大夫,你去时最好胆大一些,不然你自己会遇到困难,并且给我们带来麻烦。至于为什么要大胆,你仔细听我解释。今晚掌灯的时候,你得赶到圣马利亚新教堂,爬上新近修筑的一座坟墓。去时要穿你最漂亮的衣服,第一次出席总得体面一些,再说,女伯爵也许会出资为你举办册封骑士的沐浴典礼③。你蹲在那里等我们派去接你的使者。这一切停当之后,有一个头上长角、浑身黑毛的野兽会去找你。它在教堂前面跳跃踢蹬,但只是吓唬吓唬你,如果见你不害怕,它就会温顺地挨到你身边。它过来以后,你不必害怕,从坟墓上下来,心里不能念叨天主或圣徒,然后骑在那头畜生的背上,要像施礼似的双手合抱搁在胸前,不要碰那头畜生,它会稳稳当当地把你驮到我们那里。只要你心里念叨天主或者圣徒,或者胆

<hr>

① "拉泰里纳"是离佛罗伦萨不远的一个地区,和意大利语中的"厕所"("拉特里纳")发音相近。
② 长杖是淘粪的工具,铅锤用于测量粪池深浅。
③ 中世纪册封骑士的仪式包括在教堂举行象征性的沐浴。

怯,它就会尥蹶子,把你甩到一个不太圣洁的地方。因此,如果你没有足够的胆量,你就别来,否则既害了你自己,对别人也没有好处。"

医师回说:

"你对我还不够了解,也许是因为我戴着手套、穿着长袍的缘故吧。假如你知道我在波洛尼亚晚上和我的伙伴们一起去找女人的情况,你会大吃一惊。天主可以作证,有一晚我们见到一个婊子,身材很瘦小,架子却很大,不肯跟我们走。我一气之下先揍了她好几拳,又把她拎起来,像石子似的扔出去。她终于乖乖地跟我们走了。我记得还有一个傍晚,我带了一名仆人路过圣方济各派修士的墓地,那里当天刚安葬了一个女人,我也一点不怕。因此,你不必担心,我胆量够大的。我还要告诉你,今晚我去之前要换上那年领博士证书时穿的猩红色袍子,体体面面的,聚会上的人见了都要喝彩,用不了多久就会推举我当主席。我在那里一切都会顺利的。既然那位女伯爵还没有见面就爱上了我,见了面我会让她封我为骑士。你以为我不会当骑士吗?我没有骑士的气派吗?你等着瞧吧,我会处理好的。"

"你说得好,但得注意,到时候别不来,害我们空等,也别让我们派去接你的使者找不到你。我之所以多叮嘱几句是因为天气冷,而你们当医师的人特别注意保养身体。"布法尔马科说。

"绝对不会!"医师说,"我不是那种言而无信的人,而且我不怕冷,我夜里内急起来解手时总是光着身子披一件皮袄。你放心吧,我一准去。"

两人告辞走了。天黑时,医师找了一个借口,瞒过妻子,悄悄取出一套漂亮衣服穿好，溜到圣马利亚新教堂的墓地，爬上一座坟墓的大理石板。由于寒气袭人，他缩头缩脑地蹲着守候。

布法尔马科身材高大，腰腿灵便。他戴上一个旧时假面游行用的面具，反穿一件黑皮袄，手脚并用地爬行时活像一头黑熊，只不过面具是一张长角的鬼脸。他乔装打扮后和布鲁诺一起来到圣马利亚新教堂前面的空地上，布鲁诺隐蔽在附近等着看好戏。布法尔马科注意到医师先生已经等在坟头，开始使劲腾跳踢蹬，装出激怒的样子吼叫号叫。医师的胆量本来比女人还小，见到这个架势吓得毛骨悚然，直打哆嗦，后悔不该来这里，不如待在家里。不过既然到了这里也由不得他了，再说他一心想见识见识两个画师说的花花世界，只好尽量定下神来。布法尔马科折腾了一阵之后有了温顺的迹象，爬到医师所在的地方停住不动。医师心里七上八下，不知该骑上怪兽呢还是原地不动为好。他又怕不骑上去会遭到伤害，对后者的恐惧压倒了前者。他横下一条心，暗暗祝告"天主保佑！"从墓板上下来，跨到那头畜生背上坐稳，并且按照先前的吩咐，哆哆嗦嗦地双臂合抱放在胸前。

布法尔马科朝斯卡拉的圣马利亚新教堂爬去，把他一直驮到里波莱修女院。那里有一些粪池，附近的庄稼汉把奇维拉里女伯爵请出来在他们的地里施肥。布法尔马科爬到一个粪池边，用手托住医师的脚自下而上一顶，把他扔了下去。布法尔马科自己则直立起来吼叫腾跳，朝万圣草地奔去。布鲁诺早已憋不住，先到了那里，在捧腹大笑。两人远远看到医师先生掉进稠糊糊的粪池后拼命挣扎着要爬出来，但立足不稳，几次爬起又几次摔倒，从头到脚沾满了粪便，还喝了好几口，最后总算爬了出来,帽子也丢了,狼狈不堪。他无法可想,用手把身上的污秽抹掉一点,拖泥带水地回家叫门。他臭气熏天地进了家,布鲁诺和布法尔马科随后也到了门外,想听听医师的妻子有什么反应。只听得屋里传出她惊天动地的诟骂:

"瞧你成了什么样子,三分像人七分像鬼!你准是去找哪个婆娘,穿了这件猩红袍子臭美。难道我还不够让你满足吗?别说你一个了,我即使对付全城的男人也绰绰有余!你给扔进粪池活该,淹死你才好呢!"

医师拾掇洗涤,他妻子没完没了地把他骂到后半夜。第二天早上,布鲁诺和布法尔马科在自己脸上和身上抹了青一道紫一道的颜料,像挨过揍似的,前去医师家,医师身上已洗干净了,但是满屋子的臭气还没有消散。医师见了他们,迎上前来祝他们早安,布鲁诺和布法尔马科事先已商量好,装出生气的样子说:

"我们却不想祝你早安,但愿天主罚你这个不讲信义的大混蛋不得好死。我们抬举你,想方设法让你快活,你却害我们吃足苦头,差点像狗一样被打死。昨夜由于你说话不算数,我们挨了打,即使驴子从这里给赶到罗马也没有挨过这么多鞭子。我们想介绍你参加那个团体,我们自己差点给开除。你若不信,看看我们身上的伤痕吧。"

他们解开衣襟,露出抹过颜料的胸口,赶紧又用衣服遮住。医师向他们道歉,说了自己的不幸遭遇,在什么地点、什么情况下给扔进粪池,布法尔马科说:

"把你从阿尔诺河桥上扔下去才好呢!你干吗要念叨天主或圣徒?我不是早就嘱咐过你吗?"

医师说天主在上,他没有念叨过。

"你还说没有念叨?"布法尔马科反驳他说,"你再好好想一想!使者告诉我们,你浑身哆嗦,丢了魂似的。我们被你耍了一次,下次不会再上当了。这一次的账我们还要算。"

医师请他们原谅,求他们看在天主分上包涵,好话说尽,才使他们消了气。医师怕他们把他的丑事捅出去,比以前更讨好他们,招待他们吃喝。你们听了这个故事就明白,在波洛尼亚没有学会长进的人是怎样学到一点乖的。

十

一个西西里女人把巴勒莫商人的货款全部骗走,商人又运来一批假货,从她那里弄到了许多钱,给她留下海水和麻屑。

女王的故事惹得大家不时哈哈大笑,有十多次女郎们眼泪都笑出来了。女王讲完以后,狄奥内奥知道该轮到他了,便说道:

灵秀的女郎们,高明的骗子遇上更高明的对手,中了他设下的巧计,这种事情显然有趣得多。各位的故事都十分精彩,我现在要讲的更让你们叫绝,因为故事里那个手段高明的女骗子居然落进对手的圈套,结果比谁都惨。

沿海的港口城市以前都有一个惯例,现在可能还有,那就是客商贩货抵达时,先把货卸在海关堆栈,堆栈属当地会馆或长官府管辖。商人把货物名称和价格开具一份清单交给堆栈保管人,保管人则指点一个仓库堆放货物,仓库钥匙由货主掌握。然后保管人把商人申报的内容登上海关簿册,日后商人提出一部分或全部货物时凭册交纳税款。牙行捐客往往从海关簿册上了解到堆存货物的数量和质量，以此为根据进行兜售、过户、提货等业务。这种做法各处通行，西西里的巴勒莫也不例外。

再说巴勒莫有不少不正派的女人，容貌俏丽，打扮得珠光宝气，不知道她们底细的人还以为她们是富贵人家的太太小姐。她们打男人的主意，不是只占些小便宜，而是要剥掉他们一层皮，尤其是对外地商人。她们从海关簿册上探明他们运来什么货，能值多少钱，便在那些商人面前甜言蜜语，讨好奉承，使出软刀子宰人的浑身解数，骗取他们的大部分甚至全部货物，有时吃肉不吐骨头，连运货来的船只也吞没。

不久前，佛罗伦萨有个青年人奉主人之派来到巴勒莫。他名叫尼科洛·德·奇尼亚诺，但人们称他为萨拉巴埃托。他从萨莱诺贩来一批呢绒衣料，值五百金币。他向堆栈保管人交了清单，把呢绒存放在仓库里，不急于脱手，先进城游逛。萨拉巴埃托皮肤白皙，一头金发，身材挺拔，一个自称为扬科菲奥蕾夫人的软刀子女人打听到他的一些情况，盯上了他。那青年人也注意到了，以为她是位贵妇，自己的漂亮赢得了她的青睐，暗自盘算如何才能一亲芳泽。他不向任何人透露自己的心思，开始在她家门前徘徊。那女的注意到了他，一连好几天向他眉目传情，装出心痒难熬的样子，然后派一个善于牵线搭桥的使女悄悄地去找他。使女几乎含着眼泪对他说，他的风度和相貌使女主人神魂颠倒，日夜思念，如果他也有意，女主人迫切希望和他在一家浴室会面。使女说了这番话以后，从腰包里取出一枚指环，说是女主人托她转交的定情信物。萨拉巴埃托一听喜出望外，接过指环吻了又吻、戴在自己手上,对使女说,承蒙扬科菲奥蕾夫人看得起他,是他天大的福气,因为他爱她胜过自己的生命。只要她吩咐一声,他随时随地可以效力。

使女回报了女主人,随即又来通知萨拉巴埃托第二天什么时候,在哪一个浴室相会。他仍旧讳莫如深,不向任何人透露他的艳遇。到了约定的时间,他兴冲冲地赶到浴室,得悉那位夫人已经订好一个房间。过了不久,两个女仆款段而来,一个头上顶着一床华丽的大棉垫,另一个顶着装满各种吃用物品的篮子。她们把垫子放在浴室包房的卧榻上,铺好有条纹的绸床单,摊开一条雪白的塞浦路斯绫罗被子和一对精美的绣花枕头。接着,她们脱光衣服,下到浴池,把池壁池底擦洗得干干净净。再过一会儿,那位夫人带了另外两个女仆来到浴室,刚坐定就向萨拉巴埃托大献其媚,长吁短叹地诉说了她的相思之情,又是亲吻又是拥抱,缠绵了好久之后说:

"除了你以外我不知道还有哪个男人能使我如此动情。我的冤家啊,你在我灵魂里点起了一把火,简直要了我的命。"

接着,她吩咐女仆伺候他们沐浴,他们一对和两个女仆下了浴池。她亲自用麝香肥皂给萨拉巴埃托擦洗,再让两个女仆给她擦洗。另外两个女仆捧来雪白柔软、散发阵阵玫瑰香气的亚麻布浴巾,一个给萨拉巴埃托裹好,另一个给夫人裹好,然后簇拥着把他们扶上卧榻。他们身上的汗水收干以后,女仆们解开浴巾,从篮子里取出几个精致的银瓶,有的盛着素馨香水,有的盛着别的芬芳馥郁的混合香水,在他们赤裸的身上洒遍。女仆们从篮子里取出一些瓶瓶罐罐,两人吃了糖果,喝了美酒,精神更加焕发。萨拉巴埃托仿佛进了人间天堂,他

千百次盯着那位夫人的胴体,越看越觉得美丽。他巴望女仆
们快些退下,好让他扑进她怀里,这时每一刻好像比一百年还
长。夫人一声吩咐,女仆们终于走了,萨拉巴埃托赶紧搂住那
女的,她也抱住他。萨拉巴埃托欣喜若狂,她仿佛也爱得他要
发疯,两人绸缪缠绵了好久。那女的觉得该起来时,招呼女仆
进来,两人穿好衣服,又吃了一些糖果,喝了一些酒,消除了疲
劳,用芬芳的水洗了脸和手。那女的对萨拉巴埃托说:

"如果你不嫌弃我的话,今晚赏光来我家吃饭过夜,我会
感到莫大的荣幸。"

萨拉巴埃托已被那个女人的妖冶和狐媚弄得昏头昏脑,
自以为她身心投入地爱上了他,回说:

"夫人,你的一切愿望对我说来都是玉旨纶音,无论今晚
或以后,你的吩咐我无不从命。"

那女的回到家,吩咐仆人用她最好的帷幔和用具把卧室
布置得富丽堂皇,又准备了一顿丰盛的饭菜,等待萨拉巴埃托
到来。天刚擦黑,萨拉巴埃托就来了,受到殷勤招待,美美地
吃了一顿晚饭。进入卧室时立即闻到一股沁人心脾的沉香木
气味,见到床上挂着华丽的帐幔和塞浦路斯鸟①,衣架上挂着
奢华的服装。那种阔绰的排场和华丽的物品没有一样不使萨
拉巴埃托认为扬科菲奥蕾是位有钱有身份的贵妇人。他虽然
也听人说起她是骗子,但不愿相信;即使知道她骗过某些人,
也认为绝不会骗他。他和那女的快活了一夜,难分难舍。第
二天早晨,她送给他一条漂亮的银腰带和一个精美的腰包,对
他说:

---

① 这是一种挂在床柱上会发出悦耳声音的玩具鸟。

"我亲爱的萨拉巴埃托，这给你留个纪念。我的身子是你的，我所有的一切都由你支配。"

萨拉巴埃托心满意足，搂住她吻了好久才离开她家，前去商人碰头的场所了解市场行情。他一再去那女的家里玩耍，一文钱都不用他花，对她的爱情越来越炽烈。他运来的呢绒终于脱手，挣了不少利息，那女人从别的途径立刻得到了消息。

一天下午，萨拉巴埃托又去看那女人，她有说有笑，那副浪相仿佛真想死在他怀里才能了却三生相思债。事后，她一定要送他一对贵重的银杯，萨拉巴埃托再三推辞，因为他从她那里得到的礼物价值三十个金币都不止，而她连一个银币的礼物都不肯接受。她的多情和大方使他十分感动。这时候，一个女仆按照预先的布置来叫女主人。她出去了一会儿，再回来时面色惨变，扑在床上大哭起来，伤心透顶。萨拉巴埃托不知所措，把她抱在怀里，也哭了起来，边哭边问她：

"我的心肝，出了什么事？你为什么忽然伤心成这个样子？告诉我呀，我的宝贝。"

他再三央求，那女的才说：

"唉，亲爱的，我不知道该怎么办，也不知道该怎么说！我刚接到我的一个弟弟从墨西拿捎来的信，说是如果我不变卖或者抵押掉我的财产，在八天之内筹一千金币去赎他，他肯定要掉脑袋。我不知道怎么才能筹到这笔款子，假如给我十五天时间，我还可以到外地去筹到比这更多的钱，或者卖掉我的一注产业。可是八天的时间太紧迫了，我接到这个坏消息而束手无策，不如死了省心。"

她显得非常伤心，哭个不停。迷恋上她的萨拉巴埃托毫

不起疑,以为那女人的眼泪出自真情,她说的话更不会假,说道:

"夫人,如果你在十五天之内能筹到款子,我虽然拿不出一千金币救你的急,但可以借给你五百。幸亏我昨天把货卖了,不然我连一个金币都拿不出来。"

"哎呀!"她说,"难道你缺钱花? 你干吗不早说? 我虽然没有一千金币,但一百二百还是可以给你的。你对我还这么见外,我怎么好意思让你借钱给我呢?"

萨拉巴埃托一听这话急了,赶忙说:

"夫人,千万别这么说,如果我遇到你今天这样的急事,也会向你开口借钱的。"

"哎,我的萨拉巴埃托!"夫人说,"你不等我开口,豪爽地把这么多的钱拿出来救我的急,更使我看清了你爱我的真心。即使没有这件事,我已经是你的人,经过这件事之后,我对你更是死心塌地了。你救了我弟弟一命,我永远忘不了你的恩情。可是天主在上,我真不愿意拿你的钱,因为你是商人,商人的钱需要周转。不过情况紧急,好在我有把握很快就能奉还,我就同意收下。如果我不能很快筹到钱,变卖家产也不能失信。"

她眼泪汪汪地伏在萨拉巴埃托的胸口。他百般安慰她,当天又在她家过夜。为了表示他的诚意,第二天主动取了五百金币送来,她如数收下,眼里噙着泪,心里却在笑。

萨拉巴埃托只凭她一句话,没有要她写字据。那女的拿到钱之后,态度开始转变,以前萨拉巴埃托想去她家,她随时都欢迎,现在却找出种种借口推三阻四,七回中间有六回给他吃了闭门羹,脸色也越来越不好看,迎送越来越冷淡。过了一个月、两个月，萨拉巴埃托不见她还钱，只听到几句空话，开始悟出那婆娘的奸计和自己的轻率。当初给她钱时没有字据，也没有证人。他吃了哑巴亏，又不敢同别人商量，因为当初没有向任何人提过此事，现在说出来只能招人耻笑，他痛恨自己的愚蠢。他的主人一再来信，要他售出货物，把钱汇回，他无钱可汇，为了隐瞒他的失误，他决定离开巴勒莫，乘了一条小船，不是去他应去的比萨，而是前往那不勒斯。我们的一个佛罗伦萨老乡，当过君士坦丁堡女皇的财务官的彼得罗·德·卡尼亚诺，住在那不勒斯。此人聪明绝顶，足智多谋，和萨拉巴埃托是世交。正由于他足智多谋，萨拉巴埃托把自己的麻烦事向他和盘托出，说自己无颜回佛罗伦萨，请他帮忙出出主意，维持生计。卡尼亚诺对他的遭遇深表同情，说道：

"这件事你做得大错特错，没法向你的主人交代，在女人身上一下子花这么多钱也太荒唐了，可是后悔有什么用？事已如此，得想个补救办法。"

他不愧是个聪明人，沉吟片刻，想出一个主意，告诉了萨拉巴埃托。萨拉巴埃托连连叫好，立即按计行事。他身边还剩一点钱，卡尼亚诺再借给他一些，他准备了许多呢绒包装，捆扎得整整齐齐，还买了二十个盛油的木桶灌满，装上船，又去巴勒莫。他向海关申报了呢绒包和油桶的数量以及价值，登记造册，存在仓库里，说是要等别的货物运到时才出售。扬科菲奥蕾得知后，打听到这批货物至少值两千金币，后一批要超过三千金币。她觉得上次收获不多，决定放长线钓大鱼，先把五百金币还给萨拉巴埃托，以便从五千金币里捞一大笔。她派人把萨拉巴埃托请来，这次他不怀好意地来看她了。她假装不知道他运来什么货物，盛情接待了他，对他说：

"上次我没有如期把钱还你,你该生我的气了吧……"

萨拉巴埃托笑着说:

"老实说,夫人,我有点不高兴。其实,只要你开一声口,别说是钱,即使要我把心掏出来,我也绝不会皱眉头。你问我是不是生你的气吗?我告诉你吧,我实在太爱你了,这次变卖了大部分产业,办了两千金币的货,还有一批三千金币的货随后从西部运到。我打算在这里开一家商行,长住下来,和你近一些,因为我相信没有另一个男人比我更需要你的爱情。"

那女的回说:

"萨拉巴埃托,你的安排太让我高兴了,我爱你胜过爱我自己的生命。你有长期居留的打算再好不过,我也很想和你重温旧梦。你离去之前有几次来看我没有看到,还有几次看到了我,我没能像平时那样让你满意,更不应该的是我没有如期归还你的钱,这一切都得求你原谅。可是你明白,当时我万分焦急。处于我当时情况下,女人对一个男人爱得再深也拿不出好脸色,不能尽心尽意地伺候她心爱的人。你当然也明白,一个女人要筹措一千金币多么不易,人家答应她的话不算数,她的承诺也就不能兑现。我之所以没有把钱还给你,正是这个原因。你走后不久,我拿到了钱。假如我知道你的地址,我也就给你汇去了。可是我不知道,只好暂时替你保存在这里。"

她吩咐使女把钱袋拿来,里面就是他原先的五百金币,交给他说:

"你点点数,是不是五百。"

萨拉巴埃托暗自高兴,数了一遍,一个不缺,回答说:

"夫人,我知道你是言而有信的人。凭这一点以及凭我对你的爱情,我郑重声明,今后你要用钱的时候尽管吩咐,我随时可以给你,反正我要在这里长住下去,你可以看到。"

他们言归于好,萨拉巴埃托重新和她来住,她曲意逢迎,尽力讨他欢心。萨拉巴埃托吃了一次亏,精心设下圈套,要惩罚她。一天,她请他去吃晚饭,在她家过夜。他来时垂头丧气,一副心事重重的样子。扬科菲奥蕾搂他吻他之后,想知道他为什么发愁。经过再三追问,他才说:

"唉,我等候的那条船和我的一批货被摩纳哥海盗掳去了,他们要一万金币的赎金,我名下摊到一千金币。你上次还给我的五百金币,我随即汇到那不勒斯买了一批呢绒运来。我如果急于脱手这里的货物,买主杀价,只能卖个对折,而我在这里交游还不广,找不到帮我忙的朋友。如果缴不出赎金,连船带货就要给拖到摩纳哥,再也没有希望了。"

那女的听了很着急,因为她认为遭受损失的是她自己,她要设法保住那些货物,不能给掳到摩纳哥去,说道:

"天主知道我多么爱你,为你难过,但是难过有什么用?假如我有这笔钱,天主知道我马上就借给你,可我没有。不过我认识一个放债的人,上次我缺五百金币就是向他借的,但要三角的高利。向他借钱还需要充分的抵押,我可以拿我的全部财产和信誉担保,不足部分你用什么担保呢?"

萨拉巴埃托看透了那女人帮忙的动机,猜到放债的人正是她自己,正中他下怀。他向她表示感谢,说是情况紧迫,利息再高也顾不得了,他可以拿存在海关堆栈的货物作抵,过户给放债的人,钥匙仍由他保管,以便带人看货,并且防止别人碰动或者掉仓。那女的说他考虑周到,抵押品可靠,便找了一个她信得过的掮客,谈了这笔交易,交给他一千金币,让他出面借给萨拉巴埃托,把萨拉巴埃托存在堆栈的全部货物过户在他名下。借据、过户文书等一切手续都办齐全。萨拉巴埃托带了一千五百金币乘船前往那不勒斯,见了彼得罗·德·卡尼亚诺,把呢绒货款汇到佛罗伦萨,还清了卡尼亚诺和别人借给他的钱,和卡尼亚诺谈起那个西西里女骗子上当受骗的事乐不可支。随后,他买卖也不做了,迁到费拉拉。

扬科菲奥蕾发现萨拉巴埃托不在巴勒莫,先是有点奇怪,后来起了疑心,等了两个多月还不见他露面,便让掮客打开仓库。他们本来以为木桶里装的是油,结果发现全是海水,只是上面浮着一层薄薄的油。呢绒包除了两件是真货以外,其余都是麻屑,全部货物不值二百金币。扬科菲奥蕾傻了眼,后悔不该归还那五百金币,更不该借出一千。她哭了好久,一再说:"同托斯卡纳人打交道,眼睛不擦亮可不行。"她害人反而害了自己,懂得了螳螂捕蝉黄雀在后这句谚语的含义。

狄奥内奥讲完以后,劳蕾塔知道她的任期已经结束,赞扬了彼得罗·德·卡尼亚诺出的主意果然高明,萨拉巴埃托执行得也出色。她摘下桂冠,加在艾米莉娅头上,娴雅地说:

"我不了解我们女王的才略,但她的美丽是有目共睹的。希望你的政绩和美貌相得益彰。"

说罢,她回到自己的座位。

女人最爱听人夸她美丽,艾米莉娅脸上泛起红晕,仿佛朝霞中吐放的玫瑰,倒不是因为当上了女王,而是因为当众受到赞美。她垂下目光,羞涩消退之后,把总管找来,安排了有关饮食起居的事,对大家说:

"可爱的女郎们,我们都知道牛在轭下辛苦了一天之后,总要松开套,让它们到林子里自由自在地吃草。我们也知道,繁花似锦的花园比长着一色圣栎树的林子要优美得多。我认为我们按一定的主题讲了几天故事,有必要休息一下,以便恢复精力再套上轭去干新的活儿。因此,我建议各位明天讲故事不必限于某个特殊的主题,而是各行其是,爱讲什么就讲什么。我坚信丰富多彩的题材会比单一的有趣。继我之后行施王权的人再回到例行的规则上来就更得心应手了。"

女王说了这番话,让大家自由活动,晚饭时再集合。

大家称赞女王的决定明智而有新意,纷纷离座寻找消遣。女郎们编织花环嬉闹,青年们唱歌玩乐。开饭时大家围坐在优美的喷泉旁边愉快地吃了一顿,饭后仍像往常那样唱歌跳舞。大多数随自己兴之所至唱了几支歌。最后,女王按照前任的惯例吩咐潘菲洛再唱一支,潘菲洛也不推辞,唱道:

> 爱情啊,
> 你给我带来欢乐,
> 我在你的烈焰中感到幸福。

> 爱情在我心中
> 激起无限欢乐
> 和崇高的幸福,
> 充满了我的胸膛,
> 洋溢在我的脸上,
> 使我的喜悦熠熠闪烁;
> 我所爱的人雍容华贵,
> 不由得使我迷恋陶醉,
> 在烈焰中百死而不悔。

爱情啊,我的幸福,
不是歌声所能抒发,
也不是言语所能表达;
即便能够,我也要把它埋在心底,
一旦吐露,会引起无谓的烦恼;
我的歌声苍白无力,
和我的心情很不相称,
不能把我的满腔喜悦
形容于万一。

我自问平生何幸
竟能有这般福分,
有谁能料到
她会投入我的怀抱?
有谁能料到
我们耳鬓厮磨,两心相好?
不,谁都不会相信,
我要把这温馨藏在心底,
尽情受用,细细回味。

　　潘菲洛唱歌时,大家屏声静气,但没有一个人猜出歌词指
的是谁。尽管纷纷揣摩,谁都不知真情。女王等他唱完,注意
到大家都有倦意,吩咐各自回去休息。

《十日谈》的第八天已经结束,第九天由此开始。在女王艾米莉娅的主持下,大家讲了各自喜爱的故事。

曙光驱散了黑夜,深蓝色的八重天①转为淡青,草地上的花朵开始吐放,艾米莉娅起身,吩咐仆人叫醒女伴和青年。他们到齐后,跟随着女王缓步走到离别墅不远的一个小树林。由于瘟疫流行,近来没有人进林子打猎,那些山羊、麋鹿和别的动物仿佛已经驯服,见了生人并不躲避。他们上前抚摩,惹得那些动物奔跑跳跃,大家玩得很高兴。太阳升高,该是回去的时候了,他们头上戴着用圣栎树叶编的冠饰,手里捧着芳草鲜花,一副无忧无虑的样子,见到的人都会说他们不是庆幸劫后余生,便是乐天知命,把生死置之度外。那些男女青年唱着歌,有说有笑,络绎回到别墅,看到一切都安排就绪,仆人们春风满面在旁迎候。大家休息片刻,进餐前唱了六七支歌,一支比一支动听,然后洗了手,由总管带引一一就座,上了菜肴,大家吃得十分欢畅。饭后,有的唱歌,有的跳舞,女王吩咐想休息的人可以去午睡。到了约定的时刻,大家来到平时讲故事的地方。女王转向菲洛梅娜,让她牵头。菲洛梅娜微微一笑,开口说:

~~~~~~~~~~

① 中世纪通行的托勒密天文学说认为地球是宇宙的中心,固定不动的地球外层有九重天,一至七重是月球、水星、金星、太阳、火星、木星、土星等行星运行的范围,八重天为恒星所占,九重天是透明的水晶球。

一

里努乔和亚历山德罗两人追求寡妇弗兰
切斯卡，她都不中意，叫一个假扮死人躺进墓
室，又叫另一个去把他抬出来。两人没完成
任务，寡妇摆脱了他们的纠缠。

女王陛下，在今天这个不限主题随意叙说的故事会上，蒙
陛下命我牵头先讲，我感到十分荣幸。如果我能开一个好头，
继我之后的人肯定会讲好，并且比我更好。

可爱的女郎们，我们在以前的故事中多次表明爱情的力
量有多么伟大，我认为爱情的主题取之不尽，即使讲它一年都
讲不完。爱情不仅能使热恋中的人视死如归，甚至能使他们
进入死者的墓室。你们从我的故事里可以看到爱情的巨大力
量，以及一个聪明的女人如何摆脱两个追求她而遭她厌恶的
男人的纠缠。

我说的是两个佛罗伦萨人，一个名叫里努乔·帕莱尔米
尼，另一个叫亚历山德罗·德·基亚尔蒙泰西。他们由于教
皇和国王之间的权力之争受到牵连，被放逐到皮斯托亚城。
两人互不认识，但都热烈地爱上当地一位美貌绝伦的寡妇，各
自用尽心计要获得她的爱情。寡妇名叫弗兰切斯卡·德·拉
扎里，开头不疑有他，给他们看了一点好脸色。两人忘乎所
以，不断地托人捎信或者当面求爱，没完没了地跟她纠缠。她
一直在琢磨，终于想出一个摆脱这种局面而不结怨的主意，那

就是请两人做一件估计他们都不肯做的事。一经他们拒绝，她就有充分的理由不再理睬他们的请求了。她怎么会想出那个主意，这里需要做些解释。那天皮斯托亚死了一个人，死者虽然出身贵族，但声名狼藉，非但在本城，就是在全世界也算得上最卑劣的。此外，他生前身体畸形，相貌丑陋无比，不认识他的人乍一见他都会吓一大跳。那人葬在圣方济各派修士院外的墓地。弗兰切斯卡认为这个情况对她很有帮助。她对一个使女说：

"你知道那两个佛罗伦萨人，里努乔和亚历山德罗，每天给我捎话带信，叫我腻烦透顶。我根本不会答应他们和我相好的要求，决定要让他们死了这条心。他们信誓旦旦，说是愿意为我做这做那。我打算试探他们一下，让他们做一件他们绝对不肯做的事，这样我就可以摆脱他们的纠缠了。你听听我的计划。你知道斯坎纳迪奥今天早上给葬在圣方济各派修士的墓地里。那个丑八怪别说是死了，即使活着的时候，城里胆子最大的人见了他都会心惊肉跳。你悄悄地去找亚历山德罗，对他说：'弗兰切斯卡夫人派我通知你，你朝思暮想要和她相好，现在机会来了。只要你答应，我马上告诉你她的条件，你就可以如愿以偿。出于你以后自会知道的某种原因，夫人的一个亲戚今晚要把上午埋葬的斯坎纳迪奥的尸体弄到她家去。那人虽然死了，夫人仍旧害怕，不希望见到。因此求你帮她一个忙，今晚掌灯时到斯坎纳迪奥的墓室，换上他入殓时的衣服，像他那样躺着别动，等人来抬你。那时你千万别出声，也别动弹，让他们把你抬到夫人家，她会在家里等着你，你就有机会和她成其好事，事后你回自己家，别的你不用管。'假如他说愿意干，当然最好；假如说不愿意，你就替我说，以后休要再来找我，也不要托人捎话了，否则别怪我不客气。这之后，你再去找里努乔·帕莱尔米尼，对他说：'弗兰切斯卡夫人说她可以满足你的欲望，但你得先帮她一个忙，也就是今天半夜你进到斯坎纳迪奥的墓室，不管听到什么，感觉到什么，千万别开口，只要悄悄把尸体弄出来，扛到我们家，你自会明白她要这有什么用。到那时候，你就可以和她快活了。假如你不愿意，以后别想再给她捎话带信。'"

使女找到他们，分别传达了夫人嘱咐的话。两人回答说，只要是夫人的吩咐，休说是墓室，即使是下地狱，他们也在所不辞。使女把答复告诉了夫人，她等着瞧两人会不会痴到履行他们的诺言的程度。

到了晚上掌灯的时候，亚历山德罗只穿了一件紧身内衣，离开自己的家去墓地顶替斯坎纳迪奥。他一面走，心里一面发怵，暗忖道："唉，我多么愚蠢！我这是去哪里呀？谁知道是不是那女人的亲戚识破了我在打她的主意，逼她设下这个圈套，以便在墓地里把我杀掉？真出了这种事我可要遭殃，死得不明不白，谁都不会知道。是不是我的情敌布下这个计谋，要灭了我，除掉一个竞争对手？"他接着又想："话又说回来，也许两种假设都不对，她的亲戚确实想把我弄到她家。他们总不至于要斯坎纳迪奥的尸体，或者把它放到她怀里去吧。准是他们以前吃过他的亏，现在拿他的尸体来搞什么名堂。使女叮嘱我不论听到什么都不能出声。假如他们抠我的眼睛，拔光我的牙齿，或者在我身上干别的勾当，难道我也不能出声？难道我挺得住？假如我开口说话，会被他们认出，也得遭殃。即使不遭殃，他们也不会把我抬到那女人的家里,她就可以说我没有完成任务,让我白辛苦。"

他这么胡思乱想,差点改变原意,扭头回家。但他的痴情以相反的理由和巨大的力量推动他往前走,一直到了墓地。他打开墓室进去,剥下斯坎纳迪奥的衣服自己穿上,盖好石板,躺在尸体原先所在的地方。这时他开始思索死者是怎样一个人,回想起听人说过的夜晚发生在死人墓葬以及别处的可怕的事情,越想越怕,毛发都竖了起来,仿佛斯坎纳迪奥随时都会爬起来割断他的喉咙。但他靠炽烈爱情的支持,压下这些可怕的念头,像死人似的躺着不动,听天由命。

里努乔等到午夜时分,出门去干夫人嘱咐的事情。一路上他思潮起伏,想着种种可能发生的事情,比如说,他扛着斯坎纳迪奥的尸体被官府的巡夜士兵撞上,难免不给当成盗尸的男巫被判处火刑。死者的家属如果知道了,还会找他拼命。他越想越怕,几乎要撒手不干。但他打起精神暗忖道:"我所爱的那位太太初次求我办事,我哪能回绝?何况办成之后能博得她的欢心?我既然答应了她,即使豁出性命也得干。"

他继续前行,到了墓地,费了不少劲才打开墓室。亚历山德罗听到动静,吓得不敢作声。里努乔进来后,把亚历山德罗当成是斯坎纳迪奥的尸体,抓住两脚就往外拖,也不细看,扛在肩上就朝夫人家走去,在街角或者墙上有突出的地方磕磕碰碰。

里努乔快到弗兰切斯卡家时,夫人和使女二人正在窗口看他是不是把亚历山德罗扛来,恰好巡夜的士兵埋伏在附近要抓一个强盗,他们觉察到里努乔沉重的脚步声,便点燃火把,好看清来人,以决定朝哪个方向追捕。他们挥舞着盾牌和长矛高声喊道:"是谁?"里努乔听到吆喝,惊吓之下来不及思索,扔下亚历山德罗,撒腿就逃。穿着尸衣的亚历山德罗一骨碌爬起来,也开始奔跑。

弗兰切斯卡夫人借士兵的火把亮光已经看清把亚历山德罗扛在肩上的里努乔,也看清了穿着斯坎纳迪奥入殓衣服的亚历山德罗,两人的大胆使她感到意外,但看到亚历山德罗摔在地上爬起来逃跑的狼狈相不禁好笑。她觉得这件事有趣极了,赞美天主帮她从此摆脱了那两人的纠缠。她回到卧室和使女议论,说那两个人肯定非常爱慕她,居然不折不扣地执行了她的吩咐。

里努乔逃脱后没有立即回家,他诅咒自己的坏运气。等士兵们离开后,他回到扔下亚历山德罗的地点,想找到尸体再去夫人家邀赏,可是遍找无着,心想大概是士兵们抬走了,只得垂头丧气地回家。亚历山德罗不知扛他的人是谁,也不知下一步该怎么办,沮丧万分,也回家去了。

第二天早上,人们发现斯坎纳迪奥的墓室洞开,尸体却不见了,因为亚历山德罗把它塞进墓道深处。皮斯托亚全城沸沸扬扬,说是此人生前无恶不作,因此给魔鬼摄去了。这两个多情种子分别向夫人申说他们做了些什么,后来又出了什么事,任务没有全面完成不能怪他们,请求夫人开恩见怜。但夫人佯装不信他们的话,既然请他们办的事没有办到,不愿理睬他们了,从而一劳永逸地摆脱了他们的纠缠。

二

女修道院院长接到密告，匆匆起身去捉
修女的奸。院长本人和神父在床上，黑灯瞎
火把神父的短裤当成头巾。被告发的修女指
出院长头上有异，院长不再追究，让她恣意
作乐。

菲洛梅娜讲完了故事，大家称赞弗兰切斯卡夫人招数
高明，轻易摆脱了她所不爱的男人的纠缠，并且认为那两个
多情汉的大胆行为够不上痴情，只能算是疯狂。女王和颜
悦色地对艾莉莎说："艾莉莎，你接着讲吧。"艾莉莎于是
说道：

亲爱的女郎们，弗兰切斯卡夫人排除干扰的计谋确实
巧妙，我知道有个年轻的修女，一方面固然是吉星高照，另
一方面也是凭一句机智的话逃脱了迫在眉睫的危险。各位
知道，有许多人虽然愚不可及，却自以为是，动辄教训别人，
有时候命运给了他们应得的惩罚。我要讲的故事就说明了
这一点，具体说是讲一个女修道院院长，那个年轻的修女就
归她管。

伦巴第有座遐迩闻名的圣洁虔诚的修道院，里面有个年
轻的修女，名叫伊莎贝塔，她出身贵族，长得花容月貌。一天，
她在修道院里隔着栅栏接见亲戚时，竟对陪同亲戚前来的一
个青年人一见钟情，爱上了他。那青年发现她风致韵绝，产生

了强烈的欲望,也爱上了她,但两人在很长一段时间里没有机会如愿以偿。

既然双方都有意思,那青年终于找到一条进入修道院的隐秘通道,和他爱慕的修女见了面。从此两人多次幽会,相得甚欢。日子一长,难免出些纰漏。一天晚上,青年人从情人屋里出来时被另一个修女瞥见,他们两人却没有觉察。发现秘密的修女告诉了几个女伴,她们本想到院长面前去告发,院长名叫乌辛巴尔达,在修女们和许多认识院长的人眼里是个圣洁端庄的女人。商量下来,她们认为最好趁伊莎贝塔和那青年在床上的时候让院长当场捉住他们,免得他们抵赖。修女们为了掌握真凭实据,先不露声色,暗地里做了布置,轮流放哨守候,伊莎贝塔还蒙在鼓里。一晚,她把那青年接了进来,放哨的修女立即注意到了。到了后半夜,她们认为是时候了,分成两拨,一拨堵在伊莎贝塔房门外,另一拨跑到院长的卧室外敲门说:

"院长,赶快起来,我们发现伊莎贝塔屋里有个男人。"

那晚院长正好有一个神父做伴,院长和那个神父私通,经常让他藏在一个大箱子里给抬进修道院。她怕修女们情急之下把门硬推开闯进来,慌忙起床,也不敢点灯,摸黑匆匆穿上衣服,忙乱中抓到神父的短裤,以为是修女们用的那种百褶头巾,戴在头上就出来,随手锁好门,说道:

"那个该遭天主诅咒的小贱人在哪里?"

修女们热衷于整治伊莎贝塔,没有注意院长头上戴的是什么,簇拥着她来到伊莎贝塔的房间外面,七手八脚把门硬撞开,进屋后只见那一对情人在床上搂着。那两个人被突如其来的事情吓蒙了,一时反应不过来,不声不响,躺着不动。院长吩咐众修女把伊莎贝塔拖下床，带到大厅去训斥。青年人在屋里穿好衣服，等待事态发展。他打定主意，假如修女们伤害他的情人，他决不袖手旁观，必要时把她劫出修道院。

修女们虎视眈眈地盯着那违犯清规戒律的人，院长在大厅中间坐定，开始用最难听的话训斥伊莎贝塔，说她干了最可恨、最见不得人的丑事，坏了修道院圣洁高尚的名声。痛骂之后院长还威胁说非严惩不可。伊莎贝塔自知理亏，又羞愧又害怕，一声不吭。她的沉默引起了别的修女的同情，院长却越骂越来劲。伊莎贝塔偶一抬头，一眼看到院长头上的东西挂着扎裤管的带子来回晃荡，当即明白是怎么一回事，心平气和地说：

"院长，天主保佑，你先把头巾整整好，爱怎么骂我再骂吧。"

院长不明白她的意思，说道：

"什么头巾不头巾，小贱人？你居然还有脸和我开玩笑？你干出这等事来还有兴致打趣？"

"院长，我求你先扎好头巾的带子，然后爱怎么训我再训吧。"伊莎贝塔又说了一遍。

这时别的修女转过脸看院长，院长抬手摸摸头巾，和别的修女一样明白了伊莎贝塔的意思。她发现自己出了丑，众目睽睽无法搪塞，赶快随风转舵，一改刚才的口气，得出结论说，要抵制肉欲的冲动是不可能的，但是应该像她以前那样谨慎从事，大家不妨尽可能去找快活。她放了年轻的修女，自己回屋和神父继续睡觉，伊莎贝塔也回到情人怀里。以后尽管别的修女看得眼红，她仍经常把那青年接进来。没有情人的修女也各显神通,悄悄地寻求自己的机遇。

三

> 布鲁诺、布法尔马科和内洛怂恿西莫内
> 医师给卡兰德里诺看病时断定他怀了孕,卡
> 兰德里诺破财消灾,免了生育之苦。

艾莉莎讲完了故事,大家为那年轻的修女逢凶化吉、逃脱了妒忌她的同伴们的暗算而赞美天主。女王吩咐菲洛斯特拉托接着讲,他于是说道:

俊俏的女郎们,昨天我本想谈谈卡兰德里诺,后来讲了那个伤风败俗的马尔凯法官。关于卡兰德里诺及其伙伴的故事又多又有趣,虽然大家已经听过不少,我还是要把昨天想到的讲出来。

故事要提到的卡兰德里诺那伙人的情况大家都很熟悉,我不多啰唆。现在讲的是卡兰德里诺的一个伯母去世后留给他一些现钱,零零碎碎加起来有二百里拉。卡兰德里诺仿佛有了一万金币似的,逢人便说他打算购置一个庄园,找遍了佛罗伦萨的房地产经纪人,可是具体谈到价钱时交易就吹了。

布鲁诺和布法尔马科听到此事,多次对卡兰德里诺说,买田置地没有意思,不如和他们一起吃喝玩乐,把这笔钱花掉。但他们的劝说都不见效,休说大把大把地花钱,卡兰德里诺连一顿饭都不请他们吃。两人愤愤不平,一天遇到一个名叫内洛的画师,三人凑在一起合计怎么拿卡兰德里诺取乐。商量好了以后,立即付诸实施。他们守在卡兰德里诺家门外,等他

出来时,内洛先迎上前去招呼他说:

"早上好,卡兰德里诺。"

卡兰德里诺回答说愿天主保佑他万事如意。接着,内洛退后一步,盯着卡兰德里诺的脸左看右看,卡兰德里诺给看得莫名其妙,问道:

"你看什么呀?"

"昨晚你没有觉得不舒服吧?我看你的脸色不对劲。"内洛诧异地说。

卡兰德里诺有点惊慌:"哎呀!我脸色不对劲吗?"

"说不上不对劲,不过我总觉得你的模样变了。但愿没事最好。"内洛说着自顾自走开。

卡兰德里诺继续走去,虽然没有任何自觉症状,但被他说得惴惴不安。守候在附近的布法尔马科见他和内洛分了手,便迎上前去招呼他,又问他是不是感到异样。卡兰德里诺回答说:

"我说不清楚,刚才内洛说我模样变了。难道我有什么不对劲的地方吗?"

"岂止是不对劲。你看上去像是个要死的人!"卡兰德里诺顿时觉得自己在发烧。这时候,布鲁诺又迎上来,见面第一句话就说:"卡兰德里诺,瞧你的脸色!简直像死人!你觉得不舒服吗?"

卡兰德里诺听谁都这么说,认为自己确实病得不轻。他颓丧地问道:"我该怎么办呢?"

布鲁诺说:"我认为你最好马上回家,躺在床上,把身子盖得严严实实,然后派人把你的小便送到西莫内医师那儿请他检查,你知道他是我们的好朋友。他会告诉你该怎么办,到时候我们再看，需要做什么我们尽力帮忙。"

这时内洛趓来和他们一起护送卡兰德里诺回家。卡兰德里诺困顿不堪，倒在床上对妻子说：

"你快来替我把被子盖好，我难受极了。"

他躺下后，派了一个小使女把尿液给西莫内医师送去。当时西莫内的诊所在旧市场，门口有一块画着西瓜的招牌。

布鲁诺对两个伙伴说：

"你们在这里陪他，我去听听医师的意见，必要时把他请来。"

卡兰德里诺说：

"去吧，我的好伙伴，医师怎么说可别瞒着我，我现在觉得肚子里翻腾得慌。"

布鲁诺赶在小使女前头到了西莫内医师诊所，把他们的恶作剧讲给医师听。这时小使女来了，医师对她说：

"你回去告诉卡兰德里诺，被子盖严实，我马上就去，当面解释他的病情，告诉他该怎么办。"

使女走了。医师和布鲁诺随后也来到。医师坐在床边给病人诊脉，过了片刻，当着病人妻子的面说：

"卡兰德里诺，作为朋友，我实话实说，你没有病，只是怀了孕。"

卡兰德里诺一听这话仿佛五雷轰顶，痛苦地嚷道：

"这怎么得了！泰莎，全怪你，你总是喜欢趴在上面。我早就对你说过，要坏事的。"

那女的本来害羞，听丈夫说出这种话，臊得满脸通红，一声不吭溜了出去。卡兰德里诺还在叫苦：

"哎呀！我怎么办呢？我哪会生孩子？孩子从哪里出来

呢?那婆娘太可恨了,我的性命要坏在她手里。但愿天主重重罚她,我才解气。假如我不病成这副模样,我真想起来揍得她体无完肤。我再也不让她趴在上面。假如我逃过这次难关,以后死也不让她胡来。"

布鲁诺、布法尔马科和内洛听了卡兰德里诺的话,好不容易才忍住没笑。西莫内医师却笑得牙齿都要掉了。卡兰德里诺求医师想办法帮他一把,医师说:

"卡兰德里诺,你别着急。天主保佑,既然查出了病因,我向你保证不出几天就可以把胎打下来,并不费事。不过你得破费一点。"

卡兰德里诺说:

"当然,大夫,看在天主分上你快打吧。我有二百里拉,本来想买一个庄园,只要不生孩子,把二百里拉全花掉,我也心甘情愿。妇女有生孩子的产道,分娩时我听她们还大叫大喊。我没有她们的条件,孩子还没有娩出,我肯定先痛死了,真不知如何是好。"

医师说:

"别担心。我替你配一剂好药,味道不坏,不出三天保你恢复正常,和好人一样。不过以后你得注意,别干傻事了。那剂药需用三对肥鸡和一些别的配料,你给他们五个里拉,请他们配齐连同肥鸡一起送到我的诊所,我配好明天给你送来。每次喝一大杯。"

卡兰德里诺说:"大夫,那就拜托了。"

他给了布鲁诺买配料的五个里拉和买三对鸡的钱,求布鲁诺费心代劳。

布鲁诺买了聚餐所需的鸡和其他食品,同医师和他的伙伴们大吃了一顿。医师在诊所的药剂室配制了一些加香精的糖水,给卡兰德里诺连喝了三天。医师等人又去探视病人,给他诊了脉,说道:

"卡兰德里诺,你完全好了,安心去干活吧,不必再卧床休息了。"

卡兰德里诺霍然而愈,去干他的营生,逢人便夸西莫内医师医道高明,三天之内打掉了他的胎,毫无痛苦。布鲁诺、布法尔马科和内洛略施小计,捉弄了不肯破费请客的卡兰德里诺。泰莎却认为其中有诈,很生她丈夫的气。

四

切科·福尔塔里戈嗜赌如命,输掉了自己的钱和衣服之后把朋友的钱也输光。他穿着单衬衣跟在朋友的马后奔跑,嚷着说遭了抢劫。村民拦住骑马人,夺下他的衣服和坐骑给切科,让他穿着单衬衣在马后奔跑。

大家听了卡兰德里诺责怪妻子的话笑得前仰后合,菲洛斯特拉托讲完以后,内菲莱奉女王之命讲道:

可敬的女郎们,"言多必失"这句话很有道理。多言多语非但不能显示智慧和优点,反而容易暴露愚蠢和缺点,卡兰德里诺就是明证。他受到愚弄,以为得了并不存在的怪病,即使治病心切也不必把他妻子秘密的乐趣公之于众。这叫我想起一个完全相反的情况,也就是狡诈胜过了正直,正直的人吃了大亏，现在我就讲给各位听听。

不久以前，锡耶纳地方有两个年龄相仿，同名切科的人，一个姓安朱列里，另一个姓福尔塔里戈。两人在许多方面都格格不入，但在憎恨父亲这一点上却有共同点，因此交上了朋友。安朱列里仪表堂堂，举止文雅，觉得靠父亲的津贴在锡耶纳生活很不舒畅，听说他的一个好朋友新近受教皇的委派担任安科纳地区的红衣主教，决定前去投奔，以期改善自己的境况。他请求父亲一次给他六个月的津贴，让他添置服装马匹以壮行色。

安朱列里出门远行想找个侍从，福尔塔里戈得知后立即求安朱列里把他带去，说是他愿意充当仆人，只要管饭，工资可以不拿。安朱列里说不想带他去，倒不是因为他不会干仆人的各项工作，而是因为他嗜赌如命，有时候还贪杯醉酒。福尔塔里戈说这两个缺点他都可以改掉，而且指天画地，赌咒发誓，终于把安朱列里缠得同意了。一天早晨，主仆二人出发，一路走去，到邦孔文托停下打尖。饭后天气很热，安朱列里吩咐福尔塔里戈在客栈给他安排一张卧榻午睡，帮他脱下衣服，又叮嘱在午后祈祷钟声敲响时把他叫醒赶路。

安朱列里睡下以后，福尔塔里戈去到一家酒店，几杯下肚就和酒店里的人赌起钱来，不大工夫已把身边的钱和身上的衣服统统输光，只剩衬衫衬裤。他输红了眼，只想翻本，回到客栈，见安朱列里睡得很香，便把他的钱包掏空，去酒店再赌，结果也输个精光。安朱列里醒来以后穿好衣服，不见福尔塔里戈，猜想他多半像平时一样喝得醉醺醺的找个地方睡着了。他一气之下决意甩下福尔塔里戈不管，吩咐客栈主人替他备鞍，打算到了科西尼亚诺另找一个仆人。他准备结账时，发现钱包里空空如也,当即大吵大闹,说是客栈里的人偷了他的钱,要把他们统统扭送锡耶纳官府。这时,福尔塔里戈穿着单衬衫回来,像刚才掏安朱列里的钱包那样,这次是想把衣服也偷去当赌本。他看见安朱列里整装待发,赶紧说:

"这是怎么回事,安朱列里?我们这就动身?等一等,有个人马上就来,我把衣服抵给他换了三十八个苏尔多。如果现在还账,三十五个苏尔多就能赎回。"

这时果然来了一个人,安朱列里从那人的话里可以肯定偷钱的是福尔塔里戈,因为那人说的福尔塔里戈输掉的钱数和他被偷的钱数相符。安朱列里非常生气,破口大骂福尔塔里戈,如果不是怕犯王法,当场就想宰了他。安朱列里威胁说要告到锡耶纳官府,送他上绞刑架或者终身流放,然后跨上马准备出发。福尔塔里戈只当安朱列里不是骂他而是在骂别人,说道:

"安朱列里,这些话不解决问题,以后再说。现在先付三十五个苏尔多把衣服赎回来,拖到明天借钱给我的人就要三十八个苏尔多了。我听了他的话下了赌注,所以他对我特别照顾。我们何必不省下三个苏尔多呢?"

安朱列里听福尔塔里戈胡搅蛮缠,看到围观的人仿佛不信是福尔塔里戈偷了他的钱,而是他欠了福尔塔里戈什么似的,发急说:

"你的衣服跟我有什么关系,你这个该绞死的东西?你先偷了我的钱去赌博,现在又缠住我胡说八道。"

福尔塔里戈说:"你为什么不让我省下三个苏尔多?难道你以为我对你已经没有用了吗?天主在上,你干吗这么着急?我们今晚能赶到托伦涅里。喂,快掏钱吧,要知道我在锡耶纳全城再也找不到那么合身的衣服了。不花三十八个苏尔多赎回来,四十个苏尔多都买不到呢。如果你不依我,你会害我两头吃亏的。"

安朱列里见那人偷了他的钱不以为耻,还没完没了地拿话来调侃他,气得不愿理睬,拨转马头朝托伦涅里跑去。这时福尔塔里戈想出一个刁钻的主意,穿着单衬衫跟在他后面和他唠叨衣服,一口气跑了两英里。安朱列里为了摆脱纠缠,策马快跑。这时候,福尔塔里戈见到路边地里有几个庄稼汉在干活儿,忽然大喊起来:"抓住他,抓住他!"

庄稼汉以为骑马的人抢劫了那个穿着单衬衫在后面叫喊追赶的人,纷纷举起锄头铁锹跑过来拦住安朱列里的去路。安朱列里向他们解释事情原委,可是白费口舌。这时福尔塔里戈赶到,恶狠狠地说:

"不要脸的小偷,偷了我的东西逃跑,我真想宰了你。"

接着,他对庄稼汉们说:

"请各位评评理,这家伙在客栈赌博输光了自己的钱物,偷了我的衣服和坐骑,甩下我跑了。幸好天主保佑,各位仗义,我才能收回失物,我一辈子感激不尽。"

安朱列里竭力申辩,但谁都不信他的话。福尔塔里戈靠庄稼汉帮忙七手八脚把他拉下马,剥掉他的衣服,自己穿上,骑上马回到锡耶纳,逢人便说他赌钱赢了安朱列里的衣服和坐骑。

安朱列里本来指望风风光光地到教区去见红衣主教,结果落得身无分文,穿着单衬衫回到邦孔文托,无颜回锡耶纳。他向别人借了几件衣服,骑了福尔塔里戈的那匹驽马,找到科西尼亚诺的亲戚家,等待父亲接济。福尔塔里戈的奸计破坏了安朱列里的如意算盘,他当然不会善罢甘休,等待合适的时间和地点非报复不可。

五

卡兰德里诺看上一个年轻女人,布鲁诺
给他画了一道符箓,说是用它一碰那女人,就
可以任意摆布她。卡兰德里诺正要行事,妻
子赶到,闹得不可开交。

内菲莱的故事不长,讲完以后没有引起太多的哄笑和议
论,女王转向菲亚梅塔让她接着讲。菲亚梅塔欣然从命,开口
说道:

俊俏的女郎们,我相信你们都知道,任何题材,只要是在
适当的场合,谈得再多也不会使人腻烦。我们聚在这里的目
的无非是消遣娱乐。我认为,能让我们遣愁解闷的题材即使
以前谈过千百遍,只要时间和地点合适,再谈一次也是乐事。
卡兰德里诺的轶事已经讲过好几件了,正如菲洛斯特拉托所
说,每一件都十分有趣,我不揣冒昧还想讲一件。我如果不拘
泥于事实真相,很可以改编情节或者更换人物的姓名,但这一
来就削减了听故事人的兴趣,因此还是按事情的本来面貌如
实讲来。

佛罗伦萨有个富人,尼科洛·科纳基尼,在他的卡梅拉塔
庄园修建一座别墅,请布鲁诺和布法尔马科油漆装饰。由于
工作量很大,他们又请了内洛和卡兰德里诺帮忙。别墅的大
多数房间还没有布置,只有个别卧室有床和一些必要的家具,

整个别墅由一个老女仆照看。尼科洛有个儿子叫菲利波,年轻未婚,时常带女人来别墅作乐,留住一两天后再打发她走。一次,他带来一个名叫尼科洛莎的年轻女人,是卡马尔多利风化区曼焦内妓院的接客姑娘。

那姑娘衣着绮丽,有几分姿色,和干她那种营生的女人相比谈吐举止还算大方。一天中午,她穿着洁白的短衬裙,长发拢成一个髻盘在头顶,从卧室出来到院子里的井边打水,洗手洗脸。这时候卡兰德里诺正好也来打水,客气地招呼了她。她回答了招呼,多瞅了卡兰德里诺几眼,并没有别的原因,只觉得这个男人模样奇特。卡兰德里诺定神一看,发现她很美,想不出什么话可说,只是迷迷瞪瞪地盯着她傻瞅,既不打水,也不回到他伙伴那里去。她注意到那男人在瞅她,想撩拨他一下,于是连连瞟了他几眼,轻轻叹了一口气,引得卡兰德里诺心猿意马,顿时堕入情网。没多久,那女的听到菲利波叫唤,便回到卧室。卡兰德里诺回到工作地点,什么活儿也干不下去,老是叹气。布鲁诺平时一直在观察他的一举一动好拿他逗趣,注意到这情形,问道:

"你怎么啦,卡兰德里诺兄弟? 干吗老是叹气?"

卡兰德里诺回说:

"兄弟,有谁帮帮我就好了!"

"帮什么忙?"布鲁诺问道。

"这件事本来不该对任何人说,不过那里有个天仙般的姑娘对我很有意思。你也许认为难以想象,可是我打水时注意到了。"

"哎呀!"布鲁诺说,"莫不是菲利波的女人吧?"

卡兰德里诺说:

"多半是的,因为她一听菲利波叫唤就进了卧室,但这有什么关系?在这种事情上,休说是菲利波,哪怕是耶稣基督,我也只好对他不起了。实话告诉你,伙伴,那姑娘对我情深意长,你根本无法想象。"

布鲁诺说:

"伙伴,我去看看她究竟是谁,如果是菲利波的女人,我三言两语就可以把你的意思跟她说清楚,因为我和她很熟。可是我们无法瞒过布法尔马科呀。我同那女的一说话,他就会发现的。"

卡兰德里诺说:

"布法尔马科这头不用担心,我们要提防的是内洛,内洛是泰莎的亲戚,给他知道以后会坏事的。"

布鲁诺说:"你讲的有道理。"

其实布鲁诺早知道那女的是谁,他见到她来别墅,菲利波也向他提起过。卡兰德里诺丢下手头的活儿去张望那女的时,布鲁诺把这件事告诉了布法尔马科和内洛,三人当即商量好怎么处理这件风流案子。卡兰德里诺回来时,布鲁诺问道:

"见到她没有?"

卡兰德里诺说:

"见到了,她那惹人爱怜的模样真要我的命。"

布鲁诺说:

"我去看看她是不是我说的那个人,如果是,这件事包在我身上。"

布鲁诺找到菲利波和那女人,简单明了地向他们解释卡兰德里诺是什么样的人,和他们谈妥他们该做什么,说什么,怎么捉弄自作多情的卡兰德里诺。然后他回来对卡兰德里诺说：

"她正是我说的那个人,不过这件事要谨慎,万一给菲利波知道了,我们背上黑锅,跳进阿尔诺河都洗不清。我有机会同她单独谈话时,你有什么话要我转告?"

卡兰德里诺说：

"当然有! 你首先对她说我想在她的地里播一千升种子,再告诉她我是她的奴仆,愿为她效力。你明白我的意思吗?"

布鲁诺说：

"明白,明白;这件事交给我办好了。"

到了吃晚饭的时候,画师们收了工,来到菲利波和尼科洛莎所在的院子里,大家心照不宣,竭力促成卡兰德里诺的好事。卡兰德里诺朝尼科洛莎挤眉弄眼,丑相百出,连瞎子都能觉察出来。那女的从布鲁诺那里知道了他们要耍的把戏,使出浑身解数撩拨卡兰德里诺,见他那副猴急的模样暗自好笑。菲利波假装忙着和布法尔马科等人谈话,没有看见。过了一会儿,尽管卡兰德里诺很不情愿,画师们离开了别墅。在回佛罗伦萨的路上,布鲁诺对卡兰德里诺说：

"真有你的! 她见了你像冰块见了太阳似的化成了一摊水。如果你拿一把曼陀林对她唱几首情歌,她肯定会从窗口跳下来投入你的怀抱。"

卡兰德里诺说：

"好兄弟,你认为我应该把乐器拿来吗?"

"没错。"布鲁诺答道。

卡兰德里诺说：

"今天我告诉你那女的对我有意思时,你还不信呢。任何事我不干则已,干起来比谁都好。我能让那么美丽的女人对我一见钟情,还有谁能做到?换了那些毛头小伙子,整天在女的门口转悠,即使转悠上一年也捞不到半点好处。等我把曼陀林带来时,你再瞧吧!要明白,我并不像你想的那样老。她也明白,等她尝到我的甜头之后会更明白。我会玩得她服服帖帖,让她再也少不了我。"

"说得太对了,"布鲁诺说,"我似乎已经看到你的大板牙在啃她的樱桃小口和她玫瑰般的脸蛋,要把她整个吞下去了。"

卡兰德里诺听了这些话仿佛已经身历其境,跳跳蹦蹦,手舞足蹈,高兴得不得了。第二天,他捧着曼陀林,唱了几支歌,逗得大家直乐。他只想见到那女的,根本没有心思干活儿,一会儿去院子里,一会儿又到门口或者窗下。她则按照布鲁诺的计谋行事,若即若离,狡猾地吊他的胃口。布鲁诺替卡兰德里诺传话捎信,有时候代那女的回话。那女的不在别墅里的日子居多,他就给卡兰德里诺带信,信誓旦旦地表明她极想满足她情人的愿望,但目前她住在亲戚家,不便接待他。

在这件事上,布鲁诺和布法尔马科抓得很紧,不时以那女人的名义向卡兰德里诺要一把象牙梳子,一个小钱包,一把小刀或者别的玩意儿,给他捎来几枚不值钱的假金指环,把他乐得不知自己姓什么了。他们还让卡兰德里诺请他们大吃大喝,报答他们牵线的辛苦。他们这样把卡兰德里诺耍了两个月,没让他尝到一点甜头。卡兰德里诺眼看别墅里的活儿快结束,如果再不成好事,以后希望更加渺茫,于是开始催促布鲁诺。当时那女的正好在别墅,布鲁诺便同她和菲利波谈妥,然后对卡兰德里诺说:

"伙伴,那女的答应要满足你的要求,对我说过不止一千次,可是口惠而实不至,一直在耍你。如果你同意,我们不管她怎么说,非逼她就范不可。"

"当然同意,看在天主分上,赶快吧。"

布鲁诺说:

"我给你一道符箓,你有没有胆量用它去碰碰那女的?"

卡兰德里诺说:

"当然有。"

"那就好,"布鲁诺说,"你给我去找一块滩羊皮、一只活的蝙蝠、三撮香和一截教堂里用过的蜡烛,别的交给我办。"

当天晚上,卡兰德里诺想尽办法才抓到一只活蝙蝠,连同别的物品交给布鲁诺。布鲁诺躲在房间里在羊皮纸上乱写一通,还画了一些稀奇古怪的符号,拿给卡兰德里诺说:

"卡兰德里诺,你用这道符一碰那姑娘,她就身不由己跟你走,听你摆布。因此,你看准机会,趁菲利波不在那姑娘旁边时,凑上前去碰碰她,随后到附近的柴草间,那里谁都不会去,是最妥当的地方。你会看到她跟着你进去,那时候你爱干什么就干吧。"

卡兰德里诺心花怒放,接过符箓说:

"放心吧,我准能干好,伙伴。"

内洛和外人串通一气捉弄卡兰德里诺,在一旁暗暗好笑。他奉布鲁诺派遣赶回佛罗伦萨,找到卡兰德里诺的妻子,对她说:

"泰莎,你总不会忘记上次卡兰德里诺从穆尼奥内河捡了不少石子回来,无缘无故把你毒打一顿的事吧?我看了都有气。你自己不出这口恶气,亲戚朋友也不好替你出头。他现在搞上一个坏女人，时不时关上门一起鬼混。刚才两人约好幽会，我特地来告诉你，让你亲眼看看他们干的好事，教训他们一下。"

泰莎一听，觉得这件事不能掉以轻心，跳起来说：

"嘿，这个杀千刀的小贼！竟干出这种事来，看我不收拾他！"

她抄起披风，带了一个使女，跟着内洛匆匆前去别墅。布鲁诺老远就望见他们，对菲利波说：

"我们的朋友来了。"

菲利波到卡兰德里诺他们干活的地方招呼说：

"师傅们，我有事要去佛罗伦萨，各位多辛苦一点，好好干。"

他退到一个可以望见卡兰德里诺在干什么而自己不会被发现的地方隐蔽起来。

卡兰德里诺以为菲利波已走远，丢下手里的活儿来到院子里，发现尼科洛莎一人待着。她早知道该怎么办，显得异乎寻常地亲近，凑上前来，卡兰德里诺赶紧用那道符箓碰碰她。接着，他一言不发，朝柴草房走去，尼科洛莎乖乖地跟着他，进屋后顺手关好门，上前抱住卡兰德里诺，把他摔在草堆里，自己骑坐在他身上，仿佛想仔细瞅他似的，双手抵住他的肩膀，不让他亲自己的脸，说道：

"啊，我甜蜜的卡兰德里诺，我的心肝，我的灵魂，我的幸福，我的安宁，长久以来我多么想把你搂在怀里！你和煦的风吹拂了我的灵魂，你的曼陀林琴声撩拨了我的心。现在我和你在一起不是做梦吧？"

卡兰德里诺被她按在草堆上几乎动弹不得，他说：

"我甜蜜的宝贝,让我吻你吧。"

"你性子真急!让我先看看你,让我把你甜美的面貌看个够。"尼科洛莎说。

布鲁诺、布法尔马科和菲利波三人守在柴草房外面,卡兰德里诺挣扎着要亲尼科洛莎时,内洛领着泰莎赶到。内洛说:

"我向天主保证,他们准在里面。"

泰莎怒不可遏,猛地撞开柴草房门冲了进去,只见尼科洛莎跨在卡兰德里诺身上。那女的见她闯进屋,站起来一溜烟逃到菲利波那里去了。卡兰德里诺晚了一步,脱身不及,泰莎扑上来用指甲抓他的脸皮,揪住他的头发,把他推来搡去,破口大骂:

"你这条癞皮狗,居然背着我干这种事!你这个该死的老色鬼,你对得起我吗?自己家里的老婆还不够你受用,要到外面找野食?你那么一个窝囊废还想风流?你不掂掂自己有多少分量,想充好汉!你以为我不了解你吗?你这把干瘪的老骨头全搭上去也榨不出多少汁水!我现在明白了,上次你怀孕不能怪我泰莎,只能怪那个不要脸的骚货。不管她是谁,同你这种宝贝搞上的女人准不是好货,但愿天主重重罚她!"

卡兰德里诺见了自己的老婆吓得说不出话,也不敢还手。他的脸给抓破,头发一把把地拉掉,衣服撕碎。他捡起帽子爬起来,低三下四地求他老婆别大声嚷嚷,因为刚才和他在一起的是主人的女人,声张开来给主人知道,他免不了挨一顿毒打。

泰莎说:"挨打也是你自作自受!"

同菲利波和尼科洛莎在门外笑畅了的布鲁诺和布法尔马科这时假装闻声前来,费了不少口舌才劝住泰莎,又劝说卡兰德里诺赶快回佛罗伦萨,以后别再来了,因为这事给菲利波知道以后决不会放过他。卡兰德里诺遍体鳞伤,垂头丧气地回到佛罗伦萨,不敢再回别墅。他日夜受老婆数落,那段炽烈的爱情就此给冷水浇熄,却给他的伙伴、尼科洛莎和菲利波留下不少笑料。

六

两个青年在一户人家借宿,半夜里一个青年和主人的女儿睡到了一起,主人的妻子摸错地方,睡到另一个青年的床上。第一个青年错把主人当成伙伴,说出自己的艳遇。主人正要发作,他妻子赶快睡到女儿床上,几句话平息了事端。

卡兰德里诺的趣事总惹得大家笑痛肚皮,这次也不例外。笑声平息以后,女王吩咐潘菲洛接着讲,他说:

值得赞美的女郎们,卡兰德里诺爱上的那个女人名叫尼科洛莎,使我想起另一个也叫这个名字的姑娘的故事,现在讲给各位听听,从中可以看到一个贤惠的女人如何机智地避免了一场风波。

不久以前,穆尼奥内平原有个好人,家境贫寒,平时准备些茶水食品接待过往旅人,收取少许钱财。由于住房狭小,除了熟人之外,一般不留旅客住宿。他的妻子有几分姿色,生了两个孩子。大女儿十五六岁,出落得很标致,还没有婆家。小儿子刚满周岁，还在吃奶。城里有个大户人家的青年，风度翩翩，时常出门办事，见到那姑娘的次数多了，竟爱上了她。那姑娘觉察到这么英俊的小伙子注意自己，暗暗高兴，总是笑脸相迎，也爱上了他，双方都有了意思。

那青年名叫皮努乔，如果不是为了自己的体面和他所爱的姑娘的荣誉，早就同那姑娘成了好事。但他的恋情与日俱增，一亲芳泽的欲望越来越强烈，忽然想起到她父亲家里借宿的办法。由于他熟悉房间的格局，心想他可以和那姑娘睡在一起而不至于出事。主意一定，他立即付诸实现。他和一个知己朋友——安德里亚诺，谈了自己的打算。一天下午，两人借了两匹马，在鞍囊里塞足稻草，装成赶远路的样子，天黑时到了穆尼奥内平原，然后掉转马头，仿佛是从罗马尼阿返回似的，到了那好人的房子外面叫门。屋主人和这两个人很熟，开门让他们进去。皮努乔说：

"今晚我们不得不在你这里借宿了。我们原以为可以及时赶回佛罗伦萨，可是估计错了。你瞧，到你这里天色已经黑下来了。"

屋主人回答说：

"皮努乔，你知道，像你们这样的贵客我是乐于接待的。既然天色已晚，你们又没有别的地方可以投宿，就在这里凑合一夜吧。"

两个青年人下了马，进了门。他们先给马匹喂了草料，然后取出随身带的干粮和屋主人一起吃了晚饭。屋主人只有一间房，不很宽敞，尽可能搭了三张铺，两张靠墙，第三张横对着两个床头，中间只剩一条狭窄的过道。屋主人给两个青年人铺好一张算是最舒服的床，让他们早些休息。两人假装很快就睡着了,听见屋主人吩咐女儿单独睡一张床,自己和妻子睡第三张,那女人把小儿子的摇篮放在他们的床边。

这般安排皮努乔都注意到了,等主人睡熟以后,他蹑手蹑脚起来,摸到那姑娘的床上,和她睡在一起。姑娘又惊又喜地接纳了他,两人了却一桩向往已久的心愿。皮努乔和那姑娘在一起时,一只猫碰翻了什么东西。女主人被响声惊醒,摸黑起来,循声去看看是怎么回事。安德里亚诺没有被响声吵醒,但内急起来解手,碰到女主人放的摇篮,觉得挡路碍事,把它推到自己的床边。他解完手以后却忘了把摇篮放回原处就上床继续睡觉。

女主人到响声传来的地方摸索了一阵,发现猫碰翻的不是什么要紧的东西,也没有点灯,低声呵斥了猫,又摸回她丈夫所睡的床上去,可是摸不到摇篮,暗忖道:"真糟糕,我干了什么呀!差点弄错,上了客人的床。"她再往前走几步,摸到了摇篮,上了床,自以为躺在丈夫身边,其实她身边是安德里亚诺。安德里亚诺还没有睡着,也不吭声,高兴地搂住她,像帆船抢风行驶似的轻狂起来,使女主人惊喜不已。这时皮努乔已经得到了他朝思暮想的乐趣,唯恐躺在姑娘身边醒不过来,天亮以后要坏事,便起来回自己床上去睡。他摸到摇篮,以为那是主人的床,继续朝前走了几步,在主人身边躺下。主人醒来发现是皮努乔,而皮努乔却认为身边是安德里亚诺,对他说:

"说实话,再没有哪个姑娘比尼科洛莎更可人的了。天主在上,我和她在一起比和任何一个女人在一起更快活,刚才这么一会儿工夫,已经梅开六度!"

主人听了这话觉得新鲜,心想:"这家伙在搞什么鬼?"他一气之下不假思索地嚷了起来：

"皮努乔，你太差劲了，竟干出这种对不起我的事来！我以耶稣的圣体起誓，非收拾你不可。"

皮努乔发现了自己的差错，但他年轻气盛，非但不想办法补救，反且反唇相讥说：

"你怎么收拾我？你能把我怎么样？"

主人的妻子听到他们嚷嚷，以为身边的安德里亚诺是她丈夫，说道：

"哎！我们的客人吵起来了。"

安德里亚诺笑着说：

"随他们去，他们昨夜酒喝多了，自找没趣。"

女主人听到丈夫的责骂，又辨出安德里亚诺的声音，当即明白自己睡在什么地方。她很机灵，不声不响抬起摇篮，摸黑走到女儿床边，和她睡在一起，然后假装刚被丈夫的叫嚷声吵醒，呼唤丈夫，问他和皮努乔吵什么。丈夫回说：

"你没听到他的话，说他昨夜和尼科洛莎干的好事吗？"

女主人说：

"他在胡扯，他根本没有和尼科洛莎干过什么事，因为我昨晚睡不着，换了床，和女儿睡在一起，你信他的话才是傻瓜。你们昨晚酒喝得太多了，结果夜里乱做梦，稀里糊涂，到处瞎跑，以为自己干了什么了不起的大事。没碰破头还算是你们的造化。皮努乔在你那里干吗，他怎么不睡在自己的床上？"

安德里亚诺听后，明白女主人巧妙地掩饰了她自己和她女儿的羞事，赶紧帮腔说：

"皮努乔，我对你说过不止一百遍，你那梦游的毛病要治一治，否则你睡着的时候到处乱跑，把梦里的事情当成真的，总有一天要吃苦头。回这里来睡吧，别瞎折腾了。"

主人听了妻子和安德里亚诺的话，真以为皮努乔还在梦中，于是抓住他的肩膀摇着他说：

"你醒醒，皮努乔，回到你自己的床上去吧。"

皮努乔明白了怎么一回事，他顺水推舟，装作说梦话的样子胡言乱语了一通，主人哈哈大笑。最后皮努乔假装给推醒，对安德里亚诺说：

"你叫我吗？是不是天亮了？"

安德里亚诺说：

"是啊，过来吧。"

皮努乔睡眼惺忪地从主人床上起来，回到安德里亚诺那里。天亮后大家起身，主人拿皮努乔梦游的事逗趣，他们一面说笑，一面给马备了鞍，系好鞍囊。两人同主人一起喝了几杯，返回佛罗伦萨。这一夜两人各有艳遇，事情最后圆满解决，非常满意。后来，皮努乔想了别的办法和尼科洛莎继续幽会。尼科洛莎一口咬定那次确实是在做梦，而女主人回忆起自己在安德里亚诺怀里的情景，心想那夜只有她一个人是清醒的。

七

> 塔拉诺·德·伊莫莱塞梦见一头狼咬破他妻子的喉咙和脸，劝她留神。妻子不予理会，梦中的祸事果然发生。

大家听完了潘菲洛的故事，称赞女主人的机智，女王吩咐

潘皮内娅接下去讲,潘皮内娅说道:

可爱的女郎们,我们以前也讲过梦境成真的故事,不少人听了嗤之以鼻。尽管如此,我还想讲一个这方面的小故事,说的是我的一个邻居不信她丈夫做的噩梦,结果遭到灾祸。

不知道你们是否认识塔拉诺·德·伊莫莱塞,他是个很正派的人,娶了一个年轻漂亮的妻子,名叫玛格丽塔。玛格丽塔的美貌虽然在全城数一数二,但脾气特别怪,固执乖僻,看谁都不顺眼,对谁都没有好脸色。塔拉诺和她朝夕相处,日子很不好过,但忍了过来。有一次,他们住在乡间别墅,塔拉诺梦见他妻子在离别墅不远的风景优美的树林里散步,一头凶猛的大狼突然蹿出来咬住她的喉咙,把她扑倒在地,她大声呼救,拼命想挣脱,但那头恶狼大口大口地咬破了她的喉咙和脸。第二天早上,塔拉诺醒后对妻子说:

"太太,虽然你脾气不好,我和你一起没有过过一天舒心的日子,如果你遭到什么不幸的话,我仍然会伤心。因此,假如你听得进我的劝告,今天就别出门了。"

玛格丽塔要他把话讲清楚,他便把梦中所见讲了出来。

那女的摇摇头说:

"恨你的人才会梦见你倒霉。你装得对我百般关心,事实上你连做梦的时候都巴望我倒霉。从今以后,我再也不让你舒服,看你还敢不敢幸灾乐祸。"

"我早知道你会说这种话,因为长癞痢的人梳不得头。但是不管你信不信,我是为了你好才告诉你的。我还是劝你今天待在家里,别到树林里去。"

那女的说:

"好吧,就这么着。"

她嘴里虽然这么回答,心里却在嘀咕:"你没看到他不安好心,故意吓唬我,不让我到树林里去吗?毫无疑问,他准是约了一个不要脸的女人在那里会面,不希望被我撞见。可我不是瞎子,我信了你的话才是傻瓜。你的阴谋诡计休想得逞。即使要我在树林里守一整天,我也得看看你在搞什么鬼。"

她正这么盘算时,丈夫出了门。她不敢耽误,赶紧跟着出去,不过走的是另一条路。她遮遮掩掩,心急慌忙地跑到树林里,找了一个枝叶最浓密的地点隐蔽起来,窥探有谁进入树林。她全神贯注地守候,根本没想到什么狼不狼的。这时候,一头可怕的大狼果然从树林深处悄悄出来。等她发现,还来不及喊"天主救我!"狼已扑到她身上,使劲咬住她的喉咙,像拖一头小羊似的拖着她回巢穴。她的脖子被咬住喊不出声,痛得无力挣扎,快要断气的时候,幸好被几个牧人发现,他们吆喝着赶来,狼不得不扔下猎物逃跑。牧人们从血肉模糊的脸上辨出她是谁,把她抬回家。经医师们精心治疗,过了好久才恢复,但脖子和脸上撕掉不少皮肉。以前长得十分俊俏的太太从此破了相,变得畸形丑陋。她不愿意被人看到,整天躲在家里以泪洗面,痛悔自己不该不信丈夫的梦兆,没事找事,结果落到这个地步。

八

比翁代洛骗恰科说有饭局,让他上了当。
恰科设计报复,让比翁代洛挨了一顿毒打。

听故事的青年男女都说塔拉诺梦中所见简直不是幻象,

而是真事的预先展示,因为后来发生的事情毫发不爽。大家议论停息后,女王吩咐劳蕾塔接着讲,劳蕾塔说道:

聪明绝顶的女郎们,今天前面几位讲的故事几乎都是熟悉的题材。昨天潘皮内娅讲了一个书生的狠心报复,使我想起一个也是报复的故事,报复的手段虽然不那么毒辣,后果也够严重的。

我要说的是从前佛罗伦萨有个名叫恰科的人特别贪嘴,但经济拮据,无力满足他的口腹之欲。幸好他举止风雅,谈吐诙谐,得以出入讲究饮食的有钱人家。他经常不请自到,陪他们吃喝,虽然算不上宫廷弄臣小丑,至少充当了帮闲食客的角色。当时佛罗伦萨还有一个情况和恰科相似的名叫比翁代洛的人,他五短身材,文质彬彬,金黄色的头发梳得光溜服帖,戴一顶小帽,像苍蝇一般爱好修饰。① 四旬斋期间的一个早晨,比翁代洛去鱼市给维耶里·德·切尔基先生②买两条大鳗鱼。恰科看到他,上前问道:

"买这干什么用?"

比翁代洛回答说:

"昨天科尔索·多纳蒂先生家要了三条鳗鱼,不比这两条小,还有一条鲟鱼,可是他招待几位贵客还不够用,因此请我再来买两条。你打算去吗?"

"那还用说吗,我一定去。"恰科答道。

恰科觉得时间差不多了,去到科尔索先生家,只见他和几个邻居在一起,还没有吃饭。他们问恰科有什么贵干,恰

---

① 苍蝇不停地用前后足搓擦自己,因此说它爱好修饰。
② 维耶里·德·切尔基是当时佛罗伦萨教皇派分子的领袖,下文的科尔索·多纳蒂是国王派分子的领袖,比翁代洛故意误导恰科。

科说：

"先生，我来陪你和你的朋友们进餐。"

科尔索先生爽朗地说：

"欢迎，欢迎，开饭的时间到了，我们就座吧。"

他们围桌而坐，先吃了一些豆子，然后是腌金枪鱼的内脏，最后是油煎的阿尔诺河鱼，再没有别的了。恰科知道自己上了比翁代洛的当，很生气，决定要报复他一下。比翁代洛把这件事告诉了许多朋友，大家笑了好久。过了几天，恰科遇到比翁代洛，比翁代洛招呼后问他科尔索先生家的鳗鱼味道好不好。

恰科说："不出一礼拜，你会说得比我更清楚。"

恰科和比翁代洛分手后，马上找到一个机灵的小厮，交给他一个大玻璃瓶，吩咐他到卡维丘利街那幢有拱廊的房子里去找一个名叫菲利波·阿尔真蒂的骑士。菲利波身材魁梧，孔武有力，但脾气暴躁，动不动就发火行蛮。恰科说：

"你拿着这个瓶子去找菲利波，见到他以后这么说：'先生，比翁代洛派我来找你，请你把你的上好红葡萄酒灌满这个瓶子，让他和朋友们美美喝一顿。'你得留神，别让他抓着，否则他会把你打得稀巴烂，坏了我的事。"

小厮问道："还有别的话吗？"

恰科说："没有了，你可以去了。口信送到之后，你拿着瓶子回来，我给你钱。"

小厮找到菲利波先生，传了话。菲利波头脑简单，平时对比翁代洛这个人又有些了解，以为比翁代洛在取笑他，脸气得通红，说道：

"灌什么瓶子，开什么玩笑？你和他两人都要倒霉了！"

他伸手想抓小厮，小厮早有提防，拔腿就跑，和恰科会合后转达了菲利波的话。恰科躲在远处望见当时的情景，非常满意，酬劳了小厮，立即去找比翁代洛，对他说：

"你去了卡维丘利街吗？"

比翁代洛回说：

"没有。有什么事吗？"

恰科说：

"菲利波先生在找你，我不知道什么事。"

比翁代洛说：

"好吧，我这就去问他。"

比翁代洛走后，恰科远远地跟着观看事态发展。菲利波没有抓到小厮，还在怄气，琢磨不出小厮的话是什么意思，断定准是派他来的比翁代洛的恶意取笑。他正在生气时，比翁代洛来了，菲利波先生二话没说，上前照他脸上就是一拳。

"哎呀！"比翁代洛喊道，"先生，你这是什么意思？"

菲利波先生把他的帽子扔在地下，揪住他头发，又重重给了他几拳，说道：

"混蛋，你马上就明白什么意思了！灌什么瓶子，开什么玩笑！你以为我菲利波是好欺侮的吗？"

他说着，铁拳雨点似的落在比翁代洛脸上，又抓住比翁代洛的头发把他在地下拖来拖去，比翁代洛头发给揪掉，衣服给撕破，给打得眼冒金星，根本来不及开口问他凭什么打人。比翁代洛只听清开玩笑和灌酒瓶几个字，却不明白什么意思。最后，附近来了许多人，费了好大劲才把他从菲利波先生手里抢出来，见他已被打得鼻青眼肿，遍体鳞伤，纷纷责怪他不应该派人来捣乱，说他开玩笑也不看看对象，这位先生哪容人家嘲弄。比翁代洛痛哭流涕，申辩说他根本没有派谁向菲利波先生要什么葡萄酒。他休息片刻，一瘸一瘸地挨回家，猜想那准是恰科干的。过了好多天，脸上的伤已经长好，他才出门走动，遇到了恰科，恰科笑着问他：

"比翁代洛，菲利波先生的酒好喝吗？"

比翁代洛回答说：

"正像你吃到的科尔索先生的鳗鱼一样。"

恰科说：

"从今以后你该明白，你想让我吃上次那种饭，我就让你喝前几天的酒。"

比翁代洛知道恰科不是好惹的，只求同他相安无事，再也不敢和他开玩笑了。

九

> 两个青年求教所罗门王，一个问如何才能受人爱戴，另一个问如何驯服悍妇。所罗门对一个说"去爱"，而叫另一个"去鹅桥"。

为了尊重狄奥内奥的特权，现在该轮到女王自己讲故事了。比翁代洛的无妄之灾引起大家一阵笑声。笑声平息后，女王愉快地说：

可爱的女郎们，如果我们平心静气地思考一下事理，就不难发现，由于造物的安排，社会的习俗和法律，普天之下千千万万的女人都从属于男人，以男人的意志为自我约束的准则。女人既然从属于男人，需要从男人那里得到平静、抚慰和安宁,她们必须谦逊、忍耐、顺从,更不用说贞洁了。因为对于所有明智的女人来说,贞洁是头等重要的大事。使女人们清晰地看到这一点的不仅是那些维护公共利益的法律,具有强大势力和权威的风俗习惯,还有造物的安排。女人生来娇嫩荏弱,胆小怯懦,声音柔和,动作文静,这一切都证明女人需要别人控制。需要别人控制和引导的人自然应该顺从并尊重控制她们的人。除了男人之外,还有谁能帮助女人、控制女人呢?因此,女人必须顺从男人、尊重男人,依我看来,违反这一原则的女人应该受到申斥和严惩。

这个浅显的道理,我以前已经说了几次,刚才听了潘皮内娅讲的塔拉诺的固执妻子的故事,丈夫拿她没有办法,结果天主给了她惩罚,使我不由得旧调重弹。依我看,女人如果失去了平和、谦逊、婉顺的品质,就该受到严厉的惩罚。我现在要讲的所罗门的劝告,对于那种女人的毛病是一剂良药。至于不需要这种药的女人,也不能置身事外,因为男人常说一句谚语:"马匹不分良劣,都需要鞭策;女人不分好坏,都需要棒打。"这句话听来像是玩笑,仔细琢磨,不无道理。作为处世格言也是有用的。因为女人朝三暮四,性情善变。对于那些荡检逾闲的女人,当然要用棍棒惩罚。对于那些循规蹈矩的女人,也要用棍棒警告和吓唬。

闲话少说,言归正传。我要讲的是所罗门王①的睿智,尽人皆知,万流景仰。更可贵的是他平易近人,有谁向他请教,他从不拒绝。因此世界各地的人遇到难以解决的问题都不远

---

① 所罗门王是约公元前九七〇至前九三一年以色列王国的君主,传说他的智慧和公正举世无双。

千里前来晋谒求教。曾去向他求教的人中间有一个家住拉亚佐名叫梅利索的富家子弟。他骑马前去耶路撒冷，半途遇到一个来自安蒂奥基亚、也去耶路撒冷的名叫焦塞福的青年，两人同路，攀谈起来。梅利索知道焦塞福的情况后问他去耶路撒冷干什么。焦塞福说他去看所罗门，因为他的妻子飞扬跋扈，泼辣透顶，怎么求她哄她，好话说尽，她还是不可理喻，只好求教所罗门该怎么办。焦塞福问梅利索去耶路撒冷干什么，梅利索答道：

"我从拉亚佐来，你有你的烦恼，我也有我的不如意。我年轻有钱，喜欢广交朋友，家里经常宴请宾客，但难以置信的是竟没有爱我的人。因此，我也去耶路撒冷，请教所罗门王怎么才能博得人们的爱戴。"

两人联袂同行，到了耶路撒冷。所罗门王宫廷的侍臣为他们引见。梅利索简单扼要地提出了问题，所罗门王回答说：

"去爱。"

所罗门王的话音刚落，侍臣们立即让梅利索退下。焦塞福说明了他的来意。所罗门王简单地答复说：

"去鹅桥。"

侍臣马上叫焦塞福也退下。他把所罗门的回答告诉了在王宫外面等他的梅利索。两人琢磨了好久，猜不透这些话的意思，觉得无助于解决他们的难题，十分懊丧地走上归途。两人赶了几天路，来到一条河边，河上有一座造型优美的小桥。当时正有一大群驮货的骡子和马匹在过桥，两人只得在桥头等候。所有的牲口都过去了，唯有一头骡子发起倔脾气来，赖着不动。骡夫拿着一根棍子轻轻驱赶，但那头畜生一会儿往左一会儿往右，有时甚至倒退，不肯过桥。骡夫火冒三丈，手里的棍子朝骡子脑袋、屁股、腰背雨点似的打下去，但不起任何作用。梅利索和焦塞福见了于心不忍，呵斥骡夫说：

"浑小子，你要打死它吗？打有什么用？你干吗不想个办法让它自己好好走？"

骡夫回答说：

"你们会骑马，我会赶骡。少管闲事，我的骡子由我来对付。"

他说着又劈头盖脑地乱打骡子，骡子终于过了桥，证明骡夫的话有道理。两个青年人随后也过了桥，焦塞福问一个坐在桥头的人这座桥叫什么名字，那人答道：

"先生，它叫鹅桥。"

焦塞福猛然想起所罗门王的话，对梅利索说：

"老兄，现在我明白所罗门的话千真万确。以前我不知道要揍老婆，骡夫教我该怎么做。"

几天以后，他们回到安蒂奥基亚，焦塞福带梅利索回家，招待他逗留几天。焦塞福看到妻子还算高兴，问梅利索想吃点什么，让妻子去准备。梅利索盛情难却，随便说了几个菜。那女的本性难移，端出来的东西全不是梅利索要的。焦塞福很生气，说道：

"我不是对你说了晚饭吃什么吗？"

他妻子横蛮地反唇相讥说：

"是吗？不合心意就别吃。说由你说，做由我做。你爱吃是它，不爱吃也是它。"

梅利索听了那女人的回答吃了一惊，心里大不以为然。焦塞福说：

"你还是老样子？我得让你改改你的脾气了，恶婆娘。"

他转向梅利索说：

"我们马上就可以核实所罗门的劝告是否有效了。不管你看到什么，当它是假的，别插手。记住骡夫对我们说的话。"

梅利索说：

"我是你的客人，客随主便，我听你的吩咐。"

那女人骂骂咧咧地站起来回自己的房间，焦塞福抄起一根栎木棍，追上去，抓住她的发辫，把她摔在地上，动手就打。那女的先则叫嚷，后则谩骂，但看焦塞福没有让步的迹象，只好央求他看在天主分上别把她打死，还保证说今后再也不敢违背他的意思了。焦塞福并不因此住手，反而像捶衣服似的一棍一棍的朝她的后背、屁股、两肋打下去，直到自己手酸为止。他妻子浑身青一块紫一块，没有一处好肉。

这时他对梅利索说：

"我们明天就可以看到去鹅桥的劝告是不是管用了。"

他休息片刻，洗了手，和梅利索一起吃了晚饭，到时候各自上床睡觉。那个挨了毒打的女人艰难地爬起来，倒在床上，将息了一夜。第二天，她很早起身，问焦塞福想吃什么。焦塞福和梅利索相视而笑，吩咐下去，两人出外转了一圈，再回家时一切都准备得井然有序。他们先前琢磨不透的劝告果然有奇效。

过了几天，梅利索向焦塞福告辞。回到自己家，他把所罗门的劝告讲给一个聪明人听，聪明人说：

"这个劝告再中肯不过了。事实上你并不爱别人，你款待宴请别人并不是出于爱，而是为了满足自己的虚荣心。你不妨按照所罗门的劝告真诚地爱别人，肯定能博得别人的爱。"

于是,泼辣的女人受到惩罚后改恶从善,真诚爱人的青年博得了人们的爱戴。

十

> 彼得罗请求詹尼神父把他的妻子变成母马,神父正要安上尾巴时,彼得罗大嚷不要安,于是前功尽弃。

女王的故事引起女郎们的低声议论和青年们的爽朗笑声。笑语停息后,狄奥内奥说道:

优雅的女郎们,在许多羽毛洁白的鸽子中间,一只漆黑的乌鸦比一头雪白的天鹅更能衬托出鸽子的美丽。在许多聪明人中间,一个迟钝的人非但能够增添聪明人的风采和峥嵘,而且能提供意兴和乐趣。各位都是玲珑剔透、端庄持重的人,如果我锋芒毕露,会使你们逊色,我的鲁愚却使你们的才华更光彩夺目,更讨你们的欢喜。因此,我可以毫无顾忌地以本来面目出现,像平时那样畅所欲言,希望你们多多宽容包涵。我要讲的故事不长,你们听后会明白,对于施行法术的人必须言听计从,一个极小的差错会使法术前功尽弃,误了大事。

从前,巴莱塔地方有个名叫詹尼·德·巴罗洛的神父,由于教会收入微薄,他经常赶着一匹母马贩运货物,到普利亚集市做些买卖。他干这种营生时,结识了一个赶着驴子贩货的名叫彼得罗的人。两人交情逐渐加深,亲密地称兄道弟起来。彼得罗是特雷桑蒂人,每次贩货到巴莱塔时,神父总是带他到教堂里住宿,尽可能款待他。

彼得罗不宽裕,他和他年轻漂亮的妻子住在特雷桑蒂的一所小房子里,还有一头驴,相当拥挤。尽管如此,每逢詹尼神父来特雷桑蒂时,彼得罗总是把神父请到自己家里,拿出最好的食品招待,报答神父在巴莱塔对他的照顾。至于住宿,彼得罗只有一张床,和他美丽的妻子合睡,不得不委屈神父一下,让神父带着母马睡在牲口棚的柴草堆上,和他的驴子一起。彼得罗的妻子知道神父在巴莱塔很照顾她的丈夫,神父来时几次提出她可以到邻居卡拉普蕾莎家去,让神父和她丈夫睡舒服一些,但神父都婉谢了。有一次他说:

"杰玛塔弟妹,别为我操心,我睡得很舒服,因为我高兴的时候可以使这匹母马变成一个漂亮的姑娘,同她快活一番,过后又可以使她变成母马,因此我不想和她分开。"

年轻的妻子听了很惊奇,但信以为真,对她丈夫说:

"神父的本领这么大,你干吗不求他教你这个法术,你就可以把我变成母马,那你有一马一驴,贩的货可以加一倍,到了家你可以把我变回女人。"

彼得罗头脑简单,相信神父真有这种本领,听从了妻子的话,恳求神父传授。詹尼神父竭力要打消他的傻念头,但他执迷不悟,神父只得说:

"既然你非学不可,明天我们像平时那样天亮之前起身,我教你怎么做,最困难的是给母马安上尾巴,你自会看到。"

彼得罗和杰玛塔急切盼望学到法术,那晚几乎没有睡,天刚亮就起来,把詹尼神父叫醒,神父只穿着衬衫来到彼得罗房里,对他说:

"除了你之外,这个法术我不传给任何人。你们想学,我就做给你们看,不过你们得听我的话,否则法术就破了。"

那对夫妻说一定听他的,詹尼神父让彼得罗掌着灯,对他说:

"仔细看我怎么做,记住我说的话,不管你看到什么,听到什么,千万不能出声,否则就坏事,但愿天主保佑,尾巴安得顺利。"

彼得罗接过灯,说是一定照办。詹尼神父吩咐杰玛塔把衣服脱光,像从娘胎里生下来的时候那样,又让她像马那样手脚着地趴下来,再三嘱咐她不论出什么事都不能作声。神父开始施法,先用双手抚摩她的脸和头,嘴里念念有词:

"变,变,变成漂亮的马头。"

他抚摩着头发说:

"变,变,变成飘拂的马鬃。"

他抚摩着手臂说:

"变,变,变成矫健的马前腿。"

接着,他摸到前胸,手里觉得腻滑丰满,丹田突然升起一股热气,说道:

"变,变,变成强壮的马胸。"

然后他依次摸遍了背脊、肚腹、后臀、大腿、小腿,只剩下尾巴了,于是撩起自己的衬衫,掏出男人播种的器具,迅速插进下种的垄沟,念念有词说:

"变,变,变成漂亮的马尾。"

彼得罗一直注意旁观,看到最后的动作觉得不对劲,脱口嚷了起来:

"哎,詹尼神父,我不要那条尾巴,不要那条尾巴!"

这时,滋生万物的水谷精气已经喷射而出,詹尼神父后退一步说:

"你怎么啦,彼得罗老弟?我不是嘱咐过你,不管看到什么都不能出声吗?母马快变成了,你一开口破了法术,现在再也变不成了。"

彼得罗说:

"得啦,我不喜欢那条尾巴。你为什么不叫我来安尾巴呢?再说,那条尾巴的位置也安得太低了。"

詹尼神父说:

"这是头一回,你不懂得怎么安,我是给你示范。"

年轻的妻子听到他们斗嘴,站正身体,一本正经地对丈夫说:

"蠢驴!你干吗破了法,对你对我都没有好处!你几时看到没有尾巴的母马?你生来是穷命,天主在上,我看你这辈子翻不了身啦。"

彼得罗出声破了法,那个年轻女人变不成母马了,她懊恼地穿好衣服。彼得罗只得继续赶一匹驴和詹尼神父一起去比通托集市贩货,再也不求神父施行那种法术了。

狄奥内奥的故事惹得大家掩口而笑,女郎们对情节的理解程度远远超过了讲故事人的估计。当天的故事都已讲完,暑热开始消退,女王知道自己的任期已经结束,站起身来,摘下头上的桂冠,加在还没有得到执政殊荣的潘菲洛头上,笑着对他说:

"陛下,你的任务特别繁重,因为我的缺点和历届前任的缺点都得由你来弥补。天主赐给我为你加冕的恩惠,但愿天主也赐给你恩惠,帮助你当好国王。"

潘菲洛愉快地接受了这一荣誉,说道:

"你和其他所有臣民的品德会使我像别人一样博得赞美。"

国王按照前任的惯例向总管下达了一些必要的指示,然后说道:

"多情的女郎们,我们今天的女王艾米莉娅十分明智,让我们随意讲我们喜欢的故事,有所调剂。经过休整之后,我认为明天不妨恢复命题的老规矩,大家围绕一个主题来讲。明天的主题是人们在爱情或其他方面表现的豪爽崇高的言行。崇高的言行无疑会激发我们积极向上的精神,使我们短暂的生命万古流芳而不至于随肉体泯灭。说到头,人不同于动物,不能只图填饱肚子,而应该怀有崇高的目的,孜孜以求,身体力行。"

这群无忧无虑的青年男女一致称好。新国王发话后,大家离座,寻找各自爱好的消遣。到了开晚饭的时间,大家又聚在一起,愉快地进餐。饭后照例跳了一会儿舞,唱了许多优美动听的歌曲。国王吩咐内菲莱给他唱一支,内菲莱立即舒展清越甜美的歌喉,欣然唱道:

> 我青春年少,欢欣雀跃,
> 在百花初放的季节,
> 歌唱爱情,歌唱甜蜜。

> 我在青葱的草地上徜徉,
> 繁花似锦,有白、有红、有黄,
> 有带刺的玫瑰和洁白的百合。
> 我把朵朵鲜花
> 同我所爱的人的脸相比,
> 让他得到欢愉
> 是我最大的愿望。

我找到一朵花，
就是我心目中的他。
我把它摘下，温柔地吻它，
同它絮絮交谈，
向它敞开我的胸怀，
然后把它和别的花朵一起
编成花冠戴上我飘拂的金发。

我见到鲜花无限喜悦，
正如见到他本人。
他在我心中
燃起蜜意柔情，
花的气息使我心醉神迷。
那种感觉不是言语所能表达，
只能从我的叹息中得到抒发。

发自我胸中的叹息，
轻柔而又热烈，
不像别的姑娘那样
充满了怨艾和哀伤。
我的叹息飞向我所爱的人，
他有所察觉，立刻来我身旁，
对我说：我的爱，我来了，别再惆怅。

　　国王和女郎们对内菲莱唱的歌大为赞赏。时间已晚，国
王吩咐大家回屋休息。

《十日谈》的第九天已经结束，第十天，也就是最后一天，由此开始，在国王潘菲洛的主持下，大家讲了爱情或其他方面的豪爽崇高的事迹。

西方天空的云朵仍是一片暗红，初升的太阳已在东方的天际抹上灿灿金黄，潘菲洛起身后，打发侍女和仆从分头叫醒了女郎和青年们。大家到齐后，商量去什么地方游玩。国王在菲洛梅娜和菲亚梅塔陪伴下，带领大家缓步走去，一路上谈论他们今后的生活，散了好长时间的步。气温逐渐升高，大家回到别墅。优美的喷泉边已摆好洗净的杯子，口渴的喝了清洌的泉水，然后大家在花园里凉爽的树荫下游玩。饭后像往常一样睡了午觉，在国王指定的地点集合。国王让内菲莱牵头先讲故事。内菲莱愉快地说道：

一

　　一个骑士为西班牙国王效力，没有得到应有的封赏。国王证明是骑士运气不佳，然后给了他重赏。

可敬的女郎们，我们的国王吩咐我牵头讲豪爽崇高的事迹，我把这看作莫大的荣誉。正如太阳给天空增添辉煌，豪爽在所有的品德中最光彩夺目。我现在就讲一个我认为十分风趣的故事,各位听了肯定有所裨益。

各位大概知道,佛罗伦萨历史上许多英勇的骑士中间,鲁杰里·德·菲焦万尼是最杰出的人物之一。他富埒王侯,智勇双全,但考虑到托斯卡纳的生活方式和风俗习惯①,知道自己是英雄无用武之地,决定去西班牙,在阿方索国王②宫廷待一个时期,因为阿方索英勇的名声没有哪一个国王可以相比。他带了大批武器、马匹和侍从体面地到了西班牙,受到国王的盛情接待。鲁杰里先生在那里生活阔绰,立下不少汗马功劳,不久就威名大振。他在西班牙住了好多年,对国王的为人有所了解,发现国王赏罚不明,碌碌无能之辈得到了城堡、领地和爵位,他功勋卓著,却什么赏赐都没有。他觉得这样有损于他的名望,决定离开西班牙,把去意启奏了国王。国王准许了他的请求,赐给他一匹世上少有的漂亮的好骡子。由于路途遥远,有健骡代步,鲁杰里先生很高兴。

国王随即派了一个干练的侍从伪装成普通旅人设法和鲁杰里同行,不让他发觉是国王派来的,留心听他一路上说什么,对国王有什么议论,以便回来报告,并且在第二天以国王的名义命令他返回宫中。鲁杰里先生出城以后,那个仆从巧妙地装作也要去意大利,和他结伴同行。

鲁杰里先生骑着国王赏赐给他的骡子,同国王的仆从边走边谈。午前祈祷的钟声敲响后,他说:

~~~~~~~~~~~~~~~~~~~~~

① 佛罗伦萨是托斯卡纳省的首府,当时封建势力和骑士传统在该省开始衰落,继之而兴的是从事商业和文化艺术活动的自由民阶层势力。

② 西班牙历史上有好几个名叫阿方索的国王,这里似指阿方索八世(1155—1214)或阿方索十世(1221—1284),两者在对摩尔人的战争中均获得重大胜利。

"我看该让牲口歇一会儿,撒泡尿了。"

他们进了一个牲口棚,所有的坐骑都撒了尿,唯独那头骡子没有动静。他们休息片刻以后继续上路,国王的仆从一直注意骑士说什么话。他们到了一条河边时,又停下来让牲口饮水,那头骡子却在河里撒了尿。鲁杰里先生脱口说:

"这头畜生真不明事理,和把你赏赐给我的国王一模一样!"

仆从记住了这句话,一路上还听到许多别的,但除此之外,其余的话都是赞扬国王的。第二天早上,他们骑上牲口准备向托斯卡纳进发时,仆从向鲁杰里宣布了国王的圣谕,鲁杰里只得立即回到西班牙。国王先听取了仆从的汇报,知道鲁杰里把骡子和他相提并论,便召见鲁杰里,和颜悦色地问他为什么说骡子像国王,国王有什么地方像骡子。鲁杰里先生坦然回答说:

"陛下,我把陛下比作骡子,是因为陛下该赏的不赏,不该赏的却赏了。骡子在该撒尿的地方不撒,不该撒的地方又撒了。"

国王说:

"鲁杰里先生,我确实给了别人许多赏赐,而别人的功劳不能和你的相比。我没有给你赏赐,并非因为你不是最勇敢的骑士。对你说来,任何赏赐都不过分,只是你命运不佳,无福享受,你只能怨命运,不能怨我。我马上可以向你证明我说的不假。"

鲁杰里先生答道:

"陛下,我没有得到陛下的赏赐,并无怨尤,因为我并不想要更多的钱财。我怨的是我的功劳没有通过陛下的赏赐得到承认。不管怎样,我认为陛下的解释是开诚布公的,我愿意看看陛下提出的证明。当然,即使没有证明,我对陛下的话也深信不疑。"

国王领他走进一个大厅，大厅里已按照国王事先的吩咐放了两个一模一样的锁着的大箱子。国王当着众人面说：

"鲁杰里先生，两个箱子中间的一个装着我的王冠、权杖、圆球十字架，还有许多华丽的腰带、指环和珠宝。另一个装的是泥土，随你挑选。你选哪一个，那一个就归你。你就会看到，对你的功劳做出不公正评价的究竟是我还是你的命运。"

鲁杰里先生遵照国王的吩咐选了一个箱子，国王让人当场打开，里面装的是泥土。国王笑着说：

"鲁杰里先生，我说你运气不佳，现在你总该相信了吧？但是你的功劳实在太大，我不得不同命运的力量抗衡一下。我知道你不打算在西班牙定居，所以我不赐给你城堡领地。尽管命运没让你选中那个装宝物的箱子，我仍旧违背命运的旨意，把它赐给你，让你带回国，表明我对你的功勋的赏识，你在父老乡亲们面前也有光彩。"

鲁杰里先生领了箱子，谢了国王的重赏，心满意足地回到托斯卡纳。

二

吉诺·德·塔科扣留了克伦尼修道院院长，治好了他的胃病后释放了他。院长回到罗马教廷，在教皇博尼法齐奥面前为吉诺说情，教皇任命吉诺为济贫团骑士。

阿方索国王对佛罗伦萨骑士的慷慨宽容博得大家的赞

扬,国王听了也很高兴,吩咐艾莉莎接着讲故事。艾莉莎说道:

妩媚的女郎们,国王对有功之臣慷慨大度当然是值得赞扬的美事。如果换了一个教士,他对一个人表现出极大的宽容,虽然他把那人当作仇敌看待也未可厚非,我们对于这样一个教士又当如何评论呢?我们只能说国王的慷慨是美德,而教士的宽容则是奇迹,因为教士比女人还小气,豁达大度同他们是水火不相容的。一般人吃了亏总是睚眦必报,教士们虽然宣扬忍耐,推崇宽容,事实上比谁都更热衷于报复。不过教会中人也有豁达大度的,我的故事就讲这么一个人。

吉诺·德·塔科原是锡耶纳地方的一个贵族,后来和圣菲奥雷伯爵结下怨仇,被逐出锡耶纳,在拉迪科法尼占山为王,同罗马教廷作对,抢劫过往行旅,威震一方。教皇博尼法齐奥八世当时在罗马,克伦尼修道院①院长前往觐见。在神职人员中间这个院长称得上是首富,他有胃病,医师们建议他去锡耶纳海滨休养一个时期,对他恢复健康肯定有益,教皇准了院长的假期。院长虽然也听说吉诺在这一带抢劫,但仍有恃无恐,带了大批马匹、驮骡、仆从和行李大模大样地上了路。吉诺·德·塔科得知消息后,在院长必经的路上设下埋伏,把院长和仆从堵在一个狭长地带,不放走一个仆从。然后派手下一个最干练的小头目带上几名护卫前去见院长,彬彬有礼地请院长移驾到城堡里和吉诺一晤。院长暴跳如雷,说他坚决不去,他不和吉诺这种人打交道,他要继续赶路,看谁敢阻拦。吉诺的使者恭顺地回答说:

---

① 克伦尼是法国城市,著名的本笃教派修道院建于九一〇年。

"院长先生,目前在你周围的人,除了天主之外是谁都不怕的。剥夺教权、逐出教门这类处罚对我们说来分文不值。因此,为了你本身的利益着想,奉劝你还是和吉诺见见面为好。"

他们交谈时,吉诺手下的绿林好汉已把附近围得水泄不通,院长发现自己和仆从都成了瓮中之鳖,只能干生气,不得不带了全部人马跟吉诺的使者进了城堡。院长下了马,好汉们按照吉诺的命令把他单独关在城堡里一个阴暗简陋的房间,别人则按身份得到相当优待的安置,马匹和行李一概妥为照看。然后,吉诺去见院长,对他说:

"院长先生,你现在是吉诺的客人,吉诺请你告知你去何处,有何贵干。"

院长是个机灵人,一看形势不对,傲慢的气焰有所收敛,说了他去什么地方,有什么目的。吉诺听他说完就从房间里出去,考虑有什么办法不去海滨而能治好他的病。他吩咐把院长房间里的炉火烧得旺旺的,派人一直看守着。第二天早晨,他在托盘上铺一块雪白的餐巾,放了两片烤面包和一大杯院长行李里的科尔尼利亚白葡萄酒,去对院长说:

"院长先生,吉诺年轻时学过医,知道在治胃病方面再没有什么比现在给你端来的东西更对症的了,请用吧,你会康复的。"

院长饿得发慌,顾不上挖苦吉诺,愤愤地吃了烤面包,喝了白葡萄酒,然后说了不少傲慢的话,提了不少问题和警告,最后要求见吉诺本人。没有自报姓名的吉诺听院长唠叨,有些话根本不予理睬,另一些则有礼貌地做了答复,说是吉诺一有空闲,肯定会来看院长,说罢离开了院长房间。又过了一天他才露面,端来的仍旧是烤面包和白葡萄酒,一连几天都是如此。有一次他故意偷偷地留下一些干豆子,听看守说,院长饿得把豆子都捡来吃光了。他就以吉诺的名义去问院长的胃病是否见好。院长回答说:

"如果不是被吉诺软禁的话,我觉得和好人没有什么不同。说真的,我现在最想的是大吃一顿,他的药治好了我的病。"

于是吉诺拿出自己最好的用具为院长和他的贴身侍从布置了一个华丽的房间,又安排了盛大宴会,准备招待城堡里所有的人和院长的全体仆从。第二天对院长说:

"院长先生,你既然感觉良好,可以出病房了。"

吉诺拉着院长的手,领他进入宴会大厅,让他和他的仆从会面,自己则去照料宴会的菜肴。院长见到自己人十分高兴,把这几天挨饿的情况告诉了他们,仆从则说他们都受到吉诺的优厚招待。宴会开始,端出来的一道道菜肴都是山珍海味,美酒佳酿充分供应,院长和所有的人尽情吃喝,可是吉诺一直没有正式露面。

院长过了几天养尊处优的生活之后,吉诺吩咐把他的全部行李堆放在一个大厅里,把所有的马匹,包括一匹驽马,都牵到大厅旁边的院子里,然后去看院长,问他身体情况如何,是不是可以骑马。院长回答说,他精神很好,胃病也好了,假如吉诺放他走,那就好上加好。吉诺便把院长领到他的行李和仆从所在的大厅,请他从一扇可以看到马匹所在的院子的窗口望去,对他说:

"院长先生,在下便是吉诺·德·塔科,我身为贵族,生性并不乖戾,只是遭到有权有势的仇人迫害放逐,背井离乡,生活无着,为了维持生计和自己的贵族身份才占山为王,拦路行劫,和罗马教廷作对。我看你是个通情达理的君子,为你治好了胃疾。我不打算拿你当一般人对待。别人如果像你这样落到我手里,他们的财物凡是有我看中的一概留下。我知道你能理解我的处境,所以不采取主动,你自愿给我什么,我就收下什么。你的行李全在这里,你的马匹全在院子里,从窗口可以望到。你可以全部带走,或者带走一部分。你本人想逗留几天或者立即离开,都由你自己决定。"

院长听拦路打劫的强盗居然说出这种豁达大度的话,感到十分惊喜,恼怒化为乌有,仁慈之心油然而生,他对吉诺产生了友好的感情,上前抱住吉诺说:

"天主在上,我现在才了解你的为人,交上你这样的朋友我感到荣幸。在今天以前,我一直认为你亏待了我,现在才明白你是为我好,你再给我吃什么苦头我都心甘情愿。命运太不公,让你遭到这么大的不幸!"

除了极少数必需的物品和马匹之外,院长吩咐别的都不带了,给吉诺留下,自己和仆从们回到罗马。

教皇知道院长身体不适,很挂念,见到他便问他在海滨休养得好不好。院长笑着说:

"教皇陛下,我在去海滨的路上遇到一位高明的医师,把我的病彻底治好了。"

院长接着讲了经过情形,教皇听后笑了。院长继续谈话时,出于仁慈宽容,向教皇请求一个恩典。教皇根本没有料到院长会为吉诺求情,请院长尽管提出来,一定照办。院长说:

"教皇陛下,我有求于陛下的是请陛下恢复旧日对吉诺·德·塔科,也就是为我治病的医师的恩宠,因为在我认识的人中间,他算是个人物。我认为,他以前干过一些坏事,但不能怪他,只能怪命运对他不公。假如陛下给他一些恩赐,让他过上合乎他身份的生活,我相信陛下一定会像我一样,发现他是个顶天立地的人。"

教皇气度恢宏,求贤若渴,回答说,如果吉诺确实像院长所说的那样,他很乐意满足院长的请求,便同意吉诺前来见他。院长通知吉诺放心大胆来罗马晋谒教皇。教皇见吉诺果然一表人才,宽容了他以前的作为,封他为骑士,叫他担任济贫团一个大修道院的院长职务。此后,吉诺一直忠诚地为神圣教会服务,和克伦尼修道院院长成为莫逆之交。

三

密特里达内妒忌纳坦的仗义疏财,要害他性命,但见到纳坦并不认识,从他那里打听到该怎么实现自己的阴谋。根据他的指点,果然在小树林里找到了他。密特里达内认出纳坦后羞愧万分,两人成为好友。

大家听了艾莉莎的故事,认为一个教会中人如此豁达大度简直是奇迹。女郎们的议论停息后,国王吩咐菲洛斯特拉托接着讲,菲洛斯特拉托随即说道:

高贵的女郎们,西班牙国王的宽宏令人钦佩,克伦尼修道院院长的大度实属罕见。如果有一个慷慨到了极点的人遇到另一个想谋害他的人,竟义无反顾地甘愿付出自己的生命,并且采取了必要的措施防止对方发现自己就是他要谋害的人，各位听了这件事肯定会拍案叫绝。我要讲的正是这么一个小故事。

据某些到过契丹的热那亚人或者意大利其他城市的人所说，那个国度有个贵族出身、家赀巨万的名叫纳坦的富人。他住在东西方行旅必经之路附近，家中仆从如云。凡是在他家歇脚的人，无不受到真诚欢迎和热情接待。他数十年如一日坚持这个值得赞扬的习惯，仗义疏财的名声传遍了东方和几乎整个西方。后来，他上了年纪，好客的作风依然如故，名气传到附近一个国度的名叫密特里达内的青年人耳里。密特里达内认为自己的财富不下于纳坦，妒忌他的声名和品德，决心要在这方面压倒他，于是开始对过往旅人殷勤招待，不久也出了名。

一天，密特里达内单独在他住宅的院子里，一个老婆子从一扇门进来乞求施舍，青年人给了她。老婆子再从第二扇门进来乞求，青年人又给了她。老婆子依次走了十二扇门。密特里达内见她从第十三扇门进来时，不禁说：

"老大娘，你要施舍也不嫌累。"

虽然如此，密特里达内还是给了她。老婆子听到这句话不高兴地说：

"啊，纳坦是多么慷慨大方！他的邸宅有三十二扇门，我和今天一样进了每一扇门，他没有认出我，至少没有露出认识我的模样，每次我都得到了施舍。我在这里只进了十三扇门，你就认出了我，对我说这种难听的话。"

她说完之后掉首而去。密特里达内听老婆子这么说，明白纳坦乐善好施的名声远远超过他，十分气恼，暗忖道：

"唉！我虽然有行善的名声,连这些小地方都赶不上纳坦,在大的方面怎么能压倒他呢？有他就没有我,只要他还活在人世,我就比不上他,而他老而不死,看来我得自己动手,结果他的性命。"他一气之下,也不同任何人商量,带了少数几个仆从骑马前去契丹,第三天到了纳坦的邸宅。他吩咐仆从装作不和他同路不认识他的样子,让他们自找住处歇脚,等候他的消息。到了傍晚时分,他孤身一人在纳坦华丽的邸宅附近徘徊,发现纳坦也是孤身一人,衣着朴素,在田野里散步。密特里达内见了他并不认识,问他在什么地方可以找到纳坦,纳坦回答说:

"我的孩子,附近一带没有比我更熟悉他的人了,你愿意的话,我随时可以带你去见他。"

青年人说他很愿意,但是如有可能,他不希望纳坦见到或认识他;纳坦说:

"既然你希望这样,我照你的意思办。"

密特里达内下了马,和纳坦攀谈起来,有说有笑,到了纳坦的邸宅。纳坦叫一个仆人替青年人牵走马,悄悄吩咐他通知家里所有的人别说出他便是纳坦,仆人照办了。纳坦进入邸宅,把密特里达内安置在一个漂亮的房间里,除了侍候他的人之外,闲人一概不准进来,由他亲自陪伴,照顾备至。密特里达内把他当作父辈那么敬重,问他是谁。纳坦回说:

"我是纳坦的一个无足轻重的仆人,我看他从小长大,如今我上了年纪,尽管人们交口称赞他,我觉得他并没有什么了不起的地方。"

密特里达内听了这几句话,认为有隙可乘,他的罪恶阴谋有实现的希望。纳坦彬彬有礼地问他尊姓大名,来这里有何贵干,如有用得到他的地方,愿意尽力而为,给他出主意,帮他忙。密特里达内迟疑了片刻,终于决定向他推心置腹,说出他是谁,来这里的目的,要纳坦严守秘密,求他出主意,帮他忙。纳坦得悉密特里达内的险恶用心,先是大吃一惊,然后镇定下来,神色自若地说:

"密特里达内,令尊是个高尚的人,你乐善不倦,在这方面没有辱没家风。你妒忌纳坦的慷慨,我十分赞赏。如今人心不古,世风日下,多一些像你这样的人,世界很快就会变得美好。我一定为你的意图保密,在这方面我出不了大力,不过可以出些有用的主意。你瞧,离这里半英里的地方有片小树林,纳坦几乎每天早晨单独在那里散步好长时间。你不费什么事就可以找到他,爱怎么处置他就怎么处置。你杀了他之后,如果不想遇到麻烦,就不要循原路回来,而是走树林左边一条小路。那条路虽然荒僻,但离你家近些,比较安全。"

密特里达内获悉这一情况,等纳坦离去后,悄悄通知也在纳坦邸宅歇脚的他的几个仆从明天在什么地点等他。第二天,纳坦并不食言,独自前去他指点密特里达内的树林等死。密特里达内起身后,拿起这次带来的弓箭和佩刀,骑上马,直奔树林,打老远就看到独自散步的纳坦。他在动手杀纳坦之前想看看他的长相,听听他的声音,策马上前一把揪住他的头巾,喝道:

"老头,你的死期到了。"

"我死而无悔。"纳坦回答说。

密特里达内听到他的声音,看清了他的脸,认出他就是那个好心接待他、亲切陪伴他、诚恳地替他出主意的老人,他的怨毒顿时烟消云散,化为羞愧。他把已经出鞘准备杀老人的

佩刀扔在地上,跳下马,扑到纳坦脚前哭着说:

"最最亲爱的老大爷,我现在深刻体会到你的慷慨使我望尘莫及。我知道你煞费苦心主动跑来让我害你性命,其实你根本不必这么做。我以前被卑劣的妒忌心蒙住了眼睛,幸好天主明鉴,比我自己更清楚我应该承担的责任,在紧要关头唤醒了我的良知。你越是心甘情愿地听任我实现我的卑劣企图,我越是看清我的过错应该受到惩罚。我罪孽深重,随你怎么处置,我决无怨言。"

纳坦把密特里达内扶起来,慈祥地拥抱他,吻他,对他说:

"孩子,你的意图,不管你称之为邪恶也罢,称之为别的什么也罢,根本不值得你内疚,因为你的出发点不是仇恨,而是希望得到更好的名声。你不必过意不去,要知道我比谁都更爱你的高尚精神。你不像一般守财奴那样积攒钱财,而是把已有的钱财施舍行善。你为了赢得乐善好施的名声而想杀我,你不必为此感到羞愧,事实上我也没有因此而感到奇怪。古往今来多少叱咤风云的帝王之所以名满天下完全是靠杀人,他们不像你这样只想杀我一个,而是杀人无算,并且焚烧掳掠,把整个城市夷为平地,从而扩展他们的版图,彪炳千古。你为了要出名而杀我一个人,也不是什么了不起的新鲜事,而是古已有之。"

密特里达内并不原谅自己的邪恶企图,一方面继续引咎自责,另一方面称赞纳坦巧妙地宽慰他的话,说是纳坦能做出这种决定,并且在如何实现方面帮他出主意,简直令人难以置信。纳坦说:

"密特里达内,我不希望我的劝告和决心使你感到奇怪。自从我懂事以来,我一直准备做你所做的事。凡是来我这里,有求于我的人,我总是千方百计满足他的要求。你跑来想取我性命,我不能让你空手而回,于是立即决定把性命给你,并且帮你出主意,让你顺顺当当如愿以偿,非但取了我的性命,你自己也安然无恙。时至今日,我还是要说,如果你要我的尽管拿去,事实上我认为我也死得其所。我已经活了八十岁,死而无憾。按照自然界的规律,所有的人或事物都有消亡的过程,我剩的日子也不多了。因此,我认为应该像我施舍财富一样,性命也是舍弃为好,因为不管你如何保全,最终还是在劫难逃。一百年都不算太久,我在世无非只有六年、八年的时光,更不值一提了。你想要我的性命的话尽管拿去吧!我活到现在还没有遇到想要我性命的人,你不拿去,不知什么时候才会遇到要我命的人了。即使以后遇到,时间越往后拖,我的命越不值钱。因此,在它掉价之前,我请你取去吧。"

密特里达内非常羞愧地回答说:

"你的生命太宝贵了,刚才我想害你,天主不容!我现在非但不想缩短你的生命,甚至甘愿减掉我自己的生命为你添寿。"

纳坦随即说:

"如果可能,你真的想增添我的寿命?那你愿意让我做件事吗?我一生从未向别人要过什么,我向你要件东西行不行?"

"当然行。"密特里达内毫不迟疑地回答。

"我们这么办,"纳坦说,"你年纪还轻,不如留在我家,改名为纳坦,我去你家,以后我就改名叫密特里达内。"

密特里达内说:

"假如我在乐善好施方面能做得像你一般出色,我不加考虑会立即接受你的建议。但我觉得我的行为会损害纳坦的声名，所以不能接受，因为我不愿意损害我无法比美的人。"

纳坦和密特里达内两人平心静气地谈了好久，纳坦最后请密特里达内回他的邸宅，殷勤款待了密特里达内好几天，向他传授了行善方面的全部智慧和经验。密特里达内终于了解在慷慨方面自己永远赶不上纳坦，盘桓几天后向纳坦告辞，带了仆从回自己家。

四

真蒂尔·德·卡里森迪从墓室抬回一个他爱慕的、因暴病而被其家人误认为死去的女人。那女人复苏后娩出一个男婴，真蒂尔把母子二人归还给她的丈夫。

大家听了纳坦的故事，觉得他慷慨到了不惜自己性命的程度，确实胜过西班牙国王和克伦尼修道院院长。议论停息后，国王注视着劳蕾塔，示意让她接着讲。劳蕾塔心领神会，开口说道：

妙龄女郎们，前面的故事非常精彩，在豁达大度方面要超过前面故事中的几个人物似乎不大可能。看来我只有在爱情方面找些话题。由于爱情的题材取之不尽，也由于我们的年龄关系，这类题材更能引起我们的兴趣，因此我给各位讲一个多情种子仗义的故事。前面几个故事中的人物有的馈赠宝器，有的化敌为友，有的为了保全钟爱的事物而不惜拿自己的生命、荣誉和名声冒险，但仔细琢磨一下，我故事中的人物在慷慨方面和他们相比有过之而无不及。

从前伦巴第显赫一时的城市波洛尼亚①有个出身望族、品德高尚的名叫真蒂尔·德·卡里森迪的年轻绅士。他爱慕尼科卢乔·卡恰内米科的妻子——卡塔林娜夫人，但落花有情，流水无意。他失望之余，恰好被任命为摩德纳的地方长官，便前去赴任。

尼科卢乔当时不在波洛尼亚，他妻子怀了孕，在城外三英里左右的乡间别墅小住，突然得了急病，来势凶猛，很快就气息全无，几个医师断定她死了。她的亲戚虽然听说她怀孕，但估计肚子里的胎儿还没有足月，也不理会，痛哭一场之后把她葬在附近教堂的墓地里。一个朋友马上把这个消息通知了真蒂尔先生。真蒂尔虽然从未得到那位夫人的青睐，听到这消息仍十分悲痛，说道："唉，卡塔林娜夫人，你死了！你活着的时候，从未正眼看过我，现在你死了，无法拒绝，我要偷偷吻你一下。"

当天晚上，他悄悄离开摩德纳，带了一个仆人，骑上马直奔埋葬卡塔林娜夫人的墓地。他打开墓室，爬了进去，并肩躺在夫人身边，流着泪，一再吻她。我们都了解，男人们总是得寸进尺，欲望永远没有满足的时候，沉湎于爱情的人尤其是这样。真蒂尔原先打算躺一会儿就离去，可是突然起念："我既然来到这里，以后再也不会有机会了，为什么不摸摸她的乳房呢？"欲念初起，他的手已经伸到她的胸脯上。不摸则已，一

---

① 波洛尼亚是意大利北部艾米利亚—罗马尼阿区的首府，而伦巴第的首府是米兰，当时人们把北部地区泛称为伦巴第。

摸却大吃一惊,原来她心口似乎在隐隐跳动。他定下神,虽然觉得心跳十分微弱,但敢断定那女人并没有死绝。于是他招呼仆人帮忙,小心翼翼地把她从墓室里抬出来,抱上马背,回到他在波洛尼亚的老家。

真蒂尔的母亲是个通情达理的贤惠妇人,听他详细叙说了事情的前因后果,不禁产生了同情,便用热水替那女人洗身,把房间里的炉火烧得很暖和。过一会儿,那女人悠悠苏醒过来。她清醒后,嘘了一口长气,说道:

“哎!这是什么地方?”

老太太回答说:

“别担心,你在安全的地方。”

卡塔林娜完全清醒过来,四下扫了一眼,不知道自己在什么地方,又看见真蒂尔先生在面前,茫然不解地问老太太这是怎么一回事。真蒂尔先生便把整个经过告诉了她。她惊魂甫定,先向真蒂尔道了谢,接着求他从爱护她出发,并且尊重他自己的身份,不要在他家里做出有损于她和她丈夫荣誉的事,等天一亮就送她回自己家。真蒂尔先生说:

“夫人,由于我以前对你的倾慕,天主赐恩,让我把你从死亡线上拉回到人世。不论我以前对你有什么希冀,从现在开始,我对你决不存非分之想,而是把你当成亲姊妹对待。不过今晚我救你一命,你至少应该表示领情,我想请你赏个脸,希望你不要拒绝。”

那女的落落大方地说只要是正当可行之事,她无不从命。真蒂尔先生说:

“夫人,你所有的亲戚和波洛尼亚全城的人都知道你已经死了,你家也没有人盼你回去,因此我请你赏脸在我家和我母亲住一阵子,先不要声张,等我从摩德纳回来以后再作计较,时间不会太久。我之所以这样做,是打算当着全城头面人物隆重地把你送还给你丈夫。"

卡塔林娜觉得真蒂尔对她有救命之恩,并且认为他的要求无可非议,虽然很希望把她死而复生的好消息通知她的亲属,仍决定按真蒂尔先生的要求行事,郑重向他作了保证。她话刚说完,觉得肚子一阵阵痛起来,临盆的时辰已到,在真蒂尔先生母亲的精心照料下,娩出一个漂亮的男婴。她本人和真蒂尔先生都格外高兴。真蒂尔先生吩咐使女仆役准备好一切应用物品,把她当作主母一般伺候,他自己则回摩德纳。

他在摩德纳的任期满了,准备回波洛尼亚的时候,吩咐家中在他进城的当天早上安排一个盛大宴会,邀请了波洛尼亚许多社会名流,尼科卢乔·卡恰纳米科也在邀请之列。真蒂尔到家下了马,和家人见了面,看到卡塔林娜夫人比以前更俏丽健康,小孩也活泼可爱,他万分欣慰。请客人们入席后,端上来的菜肴非常丰盛。他事先和卡塔林娜夫人谈好该怎么做,宴会快结束时,他起身说:

"各位先生,据我所知,波斯有一个有趣的风俗,那就是人们向朋友表示极度尊重时,把朋友请到自己家里,叫妻子、情人、女儿或者最亲爱的人出来和朋友相见,或者把他最珍爱的东西给朋友赏玩,同时声明,如有可能甚至愿意把自己的心掏出来给朋友看。我打算在波洛尼亚效法这个风俗。承蒙各位赏脸光临舍间,我想按波斯规矩向各位表示敬意,把我在世上最珍爱的东西给各位观看。但是在这之前,我有个问题难以解决,说出来请各位帮我判断。某人有个忠诚善良的仆人得了重病,主人不顾病情变化,把他抬到大街上扔下不管了。

这时有个陌生人路过,觉得病人可怜,便把他带回自己家,花了许多心血和钱财治好了他的病。我现在要了解的是,他把仆人留在家里为他干活,第一个主人想要回仆人而第二个主人不肯,第一个主人是不是有理由抱怨或者指责第二个主人呢?"

客人们各抒己见,议论纷纷,最后意见逐渐取得一致,公推素有辩才之名的尼科卢乔·卡恰纳米科代表大家讲话。尼科卢乔首先赞扬了波斯风俗,声称他和别的客人认为第一个主人在紧要关头抛弃了仆人,从而丧失了他对仆人的权利。第二个主人救了仆人性命,有权利享受仆人的服务,把他留在自己家里并不侵害第一个主人的权利,第一个主人也没有抱怨的理由。席上其他绅士纷纷附和尼科卢乔的意见。真蒂尔听到这个回答,尤其是出自尼科卢乔之口,正中下怀,宣称他本人也赞同这个意见。他接着又说:

"现在我要履行我的诺言了。"

他打发两个仆人去请夫人和各位贵客见见面。卡塔林娜夫人事先已换上了华丽的衣服,打扮得珠光宝气,怀里抱着韶秀的儿子,由两名仆人陪伴着来到大厅。真蒂尔请她在一位贵宾身边就座后,说道:

"各位,这就是我现有的、并且想拥有的最珍贵的宝贝,你们是不是也有同感?"

绅士们向夫人施礼,纷纷赞美。由于真蒂尔对她评价极高,大家不免多看她几眼,不少人认出她是谁,但认为她前不久已经死了,不敢作声。尼科卢乔更是目不转睛地盯着她看。他迫不及待地想知道她是不是他的妻子,趁真蒂尔暂时离开的当儿,问她是波洛尼亚人还是外地人。夫人听到丈夫发问,差点脱口回答,但她事先和真蒂尔说好,于是默不作声。一个客人问她那孩子是不是她的,别的客人则问她是不是真蒂尔先生的妻子或者亲戚,她一概不回答。真蒂尔先生这时回到席上,一个外地的客人说:

"先生,这位夫人很美,但似乎是哑巴,是吗?"

"各位先生,"真蒂尔先生说,"她不开口更证明了她的美德。"

"那就请你告诉我们她是谁吧。"对方坚持说。

"我会告诉各位的,不过请各位先答应我一个条件,不管我说什么,在我结束之前谁都不要离开座位。"

大家都答应了,筵席上的杯盘撤去以后,真蒂尔先生在卡塔林娜身边坐好,说道:

"先生们,这位女子就是我刚才向各位提到的那个忠诚善良的仆人。她没有得到亲人的顾惜,给扔到大街上,是我收留了她,我费了心血和辛苦,把她从死神手里夺了回来。天主可怜我一片苦心,把她从一具可怕的尸体变成现在这么如花似玉的健康人。待我把经过情况简要地告诉各位,你们就明白了。"

他叙说了他对卡塔林娜夫人由来已久的倾慕和以后发生的事,大家惊叹不已。最后他说:

"根据这些情况,如果各位,尤其是尼科卢乔不改变主意的话,这位妇女理所当然应该归我,谁都没有权利要回。"

大家都不作声,静听下文。尼科卢乔和好几个客人心里难受得哭了起来。这时真蒂尔先生站起来,把婴儿抱在怀里,拉住那位夫人的手,走到尼科卢乔面前说:

"请站起来,干亲家。你和你的亲戚已经把你的妻子当作死人埋葬掉了，我现在并不是把她还给你，而是把这位夫人，也就是我的干亲家母，连同她的儿子送给你。这个孩子肯定是你的骨肉，由我充当教父给他行了洗礼，并且取名为真蒂尔。她虽然在我家住了三个月，我请求你不要因此而减少你对她的敬爱。我可以对天主起誓，尽管我出于对她的倾慕救了她一命，她在我家和我母亲一起生活得冰清玉洁，正如她以前和自己的父母或者和你一起生活那样。"

然后，他转向卡塔林娜夫人说：

"夫人，现在我解除你欠我的情和一切义务，把你交给尼科卢乔。"

他把夫人和孩子交给尼科卢乔之后，回到自己的座位上。尼科卢乔绝对没有想到会有这种好事，他喜出望外地拉着妻子的手，抱过孩子，感激涕零地向真蒂尔再三道谢。客人们感动得流泪，赞扬这件美事，传为佳话。卡塔林娜夫人回去后家里欢天喜地，波洛尼亚人把她看作死而复生的奇人，惊叹不已。此后，真蒂尔先生一直是尼科卢乔和他家的好朋友。

善良的女郎们，我们听了这个故事有什么想法？馈赠权杖和王冠的国王，分文不花就使绿林好汉和教皇和解的修道院院长，在想害他性命的人面前引颈就戮的老人，他们的事迹能和真蒂尔先生的比美吗？真蒂尔年轻热情，由于别人的失误和自己的运气，得到并拯救了他所珍爱的，完全有权利据为己有。但是他不但光明正大地抑制了自己的贪欲，而且豪爽地把他渴望拥有的归还别人。我认为前面几个人的慷慨都无法和他的相比。

五

迪亚诺拉夫人要安萨尔多把一月的花园变得像五月的那样繁花似锦。安萨尔多重金聘请巫师做到。迪亚诺拉的丈夫同意她满足安萨尔多的要求,安萨尔多得悉她丈夫如此豪爽,解除了她的承诺,巫师则解除了安萨尔多的承诺。

无忧无虑的青年男女们交口称誉真蒂尔先生,这时国王发话让艾米莉娅接着讲。艾米莉娅胸有成竹地说道:

温柔的女郎们,谁都没有理由说真蒂尔先生的所作所为不豪爽,但要说不可能做得比他更好恐怕也不确实,我现在要讲的故事就说明这一点。

弗里奥利气候寒冷,但山明水秀,风景优美。该地的乌迪内城里有个名叫迪亚诺拉的出身名门的女子,丈夫名叫吉尔贝托,有钱有势,潇洒风雅。迪亚诺拉夫人的人品相貌引起一个贵族的倾慕,此人名叫安萨尔多·格拉登塞,家赀巨万,本人文武双全,在当地颇有名望。安萨尔多一厢情愿,迷恋着迪亚诺拉,千方百计要赢得她的欢心,经常托人捎信向她求爱,但她不为所动。安萨尔多纠缠不清,夫人很是气恼,但又无法摆脱,忽然异想天开,决定向他提出一个她认为根本不可能做到的要求,让他死了这条心。一天,安萨尔多又请一个妇人捎信,迪亚诺拉便对她说:

"好太太,你多次说安萨尔多先生爱我胜过一切,并且代他提出要送给我许多贵重的礼物,你请他免了吧。我不会因为他送礼物而爱上他,如他的心愿。假如你敢肯定他像嘴上所说的那样爱我,我无疑也会爱上他,答应他的要求。因此,假如他能办到我提出的一件事,我保证满足他的要求。"

那个女人兴致勃勃地问道:

"夫人,你要他办什么事呢?"

迪亚诺拉说:

"一月份快到了,我希望他在城里为我布置一个花园,绿草遍地,鲜花盛开,树木青翠,像五月那么春意盎然。如果办不到,请他从此不要再派你或别人来了。到目前为止,我还没有对我丈夫或亲戚说过他的事。此后如果他再同我纠缠不清,我可要告诉他们,让他们出面解决。"

安萨尔多听到夫人提出的根本办不到的要求,明白她的用意是让自己死了这条心,但他仍打算试试。他到处打听有没有人能帮他这个忙,居然找到一个精通巫术的人,说是如有重酬,他能办到。安萨尔多先生和他谈妥,给他一大笔钱请他操办,然后欢欢喜喜地等着事成的那天。到了那天,气温骤降,冰封雪飘,成了银白世界。巫师在元月朔日前夕到城外一块草地上行施法术,第二天早晨果然出现一个姹紫嫣红的花园,芳草如茵,树木葱茏,果实累累,见到的人都惊讶万分。安萨尔多先生高兴得跳了起来,吩咐仆人采摘了最鲜艳的花朵和最漂亮的水果,派人悄悄给迪亚诺拉夫人送去,传话邀请她去参观她指定要看的花园,满足他有权提出的要求。他并且提醒夫人她许下了诺言,希望她言而有信,付诸实现。

在此之前,夫人已经听人传说花园的奇迹,现在看到水果鲜花,不禁为自己做出的诺言感到后悔。但她也想见识一下,便和城里别的女人结伴前去观赏。游园后,在回家的路上,她一方面和女伴们谈论这件奇事,啧啧称赞;另一方面想到自己的承诺,暗暗发愁。丈夫看她愁容满面,问她有什么心事,她先不好意思开口,经不住丈夫一再追问,终于和盘托出。吉尔贝托起先十分震怒,但考虑到妻子动机纯洁,最后心平气和地说:

"迪亚诺拉,明智端庄的女人首先不应该理睬那些乌七八糟的传话,更不应该拿自己的贞操作为条件去冒风险。言者无意,听者有心,心灵的耳朵听到的话的力量比一般人想象的要大得多。尤其是沉湎于爱情的人,对他们说来,几乎没有什么事是办不到的。你理睬了那些话,做出许诺,本身就大错特错。不过我了解你的动机是纯洁的,为了让你得到解脱,我授予你任何男人都不大可能授予的权利,因为我担心如果你愚弄了安萨尔多先生,巫师也许会加害于我们。我希望你去找安萨尔多,好言好语请他解除你的诺言,从而保持你的贞操。假如办不到,你这次不妨把身体给他,但不能动情。"

迪亚诺拉夫人听了丈夫的这番话,哭着拒绝了丈夫给她的恩惠。但是吉尔贝托坚持己见。第二天一早,迪亚诺拉派了两名仆人在前面引路,她自己由一名使女陪伴,前去安萨尔多先生家。安萨尔多听说夫人来了十分惊喜,起身相迎,同时派人把巫师请来,对他说:

"我想让你看看你给我赢来的幸福。"

他到门口迎接夫人,丝毫没有显出卑微的欲望,而是毕恭毕敬地请夫人和随从进屋,在一个生着火的华丽的大厅里就座,对她说:

"夫人，如果我长期以来对你的爱慕值得某些补偿的话，请你赏脸告诉我，你带了这么多随从，这么早来舍间有什么贵干？"

夫人满面羞惭，噙着眼泪说：

"先生，促使我来这里的并不是我对你怀有什么情意，也不是我向你作过的许诺，而是我丈夫的吩咐。我丈夫考虑到你出于荒唐的爱情为我费尽心机，不顾我和他的荣誉，吩咐我非来不可。我奉他之命，这次准备让你称心如意。"

夫人的来访已经使安萨尔多先生感到意外，她现在的这番话更使他惊异。他被吉尔贝托的气度打动，卑微的欲念化为同情，说道：

"夫人，如果你丈夫真像你说的那样照顾我的感情，而我竟然想玷污他的荣誉，天主不容。你今天来我家，我一定把你当作亲姐妹一样对待，你想走的话随时可以走。只请你替我向你丈夫致意，表示感谢，今后永远把我当作仆人和兄弟。"

夫人听了这话欣喜莫名，回答说：

"考虑到你的一贯作风，我猜到你不会使我难堪。为了今天的事，我一辈子都感激不尽。"

她告辞后，仍由仆从陪伴着到了家，把经过情形告诉了吉尔贝托。他也十分感激，从此和安萨尔多先生建立了深厚的友谊。至于那个巫师，安萨尔多先生言而有信，把答应给巫师的酬劳给他。但巫师看到吉尔贝托对安萨尔多先生以及安萨尔多先生对迪亚诺拉夫人的宽容大度，说道：

"我看到吉尔贝托在他的荣誉问题上如此豁达，你在你的爱情上又如此豪爽，我在酬劳上如果斤斤计较，天主不容。因此，我也成人之美，这笔钱请你留着吧。"

安萨尔多先生觉得有愧,再三请他把钱收下,至少收一部分,巫师坚决不肯。第三天,巫师收了法,花园所在的地点恢复了隆冬景象,他告辞而去,安萨尔多先生求天主降福给他。从此,安萨尔多先生打消了他对那位夫人的欲念,只存纯洁的兄妹之情。

可爱的女郎们,我们对这个故事有什么评论?真蒂尔先生倾慕的女人几乎已经断了气,他已经不存希望,爱情已经淡漠。可是安萨尔多先生渴望已久的人到了手,十拿九稳,他的爱情的火焰比以往任何时候更炽烈,但他克制了欲念。我觉得把他们两人的豁达大度相提并论是愚蠢的。

六

战功显赫的老国王查理爱上一个少女,后来为自己的荒唐感到羞愧,隆重地把少女和她的孪生妹妹婚配给两个贵族青年。

女郎们听了迪亚诺拉夫人的故事,在吉尔贝托、安萨尔多先生和巫师三人中间谁表现得最豁达大度的问题上议论纷纷,莫衷一是。这里就不多费口舌,一一细说了。国王听任大家议论了一会儿之后,转向菲亚梅塔,让她接着讲。菲亚梅塔随即说道:

杰出的女郎们,我一向主张在我们这样的集体里,叙说的事情要条理分明,寓意不能过于深奥,以免引起争论。争论是学院里学者的事,对于我们这些摆弄纺锤纺杆的女人来说不太合适。我本来想好了一个故事,这个故事可能引起不同的理解和争议。刚才看到各位听了故事争论不休,我决定另讲一个。故事的主角不是平凡之辈,而是一个英武盖世的国王,他从谏如流,保全了晚节。

各位想必多次听说过老国王查理的事迹,他战功赫赫,打败了曼弗雷迪国王,于是皇帝派被逐出佛罗伦萨,教皇派纷纷回归。[①] 一个名叫内里·德·乌贝蒂的骑士带了妻小家人和金银细软也离开了佛罗伦萨,但仍想在查理国王治下找个僻静的地方安度晚年。他到了斯塔比亚[②],买了一块地皮,盖了一所精致舒适的住宅,周围种着不少核桃树、橄榄树和栗树,离镇上别的住家只有一箭之遥。住宅旁边修筑了一个花园,由于当地水源充足,花园里挖了一个池塘,池水清澈见底,养了许多鱼。内里先生不干别的,整天照料园林,把它布置得越来越美。一年夏天,查理国王去卡斯特拉马雷避暑,听说内里先生的花园景色优美,想去看看,又听说内里先生是敌对党派的骑士,为了表示友好起见,先派人通知他说,第二天晚上国王想带四个随从在他的花园里和他共进晚餐。内里先生听说国王要来,感到非常荣幸,吩咐仆人做好周到的准备,安排了丰盛的筵席,在他美丽的花园里隆重地接待国王幸临。国王参观了住宅和花园,赞不绝口,然后洗了手,在池塘旁边的一张桌旁就座,让他的随从之一圭多·德·蒙福尔特伯爵和内里先生坐在他左右,其余三个随从则由内里先生安排座位。席上山珍海错水陆纷陈,美酒佳酿充分供应,伺候又有条不紊殷勤周到,国王很是满意。

①　参见本书第二天故事之六 103 页注①。
②　即卡斯特拉马雷迪斯塔比亚,意大利西部那不勒斯港口城市。

大家正开怀宴饮欣赏美景时,两个十五岁左右的少女来到花园里。她们的拳曲的金发灿灿闪亮,散披在肩后,额头箍着长春花编织的花环,容光照人,美丽得像天仙。两人身上穿着雪白的细麻布衣服,上衣贴身,裙子宽大,长及脚背。前面那个左手抓着两张渔网,搭在肩上,右手握着一根棍子。后面那个左肩扛着一个长柄煎锅,左臂夹着一束木柴,手里拿着一个三腿炉架,另一只手拿着一个油壶和一支点燃的火把。国王见她们这副装束不免纳闷,但没有作声,且看她们如何动作。两个少女怯生生地来到国王面前恭敬地行了礼,一个把煎锅和其他炊具放在地下,从另一个少女手里接过棍子,两人下了水深及胸的池塘。内里先生的一个仆人麻利地支起三腿炉架,生起柴火,搁好煎锅,往锅里倒了油,等少女捞鱼上来。少女知道鱼爱栖息在什么地方,一个用棍子驱赶,另一个张网捕捞,工夫不大已抓到许多,一一扔给岸上的仆人,仆人随即把活鱼放进煎锅。国王兴致勃勃,看得出神。过了一会儿,少女按照事先的布置,把捞到的最漂亮的鱼儿扔到国王、圭多伯爵和她们的父亲面前。鱼在桌子上活蹦乱跳,国王高兴极了,捉住鱼,礼尚往来地扔回给少女。他们逗了一会儿趣,这时仆人已经把鱼煎好,奉内里先生之命端到国王面前。这与其说是一道美味佳肴,不如说是席间的余兴。少女看到捞上来的鱼足够大家吃的,便从池塘里上来,雪白的细麻布衣裳湿漉漉地贴在皮肉上,美妙的胴体一览无遗。她们收起带来的器材,怯生生地走过国王面前,进屋去了。

　　国王、伯爵和其余的随从一直注视着两个少女,为她们的美丽可爱暗暗喝彩。国王尤其看得出神。她们出水时,国王心醉神迷地观赏她们身体的每一个部位。当时即使有人用锥子刺他一下，他恐怕也不觉得痛。他一直揣摩，不知道她们是谁，一心只想取悦于她们。他知道如果自己把握不住，会爱上她们的。但两人长得一模一样，又说不清更爱哪一个。他胡思乱想了片刻，终于忍不住问内里先生，那两个少女是谁。内里先生回答说：

"陛下，她们是我的女儿，一对孪生姊妹。一个叫美丽吉内芙拉，另一个叫金发伊索塔。"

国王赞美了她们几句，说是该给她们找婆家了。内里先生回说，还没有合适的人家。菜都上完，只剩下最后一道水果时，两个少女换了华丽的薄纱衣裳出来，端着两个堆满各式时鲜水果的银盘子放在国王面前的桌子上。接着，她们退后几步，开始唱歌，歌词开头是这样的：

> 我终于来到，爱情，
>
> 经历的过程一言难尽。

她们的歌声甜美悦耳，国王凝神细听，仿佛在他面前唱歌的是下凡的天使。少女歌罢，恭敬地下跪，请国王恩准她们退下。国王心里虽然不愿她们离开，但仍和颜悦色地同意了。晚饭结束后，国王和随从们上了马，和内里先生告别后离去，一路说说笑笑，很快就回到了行宫。国王掩饰着他的倾慕之心，但即使日理万机也念念不忘吉内芙拉的音容笑貌。由于姐妹二人长得太像，想到吉内芙拉时不由自主也就想到伊索塔。他整天想入非非，没有心思去考虑国家大事。他和内里先生交上朋友，找了借口经常去他美丽的花园，其实是为了见到吉内芙拉。最后，他再也忍受不住单相思的煎熬，但又想不出更好的办法来克制自己，决定向内里先生开口，要娶他的女儿为妻，一个还

不够,要把两个少女同时娶来。他把自己的打算告诉了圭多伯爵。伯爵是个刚正不阿的人,听了这话,当即说道:

"陛下的打算使我十分吃惊,我看着你长大,比谁都更了解你。你年轻时照说容易被爱情之箭射中,可是并没有沉湎于儿女私情。如今上了年纪,竟产生了这种异想天开的爱情,叫人难以想象。如果容我进言,我要说陛下刚得了天下,干戈甫定,人心未测,阴谋险诈危机四伏,百废待兴,有大量重要的工作要做,连坐下来歇口气的时间都没有,哪有寻欢作乐的闲情逸致?这种事出在血气方刚的小青年身上还可以原谅,对一位有雄才大略的国王来说就太不合适了。更糟糕的是,你说是要把那位可怜的绅士的两个女儿都娶来。他在家里盛情款待了你,没把你当外人,让他的女儿出来相见,说明他对你寄予多大的信任,把你当作国王,而不是色狼。当初曼弗雷迪荒淫无道,糟践妇女,失去民心,陛下才顺利地得了天下。难道前车之鉴转眼之间就忘得一干二净?内里先生把你奉为上宾,你却要剥夺他的荣誉、希望和安慰。这种不仁不义的事岂不贻笑万世?如果陛下干出这种事来,人们将如何评说?陛下也许认为内里先生是教皇派,陛下的做法有了借口。但是对于来投奔自己的人干出这种背信弃义的事,是公正的国王所不取的。我斗胆提请陛下注意,战胜曼弗雷迪固然是了不起的光荣,战胜自己却是更大的光荣。陛下有责任匡正别人,但更要战胜自己,克制邪念,不能玷辱来之不易的光荣名声。"

这番话刺痛了国王的心,尤其使他难堪的是他明白句句有道理。他长叹一声说道:

"伯爵,我现在深刻体会到对一个久经考验的战士来说,战胜任何强大的敌人比战胜自己的欲念容易得多。尽管我的欲念很重,克制它需要难以估计的力量,但你的一番话激励了我。我既然能战胜别人,当然也能够战胜自我。不出几天,你就可以看到我的实际行动。"

国王说了这些话之后,没过几天就回到那不勒斯。他的离去一方面是为了避免自己再起邪念,另一方面是为了答谢内里先生对他的款待。他忍痛割爱,决定把内里先生的两个女儿当作自己的亲生女儿一样许配给两个青年人。他征得内里先生的同意后,准备了丰厚的嫁奁,把美丽吉内芙拉嫁给马费奥·德·帕利齐先生,把金发伊索塔嫁给圭列尔莫·德·马尼亚先生,两人都是有男爵封号的高贵的骑士。办完婚事后,国王无限惆怅地前去阿普利亚,竭力克制自己的欲念,斩断了情丝,以后再也没有类似的感情纠葛。

有人会说,一位国王为两个少女主婚并没有什么了不起,这一点我完全同意。可是我认为一位堕入情网、难以自拔的国王没让自己的爱情开花结果,把他爱慕的人许配给别人,却是了不起的大事。这位豪爽的国王就是这么做的。他报答了内里先生,光明磊落地对他倾慕的少女表示了敬意,同时也勇敢地战胜了自我。

七

彼得罗国王得悉少女丽莎为他相思成疾,前去安慰,把她婚配给一个好青年,吻了她的前额,答应永远做她的骑士。

菲亚梅塔讲完了故事,大家都赞扬查理国王的英雄气概

和豪爽,只有一位女郎由于是教皇派,不加评论。接着,潘皮内娅奉国王之命说道:

可敬的女郎们,平心而论,查理国王的行为是应该得到称颂的。至于为了其他原因而对他没有好感,当然又当别论。这使我想起查理国王的敌人对一个佛罗伦萨少女所做的值得赞扬的事,现在就说给各位听听。

法国人被逐出西西里岛①后,巴勒莫有个原籍佛罗伦萨的香料商名叫贝尔纳多·普奇尼,他善于经营,攒了不少钱。贝尔纳多有个独生女儿,名叫丽莎,已到摽梅之年,长得花容月貌。彼得罗·德·阿拉贡国王成为西西里岛的君主之后,时常在该岛首府巴勒莫和属下的骑士贵族聚会欢宴。一次聚会时,按照卡塔卢尼亚风俗举行了比武竞技,贝尔纳多的女儿见到国王,顿时产生了爱慕之心。她目不转睛地盯着他,到了失魂落魄的地步。比武结束后,丽莎回到家里,茶饭不思,净想国王英俊雄伟的风采。她觉得最揪心的是知道自己的社会地位低下,她的爱情根本不可能得到美满的结局。尽管有自知之明,她仍不死心,偷偷地爱着国王,只是怕招来更多的烦恼才没有声张。国王给少女造成刻骨铭心的痛苦,但他自己毫不知情,其实也不能怪他。美丽的少女苦苦相思,烦恼与日俱增,憔悴不堪,终于恹恹病倒,像太阳照射下的积雪一天比一天消瘦。丽莎的父母非常担忧,四处延医求药,能替女儿做的事无不尽力做到。但是药石罔效,病情没有起色,其实她知道自己的爱情不可能

①　这里指一二八二年发生的、反对国王查理一世对当地统治的一场起义,即"西西里晚祷"。

实现,不想活了。

丽莎的父亲一再问她有什么愿望,能办到的一定尽力。她想起临终之前应该让国王知道她是痴情而死的。一天,父亲又问起时,她求父亲把米努乔·达雷佐请来。

米努乔·达雷佐是当时有名的歌手和乐师,彼得罗国王喜欢听他唱歌,不时召他进宫。贝尔纳多以为丽莎想听米努乔演唱,便去找他,米努乔为人和蔼可亲,随即到来。他首先善言安慰丽莎一番,接着拉起中提琴,唱了几支情歌,以为能让少女高兴,殊不知反而给她的愁怀火上加油。少女说要单独和他说几句话,别人退出后,她说:

"米努乔,我有个秘密只告诉你一个人,相信你能代为保守,除了我指定的人之外,不要泄露给任何人。我还要你帮我一个忙,希望你不要拒绝。事情是这样的:米努乔,我们的国王彼得罗那天举行聚会和比武,我见到了他,心头燃起情焰一发不可收拾,结果把我煎熬成你现在看见的这副模样。我知道我的爱情高攀不上一位国王,但又无法排遣或者减弱。万般无奈,我决意一死了之。可是临终之前不让他知道,我死不瞑目。除你之外,我想不出还有谁可以转达我的情愫,所以把你找来,求你帮我这个忙。你办到之后通知我一声,我死而无怨。"

她说到这里泣不成声。少女高傲的情愫和严酷的决心使米努乔大为惊奇,深表同情,他考虑片刻,很快就想出一个主意,既可以传达少女的心意又不让她丢人现眼。他说:

"丽莎,我保证不辜负你的信任,你把心许给一位伟大的国王,这种崇高的感情值得我钦佩。我一定帮你忙,希望三天之内能给你带来好消息。时不宜迟,我这就去办。"

丽莎再三拜托,答应安心等候回音,和米努乔告了别。米努乔从贝尔纳多家出来,立即去找当时一位优秀的诗人,就是锡耶纳的米科,求他写了一首歌词,歌词是这样的:

爱神啊,快去找我的君王,
替我向他倾诉衷肠;
我受尽折磨,离死不远,
但出于羞怯,一直隐瞒我的情感。

爱神啊,我双手合十向你祈求,
求你快去我君王的住处,
告诉他我对他一往情深,
他已经夺走了我柔弱的心。
我全身在爱情的火焰中焚烧,
五内俱裂,性命难保。
我盼望那一时刻快快来到,
摆脱烦恼,一了百了,
免得在相思、疑虑和羞惭中煎熬。
爱神啊,我的痛苦应该让他知道。

自从我对他一见钟情,
爱神啊,你没有给我丝毫勇气,
只给了我羞涩惆怅。
我为他茶饭不思,神魂颠倒,
却从不敢向他表露心意。
如今我奄奄一息,可是死不瞑目。

也许我鼓起勇气，

向他吐露我对他的倾慕，

让他知道我为他受了多少折磨，

他未必为我的痴情感到不悦。

爱神啊，你不肯给我勇气，

不让我向我的君王敞开心扉，

也不替我捎信或让我眉目传情，

结果害我病成这副模样。

现在我只求你快去我甜蜜的君王身边，

提醒他和骑士们比武的那天，

我见他手持长矛护盾，

英姿勃发，驰骋校场，

从此我结想成疾，奄奄一息，

孽债未了，即将与世长别。

　　米努乔自己谱了曲，曲调哀怨凄恻，词曲相得益彰。第三天，他前去宫廷，彼得罗国王还在用餐，吩咐他用提琴伴奏唱歌。米努乔把这支歌唱得如泣如诉，大厅里所有的人鸦雀无声，国王听得尤为出神。米努乔唱完后，国王说以前从未听过，问他歌名是什么。

　　"陛下，"米努乔回禀道，"这支歌的词和曲都是新谱的，还不到三天呢。"

　　国王问作者是谁，米努乔说道：

　　"我只能告诉陛下一人。"

　　国王想知道究竟，饭后让米努乔到他的房间里去，米努乔把前因后果告诉了国王。国王连连称赞少女的品性，说是值得同情，决定就在当天晚祷时分去看望她。米努乔急于去报喜，拿了提琴告辞出宫，直奔少女家，把事情经过告诉了她，还把那支歌唱给她听。少女听后心花怒放，病情当场有了好转的迹象。她没有告诉家里人，大旱望云霓似的盼着晚祷时辰和她的君王早些到来。

国王为人慷慨善良，米努乔说的事在他心头萦绕了好久。少女的艳名他早有所闻，因此对她格外怜惜。晚祷时，他骑上马，仿佛去外面散散心似的，到了香料商人家。国王吩咐贝尔纳多打开他家一个美丽的花园给他看看。他下马进去浏览了一番后，提起贝尔纳多的女儿，问她有没有出嫁。贝尔纳多回道：

"陛下，小女还没有字人，前些时候病得不轻，奇怪的是今天午后祈祷之后突然有了明显的好转。"

国王当即明白了好转的原因，说道：

"这么美丽的姑娘撒手离开人间未免太可惜了。我想见见她。"

国王带了两个随从和贝尔纳多一起进了少女的卧室。少女精神很好，正倚在床上等国王。国王走近床前握住她的手说：

"小姐，这是怎么回事？你青春年少，原应给别人带来喜悦，怎么自己病成这样？我要你为我着想，振作起来，恢复健康。"

丽莎见她最最爱慕的人握着她的手，有点羞涩，同时一股暖流传遍全身，感到无比幸福。她打起精神说：

"陛下，我不知天高地厚，妄想用微薄的力量承受沉重的负担，所以病倒了。不过陛下很快会看到我康复的。"

在场的人只有国王懂得少女话里隐秘的含意,对她更为嘉许,同时不禁为她生在寻常百姓家叫屈。国王好言抚慰,和她交谈了一会儿之后离去。

国王的仁慈传为佳话,都认为是香料商父女的莫大荣幸。痴情的少女得到如此恩宠更是欢喜,对生活有了新的希望,不出几天完全恢复,并且出落得比先前更俏丽。一天,国王骑着马,带了许多朝臣,前去香料商人家。他进了花园,把香料商父女召来。这时王后带了许多贵妇也来到,见了少女都啧啧称赞。国王和王后把丽莎叫到面前,国王对她说:

"可敬的姑娘,承你厚爱,我对你的真挚感情理应有所报答。你已到摽梅之年,容我做主为你物色一个丈夫,希望你能同意。不过你永远可以把我当作你的骑士,除了吻你一下之外,我别无他想。"

少女当然依从了国王的意愿。她脸上泛起红晕,羞涩地轻声说:

"陛下,我很清楚,如果人们知道我爱上了你,多半会认为我昏了头或者发了疯,不看看陛下的地位和我的有天壤之别。但是洞察世人心灵的天主知道,自从我爱上你以来,我始终没有忘记你是国王而我是香料商人贝尔纳多的女儿。我把火热的感情倾注在你身上是僭越荒唐的。不过陛下比我更明白,堕入情网的人不考虑身份地位是否般配,只凭自己的喜好情欲行事。我也曾竭力抗拒这一规律,可是不见成效。我以前爱你,现在爱你,将来还会爱你。不过自从我爱上你以后,我就下了决心,要遵照你的意愿行事。因此,蒙陛下赐婚,为我物色一个丈夫，我完全依从，并且一定尽我的本分敬爱我的丈夫。别说是这件事，即使陛下叫我赴汤蹈火，只要符合陛下意愿，让陛下高兴，我都义无反顾。一位国王做我的骑士，当然是我想都不敢想的荣誉。至于陛下要吻我一下作为爱的象征，要经过王后陛下许可我才能同意。国王和王后两陛下对我恩重如山，我粉身碎骨也不能报答于万一，只能祈求天主保佑两陛下了。"

王后听了少女的回答很高兴，觉得她确实像国王所说的那样明白事理。国王把少女的父母叫到面前，征得他们同意，便召来一个名叫佩尔迪科内的家产不丰的贵族青年，给他一枚指环，把丽莎许配给他为妻。国王和王后除了给一对新人许多贵重的珍宝以外，国王还把切法卢和卡拉塔贝洛塔两片丰饶的采邑封赐给他们，说道：

"这些采邑是我给姑娘的陪嫁，至于你佩尔迪科内，以后另有封赐。"

接着，国王转向少女，对她说：

"现在我接受你对我的爱情的象征。"

他双手捧着少女的头，在她前额上吻了一下。

佩尔迪科内、丽莎的父母和丽莎本人都喜出望外。举行了盛大欢乐的婚礼。据说国王忠实地履行了他对少女所做的诺言，在他有生之年一直自称是少女的骑士，在全副披挂的场合总是佩着少女给他的纹章。

国王的作为博得众人爱戴，为民立极，万世流芳。如今这样通情达理的君主很少，或者根本没有，多的是残酷无情的暴君。

八

> 吉西波把未婚妻让给好友蒂托,新婚夫
> 妇前往罗马。吉西波潦倒后也去罗马,误以
> 为蒂托不念旧情,只求一死,冒充杀人凶手。
> 蒂托认出他后设法营救,声称自己是凶手。
> 真凶良心发现自首。屋大维赦免三人。蒂托
> 把胞妹嫁给吉西波,分给他许多财产。

潘皮内娅讲完了故事,彼得罗国王的事迹博得大家,尤其是那个教皇派女郎的称赞。菲洛梅娜奉国王之命开始讲道:

尊贵的女郎们,谁不知道国王有钱有势,只要高兴,都能做出一些了不起的事来。对他们来说,豪爽慷慨并不费劲。一个人做些力所能及的好事当然很好,但不值得大惊小怪,也不必大肆显扬。如果做了常人不能做的好事,才值得推崇。国王们做了一些好事,赚得各位交口称赞。如果和我们一样的普通百姓做的事能和国王比美,甚至超过他们,我相信各位更要赞不绝口。因此,我现在想讲两个平民朋友之间的可歌可泣的交情。

屋大维①还没有取得奥古斯都皇帝称号,以三执政官之一的身份治理罗马帝国时,罗马有个名叫普布利奥·昆齐奥·富尔沃的贵族有个儿子,取名蒂托,从小颖异。普布利奥

---

① 屋大维于公元前四三至前三一年间任罗马帝国三执政官之一,公元前二七年获"奥古斯都"称号,集民政、宗教大权于一身。

把他送到雅典去学哲学,托付给多年好友克雷梅特监护。克雷梅特让蒂托住在他家,和他的儿子吉西波做伴,请了一位名叫阿里斯底波①的哲学家为师。两个青年朝夕相处,情同手足,难分难舍。他们天禀聪颖,开始学习哲学后进步很快,都有了很深的造诣。克雷梅特把蒂托当作亲生儿子看待,怡然自得,这样过了三年。

生老病死谁都难免,三年后老克雷梅特去世,两个青年同样悲痛。克雷梅特的亲友分不清哪一个更需要安慰。过了几个月,和吉西波以及蒂托住在一起的亲戚劝吉西波娶妻成家,并且在雅典城里给他找了一位贵族人家的小姐,那姑娘名叫索弗罗尼娅,年方十五,长得俊俏无比。婚期临近,蒂托还没有见过吉西波的未婚妻。一天,吉西波邀他一起去看看。到了索弗罗尼娅家,姑娘坐在两人中间,蒂托被他朋友的未婚妻的姿色镇住了,觉得她身上无处不美,看得目瞪口呆。他表面上不动声色,心里暗暗喝彩,不禁对她产生了爱慕之情,神魂颠倒。两人和姑娘聊了一会儿之后回到自己家。

蒂托独自在屋里时,开始揣摩姑娘的一颦一笑,浮想联翩,越想心头越是发热。他觉察到自己的失态,长叹了几声说:

"蒂托,你这个人太不像话!看你把爱情、关注和希望寄托在谁的身上了?克雷梅特一家对你关怀备至,吉西波和你情同手足,那姑娘是吉西波的未婚妻,你应该像对待自己的姐妹一样对待那姑娘,难道这点道理你都不明白?你爱的是谁?

---

① 阿里斯底波是公元前四世纪古希腊哲学家,苏格拉底的弟子,提倡享乐主义伦理原则的克兰尼学派创始人,作者信手用了这个名字。

你怎么能一时冲动,把握不住自己?你的非分之想会把你引向何方?你得放明白,认清自己的处境,卑劣的家伙!现在还为时不晚,你得理智一些,克制邪念,在淫欲刚冒头的时候就把它打掉,战胜你自己。即使你有把握,也不能追求不正当的目的,何况你没有把握。多考虑考虑你和吉西波之间的真正友谊吧。你说呢,蒂托?如果你想做个堂堂正正的人,赶快抛开这种不对头的感情吧!"

接着,他眼前浮现出索弗罗尼娅的倩影,把刚才的想法全部推倒。他语气一变,说道:

"爱情的力量大于一切。它非但能摧毁友谊,而且能打破神圣的伦理准则。父亲爱上女儿,哥哥爱上妹妹,继母爱上继子,这类例子还少吗?爱上朋友的妻子又算什么?比这荒唐的情况数不胜数。再说,我是青年人,青春就得受爱情法则的支配。使爱神满意的事一定也使我欢喜。循规蹈矩是老年人的事,我只能按爱神的旨意行事。那个姑娘的美丽使得人见人爱,我年纪轻轻爱上了她有什么不对?我并不是因为她是吉西波的未婚妻才爱上她。假如她是另一个人的未婚妻,我照样也会爱她。她之所以成为我朋友吉西波而不是另一个人的未婚妻只是命运的安排。她的美值得爱,也不由人不爱。即使吉西波知道了,他也宁愿爱她的是我,而不是别人。"

他想到这里不禁责备自己,赶快站到相反的立场。他这样翻来覆去,左思右想,一连好几天夜不成眠,茶饭不思,不久身体便支持不住,卧床不起。吉西波先注意到蒂托心事重重,后见他病倒,十分担忧,寸步不离地陪着他,想尽办法安慰他,问他有什么心事,怎么会得病。蒂托东拉西扯不敢正面回答,吉西波看出他没有说实话。最后蒂托搪塞不下去了,泪流满

面,唉声叹气地说:

"吉西波,假如不是天主不容,我真想一死了之,因为命运把我带到考验我的品德的紧要关头,而我惭愧得很,发现我的品德经不起考验。我死有余辜,盼望早一点死,免得活在世上丢人现眼。我不想对你有任何隐瞒,所以也不嫌寒碜,把我的卑鄙讲给你听。"

于是他把自己怎么爱上索弗罗尼娅,怎么思想斗争,都告诉了吉西波,承认他害的是相思病,性命难保,说他也明白这种感情是不正当的,因此准备以死赎罪,一了百了。吉西波听他朋友吐露真情,见他痛哭流涕,一时不知如何是好。吉西波虽然不像蒂托那样为未婚妻的美貌神魂颠倒,但也绝不是无动于衷。他沉吟片刻后,认为当务之急是救朋友性命,而对索弗罗尼娅的爱只能忍痛割弃。于是他也泪如雨下,说道:

"蒂托,你心里有事藏了这么久都不告诉我,岂不是把我当成了外人?如果不看你病成这个模样,我真想责怪你。即使你认为你的想法不光彩,也不该憋在心里。要知道,在朋友面前,不论光彩或不光彩的想法都不该隐瞒。作为朋友,一个光彩,另一个高兴;一个不光彩,另一个可以帮他排忧解难。不过,我们先谈谈我认为眼前更为紧迫的事。你迷恋上我的未婚妻索弗罗尼娅,并不使我感到意外。反之,我倒会觉得奇怪。因为她的美丽和你的格调之高都不寻常。越是超尘拔俗的美的事物越使你钟情。如果你认为爱上索弗罗尼娅是合乎情理的,那你责怪命运把她给了我就有欠公允了。如果命运把她给了别人,你爱上她岂不就自以为是光明正大了吗?如果你像平日那样明白事理,你就应该认为命运把她给了我,要比给了别人好得多。如果别人拥有了她,不管你的感情多么光明正大，那个拥有她的人对她的爱肯定胜过对你的爱。可是换了我，只要你一如既往把我当作朋友，决不会出现那种情况。我们相交以来，什么都不分彼此，我的就是你的。如果我和索弗罗尼娅成了婚，我就不能像在别的事物上那样同你不分彼此了。现在为时还不晚，我可以把索弗罗尼娅完整地给你，我一定这样做。我能问心无愧地为你做到的事，如果不做，我还算是什么朋友？不错，索弗罗尼娅是我的未婚妻，我很爱她，盼望快些和她成亲。不过你更欣赏她，更热切追求美的事物，我一定成人之美，让她成为你的妻子。从现在起，你得往好处着想，振作精神，早日康复。你的爱情比我的深，准能如愿以偿。"

蒂托听了吉西波这番话又高兴又惭愧。高兴的是有了美好的希望，惭愧的是吉西波越是慷慨大方，他越是不好意思掠人之美。他流着泪，颓丧地说：

"吉西波，你真挚无私的感情更使我明白我该怎么做。天主把索弗罗尼娅赐给你为妻，是因为你比我更配得上她，我把她据为己有，天主也不会答应。如果天主认为我配得上她，也就不会赐给你了，这一点你自己和别人都很清楚。因此，你还是遵奉天主英明的旨意，接受他的恩赐，同他为你选择的姑娘过美满生活吧！我命中注定不配有这种福分，你不必管我，让我流泪悲伤吧。如果我能熬过这场悲伤，你可以为我感到欣慰。如果熬不过，我得到解脱也是好事。"

吉西波说：

"蒂托，假如我们的交情允许我强迫你听我的话、照我的意见行事，我不惜使用强迫手段。假如你不接受我的请求，为了好朋友的幸福着想，我使用强迫手段也要让索弗罗尼娅成为你的妻子。我知道爱情的力量是多么强大,也不止一次听说过不幸的情人落到死亡的悲惨下场。你不能克制或者压倒悲伤,而悲伤却快要把你压倒了。我看你这样下去凶多吉少。你如有不测,我很快也会悲痛而死的。因此,即使你不顾自己,至少也应该替我着想,珍惜你的生命。不管你怎么说,索弗罗尼娅一定要归你,因为你非她不娶,而我却可以娶别人。这样我们不就两全其美了吗?妻子易得,朋友难求,不然我也不会这么慷慨。我找一个妻子很容易,再找一个知心朋友却难了。我宁肯失去索弗罗尼娅而不愿失去你,何况并不是失去她,而是让她得到更好的归宿,我只是换一个女人为妻罢了。我话已说到这个份上,求你抛开忧伤,放宽心,让我也可以放心。你得打起精神,准备迎接你心上人给你带来的欢乐。"

蒂托心中有愧,迟迟不开口答应娶索弗罗尼娅为妻。但他一方面为爱情所驱使,另一方面也磨不开吉西波的好意,终于说道:

"吉西波,你说我依了你会使你高兴,我却不知道我这样做是符合我自己的心意还是为了讨你欢喜。你的慷慨压倒了我的羞愧,我就依了你。我要声明一点,我这样做非但接受了你所爱的女人,还欠了你救命之恩。你对我的怜悯胜过我对自己的爱惜,我万分感激,有朝一日一定涌泉相报!"

吉西波接着说:

"蒂托,为了这件事的顺利实现,我认为我们应该这么进行:你知道我的亲戚和索弗罗尼娅的亲戚商谈了好久,他们才同意把索弗罗尼娅嫁给我。现在我如果声明不打算娶她,一定会引起轩然大波。假如索弗罗尼娅能嫁给你,我也就不担心了。问题是出了这个变故之后，难保她家不立即把她许配给别人，而那个别人不一定是你。那一来，你我二人都落空了。因此，我打算这样办，你看行不行。我仍旧像先前那样积极准备，到时候把她迎回我家举行婚礼。婚礼之后，你悄悄和她同房，这一点我们能办到。到了合适的时候，我们说出真相。她家同意当然最好，如果不同意，生米已煮成熟饭，无法挽回，只能承认既成事实。"

蒂托觉得这个办法可行。不久之后，吉西波把索弗罗尼娅迎到他家，这时蒂托的身体已经完全恢复，精神也很好。婚礼热烈隆重。到了晚上，女宾们把新娘送入洞房，扶到她丈夫的床上，然后陆续散去。蒂托和吉西波的卧室是挨着的，有门相通。吉西波先在新房里待了一会儿，熄灯之后，悄悄到蒂托的卧室，让蒂托去和他的新娘同房。蒂托这时突然羞愧起来，不想践诺。但是吉西波说话算数，再三坚持，要他非去不可。蒂托到了床前，玩笑似的问新娘愿不愿意做他的妻子。新娘以为他是吉西波，回说愿意，他便把一枚贵重的指环套上她手指，同时说道：

"我也愿意做你的丈夫。"

两人圆了房，恩爱无比，新娘满心欢喜，并不知道和她同床共卧的并不是吉西波，别人更给蒙在鼓里。索弗罗尼娅和蒂托成了夫妻。正当新婚宴尔之际，蒂托的父亲普布利奥去世，家中来信叫他火速回罗马料理后事，办理遗产登记。蒂托决定离开雅典，和吉西波商量怎么带索弗罗尼娅同行。他们商量下来认为事到如今非把真相告诉索弗罗尼娅不可了。一天，两个好朋友把她请到一个没有闲人的房间里，把前后经过向她做了解释，蒂托还说了一些闺房隐私作为证实。她先是又惊又怒地瞅着他们两人,接着呼天抢地哭了起来,责骂吉西波不该欺骗她。吉西波家里还不知道是什么事,索弗罗尼娅一气之下回到娘家,向父母哭诉吉西波骗了两老和她,说她已失身于蒂托,并不像大家所想的那样是吉西波的妻子。索弗罗尼娅的父亲大为恼火,在自己的亲戚和吉西波的亲戚面前数落吉西波,闹得沸沸扬扬,满城风雨。双方的亲戚都厌恶吉西波,说他伤风败俗,应该加以严厉的惩罚。但是吉西波声称他做的事光明磊落,索弗罗尼娅的一家应该感谢他,因为他让索弗罗尼娅嫁了一个比他自己要好的丈夫。蒂托得知后非常不快,开始没有作声,后来摸透了希腊人的脾气,发现你越想息事宁人,他们越是欺软怕硬,气势汹汹;你据理力争,他们反倒低声下气,于是他决定对他们的叫嚣给予反击。他既有罗马人的气魄,又有雅典人的智慧,巧妙地把吉西波和索弗罗尼娅双方亲戚召集在一座寺庙里,自己和吉西波两人联袂来到会场,对大家说:

“许多哲学家认为芸芸众生的所作所为都由永恒的神明安排和决策,因此,有些哲学家断言,不论正在发生或者将要发生的一切事物都有必然规律。当然,也有一些只承认已经发生的事物才有必然规律。我们只要稍微细心地剖析一下事理就不难看出,对不可更改的规律妄加指责,就是自以为比神明更高明,而我们总得承认,神明以永恒的真理和毫发不爽的准确性决定并安排我们的遭遇和命运。显而易见,指责神明的安排是狂妄而愚蠢的。大胆妄为的人肯定要受到惩罚。根据你们以前和现在的言论来看,你们都是那一类人。一点不错,你们喋喋不休地说索弗罗尼娅原是许配给吉西波的,现在却成了我的妻子。你们也不想想,冥冥中早就注定她是我的而不是吉西波的妻子,眼前的事实正是如此。谈起神明的安排和意图,许多人恐怕不易理解,我们不妨假设神明不干预人间事务,退一步用世人的观点来探讨这个问题。

"在探讨这个问题时,我要做两件违反我一贯作风的事,一是要对我自己稍加赞扬,二是对别人有所贬抑和指责。由于我不想背离事实真相,而目前的形势又有此要求,我不得不这么做。你们意气用事,不动脑筋,没完没了地埋怨、聒噪,乃至叫嚣、污辱,指责我伤害了吉西波,唯一的理由是他把你们许配给他的姑娘自作主张给我做了妻子。我却认为这正是他值得赞扬的地方。理由有二:一是他做了一个朋友应做的事,二是他的做法要比你们想象的明智得多。我不准备从友谊的神圣准则要求朋友们这样做的角度来解释,我只想提醒你们:友谊的纽带比血缘的纽带牢固得多,因为朋友是我们自己选择的,而亲戚是命运安排的,由不得我们选择。如果吉西波珍惜我的生命胜过你们的好意,谁也不应该惊异,因为我是他的朋友,我们是生死之交。

"现在谈第二点,从而证明吉西波比你们明智。我认为你们根本不了解神明的安排,更不了解友谊所起的作用。我说的是,你们研究商量后把索弗罗尼娅许配给年轻的哲学家吉西波,而吉西波把她让给了另一个年轻的哲学家。你们的用意是把索弗罗尼娅给一个雅典人,而吉西波把她给了一个罗马人。你们把她给了一个富有的贵族青年,而吉西波把她给了一个更富有、更高贵的青年。你们把她给了一个并不爱她、对她不够了解的人,而吉西波把她给了一个爱她胜过爱自己的生命、把她看作是自己最高幸福的人。现在我要向你们一一证明我说的都符合事实,吉西波的做法比你们的更值得赞扬。

"我和吉西波一样是青年哲学家,这一点只消看我的外表和我的专业就可以得到证实。他和我同年,我们从小一起学习。他是雅典人,我是罗马人,这一点无可否认。如果谈到我们的城市哪个光荣,我要说罗马是自由城市,雅典却向罗马进贡。罗马的军事、政治、学术繁荣,雅典只能在学术方面自诩。拿我个人来说,我看上去只是个普通的学者,但我的出身可不是罗马的普通平民。我家的邸宅和罗马的公共场所到处可以看到我祖辈的古老的塑像。罗马的编年史上记载着昆齐奥家族中荣登罗马卡皮托利奥山神殿的赫赫战功。我家族的光荣并没有因年代久远而黯淡,反而日益发扬光大。我不屑谈论我的财富,因为清寒是罗马高贵公民的古老而光荣的传统。不过如有庸俗之辈认为贫穷可耻、富有光荣的话,我可以告诉你们,我家赀颇丰,并且不是不义之财,而是命运的馈赠。我明白,你们为了在雅典有吉西波这么一个亲戚而庆幸,然而你们也应该为了在罗马有我蒂托这么一个亲戚而庆幸,因为你们在罗马永远可以把我当成一个无比好客的主人,在公私事务方面都精明能干的帮手。只要丢掉成见,就事论事,有谁会赞扬你们的看法而贬低我的朋友吉西波的意见呢?谁都不会。总之,索弗罗尼娅和蒂托·昆齐奥·富尔沃联姻并不是所遇非人,而是嫁给一个有地位、有声望、有财产的罗马公民,并且还是吉西波的朋友。对此啧有烦言的人不是无知,便是不通情理。

"也许有人会说,使他们不满的不是索弗罗尼娅嫁给了蒂托,而是她成为蒂托妻子的方式,也就是说偷偷摸摸,亲友全不知晓。但这种情况不是罕见或者绝无仅有的。且不说那些违背父母之命自己找了丈夫的女人,也不说那些与情人私奔,只能算作情妇不能算作妻子的女人,更不说那些没有说亲而先怀了身孕、生了孩子,造成事实婚姻的女人。索弗罗尼娅的情况截然不同,她是吉西波经过郑重考虑光明磊落名正言顺地让给蒂托的。

"还有一些人会说吉西波没有权利替她撮合。这种说法是愚蠢的妇人之见,不值一驳。命运之神为了达到一定的目的有时采取别出心裁的手段,这并非头一次。如果有人按自己的意见私下或者公开地替我安排一件事,只要结果圆满,我不计较他是鞋匠还是哲学家。① 鞋匠的意见正确,我就照他说的办,向他表示感谢。他的意见不在行,我可以不照他说的办。吉西波替索弗罗尼娅撮合良缘,至于他采取了什么方式,别人不必指手画脚,妄加指责,否则也太无聊了。你们不信服他的见解,以后可以不让他替别人撮合,不过这次还得好好向他表示感谢。要知道,在索弗罗尼娅这件事上,我并没有运用计谋或者欺骗手段辱没你们的门第和荣誉。虽说我偷偷地和她成为夫妻,我并没有用强迫手段破坏她的贞操,也没有像敌人那样非法占有她,我完全是出于对她的美丽和品德的爱慕满怀热情地求她的。你们也许认为我应该公开求亲,我知道你们很爱她。假如我真的那样做了,你们很可能怕我把她带回罗马,会不同意把她嫁给我。于是我用了我现在向你们说明的隐蔽手法,求吉西波帮我这个忙。他虽然不太情愿,还是

---

① 这里指画家亚贝勒斯和鞋匠的故事。亚贝勒斯是公元前四世纪古希腊著名画家,曾为亚历山大大帝绘制肖像。有一次,一个鞋匠指出亚贝勒斯的一幅画中人物的鞋子不对头,他说:"鞋匠才不会穿那种鞋子呢,怎么走路呀!"

照做了。我虽然热恋索弗罗尼娅，但并不是以情人而是以丈夫的身份求她的。我问她愿不愿意让我做她的丈夫，她回答说愿意。我按成婚的规矩问了话，给她戴上指环之后才和她成了夫妻，这一点她本人可以证实。如果她认为受了骗，也不能怪我，只能怪她自己，因为她当时没有问我是谁。这正是作为朋友的吉西波和作为爱慕者的我所犯的唯一过错。

"由于索弗罗尼娅成了蒂托·昆齐奥·富尔沃的妻子，你们大肆指责、威胁、辱骂吉西波。万一他把索弗罗尼娅给了一个村夫、骗子、奴才为妻，你们会怎么样呢？你们岂不是要把他捆绑起来，打进监狱，钉上十字架才能出这口气？我们暂且不谈这个。现在有了意想不到的情况：我父亲去世，我必须立即回罗马，想带索弗罗尼娅一起走，因此把先前隐瞒的事情挑明了。你们如果明智，应该高高兴兴同意，因为我如果想欺骗你们，侮辱你们，我就扔下她不管，让她受人耻笑。但是罗马人绝不会有这种卑鄙的想法。根据天理人情，吉西波的真知灼见和我自己出于爱情的计谋，索弗罗尼娅成了我的人。如果你们自以为比别人，甚至比神明还要聪明，你们可以采取两个办法和我作对：第一，你们可以把索弗罗尼娅扣住，不让我带走。在这方面，如果我不同意，你们毫无权利。第二，你们可以把吉西波当作敌人，尽管他给你们办了好事，你们感谢他都来不及。我不想多费口舌指出你们这种做法的愚蠢，只想以朋友的身份规劝你们解气释怨，把索弗罗尼娅还给我，让我做你们的亲戚。现在好见好散，将来有来有往。你们要明白，不管你们愿不愿意，生米已经煮成熟饭。如果你们坚决和我作对，我就和吉西波一起离开。到了罗马之后，不管你们如何阻挠，我一定会把索弗罗尼娅要回来，因为她名正言顺属于我。等大家翻脸成仇，你们就会领教罗马人的愤怒的厉害了。"

蒂托说完这番话后，怒容满面，拉着吉西波的手，威胁地昂起头，扬长而去，也不理会寺庙里的人。索弗罗尼娅的亲戚一方面被蒂托讲的道理说服，觉得应该和他联姻，多交一个朋友；另一方面也被他最后几句威胁的话震慑住了。他们一致认为，既然吉西波让贤，就接受蒂托做亲戚，这一来既可以维持同吉西波的感情，又可以同蒂托化敌为友。于是他们去找蒂托，对他说大家乐意让索弗罗尼娅做他的妻子，认他为亲戚，把吉西波当成好朋友。经过一番友好的酬对之后，他们离去，随后把索弗罗尼娅送了回来。索弗罗尼娅是个明白人，一看木已成舟，便把对吉西波的爱转移到蒂托身上，和他一起回到罗马，受到隆重欢迎。

再说吉西波，他留在雅典，几乎所有的人都对他有看法。过了不久，由于里闾争斗，他和全家人一起被赶出雅典，终身放逐。吉西波孤苦无告，形同乞丐，历尽辛苦到了罗马，想看看蒂托能不能念旧，帮他一把。他听说蒂托日子过得不坏，很受罗马人尊敬，便找到蒂托家，守在门外等蒂托出来。他衣衫褴褛，只希望蒂托认出自己，主动来招呼。蒂托果真出来，在他前面走过，并没有认出他。吉西波以为蒂托看到了自己故意回避，想起他为蒂托所做的一切，一气之下扭头就走。当时天色已晚，他饥肠辘辘，身无分文，四处茫茫没有他容身之地，心想不如死去更好。他漫无目的来到荒野，发现一个大山洞，进去避寒过夜，和衣躺在地上，流着泪睡着了。

破晓时分，两个窃贼扛着偷来的财物进了山洞，分赃时吵了起来。身强力壮的一个杀了另一个，扔下尸体逃跑了。

吉西波被争吵声惊醒，看到行凶的情景，心想他正求死无门，现在不必自己动手，有了死的机会，于是守在洞里不走。过一会儿，捕役们闻讯追来，发现吉西波，把他押到法院。法官名叫马尔科·瓦罗内，稍一审问，吉西波就供出是他杀了那人，来不及逃出山洞。法官按照当时的刑律判他钉上十字架处死。

事有凑巧，蒂托恰好来到法院。他听说了案情，朝那个被判死刑的罪犯瞧了一眼，猛然认出他是吉西波，那副落魄的模样使他十分诧异，不知道朋友怎么会落到这个地步。他一心要为吉西波开脱，但想不出别的办法，便上前大声喊道：

"马尔科·瓦罗内，被你判了死刑的那个可怜人是无罪的，赶快放了他。捕役发现的那个死人是我杀的，我已经干了伤天害理的事，不希望一个无辜的人为我送死，增添我的罪孽。"

瓦罗内大吃一惊，因为蒂托这么一嚷，法庭里的人全听到了，他没有回旋余地，不得不依法办蒂托的罪。他下令把吉西波押回来，当着蒂托的面问道：

"你的供词和你的性命有关，本庭并没有严刑逼供，你怎么能胡说八道，把没有犯的罪揽到自己头上？你说昨夜杀人的是你，怎么现在又冒出一个人说是他杀的？"

吉西波一抬头看到了蒂托，当即明白他这么做是为了救自己一命，报答当年的恩惠。他激动万分，哭着说：

"瓦罗内，凶手确实是我，蒂托可怜我，想救我一命，可是已经太晚了。"

蒂托抢着说：

"法官，你一眼就可以看出他是外地人，他虽然在凶案现场,可是身边没有凶器。从他的外表可以猜出,他是穷极无聊只求一死。你还是放了他,给我应得的惩罚。"

瓦罗内见两人争着要受刑,十分奇怪,心里明白两人都不是真凶。他正在思索怎么开脱他们时,一个青年来到法院,这人名叫普布利奥·安布斯托,是罗马出名的无赖,偷鸡摸狗,劣迹昭著,昨晚杀死同伙的就是他。安布斯托知道两个自首的人都是代人受过,他突然良心发现,排开众人走到瓦罗内面前说:

"法官,命运驱使我来解救这两个人的危难,我不知道我怎么会鬼使神差地向你坦白我的罪行。你明白,这两个人都不是杀人凶手。今天凌晨杀掉那个人的是我,我和被我杀掉的同伙分赃时,看见那个可怜虫还睡着呢。我不需要为蒂托开脱,他名声在外,谁都知道他是个正人君子。请你把两人都放了吧,依法给我应得的惩罚。"

这件事传到屋大维耳里,他下令把三人召来,问他们是什么原因促使他们争着受死。三人分别做了解释。屋大维当场开释了两个无辜的人,赦免了第三个,理由是他天良未泯。

蒂托和吉西波一起回去,一路上蒂托责怪吉西波不该多疑见外。到了家,索弗罗尼娅热泪盈眶把吉西波当作亲兄弟那样接待。蒂托让他先好好休息几天,给他换上符合他身份的服饰,大宴宾客,庆祝他们的重逢,然后把他的全部财产和吉西波平分,又把自己一个年轻漂亮的妹妹富尔维亚嫁给吉西波为妻。最后对他说:

"吉西波,你愿意留在这里和我一起,或者带了我分给你的财产回希腊,完全由你自己做主定夺。"

吉西波由于放逐之辱和蒂托的真挚友情,决定留下来做罗马人。他和富尔维亚,蒂托和索弗罗尼娅两对夫妇住在同一座邸宅里,美满地生活了多年,感情好得不能再好了。

友谊真是神圣无比的事物,不仅值得大书特书,而且应该永远赞扬。友谊是慷慨忘我的贤母,仁慈和感恩的姊妹,憎恨和贪婪的死敌。它推己及人,不等别人提出要求,随时可以做出无私奉献。遗憾的是,这种神圣友谊的相濡以沫的事例如今极其少见,这是卑鄙贪婪造成的过错和耻辱。如今人们一事当前只想到自己的利益,把友情义气之类的崇高品质统统抛到九霄云外。

若不是为了友谊,吉西波怎么会不顾爱情、财富和亲戚关系,被蒂托的痴情、泪水和叹息所打动,以至把自己美丽可爱的未婚妻让给他?除了友谊之外,有什么法律、威胁或恐惧能制止吉西波在僻静无人的场所,甚至在自己的床上伸出青春的双臂接受那年轻姑娘的也许是热切的拥抱呢?除了友谊之外,有什么地位或声名能促使吉西波为朋友效力,不顾众叛亲离,不顾和索弗罗尼娅的亲戚结下冤仇,不理会人们的流言蜚语、嘲笑或侮辱呢?再说,在紧要关头,蒂托完全可以装作没有看见而不会受到指责,可是他出于友谊,不假思索地代人受过,企图解救吉西波自找的钉十字架的酷刑。除了友谊之外,有什么能促使蒂托毫不犹豫地把自己的巨万家赀分给潦倒落魄的吉西波?除了友谊之外,有什么能促使蒂托把胞妹嫁给不名一文的吉西波?人们虽然希望亲戚众多,兄弟兴旺,儿女成群,财产和仆役有增无已,可是稍有风吹草动,遇到一点小危险就会抛弃父母兄弟或主人,让他们陷于大难而不顾。但是好朋友之间却不会有背信弃义的情况。

九

乔装成商人的萨拉丁苏丹受到托雷洛的
热情款待。托雷洛参加十字军远征,与妻子
相约,在规定日期前如无音讯,妻子可改嫁。
托雷洛被俘,成为驯鹰人,被推荐给苏丹,苏
丹认出他,恩宠有加。托雷洛积思成疾,苏丹
请术士施法连夜把他送回家乡,赶上妻子改
嫁婚礼。妻子认出托雷洛,夫妇团圆。

菲洛梅娜讲完后,大家称赞蒂托感恩图报的侠义行为。
国王不想触动狄奥内奥最后讲故事的特权,自己接下去讲道:

优雅的女郎们,菲洛梅娜关于友谊的议论剀切中理,如今
友谊不受重视的现象确实可叹。我们今天聚在这里如果是为
了抨击世道,匡正时弊,我可以接下去讲一番大道理。但是我
们的目的不同,因此我想给各位讲一个关于萨拉丁慷慨豪爽
的故事。故事比较长,不过很有趣,各位听后或许有所启发。
由于我们天生的缺点,不大可能获得真挚的友谊,然而至少可
以为别人效劳出力,有朝一日也许会得到报答。

我说的是,根据一些人的考证,在腓特烈一世皇帝在位时
期,基督徒为了收复圣城耶路撒冷组织了一次十字军远征。
当时的巴比伦苏丹萨拉丁①英勇善战,得知后决定亲自侦察

① 关于萨拉丁其人参见本书第一天故事之三 42 页注①。这里提到的十字
军远征是第三次,于一一八九年开始,一一九二年以基督徒的失败告终。

信奉基督教的诸侯的准备情况,以便布置抵御。萨拉丁安排好埃及的全部事务之后,借口要远出朝圣,带了两个干练的朝臣和三名仆人就出发了。

他们一行六人骑着马经过不少信奉基督教的地区,到了伦巴第,翻过山,在米兰通往帕维亚的路上,一天晚祷时分,遇到了帕维亚的一个绅士。绅士名叫托雷洛·德·斯特拉,带着仆从和猎鹰猎犬前去泰西诺河畔他的一座庄园。托雷洛先生望见那几个旅客,觉得他们气度不凡,像是有身份的外地人,决定款待他们。萨拉丁向托雷洛的一个仆人问讯,去帕维亚还有多少路程,在城门关闭之前能不能赶到。托雷洛没等仆人开口便代为回答说:

"先生,你们在城门关闭之前赶不到帕维亚了。"

"我们初来乍到,这一带不熟悉,"萨拉丁说,"请问附近有没有好一点的客栈可以投宿?"

托雷洛先生说:

"这一点我知道。我本来想派人去帕维亚附近办些事,就让他陪你们同行,他会带你们到一个体面的地方投宿。"

托雷洛转向他最机灵的一个仆人,交代了几句话,让他陪着外地人先走,自己随即到了庄园,吩咐仆人赶快准备好丰盛的晚餐,把桌子摆在花园里。安排停当以后,他守在门口等候。陪行的仆人和外地的绅士们闲谈着绕了一点弯路,不知不觉把他们带到了主人的庄园。托雷洛先生见他们来了,上前笑着对他们说:

"先生们,欢迎欢迎。"

萨拉丁是个聪明人,当即领悟这位先生唯恐他们推辞,刚才问路时没有相邀,想出这个办法把他们带到这里,叫他们不好意思拒绝在他家过夜。他赶紧回礼说：

"先生，我们只有一面之雅，没想到你这么抬举我们。如果礼多也会招人怪的话，我们可要怪你让我们绕了一点弯路，不得不接受你的好意了。"

托雷洛一向善于应对，随即回答说：

"各位谈吐举止不凡，我的寒碜的招待实在有辱各位的身份。不过帕维亚城外确实没有像样的地方适合各位住宿，所以我不揣冒昧，让各位受累多走了一点路，在这里凑合住下，还请多多包涵。"

客人们下了马，托雷洛的仆人们立即上前把马牵去照料。托雷洛把三位绅士领到已经收拾好的房间里，请客人们换掉靴子，喝一些清冽的葡萄酒解解渴，然后陪着他们愉快地闲聊到开饭的时候。萨拉丁和他的随行人员都通晓拉丁语，交谈毫无困难，都觉得托雷洛是他们生平所遇到的最风趣健谈的主人。托雷洛先生则觉得客人们谈吐不俗，比刚见面时更尊敬他们，遗憾的是当晚来不及邀请别的贵宾相陪，招待不够隆重。他决定明天补请，把想法告诉一个仆人，连夜去帕维亚通知他贤惠的妻子（原来帕维亚离他的庄园很近，晚上也不关闭城门）。接着他就把客人领到花园里，很有礼貌地问他们是何方人氏。萨拉丁答道：

"我们是塞浦路斯商人，从塞浦路斯来，去巴黎做些买卖。"

托雷洛先生说：

"我们的国家能出几位有塞浦路斯商人那种气质的绅士就好了！"

宾主谈笑风生，到了开饭的时候，晚餐端了出来。虽然是临时准备的,但很丰盛,伺候得也十分周到。饭后,托雷洛先生见客人们路途劳累,有了倦意,请他们就寝休息,卧室和床铺非常舒适华丽,他自己也去睡觉了。

与此同时,派往帕维亚的仆人向夫人禀报了托雷洛先生的口信。夫人不像一般女流,处事十分豪爽果断,当即通知了托雷洛先生的朋友和仆役,准备盛大宴会,向本城的头面人物发出宴会邀请。家里张灯结彩,按照丈夫的吩咐做好了一切准备工作。第二天,客人们起身后,托雷洛先生和他们一起骑上马,带上猎鹰,到附近的猎场去捕猎。萨拉丁请求派人领他们去帕维亚最好的旅店,托雷洛说:

"我本来要去帕维亚办事,我陪你们去吧。"

他们信以为真,很高兴和他一起上路。午前祈祷时分他们进了城,以为是去最好的旅店,却到了托雷洛先生家,已经有四五十位本城的知名人士等在那里迎接,上前扶镫牵马。萨拉丁一行见此情形心里明白了大半,说道:

"托雷洛先生,我们请求的不是这个。你昨晚给我们的款待已经够好了,超出了我们的希望,我们不能再打扰了,请你让我们自己走吧。"

托雷洛先生说:

"各位先生,昨晚的事是命运的安排,我们在路上不期而遇。由于时候太晚,各位不得不在舍下将就过了一夜。今天是我和在场的绅士们为各位接风。如果你们不肯赏光和他们一起吃顿饭,只要你们愿意,我不阻拦。"

萨拉丁等人盛情难却,下了马。绅士们殷勤照料,领他们走进几个专为他们布置的非常讲究的房间。他们换掉旅行的装束,休息片刻,来到豪华的宴会厅。他们洗了手就座。席上山珍海味水陆俱陈，即使款待一位皇帝也完全可以。萨拉丁和他的大臣养尊处优，见过大世面，看到这种派场却有点吃惊，尤其考虑到托雷洛不是什么达官贵人，只是个普通公民。

饭后，大家又聊了一会儿。天气很热，帕维亚的绅士们向托雷洛先生告罪，各自回去休息了。托雷洛和三位贵客进了一个房间，请他的妻子出来相见，表示对客人的极大尊敬。他妻子容貌映丽，身材颀长，服饰华美，带了两个小天使般可爱的儿子上前向客人施了礼。客人们急忙起身，毕恭毕敬地还了礼，请她坐下，亲热地抚弄两个孩子。托雷洛先生有事出去了片刻，夫人落落大方地和客人交谈，问他们从何处来，要去何处。客人们像先前回答托雷洛先生那样一一做了回答。夫人微笑着说：

"我相信女人的见识对各位会有帮助，我请各位格外赏脸，千万不要拒绝我一点小小的礼物。女人气度不大，不会送什么贵重的礼物，不过礼轻人情重，各位不要见笑。"

她吩咐取来几套衣服，每人一件夹袍、一件皮袄，质量之好休说是普通百姓或商人，王公贵族穿了也不丢份。此外还有三套细布单衣和内衣等等。她说：

"这些衣服和我丈夫穿的一样，请各位收下吧。各位离尊夫人很远，走了不少路，还有很长的路要走。商人喜欢整洁干净，这些衣服虽然不值多少钱，对你们行路人或许有用。"

客人们为托雷洛先生的殷勤周到赞叹不已。他们觉得这些衣服不是适合商人穿用的，心想莫不是托雷洛识破了他们的真实身份。其中一个对夫人说：

"夫人,这些衣服实在太贵重了,我们本不该随便收下,不过你刚才一番话真诚恳切,我们却之不恭。"

这时托雷洛先生已经回来,夫人求天主赐福给他们,告辞退出,对萨拉丁的三个仆人也根据情况各有馈赠。

托雷洛先生再三请客人再住一天。午睡后,他们穿上新衣和托雷洛先生一起骑着马游览了市容。晚饭时又有许多本城的名流显士相陪。当晚好好休息了一夜,次日准备出发时,看到他们的三匹旅途劳顿的坐骑已换成鞍辔鲜明的骏马,仆人的马也都换了新的。萨拉丁见后对侍从说:

"我向真主起誓,从没有见过这么殷勤好客、世故练达的人。如果基督教国家的国王们都和这位绅士一样,巴比伦苏丹跟他们中间的一个都无法较量,休说他们联合起来了。"

客人们知道推辞不掉,向托雷洛先生再三道谢,上了马。托雷洛先生和许多朋友陪他们出城,送了很长一程路。萨拉丁对托雷洛有了好感,虽然依依惜别,还是请他回去,不必再远送了。托雷洛也不愿和客人们分手,可是只好说:

"各位先生,恭敬不如从命,我就不送了。不过我还有一句话要说。我不知道你们是何许人,你们怎么说,我就怎么听,不想刨根问底。不管你们怎么说,我绝对不信你们是商人。愿天主保佑你们。"

萨拉丁和托雷洛的朋友一一告别后,对托雷洛说:

"先生,有朝一日我们也许可以把我们的货物给你看看,改变你的看法。愿上天保佑你。"

萨拉丁和随从们一路行去,谈论着托雷洛夫妇的殷勤好客和体贴周到,对他们的为人推崇备至。萨拉丁热切地希望,只要天假以年,打完这场预期的战争之后,他一定要好好报答托雷洛对他的礼遇。他们历尽辛苦,遍访了西方各国,走海路回到亚历山大城,根据已经掌握的大量情况进行防御准备。托雷洛先生回到帕维亚,揣摩那三个旅客究竟是什么人,但怎么也猜不透。

十字军远征的日期来到,车辚辚,马萧萧,一片热气腾腾。托雷洛先生不顾妻子的哭劝,决定参加。一切准备就绪,他上马出发前对他亲爱的妻子说:

"夫人,你很清楚,我这次参加十字军,一方面是为了尘世的荣誉,另一方面也是为了让我的灵魂得到拯救。我把这个家的全部财产和名望托付给你。我走是确定无疑的,可是能不能回来没有把握,世事千变万化,由不得我自己做主。因此,我临行有一事相求,希望你答应,那就是无论我遭遇什么,从我今天离家之日算起,求你等我一年一个月零一天。过了这个期限,如果你得不到我尚在人世的确凿消息,你就改嫁吧。"

夫人哭得像泪人儿似的,回答说:

"托雷洛先生,你离我而去,我万分悲伤,但我相信我承受得住任何悲痛和打击。不论你遇到什么,我永远记住你,生是你的妻子,死也是你的妻子,你放心好了。"

托雷洛先生说:

"夫人,如果事情取决于你自己,我相信你说的一定能做到。但是你年轻貌美,出身望族,你的贤惠又尽人皆知,我相信,假如我生死不明,许多有地位的绅士肯定会向你的兄弟亲戚求亲要娶你为妻。即使你自己不愿意,也拗不过他们的怂恿,最终只好依从他们的意思。出于这种考虑,我才提出一个期限,希望你不要超过。"

夫人说:

"我竭力按我刚才对你说的话去做。假如到时候身不由己,我就照你说的办。不过我祈求天主,希望你我都不至于落到那种地步。"

她说罢,抱住托雷洛先生哭了起来,摘下手上一枚指环给他说:

"假如我没有再见到你就死去,你睹物思人,就像见到我一样。"

托雷洛先生收好指环,和大家告了别,骑上马出发。他和伙伴们到了热那亚,换上一艘大帆船,抵达阿克港,加入了基督徒的军队。不久,十字军里瘟疫流行,许多人染病身亡。[①]萨拉丁不知是靠计谋还是碰上好运,兵不血刃就把活着的基督徒全数俘虏,分别押解到几个城市。托雷洛先生给押到亚历山大城,那里没人认识他。如果真实身份被人知道,就得缴付大量赎金。他便自称是驯鹰人,好在他也是个驯鹰好手。萨拉丁听说有这么一个人,把他提出监狱,派他在宫中驯鹰。萨拉丁称托雷洛先生为基督徒,并没有认出他,他也没有认出萨拉丁。托雷洛人在亚历山大城,心在帕维亚,几次企图逃跑,苦于没有机会。不久,几个热那亚的使者前来和萨拉丁商谈赎取几个俘虏的赎金问题,回国前,托雷洛想托他们捎封信给他的妻子,告诉她自己还在人世,一有机会就设法回去,让她等着。他恳求一个以前认识的使者,请他把信交给切尔多

---

① 历史上确有其事。阿克是当时巴勒斯坦的港口城市,以狮心王理查为首的第三次十字军于一一九一年攻克该城。

罗圣彼得教堂的神父,也就是他的叔父。

托雷洛先生在宫中当差时,一天萨拉丁和他谈起驯鹰的事,托雷洛先生抿嘴一笑。萨拉丁觉得这个表情十分眼熟,曾经在帕维亚见过。他想起了托雷洛先生,仔细打量着驯鹰人,认出果然是托雷洛。萨拉丁撇开猎鹰不谈,问道:

"基督徒,你是西方什么地方的人?"

"苏丹陛下,"托雷洛回禀道,"我是伦巴第人,住在帕维亚城,家里很穷,靠驯鹰为生。"

萨拉丁一听这话,几乎可以断定他猜得不错,高兴地想道:"真主赐给我机会,让我向他表明我多么感激他的礼遇了。"他二话不说,吩咐侍从把他的衣服统统挂在一个房间里,带托雷洛进去对他说:

"基督徒,你辨认一下,这些衣服里面有没有你以前见过的。"

托雷洛先生浏览一遍,看到他妻子赠送给萨拉丁的衣服,但不敢相信真是那几件,回答说:

"陛下,我一件都没有见过。可是其中两件好像是在我家做客的三个商人穿过的。"

萨拉丁再也忍不住,欣喜地上前拥抱了托雷洛先生,说道:

"你是托雷洛·德·斯特拉先生,我就是三个商人之一,这些衣服就是尊夫人送的。我和你分手时曾经说过,有朝一日你也许有机会看到我的货物,现在就是给你看的时候了。"

托雷洛先生听后非常高兴,同时又有些惭愧。高兴的是当初接待过贵客,惭愧的是那次诸多怠慢。这时萨拉丁又说：

"托雷洛先生，既然真主派你来我这里，你不必见外，把自己当成这里的主人好了。"

萨拉丁传下话去，大摆筵席，给托雷洛先生换了皇家的服饰，让他和大臣们相见，当着满朝文武官员把他称颂了一番，还说今后想得到苏丹恩宠的人都应该把托雷洛当成苏丹本人那样尊敬。此后大家确实这么做了，特别是那两个陪同萨拉丁在托雷洛家做过客的大臣。

托雷洛先生平步青云，多少冲淡了一些他对伦巴第的思念。再说他估计托带的家信已经到了他叔父手里。

十字军遭到萨拉丁袭击的那天，营地里刚埋葬了一个来自普罗旺斯的名叫托雷洛·德·迪涅的骑士。由于托雷洛·德·斯特拉先生出身望族，在军中颇有名气，听说托雷洛先生去世的人都以为死的是托雷洛·德·斯特拉，而不是托雷洛·德·迪涅。在紧接而来的混乱中不可能弄清真相，生还的意大利人以讹传讹，把这个消息带了回去。有些人夸夸其谈，甚至说是亲眼看见托雷洛先生下葬的情景。托雷洛的妻子、亲戚以及认识他的人听到这个消息都很伤心。他妻子的悲痛哀悼更不必细说。她守了几个月丧，悲痛稍有减轻时，伦巴第一些名门绅士前来求婚，她的兄弟亲戚也劝她再醮。她痛哭流涕多次拒绝，但拗不过亲戚的劝说，最后提出一个条件，说是她和托雷洛先生有言在先，无论如何要过了约好的期限才能改嫁。

托雷洛夫人在帕维亚处于这种困境，离最后的期限只有八天了，这时在亚历山大城的托雷洛先生遇到一个和热那亚的使者一起乘船的人。托雷洛向那人打听上次航行的情况，

什么时候到热那亚,那人回说:

"先生,那条船出了事,我是在克里特岛上岸的,后来听说航行到西西里岛附近时被一阵强烈的北风刮到北非海岸触礁沉没,无人生还,罹难的人中间还有我的两个兄弟。"

托雷洛先生认为这些话确凿可信,一想起他和妻子约定的期限只剩下几天了,而帕维亚那里谁都不知道他的下落,看来他妻子改嫁的事已成定局。他心乱如麻,饭也吃不下,觉也睡不着,病倒在床上,甚至不想活了。萨拉丁听说此事,关心地来看望他,经过再三开导,问明白他伤心和生病的缘由,责怪他为什么不早说。最后,萨拉丁请他宽心,振作精神,说是一定想办法让他在限期之前回到帕维亚,还向他解释准备怎么做。托雷洛先生知道萨拉丁不是轻诺寡信的人,以前也听说萨拉丁多次办到类似的事,开始安下心来,请萨拉丁早日实现诺言。

萨拉丁去找了一个曾经为他施过法术的巫师,请他想办法让托雷洛先生躺在床上,一夜之间把他送回帕维亚。巫师说可以办到,但为了托雷洛本身着想,最好在他睡熟的时候施法。萨拉丁和巫师谈妥后回去告诉了托雷洛,托雷洛归心似箭,希望在限期之前赶回帕维亚,否则不如死掉。萨拉丁对他说:

"托雷洛先生,真主知道我一点也不嗔怪你如此爱你的妻子,怕她改嫁。在我见过的女人中间,无论从谈吐、举止、风度来说,她是最值得赞扬的,且不说美丽,因为美丽像鲜花,终究有凋谢的时候。命运把你带到这里,我本希望在我们有生之年你我两人平起平坐,共同治理我的王国。但是真主没有赐给我这种荣幸,你死活要在约定的期限之内回到帕维亚。

早知如此，我原可以派人护送，让你轻裘肥马荣归故里。既然你归心似箭，时间急迫，我只好用刚才说的办法送你回去了。"

托雷洛先生说：

"陛下对我恩宠有加，我无功受禄羞愧难当。即使陛下没有明说，我已亲身感受，永世不忘。我去意已定，只求陛下尽快践诺，因为明天就是限期的最后的日子了。"

萨拉丁说一定能办到。第二天，萨拉丁打算在晚上把他送走，吩咐在大厅里摆好一张豪华的大床，按当地排场垫了几条天鹅绒和金丝绣的褥子，上面铺了缀有许多硕大珍珠和宝石的床罩（后来见到床罩的人都认为价值连城），以及一对和床铺相称的华丽的枕头。床铺布置好以后，萨拉丁又吩咐把已经康复的托雷洛先生按照撒拉逊人的风俗打扮起来，身上穿一袭华丽非凡的长袍，头上裹一条长得出奇的头巾。这时已是傍晚，萨拉丁带了文武大臣来到托雷洛先生所在的房间，坐在他身边，噙着眼泪对他说：

"托雷洛先生，我们分手的时间快到了，由于你这次旅行的方式特殊，我无法陪你同行也不能派人护送，我只得到你的房间里来和你告别。在分手之前，我以我们之间的友谊和感情的名义请你记住我。等你安排好伦巴第的事务，趁我们在世之时，如有可能，希望你至少能来看我一次。这次你走得匆促，我没有尽到地主之谊，但愿我们欢庆重逢的时候，我能补偿。在此之前，望你经常给我来信，有用得着我的地方尽管吩咐，我比世上任何人都乐于为你效劳。"

托雷洛先生的热泪夺眶而出。他哽噎着说他永远忘不了萨拉丁的恩德，只要一息犹存，萨拉丁有什么事要他做的，他无不尽力为之。萨拉丁拥抱并吻了他，请他多多保重，然后离开了托雷洛的房间。大臣们也一一告别，跟着萨拉丁到了放床铺的大厅里。

时候不早了，巫师急于施法。一个医师端来一剂汤药，说是能滋补强身。托雷洛先生喝了下去，立即呼呼睡熟。萨拉丁吩咐把他抬到那张华丽的床上，再放了一顶金光灿灿的皇冠，附上说明，是萨拉丁送给托雷洛夫人的。苏丹又给托雷洛先生戴上一枚价值连城的指环，上面的红宝石像火炬一般耀眼；佩上一把剑，剑柄镶嵌的宝石价值无法估计，扣钩的珍珠硕大浑圆，宝石贵重无比。左右两侧各放一个黄金大盘子，堆满了金币、珍珠串、指环、腰带等等饰物。安排好以后，萨拉丁再一次吻了托雷洛先生，吩咐巫师开始施法。巫师念念有词，载着托雷洛先生的床铺腾空而起，转眼就失去了踪影，萨拉丁和文武大臣们嗟叹不已。

晨课时分，载着托雷洛先生和大量珍宝的床铺按照他的请求徐徐降落在帕维亚切尔多罗的圣彼得教堂，托雷洛还没有醒。教堂司事拿着蜡烛进来，看到珠光宝气的床铺大吃一惊，扭头就跑。神父和修士们问他为什么大惊小怪，司事说见到了怪事。

"唉！"神父说，"你不是小孩，也不是刚来教堂的新手，看你吓得这副魂不附体的样子。我们去看看有什么可怕的。"

神父和修士们点了几支蜡烛，走进教堂，看到那张天外飞来的床和床上睡着的人，不敢走近，只是远远地望着熠熠发光的珍宝。这时药性已过，托雷洛先生长叹了一口气，醒了过来。修士们惊恐万分，喊了一声"天主保佑！"夺路就逃，神父也跟着逃出来。托雷洛先生睁开眼睛，四周打量了一下，明白自己已在他请求萨拉丁把他送回的地方,非常高兴。他坐起来,发现身边的珍宝,虽然早已了解萨拉丁的为人,现在更被他的慷慨豪爽深深打动。他看修士们吓得四散逃跑,猜出了原因,便呼唤神父的名字,叫他别害怕,说自己是托雷洛,他的侄子。几个月前,神父就耳闻侄子死了,现在听他自称是托雷洛,更加害怕,但为了弄明白究竟是怎么一回事,画了一个十字,硬着头皮上前。托雷洛先生对他说:

"神父,你怕什么?感谢天主,我还活着,并且从海外回来了。"

虽然托雷洛留着长胡子,打扮得像是阿拉伯人,神父终于认出了他,这才定下神,拉着他的手说:

"欢迎你回来,我的孩子。我们害怕不是没有道理的,因为全城的人对你的死讯都确信不疑,以至你的妻子阿黛莱德夫人拗不过她亲戚们的软泡硬磨,百般无奈,终于答应再醮。婚礼和喜筵都已准备好了,今天就要到她新丈夫家去。"

托雷洛先生从那张华丽的床上下来,招呼了神父和修士们之后,说他先要办一件事,求他们暂时不要把他回来的消息传出去。接着,他请神父把那些珍宝收藏在妥当的地方,详细叙说了他的经历。神父为他的好运高兴,和他一起祷告,向天主谢恩。托雷洛先生问神父他妻子的新丈夫是谁,神父告诉了他。托雷洛说:

"我想在大家还不知道我回来之前看看我妻子对婚礼的态度。我知道神父一般不参加婚庆喜筵,可是我请求你为了我的缘故带我去一次。"

神父说乐意照办。天亮后,他派人去告诉新郎,说是希望带一个客人去参加婚礼,新郎表示竭诚欢迎。喜筵开始时,托雷洛先生还是原来的一身打扮,跟着神父到了新郎家。客人们看到他都感到惊奇,但是谁也没有认出他来。神父对大家说他是撒拉逊人,是苏丹派往法国宫廷的大使。托雷洛先生被请到他妻子前面的一张桌子就座,从她的表情来看,她并没有由于再婚而喜气洋洋的样子,托雷洛暗暗高兴。她偶尔也看他几眼,不过没有认出,一方面是因为他留起了大胡子,装束和以前完全不同,另一方面是因为她确信他早已不在人世。到了合适的时候,托雷洛先生认为应该试探一下她是否还记得他,便取出妻子临别送给他的那枚指环,把在她身边伺候的一个小厮叫过来说:

"你去告诉新娘,我们国家有个风俗:像我这样的外国人出席喜筵时,新娘为了表示欢迎贵宾,用自己的酒杯斟酒敬客,等贵宾按自己的酒量喝过之后,把杯子还给新娘,新娘一干而尽。"

小厮向新娘传了话。阿黛莱德本是知书识礼的人,心想这位客人身份不一般,为了表示尊重,吩咐小厮把她面前的一个金杯洗净,斟满酒,端去给那位贵宾。

托雷洛先生先把指环放在嘴里,喝酒时让它掉到杯底,谁都没有注意。他只留下一小点酒,然后把杯子盖好,让小厮给新娘端回去。她接过酒杯,打开盖子,正要按客人说的规矩喝酒时,发现了指环。她先是一愣,察看一下,认出是分手时自己送给托雷洛先生的东西。她取出指环,朝那个外国人端详了片刻,认出了他是谁,霍地站起来,推倒面前的桌子,喊道:

"那个人是我的丈夫,他就是托雷洛先生!"

她奔到托雷洛的桌子那边,不顾自己整整齐齐的衣服,也不顾桌上的杯盘,扑上去紧紧搂住他,怎么也不肯松手。托雷洛先生叫她克制一点,说以后吻他的时间多的是,她才站直身子。客人们不知所措,但见到托雷洛先生安然无恙都十分高兴。过了一会儿,大家安静下来。

　　托雷洛先生把他从离开帕维亚之日起到当时为止的经过情形详详细细地告诉了大家,最后说,当初新郎以为他已经去世,要娶他的妻子是可以理解的,如今他活得好好的,他们夫妻团圆总不至于使他不快。新郎虽然有点懊恼,但仍旧友好坦诚地回答说,托雷洛先生完全有权按他的心愿处理此事。阿黛莱德便把新郎送的指环和冠冕摘了下来,戴上她从酒杯里取出的指环和萨拉丁送的王冠,离开了新郎家,和参加婚礼的全部宾客回到托雷洛先生住处。托雷洛先生的亲友见他平安归来都转悲为喜,城里所有的人都认为他的经历神奇无比。托雷洛先生把一部分珍宝给了新郎以补偿他筹备婚礼的费用,另一部分给了神父和许多别的人,又派人给萨拉丁送信,报告说他已顺利回国,表示他今后永远是萨拉丁的朋友,愿为萨拉丁效力。托雷洛先生和他贤惠的妻子美满生活了许多年,比以往更殷勤好客。

　　托雷洛先生和他亲爱的妻子遭受的磨难到了尽头,他们真诚自发的殷勤好客得到了报答。世上有不少人努力仿效,他们确实也有条件这么做,但模仿得很不成功,因为他们施惠于人的时候首先考虑的是希望从别人那里得到更多的报答,因此他们的殷勤好客不值得赞扬,他们的做法也不会令人钦佩。

十

萨卢佐侯爵经百姓敦请同意成家,娶了一个村民的女儿为妻,生有一子一女。侯爵先佯言已将子女处死,后又表示厌倦妻子,准备另娶,把女儿接回家中,对外说是新娶的妻子。妻子被逐后安贫乐道,侯爵终于隆重地把她迎回,与已长大的子女相认,以侯爵夫人身份相待。

大家兴致勃勃地听完了国王讲的长篇故事,狄奥内奥笑着说:

"你对托雷洛先生推崇备至,可是那夜等着小鬼垂下尾巴的好人却不乐意。"①

狄奥内奥知道只剩下他还没有讲故事,于是说道:

温柔的女郎们,今天大家讲的仿佛都和国王苏丹之类的人物有关,我不能过于出格,现在讲一个有关侯爵的故事。那个侯爵干的事荒唐得不近人情,结局虽然不坏,但绝不是什么懿行壮举,因此我不劝大家仿效。这种人有好下场可以说是老天没有睁眼。

很久以前,萨卢佐侯爵家族的长子是个名叫瓜尔蒂耶里的青年人。他单身未婚,整天放鹰打猎,根本不考虑娶妻生

① 参见本书第七天故事之一。

子。我认为他的做法很聪明,可是他领地上的百姓却不满意,几次三番请求他娶妻成家,以免他本人绝后,百姓没有主人。他们甚至自告奋勇,要帮他去找某某家族的后代为妻,说是那位小姐人品怎么好,保证他满意等等。瓜尔蒂耶里最后烦了,回答说:

"朋友们,你们硬要我做一件我早就决定不做的事,因为我一向认为找一个生活习惯和我相适应的人太不容易,性情不合的人比比皆是,而和一个情不投意不合的女人共同生活又太痛苦了。你们说根据父母的情况能知道女儿的品性,要替我物色一个满意的妻子。这是蠢话,因为我不明白你们怎么能了解父亲的性格,又怎么能知道母亲的秘密。即使都知道,女儿和父母迥然不同的例子也多得是。你们现在既然要把婚姻的锁链套在我的脖子上,我只好认了。不过,找妻子的事得由我自己做主,万一以后事情弄糟,我怨不了别人,只好怨我自己。我预先要向你们声明,不论我找的是谁,你们都得尊重她,不然我违背了自己的意愿,应你们的请求结了婚,你们却不尊重我的妻子,我会不痛快,对你们也不会有好处。"

领地的百姓说,只要侯爵结婚,这一切他们都同意。

长久以来,瓜尔蒂耶里觉得附近村子里有一个贫家姑娘长得很美,气质讨他喜欢,他觉得能和她共同生活也就可以满意了。他不多费时物色,把她的穷苦父亲找来,谈妥了娶她为妻。瓜尔蒂耶里把当地的朋友都请来,宣布说:

"朋友们,你们一直要我成家,我答应了,倒不是因为我自己有结婚的愿望,而是为了让你们高兴。你们向我做出承诺,不论我娶谁为妻,你们都会感到满意,并且尊重她。现在我要履行我的诺言,希望你们也履行你们的诺言。我已经找到一位合意的姑娘，打算娶她，过几天就把她迎回家。我既然让你们满意，现在希望你们热热闹闹地准备婚礼，让我也满意。"

领地的百姓听到这个喜讯，回说不论新娘是谁，他们一定尊敬她，以夫人之礼相待。他们和瓜尔蒂耶里分头准备，大操大办。瓜尔蒂耶里邀请了许多亲友和当地的绅士淑女，按一个和新娘相仿的女子的身材裁剪缝制了不少华丽的衣服，购置了腰带、指环、一顶精致的冠冕以及新娘需用的种种装饰。到了举行婚礼的那天，午前祈祷钟声响后不久，一切准备就绪，瓜尔蒂耶里骑上马，对前来贺喜的客人说：

"各位先生，现在是去迎接新娘的时候了。"

他们骑马出发，来到村里那姑娘家门前，看见姑娘刚打了水回来。她走得很急，因为她想赶快料理好家务，和村里的妇女们一起去看瓜尔蒂耶里娶亲。那姑娘名叫格里塞尔达，瓜尔蒂耶里见到她，呼喊她的名字，问她的父亲在哪里。姑娘怯生生地回答说：

"大人，他在家里。"

瓜尔蒂耶里下了马，让同伴们等在外面，独自走进那所简陋的小屋，找到詹努科洛，也就是姑娘的父亲，对他说：

"我来娶格里塞尔达，不过首先要当着你的面问她几句话。"

他问姑娘，如果娶她为妻，她是不是永远愿意顺从他，讨他喜欢，不论他做什么、说什么都不生气，等等。她一一回答愿意。于是瓜尔蒂耶里拉着她的手出来，当着他的同伴和所有人的面，让她脱掉身上的旧衣服，换上他带来的、特地为她做好的衣服和鞋子，把一顶冠冕戴在她未经梳理的头上。大

家正纳闷时,瓜尔蒂耶里说:

"各位,就是这个姑娘,如果她同意我做她的丈夫,我准备娶她为妻。"

接着,他转向那局促不安的姑娘,问道:

"格里塞尔达,你愿意我做你的丈夫吗?"

她回说:

"愿意,大人。"

他便说:

"那我也愿意娶你为妻。"

侯爵当着众人的面和姑娘成了亲。他让新娘骑上一匹驯马,前呼后拥地把她迎了回去。婚礼和喜筵十分隆重奢华,即使和一位法国公主成婚也不过如此。

那姑娘换了衣服顿时容光焕发,仿佛变了一个人。我们先前说过,她的身段和脸蛋都很美,现在除了美丽之外,她显得雍容华贵,仪态万方,似乎根本不是牧羊人詹努科洛的女儿,而是一位贵族小姐。凡是见过她以前模样的人现在都惊异不止。

婚后,她对丈夫百依百顺,体贴得无微不至,瓜尔蒂耶里觉得自己是世上最幸福的人了。她对丈夫领地上的百姓宽厚仁爱,人人都爱戴她,为她祝福。不少人以前认为瓜尔蒂耶里娶了这么一个姑娘是干了蠢事,现在都觉得瓜尔蒂耶里有见识,因为只有他才能透过那姑娘寒碜的衣服看到她优秀的本质。总之,没过多久,侯爵领地上和领地之外的人都夸她品行端正,心地善良。侯爵娶她时说过怪话的人都怪自己不长眼睛。

她和瓜尔蒂耶里过了一段日子,怀了孕,生了一个女孩,瓜尔蒂耶里很高兴。又过了不久,瓜尔蒂耶里心里有了一个新的念头,想用一些难以忍受的事情长期考验她。最初,他用言语刺她,说是领地上的百姓由于她出身低微而看不起她,尤其是她生了孩子之后。自从那女孩出世以来,大家啧有烦言,议论纷纷。

格里塞尔达听到以后并不恼火,她神色安详地说:

"大人,只要能维护你的荣誉,让你心情舒畅,你怎么处置我都可以,我都会感到满意。我知道自己出身微贱,不配受到如此抬举。"

瓜尔蒂耶里对她的回答非常满意,因为他发现,虽然他和别人对他妻子十分尊敬,她并没有得意忘形。不久,他又含糊其辞地对妻子说,他属下的百姓无法容忍她生的女儿。接着他又派了一个仆人去见他妻子,按照预先的吩咐行事。仆人哭丧着脸对她说:

"夫人,我不得不按照主人的命令办事,不然我就没命了。主人吩咐我抱走你的女儿,然后……"

仆人说到这里就住嘴了。格里塞尔达听了前半句,看见仆人悲痛的神色,想起丈夫前不久说的话,猜测多半是命令他把女孩处死。她从摇篮里抱起孩子,吻了她,为她祝福了一番,尽管心如刀割,神色从容地把孩子交给仆人说:

"按主人的吩咐办吧,只要别让孩子暴尸荒野,被野兽猛禽吞噬啄食,除非主人吩咐这么做。"

仆人抱走了女孩,把夫人的话禀报了侯爵。侯爵为妻子的镇定感到惊奇。他派人把女儿送到波洛尼亚的一个女亲戚家里,求亲戚悉心抚育,但不要让人知道是他的女儿。不久之后,格里塞尔达又有了身孕,生了一个男孩,瓜尔蒂耶里非常高兴。但他似乎觉得上次的事还不够，要给妻子一个更严酷的考验。一天，他面有愠色地对她说：

"夫人，自从你生了这个男孩以来，我属下的百姓和我的关系越来越紧张。他们埋怨说詹努科洛的外孙居然成了他们的主人。如果我不想丢掉爵位，恐怕我得像上次那样处置孩子，最终要把你休掉，另娶一个妻子。"

格里塞尔达心平气和地听他说完，然后答道：

"大人，你不必为我着想，只要考虑怎么称你自己心意就成了，只有让你高兴的事才能让我快活。"

过了几天，瓜尔蒂耶里像上次抱走女孩的情形一样，派人把男孩抱走，表面上仿佛要把孩子处死似的，其实也送到了波洛尼亚。格里塞尔达处变不惊，毫无怨言。瓜尔蒂耶里十分诧异，觉得没有第二个女人能像她这样镇静。他知道格里塞尔达这样做是明智的，但若不是以前见她对子女疼爱无比，还以为她漠不关心呢。领地上的百姓听说侯爵下令处死了子女，信以为真，都责怪他，对他的妻子深为同情。当妇女们为格里塞尔达的子女的不幸遭遇安慰她时，她说孩子的生身父亲要这么处置，她做不了主。

生大女儿后过了多年，瓜尔蒂耶里觉得最后一次考验妻子的时候到了。他在领地百姓中间宣扬说，当初娶格里塞尔达实在是年轻无知，大错特错，现在忍不下去了，决定请求教皇准许他休妻另娶。许多正直的人派他的不是，但他固执己见，说是非这样不可。格里塞尔达听说后，做了回她父亲家去牧羊的打算，但想到她心爱的丈夫要另娶新妇，不免伤心。尽管这样，她像前几次忍受命运的捉弄一样，这次也准备逆来顺受，泰然处之。

过了不久，瓜尔蒂耶里托人从罗马捎来一些信件，对属下百姓假说是教皇已经同意他休妻另娶。他把格里塞尔达找来，当着许多人说：

"教皇恩准我休掉你，另娶一个妻子。我祖祖辈辈是本地的侯门贵族，而你的祖先都是田父村夫，我不要你做我的妻子了，你带着你的嫁奁回詹努科洛家吧，我另迎一位配得上我的夫人。"

别的女人听了这种话肯定大哭大闹，格里塞尔达却强忍要夺眶而出的眼泪，说道：

"大人，我一向清楚，我卑贱的身份配不上你高贵的门阀。这些年来，我有幸侍奉你，我得感谢天主和你，但我始终没有把这种幸运当作恩赐，而是当作暂时的借贷。如果你认为了却我们的关系能使你满意，我一定服从你的心意，因为使你满意是我最大的幸福。

"这枚指环是你当初娶我时给我的，现在请你收回。至于你吩咐我把嫁奁带走，你不必为此操心。我也不需要箱笼骡子，因为我并没有忘记我是光着身子来你家的。我为你生过子女，如果你认为我的身子让大家看到而不失体统的话，我既然赤条条地来，也可以赤条条地走。我把童贞献给了你，再也带不走了，我求你看在这一点上让我穿一件贴身内衣离去。"

瓜尔蒂耶里听了这话心酸得想哭，但他仍板着脸说：

"那就穿一件内衣走吧。"

在场的人请求侯爵给格里塞尔达一套衣服，说是十三年来她至少是他的妻子，总不能看她穿着内衣出去。侯爵不为所动。于是她摘下首饰，光着脚，只穿一件内衣，祝告了天主之后离开了侯爵府,回到自己的父亲那里。看见她那副凄凉相的人都伤心流泪。詹努科洛从来没有真正相信女儿能成为瓜尔蒂耶里的妻子,觉得总有一天会发生这种事情,因此把她在瓜尔蒂耶里娶她那天早上脱下的衣服妥善收藏好,现在找出来给她穿上。她和以前一样在父亲家干杂活,默默地承受着命运给她的沉重打击。

瓜尔蒂耶里休妻之后,宣称要娶帕纳戈伯爵的一个女儿,准备举行盛大的婚礼,派人把格里塞尔达找来,对她说:

"我要把新娶的小姐迎回来,家里要铺排一下。你知道操办这么大的喜事,家里应该好好收拾布置,有许多事要做,人手不够。你比谁都熟悉家里的情况,该做的事你安排一下,该请的女宾由你邀请,然后你把自己当成女主人那样招待她们。婚礼结束后你可以回自己家。"

格里塞尔达舍弃不掉她对瓜尔蒂耶里的爱,听了这些话心里像刀扎那么痛,但她仍像以前过舒心日子时那样说:

"大人,我一定照办。"

她穿着粗布衣服走进前不久光穿一件内衣离开的邸宅,开始打扫布置房间,在厅里张挂帷幔,在厨房准备喜筵用的菜肴,仿佛女佣似的,什么累活杂活都干。不出几天,一切安排得井井有条。接着,她以瓜尔蒂耶里的名义向当地的夫人小姐们发出邀请。婚礼那天,她出来接待女宾,衣着虽然寒碜,但喜气洋洋,举止谈吐都不失大家风范。

帕纳戈伯爵夫人是瓜尔蒂耶里的女亲戚,瓜尔蒂耶里请他们夫妇尽心教育他的子女。女孩已经十二岁,出落得十分美丽,男孩也有六岁了。瓜尔蒂耶里拜托伯爵把两个孩子从波洛尼亚送到萨卢佐,同时邀请许多体面的客人同来,对大家说少女是来完婚的,但不能说和谁成亲。伯爵按照侯爵的托付做了,带着少女姊弟二人和不少尊贵的客人,午饭时分到达萨卢佐,当地和附近的百姓已等着想看看瓜尔蒂耶里新夫人的风采。新人给引到摆喜筵的大厅里,格里塞尔达还是原来的打扮,笑容满面地上前招呼说:

"欢迎你,夫人。"

先此,女眷们一再请瓜尔蒂耶里让格里塞尔达单独躲在一个房间里,或者把她以前的衣服借几件让她换一换,免得她在外人面前丢脸。瓜尔蒂耶里怎么也不同意。她们围着一张桌子就座,酒菜端了上来。男宾们都打量着少女,说瓜尔蒂耶里有眼力,选的新人果然不比寻常,但是对新人和她的小弟弟赞不绝口的却是格里塞尔达。

瓜尔蒂耶里觉得他的妻子荣辱不惊,能考验她的地方都考验到了,深信她的行为绝不是拙笨,而是贤惠。看来她表面虽然神色自若,内心却痛苦万分,认为该是解除她痛苦的时候了。他把格里塞尔达叫过来,当着宾客的面,笑吟吟地问她说:

"你觉得我的妻子怎么样?"

"大人,"格里塞尔达回答说,"我觉得好极了,非但美丽,而且贤惠。我相信你和她结婚,真是世上最幸福的人。可是我衷心求你不要让她像你前妻那么受苦,因为我认为她经受不住,她年轻娇嫩,是在蜜罐里泡大的,而前一个从小过惯了苦日子。"

瓜尔蒂耶里看格里塞尔达真的相信那少女要成为他的妻子,而且并不因此口出怨言,便让她在自己身边坐下,对她说:

"格里塞尔达,现在该是让你知道真相的时候了。你长期忍耐熬出了头,那些责怪我残酷无情、没有人性的人也该恍然大悟了。我以前做的种种事情都有目的,为的是要你成为一个贤惠的妻子,让别人尊敬你,让我自己和你共同生活期间永远放心。当初我娶你为妻时,担心不可能做到这些,因此我用了种种办法伤你的心,让你受苦。但我发现无论什么言语或行动都没有使你改变初衷,违背我的意愿,我确信能从你身上得到我想要的安慰,于是我决定把我长远以来从你那里夺去的一切一下子都还给你,用极大的快乐治好我给你造成的创伤。现在请你看看你以为是我妻子的少女和她的弟弟吧!要知道,他们是我们的子女。他们就是你和别人长久以来以为我残酷地下令处死的孩子。至于我,我是你的丈夫,我爱你胜于一切。谁都不能像我这样由于有如此贤惠的妻子而感到自豪。"

格里塞尔达喜极而泣,瓜尔蒂耶里拥抱并吻了她,两人一起走到听得目瞪口呆的女儿身边,深情地拥抱了那少女和她的弟弟,在场的宾客才恍然大悟。女宾们兴高采烈地离了席,拉着格里塞尔达到另一个房间,帮她脱下旧衣裳,换上华丽的服饰,簇拥着贵妇人似的格里塞尔达回到大厅(当然,以前的褴褛衣服也掩盖不住她高贵的气质)。宾客们热烈地祝贺侯爵阖家团聚,瓜尔蒂耶里的高兴不在话下。尽管大家认为他对妻子的考验过于严酷,不近人情,但这更突出了格里塞尔达的贤惠。热闹了几天后,帕纳戈伯爵返回波洛尼亚,瓜尔蒂耶里不让詹努科洛继续放羊了,以岳父之礼把他迎回府邸安度晚年。后来他把女儿嫁到一家望族,他和格里塞尔达一直互敬互爱,幸福生活了多年。

故事到此结束,还要啰唆两句:贫寒人家也会出现品德崇高的人,而出自帝王之家的人不一定都应该治理百姓,有的只配牧猪放羊。除了格里塞尔达之外,还有谁能面带微笑地忍受瓜尔蒂耶里那闻所未闻的酷烈之极的考验呢?如果换了别的女人,当瓜尔蒂耶里只许她穿一件内衣,把她逐出家门的时候,她很可以另找一个男人,弄些漂亮的衣服穿穿,瓜尔蒂耶里岂不是自找没趣?

狄奥内奥的故事引起不少议论,说这说那的都有。有人认为值得赞扬的地方,另一些人却认为应该加以谴责。国王抬头看到太阳西下,天色不早,他没有站起来就说道:

"美丽的女郎们,我相信你们都清楚,人之所以有理智,不仅因为能记住过去,认识现在,而且因为能鉴古识今,从而预测未来。有见识的人认为这才是最大的睿智。你们也知道,我们离开佛罗伦萨到明天为止有十五天了。当初城里瘟疫流行,愁云密布,无处不是悲痛和焦虑,我们离城外出是为了调剂消遣,维持健康和生命。依我看,我们在这些日子里循规蹈矩,安守本分,虽然讲过一些风趣的,甚至带有撩拨意味的故事,虽然整天吃吃喝喝,唱歌跳舞。对于意志薄弱的人来说,这也许会促使他们干出不正经的事,可是我细心观察,无论你们一方或我们一方都没有任何可以指责的言行。我所看到、觉察到的始终只有正派、和谐以及手足般的亲切。我为此庆幸,因为我们双方相待以礼,从不逾矩。但是什么事日子一长都会生厌,我们离城时间太久也会惹起闲话,我们每人又都轮流担任过国王或女王,因此,如果各位同意的话,我认为我们应该回去了。再说,我们的聚会外界已有所闻,再下去会有别人要求参加,人多口杂就没有意思了。各位如果同意,我建议明天回去。在回去之前,我继续行使国王的权力。如果你们另有建议,我已经考虑好下一届的国王由谁担任。"

女郎和青年们议论纷纷,最后认为国王的建议是正确合理的,决定照他说的办。国王便把总管找来,布置了明天该做的事,然后让大家自由活动,晚饭时再集合。国王和大家站起来,像往常那样分头寻找消遣。晚饭吃得很愉快,饭后开始弹奏乐器,唱歌跳舞。劳蕾塔带头跳了一支舞,国王吩咐菲亚梅塔唱支歌。菲亚梅塔欣然从命:

> 假如与爱情俱来的不是妒忌,
> 世上任一个女人的欣喜
> 都无法和我的相比。
>
> 假如女人心目中的情郎
> 应该英挺俊秀,青春年少,
> 品行端正,操尚弥高,
> 勇敢而彬彬有礼,
> 体贴而善解人意,
> 十全十美,无可挑剔,
> 这样的人我已找到,
> 因为我所爱恋的人
> 正具备这些美德。
>
> 可是我发现别的女人
> 都和我一般聪明,
> 我不由得胆战心惊。
> 我朝最坏的地方着想,

唯恐别的女人把他看上，
那我会心如刀割。
原本是我的无上幸运
现在却成了我一块心病，
害我长吁短叹，日坐愁城。

我不怀疑我心上人的美质，
假如他的忠诚能让我放心，
我的妒忌也就无踪无影。
可是见异思迁的男人多如牛毛，
招蜂惹蝶的女人为数不少，
在我看来她们都有嫌疑。
她们多瞟他一眼我就揪心，
只怕我的心上人被她们勾去。
想到这里我就难受，不如死去。

我凭天主的名义
向所有的女人呼吁，
求她们别夺人之爱。
如果有谁对我造成伤害，
竟敢言语撩拨，眉目传情，
把我的心上人勾引，
一旦被我发觉，
只要我一息犹存，
我准叫她后悔莫及。

菲亚梅塔唱完了歌，挨在她身边的狄奥内奥笑着对她说：

"小姐，你把这件事向所有的女人宣布出来，免得她们不知内情夺走你钟爱的人，算是尽到了礼数，到时候你再大发雷霆也没有人责怪了。"

接着，大家又唱了几支歌。午夜将近，国王下令各自就寝。第二天，大家起身时，总管已把行李装车运往佛罗伦萨，在明智的国王带领下大家回城。三位青年在圣马利亚新教堂和七位女郎分手告别，去干自己的事了，女郎们也各自回家。

作 者 跋

　　高贵的女郎们,我在本书卷首就向你们做出承诺,说是要给你们消遣解闷。靠天主的帮助,我终于完成了这件艰巨的任务,我认为天主赐给我恩典并不是因为我有什么功德,而是由于你们虔诚的祈祷。因此,我首先要感谢天主,其次要感谢你们,然后让我的秃笔和疲倦的手略事休息。而我在搁笔之前还想就你们或者别人虽没有明说,但可能存疑的枝节问题做一些简短的解释(我确信自己没有免受非难的特权,早在第四天开始时我已经说明了这一点)。

　　你们中间或许有人要说我在写这些故事的时候过于放肆,往往让女人说出或者听到正派女人不该说的或者不该听的东西。这一点我不能同意,因为只要用语得当,再不正派的话也不会招致反感,而我认为自己在这方面做得不错。假定你们说得有理(我不想同你们争论,因为你们总是占上风),我马上可以举出许多理由为自己的做法辩解。

　　首先,假如我叙说的故事确有可以指责之处,那也是故事的性质决定的。行家只要通情达理,可以清楚地看到,如果我不想离题,就只能用那种方式来叙说。有些弄虚作假的女人认为语言比行动更为重要,不管自己骨子里怎么样,表面上装出冰清玉洁的样子。在她们看来,我写的故事里某些段落或字句过于放荡，不堪入目。对此，我要说的是，即使有这种情况，应该受到指责的不是如实写来的我，而是那些把"洞孔""钉子""春臼""捣杵""腊肠""香肠"之类的字眼整天挂在嘴上的男男女女。

再说，我手中的笔和画家手中的笔应该享有同样的权利。画家笔下的圣米迦勒杀死巨蛇的形象有的持剑，有的挺矛。他们描绘圣乔治屠龙，刺中的部位也不尽同。他们把亚当画成男人，把夏娃画成女人。在画为了拯救人类而被钉上十字架的耶稣时，脚背上的钉子有的是一枚，有的是两枚，可我们对画家从不加以非难干预。此外，大家很清楚，我书中的故事不是在教堂里讲的，在教堂里当然要怀着崇敬的心情，使用圣洁的语言（尽管圣经故事里也有不少情节和我说的相似）；不是在哲学家的经院里讲的，经院里当然要求严肃认真；不是教士或者哲学家之间的谈话，而是在花园和消遣游乐的场所，在年轻人之间讲的。这些年轻人心理已经成熟，不至于受到言语的误导，何况当时时值非常，只要保全性命，最体面的人头上裹着裤衩在街上行走也不会招人耻笑。我的故事和一切事物一样，可以有益也可以有害，完全取决于听故事的人。谁不知道适量喝酒对人有益，钦奇廖内和斯科拉约①以及许多别的人都这么说，可是对于害热病的人却是有害的呢？难道由于酒对于发烧的人有害，我们就说它是坏东西吗？谁不知道火的功用大极了，人类不能一日没有它，但有时火会烧毁房屋、村庄，甚至整个城市，难道我们能因此而说它罪大恶极吗？武器的情况也如此。人们要过和平生活，就得用武器捍卫，但

---

① 这两人是当时佛罗伦萨出名的酒徒。

武器往往能杀人,不是武器本身有什么过错,而是使用武器的人用心险恶。

心地龌龊的人听到什么话都往坏处去想,心地光明的人即使听到不太正派的话也不会受到感染,正如朝太阳扔泥块并不能损害太阳的光辉,地上的丑恶无损于天空的辉煌。有什么书籍、语言、文字比《圣经》更神圣、庄重、严肃的呢?可是某些别有用心的人歪曲了《圣经》的内容,害得他们自己以及别人的灵魂万劫不复。每一件事物或多或少都有可取之处,但使用不当也会造成许多危害。仁者见仁,智者见智,谁存心要从我的故事里面挑坏主意、坏榜样,当然不能阻拦他们。即使挑不出来,他们也可以牵强附会,无中生有。另一方面,谁想从我的故事里汲取有益的东西,当然也能如愿。这些故事是在一定的场合讲给一定的人听的,只要时机和对象合适,听的人肯定得益。至于那些晨鼓暮钟整天念天主经的人,不必去打扰她们,追在她们背后缠着她们非看不可。即使那些貌似虔诚的人也有她们的悄悄话要说,有自己的事要做。

有人会说,某几篇故事不收进集子就好了。就算他们说得有理,但这件事由不得我,我只是有闻必录,别人怎么说,我就怎么写。我不是创造这些故事的作者,即使我是作者,我也会毫不惭愧地承认这些故事不是篇篇都好,因为除了天主之外,世上没有一位能把什么事都做得十全十美的大师。帕拉丁骑士团的创始人查理大帝①千军易得,一将难求,只物色到帕拉丁。纷纭复杂的事物不可能质量划一。种植得再好的庄

① 历史上的查理大帝当政年代在七六八至八一四年之间,他经过长期征战,建立了庞大的法兰克帝国,手下有包括罗兰、里纳尔多等在内的十二名英勇盖世的骑士,称作"帕拉丁"。

稼地里难免不混进一些大荨麻、蒺藜或荆棘。此外,听我讲故事的大多是像你们这样的年轻单纯的女郎,我殚精竭虑斟字酌句地讲一些玄妙深奥的话题也不明智。读者遇到不感兴趣的地方不妨略过,光挑喜欢的看。好在每篇故事开头都有简单的说明,交代了它的内容,谁都不会上当受骗。

也有一些人会说某几篇故事失之冗长。我对他们的答复是手头有别的事可干的人看这些故事(即使比较短的)也不够明智。自从我开始动笔到现在完稿为止已过了好久,但我并没有忘记当初辛辛苦苦写这本书的目的是给有闲的妇女解闷。为了消磨时光而看书的人不会嫌长。爱惜光阴的学者关心的是如何利用而不是消磨时间,对他们来说,简短的东西比较合适。你们的情况不同,你们除了谈情说爱之外没有别的事可干,有的是时间。再说,你们中间谁都没有到雅典、巴黎或者波洛尼亚去留学,和见多识广的学者不同,和你们谈话时说得详尽一些为好。

我相信还有人会说我的故事里调侃戏谑太多,严肃庄重的人不应该这么写作。说这种话的人是出于对我的名誉的关心和爱护,我得向他们表示感谢。我要回答的是,我自问是个严肃的人,生平也受到不少女子的器重,但是我要对一些从不器重我的妇女说我并不庄重,而是轻浮得可以漂在水面上。今天的教士们敦促人们改恶从善,说教时往往机智诙谐,妙语连珠。我的故事是供妇女们消愁解闷,采用同样的方式并无不当。如果有的妇女笑得太多,只消看看耶利米的哀歌①、救

---

① 耶利米是犹太先知之一,他生活的时期正值巴比伦王尼布甲尼撒破坏耶路撒冷、将犹太人幽禁在巴比伦的年代,《圣经·旧约·耶利米书》和《耶利米哀歌》记载了他的言行。

世主的受难和抹大拉①的忏悔马上就能收敛。

毫无疑问,肯定还有人会说我在书中谈到教士的时候赤口毒舌,过于刻薄。我原谅说这种话的人,并且认为他们有正确的理由,因为教士是好人,出于对天主的敬爱才逃避尘世的束缚,别人耕耘,他们收获,从不泄露天机,假如不是身上带有一股羊膻味的话,还相当可人。不过我得承认,世上一切事物不是一成不变的,我的舌头也不例外。我不相信自己的判断,遇到有关我本人的事总是尽可能不发表意见,但前不久一位邻居太太说我口角春风,嘴巴是世上最甜的。有她这句话,我对自己写的书也不需要再说什么了。对于那些评头论足的人,我的回答到此为止。

不论人家怎么说,怎么想,我现在该搁笔了。我恭顺地感谢天主的帮助和指引,长年的辛劳终于结束。可爱的女郎们,愿天主保佑你们平安多福。如果你们看了这本书感到些许愉快,请不要忘记我。

《十日谈》的第十天,亦即最后一天,到此结束。

---

① 参见本书第三天故事之四 186 页注①。

"外国文学名著丛书"书目

第 一 辑

书 名	作 者	译 者
伊索寓言	〔古希腊〕伊索	周作人
源氏物语	〔日〕紫式部	丰子恺
堂吉诃德	〔西班牙〕塞万提斯	杨绛
泰戈尔诗选	〔印度〕泰戈尔	冰 心 石 真
坎特伯雷故事	〔英〕杰弗雷·乔叟	方 重
失乐园	〔英〕约翰·弥尔顿	朱维之
格列佛游记	〔英〕斯威夫特	张 健
傲慢与偏见	〔英〕简·奥斯丁	王科一
雪莱抒情诗选	〔英〕雪莱	查良铮
瓦尔登湖	〔美〕亨利·戴维·梭罗	徐 迟
欧·亨利短篇小说选	〔美〕欧·亨利	王永年
特利斯当与伊瑟	〔法〕贝迪耶	罗新璋
巨人传	〔法〕拉伯雷	鲍文蔚
忏悔录	〔法〕卢梭	范希衡 等
欧也妮·葛朗台 高老头	〔法〕巴尔扎克	傅 雷
雨果诗选	〔法〕雨果	程曾厚
巴黎圣母院	〔法〕雨果	陈敬容
包法利夫人	〔法〕福楼拜	李健吾
叶甫盖尼·奥涅金	〔俄〕普希金	智 量
死魂灵	〔俄〕果戈理	满 涛 许庆道